ये दिन वे दिन

वाणी प्रकाशन
नयी दिल्ली-110002

ये दिन वे दिन

चाणक्य सेन

अनुवाद

साधना शाह

वाणी प्रकाशन

प्रकाशन के उत्कृष्टतम 62 वर्ष

सजिल्द पहला संस्करण : 1993

vaniprakashan.com

वाणी प्रकाशन

4695, 21-ए, दरियागंज, नयी दिल्ली-110 002

फ़ोन : + 91 11 23273167, 23275710

शाखाएँ

अशोक राजपथ, पटना-800 004, बिहार

कॉफ़ी हाउस कैम्पस, महात्मा गांधी मार्ग, प्रयागराज-211 001, उत्तर प्रदेश

महात्मा गांधी अन्तरराष्ट्रीय हिन्दी विश्वविद्यालय, वर्धा-442 001, महाराष्ट्र

sales@vaniprakashan.in
vaniprakashan@gmail.com

Ye Din Ve Din
by Chankya Sen
Translated by Sadhana Shah

ISBN : 978-81-7055-259-8
Novel

मूल्य : ₹ 695

जी.एस. ऑफ़सेट, दिल्ली-110 095 में मुद्रित

वाणी प्रकाशन का लोगो मक़बूल फ़िदा हुसैन की कूची से

एकता के प्रति
अनन्य समर्पित
विशन टंडन को—
जिनके प्रयास से यह उपन्यास
हिन्दी में प्रकाशित हो सका

पूज्य पिताजी ! आज मैं पूरे चौबीस साल का हो गया हूं। आपका पत्र मुझे कल प्राप्त हुआ। उसे पत्र नहीं, स्मृति संग्रह ही कहना चाहिए, जिसे आपने आज के ही दिन को ध्यान में रखकर, एक सप्ताह पहले से लिखना शुरू किया था। बल्कि कहना यूं चाहिए, कि आज से चौबीस साल पहले की एक घटना को केंद्र में रखकर आपने उस बीते चौबीस साल की परिक्रमा की है। इस परिक्रमा में आप मेरे जन्मदाता हैं और मैं आपका बेटा। इस परिक्रमा से जीवन नामक विस्मयकारी चक्र की गूढ़ सच्चाई सामने आयी है, जो एक साथ मिलकर गहरे रहस्य का जाल बिछाती है।

जन्मदिन कोई विशेष दिन नहीं होता, दूसरे और दिनों जैसा ही होता है। मेरा 'मैं' उस दिन को और दिनों से अलग नहीं मानता। समय की गति में ठहराव आता है। यह ठहराव कितने ही क्षणों को अपनी मुट्ठी में भींच लेता है और उसे आइना बनाकर विकृत स्वर में खुद से कहता है: देखो! मुझे देखो! दरअसल, मैं कोई नहीं हूं, लेकिन सब कुछ हूं। मेरी भी एक शुरुआत है। इसी दिन। इसी क्षण मेरे जीवन की शुरुआत हुई। यानी कम-से-कम जितना भी हो, थोड़ा-सा मेरा भी वजूद है। इसलिए बाबूजी! आज मुझे चार तार मिले हैं—जन्मदिन की बधाई के। उन तारों को भेजने वालों ने आज के दिन की हजारों बार पुनः-पुनः इसी रूप में आने की कामना की है। मुझे कुछ उपहार भी मिले हैं। दोस्तों ने मुझे खाने पर बुलाया है। और जोनाकी (जुगनू), जिसका असली नाम जून है, ने मेरे लिए एक कार्डिगन बुना है। मैं इस सुदूर टोरेंटो शहर के ह्यूस्न स्ट्रीट के फ्लैट के कमरे में बैठकर खिड़की से बाहर झांककर देख रहा हूं। बाहर बर्फ गिर रही है। पेड़ों की शाखाएं बर्फ से ढंककर सफेद हो गयी हैं। सड़क सफेद चादर से पट गयी है। कार का बोनेट भी ढंक गया है।

आपका पत्र देख रहा हूं, जो कि मेरे पढ़ने के टेबिल पर खुला पड़ा है। आप,

मम्मी और दूर रहकर भी हमेशा मेरे करीब रहने वाला भारत और इन सबके साथ गुजारा हुआ चौबीस साल का अलिखित इतिहास, कितने ही लोग, कितने ही शहर, देश, आकाश, समुद्र, कितनी ही घटनाएं, यादें, आवाजें, कितनी विचारधाराएं और अनंत दिमागी श्रम के साथ मेरे चारों ओर कुछ चेहरे हैं, जिनके साथ मेरी दोस्ती है, दुश्मनी है। लेकिन इससे भी बड़ी बात है वे सबके सब मेरे हैं और मैं उनका। हमारा आपसी गठजोड़ है। अति घनिष्ठ संबंध !

भीड़ से अलग प्रत्येक को हरएक चीज़ छोटी या बड़ी बनाती है। जो आदमी अपनी पूरी विशालता और सरलता के साथ बार-बार मेरे सामने आकर खड़ा हो जाता है, उसी तरह जैसे समुद्र की लहरों को चीरते हुए जहाज, मैं उसे अपने अंतर से जानता हूं, पहचानता हूं। और वह आदमी है स्वयं आप, मेरे आदरणीय पिताजी।

पिताजी ! मुझे आपसे बहुत कुछ कहना है। बहुत कुछ।

एक पुत्र अपने पिता के समक्ष अपनी बात कहता है। दुनिया के सभी पुत्रो और पिता महोदयो कृपया सुनें। आप सब यदि आदर्श पुत्र न भी हुए तो क्या !

पिताजी आपने लिखा है : "आज से चौबीस साल पहले इसी दिन तुम्हारा जन्म हुआ था। इस घटना का रहस्य आज भी मुझे सम्मोहित करता है। लेकिन इस सम्मोहन से भी अधिक अर्थपूर्ण है आज का दिन। जिस दिन तुम्हारा जन्म हुआ मेरी उम्र मात्र चौबीस साल थी और आज तुम चौबीस साल के हो गये। मैं नहीं जानता क्यों इस अनिवार्य घटना ने मेरी समस्त सत्ता पर रहस्य का जादू फैला दिया है। जब मैं अपने जीवन का चौबीस साल पूरे कर चुका था, तब तुमने अपने जीवन का श्रीगणेश किया था। आज तुम्हारे चौबीस साल में कोई नया जीवन शुरू नहीं हुआ। लेकिन फिर भी हम दोनों अभी भी पिता-पुत्र के बंधन में आबद्ध हैं। बावजूद इसके मेरे और तुम्हारे चौबीस साल में बहुत फर्क है ! अपनी अड़तालीस साल की उम्र में जिंदा रहने के साथ तुम्हारे चौबीस साल के सादृश्य को मैं देखना चाहता हूं। यदि तुम कहो, तो मैं सुनने को उत्सुक हूं।"

बाबूजी, इतिहास के पन्नों में, साहित्य में और हां, धार्मिक पुस्तकों में भी कहने का स्वीकृत अधिकार सिर्फ आप लोगों को (पिताओं को) है, हम लोगों को (पुत्रों को) नहीं। पिता, पितामह ही तो महाकाल के वाहन हैं। कन्फुसियस से मनु और मोहम्मद तक सभी पिता 'उवाच' की परंपरा से जुड़े हैं। पुत्र तो सिर्फ 'ईसा' है। लेकिन क्रिश्चियन समाज ने उन्हें भी 'पितामह' बना दिया है ! आप लोगों के सभ्यता और समाज नामक सेतू बंधन में एक मामूली गिलहरी से वृहत्तम भूमिका की आशा करना निषिद्ध है। अक्षर परिचय के साथ वर्णमाला में विद्यासागर महाशय ने विश्व के पितृकुल की ओर से हुंकार भरते हुए आदेश दिया था—सदा सच बोलो। इसीलिए हम पुत्रों ने जुबान खोलने के साथ ही

झूठ बोलने का कौशल सीख लिया। आज बाबूजी, आप भी जानते हैं कि जो सिर्फ सच कहता है वह भी थोड़ा कहता है। स्कूल में लॉर्ड चेस्टरफिल्ड द्वारा अपने बेटे को लिखे गये पत्र को मैंने पढ़ा है, कॉलेज में पलोनियस के उपदेशों को भी पढ़ा है। लेकिन तब तक मैं काफी कुछ जान गया था। पुत्रों के यानी हम लोगों के अंडरग्राउंड लाइफ यानी गुप्त जीवन में, जहां हम लोग सचमुच के हम लोग हैं, वहां आप लोगों (पिताओं) की उपस्थिति नहीं है—आप लोगों का प्रवेश निषिद्ध है। आप लोगों और हम लोगों के बीच हर रोज करोड़ों शब्द उच्चारित होते हैं लेकिन हमारे बीच संभाषण बिलकुल नहीं है। और आप ही लोगों के दृष्टांत का अनुसरण कर, आप लोगों के रास्ते पर चलकर; हम लोग भी अपने बच्चों के साथ परस्पर अज्ञातत्रास का संबंध तैयार करेंगे—इस बारे में आप लोग निश्चित रहिए। ऐसा ही होता आया है, हो रहा है और आगे भी होता रहेगा—पिताओं द्वारा निर्मित मानव समाज में, पिताओं और पुत्रों के दो विपरीत और अलग-अलग रास्ते हैं।

जितनी दूर नज़र जाती है, सभ्यता के शुरू से ही ऐसा ही होता आया है। कन्फुसियस का निर्देश था, "पुत्र का कर्तव्य है कि वह अपने पितृवर्ग को सम्मान दे।" हमारे वेद और शास्त्रज्ञों ने ऐतिहासिक काल में पिता को स्वर्ग और धर्म कहकर आप लोगों के साम्राज्य को प्रतिष्ठित कर दिया है। उपनिषद युग से जवाहरलाल नेहरू तक हम लोग सिर्फ आरुणि और श्वेतकेतु हैं। आप लोगों के बताये मार्ग में चलकर हम लोग सत् और आत्मा को पहचानने की कोशिश कर रहे हैं और तब तक करेंगे जब तक यह समझ न जायें कि आरुणि की तरह आप लोगों की पृथ्वी का आखिरी छोर केवल अकोमल गंधार है और हमारी पृथ्वी की सीमा अनिश्चित है। अंधेरे में भी जो विस्तीर्ण है। आप लोगों की नज़र में जो रोशनी है, वह अंधेरे को दूर करने में अक्षम है।

बाबूजी, ज्ञान नामक छड़ी से पिताओं ने पुत्रों को अंधा बना दिया है। उनके बाद आने वाली पीढ़ी के साथ भी पिताओं ने वही किया जो उनके पिताओं ने उनके साथ किया था। एक ही सिलसिला चलता रहा। इसीलिए हम सभी लोग अपने व्यक्तिगत और समष्टिगत अंधकार को यत्नपूर्वक पालते आये हैं। हम सब छोटी-सी चिनगारी लेकर धरती के एक कोने में एक छोटे-से देश और काल में पड़े हुए हैं।

मुझे याद है पिताजी! उस समय मेरी उम्र बारह साल थी—यानी आज मैं जितना हूं, उसका आधा था! स्कूल के सफर को मैं करीब आधा तय कर चुका था, तब एक दिन मैंने आपसे पूछा था :

"मेरा नाम आपने श्वेतकेतु क्यों रखा?"

मेरे प्रश्न के जवाब में आपने पूछा था, "तुम्हें यह नाम पसंद नहीं?"

"नहीं, बिलकुल नहीं। कितना मुश्किल है इसका उच्चारण। तभी तो सब मुझे केतू-केतू कहते हैं।"

"कहने दो!"

"यह नाम आपने कहां से रखा? कैसे चुना?"

आपने बतलाया था, "छांदोग्य उपनिषद से।"

और फिर आपने मुझे आरुणि और श्वेतकेतु की कहानी सुनायी थी। सुनकर मुझे बहुत गुस्सा आया था।

"कहानी कैसी लगी?" आपने जानना चाहा था।

"अच्छी नहीं लगी। एकदम फालतू।" कहने में मुझे जरा भी संकोच नहीं हुआ था।

आपने मुस्कुराते हुए पूछा, "क्यों?"

"फालतू नहीं, तो क्या? बारह साल बाद श्वेतकेतु घर लौटा। पिता के साथ मिला नहीं कि शुरू हो गयी बड़ी-बड़ी बातें—सत्य, आत्मा और भी न जाने क्या-क्या। ऊपर से ढेर सारा उपदेश।"

आप खूब हंसे थे। आपके हंसने से मुझे और भी गुस्सा आ रहा था।

मैंने कहा था, "आप क्या चाहेंगे मैं भी श्वेतकेतु की तरह सुशील और सुबोध होऊं? आपकी हर आज्ञा का पालन करूं? आप जो कहेंगे उसे मान लूं?"

आपने कहा था, "नहीं, ऐसा मैं नहीं चाहूंगा।"

"तो आप क्या चाहेंगे?"

"मैं चाहूंगा तुम खुद अपने ढंग से चीजों को समझो। उनके बारे में फैसला लो और उसमें मेरी भी गुंजाइश रखो।"

"मैं उन चीजों को कैसे समझूंगा?"

"दिमाग से। अपनी बुद्धि और मन से।"

"लेकिन पिताजी, मेरा मन, मेरी बुद्धि, यह सब भी तो आप लोगों ने ही तैयार किया है। है न?"

मुझे अच्छी तरह याद है आप एकदम से गंभीर हो गए थे। थोड़ी देर तक हम लोग चुपचाप चलते रहे—इंडिया गेट के मैदान की हरी घास पर, निःशब्द।

फिर अचानक आपने कहा था, "केतु! तुम्हें क्या सचमुच ऐसा लगता है?"

"कैसा, पिताजी?"

"यही कि तुम्हारा मन, तुम्हारी बुद्धि-समझ वग़ैरह को हम लोगों ने यानी मैं और तुम्हारी मां, तुम्हारे मास्टर जी और हम लोगों की ही तरह कितनों ने

लगातार कोशिश करके अपने अनुरूप तैयार किया है ?"

"क्या ऐसा नहीं किया है आप लोगों ने, पिताजी ?"

"यदि तुम्हें ऐसा महसूस हुआ है आज इस बारह साल की उम्र में, तो मैं जो कुछ कह रहा हूं ध्यान से सुनो। पता नहीं, इसके बाद कह भी पाऊंगा या नहीं।"

फिर हम दोनों वहीं घास पर बैठ गये थे।

आपने कहना शुरू किया, "बड़े होने पर तुम देखोगे कि तुम्हें उन दूसरे बहुत सारे लोगों के साथ मिलाने की, तुममें एकरूपता लाने की, तुम्हारी आजादी में बंदिशें लगाने की लगातार एक बहुत बड़ी साजिश चल रही है। जो किताबें तुम्हें पढ़नी पड़ेंगी, जिन गुरुओं के पास पढ़ना पड़ेगा, जिन कायदे-कानून और नियमों को मानकर तुम्हें चलना पड़ेगा, वे सब-के-सब पुराने हैं और पुराने लोगों और पुराने समाज द्वारा तैयार किये गए हैं। ऐसा सिर्फ हमारे देश में ही नहीं है—सब देशों में होता है। सभी समाजों में नये को पुराने सांचे में परंपरा के अनुरूप ढालने की लोगों ने व्यवस्था की है। प्राचीन और प्रवीण हमेशा सतर्क होकर पहरा देते रहते हैं कि नये लोगों के हाथ में परंपरा और व्यवस्था तहस-नहस न हो जाये। इन सबके बीच इस व्यवस्था और परंपरा को मानते हुए भी प्रयोजन के अनुरूप न मानने की आजादी है। जिस तरह यह आजादी किसी देश, जाति और समाज के लिए है उसी तरह व्यक्ति के लिए भी है। इसीलिए किसी भी देश में, किसी भी समाज में आजाद लोगों की संख्या अधिक नहीं।"

आपकी बात सुनकर मैंने कहा था, "बड़ा होना मुझे जरा भी अच्छा नहीं लगता, पिताजी।"

उत्तर में आपने कहा था, "छोटा होना तो और भी अच्छा नहीं लगता, केतु।"

अब यदि मैं आपसे पूछूं, पिताजी, कि आपको बच्चा होना, यानी कि छोटा होना अच्छा लगा था ? तब आप क्या उत्तर देंगे ?

कहेंगे, "याद नहीं।"

यदि थोड़ा सोचकर कहेंगे, तो कहेंगे, "समझ ही नहीं सका।"

हर आदमी की हर समय की अनुभूतियां समान नहीं होतीं। यह जानते हुए भी हम सब इस तथ्य को मानना नहीं चाहते। आप लोगों ने अपने जीवन में ऐसा बहुत कुछ अनुभव नहीं किया, जो हम लोगों ने किया है। इसी तरह कुछ अनुभूतियां ऐसी भी हैं जिसका अनुभव आप लोगों ने किया और हम लोगों को उनका अनुभव नहीं है या हुआ ही नहीं।

आप लोगों ने अपने जीवन का साल-दर-साल हरेक चीज को ग्रहण कर लेने, मान लेने के निरामिष अनुभूतियों के बीच बिताया है। आप लोगों ने उन विषयों के बारे में कभी कोई प्रश्न नहीं किया। उनका बहिष्कार नहीं किया। ऐसा

करने की आपके शास्त्र में मनाही थी ।

शायद हम लोग ही सुप्राचीन भारतवर्ष में पहले पुत्रकुल थे, जिन्होंने विदेशी प्रभाव का आघात पा कर भी प्रश्न करना सीखा है, थोड़ा बहुत वर्जन या बहिष्कार करना भी। हमारी पीढ़ी में से भी अधिकांश, मैं जानता हूं, आज भी आज्ञाकारी की तरह बिना कोई सवाल किये बहुत कुछ स्वीकार करते जाते हैं । लेकिन मेरा मानना है, मेरे अलावा और भी कुछ पुत्र हैं जो सवाल भी करते हैं और वर्जन भी करते हैं ।

आप लोग और हम लोग, पिता-पुत्र होते हुए भी लगता है, दो अलग-अलग दुनिया के अधिवासी हैं ।

आप लोगों से हम लोगों का दुख-दर्द अधिक है । आप लोगों ने बिना प्रति-प्रश्न किये, बिना प्रतिवाद किये सब कुछ मान कर शांति का अनुभव किया है । सुखी हुए हैं ।

हम लोग सवाल करके उन मान्यताओं को न मानकर प्रतिवाद में उनका वर्जन करके भी ज्यादा दूर नहीं जा सके। क्यों ? सिर्फ इसलिए कि आप लोगों के साथ हमारा बंधन इन सबके बावजूद अभी गहरा है, अटूट है । हम लोग आप लोग को स्वीकार नहीं कर पाते हैं लेकिन यह भी सच है कि आप लोगों के बिना हमारा मन अधीर रहता है ।

इधर जिन लोगों के बीच मेरे विगत चार साल गुज़रे हैं वे इस उत्तरी अमेरिका के लड़के-लड़कियां ही हैं । इनसे मैं न्यूयॉर्क में मिला था । देखा, उन्हें टोरेंटो में था। साधारण परिचय के पहले तीन मिनट में इन लोगों ने साफ बतला दिया : "मेरा बाप एक हारिबल आदमी है । आइ हेट हिम।" या "मेरी अम्मा " एक बार कौतूहलवश मैंने हिसाब लगाकर देखा—दस में से आठ लड़के-लड़कियां अपने जन्मदाता के प्रति श्रद्धा भाव नहीं रखते हैं, उन्हें नहीं चाहते हैं और यह सूचना मैंने दसों अन्य व्यक्तियों को भी दी लेकिन इससे उनमें से किसी का सिर शर्म से नहीं झुका। यही एक ऐसा विषय है जो इस देश के सब युवक-युवतियां को एक दूसरे से सहानुभूतिपूर्वक आबद्ध करता है, अंगरेज युवक-युवतियां भी इसी मामले में आपस में जुड़ते हैं। लेकिन उत्तरी अमेरिका के लड़के-लड़कियां, युवक-युवतियां सहज रूप से अपनी भावना जाहिर नहीं करते ।

और हम लोग ?

आप लोगों को यानी पूरे पितृ समाज को यद्यपि यह जान कर गहरा आघात लगेगा, तथापि मैं कहूंगा, हम लोगों को आप लोगों में ऐसा कुछ नहीं मिला जो मन में श्रद्धा का भाव पैदा करे। सिर्फ पिता होने के नाम पर आप लोग श्रद्धेय हैं। आप लोगों की संतुष्टि से जगत संतुष्ट है । आप लोग स्वर्ग हैं, धर्म हैं—ये सब बातें

हम लोगों के लिए अर्थहीन हैं।

हम लोग जब आपस में आप लोगों के बारे में बातें करते हैं, उस समय आप लोग अदृश्य रूप में यदि वहां उपस्थित हों, तो हमारी बातें सुनकर गश खा जायेंगे। और कुछ नहीं, तो हमारे ऊपर होने वाले खर्च को वहन करने से इन्कार कर देंगे।

आप लोगों को अपने पिता से संपर्क नहीं के बराबर था। आप उन्हें न जानते थे, न पहचानते थे। सिर्फ उनका आदेश मानते थे, उनकी भक्ति करते थे, डरते थे।

लेकिन हम लोग आप लोगों के करीब हैं, इसलिए हम आप लोगों को पहचानते हैं, जानते हैं। आदेश की अवहेलना नहीं कर सकते, इसलिए मानते हैं, डरते हैं, लेकिन जहां तक श्रद्धा का सवाल है, सो वह तो लगभग नहीं ही करते हैं।

आप लोग श्रद्धा के पात्र नहीं हैं इसलिए।

लेकिन हम लोग अभी भी सस्वर नहीं कह सकते—आइ हेट यू। मन-ही-मन कहते हैं उच्चारण नहीं कर सकते। ये शब्द हमारे दिल पर जखम की तरह हैं।

अनुच्चारित अश्रद्धा के साथ हम लोगों को जीना पड़ता है। हम लोग आप लोगों द्वारा निर्मित किसी भी चीज को श्रद्धा की दृष्टि से नहीं देखते। लेकिन नफरत करने का साहस हममें नहीं है। आज तक नहीं हुआ है। इसीलिए बड़े होने के साथ-साथ एक गंभीर अनुच्चारित ग्लानि हम लोगों की नित्य सहचर बनी रहती है।

पिताजी! क्या ऐसी सज़ा आप लोगों को भुगतनी पड़ी है?

आपका पत्र मैंने कई-कई बार पढ़ा। अब तो कंठस्थ भी हो गया है। आपने लिखा है, "पुत्र का दायित्व क्या है? कोई दायित्व है या नहीं? इस बारे में आज मैं नहीं सोचता। आज मैं पुत्र नहीं, पिता हूं। कभी हम लोग भी पुत्र थे। लेकिन बहुत पहले, तब पुत्र का कर्तव्य जीवन के पन्ने में बड़े-बड़े अक्षरों में लिपिबद्ध था, साथ में पिता का भी कर्तव्य। जब से पिता होने की सच्ची अनुभूति मिली, तुम्हारे एक-एक पल बड़े होने से मेरे मन में एक डर समा गया है। बारिश के दिन काले मेघ का एक टुकड़ा जिस तरह क्रमशः विस्तृत होता चलता है उसी तरह यह डर भी मेरे स्नायु और शिराओं में खून के प्रवाह से मिल कर फैलता चला जा रहा है। यह डर बार-बार मेरे सामने सवाल करता है—क्या तुमने अपने जीवन में संतान को देने योग्य ज्ञान का संचय किया है? जिसे तुम इस दुनिया में लाये हो, जिसकी नजर में तुम वीरों के वीर हो, तुम्हारे ही माध्यम से वह जीवन के रहस्यमय अंधेरे के बीच अपना रास्ता ढूंढ़ेगा, हर कदम पर वह बार-बार

तुम्हारा ही मुंह देखेगा—उसे देने के लिए, उसका मार्गदर्शन करने के लिए, तुमने क्या कुछ संचय किया है ? तुम उसे खिला-पिला कर बड़ा करोगे, पहनने-ओढ़ने से उसे परिपूर्ण करोगे, स्कूल भेजोगे फिर कॉलेज और युनिवर्सिटी । इसके बाद जोत दोगे किसी नौकरी में । उसकी शादी करके अपनी ही तरह पिता बनने के परंपरागत नियम से बांध दोगे । और फिर अनिच्छा से तिल-तिल करके उसके जीवन से दूर होते चले जाओगे । तुम्हारे ही रास्ते पर चलते हुए वह भी अपने पुत्र के प्रति धारावाहिक रूप से ऐतिहासिक कर्तव्य पूरा कर इतिश्री पा लेगा । क्या यही तुम्हारे पूर्वजों की पहली और अंतिम इच्छा थी ? इन सबसे दूर, बहुत आगे वह कुछ और चाहता है । उसकी कुछ जिज्ञासाएं हैं—इसका इशारा तक वह तुम्हें नहीं कर पायेगा । किया भी होगा, तो तुम नहीं समझोगे, नहीं जान पाओगे, तुम्हें आभास तक नहीं होगा । तुम जान भी नहीं पाओगे, तुम्हारा पुत्र जन्म लेने से लेकर बड़ा होने के संधिक्षण में तुम से कह रहा है, तुम मेरे पिता हो, तुम ही मेरे नायक हो । मुझे वह सब दो जो तुमने अपने जीवन में संचय किया है । रोशनी-थोड़ी रोशनी दो मुझे । वह रोशनी, वह उजाला खाने-पीने में नहीं, पहनने में नहीं, जमीन-जायदाद के उत्तराधिकार में नहीं है । वह तो उससे भी बड़े किसी उत्तराधिकार के लिए तुम्हारे सामने हाथ पसारे हैं । तुम देख नहीं पाते । यदि देख भी पाओ तो देने के लिए तुम्हारे पास कुछ नहीं है । तुम्हारे पास उजाला नहीं है, रोशनी नहीं है । न ही तुम्हारे पास कोई संचित ज्ञान है, जो तुम अपने पुत्र को विरासत में दे सको । वह अमृतप्रार्थी है । तुम उसके हाथ में सिर्फ पत्थर रख सकते हो, यह वह पत्थर है जिसे तुम जीवन समझते हो ।"

आप कुछ ज्यादा ही भावुक हो गये थे । भावुकता आप लोगों की आदत-सी हो गयी है । वैसे आपकी बातें ठीक हैं । हम लोग आप लोगों से अमृत नहीं चाहते । अमृत जैसा कुछ नहीं है और ईश्वर भी नश्वर है । बल्कि कुछ लोगों का कहना है कि इस नाम के आगे स्वर्गीय शब्द भी जुड़ गया है । अमृतपुत्र नाम का स्थलचर जीव किसी प्राग ऐतिहासिक काल में हुआ होगा । लेकिन आज उसका अस्तित्व नहीं है ।

हम लोग आप लोगों से क्या चाहते हैं, जानते हैं ? हमारी सबसे अहम् मांग, मिन्नत, कामना, प्रार्थना, आशा, अनुरोध—कुछ भी कह लीजिए—क्या है बताऊं ?

सच्चाई ।

हम आप लोगों से सतता चाहते हैं ।

सरल सहानुभूति चाहते हैं ।

खुशी चाहते हैं ।

लगभग शुरू से ही आप लोग हम लोगों से छल, चतुराई करते आये हैं ।

आप लोग इसे जान कर भी नहीं जानना चाहते । जानते हैं, तो मानते नहीं ।

जब से हम लोगों में समझदारी आयी है तब से आप लोगों की यही कोशिश रही है कि हम लोग कुछ समझ न पायें । और इसके लिए आप लोगों ने कितना ही जतन नहीं किया ।

जब से हम लोगों की आंखें खुली हैं, हम कुछ देख न पाये इसकी आप लोगों ने हर संभव कोशिश की ।

जब से हम लोगों की श्रवणशक्ति प्रखर हुई, आप लोग गंभीर हो गये, जिससे हम लोग कुछ सुन न पायें ।

आप लोग हमें अपने से दूर हटा देते हैं और हमें आप लोग अपनी यानी बड़ों की दुनिया से बाहर कर देते हैं, क्योंकि आप लोगों की दुनिया निषेध की दुनिया है । झूठ, चालाकी, चतुराई पारस्परिक छल छद्म की दुनिया है । धन-दौलत की अपनी दुनिया को हम लोगों से छुपाने में आप सब कोई कोर-कसर नहीं छोड़ते ।

आप सब कभी सोचते तक नहीं कि पिता होकर आप लोगों ने सबसे पहले अपने पुत्रों को ही ठगना शुरू किया ।

आप लोग जो नहीं हैं हमें उसी का विश्वास दिलाना चाहते हैं । आप लोगों की दुनिया में जो नहीं है उसी का हमें विश्वास दिलाना चाहते हैं ।

लेकिन, बाबूजी, आप लोग नहीं जानते इतना कुछ जतन करने के बाद भी हम लोग आप बड़ों की दुनिया के बारे में बहुत कुछ जान जाते हैं, देख लेते हैं, सुन लेते हैं, इससे हमारा गणित शुरू से ही गड़बड़ा जाता है । आप लोग जो कहते हैं, करते हैं, जिसे उचित बताते हैं और जो कुछ स्वयं करते हैं उसमें शुरू से ही इतना फर्क होता है कि हम उन बातों, उन उपदेशों का आपसी सामंजस्य नहीं बिठा पाते ।

और इस तरह हम लोग भी आप लोगों को शुरू से ही ठगते हैं ।

आप सब हम लोगों से बड़े होने के नाते डांटते हैं, मारते हैं, डराते हैं और फिर प्यार भी करते हैं । यह सब इसके सिवाय और कुछ नहीं कि हम लोग आप लोगों का सम्मान करें । आदर करें, आपके आदेश मानें, आप लोगों के खिलाफ न जायें, आप लोगों की यानी बड़ों की अधीनता स्वीकार कर लें । यानी हम सब पुत्र सुबोध और सुशील बने रहें । आप लोगों का डांटना, मारना, डराना इसी की व्यवस्था मात्र है कि कुल मिलाकर हम लोग आप बड़ों के शासन में निरुपद्रव और शांतिप्रिय प्रजा की तरह रहें ।

लेकिन हम लोग भी कम नहीं । आप लोगों की बात न मानने, आप लोगों के प्रति श्रद्धा न करने की एक सुरंग हम तैयार कर ही लेते हैं ।

आप और हम यानी पिता-पुत्र दोनों शुरू से ही एक झूठे और खूबसूरत छद्म और प्रतारणा का पारस्परिक संबंध तैयार करते हैं और उससे रंग-बिरंगे रेशमी आडंबर का उपादान तैयार करते हैं।

पिताजी, याद है आपको दिल्ली के विभूति भूषण मल्लिक की। आपके दोस्त थे। एक ओर वे राजपुरुष थे, तो दूसरी ओर आदर्श पिता।

उनका बड़ा बेटा शीतांशु कॉलेज में मुझसे एक साल सिनियर था। उन दिनों मैंने बी० ए० में दाखिला लिया था। कॉलेज में मैं नया-नया था और शीतांशु सेकेंड इयर में था।

एक दिन मल्लिक अंकल अपने पूरे परिवार के साथ हमारे घर आये। उस समय आप लोग ड्राइंग रूम में बैठे थे। मैं और शीतांशु पीछे वाले बरामदे के पास जो छोटा-सा कमरा था, वहीं बैठकर आपस में बातें कर रहे थे।

आप लोगों की बातचीत का कुछ अंश हमें सुनाई पड़ रहा था।

मल्लिक अंकल कह रहे थे, "केतु को आपने आर्ट्स क्यों लेने दिया?"

आपने कहा था, "मैं क्यों मना करता! उसकी जो मरजी वही पढ़े।"

अंकल ने कहा, "इतनी-सी उम्र में वह भला क्या समझेगा कि क्या अच्छा है? क्या ठीक है? उसकी मरजी का भी क्या कोई मोल है?"

आप सिर्फ मुस्कुराकर रह गये।

अंकल ने फिर कहा, "शीतांशु ने तो स्वयं मुझसे पूछा था कि वह क्या पढ़े? मैंने कहा, फिजिक्स और उसने वही लिया।"

आपने पूछा, "उसका मन तो लग रहा है न?"

मल्लिक अंकल का जवाब था, "जरूर! पार्ट वन में उसे फर्स्ट क्लास फर्स्ट मिला है।"

आपने कहा, "वेरी गुड।"

आंटी ने गर्व से कहा, "हमारा शीतांशु अपने पिताजी की हर बात मानता है। स्कॉलरशिप के पैसे भी वह अपने पिताजी को दे देता है।"

मम्मी ने कहा, "यह उचित भी तो है।"

आंटी अभी भी गर्व से फूली नहीं समा रही थी, "उसका अपना तो कोई खर्च ही नहीं है! चाय, कॉफी, सिगरेट वह कुछ भी नहीं पीता। यहां तक कि वह तो इन चीजों के पास भी नहीं फटकता।"

यह सुनकर मैंने शीतांशु से कहा, "साल्ले, सिगरेट बुझा दे। सुनता नहीं, तेरी मां क्या कह रही हैं?"

शीतांशु बोला, "कहने दे यार।"

"तुम्हारे बाबूजी-मां नहीं जानते कि तुम सिगरेट पीते हो?"

"नहीं।"

"रोज कॉफी हाउस में गिलास पर गिलास पीता है ?"

"कॉफी हाउस ? कॉफी हाउस मैं जाता ही नहीं।"

"ऐसा क्या ? साल्ले, घंटों वहां धुनी रमाये रहता है और कहता है कॉफी हाउस मैं जाता नहीं।"

शीतांशु बोला, "जो कहने से वे खुश हो जाते हैं, बस वही कह देता हूं, यार। इसमें मेरा क्या जाता है।"

"पैसे कहां से आते हैं ?"

"मां देती है।"

"क्या बहाना बनाते हो ?"

"कोई भी। कभी किताब लेना है, तो कभी कॉपी लेनी है। लैब का सामान टूट गया है उसका फाइन देना है, लाइब्रेरी फाइन। यही सब। और क्या।"

"तुम झूठ बोलकर पैसे लेते हो ?"

"बड़ा मजा आता है। वे भी तो हमेशा झूठ बोलते हैं।"

"जैसे ? एक नमूना बता।"

"अरे छोड़ यार। बड़ों का मजाक नहीं उड़ाना चाहिए।"

ठीक उस समय आपने क्या किया था याद है, पिताजी ?

आपने मुझे बुलाया, "केतूऽऽ !"

मैं ड्राइंग रूम में पहुँचा, तो आपने कहा, "मेरा सिगरेट खत्म हो गया है, तुम्हारे पास है, तो एक दो न।"

मैं तो एकदम हैरान रह गया।

"नहीं है क्या ?"

मैंने कहा, "चा···र···मी···ना···र।"

"जानता हूं, तुम चारमीनार पीते हो, वही तो मांग रहा हूं। है, तो एक ले आओ।"

सिगरेट पीना बहुत बड़ी बात नहीं। मेरा मतलब जिसका मन करता है वह पीता है। अमेरिका में एक ओर तो सिगरेट की बिक्री बढ़ाने के लिए हर साल करोड़ों रुपये विज्ञापन पर खर्च होता है, तो दूसरी ओर अपनी जनता को अमेरिका इस आशय से सावधान भी करता है कि सिगरेट से कैंसर की आशंका है। टीवी पर जहां कम-से-कम घंटा भर सिगरेट का विज्ञापन दिखाया जाता है, वहां मुश्किल से एक मिनट से भी कम समय का खर्च सिगरेट विरोधी प्रचार के लिए किया जाता है। यह तो एक नमूना मात्र है, जन-कल्याण करने वाले लोकतंत्र का।

हमारे देश में जिनकी संख्या सबसे अधिक है, गांवों और शहरों की बस्ती में वे गरीब रहते हैं। इन गरीबों के बीच बीड़ी और सिगरेट से आदमी-आदमी

का मान निर्धारित किया जाता है। पिता के सामने सात साल का लड़का बिना किसी संकोच के बीड़ी पीता है। बाप-बेटा एक ही हुक्के से तंबाकू पीते हैं।

लेकिन मुश्किल है मध्यवर्गीय लोगों के लिए, जो तथाकथित 'भद्र' समाज हैं। इस समाज में आप जैसे माता-पिता अपने बच्चों के जीवन को विभिन्न निषेधों से घेरे रहते हैं। जैसे आप लोगों की संतान बहुत नाजुक हैं—कांच के समान। इसलिए बच्चों को आप लोग बड़ी सावधानी से रखते हैं। सावधानी क्या, कहना चाहिए पहरे में रखते हैं। और खुद कवच बन जाते हैं।

याद है, उन दिनों शायद मैं आठवीं में पढ़ता था। एक दिन आपने पूछा, "केतु, तुमने कभी सिगरेट पी है?"

मैंने कहा, "नहीं।"

"कभी पी कर नहीं देखा?"

"नहीं।"

"मन नहीं हुआ?"

"नहीं। धुएं की गंध मुझे अच्छी नहीं लगती।"

"यदि कभी मन हुआ, तो मुझे कहना।"

"क्यों?"

आपने थोड़ा सोचा—फिर कहा, "लड़के अक्सर छिपकर सिगरेट पीना शुरू करते हैं—कुछ जिज्ञासावश और कुछ बड़े होने की कोशिश में। बड़े मना करते हैं, इसलिए बच्चे छिपकर वही काम करते हैं। यह स्वाभाविक भी है। तुम यदि कभी पीना चाहो, तो मुझसे मांगकर पीना। और नहीं तो दुकान से कोई अच्छा सिगरेट लेकर पीना। फिर मुझे बताना, सिगरेट पीना कैसा लगा।"

मैंने जानना चाहा, "आपने किस उम्र से सिगरेट पीनी शुरू की?"

"बहुत बड़ा होने पर। तब मैं बी० ए० में पढ़ रहा था। मैंने हॉस्टल के कमरे में एक नोटिस लगा रखा था—इस कमरे में धूम्रपान करना मना है। फिर एम० ए० में पढ़ने लगा। तब मैंने पहली बार सिगरेट पीना शुरू किया। एक दिन कलकत्ता के विवेकानंद रोड और कर्नवालिस स्ट्रीट के क्रॉसिंग पर खड़े होकर सिगरेट पी रहा था कि चलती ट्राम से बासुदेव चक्रवर्ती, जिसे हमारी क्लास में सब 'गुरुदेव' कहा करते थे, उतरा। वह सीधे मेरे सामने आकर आंखें फाड़े खड़ा हो गया। बोला, 'यह क्या यार! तुम्हारी मुखाग्नि कब हुई' तभी से मैंने सिगरेट पीना शुरू किया।"

और मैंने पहला सिगरेट तब पिया, जब मैंने कॉलेज में दाखिला लिया था। वह भी अपनी मरजी से नहीं। सेंट स्टीफेंस कॉलेज की रैंगिग काफी जोरदार हुआ करती थी। कॉलेज में पहले दिन जिन लोगों ने रैंगिग की थी, उन्हीं में से एक ने सिगरेट केस निकालकर एक सिगरेट मुझे ऑफर किया। मैंने इस तरह

सिगरेट लिया मानो मैं जन्म से धूम्रपान का आदी हूं, क्योंकि यदि उन्हें इस बात की ज़रा भी भनक पड़ जाती कि मैं सिगरेट नहीं पीता, तो वे मुझे पूरा-का-पूरा पैकेट सिगरेट पिलाते। मेरा सिर चकरा जाता। मतली हो जाती। लेकिन मैंने इस तरह सिगरेट पी कि उनमें से एक ने पूछ ही लिया, "कब से पी रहे हो," मैंने जो जवाब दिया उसका मतलब था बहुत दिनों से।

शाम को स्टडी रूम में आप कुछ काम कर रहे थे। मैं आपके कमरे में गया। आपने पूछा, "कॉलेज का पहला दिन कैसा रहा ?"

"मजा आया। आज मैंने सिगरेट भी पी।"

आपने पूछा, "अच्छा ! कैसा लगा ?"

"बहुत खराब।"

आप हंस पड़े थे। मैंने आपको पहले दिन के बारे में सब कुछ बतलाया था।

"दूसरी बार इतना खराब नहीं लगेगा।"

"लगता है आप मुझे सिगरेट पीने के लिए उकसा रहे हैं।"

"नहीं। बिलकुल नहीं। बल्कि मुझे इस बात में ज़रा भी संदेह नहीं कि सिगरेट नहीं पीना ही तुम्हारे लिए अच्छा है। जिन्हें सर्दी-खांसी जल्दी लग जाती है, उनके लिए सिगरेट अच्छा नहीं।"

"फिर आप कह क्यों रहे हैं कि दूसरी बार पीना इतना खराब नहीं लगेगा ?"

"मैंने तुम्हें सच बता दिया। कम-से-कम अपनी जानकारी के आधार पर सच कह रहा हूं। अब तुम्हें सिगरेट की लत लगानी है या नहीं—इसका निर्णय तुम खुद करोगे, मैं खुद जब पीता हूं तो अगर तुम्हें मना करूं, तो भला तुम क्यों मानोगे ? लेकिन हां, मैं यह नहीं चाहता कि तुम छिपकर पिओ। छिपकर पीने की कोई जरूरत नहीं।"

"यदि आपके सामने पिऊं, तो क्या आपको बुरा नहीं लगेगा ?"

"नहीं, बिलकुल नहीं। बल्कि छिपकर पिओगे, तो बुरा लगेगा।"

"मां को तो बुरा लगेगा ?"

"उन्हें मैं खुद समझा दूंगा।"

"लेकिन सिगरेट पीने की मेरी इच्छा नहीं।"

"यह तो अच्छी बात है।"

लेकिन पिताजी ! यह कहने के बावजूद दूसरे दिन ही मैंने फिर सिगरेट पी। आपने ठीक ही कहा था, पहली बार की तरह तब खराब नहीं लगा। यह मुझे आपसे कहने का साहस नहीं हुआ। शायद मां का मुझे ज्यादा डर था। क्रमशः रोज दो-चार सिगरेट पीने का मैं आदी हो गया था। परन्तु आप इस बारे में कुछ नहीं जान सके थे। मां भी नहीं। सिर्फ मीता जानती थी।

इसके बाद की घटना मुझे अच्छी तरह याद है।

मीता को लेकर मां कलकत्ता गयी थी। दिल्ली के घर में मैं और आप बस हम दोनों ही थे। रात का खाना हम लोग अकसर बाहर ही खाते थे। एक दिन दक्षिण भारतीय खाना खाने की इच्छा हुई। आप मुझे ग्रीन पार्क में एक साउथ इंडियन रेस्त्रां में ले गये। गरमी का दिन था। बाहर हम लोग डोसा और सांभर-बड़ा खाकर आपस में बातें कर रहे थे। बात करते हुए आप एक के बाद एक सिगरेट पीते जा रहे थे। मुझे सिगरेट पीने की बड़ी देर से इच्छा हो रही थी। तब सिगरेट पीने जैसी साधारण-सी बात को छुपाने के कारण मन-ही-मन मैं खुद को अपराधी महसूस कर रहा था। आखिरकार मैंने आपसे मांग ही लिया, "पिताजी ! मुझे एक सिगरेट देंगे ?"

आप हैरान थे—मैंने साफ देखा। लेकिन आपने अपनी हैरानी को तत्काल दबाकर कहा, "हां-हां। यह लो।"

उस दिन पहली बार मैंने आपके हाथ से सिगरेट लेकर पी।

आपसे कुछ कहना नहीं पड़ा। आप समझ गये थे।

आपके और मेरे बीच लंबी दोस्ती के बल पर मैं यह सब स्वीकार कर रहा हूं। और इसी दोस्ती का एक मजबूत स्तंभ उस दिन गरमी की शाम को तैयार हुआ था।

आप मेरे पिता हैं और मैं आपका पुत्र। लेकिन हम दोनों एक नहीं हैं। दोनों अलग इंसान हैं। हमारा मन अलग है। हमारे सोच-विचार—हमारी चिंता-धाराएं अलग हैं। हमारा जीवन अलग है। इस सामान्य सच को यदि याद रखा जाये, तो बहुत सारी गड़बड़ियां खत्म हो जायेंगी।

मेरा एक दोस्त है। वही अजितेश। याद है आपको। पिछले सप्ताह के आखिर में वह न्यूयार्क से टोरेंटो घूमने आया था। साथ में वह अपने पिता की बहुत सारी चिट्ठियां भी लाया था।

उसके पिता प्राणेशकुमार दत्त ने लिखा था, "आज तुम पढ़-लिखकर विदेश में रहकर सोच रहे हो कि तुम आज़ाद हो। तुम्हारे खुद के जीवन पर एकमात्र तुम्हारा ही अधिकार है। आज तुम नहीं समझ रहे हो, तुम्हारी यह धारणा कितनी गलत है। तुम मेरे ही रक्त-मांस से बने हो। तुम और मैं दो नहीं—एक ही हैं। जिस अटूट सूत्र से मैं अपने पिता, पितामह, प्रपितामह से जुड़ा हूं, उसी सूत्र से और उतने ही गहरे तुम मुझसे जुड़े हो। सीतापुर के दत्त खानदान के तुम बेटे हो। इस नाते इस खानदान के प्रति तुम्हारा जो दायित्व है उसे तुम नकार नहीं सकते। मैंने तुम्हारा पालन-पोषण किया, तुम्हें शिक्षा दी, अपना सारा प्यार, स्नेह और ममता तुम पर न्यौछावर कर तुम्हें इंसान बनाया। मेरे प्रति तुम्हारा वही कर्तव्य है जो मेरा मेरे पिता के प्रति था और मेरे पिता का उनके पिता यानी मेरे पितामह के प्रति। इंसान होकर जन्म लेना मात्र एक आकस्मिक घटना नहीं।

हर पल लाखों शिशु जन्म ले रहे हैं । तुम अपनी मां के कोख से जन्म लेकर दत्त खानदान के वंशधर होकर धरती पर आओगे—इस घटना का निश्चय ही जन्म-जन्मांतर का एक अलिखित इतिहास रहा है । आज विदेश और विदेशी महिलाओं के सम्मोहन में तुम अपने दायित्व को, अपने कर्तव्य को भुला सकते हो । अन-जाने में अपने ही पिता के दिल को ठेस पहुंचा सकते हो । लेकिन एक दिन तुम्हें दत्त खानदान में लौटना ही पड़ेगा । क्योंकि इस विशाल दुनिया में एकमात्र यही तुम्हारा आश्रयस्थल है । संभवतः उस दिन मैं और तुम्हारी मां न रहेंगे, लेकिन हमारी व्यथित आत्माएं तुम्हारे लौट आने के इंतजार में इस दुनिया में भटकती रहेंगी ।"

मैंने अजितेश से पूछा, "तुम्हारे पिता ने ऐसा पत्र क्यों लिखा ?"

उसने कहा, "घर गये पहले ही तीन साल हो चुके थे । इस बार भी मैंने लिख भेजा था कि घर जाना संभव नहीं होगा । इसलिए उन लोगों ने सोच लिया कि शायद मैं अब कभी भारत नहीं लौटूंगा ।"

"एक बार चले क्यों नहीं जाते ।"

"क्या होगा वहां जाकर ?"

"सबसे मिल लोगे और क्या !"

"किसी से मिलने की इच्छा नहीं ।" थोड़ा रुककर उसने फिर कहा—"मां के सिवाय ।"

"तो फिर मां से ही मिल आओ ।"

"मां तो सिर्फ मेरी मां नहीं है । बाबा की पत्नी है । दीदी और भइया की मां है । भाभी की सास है । भतीजे-भतीजियों की दादी है ।"

"तो क्या तुम भारत नहीं लौटोगे ?"

"पता नहीं । और फिर लौटकर भी क्या होगा ?"

"यहां यानी अमेरिका में भी रहकर क्या होगा ?"

"कुछ नहीं, फिर भी यहां जिंदा तो हूं । मैं क्या कुछ कर रहा हूं इसकी जवाबदेही तो नहीं करनी पड़ती ।"

"वैसे यहां रहकर भी क्या कर रहे हो ?"

"कुछ नहीं, मन हुआ, तो शराब पी रहा हूं । गर्लफ्रेंड के साथ रात गुजार रहा हूं । पढ़ भी रहा हूं ।"

"हां, भारत में तुम्हें यह सब कहां मिलेगा !"

"वहां नौकरी नामक अफीम खानी पड़ेगी । पत्नी नामक जहर पीना पड़ेगा ।"

"अफीम और जहर हो या न हो, जीवन का मतलब नौकरी और पत्नी है । इसमें संदेह नहीं ।"

"मुझसे यह सब सहन नहीं होगा।"

"तुम यहां आये ही क्यों ?"

"मतलब ? कोलंबिया में रिसर्च करने की स्वीकृति पाकर आया। उन लोगों ने फैलोशिप देकर नहीं बुलाया।"

"रिसर्च कर रहे हो ?"

"छोड़ा भी तो नहीं है ?"

"भारत में तुम तो नक्सलपंथी थे न ?"

"हां, वह तो एक बीमारी थी, पटना में पढ़ता था। अचानक लगा गरीब किसान बंदूक न उठाये, तो भारत का पिछड़ापन कभी दूर नहीं होगा। भारत के मध्यवर्गीय लोग कभी विद्रोह नहीं करेंगे, तो मेहनतकश मजदूर कभी भी आगे नहीं बढ़ेंगे। ये मेहनतकश लोग हमेशा मध्यवर्गीय, बस मध्यवर्गीय बनने का ख्वाब देखते रह जायेंगे। मुझे लगा, मुक्ति की कुंजी इन्हीं गरीब किसानों के हाथ में ही है। सिर्फ उनके हाथ में बंदूक देकर गोरिल्ला बना देने भर की देर है।"

"और इसीलिए तुम लोगों ने गांव का रास्ता पकड़ा ?"

"हां, माओ त्से तुंग ने चीन में वह सब संभव कर दिखाया, तो भारत में क्यों नहीं हो सकता ?"

"इसका जवाब तो बिलकुल सीधा है—भारत चीन नहीं है। यहां माओ त्से तुंग नहीं हैं।"

"मुझे लगा था क्रांति हम ला पायेंगे, लेकिन अड़चन क्या आयी जानते हो ?"

"दिल ?"

"गलत। मेरे बाबा ने जिसकी दुहाई अपने पत्र में दी है वही। यानी खानदान का ख्याल आ गया। सोचा, अरे, मेरा पिता श्रीमान प्राणेशकुमार दत्त भी तो जमींदार हैं। याद आया, कांग्रेसी भूमि संस्कार की कृपा से इस दत्त खानदान के उत्तराधिकारी होने के नाते चौदह सौ बीघा जमीन में से एक इंच भी हाथ से जाने नहीं दिया। अपने बाबा, भाई, यहां तक कि जिन्होंने कभी इस खानदान में जन्म ही न लिया था, उनके नाम से भी जमीन का बंटवारा कर दिया और बैरिस्टर मित्र अर्धेंदु दस्तकार के दिमागी तिकड़म की बदौलत सरकार से पचास हजार रुपये मुआवजा के तौर पर ऐंठ लिया।"

"यह सब याद आते ही तुमने गरीब किसानों के लिए बंदूक उठा ली ?"

"बिहार के हज़ारीबाग जिले में हम लोगों ने थोड़ा-बहुत काम किया था। जिस स्क्वाड में मैं था; वह कुछ ज्यादा ही जंगी और जोशीला हो गया था। कुछ जमींदारों को हमने अपना निशाना बनाया। उन्हीं में से एक के यहां हमला बोलने की योजना बन रही थी कि मेरे मन में एक जबरदस्त तूफान उठा। मैंने

सोचा, आज जो कुछ करने की योजना में मैं शामिल हूं वह यदि पूरे देश में फैल जाये, तो सीतापुर का दत्त खानदान भी इस चपेट में आ जायेगा। इस खानदान की सम्पत्ति, इसका दबदबा और ऐश्वर्य गरीब किसानों का खून चूसकर ही बढ़ा है और फला-फूला है। मेरी नजरों के सामने एक दृश्य उभर आया, जिसमें वर्ग-संघर्ष में उन्मत्त किसान मेरे बाबा और भाइयों का कत्ल कर रहे हैं और किसी के लिए मेरा मन नहीं रोया। सिर्फ मां और छोटी बहन को उन उन्मत्त किसानों के हाथों मरते देख मेरी रूह कांप गयी। दूसरे ही दिन किसी जरूरी काम का बहाना बनाकर मैं पटना चला आया। कोलंबिया का ऑफर महीने-दो-महीने पहले ही आया पड़ा था। सो तार से मैंने सूचना भेज दी कि मुझे उनका ऑफर स्वीकार है। बस फिर सात समुद्र तेरह नदी पार कर मैं यहां चला आया। इस पूंजीवादी साम्राज्यवाद के तीर्थस्थल में।"

"हिंदू शास्त्रों में आत्मरक्षा से बड़ा कोई और काम नहीं है। तुमने ठीक हिंदूवादी-सा ही काम किया। तुम्हारे पिता तो निश्चय ही बहुत खुश हुए होंगे।"

"यहां आने से पहले बाबा से मुलाकात ज़रूर हुई थी। लेकिन कोई खास बातचीत नहीं हुई।"

"यहां आकर पढ़ाई-लिखाई में, तो तुमने काफी मन लगाया था। फिर अचानक क्या हो गया ?"

"अमेरिकी क्रांति से जुड़ जाने के बाद सब कुछ गड़बड़ हो गया। कोलंबिया के छात्रों ने जिस दिन कैमेस्ट्री बिल्डिंग को अपने अधिकार में ले लिया, उस दिन मैं भी फिजिक्स लैब से निकलकर उन लोगों से जा मिला।"

"मुझे मालूम है। अंगरेजी विभाग का सेमीनार चल रहा था। अचानक खबर आयी कि युनीवर्सिटी के छात्र एक-एक करके सभी विभागों के भवनों पर अधिकार जमा रहे हैं। रोज मेरी ऑयलकट नाम की एक लड़की पेपर पढ़ रही थी। अचानक वह चीख पड़ी, "स्क्रू द एस्टैबलिशमेंट। फॉक ऑल दी डीन्स।" क्लास ले रहे थे एक अधेड़ प्रोफेसर यू जिन वैलेंसी। अपनी किताबें समेटकर वे वहां से रफा-दफा हो गये। कुछ छात्र कैमेस्ट्री बिल्डिंग की ओर भागे। मैं चला गया डर्म में। यदि मुझे मालूम होता कि तुम भी आ रहे हो, तो कैमेस्ट्री बिल्डिंग के आसपास कम-से-कम थोड़ी देर जरूर घूमता।"

"उस दिन को मैं कभी नहीं भूलूंगा। हम पचास-साठ छात्र-छात्राओं ने बिल्डिंग पर अपना कब्जा जमा लिया था। बाहर युनीवर्सिटी के आर्मड सिक्यूरिटी गार्ड जमा हो गये थे। लेकिन खिड़की के रास्ते से और भी कुछ स्टुडेंट अंदर आ रहे थे। उनमें से कुछ हम लोगों का साथ देने के इरादे से आये थे और कुछ महज तमाशाई बनने। कैंपस स्टुडेंट्स से खचाखच भरा था। हम लोगों में आपस

में आगे की रणनीति को लेकर बहस हो रही थी। हमारे बीच आपसी मतभेद साफ दिखाई पड़ रहे थे। हवा में एक फुसफुसाहट-सी थी। वह यह कि युनीवर्सिटी के अधिकारी पुलिस बुला रहे हैं। पुलिस हम सबको यहां से निकाल बाहर करेगी। गड़बड़ी की गयी तो पुलिस गोली भी चला सकती है। इतने पर भी कुछ छात्र-छात्राएं नाच रहे थे। कुछ ग्रुप बनाकर बहस में मशगूल थे। शाम होते-न-होते खाने-पीने का सामान न जाने कहां से आ गया। सबने भर पेट खाया। और फिर से बहस में जुट गये। मीटिंग हुई। पता चला, हममें से बीस छात्र उग्र-पंथी हैं। संभवतः वे एस० डी० एस० के मेंबर थे। ये लोग किसी भी कीमत पर बिल्डिंग से अपना कब्जा छोड़ने को तैयार नहीं थे। वे चाहते ही थे कि पुलिस आये ताकि बिल्डिंग पर कब्जा करने की घटना में नाटकीयता आये। ऐसे में बाहर अचानक शोरगुल सुनायी पड़ा। उस समय रात के दस बज रहे थे। हम लोगों ने खिड़की से झांककर देखा—बीस-पचीस नीग्रो लड़के-लड़कियां बिल्डिग में घुस आये। उनमें से किसी-किसी के पास रिवाल्वर भी थी। उन लोगों ने आकर हम सबसे कहा, 'तुम सब गोरे यहां से निकल जाओ। इस बिल्डिग पर हमारा दखल होगा। तुम सब कायर हो। पुलिस के नाम से तुम सब डर गये हो। संघर्ष तुम लोगों के बस की बात नहीं।' उनकी बातें और उनका तेवर देखकर पहले तो हम लोग हैरान रह गये। फिर उनके साथ हमारी बहस शुरू हुई। एस० डी० एस० के लड़कों ने गोरे-काले की क्रांति-एकता जिंदाबाद का नारा दिया। लेकिन ब्लैक अपनी बात पर अड़े रहे। उनका कहना था, अपनी लड़ाई वे खुद लड़ेंगे। उन्हें अपनी लड़ाई लड़ने के लिए गोरों की मदद नहीं चाहिए। उन्हें गोरों पर विश्वास नहीं। तर्क ज़ोर पकड़ रहा था। तभी बाहर से अपना नाम सुनकर मैं अवाक् रह गया। कोई मुझे बुला रहा था। 'अजितेश ! अजित ! अजित !' अचानक मुझे लगा यह आवाज मेरी जानी-पहचानी है। खिड़की पर आकर मैंने पूछा, 'कौन ?' 'मैं हूं।' जवाब आया। अब मैं समझ गया कि मुझे कौन बुला रहा है। मेरे बाबा के दोस्त पूर्णेंदु राय थे, जो आयात-निर्यात और डॉलर के काले धंधे से पूंजीपति बन गये थे और न्यूयॉर्क आने के बाद मैं उनसे सिर्फ एक बार मिला था। राय अंकल ने विशुद्ध बंगला में कहा, 'तुम वहां क्या कर रहे हो ? चले आओ।' मैंने कहा, 'आपको कैसे खबर मिली कि मैं यहां हूं ?' जवाब था, 'तुम्हारे बाबा ने तार भेजा है। कोलंबिया में इतनी गड़बड़ी है और तुमने बहुत दिनों से घर कोई खबर भी नहीं भेजी है। वे लोग बड़े परेशान हैं। तार के बारे में तुम्हें बताने घर गया, तो पता चला कि तुम गुंडों के साथ बिल्डिंग दखल करने गये हो। जल्दी उतर आओ !' मैंने कहा, 'नहीं, मैं अभी नहीं आऊंगा। आप घर जाइए। अभी तुरंत पुलिस आ जायेगी। गोलियां भी चल सकती हैं। बिना वजह विपत्ति में फंस जायेंगे।' राय अंकल ने कहा, 'तुम इतने नक्कारा होगे, कभी सोचा भी नहीं

था। जिस देश में पढ़ने आये हो, कहां तो उसका सम्मान करोगे और तुम हो कि उन्हीं का बंटाधार करने पर तुले हो। निकाल बाहर कर दिए जाओगे एक महीने के भीतर; देखना !'

" मैंने कहा, 'आप चले जाइए। पुलिस आ जायेगी, तो आप फंस जायेंगे।' राय अंकल ने कहा, 'पुलिस के आने में देर है। आज रात वह नहीं आयेगी। मेयर लिंडसे ने तुम लोगों के प्रेसीडेंट से कहा है कि वे नहीं चाहते कि छात्रों और पुलिस के बीच संघर्ष हो। तुम चले आओ !' अब मुझे गुस्सा आया, 'आप यहां खड़े-खड़े इस तरह नीचे से चिल्लाकर मत बोलिए। मैं नहीं आऊंगा। अब आप जा सकते हैं।' उन्होंने फिर पूछा, 'तुम्हारे बाबा को क्या लिखूं ?' मैंने कहा, 'जो मन में आये, लिख दीजिए।' "

"लेकिन दूसरे दिन सुबह तो तुम लोगों ने बिल्डिंग पर से अपना कब्जा छोड़ दिया था।"

"हां, उसी रात निर्णय लिया गया कि कैमेस्ट्री बिल्डिंग को काले छात्रों के कब्जे में सौंपकर हम लोग लॉ बिल्डिंग पर, जहां प्रेसीडेंट कोरडीयर और उनके समर्थकों का दफ्तर है, कब्जा करेंगे।"

"लेकिन तुम तो लॉ बिल्डिंग पर कब्जा करने के अभियान में नहीं थे।"

"नहीं। कैमेस्ट्री बिल्डिंग से मैं सीधे अपने अपार्टमेंट चला आया। वहां पहुंचा, तो देखा वहां बारबरा बैठी इन्तज़ार कर रही थी। उस बेचारी ने सारी रात मेरा इंतज़ार किया। उसी के साथ सोने-बैठने में सारा दिन निकल गया। लॉ बिल्डिंग के अभियान में मेरा जाना नहीं हो सका।"

"तुम झूठ बोल रहे हो। बताओ, सच्चाई क्या थी ? तुम उस अभियान से कट क्यों गये ?"

"इसके दो कारण थे। मुझे लगा, गोरे और काले के संघर्ष में मेरा कोई स्थान नहीं। मेरा मन मुझे ब्लैक की ओर खींच रहा था। लेकिन अमेरिका में ब्लैक संघर्ष को क्रांति मानने को मैं तैयार नहीं था, क्योंकि वे गोरे से कंधे-से-कंधा मिलाकर लड़ने को तैयार नहीं थे। वे वर्ग-संघर्ष के रास्ते पर चलना नहीं चाहते थे। कम-से-कम कोलंबिया के काले लोगों की ऐसी ही धारणा थी। और दूसरा कारण था, एक पूरा दिन उन लोगों के साथ बिताने पर महसूस हुआ कि मैं उनमें से एक नहीं, बल्कि अलग हूं। अपने देश की लड़ाई से भागकर इन लोगों से जुड़कर तमाशा करना मुझे बड़ा हास्यास्पद लगा।"

"लेकिन बारबरा के साथ तुम सोये, बैठे !"

"सौभाग्य से इस देश में ऐसी लड़कियां हैं ! संयोग से यहां बीयर और शराब सस्ती है ! वरना जीना यहां भी मुश्किल ही है।"

"पढ़ाई-लिखाई क्यों छोड़ दिया ?"

"पी-एच० डी० करके भी क्या होगा ?"

"नहीं करके क्या होगा ?"

"कुछ नहीं, तो कम-से-कम रोज-रोज प्रोफेसरों का मुंह तो नहीं देखना पड़गा ! उस स्साले कॉटन को देखते ही मेरे पूरे बदन में आग लग जाती है। पंद्रह साल से पेंटागोन के रुपये से रिसर्च कर रहा है, लेकिन मिलटरी के पास उसकी आत्मा तक बिक चुकी है। उसके अंडर में रहकर पी-एच० डी० की डिग्री पाना, कितने बड़े असम्मान की बात है, तुम सोच भी सकते हो ?"

"कितने वैज्ञानिक हैं अमेरिका में जो मिलटरी के लिए काम नहीं कर रहे हैं या नहीं किया है ?"

"ज्यादा नहीं हैं। सिर्फ वैज्ञानिक क्यों, सोशल साइंस की भी वही दशा है।"

"सिर्फ साहित्य ही इस गलीज से दूर है। क्यों, नहीं क्या ?"

"राजनीति, अर्थशास्त्र और समाजशास्त्र के पंडित सत्ता की खिदमत में लगे हैं। आज साहित्यकार भी विरोध, प्रतिवाद और प्रतिरोध का रास्ता भूल गये हैं। यौन ग्रन्थि, खून-कत्ल, हिंसा और अलगाव—यही सब तो आज साहित्य के तत्त्व बनकर रह गये हैं। इन सबके बीच नये समाज के निर्माण की दूर-दूर तक कोई संभावना नहीं दिखती। दिखती है ?"

"फिर तुम क्या करोगे ? भारत से भागकर यहां चले आये कि पढ़ोगे, अब यहां तुमने पढ़ाई-लिखाई भी छोड़ दी। इसके बाद ?"

"इसके बाद वही, जिसके बारे में इतिहास ने कभी नहीं लिखा।"

"बारबरा की क्या खबर है ?"

"पता नहीं।"

"यानी ?"

"मात्र छह महीने की दोस्ती के बाद ही वह शादी करना चाहती है। वह भी क्या लड़की है। एकदम डाइन !"

"वह तो चाहेगी ही और फिर तुम्हारे जैसा लड़का !"

"कहती है, नौकरी नहीं है, तो क्या हुआ ? मैं तो नौकरी करती हूं।"

"इसी को तो कहानी में कहा जाता था—राजकुमारी और आधा राज्य !"

"इतना सुखी होने की मेरी कोई ख्वाहिश भी नहीं। शादी का मतलब ही है नौकरी, फिर कार, मकान, बच्चे, बैंक बैलेंस यानी फिर वही दत्त खानदान का लड़का बनकर जीते रहना। लेकिन मैं इन सबसे दूर रहना चाहता हूं !"

"तो क्या तुम्हें दत्त खानदान का लड़का होने से परहेज़ है ?"

"प्राणेश दत्त ने अपनी पत्नी के सहवास से बिलकुल अन्यमनस्क रूप से एक जीवन की सृष्टि की। नितांत दुर्भाग्यवश वह जीवन मैं हुआ। मेरे जीवन का

कर्तव्य है उस दुर्घटना का प्रायश्चित करना। मैं और कुछ होऊं, लेकिन उस दत्त खानदान का लड़का होना नहीं चाहता। मैं किसी का बेटा नहीं, जानते हो? कोई मेरा पिता नहीं।"

थोड़ी देर रुककर अजितेश ने फिर कहा, "सिर्फ मैं ही क्यों, हममें से कोई किसी का बेटा नहीं। हमारा कोई पिता नहीं।"

अजितेश कहता गया, "हम लोगों का जन्म लेना सिर्फ एक दुर्घटना है। इससे ज्यादा कुछ नहीं। हम भारत की शाखा से अलग हो गये युवकों का दल हैं। तुम मानो या न मानो, बहुतों को तो इस दुर्घटना की कोई खबर भी नहीं। कुछ हैं जो थोड़ा-बहुत समझते हैं। और जैसे ही उनका दिमाग इस दुर्घटना के प्रति सजग होना चाहता है वे अपने दिमाग की इस जागरूकता को झटक देते हैं। लेकिन मैं जो कह रहा हूं वह सच है। हम लोगों का कोई पिता नहीं। हम सब पितृहीन हैं। इसका मतलब अवैध नहीं। तुम जानते हो या नहीं?"

जॉर्ज अरऑयल ने पूंजीवादी और साम्राज्यवादी समाज में अमरत्व प्राप्त किया। यह अमरत्व उन्हें साम्यवादी समाज व्यवस्था के विकृत मूल्यांकन के एवज में मिला है। जब मैं नयी दिल्ली के सबसे विख्यात मिशनरी स्कूल की नवीं कक्षा में पढ़ता था तब मुझे 'एनीमल फार्म' पढ़ना पड़ा। आइरिश ब्रादर पढ़ाते थे। मुझे याद है स्कूल से नयी किताबें लेकर घर लौटा। आप मेरी किताबों को उलट-पलट रहे थे कि 'एनीमल फार्म' आपके हाथ में आ गया। आप थोड़ा हैरान थे। आपने पूछा था, "क्या यह किताब तुम्हारे सिलेबस में है केतु?"

"सिर्फ सिलेबस में ही नहीं, पिताजी! ब्रदर ओकनर ने कहा है कि इसको अच्छी तरह याद भी करना है।"

आपने कहा, "ओफ्फ, क्या जमाना आ गया है! सत्यानाश! वे तुम लोगों का एकदम से ब्रेन वाश कर देंगे!"

मैंने पूछा, "यह ब्रेन वाश क्या होता है?"

आपने बताया, "खाली दिमाग में कुछ चुनिंदा विचार भरने को ब्रेन वाश कहते हैं।" मैं हैरान था।

"इसमें सत्यानाश जैसी क्या बात है? आप सब यही तो करते हैं।"

"तुम्हारा कहना ठीक है। लेकिन देखने वाली बात यह है कि चुनने वाले लोग कौन हैं? और क्या कुछ चुन रहे हैं?"

" 'एनीमल फार्म' क्या अच्छी किताब नहीं है?"

"बहुत अच्छी है और मज़ेदार भी। लेकिन यह सिर्फ जानवरों की कहानी नहीं है। जानवरों को प्रतीक बनाकर कम्युनिज्म पर एक अच्छा-खासा व्यंग्य

है ।"

"यानी इस किताब में जो लिखा है वह सच नहीं है !"

"सच है या नहीं—यह मैं कैसे कह सकता हूं ? मैं साम्यवादी समाज व्यवस्था में रहने वाला तो हूं नहीं । जॉर्ज अरऑयल भी नहीं । फिर भी उन्होंने एक ऐसी किताब लिखी, जिसे पढ़कर बचपन से ही बच्चों में साम्यवाद के बारे में एक प्रतिकूल भावना ने घर कर लिया है । सीधी-सी भाषा में पूंजीवाद और साम्यवाद की अंतर्राष्ट्रीय लड़ाई के लिए यह किताब एक पैना हथियार है । यह किताब तुम्हें पढ़नी है । लेकिन इससे पहले कम्युनिज्म की दो-एक किताब पढ़ लेना ठीक रहेगा । वरना तुम्हारे इस कच्चे मन में पहले से ही इस धरती पर अजस्र स्रोत से बहने वाली एक चिंतनधारा के प्रति गलत धारणा जन्म लेगी ।"

"स्कूल में तो हमें बाइबल भी पढ़नी पड़ती है ।"

फिर आपने मुझे एक कहानी सुनायी, "स्कूल में बाइबल का क्लास चल रहा था । अध्यापक ने एक लड़की से पूछा, 'मेरी ! तुमने बाइबल देखी है ?' दस साल की चंचल मेरी ने तपाक से जवाब दिया, 'जी हां सर, देखा है ।' 'पढ़ा है तुमने बाइबल ?' 'जी हां ।' 'बाइबल में क्या है, बता सकती हो ?' 'जी हां ।' 'बताओ ।' 'बाइबल में मां के जूड़े का पिन, भइया की तीन चिट्ठियां, पापा का चश्मा केस और मेरा चुइंग गम है ।' "

कहानी सुनकर मैं खूब हंसा था और कहा था, "हां, एक बार दादीजी की पूजा की किताब में मैंने भी तंबाकू की पुड़िया देखी थी ।"

इसके बाद एक दिन आपने मुझे सुकुमार राय की ह-य-ब-र-ल किताब खरीदकर दी और कहा, "जॉर्ज अरऑयल के साथ इसे भी पढ़ना ।"

"क्या यह भी ब्रेन वाश के लिए है ?" मैंने पूछा । जवाब में आपने कहा, " 'एनीमल फॉर्म' से जो कुछ तुम्हारे दिमाग में घुसेगा, इससे वह सब वाश हो जाने की संभावना है ।"

"सुकुमार राय ने क्या यह किताब कम्युनिज्म पर लिखी है ?"

"शायद हां, शायद नहीं भी । मुश्किल कहां है जानते हो ? 'एनीमल फॉर्म' के विपरीत स्तर की कौन-सी किताब है मैं नहीं जानता । शायद लुई कैरलेर की 'एलीस' है, लेकिन एलीस का व्यंग्य हर तरह की समाज व्यवस्था को लेकर है । जॉर्ज अरऑयल की हंसी में एक भयानक आतंक छुपा है । '1984' पढ़ोगे, तो उस आतंक का चेहरा साफ नजर आयेगा । लेकिन मजे की बात है, '1984' का-सा कोई समाज होगा, आज यह बात कोई दावे से नहीं कह सकता । जिस घुप्प अंधेरे का चेहरा अरऑयल ने साम्यवादी समाज व्यवस्था में देखा था, उसकी परछाईं आज पूंजीवादी समाज व्यवस्था में भी है ।"

आपकी सारी बातें उस छोटी-सी उम्र में मैं समझ नहीं पाया था । आज मेरी

उम्र के चौबीस साल पूरे हो गये। इस बीच मैंने विश्व की कुछेक समाज व्यवस्थाओं को देखा है। साथ ही कई देशों के विभिन्न जाति और भाषा के पितामह, पिता, पुत्र और उनके स्त्रीलिंग मातामह, माता और पुत्री को भी देखा है। दुनिया आज सिमट गयी है । विज्ञान ने भौगोलिक दूरी को इतिहास के पुराने पृष्ठों में धकेल दिया है। आज कोई भी देश या समाज अपने आप में ही सिमटा हुआ नहीं रह सकता है। सारी धरती का तूफान उन्हें आलोड़ित कर रहा है। वे तूफान उन सब देशों और समाजों के हृदय को आच्छन्न कर देते हैं। इस अर्थ में एक ओर हम लोग सचमुच 'वन वर्ल्ड' में रहते हैं। और दूसरी ओर आदमी और आदमी के बीच खाई बनती जा रही है । नया परिचय, सामान्य ज्ञान के बीच की खाई अपरिचय और अज्ञानता से भी बढ़ी है। जब पृथ्वी 'एक' नहीं, 'अनेक' थी तब हरेक देश के इंसान में आपस में अनजानेपन और अपरिचय का एक रोमांस था जो अब नहीं है। आधुनिक युग में प्रचारतंत्र ने पृथ्वी को एक करने के बजाय 'अनेक' कर दिया है। आज कितना सहज है एक देश के इंसान को दूसरे देश के इंसानों के खिलाफ भड़काना। प्रचार की रोशनी में एक देश के इंसान के दिल में दूसरे देश के प्रति अंधकार भरना कितना सहज है । इस पृथ्वी के बारे में सोच कर कभी-कभी मुझे हंसी आती है। सुकुमार राय की याद आ जाती है। 'पृथ्वी अगर गोल न होकर चपटी होती और पूरी पृथ्वी का पानी एक ही जगह जमा होता। उसकी मिट्टी कीचड़ में बदल जाती, जिसमें लोग फिसल कर गिरते···' पिताजी क्या ऐसा ही नहीं हो रहा है?

पृथ्वी के सभी देशों की सड़कें कीचड़ से सनती नहीं जा रही हैं? कोई एक भी क्या सीधे रास्ते में स्थिर होकर चल पा रहा है?

क्या हम सबके पैर फिसल नहीं रहे हैं? आप लोगों का, हम लोगों का, पिताओं और पुत्रों का?

सोचता हूं, तो मुझे रोमांच होता है—आप मुझे कच्ची उम्र में अरऑयल का 'एनीमल फॉर्म' पढ़ते देख किस तरह डर गये थे। आपने सोचा, साम्यवादी समाज-व्यवस्था के प्रति मेरे मन में नफरत उपजेगी। जबकि आप खुद साम्यवादी नहीं हैं। आप लिबरल डेमोक्रेट हैं—आप उदारवादी लोकतंत्र में विश्वास करते हैं। यानी आप खुले दिल से अपने रास्ते चलना चाहते हैं। लेकिन पिताजी, खुला दिल और अपने रास्ते चलना—इन दोनों में से क्या इस पृथ्वी पर एक की भी कोई गुंजाइश है? क्रांति, प्रतिक्रांति, राष्ट्रीयतावाद इन तीन बादलों ने क्या हम सबका मन ढंक नहीं दिया है? आपकी उदारवादी नीति सचमुच में कितनी उदार है? और मेरा मन ही कितना खुला है? आपका रास्ता, मेरा रास्ता और उनका रास्ता—जो हमें यह पाठ पढ़ा रहे हैं—क्या वाकई जिस रास्ते पर हम चल रहे हैं, वह हम सबका अपना रास्ता है?

जिस दिन मेरा जन्म हुआ था—आज से चौबीस साल पहले—उसके दो दिन पहले तक एक बड़ी ऐतिहासिक घटना घटी थी।

भारत आजाद हुआ था।

मेरी मां गर्भवती थी। उनके गर्भ में मैं चंचल हो उठा था—इस दुनिया में आने के लिए। आप नये-नये और पहली बार पिता बनने की खुशी को मन में संजोये हुए नागपुर की न्यू कालोनी में अपने बंगले को, अपने मित्रों और सहयोगियों की सहायता से रंगीन कागज और रोशनाई से सजा कर आजादी के स्वागत में जुटे थे। हमारे बंगले के पोर्टिको की छत—जो मिट्टी के टाइल्स से ढंकी थी—पर चढ़ कर आप बल्ब की माला लगा रहे थे कि टाइल टूट गयी। और तभी आपके मुंह से अचानक निकल पड़ा, "देश का बंटवारा करके आजादी का जश्न मनाने की भगवान की जरा भी इच्छा नहीं। समझे ? रोशनी की माला स्वराज देवता के गले में नहीं पहनायी जा सकी।"

इस घटना के बारे में मैंने कई बार सुना है।

आजादी के पहले हिंदू-मुसलमान के दंगों में बहुत सारे लोगों की जानें गयी थीं—ऐसे लोगों की जो निहायत आम लोग थे, गरीब थे, मध्यम वर्गीय या फिर इतने संवेदनशील लोग जिनमें अपने प्राण बचाने की चतुराई नहीं थी। वे नेता नहीं थे। शासक भी नहीं। वैसे भी नेता और शासक कभी अपने प्राण नहीं देते। वे जिंदा रहने की तरकीबों से सोलह आने परिचित होते हैं। यदि वही जिंदा नहीं रहेंगे, तो शासन कौन करेगा ? इसीलिए तो उन्हें शासन करने देने का मौका देने के लिए आम लोगों को मरना पड़ता है—कभी तिल-तिल कर तो कभी एकदम से।

मैं और मीतू—हम दोनों ने बड़े होने के दौरान सीखा था कि मुसलमान इंसान नहीं, पशुओं से भी बदतर हैं। वे सिर्फ हिंदुओं का कत्ल करते हैं। इसलिए वे हिंदुओं के दुश्मन हैं। लुटेरे हैं। यह आपने नहीं सिखाया था। मां ने भी नहीं। बल्कि आप सब लोगों ने मिल कर सिखाया था। आप लोगों की आपसी बातचीत और बहस से मुसलमानों के इसी परिचय की हमारे मन में एक गहरी छाप पड़ गयी थी। हमारी नीरू बुआ हम लोगों का खाना बनाती थी। वह मुझे और मीतू को कहानियां सुनाया करती थी—उसने अपने खून से उस छाप को धो कर वहां एक नया नक्शा तैयार किया था। नीरू बुआ पूर्वी बंगाल (यानी बांग्लादेश) से आयी थीं। वे यहां शरणार्थी थीं। मुसलमानों के अत्याचार की कहानियों का तो उनके पास अक्षय भंडार था।

मुझे याद है, जब हमारे घर पहली बार कोई मुसलमान आया था, तो मुझे बड़ा अजीब-सा लगा था। एक धक्का-सा।

वह मुसलमान आदमी आपके दोस्त आमानुल्लाह कादर थे। उनके आने का

'तार' पा कर आप बहुत खुश हुए। मां से आपने कहा था, "आमानुल्लाह आ रहा है। दो दिन यहीं रहेगा। मेहमान वाला कमरा ठीक करके रखना।"

मां ने पूछा था, "आमानुल्लाह ? कौन है यह ?"

"अरे वाह, भूल गयी ? कलकत्ता के स्टेट्समैन में मेरे साथ जो था। वह पाकिस्तान जा रहा है। जाने से पहले दो दिन के लिए मुझसे मिलने आ रहा है। वैसे यहां उसके कुछ रिश्तेदार भी हैं।"

मैंने मां से पूछा था, "कौन आ रहा है ? हमारे चाचाजी ?"

मां ने कहा, "तुम्हारे पिताजी के एक मुसलमान दोस्त हैं, वही आ रहे हैं ?"

मीतू को कैसा लगा, पता नहीं। तब वह भी तो छोटी थी। लेकिन इससे मैं बड़ा आतंकित हो गया था। मुसलमान आ रहा है ? एक मुसलमान पिताजी का दोस्त कैसे हो सकता है ? निश्चय ही वह सबको काटने, मारने आ रहा है। पिताजी, मां और हम सबको। हम लोग हिंदू जो हैं ! पिताजी के गले में जनेऊ नहीं है, मां घर पर पूजा-पाठ भी नहीं करतीं, यहां तक कि लक्ष्मी पूजा भी, फिर भी जन्म से मैं जानता था कि हम हिंदू हैं। मरने के बाद भी जानूंगा कि हम हिंदू हैं। मुसलमान एक हिंदू के घर में दोस्त बन कर कैसे आ सकता है भला ?

मां के कलेजे से लग कर उस दिन मैं खूब रोया। आप सबको बचाने की गरज से रो-रो कर मैंने पूरे घर को आंसुओं में डुबो दिया था।

मां ने मुझ बहुत समझाया, "सब मुसलमान एक जैसे नहीं होते। अच्छे भी हैं कुछ बुरे भी। देखना, पिताजी के दोस्त आमानुल्लाह कितने अच्छे हैं ! तुम लोगों के साथ खेलेंगे।"

लेकिन मेरे आंसू नहीं थमे। आखिर में तंग आकर मां ने मुझे खूब पीटा। मार खाकर रोते-रोते मैं सो गया।

रात को मां ने आपसे इस घटना का जिक्र किया था। आप नीरू बुआ से बहुत नाराज हुए ? दूसरे दिन मुझे अपने पास बुला कर आपने पूछा था, "केतु, आमानुल्लाह के आने की खबर सुनकर तुम डर रहे हो ?"

आंखें बड़ी-बड़ी करके डरते हुए मैंने सिर हिला कर कहा, "हां।"

आपने मुझे समझाने के तौर पर बहुत कुछ कहा, उन सारी बातों का मतलब मैं नहीं समझ सका। मेरे कानों में सिर्फ नीरू बुआ की आवाज गूंज रही थी, "हिंदुओं ने मुसलमानों को अपने घर पर आश्रय दिया और मुसलमानों ने उनका कत्ल कर दिया।" मेरे दिमाग में सिर्फ यही बात थी कि किस तरह आपको, आप सबको और खुद को कैसे बचाया जाये। मैं इस बारे में सोचता रहा।

उसी दिन आमानुल्लाह को आप स्टेशन से लिवा ले आने गये। लौट कर आपने मुझे बुलाया। बहुत कोशिश के बाद भी मेरा मन आपके पास जाने को तैयार

नहीं हुआ। आमानुल्लाह को अपने पास आते देखकर मैं भाग गया। मेरे लिए वे एक बड़ी सी और ख़ूबसूरब-सी गेंद ले आए थे। और मीतू के लिए सुन्दर सी गुड़िया। रात को खाना खाने के बाद आप लोग बातें कर रहे थे। मां ने मुझे सोने के कमरे में वह गेंद दी। मैं दबे पांव चुपके से बैठक में पहुंचा और उस गेंद को आमानुल्लाह के सिर पर पूरी शक्ति से दे मारा।

आप और मां दोनों हैरान थे। लेकिन आमानुल्लाह जोर-जोर से हंसने लगे। मां मुझे गुस्से से जबरदस्ती सोने के कमरे में ले गयी। लेकिन उसने मुझे मारा-पीटा नहीं। सिर्फ बोली, "यह तुमने अच्छा नहीं किया। चलो अब सो जाओ।"

बड़े होने पर मैंने सुना, आपने आमानुल्लाह को मेरे उस दिन की हरकत की वजह को सविस्तार बताया था।

सुनकर उन्होंने कहा था, "घर-घर में आज यही हो रहा है। भारत में भी, पाकिस्तान में भी। हम लोग अपने मन का अंधकार और जहर अपने बच्चों में संक्रमण कर रहे हैं। हमारे बच्चे इस अंधकार और ज़हर को मन में लिए बड़े होंगे। इसके बाद क्या होगा, यह सोचने तक की मुझमें हिम्मत नहीं होती।"

आपने कहा था—आमानुल्लाह पाकिस्तान नहीं चाहते थे। लेकिन उन्हें भारत छोड़कर जाना पड़ा। उनके माता-पिता, भाई-बहन सब पाकिस्तान में थे। उनकी ससुराल भी। पत्नी पाकिस्तान चली गयी थी। उनके पिता ने पाकिस्तान में उनके लिए अच्छी नौकरी का जुगाड़ कर लिया था। अतएव भारत में रहने की कोई वजह नहीं थी। फिर भी वे बहुत दिनों तक भारत छोड़ कर जाने को तैयार नहीं थे। लेकिन अंततः उन्हें पाकिस्तन जाना ही पड़ा। यही उन्हें बुद्धिमानी का काम लगा, क्योंकि कलकत्ता में उन्हें संदेह की नज़र से देखा जाने लगा था। कुछ लोग उन्हें पाकिस्तानी भेदिया समझते थे। सब चले गये हैं उनके परिवार के, सिर्फ वही भारत में अकेले पड़े हैं। 'भेदिया' के सिवाय दूसरा कोई ऐसे रह सकता है?

खैर, उस ज़हर और अंधकार को दिल में समेटे हुए मैं बड़ा हुआ। दिल्ली में अपने क्लास में जब पहली बार मैंने एक मुसलमान लड़के को देखा, तब मेरी उम्र दस साल थी। मैं शुरू से ही उस लड़के से दूर रहा करता था। उसे देखते ही मेरा मन भय और घृणा से भर जाता था। पूरे स्कूल में एक भी मुसलमान लड़के से मेरी दोस्ती नहीं थी फिर मुसलमान लड़के हमारे स्कूल में थे ही कितने— किसी-किसी सेक्शन में एक भी नहीं।

इसलिए आप तो शायद समझ ही गये होंगे। पिताजी, मेरे मन में मुसलमानों के प्रति कितना जबरदस्त अंधेरा और कितना प्रभाशाली ज़हर व्याप्त था। बड़े होकर आपके बहुत समझाने और बताने पर भी मेरे मन का अंधेरा नहीं

मिटा। जब आप मुसलमानों की दुर्दशा, उनमें फैली अशिक्षा या दंगे में हिंदुओं द्वारा मुसलमानों की हत्या के बारे में कहते, तो मैं सुनता जरूर था, लेकिन इससे मेरे भीतर का जहर और अंधेरा कम नहीं हुआ।

आजाद भारत में जन्म लेकर मुझे सबसे पहले विरासत में जो कुछ मिला वह यही ज़हर और अंधकार था। मुझे और मेरे जैसे करोड़ों को यही बपौती मिली थी।

अब तो आप समझ ही सकते हैं। यहाँ न्यूयॉर्क में पहले रुस्तम और सुमना को देख कर मुझे कैसा लगा होगा ?

मुझे न्यूयॉर्क आये हुए अभी मात्र एक सप्ताह ही हुआ था। कोलंबिया विश्वविद्यालय के विदेशी छात्र केंद्र के दफ्तर से मुझे पत्र मिला। पत्र में अमेरिकन दम्पति ने सप्ताह का आखिरी दिन अपने साथ बिताने का मुझे निमंत्रण भेजा था। पत्र में उनका फोन नंबर भी था। मैंने फोन किया, तो दूसरी ओर से कोई महिला बोली "हैलो !"

मैंने पूछा, "क्या आप मिसेज डालटन हैं ?"

जवाब आया, "आइ एम शी।"

अपना परिचय देने में महिला का उत्साह स्पष्ट समझ आया। कुछेक मिनट में तय हुआ, मैं लांग आइलैंड रेलवे स्टेशन से शुक्रवार की शाम ट्रेन से 'ग्राम' स्टेशन पहुंचूं। वहां से वे या उनके पति मुझे रिसीव कर लेंगे।

फोन रखने ही वाला था कि मिसेज डालटन बोली, "अरे हां, मिस्टर गुप्ता, एक बात तो आपको कहनी भूल ही गयी। मेरे घर पर और भी दो विदेशी होंगे तुम्हें कोई असुविधा तो नहीं होगी ?"

"बिलकुल नहीं, बशर्ते आप लोगों को मेरे वहां होने में असुविधा न हो तो मुझे तो अच्छा ही लगेगा। दोस्त मिल जायेंगे।"

"बहुत अच्छा। हम लोग भी ऐसा ही सोच रहे थे। वे दोनों तुम्हारे ही तरफ के हैं। पति-पत्नी हैं।"

"यानी भारतीय ?"

"नहीं, पाकिस्तानी।"

मेरी सांस रुक गयी।

"तुम्हें कोई आपत्ति तो नहीं ! यदि ऐसी बात है, तो निःसंकोच हो कर कहो। हम तुम्हें अगली बार बुलायेंगे।"

"नहीं-नहीं। मुझे तो खुशी ही होगी, मेरा कोई पाकिस्तानी दोस्त नहीं। शायद यहां मिल जाये।"

लांग आइलैंड न्यूयॉर्क शहर का बहुत बड़ा कस्बाई इलाका है। यहां से लाखों लोग रोज शहर काम पर जाते हैं। "ग्राम" से गाड़ी से रेलवे स्टेशन तक

गाड़ी पार्क करके ट्रेन से न्यूयॉर्क लौटते समय रेलवे स्टेशन से अपनी गाड़ी में घर लौटते। कई घरों में तो पत्नी पति को रेलवे स्टेशन छोड़ देती हैं और शाम को वहां से घर ले जाती हैं। यहां हरेक परिवार में दो गाड़ी का होना जरूरी है वरना गुजारा मुश्किल है। "ग्राम" तो शहर का भी बाप है । यहां सिर्फ नहीं है, तो आकाश को छूती इमारतें। "ग्राम" में घर दो-तीन या ज्यादा-से-ज्यादा चार मंजिलों के ही हैं।

तयशुदा रेलवे स्टेशन में उतर कर अभी खड़ा ही हुआ था कि देखा एक महिला मुस्कराती हुई मेरी ओर चली आ रही है। समझ गया यही मिसेज डालटन हैं।

यहां महिलाओं का चेहरा देख कर उनकी उम्र का अंदाजा लगाना मुश्किल है। मिसेज डालटन को देखकर लगा उनकी उम्र यही कोई चालीस साल होगी। दरअसल, वे चौंतीस साल की थीं। लंबा कद, सिर पर घने सुनहले बाल। गोलाकार चेहरा। लेकिन ठुड्ढी से चेहरा थोड़ा तिकोनापन लिये हुए था। चेहरे पर एक मीठी और मुलायम-सी मुस्कराहट । आंखें हल्का-सा नीलापन लिये हुए।

"मिस्टर गुप्ता ! मैं हेलेन।"

मैंने हाथ मिलाया। चलते-चलते हेलेन डालटन ने बताया, उनके पति 'स्टेक' बना रहे हैं, इसलिए उन्हें अकेले आना पड़ा। वे बहुत लजीज खाना बनाते हैं, लेकिन किसी विशेष अवसर पर, वरना रोज का खाना वही बनाती हैं। रॉबट डालटन हथियार बनाने वाले किसी कारखाने में काम करते हैं। घर लौटते उन्हें शाम हो जाती है। हेलेन डालटन पास ही के एक अस्पताल में ड्रग एडीक्ट्स का, उनसे बातचीत के द्वारा या सीधे उनके घर जाकर, सामाजिक परिचय इकट्ठा करती हैं। हेलेन डालटन के बातचीत का अंदाज इतना दोस्ताना था कि कुछेक मिनट में वे मुझे अच्छी लगने लगीं। डालटन दंपति के तीन बच्चे हैं। बड़ी लड़की तेरह साल की है। नाम है एलेन। दूसरा जॉर्ज ग्यारह साल का और तीसरा हेनरी नौ साल का।

आधे घंटे के सफर में हेलेन डालटन ने कार ड्राइव करते हुए अपने दांपत्य जीवन और परिवार के बारे में बहुत कुछ बताया। जॉनसन के वियतनाम युद्ध के भयावह परिणाम से लेकर न्यूयॉर्क युनीवर्सिटी में पढ़ते हुए रॉबर्ट डालटन से घनिष्ठ मित्रता तक। इसी बीच उन्होंने मुझसे भी बहुत कुछ पूछा। जैसे मैं शाकाहारी हूं या मासाहारी। विदेश में पढ़ने क्यों आया? पढ़ाई के बाद क्या मैं देश लौट जाऊंगा? भारत में क्या अब भी छोटी उम्र में शादी का रिवाज है?

बातचीत करते हुए हम डालटन के "ग्राम" में पहुंच गये। सड़क के दोनों ओर थोड़ी-सी दूरी बनाये हुए सुंदर-सुंदर मकान थे। कहीं-कहीं सड़क के दोनों ओर सुसज्जित जंगल, उन जंगलों के बीच से कार चलने लायक सड़क। कहीं-कहीं पिकनिक स्पॉट भी था। जहां लकड़ी के टेबल लगे हुए थे। हम लोग "ग्राम" के बाजार से गुजरे, जहां कुछेक हजार कारें बिक्री के लिए खड़ी थीं। यहां बड़े-बड़े सुपर मार्केट भी हैं। बाजार पार करके गिरजाघर। गिरजा के बाद ही उनका घर। हेलेन ने घर के सामने कार धीमी की और सीधे गैरेज में ले गयीं। गाड़ी से उतर कर घर में कदम रखते ही हेलेन के पति मिस्टर रॉबर्ट हाथ मिलाने के लिए आगे बढ़े। रॉबर्ट के छह फुट दो इंच लंबी और पतली काया पर एकदम से गंजे और गोलाकार सिर के पीछे मेरी नजर पड़ी—मेरे ही जैसे गेहुंआ रंग के लड़के पर। उसकी उम्र मुझसे दो-एक साल अधिक ही होगी। सिर पर घने काले बाल और आंखों पर चश्मा। उसकी नाक काफी मोटी और बड़ी-सी थी। उसे अच्छी तरह से देखने से पहले मुझे याद आया, हो न हो यही वह पाकिस्तानी लड़का है जिसके बारे में हेलेन ने मुझे फोन पर बताया था।

रॉबर्ट ने हमारा परिचय कराया, "आप हैं रुस्तम और ये हैं श्वेतकेतु।"

मैंने दोनों हाथ उठा कर नमस्ते किया। रुस्तम ने 'हाय' किया।

हम लोगों में से किसी के पास कहने के लिए कुछ नहीं था।

तब रॉबर्ट ने ही कहा, "रुस्तम को न्यूयॉर्क आये एक महीना हो गया। यह तुम्हारी ही तरह कोलंबिया का ही छात्र है।"

"तब तो ये मेरे सिनीयर हैं।"

तभी हेलेन एक लड़की के साथ कमरे में आयी, जिसे मैं देखता ही रह गया। मुझे लगा, इतनी खूबसूरत लड़की अपने जीवन में मैंने कम ही देखी है।

हेलेन ने कहा, "आप हैं सुमना। रुस्तम की पत्नी।"

मेरे मुंह से कोई आवाज़ ही नहीं निकली।

सुमना ने कहा, "आप यहां नये हैं न?"

मैंने कहा, "पहली ही नज़र में आप समझ गयीं? क्या मेरे शरीर से भारत की खुशबू आ रही है?"

सब हंसने लगे। मुझ में आत्मविश्वास जगा, तो मैंने अपने मन में भी झांक कर देखा कि रुस्तम को मैं सहन कर पाऊंगा या नहीं।

थोड़ी ही देर में साइकिल से एक लड़की आ पहुंची। उम्र लगभग सोलह साल। उसने एक हाफ पैंट पहन रखी थी। घुटने के ऊपर से नंगा पैर दिख रहा था और पैंट पर नाईलोन का फिटिंग शर्ट पहने हुए थी, जिससे उसके शरीर के उभार साफ झलक रहे थे। उसके सिर के बाल चांदी जैसे रुपहले थे। हेलेन और रॉबर्ट बेटी के पहनावे को देख कर थोड़ा अकचकाये। लेकिन अपने मन की भावना

को सप्रयास दबाये करीब-करीब दोनों एक ही साथ बोल पड़े, "एलेन, आप हैं मिस्टर गुप्ता। इंडिया से आये हैं। कोलंबिया में एडमीशन लिया है। रुस्तम और सुमना से तो तुम परिचित ही हो।"

एलेन ने मेरी ओर मुस्कराते हुए एक छोटा-सा 'हाय' किया।

देखने में बहुत खूबसूरत नहीं। लंबा चेहरा, आंखें छोटी, लेकिन चमकीली। होंठ लाल फूल से। हंसने से गाल पर गड्ढे पड़ते हैं। मुझे लगा, इसकी उम्र ज्यादा नहीं तेरह साल होगी। यानी अभी बच्ची ही है। लेकिन देखने में बच्ची बिलकुल नहीं लगती।

रॉबर्ट ने कहा, "हम लोग अभी तुरंत डीनर लेंगे। तुम हाथ-मुंह धोकर जल्दी से कपड़े बदल लो।"

एलेन ने एक बार खुद को देखा फिर अपने मम्मी-डैडी को। फिर बोली, "मैं मुंह धोकर आ रही हूं।" और दौड़कर भीतर चली गयी।

हेलेन ने कहा, "यह अभी सिर्फ तेरह साल की है। आजकल के बच्चे कितनी जल्दी बड़े हो जाते···अब कौन नहीं कहेगा कि यह सोलह की है।"

रॉबर्ट ने कहा, "क्यों नहीं लगेगी। हमारे यहां तो खाने-पीने की चीजों में अतिरिक्त विटामिन का इजाफा कर दिया जाता है। न्यूट्रशन इंडस्ट्री बच्चों का स्वास्थ्य बनाने में लगी है। और कम्युनिकेशन इंडस्ट्री उनके मन को बिगाड़ रही है। वैसे इसमें उनका क्या कसूर? बच्चे जैसे होते जा रहे हैं, उसे लेकर हम चिंतित तो हैं लेकिन उनकी इस स्थिति के लिए हमीं कसूरवार हैं।"

हेलेन ने एक लंबी सांस लेकर कहा, "जॉनसन यदि वियतनाम युद्ध न करवाते तो हमारे बच्चों की यह दशा नहीं होती।"

रॉबर्ट ने अपनी ओर से जोड़ा, "जॉनसन···जॉनसन को अकेले कसूरवार मत ठहराओ, डार्लिंग। हम सब भी तो उतने ही कसूरवार हैं। मैं वियतनाम के युद्ध के लिए हथियार बनाता हूं। लड़ाई थम गयी, तो हमारे कारखाने में काम करने वाले हजारों बेकार हो जायेंगे।"

हम सब खाने बैठे। डाइनिंग टेबिल पर बिजली की मोमबत्तियां जलायी गयीं। हेलेन ने हम लोगों के लिए रॉबर्ट द्वारा बनायी गयी डिश 'स्केट' परोसा। साथ में उबले आलू, सलाद पत्ता और ग्रेवी। खाते-खाते बातचीत शुरू हुई।

रॉबर्ट ने पूछा, "आज स्कूल में क्या हुआ?"

एलेन ने होंठ बिचकाकर जवाब दिया, "नथिंग।"

"पढ़ाई नहीं हुई?"

"नहीं।"

"क्यों?"

एलेन ने कुछ नहीं कहा।

तभी रुस्तम बोल पड़ा, "एंटी वार की हवा क्या स्कूलों में भी चल पड़ी है ?"

हेलेन बोली, "कम-से-कम न्यूयॉर्क में तो इस हवा का असर है ही। एलेन के स्कूल में काफी गड़बड़ी चल रही है। स्टुडेंट क्लास न करके मार्च करते हैं।"

रॉबर्ट ने कहा, "टी० वी० में जो कुछ दिखाते हैं सब वही करना चाहते हैं।"

इस पर हेलेन बोल पड़ी, "युद्ध के खिलाफ तो मैं भी हूं। लेकिन स्कूल के छोटे-छोटे बच्चों को भड़काना—मैं इसे एकदम अच्छा नहीं समझती।"

अब एलेन से चुप नहीं रहा गया, "स्कूली बच्चों को जो ड्राफ्ट कॉल मिल रहा है। यदि वियतनाम के युद्ध में बच्चे मर सकते हैं, तो जिंदा रहने के लिए मार्च क्यों नहीं कर सकते ?"

हेलेन चुप रही। मिनट भर कोई कुछ नहीं बोला।

फिर रॉबर्ट ने ही मुंह खोला, "लड़ाई तो हम लोग भी कर रहे हैं !"

एलेन अब कर्कश आवाज़ में लगभग चीखते हुए बोल पड़ी, "हम लोग करना नहीं चाहते। जो शिक्षा नीति अठारह साल के लड़के-लड़कियों को जबरदस्ती मौत के मुंह में धकेल देती है, भांड़ में जाये ऐसी शिक्षा नीति। नहीं चाहिए ऐसी शिक्षा।"

एलेन के मम्मी-डैडी दोनों ही चुप रह गये।

मुझे लगा माहौल को हल्का करना जरूरी है, तभी खाना खाना हो सकता है। लेकिन मेरे मुंह से चाहने पर भी हल्की-फुल्की बात नहीं निकली।

मैंने कहा, "आप लोग वियतनाम की ट्रेजडी के बारे में कह रहे हैं और मेरा जो नुकसान हुआ उसके बारे में कोई कुछ भी नहीं सोच रहा है। वैसे मुझे भी मेरे नुकसान के बारे में अभी-अभी पता चला है।"

मैंने यह बात बड़े ही गंभीर लहजे में कहा, तो सब मेरी ओर देखने लगे। एलेन भी।

फिर रॉबर्ट ने पूछा, "नुकसान ? क्या नुकसान हुआ ?"

"सत्यानाश हो गया। मेरा धरम भ्रष्ट हो गया।"

"धरम ? क्यों ? कैसे हुआ ?"

"हिंदू घर का लड़का हूं और गाय का मांस खा गया। धरम भ्रष्ट हो गया न ?"

डालटन दंपति का चेहरा देखने लायक था।

हेलेन बोली, "गाय का मांस तुम्हारे धरम में खाना मना है ? ओफ्फ हो, पहले क्यों नहीं बताया ? मैंने तुमसे पूछा भी था कि शाकाहारी हो या मांसाहारी हो। लेकिन गाय के मांस के बारे में पूछने का ख्याल तो मेरे दिमाग में आया ही

नहीं !"

मैंने कहा, "आपके दिमाग में यह बात भला कैसे आती ? मुझे खुद ही इसका ध्यान नहीं रहा !"

अब कहीं जाकर वे लोग समझे कि मैं मजाक कर रहा हूं।

सुमना बोली, "गाय का मांस खाने से हिंदुओं का धर्म नष्ट होता है, यह ठीक है। लेकिन वे हिंदू मि० गुप्ता की तरह हिंदू नहीं। वे असली हिंदू होते हैं।"

मैंने जवाब दिया, "आप मुसलमान से शादी करके हिंदुओं की खबर रखती हैं ?"

यह बात मैंने हंसते-हंसते मजाक में ही कही थी, लेकिन इस बात की टीस माहौल पर अपना असर छोड़ ही गयी।

रुस्तम ने कहा, "कल हम लोगों ने 'पर्क' (सूअर का मांस) खाया। मेरा भी धर्म नष्ट हुआ।"

मैंने पूछा, "आप मुसलमान नहीं हैं ?"

रुस्तम का जवाब था, "वैसे ही, जैसे आप हिंदू हैं।"

हेलेन, रॉबर्ट और एलेन हैरानी से हमारी बातें सुन रहे थे। अब बोले, "तुम लोगों ने शायद हिंदू-मुसलमान में शादी की है। यानी ऐसा होना असाधारण बात है ?"

मैंने कहा, "स्कूल-कॉलेज में इतिहास की किताबों में आज तक जो कुछ पढ़ा है, उससे यही जाना है कि हिंदू लड़कियों के प्रति मुसलमान का हमेशा से ही एक झुकाव रहा है। हिंदू लड़कियों को पकड़-पकड़कर उन्हें गाय का मांस खिलाकर उनका धर्म नष्ट करने की मुसलमानों की पुरानी आदत है।"

रुस्तम ने सुमना से पूछा, "मैंने तुम्हारा धर्म नष्ट किया है ?"

उन दोनों ने एक-दूसरे की ओर ऐसी नजर से देखा कि मुझे समझते देर नहीं लगी कि उन दोनों में आपस में कितना गहरा प्रेम है।

फिर सुमना ने कहा, "मुझसे शादी करके रुस्तम को बहुत नुकसान सहना पड़ा। उसके पिता ने घर से उसे निकाल दिया। यहां तक कि जायदाद से भी बेदखल कर दिया है। अंत में स्थिति यहां तक आ पहुंची कि पूर्वी पाकिस्तान (बांग्लादेश) में हमारा रहना तक उन लोगों ने मुहाल कर दिया।

मैंने कहा, "आप जैसी जीवन से भरपूर लड़की से शादी करके परेशानी मोल ले, ऐसे पुरुष हमारे देश में कम ही हैं।"

सुमना बोली, "यानी आपका मतलब है आपके यहां लोग 'जीवन से भरपूर' लड़की से शादी करना नहीं चाहते ?"

"बहुत कम। पत्नी को होना चाहिए—शांत, सुशील, शर्मीली, आज्ञाकारी,

अल्पभाषी, मृदुभाषी और अल्पमति—भले ही वह ग्रेजुएट हो।"

इस बार एलेन ने मुझसे पूछा, "आपकी पत्नी है?"

मैंने कहा, "यदि कहूं, नहीं है, तो क्या तुम मुझसे दोस्ती करोगी?"

एलेन बोली, "लेकिन मैं 'जीवन से भरपूर' हूं।"

मैंने कहा, "फिर तुम मेरी पत्नी नहीं हो सकतीं। इसलिए बेहतर होगा, इनकी शादी के बारे में सुना जाये।"

रुस्तम बोल पड़ा, "कहने लायक कुछ खास नहीं। मेरे अब्बाजान मुस्लिम लीग के नेता थे। कट्टरपंथी मुसलमान। उन्होंने मेरे लिए एक लड़की देख रखी थी, जो उनकी दोस्त की लड़की थी। लेकिन मैं सुमना से शादी करना चाहता था। मेरी बात सुनकर पहले, तो वे खफा हुए। फिर बोले, ठीक है काफ़िर की लड़की से कलमा पढ़वाकर उसे मुसलमान बना लो। फिर उससे शादी करवा दूंगा। मैंने कहा ऐसा नहीं होगा। सुमना हिंदू है, हिंदू ही रहेगी। मैं शादी रजिस्ट्री करके करूंगा। बस यहीं अब्बाजान से ठन गयी।"

आगे सुमना ने जोड़ा, "रुस्तम को सात दिनों तक घर में बंद करके रखा गया।"

रुस्तम ने कहा, "लेकिन फिर भी मुझे मेरे इरादे से डिगा कहां सके? भागकर मैं सुमना के हॉस्टल में चला आया। वहां भी बहुत हंगामा हुआ। वहां से सुमना को लेकर अपने एक दोस्त के घर आया। हमारे कुछ दोस्त हिंदू थे, कुछ मुसलमान। उन लोगों ने हमारी काफी मदद की। फिर हमारी शादी हुई। और एक दिन दोनों रात के अंधेरे में छुपकर ढाका हवाई अड्डे से रवाना हो गये।"

"सीधे अमेरिका? क्या आप लोगों के लिए इस देश में आना इतना आसान था?"

रुस्तम ने बताया, "कोलंबिया में मुझे एडमीशन और फेलोशिप मिल चुकी थी। सुमना को साथ लाना पड़ा बस यही थोड़ा झमेला हुआ।"

हेलेन ने सुमना से पूछा, "तुम्हारे माता-पिता को भी इस शादी से आपत्ति थी?"

"सख्त आपत्ति थी। हिंदू लड़की की शादी किसी दूसरी जाति में होना बड़ा मुश्किल है और फिर रुस्तम तो मुसलमान है।"

एलेन बीच में ही बोल पड़ी, "मैं भी यदि कभी किसी यहूदी या नीग्रो से शादी करना चाहूं, तो मेरे माता-पिता को भी उसी तरह आपत्ति होगी।"

हेलेन और रॉबर्ट ने एक-दूसरे को देखा। लेकिन वे कुछ बोले नहीं। मैंने कहा, "भारत में एक अमेरिकी लड़के से मेरा परिचय हुआ। ओरगेन के पोर्टलैंड में उसका घर है। बाप-बेटा दोनों कारगो शिप में काम करते हैं। उस लड़के ने

एक भारतीय लड़की से शादी की। लड़की बंगाली थी। मेरी ही जाति की। रंग उसका काला था। लेकिन उसके माता-पिता खुशी-खुशी उस शादी के लिए राजी हो गये। मैंने उस लड़के से पूछा, 'यदि तुम किसी काली अमेरिकी लड़की से शादी करना चाहते, तो क्या तुम्हारे माता-पिता इसी तरह खुशी-खुशी शादी के लिए तैयार हो जाते?' लड़के ने जवाब दिया, 'खुशी-खुशी क्यों, नाराजगी से भी उस शादी के लिए तैयार नहीं होते। यदि मैं वैसा करता भी तो माता-पिता से मेरा संबंध हमेशा के लिए खत्म हो जाता।'"

रॉबर्ट ने मुझसे पूछा, "तुम तो अविवाहित हो न? अपनी मरजी से शादी करने की तुम्हें आज़ादी है?"

मैंने कहा, "जब मैं स्कूल में पढ़ता था तभी से मरे पिता ने कह दिया था कि दुनिया के किसी भी देश की किसी भी लड़की से शादी करने की मुझे छूट है। वे और मेरी मां खुशी-खुशी उस लड़की को अपनी पुत्रवधू स्वीकार कर लेंगे। मेरे बाबूजी का कहना है, शादी सिर्फ प्यार करने के लिए करना, दूसरे किसी कारण से नहीं।"

एलेन बोली, "तुम उनकी बातों का विश्वास करते हो?"

मैंने निःसंकोच कहा, "नहीं। मेरे पिता जाति, धर्म, भाषा, देश को लेकर आपत्ति नहीं करेंगे। लेकिन मेरी पत्नी होने की योग्यता के संबंध में उनका जो मानदंड है वह यदि थोड़ा भी इधर-उधर हुआ, तो उनकी उदारता में प्रश्नचिह्न का लगना तय है। हां, लेकिन मां इतना जरूर चाहेगी कि मैं किसी बंगाली लड़की की ही वरमाला ग्रहण करूं। वे जात-पांत नहीं मानतीं। संभवतः धर्म के मामले में भी उन्हें कोई आपत्ति नहीं होगी। लेकिन भाषा के मामले में वे बहुत कट्टर हैं। दरअसल, जो लड़की बंगला नहीं बोल सकेगी उसके साथ घुल-मिलकर बात करना उनके लिए असंभव हो जायेगी, बस इसीलिए।"

अब सुमना बोली, "तब तो आप अपने माता-पिता के निर्धारित मानदंड के अनुसार ही अपनी जीवन साथी का चुनाव करेंगे।"

मैंने कहा, "अभी से कैसे कह सकता हूं? अब तक मेरा प्रेम एकतरफा ही रहा है। यानी मैं ही प्रेम करता रहा। और अगले ने इस मामले में थोड़ी भी नरमी नहीं दिखलायी। इसलिए यहां आकर मैंने अपने आपको थोड़ा सख्त रखने का संकल्प किया है। यानी एलेन को मुझसे डरने की कोई जरूरत नहीं और जहां तक आपका सवाल है, आप तो पाल उठाये बंदरगाह तक पहुंच ही गयी हैं।"

रुस्तम ने कहा, "मि० गुप्ता, आपके अब्बा फिर भी उदार हैं। मेरे अब्बा तो बिलकुल पत्थर हैं, जबकि वे अच्छी तरह जानते हैं कि उनके लिए जो चीजें कीमती हैं, मेरे लिए उनका कौड़ी भर भी मोल नहीं। वे समझते हैं हिंदू-मुसल-

मान दो जाति हैं और एक-दूसरे के दुश्मन हैं। लेकिन मैं ऐसा नहीं सोचता। वे समाज, राजनीति, अर्थनीति के अस्तित्व को धर्म से अलग नहीं रखते। मैं रखता हूं। वे पाकिस्तानी हैं, मैं बंगाली। हम दोनों एक नहीं हो सकते। लेकिन फिर भी वे चाहते हैं मैं उनकी मरज़ी के मुताबिक अपने जीवन का ताना-बाना बुनूं। ऐसा हो नहीं सकता— किसी भी कीमत पर नहीं, और होना उचित भी नहीं है। इस चीज को वे समझने को तैयार नहीं हैं। इसलिए हम दोनों दो अलग-अलग ध्रुव हैं। भले ही हम दोनों के बीच खून का रिश्ता है। लेकिन दिल और दिमाग का नहीं। वे तो इतना भी नहीं समझते कि एक दिन ऐसा भी आयेगा, जब मैं और मेरे जैसे बहुत सारे लोग पाकिस्तान में रहना भी नहीं चाहेंगे, रह नहीं सकेंगे। हो सकता है हम लोग अपने लिए स्वाधीन पूर्वी बंगाल बनायेंगे, और उस दिन हममें से बहुत सारे युवक अपने-अपने अब्बाजान को अपने सामने पायेंगे। दुश्मन के पक्ष में। यह बात एक दिन मैंने उनसे कही भी थी। नाराज़ होकर उन्होंने मेरे गाल पर एक जोरदार थप्पड़ रसीद कर दिया था। और पीर के सामने मन्नत मांगी थी कि मेरी रूह और देह से हिंदू का भूत भाग जाये।''

इतना सुनकर मेरे शरीर में एक छोटी-सी क्रांति हुई। बहुत दिनों से जमे मेरे मन का गहरा और काला अंधेरा अचानक मेरी सांस से बाहर निकल गया और मेरा मन हल्का हो गया। मेरे हृदय में जैसे हजारों पक्षी एक साथ गा उठे। सुमना की ओर देखा तो शाम के समय उसके चेहरे पर एक अजीब लाली-सी छायी थी। उसके नीम के पत्ते से पतले होंठ कांप रहे थे। और उसकी आंखों में एक अजीब-सी चमक तैर रही थी।

उसी क्षण से रुस्तम से मेरी दोस्ती हो गयी।

उस दिन रुस्तम की बातों ने हम सबको गंभीर कर दिया था। रात का भोजन पूरा हो चुका था। लेकिन हेलेन शायद 'बेसार्ट' देना भूल गयी थीं। देखा, एक आंख से वे रुस्तम की ओर देख रही थीं।

मैंने कहा, "यदि कोई पूरी तरह पुरातनपंथी है, तो ठीक है। समझा जा सकता है कि उसका रास्ता ही अलग है। यदि चलना है, तो दूसरे रास्ते से चलो। या फिर उनसे बचकर रहो। लिबरल लोगों में यही तो दोष है कि वे समझते हैं—उनकी उदारता की कोई सीमा नहीं और इस बार उदार होने की तुम्हारी बारी है। लेकिन लिबरल लोगों के त्वचा को थोड़ा खुजलाकर देखा जाये, तो पता चलेगा कि वे भी पुरातनपंथी हैं।''

इस पर एलेन के मुंह से निकल पड़ा, "हीयर, हीयर।"

मैंने देखा हम तीन देशों के तीन तरह के समाज और संस्कृति से संबंध रखने वाले चार संतानें हैं। हमारे बीच आपसी विभिन्नताओं का तो कोई अंत ही नहीं—धर्म, भाषा, सभ्यता, समाज की मानसिकता। यहां तक कि पानी-हवा,

खान-पान, वेश-भूषा रीति-रिवाज का भी। रुस्तम, सुमना और मैं एक ही भौगोलिक उपमहादेश के होने के बावजूद हमारे बीच चीन की दीवार है और इस अमेरिकी परिवार की तो बात ही अलग है। लेकिन इन सब विभिन्नता के होते हुए भी हम सब इस शताब्दी, इस युग और इस दुनिया में एक ही धागे से बंधे हैं। हमारे खून में विद्रोह की आग है लेकिन साहस किसी में नहीं। रुस्तम में वह साहस है। शायद मुझमें नहीं ! सीतांशु में तो हो ही नहीं सकता। अजितेश में भी नहीं। फिर भी हम लोग बहुत दूर चले आये हैं—अपने-अपने पिता से। उनकी धरती हम लोगों को रोक सकने में असमर्थ रही, जबकि हम लोगों की अपनी कोई धरती नहीं। अपनी धरती बना पाने की शक्ति और साहस हममें नहीं, पिताजी ! जानते हैं क्यों ? क्योंकि अपनी धरती बनाने से पहले हमें आप लोगों की धरती को चकनाचूर करना पड़ेगा, जो आप लोग हमें नहीं करने देंगे। आप लोग शक्ति-सम्पन्न हैं, आप लोगों की धरती बहुत मजबूत है। आप लोग जानते हैं हम अपना सारा विद्रोह हज़म कर आप लोगों के पैरों तले निर्दिष्ट आसन में बैठ आप सबकी धरती को आपही के नियम से चलाते रहें। थोड़ी-बहुत रद्दोबदल से आप लोगों को आपत्ति नहीं होगी। क्योंकि आप लोगों का मन इतना संकीर्ण नहीं कि थोड़े-बहुत परिवर्तन को भी न पचा पाये ! और फिर इतनी आजादी तो आप लोगों ने हम सबको दे ही रखी है। सिर्फ जो चीज़ नहीं दी है सो है अपनी इच्छा से जीने का अधिकार। यह अधिकार तो आप लोगों को आपके पिता लोगों ने भी नहीं दिया था और आप लोगों ने वह अधिकार मांगा भी नहीं। शायद आप लोगों को इसकी जरूरत भी न थी। पितामह से पिता और पुत्र तक सब कुछ एक ही लीक पर चलता रहा। लेकिन आज ऐसा नहीं है। इतिहास का सेतु टूट चुका है। काल की गति विच्छिन्न हो गयी है। समय रूठ गया है। इतिहास जन्म नियंत्रण की गोली खाकर आज बांझ हो गया है।

रुस्तम, सुमना, एलेन और मैं—हममें से कोई आप लोग जैसा नहीं है। पिताजी, हम हम हैं : यह बात बार-बार लाखों और करोड़ों बार कही जाये, तो भी खत्म होना नहीं चाहती। क्योंकि अभी तो इसकी शुरुआत ही है। यह बात हम सब चाहे जितना ही चीख-चीखकर क्यों न कहें, आप सबके कानों तक सहज ही नहीं पहुंचेगी। आप सब अपने खुद के प्रचार से सम्मोहित जो हैं ! टीवी, रेडियो, अखबार—सब-के-सब आप लोगों के प्रभुत्व के प्रचार में हमेशा से ही जुड़े हुए हैं।

लेकिन समय रूठा और विध्वस्त समय हम लोगों का मित्र है।

आने वाले कल में धरती हमारी होगी। और वह कल तभी आयेगा बशर्ते धरती नामक इस गोलाकार ग्रह को आप लोग पूरी तरह ध्वंस न कर दें। लेकिन वह हथियार तो आपके पास है। मौत और विनाश को अपनी मुट्ठी में दबाये

जीवन नामक प्रहसन आप लोग दिखा रहे हैं। और हम सब (आप लोगों की संतान) बहुत नजदीक की दूरी से आहत, विस्मित और पराजित होकर आप लोगों के इस खेल को देख रहे हैं और कह रहे हैं—आप लोगों के बाद भी एक समय आयेगा—यदि धरती बची रही तो—जो हमारा अपना होगा—बशर्ते यदि धरती के साथ-साथ हम सब यानी आप लोगों की संतानें भस्म न हो जायें।

आप पिता हैं और मैं आपका पुत्र। हम लोग अलग हैं। सिर्फ अलग इंसान ही नहीं, हम दो धरती के दो अलग इंसान हैं। आपसे मैं मात्र चौबीस साल छोटा हूं। लेकिन आप ही सोचिए, इस शताब्दी के चौथाई भाग में एक विशाल परिवर्तन किसमें नहीं आया है। पूरी दुनिया की बात छोड़ भी दीजिए, तो हमारे सुप्राचीन भारतवर्ष में आपके और मेरे जन्म के बीच कितना बड़ा फासला है। मैं चौबीस साल का और आप लगभग पचास के—देखिए न कितना बदलाव आ गया है।

आप जनमे थे पूर्वी बंगाल के एक गांव में।

और मैं मध्य भारत के एक बड़े से शहर में।

आपके गांव में मिट्टी की दीवाल और टीन की छत हुआ करती थी जिसमें किरासन तेल की ढिबरी या सरसों तेल का दिया जला करता था। रात के अंधेरे को दूर करने का दूसरा कोई उपाय भी तो न था। आप लोग संयुक्त परिवार में रहते थे। संयुक्त परिवार के अनुशासन में आपके व्यक्तित्व का निर्माण हुआ। बारिश के दिनों में गांव की कच्ची सड़क की कीचड़, तालाब के पानी में आम, कटहल और नारियल के पेड़ों की परछाइंयां, अमलताश, शिरिष, बबूल, गंधराज, हरसिंगार आदि वृक्षों के अलावा लौकी, कुम्हड़ा, मूली, पालक आदि की बेलें-लताएं, तालाब में कोई, मांगुर, सिंधी मछली पकड़ना, हवा में हिलते बांस के झाड़, गोबर के उपले, झींगुर, जुगनू, मेंढक, पीर, संन्यासी, बाउल, होली, दुर्गा-पूजा, माघोत्सव से भरापूरा है, आपका बचपन। उस पर ताऊ-ताई, चाचा-चाची, बुआ-फूफा, दादा-दादी, बड़े भइया-भाभी इन सबके प्यार-दुलार से घिरा था आपका बचपन। गांव के पूर्व में पद्मा (ब्रह्मपुत्र) नदी, नीले आकाश को छूती कास की झाड़ियां, काल बैशाखी, आषाढ़-सावन की बाढ़, सर्दी के मौसम में पलाश, फागुन में कृष्णचूड़ा (अमलतास) ने आपके बचपन को खिलाया था। मुझे लगता है आपके जीवन में इतना कुछ था कि पिता की जरूरत कम थी।

आप अपनी ही बात लीजिए न, पिताजी। आपके भी तो पिताजी थे, जिन्हें मैंने भी बचपन में देखा था। उस समय उन्हें कम दिखाई पड़ता था। लगभग दिखाई ही नहीं देता था। उन्होंने मेरे हाथ-मुंह को टटोलते हुए कहा था कि

मुझे लगता है तेरा लड़का बहुत खूबसूरत है। वे आप ही के तो पिताजी थे! उन्होंने अपना सारा जीवन दूर शहर के किसी स्कूल में बच्चों को पढ़ाने में बिताया था। आपके सब भाई-बहन अपनी मां के साथ गांव में रहते थे। पिता से आप लोगों का संपर्क नहीं के बराबर था। इसलिए आपको उनका अभाव नहीं खला। अनजानेपन के एक गौरव के साथ आपके पिताजी आपसे एक दूरी पर रहे। आप उनसे डरते थे। हो सकता है आप उन्हें चाहते भी हों, किसी एक हद तक—किसी हद तक इसलिए क्योंकि इंसान की स्नायु में कितने ही तरह की चाहतें जन्म लेती हैं—सुना है वे आपको जी जान से चाहते थे, लेकिन आप ही ने एक बार कहा था वे आपको पहचानते भी नहीं थे। बहुत थोड़ा जानते थे। और आपने भी बड़े होने पर अपनी बुद्धि और अनुमति के आधार पर उन्हें अपने मन के शिखर पर पिता की भूमिका में अवतरित किया था और उन्हें समझने-जानने और पहचानने की कोशिश की थी। लेकिन इस कोशिश से फायदा हुआ था? उससे आपके जीवन में रोशनी का एक कतरा भी नहीं पहुंचा, बल्कि जीवन अंधकार से म्लान हो गया। क्योंकि जल्दी ही आपको पता चल गया कि जिसके वीर्य से आपका जन्म हुआ है, उसके पास आपको देने के लिए कुछ भी नहीं है। न ही उनके जीवन से उन्हें कुछ भी मिला। केवल दीर्घ सत्तर साल तक एक विशाल शून्य का वहन करते हुए, अंत में वाराणसी के एक सीलन भरे अंधेरे से एक कमरे में अंतिम सांस लेकर उन्होंने अपने जीवन से छुटकारा पाया था।

अपने पिताजी को ठीक से न पहचानने-जानने और समझने के कारण आपका बहुत नुकसान हुआ था। बचपन से ही आपको मां का भरपूर प्यार मिला। मां ही आपके जीवन की केंद्रबिंदु थीं। सब जानते थे कि आप मातृभक्त हैं। आप दो बहन और दो भाई थे, जो रिश्ते में मेरी बुआ और चाचा हैं। आज उनके भी बच्चे हैं। बचपन से ही आप अपने परिवार में बड़े थे। गांव में पांच लोगों के परिवार में आपकी मां रानी थीं और आप प्रधानमंत्री। हर महीना पचीस रुपये राजस्व के बदले आप लोगों का राजत्व था! आप जानते थे आपकी मां आपके पिताजी के प्रेम से धन्य नहीं थीं। और आपके पिताजी आपकी मां के प्रति उदासीन थे। और उसकी उदासीनता का फल था…अन्य पांच भाई-बहन। आप लोगों के घर गरीबी थी और आपकी मां के हृदय में दुख-दर्द का आथह सागर। मां के प्रति आपके उस झुकाव और लगाव ने आपको अपने पिता से दूर कर दिया था। हां, इसी दूरी को बढ़ाने में आपके पिता ने अपनी कोशिशों में कोई कंजूसी नहीं बरती थी। आपके मन में उनके प्रति बहुत-सी शिकायतें जमती चली गयी थीं, लेकिन आप उसकी चर्चा किसी से भी करना नहीं चाहते थे। इस तरह आपके जीवन में पिता के रुतबे का बहुत बड़ा अंश अंधकारपूर्ण था, लेकिन आपकी मां ने उस अंधेरे को कुछ हद तक दूर कर

दिया था। इसलिए बचपन से ही आपमें एक दृढ़ता थी। इसी दृढ़ता की वजह से ही आपके स्नायु और खून में आजादी का बीज भी संचित था। जिसका परिणाम मेरे और मीतू के लिए शुभ साबित हुआ। आप तो हम लोगों के पिता हैं, ऐसे पिता कितनों के होते हैं? आप हमारे पिता और मित्र दोनों ही हैं। हमारे और आपके बीच एक बड़ी दूरी के बाद भी आप हमारे बहुत करीब हैं। और हम आपके। जबकि आप अपने पिता के आसपास भी नहीं थे। बल्कि मां के करीब थे—तब तक, जब तक आपने अपने पिता को जाना, पहचाना नहीं। उन्हें जानने-पहचानने के बाद आप उनके करीब गये तो नहीं ही, उल्टे मां से भी दूर होते चले गये। क्योंकि आप जान गये थे कि आपके पिता के निःस्वता के लिए आपकी मां जिम्मेवार नहीं है। पर सच तो यह था कि कोई भी जिम्मेवार नहीं था। आपके पिता स्वयं निःस्व थे। उनकी उदासीनता का किसी पर कोई असर नहीं होता था। लेकिन संभावनाओं से भरपूर और असाधारण इंसान को, आपकी मां जीवन में कभी भी थोड़ा-सा भी नहीं पहचान पायी। उनके वीतरागी होने का कारण आपकी मां ने पुरानी सोच-समझ के आधार पर समझा। जैसे जवानी में असफल प्रेम या दूसरी औरत में दिलचस्पी या पत्नी के प्रति गहरी उदासीनता। यह तो अंधेरे में दो व्यक्तित्व के द्वारा एक-दूसरे को स्पष्ट देखने की असफल कोशिश मात्र है। पिता को पहचानने के बाद आपने मां को भी पहचाना। समझा कि मां के प्रति यदि पिताजी अन्याय करते हैं, तो मां भी पिता के प्रति उतना ही अन्याय कर रही हैं। दोनों ने एक-दूसरे को जानने-समझने की कोशिश तक नहीं की। सिर्फ साल-दर-साल नाम भर के पति-पत्नी बने रहे। लेकिन फिर भी आपका अपने पिता के विरुद्ध अभियोग जितना अकारण था, मां के प्रति आपकी सहानुभूति भी उतनी ही अकारण थी और फिर इसके बाद मां से क्रमशः दूर होने के सिवाय दूसरा कोई उपाय भी तो न था। लेकिन आपकी मां ने इसके लिए दोषी ठहराया मेरी मां को यानी कि आपकी पत्नी और उनकी अपनी ही पुत्रबधू को। कहा कि बहू ने बेटे को मां से अलग कर दिया। वैसे यह सनातन आरोप प्राचीन काल से भारत की बहुओं पर सासों द्वारा लगाया जाता रहा है।

पिता के प्रति आपके मन में श्रद्धा जगी और मां के प्रति आहिस्ते-आहिस्ते आप उदासीन होते गये।

यह सब मैंने आपसे ही सुना है, पिताजी! शायद आपको याद होगा कि हम दोनों अकसर अपने-अपने माता-पिता का विश्लेषण किया करते थे।

आप कहा करते थे, "शास्त्र कहते हैं—अपने आपको जानो—लेकिन खुद को जानने के लिए अपने माता-पिता को जानना बहुत जरूरी है। क्योंकि वही तुम्हारे जन्मदाता हैं। तुम्हारे शिशुमन में उन्हीं का प्रभाव होता है। बचपन और

किशोरावस्था में उन्हीं की देख-रेख में तुम बड़े होते हो। तुम जो भी हो, तुम्हारा मन, तुम्हारी शिराओं में बहने वाला रक्त, तुम्हारी संवेदना—सब कुछ उन्हीं के प्रभाव से तैयार होता है। जब तक तुम अपने माता-पिता को नहीं जानोगे, खुद को जानना मुश्किल है।"

इस पर मैंने कहा था, "माता-पिता से बहुत नजदीक का रिश्ता होते हुए भी वे बहुत दूर के होते हैं।"

तब आपने कहा था, "लेकिन हम तो तुम लोगों के बहुत नजदीक हैं। हमारे माता-पिता और कम-से-कम मेरे पिता तो सचमुच मुझसे बहुत-बहुत दूर थे। उन दिनों बच्चों से एक दूरी बनाये रखने का नियम था।"

"फिर आपने अपने माता-पिता को कैसे जाना?"

"इंसानों का आपसी संबंध काफी मजेदार है। कभी-कभी दूरी अचानक संकुचित हो कर नजदीकी में बदल जाती है, तो कभी नजदीकी इतनी दूरी बढ़ा देती है कि वह संबंध दुर्लभ और दुरूह ही हो जाता है।"

"कभी-कभी आप बहुत दार्शनिक हो जाते हैं। लेकिन अभी आपने जो कुछ कहा उसमें मेरे सवाल का जवाब नहीं है।"

"मेरे पिताजी एक दिन अपनी उस दूरी से बहुत करीब आये और शीशे की तरफ साफ हो गये। तब मैं नागपुर में नया-नया था। उन दिनों तुम अपनी मां के पेट में काफी हिल-डुल रहे थे। नागपुर में रहते हुए तीन महीने बाद तुम्हारा जन्म हुआ।"

"चौबीस साल की उम्र में आप किसी दैनिक अखबार के संपादक बन गये थे।"

"छोटा-सा अखबार था। प्रोपराइटर थे उन दिनों के मुख्यमंत्री। अखबार की राजनैतिक हैसियत थी।"

"मैं जब जनमा था, भारत नया-नया आजाद हुआ था।"

"दसवें दिन। और उसके कुछ ही दिन बाद पूर्वी बंगाल का खुलना जिला पाकिस्तान के हिस्से में चला गया। भाई-बहन को खुलना में ही छोड़ कर माता-पिता को मेरे पास नागपुर चले आना पड़ा।"

"तब तो आपने अपने पिताजी को समझा होगा?"

"इतना सहज नहीं था। जिस आदमी ने अपना सारा जीवन परिवार से दूर रह कर बिताया, उसके लिए निःसंगता से अच्छा सहचर उसका दूसरा कोई नहीं बन सका। अचानक अपने लोगों के बीच वह घबरा उठा। गरीब होते हुए भी जिसने पूरे परिवार को पालने का भार उठाया। एक विधवा चाची की लड़की की शादी के लिए उन्होंने बड़ी मुश्किल से संचित की गयी पांच सौ रुपये भी दे दिया। किसी के प्रति उनके मन में मैल न था। वे कभी किसी का बुरा तक

नहीं चाहते थे। गरीब होते हुए भी सभी उनका सम्मान करते थे। सबके श्रद्धेय थे। लेकिन उनके आत्मत्याग के मूल में आत्मवंचना थी। यही आत्मवंचना उनके लिए 'पैथलॉजिकल' यानी मानसिक अशांति बन गयी थी। अपने जीवन में उन्हें कभी कुछ नहीं मिला। इस सच्चाई को उन्होंने 'कभी किसी से कुछ नहीं चाहा' में तब्दील कर दिया था। इसी आत्मवंचना में उन्होंने आत्मरति के सुख का आविष्कार किया था। जो मेरी नजर से छिप नहीं सका और इसे ले कर उनके साथ वाद-विवाद भी हुआ। इस वाद-विवाद की वजह से पिताजी मुझसे थोड़ा सहज हुए।''

उस वाद-विवाद के बारे में आपने मुझसे कई बार कहा। मुझे अच्छी तरह याद है। आज आप ही के जीवन की एक महत्त्वपूर्ण घटना का उल्लेख करते हुए मैं संकोच का अनुभव कर रहा हूं, पिताजी! बचपन में सुनी हुई कहानी ने मेरे मन में इस कदर प्रभाव छोड़ा था, कि वह मुझे आज भी याद है। लेकिन उस घटना को मैं अपने नजरिये से देखने की कोशिश कर रहा हूं। इसलिए आपके जीवन की घटना आज सिर्फ आपकी ही नहीं रह गयी है बल्कि मेरी भी है। यह रासायनिक रूपांतर मन में कौतूहल जगाता है न, पिताजी ? आपके पिताजी और आप, मेरे पिताजी और मैं और दूसरे बहुत से अनासक्त इंसान···हममें से हरेक ने इस घटना को अपने-अपने मानसिक और व्यावहारिक रसायन में संचित कर लिया है और एक ही घटना सबके लिए अलग-अलग तात्पर्य लिए हुए है। इसलिए मैं जिस घटना का जिक्र करने जा रहा हूं, वह घटना आपके मन में जिस तरह अंकित है, उससे यह बिलकुल अलग हट कर होगी। मैंने जब भी आप और आपके पिताजी के बीच हुए उस वाद-विवाद के बारे में सोचा, मेरे मन में एक अजीब आलोड़न जगा, और एक नाटकीय परिस्थिति की सृष्टि हुई। अर्थात् नाटकीय तकनीक से मैंने उस घटना को बड़े ही सहज ढंग से आत्मसात किया। उसी तकनीक के माध्यम से उस घटना को मैं आपको सुना रहा हूं। यह एक ही कहानी की बासी पुनरावृत्ति होगी, लेकिन अतीत का वह अध्याय आपको अभिनव लगेगा।

नाटक का स्थान नागपुर के न्यू कॉलोनी में स्थित एक बंगला है। यह बंगला काफी पुराना लेकिन विशाल है। बंगले के मालिक का बंगले के प्रति उपेक्षा का नजारा हर कहीं स्पष्ट नजर आ रहा है। पांच-छह सालों से बंगले में रंगो-रोगन नहीं हुई है। जगह-जगह से सीमेंट का प्लस्तर झड़ गया है। पांच में से तीन कमरे की छत पर दरार पड़ गयी है। बंगले के सामने एक बड़ा-सा पोर्टिको है और फिर दोनों ओर बरामदा। बरामदे के दोनों कोने में दो छोटे-छोटे कमरे हैं। बरामदे के बाद बैठकखाना और उसके दोनों ओर दो बेडरूम। बायीं ओर के बेडरूम के साथ लगा डाइनिंग रूम। बंगले के पीछे एक बहुत बड़ा-सा

बरामदा है। उसके बाद आंगन। आंगन को पार करके किचन और नौकरों का क्वाटर। लॉन में चार-पांच युकिलिप्टस के पेड़ हैं। एक सीता फल का पेड़ भी है। आंगन के पिछवाड़े में अमरूद और संतरे के पेड़ भी हैं।

बरामदे में एक वृद्ध सज्जन बैठे हैं। नाम है अभयकुमार गुप्ता। उम्र 57। लेकिन देख कर लगता है वे 67 के हैं। सिर पर घने सफेद बाल। गालों पर दो दिन की बढ़ी हुई सफेद दाढ़ी। शरीर पर सिर्फ एक मटमैली धोती है। अभयकुमार गुप्ता की दोनों आंखों में मोतियाबिंद है। इसलिए ठीक से उन्हें दिखाई नहीं पड़ता। वे एक बड़े से डेक चेयर में बैठे हैं। उनका जीर्ण-शीर्ण शरीर चेयर में कहीं खो गया है। बैठे ऐसे हैं कि लगता नहीं वे आराम कर रहे हैं। अभयकुमार गुप्ता उस चेयर का इस्तेमाल करते हैं। उसकी आरामियत ग्रहण करने से अनिच्छुक उनकी आंखें सामने लॉन पर हैं। फिर थोड़ी देर बाद वही आंखें लॉन से पार पार्क के अंतिम सिरे पर जा कर टिक गयी। लेकिन उनके सजग कान और सतर्क मन बरामदे में खेलते हुए दो साल के उस बच्चे की भी रखवाली कर रहे हैं। उस बच्चे से अभयकुमार का नाता दादा-पोता का है। बच्चे के सिर पर घने सुनहले घुंघराले बाल हैं। शरीर पर कोई कपड़ा नहीं है और चड्डी भी पेट से नीचे खिसक गयी है। एक छोटी-सी लकड़ी को लिए वह काली चीटियों का पीछा कर रहा है। अभी कुछ ही दिन हुए हैं, चलना, सीखा है। ज्यादातर वह घुटनों के ही बल चलता है।

अभयकुमार गुप्ता की आंखें वहीं लगी रहीं, पर ध्यान पोते पर ही था। बोले, "मुन्ना उधर मत जाओ गंदगी है। यहीं खेलो।" पोते ने एक बार मुड़ कर देखा फिर उसी ओर बढ़ने लगा। अभयकुमार थोड़ी देर चुप रह कर फिर बोले, "यहां आओ। मेरे पास आ कर खेलो। उतनी दूर चले जाओगे, तो मुझे दिखाई भी नहीं देगा।"

तभी अभयकुमार की पुत्रवधू सुमीता कांच के गिलास में दूध ले कर बरामदे में आयी। सुमीता की उम्र 24 साल है। भरा-पूरा शरीर। सिर पर घने काले और घुंघराले बाल, जो उसकी पीठ को पूरी तरह ढके हुए है। सुमीता हरे रंग की साड़ी पहने हुए है। उसकी आंखों पर चश्मा है। पेशानी पर पसीने की बूंद से साफ पता चल रहा है कि वह किचन में थी। हाव-भाव से लग रहा है कि वह जल्दी में है। अभयकुमार गुप्ता के पास आ कर सुमीता कुछ देर खड़ी रही फिर बोली, "बाबूजी आपका दूध।"

अभयकुमार चुप रहे। उनकी आंखें अभी शून्य में हैं।

सुमीता ने फिर कहा, "बाबूजी, दूध।"

अभयकुमार अभी भी खोये से हैं।

सुमीता जरा जोर से बोली, "दूध पी लीजिए, बाबूजी।"

अभयकुमार : "देखो तो बहू, मुन्ना मैदान में तो नहीं चला गया ?"

सुमीता : "नहीं बरामदे में ही है। आप दूध पी लीजिए।"

अभयकुमार फिर कहीं खो गये।

सुमीता दूध ले कर कुछ मिनट खड़ी रही। फिर बैठक की ओर से किचन में लौट गयी।

अभयकुमार अचानक बोले, "मां ! मां काली !! महामाया !!! मुन्ना कहां गये तुम ! यहीं आ कर खेलो, बेटे। बरामदे से आगे मत जाना।"

बायीं ओर बेडरूम से अभयकुमार की पत्नी सुवर्णरेखा की आवाज सुनाई पड़ी, "दो बार बहू सिर्फ दिखावे के लिए रसोई घर में चली गयी। इधर उस आदमी ने दो दिनों से मुंह में पानी तक नहीं दिया—उसकी कोई चिंता है। हमारे जमाने में तो ससुर को खिलाये बिना एक निवाला तक मुंह में नहीं डाला जाता था। घर भर के सारे लोग चार वक्त खाये जा रहे हैं और बूढ़े को दो दिन से किसी ने पानी तक के लिए नहीं पूछा और किसे कहते हैं कलियुग···।"

दायीं ओर बेडरूम से अभयकुमार गुप्ता की लड़की सुनंदा आयी। उम्र 22 साल। लेकिन अविवाहित है। इकहरे बदन की। सांवली-सी लड़की है सुनंदा। उसकी ठुड्डी में एक बड़ा-सा तिल है। होंठ थोड़ा-सा मोटा और नाक चपटी है। लेकिन फिर भी चेहरे पर एक आकर्षण और लावण्य साफ झलकता है ! आंखें बड़ी और गहरी हैं। जिससे वह भावुक-सी दिखती है। बरामदे में आ कर वह इधर-उधर देखती है। तभी एक कोने में उसे मुन्ना दीख जाता है, "मुन्ना, वहां अकेले-अकेले क्या हो रहा है ? हे भगवान ! मिट्टी खा रहा है ! बाबूजी, आप तो देख भी नहीं रहे हैं। मुन्ना इधर बैठे-बैठे मिट्टी खा रहा है।"

सुनंदा झट से आगे बढ़ कर मुन्ने के हाथ से मिट्टी झाड़ देती है। और उसे गोद में ले कर जाते हुए कहती है, "चल तुझे नहला दूं। भूख लगी है, तो कह नहीं सकता ? देखना, मिट्टी खा कर पेट में कीड़े हो जायेंगे। चल तुझे नहला दूं।" मुन्ना ने कोई प्रतिवाद नहीं किया। सिर्फ हाथ में लगे मिट्टी के अवशेष को चाटता रहा।

अभयकुमार : नंदा ! नंदा !

सुनंदा मुन्ने को गोद में लिए फिर बाहर आयी।

सुनंदा : क्या, बाबूजी ?

अभयकुमार : तुझसे एक बात पूछनी थी।

सुनंदा इंतजार करती रही। मुन्ना अब गोद में रहने को तैयार नहीं। अभयकुमार कुछ कह भी नहीं रहे थे। मुन्ना गोद से उतरना चाहता है।

सुनंदा : बाबूजी, आप कुछ कह रहे थे। मैं मुन्ने को नहलाने जा रही थी।

अभयकुमार : क्या भइया के घर की नौकरी बजाते हुए सारा जीवन

बिताने का इरादा है ?

सुनंदा चुप रही। मुन्ना गोद से उतरने के लिए कुलबुला रहा है। आखिरकार वह सुनंदा के गोद से उतर ही जाता है।

सुनंदा : दूर मत जाना। यहीं खेलो। अभी नहला कर खाना दूंगी।

अभयकुमार : मेरी बात का तुमने जवाब नहीं दिया।

सुनंदा : नौकरी बजाने जैसा आपने क्या देखा ?

अभयकुमार : तू क्या सोचती है भइया-भाभी तेरी शादी करायेंगे। कभी नहीं करायेंगे। सात सौ रुप्पली में चाहे भी तो नहीं करा सकते। सारी जिंदगी तुझसे अपनी घर-गृहस्थी का काम करवाते रहेंगे और मैं इस बुढ़ापे में यह सब देखता रह जाऊंगा।

सुनंदा : बाबूजी, भइया घर पर हैं। जरा धीमे बोलिए।

अभयकुमार थोड़ा भयभीत से : घर पर है ? अभी तक ?

सुनंदा : घर पर ही लिख रहे हैं।

अभयकुमार : कितना बजा है ?

सुनंदा : ग्यारह बज गये हैं।

अभयकुमार : अभी तक घर पर है ? तबीयत तो ठीक है ?

सुनंदा : ऐसा तो कुछ नहीं सुना। लगता तो है, ठीक है।

अभयकुमार : जरा अपनी माँ को बुला तो। अच्छा रहने दो। उसे बुला कर भी क्या होगा ! वह तो खुद अपने शरीर से लाचार है। सारा दिन-रात यहां दर्द, वहां दर्द। 'मर गयी-मर गयी—' यही कहती रहती है। पचास सालों से रोज मर रही है लेकिन—अच्छा जरा भाभी को बुला। सुना है भाभी रोज रात का खाना तुझे बनाने के लिए कहती है ?

सुनंदा : नहीं तो ! भाभी तो दोनों वक्त का खाना दोपहर में ही बना लेती है। कभी-कभी रात को खाना मैं गर्म कर लेती हूं।

बायीं ओर के कमरे से सुवर्णरेखा की आवाज आती है : सीधे-साधे बंगला भाषा में इसी को तो खाना बनाना कहते हैं। जब मैं इस घर में बहू बन कर आयी थी, तो सुबह-सुबह रसोई में जो पैर रखती रात के दस बजे से पहले वहां से बाहर निकलना मुश्किल था और अब ! आजकल की बहुओं को शाम को रसोई घर में जाने को कहो, तो कुरुक्षेत्र मच जाता है। सुबह का बना खाना चार वक्त खाना पड़ता है—इसलिए तो मुझे खाना हजम नहीं होता।

अभयकुमार : भाभी को बुला।

सुनंदा मुन्ने को गोद में ले कर अंदर चली गयी। अभयकुमार फिर याद करने लगे, "काली ! महाकाली !" थोड़ी ही देर बाद सुमीता आयी। परेशान-सी।

सुमीता : बाबूजी। आपने मुझे बुलाया ?

अभयकुमार : सुना है अभी तक वह दफ्तर नहीं गया ?

सुमीता : देर से जायेंगे।

अभयकुमार : तबीयत तो ठीक है !

सुमीता : नहीं, ऐसा कुछ नहीं है।

अभयकुमार : फिर दफ़्तर क्यों नहीं गया ?

सुमीता : पता नहीं क्यों। वैसे लिख रहे हैं।

अभयकुमार : कहीं बुखार तो नहीं उसे ?

सुमीता : उन्हें बुला दूं ? आप खुद ही पूछ लीजिए।

अभयकुमार : नहीं रहने दो। बुलाने की जरूरत नहीं। तबीयत खराब होती, तो तुम्हें पता ही होता।

सुमीता : आपको दूध दे दूं ? दोपहर को क्या खायेंगे ?

अभयकुमार चुप।

सुमीता अतिशय नरम स्वर में : दो दिन से आप उपवास किये हुए हैं। तबीयत खराब हो जायेगी—कमजोरी से।

अभयकुमार : तुम अपना काम करो।

सुमीता कुछेक सेकेंड खड़ी रही। फिर बैठक से होती हुई रसोई में चली गयी।

अभयकुमार फिर शून्य में देखने लगे।

बैठक के चौखट में अभयकुमार गुप्ता का बेटा कुमारेश गुप्ता खड़ा है। पच्चीस साल का युवक है वह।

चौखट में खड़े रह कर कुमारेश आकाश की ओर देख रहा है। तभी अभयकुमार को उसकी उपस्थिति का एहसास हुआ। लेकिन फिर उनकी दृष्टि शून्य में ही है।

कुमारेश : बाबूजी, आप यह क्या बचपना कर रहे हैं ?

अभयकुमार चुप ! वही शून्य में नजर।

कुमारेश : दो दिन से आप उपवास क्यों रखे हुए हैं ?

अभयकुमार : खाने का मेरा मन नहीं।

कुमारेश : बिन खाये ऐसे कितने दिन तक रहेंगे ?

अभयकुमार : मैंने तो तुमसे कह ही दिया है कि मुझे काशी भेज दो। यहां के पानी को भी मैं हाथ नहीं लगाऊंगा।

कुमारेश : ठीक है भेज दूंगा। लेकिन पहले आप आंखों का ऑपरेशन तो करा लीजिए। फिर चले जाइएगा।

अभयकुमार : मैं आज ही काशी जाऊंगा।

कुमारेश : आज ही क्यों ?

अभयकुमार : मैं काशी में ही मरूंगा।

कुमारेश : मरने में तो अभी देर है।

अभयकुमार : नहीं, मैं आज ही जाऊंगा।

कुमारेश : काशी में आपकी देख-भाल कौन करेगा ? मां तो काशी जाना ही नहीं चाहतीं।

अभयकुमार : सारी जिंदगी किसने मेरी देख-भाल की है ? तुम्हारी मां ने या तुम ने ?"

कुमारेश : इसीलिए तो कहता हूं, सारी ज़िंदगी आपने अकेले-अकेले बितायी है। कोई देखभाल करने वाला नहीं था। अब दो-चार साल सबके साथ रह कर थोड़ा आराम कीजिए।

अभयकुमार अचानक गुस्से से फट पड़े : क्या इसी को आराम करना कहते हो तुम ? आंखों के सामने लड़की कुंवारी बैठी है। उसकी शादी की उम्र निकलती जा रही है। तुम्हें उसकी शादी की चिंता जरा भी है ? तुम्हारे राज में दो वक्त दो मुट्ठी भात खाकर हाथ-पर-हाथ धरे बैठे रहना आराम करना है ?

कुमारेश : रिटायर्ड होने के बाद सभी तो इसी तरह आराम करते हैं। आंखों का ऑपरेशन हो जाये, फिर तो थोड़ा-बहुत आराम कर ही सकते हैं।

अभयकुमार : हां, हां क्यों नहीं। तुम्हारे घर में माली का काम, बाजार का काम, बच्चे पकड़ना, बहुत सस्ते में यह सब काम ले सकते हो। है न ?

कुमारेश : यह क्या आप बेकार की बातें करते हैं ?

अभयकुमार : मैं बेकार की बातें करता हूं !

कुमारेश : और नहीं तो क्या ? बिला वजह खुद भी परेशान रहते हैं और औरों को भी परेशानी में डालते हैं।

अभयकुमार : मैंने सारी जिन्दगी कभी किसी को कोई कष्ट नहीं दिया।

कुमारेश : यह आपको कैसे पता ?

अभयकुमार : तुम मुझे कितना जानते हो ?

कुमारेश : बहुत थोड़ा। आपने अपने बारे में कभी कुछ कहा है जो जानूंगा ?

अभयकुमार उद्विग्नता से : कहने को है ही क्या ?

कुमारेश : आप मेरे पिता हैं और मैं आपका बेटा। बचपन से ही मैंने देखा है, आप हम सबसे दूर रहे हैं। छुट्टियों में आप जब भी घर आते, तो आपके आने के इंतजार में हम सब भाई-बहन उत्साह से फूले नहीं समाते। हमारी नजर सड़क पर ही लगी रहती। लेकिन आप जब आते, तो एक बार भी हमें पास बुलाकर

प्यार करते थे ? अपने साथ कहीं घुमाने कभी ले गये ? हमें आपने कभी कोई कहानी सुनायी ? चाचा अपने बच्चों को कितना प्यार करते। और उनके बच्चों को आप भी प्यार करते। लेकिन हम लोग दूर खड़े देखते रहते। आपको उन्हें प्यार करते देख हमारे मन में ईर्ष्या की भावना जागती। हमें दुःख होता। क्या कभी आपने इस बारे में कुछ जाना है ? आप हमें कितना चाहते थे ? क्या हमें कभी इसका आभास तक हुआ है ? बड़े होने के बाद भी क्या कभी आपने हमसे अपने मन की बात कही ? हाई स्कूल पास हो जाने के बाद कलकत्ता के कॉलेज में भरती होने जाने के समय आपके साथ चार दिन रहा। रोज शाम को पास ही रेलवे लाइन के पास आप मुझे लेकर टहलने जाते। लेकिन क्या कभी आपने मुझसे दो-चार बातें कहीं ? आपने खुद को जानने-समझने का क्या कभी मौका दिया ?

अभयकुमार शांत लेकिन कठोर स्वर में बोले : मैं तुम्हारा बाप हूं। यार-दोस्त नहीं, जो तुमसे हर वक्त बक-बक करता रहूं !

कुमारेश : दोस्त बनने में हर्ज ही क्या है ? आप मेरे जन्मदाता हैं। आपने ही मुझे जन्म लेने के लिए प्रस्तुत किया है। पढ़ा-लिखाकर आदमी बनाया है। खुलना में चार दिन आपके साथ रहकर मुझे समझ में आया कि आप वहां कितनी मुश्किल से रहते थे। पालन-पोषण के लिए खाना, कपड़ा, शिक्षा वगैरह देने के सिवाय पिता अपने बच्चों को क्या कुछ नहीं देते ! और कुछ नहीं तो कम-से-कम खुद को तो दे ही सकता है ? आपने अपना सारा का सारा जीवन एक कृपण की तरह सिर्फ अपने लिए ही रखा। उसे दूसरे के साथ नहीं बांटा। क्या आप इससे इनकार कर सकते हैं ?

अभयकुमार : यह सब आजकल का चलन है। हमारे पिताजी भी हमारे यार-दोस्त नहीं थे।

कुमारेश : यदि आपको अपने पिता से कोई मानसिक खुराक नहीं मिली तो यह आपका दुर्भाग्य है। हर तरह का अभावबोध हर किसी के पास नहीं होता। हो सकता है यह आपको नहीं खला हो। लेकिन मुझे खलता है। बचपन से ही मुझे खलता रहा है। मैं अपने पिता के करीब आना चाहता हूं। उन्हें जानना चाहता हूं। समझना चाहता हूं। शायद मेरे इस अभावबोध की आपको अन्दाजा तक नहीं हुआ। इसीलिए मेरे साथ रहना आपके लिए असह्य है। आप डरते हैं कि कहीं आपके द्वारा बनायी गयी दूरी नजदीकी में न बदल जाये।

अभयकुमार : तुम बकवास कर रहे हो।

कुमारेश : नहीं, यह बकवास नहीं है। आप एक गरीब स्कूल मास्टर हैं। आजीवन आपने खुद की उपेक्षा करके दूसरों की सेवा की है। लेकिन क्या इस सच के पीछे एक बहुत बड़ा झूठ नहीं है ? अपने आपको हर चीज से वंचित रखना आपके लिए दम्भ और अहंकार का विषय नहीं बन गया है ? अपनी गरीबी को ही क्या

आपने अपना खजाना नहीं मान लिया है ? इस डर से कि कहीं आपकी गरीबी आपका साथ न छोड़ दे, कहीं आपको ऐशो-आराम न मिल जाये, और इसी डर से आपने कहीं दूसरी नौकरी की तलाश नहीं की । एक ही स्कूल में मात्र 40 रुपए में आपने अपनी सारी जिंदगी बिता दी । आज मेरे साथ रहने से आप डरते हैं । आप क्या समझते हैं कि मैं इसे नहीं समझता ? दरअसल, आप आराम करने से डरते हैं, क्योंकि आप अपनी गरीबी से दूर होना नहीं चाहते । अपनी गरीबी को ही अपना असली परिचय मान बैठे हैं । कहिए, क्या मैं झूठ बोल रहा हूं । आप तो धार्मिक प्रवृत्ति के व्यक्ति हैं, हमेशा सच बोलते हैं । कहिए, आप ही कहिए, मैं ठीक नहीं कह रहा हूं ?

अभयकुमार चुप हैं लेकिन उनके होंठ कांप रहे हैं ।

कुमारेश : जिस तरह आप मेरे पिता हैं उसी तरह मैं भी एक बच्चे का पिता हूं । आज मैं आपको बताये देता हूं कि मेरा अपने बच्चे के साथ रिश्ता कुछ दूसरा होगा । आप और मेरे जैसा नहीं । मैं उसका यार-दोस्त होने की पूरी कोशिश करूंगा । मैं जानता हूं पितृत्व और मातृत्व जैसा स्वार्थी रिश्ता दुनिया में और कोई नहीं । हम सब दो बार जिंदगी जीना चाहते हैं—एक; अपने जीवन में और दूसरी बार अपने बच्चों के जीवन में । अपने जीवन में जो कुछ नहीं मिलता, उसे अपने बच्चों के जीवन में पाने की लालसा होती है । इस मनोवैज्ञानिक नियम से मैं अछूता तो नहीं । सिर्फ थोड़ा-सा फर्क है । अपने जीवन में जीने के साथ-साथ अपने बच्चे के जीवन में भी जीऊंगा, लेकिन उसे अपनी मरजी के कैद में बंदी नहीं बनाऊंगा । उसे अपनी जिंदगी जीने की पूरी आजादी दूंगा । ऐसा तभी संभव होगा जब हम दोनों एक-दूसरे को दोस्त मानेंगे । आपने मुझे अपने उस परम ऐश्वर्य से वंचित रखा । वह ऐश्वर्य मैं अपने बच्चों को दोनों हाथों से अंजुलि भर-भरकर देने की कोशिश करूंगा ।

अभयकुमार के आंखों से आंसू झरने लगे ।

कुमारेश : आप काशी जाना चाहते हैं । ठीक है; मैं सारा इंतजाम कर दूंगा । आंखों का ऑपरेशन करवा लेते तो अच्छा होता । मैं जबरदस्ती कुछ करवाना नहीं चाहता ! लेकिन आप यह मत समझिए कि आपके यहां से चले जाने की वजह मुझे मालूम नहीं । महादेव के चरणों में आप अपनी अंतिम सांस लेना चाहते हैं—इससे भी मैं इनकार नहीं करता, लेकिन यहां से जाने की जिद उस वजह से नहीं है । वजह दूसरी है । मैं सब समझता हूं । अपने जीवन की पूंजी गरीबी और आत्मपीड़न को आप खोना नहीं चाहते । मेरे और आपके बीच दोस्ती हो यह आपको मंजूर नहीं ।

कुमारेश का गला रुंध गया । वह अंदर कमरे में चला गया । अभयकुमार की दोनों आंखों से आंसू गिरने लगे । आंसू पोंछने की उन्होंने कोई कोशिश भी

नहीं की। स्थिर होकर बैठे रहे। थोड़ी देर बाद सुमीता उनके पास आयी।

सुमीता : आपकी थाली लग गयी है, बाबूजी। आइए, खाना खा लीजिए।

अभयकुमार ने धोती के छोर से आंसू पोंछा, फिर कहा : बाबू, खा चुका?

सुमीता : उन्होंने कहा, आज तबीयत कुछ ठीक नहीं है। इस वक्त खाना नहीं खायेंगे।

अभयकुमार : सोया है क्या?

सुमीता : नहीं, वे तो दफ्तर चले गये। कह गये हैं रात को खा लूंगा, तुम पिताजी को खिला देना।

अभयकुमार : तुम जाओ, मैं आ रहा हूं।

पिताजी, इस घटना को मैंने अपने नजरिये से नाटकीय ढंग से देखा। इसके दो कारण हैं। आपने प्रत्यक्ष आक्रमण से उस दुर्ग को तोड़ दिया, जिसमें रहकर आपके पिता अभयकुमार गुप्ता सारी जिंदगी आपसे और अन्य दूसरों से छिपकर आत्मरक्षा करते रहे। यदि उस दुर्ग पर आप हमला नहीं करते, तो वह कभी न टूटता। अभथकुमार निर्भय होकर बाकी जीवन उसी के आश्रय में बिता देते और आप दोनों के बीच की दूरी के कम होने की संभावना ही न रहती। इस घटना के बाद अभयकुमार ने काशी जाने की इच्छा को स्थगित कर दिया—तीन सालों के लिए। इन्हीं तीन सालों में आप दोनों के बीच सेतु बनने का अवसर मिला। इस घटना के दूसरे नाटकीय पहलू से मैं खुद जुड़ा हूं। यदि आप अपने पिता का दुर्ग नहीं तोड़ते तो हो सकता है आपके इर्द-गिर्द भी दुर्ग की दीवारें खड़ी हो जातीं और मुझे उस दुर्ग के बाहर रहना पड़ता। फिर पिता-पुत्र के बीच की दूरी की एक अलग संस्कृति जन्म लेती। मेरे और आपके बीच भी वही परंपरागत व्यवधान रह जाता। भगवान का शुक्र है कि आपने उस दिन अपने पिता के सामने प्रतिज्ञा ली थी कि अपने बेटे के साथ आप दोस्ती का रिश्ता बनायेंगे।

पिता-पुत्र के बीच दोस्ती बहुत आसान नहीं। यह आप भी जानते हैं और मैं भी। बड़े होने के साथ-साथ बच्चे माता-पिता से जुड़ते जाते हैं। लेकिन बड़े होकर उन्हीं माता-पिता को ठेस पहुंचाकर उनसे अलग हो अपनी आजादी की सस्वर घोषणा भी कर देते हैं। पिता-पुत्र के बीच एक अनजानी प्रतियोगिता की भावना जन्म लेती है। एक-दूसरे को वे अपना प्रतिद्वंद्वी मानने लगते हैं। दोनों के बीच प्यार के साथ ईर्ष्या भी अपना घर बना लेती है। ऐसा मां-बेटी के बीच भी होता है। मेरे और आपके बीच जो दोस्ती है वह हम दोनों की उपलब्धि है। ऐसा होना आसान नहीं था – हम दोनों ही इससे अच्छी तरह वाकिफ हैं। हम दोनों में

से किसने किसको ज्यादा ठेस पहुंचायी—इसका जवाब देने वाला हमारे पास कोई निष्पक्ष विचारक कहां है ? ढेर सारे आघातों और ठेस के बावजूद हमारी दोस्ती अटूट ही नहीं, बल्कि मजबूत भी हुई; इसका सारा श्रेय आप ही को जाता है। पिताजी, ऐसा मैं विनीत होकर नहीं कह रहा हूं। विनय तो बुजुर्गों का आभूषण है। विनीत होना मुझे नहीं आता। मुझे तो उग्र अहंकार ही पसंद है। इस उग्र अहंकार के बिना हम सब युवा जड़ और निस्तेज हैं। लेकिन बुजुर्गों के हां या ना का प्रतिवाद करने का अधिकार जन्म से लेकर मृत्युपर्यन्त हमें नहीं है। यह अधिकार अप्राप्य ही है।

मैं एक दूसरी ही दुनिया का इंसान हूं। यदि यह कल्पना की विलासिता है तो भी मेरे लिए यह उतनी ही प्रिय और जरूरी है। पहली और मुख्य बात यह है कि मैंने आजाद भारत में जन्म लिया है। आप और आप सबके पिता और पितामह गुलाम देश में जनमे थे। आजादी और गुलामी में यदि जमीन-आसमान का फर्क है (और इस फर्क की घोषणा हम और आप और आप-हम जैसे बहुत सारे लोग हरेक देश में अपने-अपने समय में करते आ रहे हैं) ऐसे में कहा जा सकता है कि आप लोगों ने रात के अंधेरे में जन्म लिया है और मैंने दिन के उजाले में। हो सकता है ऊपरी तौर पर यह परिवर्तन हर किसी को न भी दिखे या फिर ऐसा भी हो सकता है कि आजाद और गुलाम भारत में फर्क के बजाय उन्हें समानता ही नजर आये। लेकिन यदि ऐसा होता है, तो यह और कुछ नहीं नजरों का धोखा है। सच्चाई यह है कि आप सब—जो गुलाम भारत में जनमे, बड़े हुए और फिर एक दिन आजाद भारत के नागरिक के रूप में पहली कतार में स्थान प्राप्त किया—के मन पर गुलाम भारत का इतना जबरदस्त प्रभाव है कि आप लोग यह समझने की कोशिश ही नहीं करना चाहते कि आजाद भारत में जन्म लेकर हम एक-दूसरे ही तरह के जीवन जीने के अधिकारी हैं। ऐसा जीवन जिसका स्वाद आप लोगों को नहीं मिला। यह एक अप्रिय सच्चाई है। आप लोग अपने जीवन के—गुलाम जीवन के—छत पर हमारे आजाद जीवन की नींव रखना चाहते हैं। आजाद देश में जन्म लेकर आप लोगों से हमें जीवन निर्माण का मंत्र नहीं मिला। आप लोगों के जीवन का एक वृहतम अंश गुलाम रहा। आप लोगों ने इसी वजह से हमें सिर झुकाकर खड़े रहना सिखाया, सिर्फ आज्ञाकारी बने रहने की सीख दी। साथ ही यह भी सिखाया कि किस तरह संकीर्ण और जाने-पहचाने रास्ते से शरीर, मन और मान बचाकर, उन पर कोई शिकन पड़े बिना दो-चार पैसे बनाये जा सकते हैं ? किस तरह सबको एक ही साथ खुश रखा जा सकता है ? नौकरशाही संस्कृति के पुराने सड़कों पर सावधानी से कदम रखते हुए, झूठ-पर-झूठ बोलते हुए सफलता नामक मिलावटी पुरस्कार के पीछे किस तरह भागते रहना चाहिए। आप लोग भूल जाते हैं कि आजाद भारत के पहले नागरिक हम लोग हैं और इसीलिए हम लोग

भी इस सच से अनजान और अपरिचित रहें, इसकी आप सब जी-जान से कोशिश करते रहे हैं।

अपने जन्म के साथ शिशु पूरी तरह मां पर निर्भर होता है। पिता को तो वह बहुत बाद में पहचानता है। पहचानने के साथ वह तुरंत अपनी मां को पिता के साथ बांटने को तैयार नहीं होता। पिता को वह अपना प्रतिद्वंद्वी समझता है। शिशु अनजाने में ही यह समझने लगता है कि मां को लेकर पिता और उसके बीच बंटवारे की लड़ाई चल रही है। शिशु मां पर अपना एकाधिकार समझता है और इसीलिए मां को पिता के साथ बांटने को राजी नहीं होता। ऐसे में इस अधिकार क्षेत्र में पिता उसका पहला और मुख्य विपक्ष, प्रतियोगी और शत्रु बन जाता है।

आपके साथ भी मेरा पहला द्वंद्वयुद्ध मां को ही लेकर था। आप मां को चाहते हैं। प्यार करते हैं और मां आपको। यह सच्चाई बचपन में मेरे लिए असह्य थी। आप दोनों को साथ घनिष्ठ होकर बैठे देख मेरा तन-मन एक अनजानी ज्वाला में जल उठता। आप दोनों को अलग करने की इच्छा व्याकुल हो उठती।

लेकिन साथ ही आपको और मां को एकांत रूप से पाने की प्रबल इच्छा भी मन में होती। ऐसी ही प्रतिद्वंद्वी भावना के बीच मैं बड़ा हुआ। और तभी मुझे मां और आपको घनिष्ठ रूप से जानने, पहचानने का अवसर मिला। क्योंकि हम लोगों के परिवार में मात्र चार ही जन थे। आप, मां, मीतू और मैं। हमें अपने से कभी अलग करके आपने नहीं रखा। जैसा कि कुछ माता-पिता करते हैं। आप और मां कभी हम दोनों को अकेले या आया के पास छोड़कर देर तक पार्टी, लेट नाइट फिल्म या कहीं घूमने-फिरने नहीं गये। कम-से-कम इस जगह पर मेरे और आपके पिता में कोई तुलना हो ही नहीं सकती। आपको अपने पिता का साथ बहुत थोड़ा मिला। लेकिन मुझे आपका भरपूर साथ मिला। इसलिए मैं अपने पिता को बहुत ज्यादा समझता हूं। अपने पिता को समझने के लिए मुझे कोई प्रयत्न नहीं करना पड़ा। आप स्वयं मेरे जीवन में ज्यादा-से-ज्यादा उपस्थित रहे। लेकिन आपके पिता की उपस्थिति आपके जीवन में उतनी ही कम थी! आपके साथ 'दुश्मनी' मेरे मन के एक-दूसरे छोर से थी। यह 'दुश्मनी' आपके अधिकाधिक उपस्थिति को लेकर नहीं थी। बल्कि 'मेरी' और 'सिर्फ मेरी' मां को लेकर थी। उन पर आपके द्वारा होने वाले जुल्म को लेकर थी।

आज इतने सालों के बाद आपसे मेरे उस पुराने द्वेष के बारे में सोचकर मुझे हैरानी होती है। और मीतू को ही लीजिए। वह भी मेरे पक्ष में नहीं थी! मीतू

और मुझमें मात्र पंद्रह महीने का फर्क है। यानी मेरी जगह खाली करने के लगभग साथ-ही-साथ मीतू ने मां के कोख में अपने लिए जगह बना लिया। और मीतू के लिए मैं उसके भ्रूणावस्था में ही उसका बड़ा भइया बन गया। वह मुझे भइया कहकर भी बुलाती है और साथ ही वह मेरी सारी बातें, मेरा सारा कहना मानती है। अभी भी न्यूयॉर्क के उसके फ्लैट में बैठकर मैं और वह दोनों बीते दिनों की बातें याद कर-करके हंसते हैं। मीतू ने एकदम बचपन से ही यह जान और मान लिया था कि हमारे परिवार की हरेक चीज पर, यहां तक कि माता-पिता पर भी पहले मेरा अधिकार है। बाद में उसका। इस सच को मीतू ने इतनी छोटी-सी उम्र में ऐसे उदार दार्शनिकता के साथ मान लिया था कि मुझे कभी-कभी लगता—उसके देह और मन में निश्चय ही उत्ताप की कमी है। तभी उसमें हिंसा, द्वेष, ईर्ष्या और प्रतिद्वंद्विता का भाव नहीं है। मैं जल्दी ही विश्वास करने लगा कि मीतू निश्चय ही जन्म से वैरागी स्वभाव की है। 'उसे कोई प्यार करे' के बनिस्बत 'वह प्यार करे' में उसे ज्यादा खुशी मिलती है। लेकिन मीतू के मन के आंगन में प्यार पाने की लालसा परत-दर-परत जमती चली जा रही है—इसका आभास मुझे उसके किशोरावस्था में हुआ। इस बारे में जानकर उस दिन मुझे जितनी हैरानी हुई, उतना दुःख भी हुआ—यह आज भी मुझे बिलकुल ज्यों-का-त्यों याद है।

मुझे याद है पिताजी, आपके साथ मेरा पहला द्वंद्व मां के स्तन को लेकर हुआ था। सुना है जब मैं बहुत छोटा था और मां का दूध पीता था, उस समय आपको मेरा मां का दूध पीते हुए देखना बहुत अच्छा लगता था। आप एक कैलेंडर लाये थे—बहुत बड़ा-सा। उस कैलेंडर में एक मां बच्चे को दूध पिला रही थी। स्कूल से लौटकर अपना बस्ता एक जगह पर रख डाइनिंग रूम में गया, तो वहां दीवार पर लगे इस कैलेंडर को देखकर मैं सम्मोहित हो गया। अचानक मुझे लगा, मेरी भी मां का स्तन इतना ही सुंदर होगा और मैं भी इसी तरह रोज दूध पीता रहा होऊंगा। उस समय मेरी मां के चेहरे पर भी ऐसी ही तृप्ति, स्नेह, ममता और मातृत्वजनित अहंकार के मिले-जुले भाव के हजारों दीये झिलमिला रहे होंगे। कब तक मैं उस कैलेंडर की ओर मुग्ध होकर देखता रहा, मुझे याद नहीं। मां की आवाज से मेरी तंद्रा टूटी। अब डाइनिंग टेबुल पर बैठकर खाने का मन नहीं हुआ।

मां बोली, "क्यों क्या हुआ। खाना ठंडा हो रहा है। खाते क्यों नहीं ?"

मैंने पूछा, "वह कैलेंडर कौन लाया, मां ?"

"तुम्हारे बाबूजी। चलो अब जल्दी से खाना शुरू करो।"

मैं अचानक बोल पड़ा, "मां, आपका भी तो ऐसा ही दू-दू है न ?"

मां का गोरा-गोरा चेहरा एकदम से लाल हो गया, "तुझे नहीं मालूम, है या

नहीं ?"

"कहां ? आप तो मुझे देखने भी नहीं देतीं ?"

मां झेंप रही हैं मैं समझ गया। लेकिन जैसा कि हमेशा से ही देखता आया हूं—अपनी झेंप को मिटाते हुए बोलीं, "अब तुम बड़े हो गये हो, देखते नहीं, बड़े होकर बच्चे कहीं मां का दूध पीते हैं !"

"बचपन में मैं देखता था ?"

"हां, देखते थे। थोड़ी ही देर में दूध पीते-पीते तुम्हारी आंखें बंद हो जाती थीं।"

"और क्या आप इसी कैलेंडर वाली मां की तरह खुश होकर मेरी तरफ देखती थीं ?"

"हां, क्यों नहीं ! सभी मां ऐसे ही देखती हैं। तुम्हारे बाबूजी को भी तुम्हें दूध पीते हुए देखना अच्छा लगता था।"

यह सुनकर मुझे बड़ी ठेस पहुंची। गुस्से से मैंने कहा, "क्यों ? बाबूजी क्यों देखते थे ?"

"अरे वाह, क्यों नहीं देखेंगे ? बेटा कैसे दूध पी रहा है यह उन्हें देखने की इच्छा नहीं होगी ?"

"हमेशा देखते थे ?"

"हमेशा कैसे देखते ? दफ्तर भी तो जाना होता था। कभी-कभी देखते थे।"

मैं आश्वस्त हुआ। चलो ठीक है। मेरे और मां के बीच बाबूजी नहीं होते थे—ऐसा भी थोड़ा समय हुआ करता था।

मां के बार-बार खाने के लिए कहने पर एक निवाला मैंने मुंह में डाला। फिर थोड़ी ही देर बाद वही जिद करने लगा, "मां मुझे तुम्हारा दू-दू देखने का मन हो रहा है।"

अब मां एकदम से नाराज हो गयी, "केतु, शैतानी मत करो। जल्दी से खाना खा लो।"

मैं भी अपनी जिद में अड़ गया, "नहीं, मुझे तो दू-दू देखना है।"

मां ने तब प्यार से मुझे बहुत कुछ समझाया। उन सारी बातों का मतलब यही था कि अब मैं बड़ा हो गया हूं। इसलिए पयोधर देखने की मेरी उम्र भी नहीं रही।

उस दिन इस निष्ठुर सच को मानने के लिए मैं कतई तैयार नहीं था। खाना खाना छोड़कर मैं रोने लगा, "बड़ा होना कितना गंदा है। मैं कभी बड़ा नहीं होऊंगा।"

उस दिन मां को मैंने बहुत परेशान किया था। मां ने मुझे बहुत समझाया।

कहीं घुमाने ले चलने का लालच दिया। साथ ही शांतिपथ में ले जाकर आइस-क्रीम खिलाने का भी। लेकिन मैं नहीं माना। मेरे सिर पर पयोधर का भूत जो सवार था। हर लालच सिर के ऊपर से गुजरती चली गयी। आखिरकार मां ने मेरे गाल पर एक जोरदार चांटा रसीद कर दिया। और डाइनिंग रूम से निकल गयीं।

उस समय मीतू बेडरूम में निश्चित होकर सो रही थी।

मैं भी ड्राइंग रूम के दीवान पर जाकर सो गया। जब नींद खुली, तो देखा मीतू मेरे पास बैठी है। शायद वह मेरे जगने का इंतजार कर रही थी।

मीतू को अपने पास देखते ही मुझे फिर से गुस्सा आया।

"तुम यहां क्या कर रही हो?" जैसे मीतू ने मेरे पास बैठकर कोई बड़ा भारी गुनाह किया है।

"भइया, तुमसे एक बात कहना तो मैं भूल ही गयी। सुनोगे?"

"क्या?"

"पिताजी ने गाड़ी खरीदी है।"

"जानता हूं। जैसे कोई नयी बात है!"

"नहीं भइया, पिताजी को गाड़ी मिल रही है।"

"पता है, मिलना तो था ही।"

"अरे नहीं बाबा! पिताजी को अभी गाड़ी मिल रही है।"

"अभी? आज ही? अच्छा, फिर तो यह बड़ी बात है।"

"अरे सुनो तो भइया। मुझे नहीं मालूम। कल रात को मैंने सुना, पिताजी मां से कह रहे थे।"

"क्या कह रहे थे?"

"कह रहे थे कि केतु और मीतू को अभी कुछ मत कहना। मैं उन्हें सरप्राइज दूंगा।"

"सच?"

"सच नहीं, तो क्या!"

"कब आ रही है गाड़ी?"

"मुझे क्या पता?"

"आज भी तो ला सकते हैं पिताजी? है न?"

"शायद आज न लायें।"

"तुझे कैसे मालूम?"

"आज लाते तो मां तुम्हें नहीं मारती।"

"तो कल आयेगी?"

"मैं क्या जानूं? आज पिताजी से पूछूं?"

"पिताजी, आयें तो।"

"भइया-भइया, तुम्हें मार क्यों पड़ी ? क्या किया था तुमने ?"

"कुछ नहीं।"

"बताओ न, भइया ! मैंने तुम्हें गाड़ी के बारे में बताया न ?"

"मैं मां का दू-दू देखना चाहता था।"

"क्यों ?"

"ऐसे ही।"

"मां ने क्या कहा ?"

"बड़े हो गये हो।"

"तो तुम रोने लगे न ?"

"पिताजी तो और भी बड़े हैं। वह तो रोज देखते हैं।"

गाड़ी आने की खुशी में मां के पयोधर न देख पाने का दुःख थोड़ा कम हो गया था। लेकिन मां पर आपके और मेरे अधिकार को लेकर लड़ाई बहुत दिनों तक चलती रही।

पिताजी, आप लोगों के बचपन में लड़कियों के शरीर को ढांककर रखने का चलन कम था। नीरद चौधुरी ने अपनी एक किताब में लिखा है ग्रामीण हिंदू समाज पांचवें और छठे दशक के पहले कितना 'अश्लील' था। स्त्री-पुरुष के बीच यौन संपर्क अधिक था या नहीं—सवाल यह नहीं है। लेकिन मेरे लिए इस बात पर भी विश्वास करना संभव नहीं कि बाल और युवा विधवाएं अपना सारा जीवन पुरुष के बिना बिताती थीं। या फिर वे स्त्रियां जिसके पति परदेश में थे—वे अपने पति के लौटने के इंतजार में ही अपने दिन और रातें बिताया करती थीं। जीवन के कुछ अमोघ और अनुपेक्षित प्राकृतिक नियम हैं। इन नियमों से रिहाई पाना आदमी के लिए बहुत कठिन है। आप ही से सुना था, आपके बचपन में स्त्रियां 'ऋतुस्राव' के दौरान खून से सनी साड़ी पहने बिना किसी लाज-शर्म के आजादी से इधर-उधर आना-जाना किया करती थीं और यही कारण है आप लोगों के मन में अतिरिक्त कौतूहल की संभावना नहीं थी। उन दिनों ब्रा समीज या ब्लाउज पहनने का रिवाज भी बहुत नहीं था। जो विवाहित युवतियां मां बन जाती थीं, उनके लाज-शर्म को नखरा माना जाता था। इसीलिए आप लोग बचपन से ही स्त्री देह को देखने के अभ्यस्त से रहे हैं। कम-से-कम स्त्री देह के ऊर्ध्वांग के संबंध में आप लोगों के मन में कोई कौतूहल नहीं था और कुछ नहीं, तो आपके बचपन में मां का स्तन देखने की जिद निश्चय ही अविश्वसनीय थी। क्या आप सोच भी सकते हैं दस साल की उम्र में मां का स्तन देखने की जिद आपने कभी की होगी ? और इस जिद का परिणाम मां के हाथ आपकी पिटाई हुई और आप रोते-रोते सो गये हों ?

इस मायने में आपकी मां मेरी मां से बिलकुल अलग थी। सुना है जब मैं छोटा था, तब मां मुझे बंद कमरे में दूध पिलाया करती थी। आपके परिवार के सब लोग—आपकी मां, चाची, ताई, बुआ और बहन मां के इस आचरण पर ताने मारती थीं। सिर्फ आप ही अपवाद थे। थोड़ा-सा बड़ा होने के साथ मैं और मीतू अलग कमरे में सोने लगे। वह कमरा आप लोगों के कमरे के पास ही था। आपने हमारे लिए दो विशेष पलंगें बनवायी थीं। जो अभी भी यत्नपूर्वक रखी हुई हैं। पांच साल के बाद मां ने मुझे अपना स्तन कभी छूने तक नहीं दिया। मैं कोशिश भी करता तो मां नाराज हो जातीं। यदि मां के अनजाने में मैं स्तन पर हाथ भी रखना चाहता, तो वे तुरंत झटक देतीं। मां के कपड़े पहनने या बदलने के समय मुझे कमरे में रहने की सख्त मनाही थी। मुझे कमरे से बाहर निकाल-कर ही वे कपड़ा पहनती थीं। लेकिन तब आप कमरे में ही होते और मीतू भी। ऐसी ही बहुत सारी छोटी-मोटी बातों ने मेरे और मां के बीच एक बड़ा और भारी परदा डाल दिया था। जिससे मां मेरे लिए रहस्यमयी होती चली गयीं। एक कौतूहल का विषय बन गयीं। इसी विस्मय और कौतूहल के बीच मेरे मन में आपके प्रति प्रतिद्वंद्विता की भावना ने जन्म लिया। यह मेरे लिए बड़े दुःख की बात है। लेकिन दूसरे हर मौके पर आपके साथ की कामना मैं तहेदिल से करता सिवाय मां के मामले के। हमारी इस प्रतिद्वंद्विता में आप हमेशा जीते हैं और जीतेंगे। मेरी पराजय तो सुनिश्चित है।

इस जटिल परिस्थिति में एक विशेष अवस्था की सृष्टि हुई। आप और मां इस बात से वाकिफ न थे कि मैं उस बारे में सब जानता हूं। समझता हूं। लेकिन आप लोगों की तरह मैं भी निरुपाय था।

हमारे शयनकक्ष के साथ आप लोगों का शयनकक्ष था। जब भी आप दोनों प्यार करते और आप दोनों के प्रेम के उस चरम क्षण के करीब आते-न-आते मैं जग जाता और मां को पुकारने लगता।

ऐसा कभी-कभी नहीं, हमेशा ही होता।

मां कहती, "केतु को जरूर कोई बीमारी है। वह ठीक इसी समय जग जाता है।"

आप कहते, "तुम्हें कोई और प्यार करे, यह उसे सहन नहीं।"

मां कहती, "आप भी फिजूल की बातें करते हैं!"

आप कहते, "इडिपस कंप्लैक्स झूठ भी तो नहीं है न!"

मां कहती, "पता नहीं वह कैसे समझ जाता है? जितनी भी गहरी नींद में हो, ठीक उठ जायेगा।"

आप दोनों के बीच यही सब बातें होतीं और मां मुझे सुलाकर फिर चली जाती।

जग कर मां को बुलाने के तुरंत बाद वे नहीं आतीं, थोड़ी देर बाद आतीं और थोड़ी देर मुझे किसी भी हालत में सहन नहीं होती।

लेकिन मां मेरे पास आ कर कभी मुझे डांटती नहीं। सिर पर हाथ फेर कर पीठ थपथपा कर कहती, "क्या हुआ केतु ? जग क्यों गये ? सपना देख रहे थे ? पानी पीयोगे ?"

मैं मां से लिपट जाता और कहता, "मैं आपके पास सोऊंगा।"

कभी-कभी मेरी जिद पूरी भी होती ! और मुझे आप और मां के बीच सोने का सुनहरा अवसर मिल जाता। जब मीतू मां के पास सोती तो मैं क्या करता याद है आपको बाबूजी। तब मैं मां को छोड़ कर आपसे लिपट कर सो जाता।

आप लोग हमें बड़ों की दुनिया में ले आते हैं, लेकिन यहां आने के लिए, अनुमति पत्र पाने के लिए कितना संघर्ष करना पड़ता है। अनुशासन की कठोर दीवारें खड़ी करके हमें उसके बाहर रखा जाता है ! हर शिशु, हर बच्चे और हर किशोर को इस महासंग्राम से गुजरना पड़ता है। लेकिन यह संग्राम आप बड़ों की दुनिया में प्रवेश पत्र पाने का व्यर्थ संग्राम ही होता है। आप बड़े लोग इस कदर अराजक होते हैं कि खुद तो शिशुओं, बच्चों और किशोरों की दुनिया जब-तब अपनी मरजी के मुताबिक अनाधिकार प्रवेश करते हैं लेकिन स्वायत्तबोध का अधिकार हमें नहीं देते हैं।

इसी को यदि और भी सरल भाषा में कहा जाये, तो इस तरह कहना चाहिए—आप लोगों की दुनिया में हम बच्चों का प्रवेश निषेध है और हमारी दुनिया में आप लोगों का प्रवेश निषेध नहीं है। यही आप बड़ों का नियम है।

आप बड़े लोग यदि आपस में बातें कर रहे हैं और हममें से कोई अकेले या दल बनाकर वहां चला जाये, तो आप सब एक साथ ही बोल पड़ते हैं—"तुम लोगों का यहां क्या काम—बड़ों के बीच। चलो जाओ, बाहर जा कर खेलो !"

यदि हम बच्चे आपस में बातें कर रहे होते हैं या खेल रहे होते हैं, तो आप लोग हमारी दुनिया में आयेंगे ही। और उसे तहस-नहस करके रख देंगे। "तुम लोग यहां क्या कर रहे हो ! गुप-चुप क्या बातें हो रही हैं ?"

आप लोग, बड़े लोग हमारे हम बच्चों का विश्वास नहीं करते, हमें सम्मान नहीं देते। लेकिन यह जरूर चाहते हैं कि हम चूंकि बच्चे हैं इसलिए बड़ों को सम्मान देना, उनकी श्रद्धा करना हमारा कर्तव्य है।

लेकिन आप सब बड़ों को अपने-आप पर विश्वास नहीं है। आप लोग अपना खुद का भी सम्मान करना नहीं जानते। अपने आप पर श्रद्धा भी नहीं करते। आप लोग जानते हैं कि वयस्क जीवन मात्र एक छलावा है। प्रतारणा, घृणा, हिंसा, लोभ, झूठ, द्वेष, ईर्ष्या, लालसा और परस्पर दुश्मनी का जंगल

है। आप बड़ों की दुनिया के इस जंगल का पता हम बच्चों को न मिले इसके लिए हमेशा तत्पर रहते हैं। आप लोगों के बीच होने वाली बातचीत, हंसी-मजाक निश्चित रूप से इतना मिलावटी और भौंडा होता है कि हमारे सामने वह सब कहने का आप बड़ों में साहस तक नहीं। या फिर मिलावटी चीजों का उपभोग करने की सर्वग्रासी लालसा है कि हम लोग आप लोगों के आसपास भी हों, यह आप सबको असह्य है।

लेकिन कितनी बचकानी हरकत करते हैं आप लोग हमें लेकर। आप लोग समझते हैं हम बच्चे बहुत सरल हैं, सीधे और पवित्र हैं, आप लोगों को इस बात का कोई अंदेशा तक नहीं कि होश संभालने से लेकर बड़े होने तक आप लोगों की छल-चतुराई के साथ आंखमिचौली खेलते हुए आत्मरक्षा और आत्मवर्धन के लिए हमें कितनी बुद्धि और चतुराई से काम लेना पड़ता है।

पांच साल के बच्चे से आप यह कहलवा सकें, तो वे सारे के सारे यही कहेंगे कि उन्हें सब पता है, उनके माता-पिता रात के अंधेरे में क्या करते हैं।

आप हम बच्चों को हाथ में बेंत लेकर 'पहला खंड' कंठस्थ कराते हैं या उसी का कोई आधुनिक संस्करण। उसका अर्थ जाने बिना हम बच्चे तोते की तरह उच्चारण करते जाते हैं—सदा सच कहूंगा और फिर कभी आप ही जैसे बड़े हमें हुकुम देते हैं, 'फलां से कह दो, पिताजी घर पर नहीं हैं।' जबकि पिताजी घर पर ही होते हैं।

आप सबकी दुनिया का झूठ, अन्याय, अत्याचार, अनाचार जो आप लोगों की बनायी हुई नहीं है लेकिन आप लोग उसे सिर झुका कर ग्रहण कर लेते हैं, प्रतिवाद करने की सोच भी नहीं सकते, उसी को हम बच्चों के बचपन से जोड़ देते हैं। जिससे हम भी उन सब चीजों को बिना कोई सवाल किये मान लें। प्रतिवाद करने, इनकार करने की धृष्टता या साहस हम कभी न करें।

आप लोगों के भगवान, अल्लाह और दूसरे तैंतीस करोड़ देवी-देवता मनसा, शीतला, मंगलाचंडी और आप लोगों के नीति-निषेद्ध, विधि-विधान के भार से हम लोगों का सिर झुक जाता है, मन भयभीत हो जाता है, दिल कांप उठता है। कुल मिला कर काहिल की-सी दशा हो जाती है।

कितनी हास्यास्पद है आप लोगों की यह परस्पर विरोधी शिशु, बालक और किशोर संबंधी विधि-विधान। एक ओर आप लोग चाहते हैं कि हम 'अच्छे लड़के' या 'अच्छी लड़की' बने रहें, इसलिए सुबह उठ कर हमें अच्छे बच्चे बने रहने का मंत्र जपना सिखाया जाता है। हम लोगों को सुशील, सुबोध, आज्ञाकारी और विनीत बनाये जाने का कितना उपक्रम चलता है। जिन नियमों को आप सब बड़े सारी जिंदगी नहीं मानते आये हैं उन्हीं नियमों को हमें कंठस्थ कराते हैं और उनका अभ्यास कराते हुए हमारे सफर का आगाज करते हैं। और इसी के साथ

आप लोग हमें 'वयस्क कलचर' का दूसरा पक्ष भी देते हैं। सेक्स, वायलेंस, क्राइम, मर्डर—का विश्वव्यापी भंडार हमारे बाल्यमन को 'मजबूत' बनाने में लगा है और यह सब आप ही लोगों की मस्तिष्क और मेहनत की फसल है। एक ओर आप लोग हमें 'दूषित' करने का विशाल आयोजन और उपक्रम तैयार किये बैठे हैं वहीं दूसरी ओर हम यदि 'दूषित' हो जाते हैं, तो बनावटी हमदर्दी के आंसुओं से सारी दुनिया को डुबा ही देते हैं।

पिताजी, इसका क्या मतलब हुआ? आप लोग जो वयस्क हैं, बड़े हैं और आप ही लोगों जैसे दुनिया भर के वयस्क और बड़े इस दुनिया को दरिद्र और बेस्वाद बनाते रहे हैं। इससे हम लोगों का वर्तमान और भविष्य विपन्न होता जा रहा है। लेकिन हम लोगों के लिए आप लोग द्वारा आंसू बहाने का तो कोई अंत ही नहीं।

संख्या में हम लोग आप लोगों से कहीं अधिक हैं। सिर्फ भारत का ही उदाहरण लें, तो 42 प्रतिशत सोलह वर्ष से कम उम्र के हैं। ऐसी हालत चीन, अमेरिका, रूस, एशिया, अफ्रीका और लातिन अमेरिका की है। इसीलिए तो कहता हूं कि हमारी संख्या आप लोगों से बहुत अधिक है। फिर भी आप लोगों ने कई-कई हजार साल पुराने सामाजिक, जैविक और सांस्कृतिक नियमों के बीच हमें दबाकर रखा है। जन्म से हम लोग आप पर निर्भर हैं—इस प्राकृतिक सत्य का पूरा फायदा हमेशा से ही आप लोग उठाते आ रहे हैं। लेकिन आज पहले से भी बहुत अधिक फायदा उठाते रहे हैं। आप यदि किसी पश्चिमी देश में रहते, तो मेरी शिकायत को और भी अच्छी तरह समझते। यह सिर्फ मेरी शिकायत नहीं, दुनिया के सभी किशोर और युवाओं की शिकायत है। यूरोप-अमेरिका में आप जैसे पिता अपने बच्चों के प्रति किस तरह अपना 'कर्तव्य पालन' करते हैं इसका दो-चार नमूना आपको देता हूं। तब मेरी शिकायत साफ हो जायेगी।

राजनीति नामक रणनीति का दुर्व्यवहार करते-करते आप लोगों ने दुनिया को बार-बार युद्ध के कगार पर ला खड़ा किया है और अंत में एक ऐसा अस्त्र तैयार कर बैठे हैं जिससे सभ्यता का नामोनिशान मिट जायेगा। पूरी की पूरी दुनिया महाश्मशान में बदल जायेगी।

द्वितीय महायुद्ध के बाद विज्ञान और टेकनोलॉजी की संयुक्त क्रांति की वजह से आप सब पिता लोग अचानक उच्च मध्यवर्गीय बन गये हैं। शहर से दूर आप लोगों का बंगला है, दो-दो गाड़ियां हैं, हर कमरे में टी वी है।

युद्ध के लिए हथियार बनाने वाले कारखाने में नौकरी करके आप लोगों में से लाखों पिताओं को मध्यवर्गीय स्तर में ठिकाना मिला। युद्ध उद्योग को आप लोगों ने सभ्यता का बलिष्ठतम संतान बना दिया है। इसलिए बेशर्मी की

हद को पीछे छोड़ कर महायुद्ध नहीं संपूर्णयुद्ध की तैयारी में जुटे हैं। दुनिया के कोने-कोने में युद्ध की छोटी-छोटी चिनगारियां जल रही हैं—कोरिया से वियतनाम और दूसरे लोकल वार ऐसे युद्ध के बिना आप लोगों का कारोबार ठप्प है। इसलिए विश्वशांति से आप डरते हैं।

आप लोगों की सभ्यता का बहिष्कार करना हम लोगों ने अभी-अभी तो सीखा है। आप और हम लोगों के बीच का 'जनरेशन वार' यानी की पीढ़ियों का संघर्ष तो अभी शुरू ही हुआ है।

हममें से कुछ आप लोगों से रूठ कर आप की 'सभ्यता' का बहिष्कार कर हिप्पी बन गये। न्यूयॉर्क के 'विलेज' में जाने पर वहां एक आश्चर्यजनक दृश्य दिखाई पड़ता है। इस बारे में आपने कहीं तो पढ़ा ही होगा। 'विलेज' हिप्पियों का गढ़ है। यहां हिप्पियों की दुकान है, रेस्त्रां है, यह 'विलेज' 'पट' पीने, घूमने-फिरने, एक साथ बैठकर मजलिस जमाने का गांव है। रोज सुबह-शाम, खासकर सप्ताह के आखिरी शाम को हजारों माता-पिता 'हिप्पी कलचर' का दर्शन करने यहां आते हैं। जैसे यह कोई दर्शनीय स्थल है, लेकिन इस 'विलेज' और इसके पूरे परिवेश के पीछे एक निष्ठुर परिहास और व्यंग्य है, जिसे माताओं-पिताओं की आंखें देख नहीं पातीं। देख भी पाती है, तो मन पर उनका कोई असर नहीं होता।

कोलंबिया यूनीवर्सिटी में पढ़ते हुए मैं भी कभी-कभी शाम के बाद 'विलेज' चला जाया करता। वहां कुछेक-हिप्पी लड़के-लड़कियों से मेरा परिचय हुआ। वे मेरे दोस्त भी बन गये।

साइकालेडिक रोशनी और पोस्टरों से सजे एक छोटे से रेस्त्रां में कुछ हिप्पियों की मजलिस बैठती थी। मैं भी उन्हीं के साथ बैठता था। वे गाते-नाचते 'पट' पीते, हंसते, प्रेम करते, कोई-कोई तो बैठे-बैठे ही सो जाते, भूख लगने पर थोड़े से पैसे में जो कुछ भी जुटता खाकर पेट भर लेते। बार-बार चाय-कॉफी पीते। कभी-कभी जीवन नामक दुर्बोध्य रहस्य पर बहस करते, जिसे सुनकर मुझमें सुरूर-सा छा जाता। मुझे लगता जैसे मैं किसी दूसरी दुनिया में आ गया हूं। जिस दुनिया से वॉल स्ट्रीट, मैडीसन ऐवन्यू, व्हाइट हाउस, पेन्टागन, जनरल मोटर्स, जनरल डाइनामिक्स, नासा, जॉनसन, निक्सन, वियतनाम को लेकर बने अमेरिकी समाज सभ्यता का कोई संबंध नहीं। ठीक उसी तरह जिस तरह कोलंबिया-हार्वर्ड—एम आई टी—प्रिंसटन—कर्नेल के बुद्धिजीवियों की दुनिया में जहां जॉनसन-निक्सन मार्का समाज सभ्यता को इंसान की श्रेष्ठ सृष्टि के रूप में स्थापित करने की पुरजोर कोशिश हो रही है। मिलीटर-इंडस्ट्रीयल, इंटलेक्यूअल कंप्लेक्स वगैरह सिर्फ अमेरिकी देशों की सीमा तक ही सीमित नहीं। इसके व्यापक प्रभाव से आज कोई भी मानव समाज अछूता नहीं—यह जान

लीजिए, बाबूजी। हमारे गांधीवादी भारत में भी इसका अस्तित्व आज जिज्ञासु दृष्टि के अंतराल में नहीं है।

'विलेज' के जिस रेस्त्रां में हिप्पियों के साथ मैं बैठा करता था, उसका नाम था—'तेरे बाप की मूंछें !" बिना कारपेट के फर्श पर बहुत ही खुरदरी मेजें-कुर्सियां लगी होतीं, जिन पर हिप्पी, गैर-हिप्पी सब बैठते और चाय-कॉफी का ऑर्डर देते। हिप्पी लड़के-लड़कियां 'सर्व' करते। बदले में वे बिल नहीं लेते बल्कि दान मांगते। इससे उन्हें जो कुछ मिलता वह खाने पीने की सामग्री की कीमत के आसपास भी नहीं होता। रेस्त्रां का कमरा बड़ा था। वहां अलग-अलग झुंड में बैठकर लड़के-लड़कियां मारिजुआना लेते, एक के हाथ से वह दूसरे के हाथ में, दूसरे से तीसरे, चौथे हाथ में घूमता रहता। हर कोई एक-दो या बहुत हुआ तो तीन कश लेता फिर आगे बढ़ा देता और धुत होकर बैठ जाता।

हिप्पियों का एक दल गाता। दो गीटार बजाते। चार-पांच एक साथ गाते। कभी-कभी तो रेस्तरां के सभी हिप्पी, गैर-हिप्पी लड़के-लड़कियां मिलकर भी गाते। वह गाना या तो प्रेम का होता या वियतनाम युद्ध के स्वरूप को लेकर या फिर हर तरह के युद्ध को गाली देने वाला होता। एक दल का गाना खत्म होते ही गीटार दूसरे दल के हाथ में चला जाता। इस तरह गाना चलता ही रहता – देर रात तक।

पीटर इक्कीस साल का है। सुंदर और गठीला शरीर, घने काले बाल, गहरी और कटीली आंखें, चौड़ी पेशानी, चौड़ा जबड़ा और तिर्यक ठुड्डी। लेकिन उसके जबड़े और ठुड्डी दाढ़ी से ढंक गए थे। सिर के बाल पीठ तक झूलते रहते थे। पीटर पर नजर पड़ते ही आंखें तुरंत फेरी नहीं जाती थीं। प्रखर बुद्धि की रोशनी उसकी आंखों की गहराई और गंभीरता में हमेशा समायी रहती थी। उसके चेहरे पर हमेशा एक विषाद की रेखा साफ दिखती थी। पीटर के शरीर, चेहरे के भाव और देखने के अंदाज में एक रहस्य की छाप थी जो सहज ही लोगों के मन पर अपना गहरा असर छोड़ती थी। फेडेड जीन्स, मोटा सूती शर्ट ही वह हमेशा पहना करता था। उसका रंग कभी पीलापन लिए हुए रहा होगा लेकिन अब गेहुंआ में बदल गया है। चौड़ी और वज्र-सी चौड़ी छाती में घने काले बाल, कलाई पर इलेक्ट्रॉनिक टाईमेक्स घड़ी, कमर पर मोटा चमड़े का बेल्ट।

और कैथी यानी कैथरीन। देखने में पीटर से बिलकुल अलग। पांच फुट पांच इंच। दुबली-पतली सी, इतनी गोरी जैसे शरीर में खून ही नहीं है। सिर पर सुनहले बाल, जो पीठ को ढंके रहते, छोटी लेकिन गजब की गहराई लिए हुए आंखें—शरतकालीन आकाश से भी सुनील, आंखों तक फैली हुई कटीली और पतली भौंह, पतले से लाल होंठ जिन पर अचानक नजर पड़े, तो गुलाब की

पंखुड़ियों का भ्रम होता है। नाक थोड़ी चपटी, सामने के दो दांत थोड़े ऊंचे, जिसमें एक दांत सोने से मढ़ा हुआ है। कैथी के कृशकाय और सफेद शरीर में जिस चीज पर सबसे पहले नजर पड़ती है वह है उसके सुनहरे बाल। न्यूयार्क शहर में सुनहरी लहरों की तरह लहराते बाल कम दिखते हैं। कोई थोड़ा-सा भी सचेत होकर देखे तो पता चलेगा—कैथी के सारे बदन में लहरों की उत्ताल तरंगें हैं। परिचय हुआ, तो लगा कैथी का मन भी वैसा ही है।

एक दिन मैं उस रेस्त्रां के कोने में बैठा कॉफी पी रहा था। उस समय रात के दस बज रहे थे। एक हिप्पी युवक गीटार बजाते हुए युद्ध विरोधी गीत गा रहा था। उसके साथ कई युवक-युवतियां अपना सुर मिला रहे थे। उसी कमरे में पांच दूसरे हिप्पी युवक-युवतियां 'पट' पी रहे थे। उन्हीं में से एक युवक और एक युवती अचानक मेरे पास आकर बैठ गये। मैंने उनकी ओर देखा, तो पहले युवती मुस्कुरायी, फिर युवक। युवती बोली, "हाय, तुम भारतीय हो?"

मैंने कहा, "जी हां।"

"स्टुडेंट?"

"जी हां, कोलंबिया विश्वविद्यालय में एम० ए० कर रहा हूं।"

"वाह! क्या उम्र होगी तुम्हारी?"

"इक्कीस।"

"लगता है उन्नीस के हो। मेरा नाम कैथी है और ये है पीटर।"

"मैं केतु।"

"पीटर कोलंबिया का स्टुडेंट है।"

"है नहीं, था।" इतनी देर बाद पीटर ने मुंह खोला।

"यानी तुम्हारी पढ़ाई खत्म हो गयी?" मैंने पूछा।

"नहीं, छोड़ दिया। कैथी भी पढ़ रही थी सीटी कॉलेज में, लेकिन अब इसने भी पढ़ाई छोड़ दी।"

'क्यों?"

पीटर ने चेहरा विकृत बनाकर कहा, "क्या फायदा?"

कैथी ने गंभीर होकर कहा, "सिस्टम में हम विश्वास नहीं करते। पढ़-लिखकर हमें भी उन्हीं में से एक बनना पड़ेगा। और हम वह बनना नहीं चाहते। और फिर'''रुककर पीटर की ओर देखकर कैथी ने उसकी मौन सहमति लेकर कहना शुरू किया, "और फिर, सारे शिक्षक भी तो चोर हैं। सब बेईमान हैं।"

"अपने समाज को यदि तुम चाहो, तो बदल सकते हो। नहीं क्या?" मैंने

अपनी ही आवाज की कातरता से झुंझलाहट महसूस किया।

पीटर ने अपने दोनों होंठ को बंद करके एक विचित्र आवाज़ निकाली। "संभव नहीं। वे बहुत शक्तिशाली हैं। शैतान हैं।"

"फिर ?"

इस बार कैथी ने जवाब दिया, "हम सिर्फ उनका बहिष्कार कर सकते हैं। सिर्फ यह दिखा सकते हैं कि हम उनका वर्जन करते हैं। हम उनके अधीन नहीं हैं। उनके मूल्यबोध, राजनीति, जीवन दर्शन को हम नहीं मानते।"

"फायदा ?"

"विरोध, प्रतिवाद और बहिष्कार—बस इतना ही।" पीटर ने कहा।

"क्या इतने से समाज बदल जायेगा ?"

कैथी बोली, "शायद नहीं। लेकिन किया ही क्या जा सकता है, बताओ ? मेरे डैडी किसी कंपनी में प्रेसीडेंट हैं। पता है वह कंपनी क्या बनाती है ? पैकिंग बॉक्स। इस कंपनी का पूरा कारोबार पेन्टागन के साथ है। वियतनाम युद्ध के लिए रसद पहुंचाने के काम में डैडी की कंपनी चौबीस घंटे तैनात रहती है। डैडी के पास कितना रुपया है शायद वह भी नहीं जानते। चार कारखानों में पांच हजार लोग काम करते हैं। क्या नहीं है डैडी के पास। लांग आइलैंड गये हो कभी ? वहां ब्रुक हैवेन समुद्र के किनारे उनका बड़ा-सा बंगला है। न्यूयार्क शहर के फीफ्थ एवेन्यू में एक बड़ा-सा अपार्टमेंट है, जहां डैडी अभी रहते हैं। वहां डैडी का अपना प्लेन है, हेलीकॉप्टर है। समुद्र में जाने के लिए स्टीमर है। नदी के लिए स्टीमबोट है। क्या नहीं है उनके पास ?" कैथी अचानक उत्तेजित हो जाती है, "क्या नहीं है ?"

पीटर ने बहुत धीमे से कहा, "आत्मा।"

कैथी की नीली आंखों में चिनगारी दहक उठी, "डैडी के पास आत्मा नहीं है। दिल नहीं है। वियतनाम में हमने जो कुछ किया, उसके लिए डैडी की आंखों में शर्म का एक कतरा भी नहीं है। उनका कहना है—प्रेसीडेंट से बढ़कर मैं कुछ नहीं जानता। कुछ नहीं समझता। यदि प्रेसीडेंट कहे कि युद्ध होगा, तो मैं भी कहूंगा कि युद्ध होगा। उनका तर्क यह है कि यह युद्ध हो रहा है, तभी पांच हजार लोगों को मैं रोजगार दे पा रहा हूं। युद्ध ही नहीं हो, तो उन्हें काम कहां मिलेगा ? मेरा एक भाई था। लैरी। पीटर की ही उम्र का। जिस दिन उसे ड्राफ्ट कॉल मिला उसके चेहरे पर एक बूंद भी खून नहीं था। उसका चेहरा सफेद कागज की तरह कोरा हो गया था। इयेल में पढ़ता था। डैडी से बहुत डरता था। फिर भी साहस बटोरकर उसने डैडी से कहा, 'डैडी, बड़े-बड़े लोगों से आपका परिचय है। आप ऐसा कुछ कीजिए न, जिससे मैं युद्ध में जाने से बच जाऊं।' डैडी ने क्या कहा पता है ? 'प्रेसीडेंट यदि तुम्हें देश के लिए युद्ध करने को

बुलाये, तो तुम्हें जाना ही पड़ेगा। दो-दो बार ड्राफ्ट कॉल में मैं उत्साह से गया। यदि तुम ड्राफ्ट कॉल का उल्लंघन करोगे, तो हमारा रिश्ता आज से और अभी से खत्म हो जायेगा।' लैरी वियतनाम गया। छह महीने बाद खबर आयी कि अब वह कभी नहीं लोटेगा। लैरी मर गया युद्ध में। डैडी की आंखों में एक बूंद भी आंसू नहीं था। उनके डर से मेरी मम्मी तक नहीं रो पायी।"

पीटर ने कहा, "मेरा भी बुलावा आया था। लेकिन मैंने ड्राफ्ट कॉल सबके सामने जला दिया।"

"पुलिस ने तुम्हें गिरफ्तार नहीं किया ?" मैंने पूछा।

"केस चल रहा है। मैं क्या अकेला हूं ? मेरी तरह हजारों लड़के हैं। मुझसे भी बड़े और छोटे। हम कैदी बनकर जेल में सड़ेंगे, लेकिन उनके वीभत्स और कुत्सित युद्ध में भाग नहीं लेंगे।"

"लैरी में साहस नहीं था।" कैथी बोली, "किसी का विरोध करने, किसी के खिलाफ आवाज उठाने की। दरअसल उसकी अपनी कोई आइडेंटिटी नहीं थी। लैरी मेरे डैडी का ही बेटा था। लेकिन मैं जानती हूं कि मन-ही-मन वह डैडी से कितना नफरत करता था। डैडी लैरी को बिजनेस मैनेजमेंट पढ़ाना चाहते थे, लेकिन लैरी तैयार नहीं हुआ —इसी एक विषय में उसने अपनी स्वतंत्रता जाहिर की थी। लैरी एंथ्रोपलॉजी (नृतत्त्वशास्त्र) पढ़ता था। मुझसे कहता था। 'जानती हो बड़ा होकर मैं क्या करूंगा ? चला जाऊंगा अफ्रीका के किसी प्रागऐतिहासिक समाज में, जहां हम लोगों की सी तथाकथित सभ्यता नहीं है। जहां लोग सरल, सहज और स्वाभाविक चरित्र के हैं। वरना मैं जिंदा नहीं रह पाऊंगा।' लैरी की मौत हुई साइगौन से 80 मील दूर एक गांव में। लैरी ने मन-ही-मन जिस 'सभ्यता' से भागने का संकल्प किया था उसी के लिए उसे प्राण देना पड़ा।"

पीटर बोला, "सभ्यता या ब्लूशीट ?"

कैथी अब और भी उत्तेजित हो गयी थी, "लैरी के मरने की खबर पाकर डैडी ने क्या किया, जानते हो ? पूरे घर भर में लैरी की तसवीर सजा दी। कारखानों में लैरी के प्रति श्रद्धा जताने के लिए शोक सभाएं हुईं। गिरजाघरों में लैरी की आत्मा की शांति के नाम पर प्रार्थना सभाएं हुईं। पहले और दूसरे विश्वयुद्ध में डैडी को दो मैडेल मिले थे। उन्हें अपनी छाती में लटकाकर वे ब्रुक हैवेन गिरजाघर में प्रार्थना करने गये। प्रेसीडेंट के हस्ताक्षर से युक्त एक शोक-संदेश भी उसके नाम आया, जिसमें उसकी 'वीरता' और 'देश-प्रेम' की प्रशंसा की गयी थी। साथ ही युद्ध विजय में डैडी के अवदान की तारीफ की गयी थी। उस पत्र की हजारों प्रतियां बनवाकर कर्मचारियों में बांटी गईं। यह सब मुझे सहन नहीं हुआ।"

"तो क्या किया तुमने ?" मैंने सम्मोहित स्वर में पूछा।

"क्या करती ? मैं भी गिरजाघर गयी, लेकिन पूरी तरह नंगी।"

मेरे गले से एक भद्दी-सी आवाज निकल गयी।

"इसके सिवाय करने को और कुछ था ही नहीं।"

इस बार पीटर ने कहा, "उस समय रेवरेंट फादर ने तुरंत अपना भाषण शुरू किया था। गिरजाघर में एक चेयर भी खाली नहीं था। मि० वाटसन छाती में दो-दो तगमा लटकाये हुए मिसेज वाटसन के साथ पहली कतार में बैठे थे— अचानक मिस कैथरीन वाटसन तूफान की तेजी से गिरजाघर में हाजिर हुई। फादर के एकदम सामने। उसके शरीर पर एक मात्र काला चोंगा था। सबके पलक झपकने से पहले ही मिस कैथरीन वाटसन ने उस चोंगे को उतार दिया। सब हाय-हाय करने लगे। फादर पत्थर बने खड़े रह गये। मिस वाटसन बोली, 'लैरी की हत्या उन लोगों ने की है जो वाशिंगटन डी० सी० में बैठकर वियतनाम में युद्ध का वीभत्स खेल खेल रहे हैं। लैरी की हत्या मेरे डैडी ने की है। मैं उसकी हत्या का विरोध करती हूं। आप सब यहां से चले जाइए। यहां बैठकर लैरी का अपमान मत कीजिए। लैरी लड़ाई में जाना नहीं चाहता था। वह जिंदा रहना चाहता था।' वगैरह, वगैरह।"

मैं हैरान-सा कैथी की ओर देख रहा था। मेरी नजर में कैथी रंगीन हो उठी थी।

पीटर कहता जा रहा था, लोगों की भीड़ से भरा गिरजाघर का हॉल कुछ समय के लिए स्थिर चित्र बना रहा। वहां मौजूद लोग जरा भी नहीं हिले-डुले। किसी के मुंह से एक शब्द तक नहीं निकला। फिर मि० वाटसन चीखते हुए कैथी के सामने हाजिर हुए और उसके गालों पर जोरदार थप्पड़ों की बौछार करते रहे। थप्पड़ों का ऐसा तूफान चला कि कैथी फर्श पर गिर पड़ी। गिरजाघर में फुसफुसाहट की लहर दौड़ गयी। गिरजाघर के अधिकारियों ने तब तक पुलिस को इत्तिला कर दी थी। अचानक एक दल सशस्त्र पुलिस गिरजाघर में हाजिर हुई और कैथी को गिरफ्तार कर ले गयी। कैथी तब भी निर्वस्त्र थी।"

पीटर फिर हंसने लगा। मैं निर्वाक और विस्मयविमूढ़-सा कैथी की ओर देखता रहा।

कैथी ने टोका, "क्या देख रहे हो?"

पीटर ने जवाब दिया, "तुम्हें देख रहा है केतु और सोच रहा है कि एक लड़की नंगी कैसी दिखती होगी?"

मैं शर्म से पानी-पानी हो गया, "इसीलिए तुम हिप्पी बन गयी?"

कैथी बोली, "पुलिस ने मुझे एक दिन हिरासत में रखा। फिर डैडी ने ही मेरी जमानत का इंतजाम किया। वहां से निकल कर मैं घर नहीं गयी। चली आयी न्यूयार्क शहर के इस प्रसिद्ध 'विलेज' में। यहां रहने और खाने की कोई

कमी नहीं। कोई-न-कोई यहां आश्रय दे ही देता है और दो वक्त का खाना भी जुट जाता है। एक सप्ताह में पीटर से मेरी दोस्ती हो गयी। पीटर बहुत अच्छा लड़का है। बहुत अच्छा।"

कैथी और पीटर ने फिर एक-दूसरे का चुंबन लिया और दोनों एक-दूसरे के और भी करीब आकर बैठ गये।

"समाज में नहीं लौटना है?" मैंने कैथी से पूछा।

"वियतनाम का युद्ध तो बहुत जम रहा है। हर रोज लैरी जैसे कितने ही लड़के मर रहे हैं।"

कैथी ने विरक्ति के भाव से कहा, "फाक देन ऑल। फाक द वार। उन सभी को भाड़ में झोंक दो, भाड़ में।"

मैंने कहा, "मनोविज्ञान में खुद पर आक्रमण करने जैसी स्थिति के बारे में कहा गया है, जब इनसान हताश हो जाता है तब खुद को बरबाद करने लगता है। कहीं तुम लोग भी तो ऐसा ही नहीं कर रहे हो?"

पीटर ने कहा, "उनके हाथों बरबाद होने से कहीं ज्यादा बेहतर है अपने हाथों बरबाद होना।"

मैंने कहा, "इन दो विकल्पों के सिवाय तीसरा कोई रास्ता नहीं?"

दोनों एक ही साथ बोल पड़े, "है, क्रांति।"

मैंने पूछा, "फिर?"

पीटर ने जवाब दिया, "वह हमारे वश का नहीं। क्रांति लाने के लिए काले अमेरिकन हैं। वे हमारे साथ नहीं आना चाहते, क्रांति वही लायेंगे।"

मैंने कहा, "मुझे नहीं लगता काले अमेरिकन गोरे अमेरिकनों के सिर्फ बराबर आना चाहते हैं! आतंकवाद के तरीके से क्रांति नहीं हो सकती।"

कैथी बोली, "मैं भी तो यही कहती हूं! क्रांति का एकमात्र रास्ता है माओ त्से तुंग का रास्ता! गोरिल्ला युद्ध! गांव-गांव में युद्ध की तत्परता लानी होगी। अमेरिका में गांव नहीं है। यहां सौ में से मात्र छह किसान हैं। उनमें से चार की स्थिति काफी अच्छी है। बाकी बचे दो प्रतिशत—वे गरीब किसान हैं। अब वे दो प्रतिशत अकेले भला क्या क्रांति लायेंगे?"

पीटर ने कहा, "अमेरिका बड़ी तेजी से फासिज्म की ओर बढ़ रहा है, समझे? क्रांति यहां तो संभव ही नहीं। हां, प्रति-क्रांति की प्रबल संभावना है।"

उस समय मुझे पीटर की कहानी सुनने की इच्छा हो रही थी! लेकिन अपना कौतूहल प्रकट करना, इनकी समाज में अशीलन कहलाता है।

नसीब अच्छा था, कैथी मेरी सहायता के लिए आगे बढ़ी। हो सकता है वह मेरे मन की बात समझ गयी हो। लड़कियों में यह खूबी होती है कि वह दूसरों के मन की बात समझ लेती हैं।

कैथी ने कहा, "पीटर ने तो काफी कोशिश की थी। कोलंबिया के छात्रों ने जो आंदोलन चलाया था, पीटर ने उसमें सक्रिय रूप से भाग लिया था। काले अमेरिकनों के साथ हार्लेम में जुड़ गया था। एक गुप्त समिति की सभा भी हुई। लेकिन अंत में कालों ने उसे भगा दिया। कहा, तुम्हारी चमड़ी सफेद है। तुम हमारे नहीं हो सकते। तुम शत्रुपक्ष के हो। इसलिए यहां से चले जाओ। यदि नहीं गए, तो तुम्हें भेजने का हम इंतजाम कर देंगे।"

मैंने कहा, "गोरे की तरह काले भी रेशियलिस्ट-दुराग्रही हैं।"

"मैं उन्हें दोष नहीं देता," पीटर ने उदारता दिखायी, "अभी-अभी तो उन लोगों ने खुद को पहचाना। अब समझ पाये हैं कि वे कमजोर नहीं हैं। अब यदि वे अपने लिए कुछ कर सकते हैं, तो उनमें आत्मविश्वास बढ़ेगा।" थोड़ी देर रुककर उसने फिर कहना शुरू किया, "और फिर, दो सौ साल से हम लोगों ने उनके साथ जो कुछ किया उसके बाद यदि वे हमारा अविश्वास करते हैं, तो इसमें उनका कोई कसूर नहीं।"

मैंने कहा, "एक विदेशी होने के नाते मैं इस चीज को कैसे देख रहा हूं, बताऊं? देख रहा हूं, गोरे और काले के बीच जो संग्राम चल रहा है उसमें दोनों ही पक्षों का नुकसान है। इससे समाज को बुनियादी तौर से सजाना असंभव है। तुम लोगों के देश में पच्चीस फीसदी गरीब हैं, इन गरीबों में गोरे, काले, गेहूंआ सभी हैं। गोरे स्त्री-पुरुषों को भी न्यूयार्क शहर में कूड़ेदान से खाना चुनकर मैंने खाते देखा है। इन सब गरीबों को इकट्ठा करके आंदोलन किया जाये, तो समाज में परिवर्तन लाया जा सकता है – बशर्ते तुम लोगों जैसे मध्यवर्गीय और उच्चवर्गीय छात्र-छात्राएं इनसे हाथ मिलायें। ऐसा न करके तुम लोग बहुत सारे छोटे-छोटे परस्पर विरोधी दलों में बंट गये हो। ऐसे में आंदोलन की पृष्ठभूमि कभी भी तैयार नहीं हो सकती।"

कैथी बोली, "तुम जो कह रहे हो वह इस देश में कभी नहीं हो सकता— सिवाय किसी बड़े आर्थिक संकट के! पता है हमारे यहाँ जो वर्किंग क्लास हैं वे इस दुनिया के सबसे बड़े प्रतिक्रियाशील हैं। वियतनाम युद्ध के सबसे बड़े समर्थक यही श्रमिक ही तो हैं। पीटर के डैडी उन श्रमिकों के नेता हैं!"

पीटर अपने दोनों होंठों को सटाकर पहले की तरह भद्दी आवाज निकालता है।

"यानी तुम्हारे डैडी यूनियन लीडर हैं?" मैंने पूछा।

"हां।"

"किसके यूनियन के?"

"लांग शोरमेंस।"

"न्यूयार्क में?"

"फिलाडेलफिया में।"

"पीटर की कहानी सुनोगे?" कैथी ने पूछा।

"उसे बोर मत करो।" पीटर ने कैथी को टोका।

'कैथी की कहानी सुनने के बाद तुम्हारी कहानी सुनने का आग्रह अब तक मैं मन-ही-मन दबाये हुए था।" मैंने खुलासा किया।

फिर पीटर की कहानी कैथी ने सुनायी। पीटर के डैडी का नाम बोनीटो एंटीनिओ है। चालीस साल पहले वे सिर्फ एक लोटा और कंबल लेकर इटली से अमेरिका आये थे। पीटर के डैडी की शिक्षा स्कूल के हायर क्लास तक भी नहीं हुई। अमेरिका में आकर न्यूयार्क के पोर्ट में जहाज पर खलासी का काम करते थे। कुछेक साल जाते-न-जाते तीस का 'दी ग्रेट डिप्रेशन' आया। बोनीटो एंटीनिओ की नौकरी छूट गयी। अब उनके पास सोने के लिए न तो कमरा था न खाने को रोटी। गिरजाघर के लंगर में एक वक्त जो कुछ मिल जाता, उसी से पेट की भूख शांत करनी पड़ती थी। वे बुरे दिन भी बीत गये। तभी से बोनीटो एंटीनिओ फ्रैंकलीन, डेलानो, रूजवेल्ट के भक्त बन गये। डिप्रेशन के दौरान रूजवेल्ट के न्यू डील के समर्थन में बोनीटो एंटीनिओ जहाज के खलासियों को इकट्ठा किया। तभी से लांग शोरमेंस यूनियन उनके हाथों में खेल रही है। डिप्रेशन के दिन बीत जाने पर नियमित रूप से फिर काम मिलने लगा। बोनीटो ने तब अपने ग्रीक पड़ोसी युवती से शादी कर ली, जो उससे तेरह साल छोटी और सुंदर थी। कुछ ही दिनों बाद यूरोप में युद्ध का बिगुल बज उठा। बोनीटो एंटीनिओ मुसोलीनी का प्रशंसक था। लांग शोरमेंस के अधिकांश श्रमिक इतावली थे। एंटीनिओ ने उन्हें अमेरिका के यूरोपीय युद्ध में जुड़ने के विरोध में इकट्ठा किया। जापान द्वारा पर्ल हार्बर पर आक्रमण करने के साथ ही अमेरिका 'एक्सिस पावर' के विरुद्ध युद्ध में उतरा। बोनीटो एंटीनिओ फौज में भर्ती होकर प्रशांत महासागर में लड़ने के लिए चला गया। चार साल के युद्ध के बाद जंगी जहाज से युद्धक टारपीडो श्रेणी में स्थानांतरित हुआ। उसे उसकी वीरता के लिए तीन-तीन बार पुरस्कृत किया गया। कैडेट से प्रोमेशन पाकर लेफ्टिनेन्ट हो गया। युद्ध के बाद बोनीटो एंटीनिओ नौवाहिनी में ही रह सकता था। लेकिन वह नागरिक जीवन में लौट गया—वह भी युद्धकालीन वीरता को गौरवान्वित करने के लिए। कुछ ही दिनों बाद उसे लांग शोरमेंस में एक ठीक-ठाक नौकरी मिल गयी। इसी के साथ सरकारी खर्च पर उसने स्कूल में भी दाखिला ले लिया। पांच साल में बोनीटो एंटीनिओ मजदूर यूनियन का विशेषज्ञ बन गया। फिर एक दिन पीटर एंटीनिओ का जन्म हुआ।

द्वितीय महायुद्ध के बाद अमेरिका में महान टेकनोलॉजिकल क्रांति हुई। तमाम पूंजीवादी देशों की आर्थिक राजधानी वाशिंगटन बन गयी। विध्वस्त

पश्चिम यूरोप को पुनर्गठित करने का अवसर पाकर अमेरिका का उद्योग फलने-फूलने लगा। जिससे बोनीटो एंटीनिओ जैसे मजदूरों का रुतबा एकदम से बदल गया। दस-पंद्रह साल में मजदूर वर्ग मध्यवर्गीय स्तर में परिणत हो गया। बड़े-बड़े शहरों के उपनगरीय क्षेत्र नये सिरे से उपशहर में तब्दील होने लगे। मजदूरों ने बैंक से ऋण लेकर घर बनाया। कुछ मजदूरों के पास बकायदा दो कार और दो-दो टीवी सेट भी हो गये।

कैथी ने कहा, "अमेरिकी पूंजीवाद ने एक हैरतअंगेज स्थिति की सृष्टि की। मजदूर बुजुर्आ बन गये। पश्चिम यूरोप के समाजवादी दलों ने युद्ध के बाद राजनैतिक क्षमता पाकर पूंजीवाद में संशोधन करके उसे 'वेलफेयर कैपिटलिज्म' में प्रतिष्ठित किया। लेकिन अमेरिका में उस तरह का कोई सामाजिक परिवर्तन नहीं आया। यूरोप महायुद्ध में विध्वस्त हो चुका था। अमेरिका को एकमात्र पर्ल हार्बर के सिवाय और कोई खरोंच नहीं लगी थी। और 'शीतयुद्ध' के आशीर्वाद से हमारे अस्त्र उद्योग पूरे दम से फलने-फूलने लगा। जाहिर है पूरे विश्व की दुर्दशा अमेरिका के पक्ष में मंगलमय हो उठी। अब तुम सोच ही सकते हो, लगभग तमाम पश्चिम यूरोप में वेलफेयर सोसायटी का निर्माण हुआ। तब छठे दशक का आरंभ ही हुआ था। देश के वृद्ध-वृधाओं की चिकित्सा ने जॉन कैनेडी को नेस्तनाबूद कर दिया था। द्वितीय विश्वयुद्ध में यदि अमेरिका की भी वैसी ही हालत हुई होती जैसी फ्रांस, बेलजियम, रूस और इंग्लैड की हुई, यदि हमारे घर, गांव, शहर ध्वंस होकर स्तूप में बदल गये होते, तभी शायद हमारे देश की जनता शेष दुनिया के दुर्भाग्य को तहे-दिल से समझने की कोशिश करती लेकिन हुआ इसका बिलकुल उल्टा। हम लोगों ने जापान पर एटम बम फेंक कर उसे अपने काबू में कर लिया। युद्ध के बाद तमाम दुनिया में अमेरिका को कोई चुनौती देने वाला नहीं रहा, न ही उसका कोई प्रतिद्वंद्वी। इसके फलस्वरूप अमेरिका बड़ी शक्ति बन बैठा। और अपनी शक्ति के ही तराजू पर दुनिया की समस्याओं को देखने लगा। और इसका सबसे भयंकर परिणाम वियतनाम में दिखाई पड़ रहा है।"

बेनीटो एंटीनिओ का सामाजिक रुतबा अब एकदम बदल गया था। यूनियन में प्रमोशन मिला और उसका तबादला फिलाडेलफिया में हो गया। शहर से दूर उसने अपना एक बड़ा और खूबसूरत बंगला बनवाया। दो कारें और पीटर के लिए एक अलग टीवी भी खरीदी उसने। अब बेनिटो एंटीनिओ लांग शोरमेंस के यूनियन में होने वाली झड़पों, दूसरे राष्ट्र के आंतरिक मामलों में हस्तक्षेप और कोल्डवार आदि का अंधसमर्थक बन गया। 'इसकी वजह क्या है, जानते हो?' कैथी ने इसका खुलासा करना चाहा। पीटर तब गीटार के साथ गाये जाने वाले गीत पर ताल दे रहा था। और साथ ही साथ कैथी की बातें भी

सुनता जा रहा था। कैथी बोल रही थी, "युद्ध शीतयुद्ध ही हो या गरम। हमारे अंतर्राष्ट्रीय व्यापार के रास्ते में यह बहुत जरूरी बन गया। अंतर्राष्ट्रीय व्यापार यदि नहीं बढ़ता है, तो लांग शोरमेंस का सारा कारोबार ठप्प हो जायेगा। एक दूसरी वजह भी है। लांग शोरमेंस में अधिकांश लोग इतालवी, ग्रीक, आइरिश या ईस्ट यूरोपियन हैं। यानी वहां सभी जातियों के लोग हैं जो अमेरिकी समाज में बहुत लंबे अरसे से जुड़े थे, जो आज भी अमेरिकी समाज में अपनी जाति की पहचान नहीं बना सके। इस श्रेणी के लोग सबसे अधिक प्रतिक्रियाशील हैं।

"बेनीटो एंटीनिओ के दिन अच्छे गुजर रहे थे। लेकिन तभी तक जब तक पीटर बड़ा नहीं हो गया। हाई स्कूल में पढ़ने के दौरान ही उसकी मति-गति बिगड़ने लगी। पढ़ने लिखने में वह काफी तेज था। अपनी क्लास में हर साल अव्वल आता। लेकिन इससे क्या? बेटे की मानसिक अवस्था और उसकी गतिविधि को देख-कर माता-पिता की चिंता का तो कोई अंत ही नहीं था। उसने रविवार को गिरजाघर जाना छोड़ दिया। देर रात को वह घर लौटता। तरह-तरह के लड़के-लड़कियों से उसकी दोस्ती बढ़ती गयी। कभी-कभी तो वह दो-तीन दिन के लिए गायब ही हो जाता। लौट कर कहता, "दोस्तों के साथ चला गया था।" कभी न्यूयॉर्क बोस्टन कभी पीटरबर्ग। बेनीटो एंटीनिओ रात-दिन अपने काम और पैसा बनाने में व्यस्त रहता। बेटे के लिए उसके पास जरा भी वक्त नहीं था। मां उस जमाने की थी, थोड़ी-बहुत पढ़ी-लिखी। बेटा क्या करता है क्या नहीं—समझना उसके बूते का नहीं था।"

"अब मुझे ही कहने दो।" पीटर अपनी कहानी का शेष अंश खुद अपनी भाषा में बताने के लिए आगे आया।

"डैडी ने अपने कुछ दोस्तों को रात्रि-भोजन पर बुलाया था। सब यूनियन के ही नेता थे। मां सारा दिन खाना बनाने में व्यस्त थी। मां का हाथ बंटाने के लिए डैडी ने एक नौकरानी रख ली। शाम होते ही मेहमान आने लगे। शराब का दौर चला। साथ ही उनके बीच की बहस भी गरम होती चली गयी। उस बहस का कुछ अंश मैंने भी सुना। बहस में तीन मुख्य मुद्दे थे। पहला, यूनियन में एक ऐसा ग्रुप बन रहा था जो नेता के साथ चलने को तैयार नहीं था। दरअसल वे कम्युनिस्ट थे और रूस के एजेंट थे। वे अमेरिकी विदेश नीति में मौलिक परिवर्तन रूस के साथ शीतयुद्ध का अंत चाहते थे। साथ ही देश में लाखों प्राइवेट एंटर-प्राइज को बंद करके अमेरिका में समाजवाद लाना चाहते थे।

"दूसरा, नीग्रो पोर्ट में काम करना चाहते थे। वे यूनियन में शामिल होने का अधिकार चाहते थे। इससे एक गंभीर समस्या लांग शोरमेंस में पैदा हुई। वे इस समस्या का समाधान चाहते थे।

"तीसरा, वियतनाम युद्ध की ज्वाला को और अधिक भड़का कर प्रेसीडेंट

जॉनसन एक खास वर्ग के लोगों का कोपभाजन बन गये थे । अब सवाल यह था कि लांग शोरमेंस की यूनियन किस तरह उन्हें अपना समर्थन दे।

" बहस के दौरान मैंने देखा, बेनीटो एंटीनिओ यानी मेरे डैडी ही सबसे अधिक रिजिड थे। वे नीग्रो लोगों के यूनियन में शामिल होने के सख्त खिलाफ थे और कम्युनिस्ट एजेंट के विरुद्ध कठोर रुख अख्तियार किये हुए थे। वे चाहते थे कि जॉनसन के समर्थन में यूनियन के कार्यकर्ता शहरों में 'वियतनाम मार्च' करें। बेनीटो एंटीनिओ से उसी रात से मुझे डर लगने लगा । मैंने बार-बार उनकी ओर देखा—वे मेरे डैडी ही तो हैं । लेकिन उस रात मुझे यही लगता रहा कि मैं उन्हें नहीं पहचानता। शराब के नशे में वे जो कुछ कह रहे थे वह दिल दहला देने वाला था। उन्हें देख कर मुझे यही लगा कि वे इंसान नहीं, भयानक दरिंदे हैं, जिसमें मानवता का एक छोटा-सा कतरा तक नहीं । सोने भी गया, तो बेनीटो एंटीनिओ का दरिंदगी भरा चेहरा बार-बार मेरे सामने आ खड़ा होता और मुझे डराने लगता । लेकिन जब मैं सो गया, तो भी सपने में भी उसने मेरा पीछा नहीं छोड़ा। मैं बड़ी मुश्किल से एक बस्ती में जा कर छुप गया और वह बस्ती नीग्रो लोगों की थी।

" दूसरे दिन मुझे रात वाला मामला असह्य हो उठा। मैंने बेनीटो एंटीनिओ से खुलकर बात करने का निर्णय लिया। रात को जब वे पब से लौटे, तो मैं उनके सामने हाजिर हुआ।" पीटर रुक-रुक कर कहता चला गया—

वे मुझे हैरानी से देख रहे थे, क्योंकि पहले कभी मैं उनके सामने इस तरह हाजिर नहीं हुआ। खैर, मैंने ही पहल की, "आप से मुझे कुछ बातें करनी है। क्या आप मुझे थोड़ा समय देंगे ?"

"तुम मुझसे कुछ कहना चाहते हो ? क्यों नहीं। आओ।"

बिना किसी भूमिका के ही मैंने कहा, "नीग्रो मजदूरों के यूनियन में शामिल होने के आप खिलाफ क्यों हैं ?"

हैरानी से बेनीटो एंटीनिओ ने पूछा, "तुम्हें यह खबर कैसे मिली ?"

"कल रात मैंने आप लोगों की बातें सुनी।"

"ओ अच्छा ! नीग्रो अच्छी तरह काम नहीं जानते।"

"काम करने का यदि उन्हें मौका ही नहीं दिया जाये तो वे सीखेंगे कैसे ?"

" लांग शोरमेंस में काम कम होता जा रहा है। पोर्ट में ज्यादातर काम मशीन से होता है । मजदूरों को सप्ताह में तीन दिन से अधिक काम नहीं मिलता। अब यदि नीग्रो भी वहां आ जाये, तो मजदूरों को अब तक जितना भी काम मिलता है वह भी नहीं मिलेगा।"

"आप लोग नीग्रो लोगों को काम नहीं देंगे। कंस्ट्रक्शन वर्कर भी उन्हें काम नहीं देंगे, तो वे कहां जायेंगे ? फिर उन्हें रोजगार कैसे मिलेगा ?"

"वे अपनी मातृभूमि अफ्रीका वापस लौट सकते हैं। यह उनका देश नहीं है।"

"तब तो यह आपका भी देश नहीं है। आपको भी इटली वापस लौट जाना चाहिए।"

बेनीटो एंटीनिओ गुस्से से फट पड़े, "बित्ते भर का लड़का, बाप से बात करने की तमीज तक नहीं जानते! स्कूल में तुम्हें क्या यही शिक्षा दी जाती है? नीग्रो के प्रति इतना प्यार कहां से उमड़ आया? किसी नीग्रो लड़की ने तुम पर जादू तो नहीं कर दिया?"

मैंने सिर्फ इतना कहा, "आपकी सोच बड़ी वीभत्स है।" कह कर मैं कमरे से निकल गया।

"तभी से बेनीटो और पीटर एंटीनिओ के बीच गृहयुद्ध शुरू हो गया। कुछ दिनों के बाद ही फिलाडेलफिया में नीग्रो और लांग शोरमेंस के गोरों के बीच संघर्ष हुआ। यूनियन पोर्ट में नीग्रो को काम करने देने को तैयार नहीं। लेकिन नीग्रो भी काम करने की ठान कर एक दिन पोर्ट में हाजिर हो गये। बस दोनों पक्ष में जम कर संघर्ष हुआ। लोगों में यह डर समा गया कि शहर भर में यह संघर्ष दंगे का रूप न ले ले। बेनीटो एंटीनिओ गोरे मजदूरों का लड़ाकू नेता था। पीटर एंटीनिओ दूसरे गोरों के साथ नीग्रो के पक्ष में बेनीटो के विरुद्ध खड़ा हो गया। गृह युद्ध अब पूरे दम पर छिड़ गया। स्कूली जीवन के आखिरी साल पीटर एंटीनिओ ने अपने पिता का घर छोड़ दिया। अब वह नीग्रो बस्ती में एक कमरा किराये पर ले कर रहने लगा।" कहानी का शेष अंश कैथी ने पूरा किया।

पीटर पढ़ने में तेज तो था ही। स्कूल की फाइनल परीक्षा में उसके अच्छे नंबर आये। स्कॉलरशिप पा कर कोलंबिया में उसने दाखिला लिया। अब वह न्यूयॉर्क चला आया। यहां वह छात्र आंदोलन से जुड़ गया। हार्लेम उसे अपनी ओर खींचने लगा। उसने वहां के नीग्रो बस्ती में रहने वालों को अपना दोस्त बनाना चाहा। लेकिन उन लोगों ने पीटर के आगे अपना हाथ नहीं बढ़ाया। न्यूयॉर्क तो न्यूयॉर्क है, फिलाडेलफिया नहीं। पीटर ने महसूस किया कि नीग्रो के मन में उसके प्रति आस्था नहीं है। उसे वे अपने में से ही एक मानने को तैयार नहीं। इधर छात्र आंदोलन भी अधिक नहीं बढ़ सका। वहां भी उसे बार-बार ठोकरों का सामना करना पड़ा। इन सारी नाकामयाबियों के दबाव से टूट कर पीटर ने 'विलेज' का रुख किया और वह हिप्पी बन गया।

"हम लोग यहां मजे में हैं," कैथी ने कहा, "हम खुश हैं।" पीटर के करीब अपना चेहरा ले जा कर उसने फिर कहा, "हम खुश हैं न पीटर?"

पीटर ने कैथी के होंठों पर अपना होंठ रख कर कहा, "जरूर हम बहुत खुश हैं।"

"तुम लोगों का गुजारा कैसे होता है ?" मेरी जिज्ञासाओं का तो जैसे अंत ही नहीं था।

"जरूरत पड़ने पर हम काम भी करते हैं। पैसों की जरूरत तो जिंदा रहने के लिए ही होती है। हम लोगों ने किराये पर कमरा ले रखा है। हमारे साथ एक और हिप्पी युगल रहते हैं। हम चारों एक ही कमरे में रहते हैं। पैसे खत्म हो जाने पर जो भी मिल जाये कर लेते हैं। कुछ पैसे जमा करके फिर काम छोड़ देते हैं।"

"तुम चारों एक ही कमरे में रहते हो ? किसी प्रकार की असुविधा नहीं होती ?"

"क्यों होगी ?" पहले तो कैथी मेरा मतलब नहीं समझ सकी। बाद में जब मेरा सवाल साफ हुआ, तो हंसकर बोली, "अच्छा-अच्छा, तुम्हारा इशारा प्राइवेसी की ओर है। हमें उसकी जरूरत नहीं पड़ती। प्राइवेसी नकली सभ्यता का कपटी आविष्कार है। हमारे प्यार में प्राइवेसी की कोई जरूरत नहीं।"

पीटर ने आगे जोड़ा, "प्राइवेसी, प्राइवेट प्रोपर्टी, पर्सनल पजेशन—यह सब-के-सब आदमी को आदमियत से दूर ले जाने के हथियार हैं। हम इनमें विश्वास नहीं करते। कैथी और मेरा—हमारा अपना कुछ भी नहीं है। हम बिलकुल आजाद हैं।"

"लेकिन तुम लोग तो भगोड़े हो।"

"हां, अभी तो हम भगोड़े ही हैं।" पीटर ने कहा, "लेकिन हमेशा ही हम लोग भगोड़े रहेंगे—ऐसी कोई प्रतिज्ञा तो हमने की नहीं है। यदि युद्ध विरोधी आंदोलन का माहौल तैयार होता है, तो हम उससे जुड़ जायेंगे। तुम यदि डेमोक्रेटिक पार्टी के कॉनवेंसन में शिकागो जाओ, तो वहां हमें जरूर पाओगे। कैथी क्या चाहती है जानते हो। कैलिफोर्निया में खेत-मजदूरों का एक आंदोलन होने जा रहा है, तुम्हारे गांधीजी की अहिंसा के रास्ते पर। वह आंदोलन असहयोग आंदोलन होगा। हजारों की तादाद में गोरे-काले, गेहुंआ चमड़ी वाले खेत-मजदूर—जो साल-दर-साल घोर गरीबी और दरिद्रता के बीच जी रहे हैं। बड़े-बड़े जमींदार कॉरपोरेशन जिस तरह उनका शोषण कर रहे हैं—ऐसा तुम्हें दुनिया के किसी भी विकसित देश में देखने को नहीं मिलेगा। यह पहला मौका है जब अमेरिका में खेत-मजदूरों को संगठित करके अहिंसा संग्राम शुरू हुआ है। कैथी चाहती है इस संग्राम में सक्रिय रूप से भाग लें और मैं भी यही चाहता हूं।"

"लेकिन मुश्किल क्या है, जानते हो ?" कैथी मुझे समझाये बिना छोड़ने वाली नहीं। कहने लगी, "मुश्किल यह है कि किस तरह अपनी सत्ता को बचाते हुए, कभी-कभी ही सही, स्पंदित होकर इस समाज में जिंदा रहा जाये। यदि मैं इस समाज के नियम को न मानूं तो यह समाज मुझे जिंदा नहीं रहने देगा।

समाज लोगों को जो कुछ देता है उतने से मैं भी संतुष्ट नहीं हुई तो वे मेरा जीना मुहाल कर देंगे। इस समाज में रहकर उससे परिवर्तन की बात कहना बेकार है। यदि यह संभव होता तो चिंता की कोई बात ही नहीं थी। लेकिन आज के यांत्रिक समाज में परिवर्तन लाना कोई सहज बात नहीं। इस समाज के जो शासक हैं वे इतने शक्तिशाली हैं कि उन पर काबू पाना बहुत मुश्किल है। उनके पास तरह-तरह के अचूक हथियार हैं। फिर? तुम कौन-सा रास्ता अपनाओगे? क्या तुम जिन चीजों का विरोध करते हो उसे सिर झुकाकर मान लोगे? या फिर तुम असफल 'संग्राम' करके उन शासकों के बंदी बनकर अपना शेष जीवन बिताओ, या उस समाज का त्याग कर वहां से भाग जाओगे? लेकिन वहां से भागकर भी उसी समाज के बीच रहना पड़ेगा। या तुम समाज से दूर अपनी स्वतंत्र सत्ता को अपने हृदय से लगाये रहोगे? पर तुम यह भी जानते हो कि भागकर ज्यादा दिन नहीं जी सकते। या तो तुम्हें उसी समाज में वापस लौटना पड़ेगा या फिर हर रोज तिल-तिलकर सड़ते-गलते रहना पड़ेगा। पर क्या तुम्हें लगता है कि दूसरों के हाथों तिल-तिलकर मरने से कहीं अच्छा है आत्महत्या। ऐसे में आत्महत्या का स्वाधिकार बहुत ज्यादा मूल्यवान लगता है। नहीं क्या?"

उस दिन कैथी ने अपने सवालों का जवाब मुझसे नहीं मांगा था। न ही ईश्वर या कार्ल मार्क्स से। वे सारे के सारे सवाल कैथी ने अपने आप से किए थे। और उसे कोई जवाब नहीं मिला। इंसान के किसी भी गूढ़ या बड़े सवाल का जवाब क्या कभी किसी को मिला है। उस रात मैंने सिर्फ कैथी और पीटर नामक दो युवक-युवती को ही नहीं देखा, बल्कि तथाकथित सभ्य, विकसित समाज के एक विशाल पितृहीन संतान श्रेणी को देखा। इस वर्ग ने इस पार्थिव प्राचुर्य के बीच विषकुंड का आविष्कार किया है। लेकिन मजे की बात तो यह है कि इनके अंदर अमृत की प्यास बराबर हौल मारती रहती है। कहां है वह अमृत, पिताजी? कैथी बहुत बड़े पूंजीपति दंपति की इकलौती बेटी है। भाई की मृत्यु के बाद अपने पिता की अथाह संपत्ति की एकमात्र उत्तराधिकारी। पीटर मेधावी है। यदि वह परंपरागत और समाज द्वारा अनुमोदित रास्ते पर चलता तो आज वह सफलता के शिखर पर होता। लेकिन कैथी और पीटर ने सब सुखों को लात मारकर समाज की तथाकथित सभ्यता से अपना नाता तोड़ लिया। घर, समाज से दूर न्यूयार्क के 'विलेज' में चले आये। इनके शरीर पर जो कपड़े हैं वे गंदे और फटे-पुराने हैं; उन्हें दो वक्त का खाना भी नसीब नहीं होता। मस्त हैं बस मारिजुआना और हशीश के कशों और संगीत के तरंगित आनंद में। उन्हें दूर-दूर तक कोई उम्मीद नहीं कि समाज में कभी कोई परिवर्तन होगा। हमारी कोमलांगी सभ्यता विकास के बोझ को सह पायेगी, शक्ति और अहंकार का निर्लज्ज प्रभाव दूसरे राष्ट्र के गांव और शहरों को ध्वंस करने के नित नये साधन का उत्पादन करने से बाज आयेगा,

जीवन कभी दैहिक सार्थकता का अंधा अनुसरण होगा, जिंदा रहने की खुशी में तन और मन के स्नायुतंत्र से सुरीला संगीत सुनाई पड़ेगा। यदि ऐसा होता है तभी जिंदा रहना अर्थपूर्ण हो पायेगा ! इन लोगों ने पराजय को स्वीकार कर भी लिया है और नहीं भी। नहीं, इसलिए क्योंकि ये अब भी लड़ रहे हैं। खुद के लिए निर्वासन स्वीकार करने में भी वे लोग अपने-अपने पिताओं के आगे यह घोषणा सस्वर कर रहे हैं कि अब तक आप लोगों ने जो कुछ भी तैयार किया है वह हमें नहीं चाहिए। आप लोगों ने राक्षसी सभ्यता ही नहीं, बल्कि असभ्यता का विश्व-व्यापी साजोसरंजाम से दुनिया को सजा रखा है—हम उसका विरोध करते हैं। हमें यह सब स्वीकार नहीं है। हम आप लोगों के साथ नहीं हैं।

मैं जानता हूं पिताजी, इनकी लड़ाई को वांछित सफलता कभी नहीं मिलेगी। लेकिन यह क्या कम है कि वे फिर भी लड़ रहे हैं। कुत्सित मानसिकता को स्वीकार करने से इन लोगों ने इनकार कर दिया है और हम हैं कि इन सब चीजों को नजरअंदाज कर देते हैं और इन हिप्पियों को अस्पृह और अवहेलित निगाहों से देखते हैं। जब कभी हम इन लंबे और बड़े बाल, गंदे-फटे कपड़ों, सिर और बदन में जुएं लिये हुए इन ड्रग एडिक्ट हिप्पियों को अपने शहर में देखते हैं, तो मनोरंजन का साधन मानकर उनकी हंसी उड़ाते हैं। उन्हें सर्कस का 'क्लाउन', समाज की गंदगी और न जाने क्या-क्या समझते हैं। उन्हें धिक्कार देते हैं। अपने युवा समाज के आगे उन्हें कुत्सित और अवांछित उदाहरण की तरह पेश करते हैं।

और हम लोग यानी भारतीय लड़के-लड़कियां अपने-अपने पिता की सामाजिक हैसियत और व्यक्तित्व के मुताबिक उनकी महत्त्वाकांक्षाओं के कोड़े खा-खाकर सांस रोके स्कूल और कॉलेज की सीढ़ियां पार करके नौकरी नामक सुरम्य और आदर्श उपत्यका में चढ़ने की कोशिश में अपने शैशवकाल में ही जोत दिये जाते हैं। हमारे लिए शादी एक खेल है या फिर नगद रुपये के बदले एक सौ एक घर सजाने के सार-सरंजाम जुटाने का एक बढ़िया साधन मात्र है। हम ससुराल का चुनाव अच्छी नौकरी और सुलभ पदोन्नति की संभावना को देखकर करते हैं। अब ऐसे में भला हम इन हिप्पी लड़के-लड़कियों के जीवन-रूप, वेद-शास्त्र-उपनिषद, इनके द्वारा किये गये विरोध और बहिष्कार का अर्थ कैसे समझ सकते हैं ? आप लोग ही, जो हमारे पिता हैं, हमें लालची और मौकापरस्त बनाने के जिम्मेदार हैं। आप लोग हमें सिर्फ यही सिखाते आये हैं कि किस तरह और किन-किन तरीकों से सुख-संभोग-सुविधा-संपत्ति के अपर्याप्त भंडार से ज्यादा-से-ज्यादा हथियाया जा सकता है। कैसे कम-से-कम समय में सफलता के उस चरम शिखर तक पहुंचा जा सकता है।

कैथी और पीटर मेरे दोस्त नहीं हो सकते, क्योंकि मैं उनका अपना नहीं,

न ही उनसे मेरा कोई मेल ही है—यह समझने में मुझे जरा भी समय नहीं लगा और न ही समझने के बाद मुझे दुःख हुआ। बिना शादी के वे दोनों साथ रह रहे हैं। शादी जैसी संस्था में उनका विश्वास नहीं। वे गिरजाघर नहीं जाते। ईश्वर के अस्तित्व में उनकी कोई आस्था नहीं। न ही वे कार्ल मार्क्स के ही समर्थक हैं। वे अपना सिर माओ के सामने भी नहीं झुकाते। सहज ही पहचान लिए जाने लायक क्रांतिकारी वे नहीं हैं। हो सकता है हमारी सभ्यता का वे सबसे बड़ा माखौल हों। इस माखौल को आज उनके पिता समझ पाने में असमर्थ हैं। लेकिन कल नहीं तो परसों या उसके बाद, कभी-न-कभी तो उनको इस माखौल को समझना ही पड़ेगा।

और इस बीच हम लोग? हम लोग पसीना छुटा देने वाले परिश्रम से अपने भविष्य का जुगाड़ बिठाकर अपने-अपने पिताओं के तथाकथित मूल्यबोध को नष्ट होते देख रहे हैं और आप लोग सिलसिलेवार तरीके से हमें ठगते आये हैं—चाहे वह राजनीतिक मामला हो या सामाजिक या फिर आर्थिक। हम लोग कभी आप लोगों के गले में माला डाल रहे हैं या नहीं तो राजपथ में जुलूस निकालकर आप लोगों के विरुद्ध नारे लगा रहे हैं। लेकिन इससे भी आप लोगों का सिंहासन टस-से-मस नहीं हो रहा है। आप लोग बदस्तूर समाजवाद के नाम पर कुत्सित और शोषक समाज का निर्माण करते जा रहे हैं, जो पश्चिम के पूंजीवाद से भी कहीं बहुत-बहुत ज्यादा विषाक्त है।

आप लोग उदार नैतिकता की आड़ में जातिगत भेदभाव को बढ़ावा दे रहे हैं। अपने क्षुद्र स्वार्थ और सुख-सुविधा के लिए देश की आधे से अधिक जनता को भूखा और नंगा करके अपने जरूरत के मुताबिक समाज तैयार कर रहे हैं। आप लोगों की कथनी और करनी में बहुत फर्क है। लेकिन आप लोगों का दावा है—वह भी जबरदस्त दावा है कि हम लोग यानी आपके जाये आप लोगों की नीति के गुणगान में पंचमुख होते हुए आप ही लोगों द्वारा दिखाये गये मार्ग पर खुशी-खुशी चल रहे हैं।

लेकिन फिलहाल आप लोगों का दावा स्वीकार कर लेने के सिवाय हमारे पास कोई चारा नहीं है। हम जानते हैं कि आप लोग क्या-क्या करते हैं और क्यों करते हैं। हम लोग आप से अलग भी होना चाहते हैं लेकिन···हाय रे हमारी प्राचीन सभ्यता, जब-जब आप लोगों से अलग होने की सोचते हैं, तो दिल में दर्द उठता है।

पिताजी, आप लोग हमेशा से ही अपने पिताओं की आज्ञा का पालन और उनके आदेशों को सिर-आंखों पर उठाते हुए उनके द्वारा स्थापित अवनत जीवन-मूल्यों

का अनुसरण करते आये हैं और इसलिए हमसे भी वैसी ही आशा करते हैं। आशा नहीं, बल्कि दावा करते हैं कि हम भी वही करें जो आप लोग करते आये हैं। आप लोगों से आज्ञा या आदेश पालन करने का दावा करने लायक समाज की कुछ तो हैसियत थी और फिर आप लोगों का पितृकुल अपने निवास-स्थान में काफी प्रतिष्ठित था। वैसे सारी सामाजिक, राजनैतिक और आर्थिक स्थितियां और उनका आपसी संबंध, जो समाज के लोगों को आज्ञाकारी, शांत सुशील और सुश्रृंखल बनाती हैं, वे सतेज भी हो सकती हैं और निस्तेज भी, उसमें जीवन की प्रज्ज्वलित ज्वाला भी हो सकती है और चरम शीतलता भी। लेकिन यह सब आपके जमाने में था। इसलिए आप लोग इन चीजों को मान देते हैं। लेकिन हमारे समय में ? ये सब-के-सब कमजोर और जीर्ण हो गये हैं। उनमें दरारें पड़ गयी हैं। इसलिए ये चीजें हमें बांधकर नहीं रख सकतीं और न ही हम इनका अनुसरण कर सकते हैं। जब हम आप लोगों की मानते हैं तो सिर झुकाकर आप ही लोगों के दिखाये रास्ते पर चलते हैं। वह भी सिर्फ इसलिए कि दूसरे रास्ते की हमें खबर नहीं। इसलिए नहीं कि आपके (आप लोगों के) दिखाये रास्ते पर हमारा अंधविश्वास है।

आप कहेंगे—इस बात में जरा भी सच्चाई नहीं है। आप लोग अपना ही उदाहरण लीजिए न। आप लोग यदि आज्ञाकारी होते, बड़ों के दर्शन और उनके दिखाये मार्ग को स्वीकार कर लेते, विद्रोह न करते तो भारत आजाद न होता, इतनी बड़ी साम्राज्यवादी ताकत को भारत छोड़कर चले जाने के लिए बाध्य करके आप लोगों ने 'अपने वर्जन करने की क्षमता' का चरम प्रमाण दिया है। आप लोगों की इस 'क्षमता' के कहीं आसपास भी हमारी 'न मानने' की क्षमता फटक नहीं सकती। इसलिए हम लोगों द्वारा किया गया वर्जन केवल एक शून्य आंदोलन से अधिक कुछ नहीं है। हमारे वर्जन या बहिष्कार में कोई सारतत्त्व नहीं है; भले ही बाहर से 'कुछ होने' का भ्रम होता हो।

लेकिन पिताजी क्या सचमुच आप लोगों के विद्रोह, बहिष्कार, वर्जन का ही परिणाम है कि हमारे देश से साम्राज्यवादी ताकतें अपना पीठ दिखा गयीं ?

या फिर ऐसा तो नहीं कि साम्राज्यवाद के चरम संकट के समय उसके साथ मिलकर एक विशाल और व्यापक 'स्थिति' को तैयार करके आप लोगों ने आजादी का प्रसाद तैयार किया और इस आजादी का जितना भी सारतत्त्व है उन सबका बंटवारा आप लोगों के एक छोटे से हिस्से में हो गया और बाकी दूसरों को मिला। उनके मुकाबले आप लोगों को उस बंटवारे का बहुत थोड़ा मिला और जिन्हें कुछ भी नहीं मिला या बहुत मामूली-सा मिला उनकी तादाद इस देश में सबसे ज्यादा है। उन असंख्य लोगों—किसान, जो खेती करते हैं और एक वक्त का ही खाना जिन्हें जुटता है वह भी बड़ी मुश्किल से —को जिन्हें मैं और हम

लोग पहचानते तक नहीं—किसी अखबार के माध्यम से ही उनसे हमारा परिचय है। इन लोगों की तादाद हमारी कुल आबादी का आधा है या उससे भी अधिक ! आज भी इस शताब्दी के सातवें दशक में ये लोग महीने में पच्चीस रुपये ही कमाते हैं। लेकिन चुनाव के समय ये लोग अंधा वोट देकर आप लोगों के कृतित्व को बहाल रखते हैं।

1947 में उस ऐतिहासिक दिन के मात्र कुछेक दिन पहले मेरा जन्म हुआ था। उसे आजादी कहते हुए मेरा हृदय जोर-जोर से धड़कता है। लेकिन और भी दो-एक आजादी से मेरा परिचय हुआ है। इसलिए मैं जानता हूं उस ऐतिहासिक दिन में आप लोगों ने भारत के सौ में से पांच-सात या बहुत हुआ तो दस लोगों को आजाद किया था। उन पांच-सात-दस लोगों में आप लोग भी शामिल हैं। लेकिन शेष इसमें नहीं थे और आज भी वे गुलाम हैं। और उससे भी बड़ी बात यह है कि वे आप लोगों के अधीन हैं। उनकी आजादी की लड़ाई आज भी शुरू नहीं हुई है। या अभी उस लड़ाई की भूमिका तैयार भर हुई है। आप लोगों ने उस साम्राज्यवाद का 'बहिष्कार' जरूर किया लेकिन उसी साम्राज्यवादी शक्ति के साथ अपनी विचारधारा, अपनी भावना और अपनी बौद्धिकता से भीतर-ही-भीतर अपना तादात्म्य स्थापित कर लिया है। नहीं क्या ?

आप राजनीतिज्ञ नहीं हैं। आजादी के लिए संघर्ष में आप जेल भी नहीं गये। आप एक साधारण बुद्धिजीवी और मध्यवर्गीय बंगाली 'भद्रपुरुष' हैं। पिताजी, आप लोग अपने जीवन की घटनाओं का विश्लेषण करके जरा देखिए तो ! मैं जो कुछ कहना चाह रहा हूं वह ठीक है या नहीं।

आपके दादाजी एक मायने में स्वतंत्रता संग्रामी थे। 1905 के एक खास दिन वे अचानक ही बंगाली आत्म-चेतना से उन्मत्त हो गये। और गीत, संगीत, भाषा-साहित्य और धर्म आदि में एक साथ ही उनकी यह उन्मत्तता प्रकट हो गयी। आपके दादाजी के माध्यम से ही पूर्वी बंगाल में आप लोगों के उस प्राचीन गांव में नये जीवन का उत्ताप पहुंचा था।

लेकिन इसी के साथ आपके दादा अंग्रेजों के अंधे भक्त भी थे ! मैंने कभी आप ही से सुना था कि वे अक्सर कहा करते थे—अंग्रेजों-सा इंसान इस धरती पर···नहीं···दुनिया में सबसे ऊंची जाति है।

आपके बाबूजी एक शिक्षक थे—राजनीति से उन्हें कोई लेना-देना नहीं था। लेकिन फिर भी उनकी इच्छा थी कि आपको अंग्रेजों के करीब रहकर पढ़ने-लिखने का अवसर मिले। इसलिए स्कॉलरशिप पाकर जब आपने विद्यासागर कॉलेज से इन्टरमीडिएट की परीक्षा पास की तो उत्तीर्ण विद्यार्थियों की तालिका में आपका नाम सबसे ऊपर था। एक गरीब शिक्षक होकर भी विद्यासागर कॉलेज से अतिरिक्त स्कॉलरशिप का लोभ त्यागकर उन्होंने आपका दाखिला

स्कॉटिश चर्च में कराया, ताकि अंग्रेज अध्यापकों का सान्निध्य आपको मिल सके।

और आप? अपने विद्यार्थी जीवन में आप साम्यवाद के प्रभाव में आये। ऐसा नहीं है कि आप राजनीति से हमेशा दूर रहे। पेशे से आप पत्रकार और बुद्धिजीवी लेखक हैं। राजनैतिक चेतना ही आपके तलवार की धार है। समाजवाद के आप समर्थक हैं! लेकिन आप और मां ने मुझे और मीतू को नयी दिल्ली के सबसे अच्छे मिशनरी स्कूल, जो आइरिश ब्रदर का था, में दाखिला दिलवाया। ताकि हम लोग बचपन से अंग्रेजों की तरह फर्राटेदार अंग्रेजी बोल सकें!

सिर्फ आप ही नहीं, हम सब—प्रधानमंत्री से लेकर नीचे की ओर जितनी दूर तक नजर जाती है, एक ही चेहरा दिखाई पड़ता है! जिनकी संगत में यदि किसी को रहने का जरा भी मौका मिल जाये तो वह अपने बच्चों को गोरी चमड़ी वालों की मिशनरी स्कूल में ही पढ़ाना चाहता है। शुरू में कॉनवेंट में फिर सबसे अच्छे देसी स्कूल में।

मुझे आज भी वह दिन याद है जब आप मुझे कॉनवेंट स्कूल में भर्ती करवाने ले गये थे। दिल्ली के गोल डाकखाने के पास ही सेंट कोलंबो स्कूल में। लाल ईंट की उस बिल्डिंग का फाटक पार करते ही मदर मेरी की संगमरमर की मूर्ति दिखाई पड़ती है। फिर गिरजाघर। बायीं ओर सेंट कोलंबो और दायीं ओर जीसस और मेरी।

स्कूल के बड़े हॉल में करीब पांच सौ माता-पिता अपने बच्चों के साथ प्रिंसिपल के दर्शनाभिलाषी थे। कौन, किस तरह, किसको पछाड़कर पहले प्रिंसिपल से मुलाकात कर ले— सभी इस निर्लज्ज प्रतियोगिता में व्यस्त थे!

मैं डरकर एकदम से रोने लगा था। साहस कर मैंने कहा, "मैं इस स्कूल में नहीं पढ़ूंगा।"

आपने कहा, "वैसे भी मुझे नहीं लगता कि तुम्हें यहां पढ़ने का मौका मिलेगा!"

तभी बॉबकट बालों वाली, आंखों पर चश्मा और होंठों को लाल रंग से रंगे हुए एक महिला ने अपने पांच साल के बच्चे को प्रिंसिपल की गोद में लगभग फेंकते हुए ऊंची आवाज में बोल पड़ी, "फादर, यह बच्चा अब मेरा नहीं आप ही का है। इसकी जिम्मेदारी आप नहीं लेंगे, तो कौन लेगा!"

स्कूल के अनुशासन को बनाये रखना प्रिंसिपल के बस में नहीं था। उस दिन पांच सौ माता-पिता और उनके बच्चों की भीड़ देखकर मुझे लग रहा था कि बेचारे प्रिंसिपल साहब इनके बोझों तले दबकर पिस जायेंगे।

आपने भी कहा था, असंभव! यहां तुम्हारी पढ़ाई नहीं हो सकती। ऐसी

भीड़भाड़ में तो मैं प्रिंसिपल ओकनर के नजदीक भी नहीं फटक पाऊंगा।

लेकिन आप गये थे। उस दिन नहीं। उस रोज तो आप मुझे लेकर उसी वक्त घर वापस चले आये थे और मां से कहा था, "सेंट कोलंबो में केतु का दाखिला करवाना मेरे वश में नहीं।"

लेकिन यह भी संभव हुआ। तीन दिन के अंदर प्रिंसिपल ओकनर साहब के घर में उनके दफ्तर में आपकी मुलाकात हुई। चौथे दिन सेंट कोलंबो में मेरा दाखिला हो गया। कितना बड़ा स्कूल था। करोलबाग इलाके में उस स्कूल की नयी शाखा भी खुल गई।

और मीतू को "कॉनवेंट ऑफ जीसस ऐंड मेरी" में भर्ती करवाने में आपको कोई परेशानी नहीं हुई। आपके दफ्तर का चपरासी रात के आखिरी पहर से ही कॉनवेंट स्कूल में उम्मीदवारों की लाइन में खड़ा था। फार्म वही ले आया था। फार्म भरकर आप मीतू को लेकर गये थे! मीतू सीधे किंडर गॉर्डेन के सबसे निचली श्रेणी में बैठी थी!

आपको याद है, एक दिन मैंने आपसे यूं ही पूछ लिया था कि आपने मेरा दाखिला कैसे करवाया था?

आपने बताया था, "हम लोगों ने ऐसी स्थिति को कायम कर लिया है कि किसी को मस्का लगाये बिना कुछ होने की संभावना नहीं। अच्छे स्कूल कम हैं और ऐसे स्कूलों में पढ़ने और पढ़वाने के लिए बहुत सारे माता-पिता और बच्चे हैं। करीब-करीब स्थिति कुछ वैसी ही है जैसे—एक अनार सौ बीमार। ऐसे में इस प्रतियोगिता का कोई बंधा-बंधाया नियम नहीं है। जिसकी जहां तक पहुंच है यदि उसका इस्तेमाल न किया गया तो हार निश्चित है।"

"आपने किसका इस्तेमाल किया था?"

"दिल्ली के विशप का। उनसे किसी तरह मेरी दोस्ती हो गयी थी। उनसे मैंने कहा, तो फादर ओकनर से उन्होंने तुम्हारी सिफारिश कर दी। ओकनर से फोन पर बात हुई और इंटरव्यू के लिए आमंत्रण मिल गया और आगे का काम सहज हो गया!"

"आपने मुझे मिशनरी स्कूल में क्यों भर्ती किया?" मैंने पूछा था।

"वहां अच्छी पढ़ाई होती है, इसलिए!"

"लेकिन आप तो मिशनरी स्कूल में नहीं पढ़े हैं।"

"नहीं, मैं गांव के एक छोटे-से स्कूल में पढ़ता था। आखिरी दो साल हमारे स्कूल में हेडमास्टर नहीं थे। अंग्रेजी पढ़ाने वाला कोई शिक्षक उस स्कूल में नहीं था। इसलिए मैट्रिक परीक्षा के आगे उस स्कूल में पढ़ना नहीं हो सका।"

"लेकिन आपको तो तीन-तीन विषय में विशेष श्रेणी (डिस्टिंकशन) मिली थी न!"

"उस समय की बात और थी। जब तुम लोग बड़े होगे तब देखना—आज जितनी जबरदस्त प्रतियोगिता है, अच्छे स्कूल और अच्छे नंबर से पास किये बिना बढ़िया कॉलेज में दाखिला कितना मुश्किल है और इसी के साथ नौकरी भी।"

"लेकिन अंग्रेजी कॉलेज में पढ़कर दूसरे दस बच्चों में से मैं एक नहीं हो पाऊंगा ! उनसे अलग नहीं हो जाऊंगा ? हमारे देश में कितने बच्चों को अंग्रेजी स्कूल में पढ़ने का मौका मिलता है ?"

"सौ में से एक को भी नहीं।"

"फिर ?"

"बाकी निन्यानबे मेरे बच्चे नहीं ! तुम मेरे बेटे हो और मीतू मेरी बेटी।"

"इसलिए हम दोनों दूसरे बच्चों से अलग हैं !"

"नहीं क्या ! इस देश में कितनों के पास गाड़ी है ! घर पर टेलीफोन है !

"यानी हम लोग और तुम लोग एक नहीं, मैं गरीब माता-पिता का बेटा था। मेरे पिता ने इस बारे में कभी सोचा ही नहीं कि मैं बड़ा होकर क्या बनूंगा। फिर मेरी पढ़ाई की योजना बनाना तो दूर की बात है। उन दिनों बच्चों का जन्म ईश्वर की मर्जी और उनके निर्देश से होता था। बच्चे जीते और मरते भी ईश्वर की इच्छा से थे। यदि जिंदा रहते तो अपने ही नियमानुसार बड़े होते। उन दिनों स्कूल, कॉलेज से पढ़ लिखकर किसी तरह एक नौकरी का जुगाड़ हो जाने-भर से जीवन को सार्थक समझा जाता था। और फिर नौकरी थी ही कितनी ! अतिशय प्रतिभाशाली और उससे भी कहीं अधिक भाग्यशाली लड़के ही आई० सी० एस० हुआ करते थे। वरना कॉलेज की पढ़ाई के बाद स्कूल में अध्यापक बन जाते या सरकारी/गैर-सरकारी दफ्तर में क्लर्क। मेरे साथ जो लड़के पढ़ते थे वे मेधावी और चतुर थे। वे सब आज कहां हैं मैं नहीं जानता। जीवन रूपी नामहीन पर्दे के पीछे जिंदा हैं भी या नहीं, मैं नहीं जानता। सिर्फ एक-दो साथियों को ही अपने नसीब के बल पर पर्दे के पीछे से निकलकर मंच पर खड़े होने का अवसर मिल गया। हमारी सफलता एक एक्सीडेंट मात्र है। इस एक्सीडेंट का कोई वैज्ञानिक कारण भी नहीं था। लेकिन तुम लोगों का जीवन हमारे जीवन से कुछ भिन्न है। धनी न सही, तुम लोग गरीब भी नहीं हो। बहुत कुछ तुम्हें बचपन से ही मिल रहा है, जो इस देश की विशाल जनसंख्या में हजारों-लाखों-करोड़ों बच्चों को नसीब नहीं होता। और जाने कब तक नसीब नहीं होगा। देखना, तुम लोगों के बीच भी कैसी जबरदस्त प्रतियोगिता होगी। तुम लोगों के भविष्य की योजना बनाने का हमें अवसर मिलेगा। तुम यदि इंजीनियर, डॉक्टर या वैज्ञानिक बनना चाहोगे तो उसके लिए हमें तुम्हें तैयार भी तो करना पड़ेगा। यदि विदेश में जाकर पढ़ना चाहो, तो उसका भी तुम्हें मौका मिलेगा, बशर्ते तुम यदि स्कूल,

कॉलेज और यूनीवर्सिटी में अच्छे नंबर से पास हो सको। यदि सरकार में शामिल होना चाहो···।"

मैं बीच में ही बोल पड़ा, "नहीं, मैं सरकार की नौकरी कभी नहीं करूंगा।"

शायद मेरी प्रतिक्रिया की तीव्रता से आपको थोड़ी हैरानी हुई।

लेकिन कभी भी आपने हम लोगों की तीक्ष्ण अनुभूतियों को चूर-चूर करना नहीं चाहा। इसीलिए आपने अपनी हैरानी को प्रकट न करके सिर्फ यही कहा, "जब तुम लोग बड़े होगे तब सरकारी काम को इतना अधिक तूल देने की जरूरत भी नहीं महसूस होगी। सरकारी काम से अलग बहुत कुछ कर सकोगे, जिससे जीवन की पूर्णता का तुम्हें एहसास होगा।"

मैंने काफी जोर देकर कहा था, "मैं भी आप ही की तरह लेखक बनूंगा।"

"तुम मुझसे भी बड़े और अच्छे लेखक बनोगे।"

"आपको कैसे पता ?"

"यदि मुझसे बड़े और अच्छे लेखक न बन सको, तो लेखक बनने का फायदा ही क्या ?"

"आपसे बड़ा कुछ भी बनने की सोच तक से मुझे डर लगता है !"

आप हंसने लगे थे।

"सच कह रहा हूं। कभी-कभी बहुत कुछ बनने की सोचता हूं। लेकिन कुछ भी बनने की जब सोचता हूं तो आपका विशाल व्यक्तित्व सामने आ जाता है।"

"देखना, एक दिन एक विशाल व्यक्तित्व छोटा हो जायेगा।"

"ऐसा क्यों होगा ?"

"इसलिए क्योंकि एक दूसरा विशाल व्यक्तित्व गर्व से सिर उठाकर खड़ा होगा !"

"नहीं, पिताजी, आपसे बड़ा होना मुझे अच्छा नहीं लगेगा। मैं बड़ा जरूर बनूंगा लेकिन आपसे बड़ा नहीं।"

"अच्छी बात है। फिर एक काम करो। मुझसे सुई की नोक-भर नीचे रहना। ठीक है ?"

मिशनरी स्कूल में पढ़ना मुझे और मीतू—दोनों को जरा भी अच्छा नहीं लगता था। आप अच्छी तरह जानते हैं कि स्कूल जाने की मेरी तिल-भर भी इच्छा नहीं होती थी। रोज सुबह मां का मेरे साथ बकायदा गोरिल्ला युद्ध होता था। कैसे, किस बहाने से तैयार होने में देर हो कि स्कूल बस 'मिस' हो जाये—इस कोशिश में मैं जी-जान से मेहनत करता था। सुबह होते ही मां मुझे जगाना शुरू कर देती। लेकिन जगकर भी मेरी नींद नहीं खुलती। मीतू के जगकर बाथ-

रूम जाने के बहुत देर बाद तक मैं मुर्दे की तरह पड़ा-पड़ा सोया करता था। अंत में मां को मुझे बिस्तर से खींचकर उठाना पड़ता था। तब पखाना तो जैसे होना ही नहीं चाहता था। बाथरूम में नहाने में जितनी देर, संभव होता, लगाया करता। फिर खाना खाने की बारी आती। गले से निवाला तो जैसे उतरता ही नहीं था। कभी-कभी परेशान होकर मां आपको बुलाती। आप डाइनिंग टेबल पर आकर बैठ-भर जाते कि गला अपने आप खुल जाता। आप कभी किसी बात पर डांटते नहीं थे। किसी तरह का प्रतिरोध आपके पास नहीं था। यह सब मेरे बड़े होने से पहले सुसान हार्डी से प्रेम करने से पहले की बातें हैं। खैर, उस बारे में कुछ कहने का अभी समय नहीं आया है।

स्कूल में सर और मैडम का चेहरा देखते ही मेरा स्नायु-तंत्र बिगड़ जाता। लाल रंग से होंठों को रंगे देसी मैडम दांतों पर दांत चढ़ाकर ऊंचे स्वर में अंग्रेजी बोलती। उन सब मैडम के मन में बच्चों के लिए ममता नहीं थी, न सहानुभूति—वे हम बच्चों को प्यार नहीं करती थीं। हम पर गुस्सा होकर पसीने से तरबतर हो जाती थीं। जैसे हम लोग उनके दुश्मन हैं! आज समझ आता है कि उनकी विद्या और बुद्धि का स्तर बहुत सामान्य था। किसी तरह बंधे-बंधाये तरीके से एक-एक विषय पढ़ती जातीं—इतिहास से समाज कल्याण तक—हम लोगों को वह टॉपिक कहां तक हजम हुआ, पढ़ाया जाने वाले विषय का प्रभाव हम पर पड़ा या नहीं—इससे उन्हें कुछ लेना-देना नहीं था। क्लास में बात करो तो मार पड़ती थी। सर या मैडम ने क्लास में कुछ पूछा और बच्चे न बता पाये तो और भी ज्यादा पिटाई होती। होम वर्क नहीं करने पर तो कुछ पूछना ही नहीं। सर हो या मैडम शुरू हो जाते दनादन। शायद हमें मारने से उन्हें हिंसक खुशी होती थी। जैसे उनके अपने जीवन की ग्लानि, दुःख, संताप, पराजय उस हिंसक गुस्से के माध्यम से बाहर निकल जाता और सामयिक तौर पर उनके मनुष्यत्व को विजय का उल्लास मिल जाता। अपने पौरुष का रंग देखकर अपने आपसे उन्हें शाबासी भी मिल जाती।

गोरी चमड़ी वाले मिशनरी स्कूल चाहे कुछ भी कहें, पिताजी, उनके द्वारा संचालित स्कूल में जीसस का जितना प्रभाव होता है उससे कहीं अधिक पुरातन-पंथी साम्राज्यवादी प्रभाव होता है। इसमें मुझे जरा भी संदेह नहीं है। देसी सर और मैडम के साथ गोरे पादरी शिक्षकों के बीच और कुछ भी हो, लेकिन इंसान और इंसान के बीच का सदभाव, सतता और पारस्परिक श्रद्धा का भाव नहीं होता। स्कूल के संचालन में देसी शिक्षकों की अपनी कोई भूमिका नहीं होती। उनका काम गोरे पादरियों के आदेशों का पालन करना मात्र होता था। और जैसा कि इन मिशनरी स्कूलों में नौकरी के मामले में क्रिश्चनों को प्रधानता दी जाती है, इसलिए योग्य शिक्षकों के बदले अयोग्य शिक्षक ही यहां ज्यादा होते हैं

और यही लोग बच्चों को सबसे ज्यादा पीटते हैं। हां, सेंट कोलंबो में भी आइरिश ब्रदर बच्चों को बहुत मारते थे। हम बच्चों को पीटकर उन्हें कितनी आत्मतृप्ति होती, शायद इस बारे में वे भी अच्छी तरह नहीं जानते थे। बाइबिल में ईसा मसीह की बहुत सारी वाणियां हैं, लेकिन उन्होंने भी कहीं शिक्षकों को बच्चों को पीटकर आत्मतृप्ति का उपभोग करने से मना नहीं किया। इसी वजह से हम बच्चों का शरीर ब्रदर और देसी शिक्षकों के लिए व्यायाम के अभ्यास का एक माध्यम बन गया था। हमारे दिमाग को वे कुछ दे सकें या न दे सकें, लेकिन हमारी शारीरिक सेवा करने में उनके उत्साह का तो कोई अंत ही नहीं था।

सातवीं कक्षा तक कहने लायक मुझे स्कूल में कुछ भी मिला—ऐसा मुझे याद नहीं, पिताजी। मेरे असली और एकमात्र शिक्षक तो आप ही हैं। वैसे आपके पास मुझे एक दिन भी स्कूल की किताब नहीं पढ़नी पड़ी। लेकिन सुबह के समय एक घंटा आपके साथ पैदल चलने या रात को आप और मां के साथ बातें करके मैंने और मीतू ने जो कुछ सीखा, उसे स्कूली शिक्षा में हम दोनों ने समय देकर जितना नुकसान उठाया उसकी पूर्ति हो गयी—इसमें जरा भी संदेह नहीं।

पहली बार जिस शिक्षक ने मेरे मन में अपने व्यक्तित्व की छाप छोड़ी वे ब्रदर ऐश थे। यदि उनके नाम का तर्जुमा किया जाये तो उन्हें 'राख भाई' कहा जायेगा। जब मैं आठवीं कक्षा में था तो 'राख भाई' दार्जिलिंग से बदली होकर यहां आये थे। वे हमारे स्कूल में प्रधानाध्यापक बनकर आये थे। पहले दिन हाजिरी (रोल कॉल) लेने के समय तैंतीस बच्चों की क्लास में पांच बंगाली लड़कों को पाकर ब्रदर ऐश के मन में एक अद्भुत कोमल रस का संचार हुआ था। हरेक बंगाली लड़के के नाम के उच्चारण के साथ उन्होंने आदेश दिया, "कीप स्टैंडिंग।"

पूरी क्लास बैठी थी हम पांच बंगाली लड़कों के सिवाय। क्लास के सभी बच्चे हैरान थे कि ब्रदर ऐश कहीं कोई मजाक तो नहीं कर रहे हैं। या फिर कोई दूसरा ही उद्देश्य है। वे हंसना चाह कर भी हंस नहीं पा रहे थे। एक नकली स्तब्धता क्लास में छायी हुई थी।

हम पांचों को खड़ा छोड़कर ब्रदर ऐश ने अपना ध्यान किताब में टिका दिया। और हम एक-दूसरे का मुंह देखने लगे। पुलक बसु ने मेरी ओर देखकर इशारे से पूछा, क्या बात है? मैंने भी इशारे से ही जवाब दिया, भगवान जाने।

तीन-चार मिनट बीत गये।

अब मैं बैठ गया।

ब्रदर ऐश बिजली की तरह मेरे ऊपर टूट पड़े। उनका पहला वाक्य था—

"ऐइ लड़का, क्या नाम है तुम्हारा ?"

"आप मुझसे कह रहे हैं सर ?"

"हां, तुम्हीं से कह रहा हूं। तुम बैठ कैसे गये ? मैंने तुम्हें खड़े रहने के लिए कहा था !"

"मैंने सोचा, आप हम लोगों को बैठने के लिए कहना भूल गये हैं।"

"वेरी स्मार्ट आनसर ! तुम्हें ऐसा क्यों लगा कि मैं तुम लोगों के बैठने के लिए कहना भूल गया हूं ?"

"रोल कॉल के समय आपने खड़े रहने को कहा। और रोल कॉल खत्म हो जाने पर हमें कुछ न कहकर आपने किताब खोल ली। और हम लोग खड़े ही रह गये। इसलिए मुझे लगा कि आप भूल गये हैं।"

ब्रदर ऐश ने खड़े रहे बाकी चार लड़कों से पूछा, "तुम लोगों को भी ऐसा ही लगा था ?"

तीनों ने कहा, नहीं, सिर्फ पुलक ने कहा, "मुझे भी थोड़ा-थोड़ा ऐसा ही लगा था, सर।"

"फिर तुम बैठ क्यों नहीं गये ?"

"निश्चित नहीं हो पाया था, सर।"

ब्रदर ऐश अब मेरे बिलकुल सामने आकर खड़े हो गये। शरीर का पूरा तेज उनकी आंखों में उतर आया था। वे मुझे देखे जा रहे थे।

एक बार मैंने उनकी ओर देखा। फिर झट से मुझे अपनी नजर नीचे कर लेनी पड़ी।

अचानक एक जोरदार थप्पड़ मेरे गाल पर पड़ा। पूरा सिर झनझना गया। इतना जोरदार थप्पड़ इससे पहले कभी नहीं खाया था। खड़ा था, तुरंत बैठ गया।

"आइंदा जब मैं खड़ा करूं, तो तब तक खड़े ही रहना, जब तक कि बैठने के लिए न कहूं, समझे ?"

मैंने सिर हिलाकर जताया, समझ गया।

"आज तुम सारे दिन खड़े रहोगे।" यह ब्रदर ऐश का हुकुम था।

इसके बाद वे हम पांचों का परिचय जानने में लग गये। क्या नाम है ? पिता का नाम ? वे क्या करते हैं ? बंगाल में हमारा घर कहां है ? आखिरी बार वहां कब गया ? यह सब उन्होंने हम पांचों से पूछा। हममें से एक, दीपक चक्रवर्ती, भारत सरकार में सेक्रेटरी पद पर आसीन किसी अफसर का बेटा था। उसके पिता का पेशा सुनकर ब्रदर ऐश ने अपना होंठ बिचकाया।

"यानी तुम्हारे पिता एक टॉप वी० आई० पी० हैं ! आई० सी० एस० !

हेवेन बर्न सर्विस ! स्टील फ्रेम ! क्यों !" उनकी आवाज की तल्खी में एक विद्रूप व्यंग्य था। दीपक के कान लाल हो गये। दूसरे दो लड़कों के पिता डिप्टी सेक्रेटरी थे। सुनकर ब्रदर ऐश ने ऐसा चेहरा बनाया जैसे उनके बारे में अतिरिक्त कौतूहल-सा कुछ है ही नहीं। इस बार पुलक बसु की बारी थी।

"तुम्हारे पिताजी हैं ?"

"जी, सर।"

"क्या करते हैं वे ?"

"बिजनेस एक्जीक्यूटिव हैं।"

"किस कंपनी में ?"

"लॉयड्स बैंक में।"

"लवली !" ब्रदर ऐश जैसे चीख ही पड़े। "अंग्रेज साम्राज्यवाद के वेतन-भोगी कर्मचारी ! ब्यूटीफुल !"

अब मैं।

"क्या नाम है तुम्हारा ?"

"केतु।"

"तुम्हारे पिताजी क्या करते हैं ?"

"लेखक हैं।"

"ओ आइ सी ! तो तुम एक राइटर के बेटे हो। क्या लिखते हैं ?"

"किताब।"

"हां, किताब तो लिखते हैं। मेरा मतलब है किस तरह की किताब।"

"अंग्रेजी में राजनीति से संबंधी किताबें और बंगला में उपन्यास।"

"क्या वे कांग्रेसी हैं ?"

"नहीं, वे कहते हैं मैं सिर्फ राजनीति का विद्यार्थी हूं।"

"फिर भी उनकी अपनी कोई राजनीतिक सोच तो होगी ही ?"

"है न !"

"तुम जानते हो ?"

"थोड़ा-बहुत। वे अपने आपको डेमोक्रेट बताते हैं।"

"तुम्हारे पिताजी कम्युनिस्ट नहीं हैं ?"

"नहीं, पिताजी का कहना है कम्युनिस्ट का मतलब राजनैतिक कर्मचारी है, जो वे नहीं हैं। वे किसी राजनैतिक पार्टी के नहीं हैं। लेकिन मार्क्सवाद में उनकी आस्था है।"

"और तुम ?"

"मैंने अभी तक कार्ल मार्क्स नहीं पढ़ा। बड़ा होकर पढ़ूंगा।"

"क्या तुम जानते हो कार्ल मार्क्स की धर्म में आस्था नहीं थी ? उनका कहना

था, धर्म जनता को दी जाने वाली अफीम है।"

"जी हां, सुना है।"

"फिर भी तुम मार्क्स को पढ़ोगे ?"

"क्यों नहीं पढ़ूंगा ? बड़ा होकर मैं गीता और उपनिषद भी पढ़ूंगा। मेरे पिताजी ने भी पढ़ा है।"

"ब्लडी ब्रैट।"

सारा क्लास चौंक गया।

ब्रदर ऐश ने कहा, "तुम पांचों ने मुझे निराश कर दिया। तुम लोगों के पिताओं में से कोई भी क्रांतिकारी नहीं है। दार्जिलिंग में मेरे तीन छात्र थे। तीनों के पिता क्रांतिकारी थे। टेरेरिस्ट। उनमें से दो सूर्य सेन ग्रुप के थे। सूर्य सेन का नाम सुना है ? नहीं सुना न ? चटगांव आर्मी रेड के बारे में कभी कुछ सुना है ? नहीं न ? तुम लोगों को शर्म आनी चाहिए ! आज घर जाकर अपने-अपने पिता से पूछना ! मैं अपने उन तीनों छात्रों के घर जाकर उनके पिताओं से मिला था। उन्हीं लोगों ने तो अंग्रेजों के साथ लड़ाई की थी ! नॉट इयोर महात्मा गांधी, बल्कि बेंगलस् सुभाष बोस।"

सारे बच्चे हैरान थे।

इसके बाद ब्रदर ऐश ने विशुद्ध बंगला में एक कविता पाठ करके सुनायी :

"तोमार काछे आराम पेय, पेलाम शुधु लज्जा।
ऐबार सकोल अंग छेये, पराओ रण सज्जा।
व्याघात आसुक नवो-नवो, आघात खेये अचल खो,
बक्खे आमार दुक्ख तबो बाजबे जय डंका।
देबो सकोल शक्ति, लबो अभय तबो शंखा।।"

(तुम्हारे पास आराम पाकर मिली केवल लज्जा।
अब मेरे अंगों पर सजाओ रण सज्जा।
बाधाएं आये नित नयी, आघात पाकर भी रहूंगा अचल,
वक्ष में मेरे दुःख का तब बजेगा जय डंका।
सारी शक्ति देकर लूंगा अभय का शंख।)

कविता पाठ खत्म करके उन्होंने कहा, "यह कविता किसकी है, बता सकते हो ?"

पुलक बोल पड़ा, "टैगोर की।"

ब्रदर ऐश ने कहा, "हां, रवींद्रनाथ ठाकुर की।"

पता नहीं क्यों, मेरी आंखें भर आयीं।

ब्रदर ऐश के साथ एक साल के अंदर मेरा जो संबंध बना, उसे प्राचीन भारतीय मूल्यांकन के हिसाब से गुरु-शिष्य का संबंध कहा जा सकता है। बत्तीस

साल का वह आइरिश आदमी अपने पारिवारिक प्रभाव के कारण पादरी बना। दादा पादरी थे और उनके बाद पिता भी। "इसलिए बचपन से ही यह मान लिया गया कि मैं भी पादरी बनूंगा।" स्कूली जीवन से ही धार्मिक शिक्षा शुरू हो गयी। स्कूल से निकलते-न-निकलते कैथोलिक चर्च के डिवाइनरी स्कूल में भर्ती हो गये और यहीं से शुरू हो गयी पादरी जीवन की तैयारी। "धर्म के बारे में मुझे कोई आपत्ति नहीं। मेरा सिद्धांत सिर्फ इतना कहता है कि किसी भी धर्म को न मानने वाला कोई भी चर्च इस दुनिया में नहीं है। दरअसल, होता यह है कि धर्म पर राजशक्ति के प्रभाव के कारण धर्म का इस्तेमाल समाज का नये सिरे से गठन करने के बजाए उसे पुरातन की ओर खींचने में होने लगता है।" ऐसा वे कहा करते थे। आइरिश ब्रदर्स मिशन से ब्रदर ऐश भारत आने से पहले लातिन अमेरिका के एक्योशोर और अफ्रीका के नाइजीरिया में अध्यापक थे। "वहां मैंने क्या सीखा, जानते हो? यदि क्रिश्चन चर्च सहयोग न करता तो पूर्वी साम्राज्यवाद पूरी दुनिया में अपना साम्राज्य नहीं फैला सकता। मुझे इसमें जरा भी संदेह नहीं है कि जितने भी साम्राज्यवादी संस्थाएं हैं, उनमें क्रिश्चन चर्च, कैथोलिक और प्रोटेसटेंट चर्च ही अभी भी मुखय हैं।" साथ ही वे यह भी कहते, "तुम्हारे देश में नये समाज के निर्माण में सबसे बड़ा रोड़ा है हिंदू धर्म।"

वे हमें समझाया करते, "धर्म का मतलब कुछ नीतियों का उपदेश मात्र तो नहीं। धर्म का अर्थ है एक संपूर्ण सामाजिक व्यवस्था। हिंदू धर्म के मायने तो सिर्फ हिंदू समाज, उसके अंदर आने वाली विभिन्न प्रजातियां, पुनर्जन्मवाद, अद्वैतवाद—इन सबको लेकर एक सामाजिक प्रशासन है। तुम्हारे देश की गरीब जनता जब तक जाति-पांति के भेदभाव को मानती रहेगी, अद्वैतवाद और पुनर्जन्मवाद में तब तक विश्वास करती रहेगी। ऐसे में होगा यह कि कोई भी शासक दल अनायास ही उनको अपने नियंत्रण में कर लेगा।"

ब्रदर ऐश की धमनियों में आइरिश राष्ट्रीयतावाद का गरम खून दौड़ा करता था। और अंग्रेजों के प्रति उनके मन में घृणा और क्रोध की ज्वाला फूटा करती थी। जो चीज उन्हें जरा भी सहन नहीं होती थी—वह था भारतीयों के मन में अंग्रेजी प्रेम और अंग्रेजों के प्रति नतभाव। "तुम लोग बड़े ही अंग्रेजी प्रेमी और अंग्रेजों के प्रति विनतभाव रखने वाले हो। तुम लोग बड़े ही अद्भुत हो। अंग्रेजों को राजनैतिक शासन से दूर भगाकर बुद्धि और मन का शासक बना लिया है। मानसिक रूप से तुम लोग अभी भी इंग्लैंड के चौखट में दीन भाव से नजर टिकाये हो। अंग्रेजों का सबसे बड़ा दावा यह है—उनके साम्राज्यवाद ने एक नये भारत का निर्माण किया है। और उनका यह दावा ठीक है—तुम लोग इसे हर रोज प्रमाणित कर रहे हो। हां, इतना जरूर है कि इसमें अकेले तुम लोगों का कोई कसूर नहीं है। जरा सोचकर देखो, 'अंग्रेजी साहित्य' में आयरलैंड का

प्रभाव है। जॉर्ज बर्नाड शॉ, इयेरस, जॉयस आदि को अलग कर दिया जाये तो आधुनिक अंग्रेजी साहित्य में बचा ही क्या? जबकि एकमात्र जॉयस के सिवाय आइरिश भाषा का इस्तेमाल दूसरे किसी आइरिश लेखक ने नहीं किया। और जॉयस ने भी 'यूलिसिम' अंग्रेजी में ही लिखा। इसका फल यह हुआ कि अंग्रेज उन्हें अपनी संपत्ति मानकर हमसे दूर ले गये।"

एक दिन ब्रदर ऐश ने क्लास में आते ही पूछा, "तुममें से कौन-कौन इस स्कूल में किंडर गार्डेन से पढ़ रहा है?"

बहुत सारे हाथ उठे। शायद चार-पांच को छोड़कर बाकी सबने हाथ उठाया।

"यानी तुम लोगों ने इन किताबों को पढ़ा है?" ब्रदर ऐश ने इतिहास और भूगोल की तीन किताबें हमारे सामने रख दीं। वे किताबें हमारे लिए बहुत परिचित थीं। कोई अंग्रेज उनका लेखक था। उन किताबों को किसी अंग्रेज ने ही प्रकाशित किया था। हर साल इन किताबों को पढ़कर हम लोग जैसे बहुत सारे बच्चे मिशनरी स्कूल के निचले चौखट को पार करके सीढ़ी-दर-सीढ़ी ऊंची क्लास में पहुंचते हैं।

"तुम लोगों ने इन किताबों को पढ़ा है, आज तुम्हारे छोटे भाई-बहन पढ़ रहे हैं और कल उनसे भी छोटे पढ़ेंगे। है न?"

हम लोगों ने लगभग एक ही साथ कहा, "यस सर।"

"इन किताबों में क्या लिखा है याद है तुम लोगों को?" इसके बाद वे उन तीनों किताबों को खोलकर पढ़ते चले गये। "भारत की जनता अभी भी धूप में बदन सुखाकर ईंट बनाती है···चीनी लोग तरह-तरह के कीट-पतंग खाकर जीवन यापन करते हैं···अंग्रेजी शिक्षा ने भारतीयों के मन के प्राचीन अंधकार को दूर कर दिया है··भारत में अंग्रेज शासकों के प्रयास से असभ्यता और कुसंस्कार दूर हो गये हैं··1947 में अंग्रेज सरकार ने भारत और दूसरे औपनिवेशिक राज्यों को स्वेच्छा से आजादी दे देने का निर्णय लिया···अफ्रीका के लोग आदिम और असभ्य थे। पश्चिमी सभ्यता ने उन्हें आधुनिकता की रोशनी दिखायी।" इतना पढ़ कर ब्रदर ऐश किताब बंद करके थोड़ी देर चुप रहे।

फिर बोले, "तुम लोगों के पिताजी कभी इन किताबों को पलट कर देखा करते थे?"

किसी-किसी ने कहा, हां। मैं भी उनमें था।

ब्रदर ऐश ने मुझसे कहा, "तुम्हारे पिताजी ने पढ़ा है इन किताबों को?"

"जी हां, वे सब किताब पढ़ा करते थे।"

"क्या कहते थे इन किताबों के बारे में?"

"मुझे समझा दिया करते थे कि इन किताबों को लिखने वाले कौन हैं!

क्या उद्देश्य होता है उनका ! और किनके लिए लिखते हैं ! पिताजी कहते थे, यह बड़े दुख की बात है कि तुम्हें यह सब पढ़ना पड़ रहा है ।"

"और कुछ नहीं ?"

"उस समय ब्रदर ओकनर प्रिंसिपल थे। पिताजी ने उन्हें एक पत्र भी लिखा था ।"

"जवाब आया था ?"

"जी हां, प्रिंसिपल ओकनर ने लिखा था, उन्हें मालूम था उन किताबों में 'आउट-डेटेड' तथ्य हैं । लेकिन भारत में बच्चों के लिए अंग्रेजी टेक्स-बुक का अभाव है। बल्कि कहना चाहिए, है ही नहीं । इसलिए इन किताबों को पढ़ाने के सिवाय कोई चारा भी तो नहीं है ।"

सुन कर ब्रदर ऐश ने कहा, "दरअसल, तुम लोगों के पिता का साम्राज्यवाद से दोस्ताना है। वरना उनके बच्चे इतने बड़े-बड़े साम्राज्यवादी झूठ स्कूल में पढ़ रहे हैं···इसे वे कतई सहन नहीं कर पाते ।"

पुलक बोल पड़ा, "सर, हम लोगों ने इन किताबों से कुछ भी ग्रहण नहीं किया है ।"

ब्रदर ऐश ने कहा, "तुम लोग नहीं जानते कि ये किताबें तुम्हें कितना नुकसान पहुंचा रही हैं। यदि जानते तो ऐसा नहीं कहते । वैसे कसूर तुम्हारा नहीं है। तुम लोगों के पिता लोगों का है। उन लोगों ने आजादी लड़कर हासिल नहीं की है बल्कि अंग्रेजों से उपहार के रूप में ले लिया है। एक बात कहता हूं सुनो, तुम लोग आज इस बात का मतलब नहीं समझ पाओगे लेकिन बड़े हो कर जरूर समझोगे। जो लोग 'कंटीन्यूटी' और 'चेंज' का स्लोगन देते हैं दरअसल, वे 'कंटीन्यूटी' में तो विश्वास करते हैं लेकिन 'चेंज' में नहीं ।"

हम लोग जानते थे ब्रदर ऐश अधिक दिनों तक स्कूल में नहीं टिक पायेंगे । उनके भक्त बन गये मेरे जैसे कुछ लड़के से वे अकसर कहा करते थे कि चर्च से उनकी नहीं बन पा रही है। अब पादरी जीवन से भी वे एक दिन दूर चले जायेंगे । "आज मैं समझ गया हूं कि वे कौन से काम हैं जिन्हें मैं नहीं करना चाहता हूं। मैं क्या करना चाहता हूं यह जिस दिन समझ जाऊंगा उस दिन 'चर्च लाइफ' से दूर बहुत दूर चला जाऊंगा ।"

वे अक्सर कहा करते थे, "मैं अपने देश लौट जाऊंगा। पिताजी आखिरी दिन गिन रहे हैं। वे तीरासी साल के हो गए हैं । मैंने चर्च छोड़ दिया है, सुन कर उन्हें बड़ा सदमा पहुंचेगा। लेकिन अब मैं अधिक इन्तजार भी नहीं कर पाऊंगा ।"

एक नारकीय घटना के बीच ब्रदर ऐश को हमारा स्कूल छोड़ देना पड़ा। उस साल हम लोग सिनियर कैम्ब्रिज में थे। यानी स्कूल का वही आखिरी

साल था ।

भारत सरकार के एक प्रभावशाली मंत्री का लड़का 'सेंट कोलंबो' में हम लोगों के साथ पढ़ता था—एक ही सेक्सन में। पढ़ाई-लिखाई में उसका मन कभी नहीं लगता था । हमेशा पास मार्क के नीचे उसका नंबर आता था। ब्रदर ऐश से अक्सर उसकी पिटाई होती। डांट-फटकार भी सुनता। लेकिन उसे देख कर लगता था कि इन सबका उस पर कोई असर ही नहीं होता। सिनियर कैम्ब्रिज के फाइनल से पहले स्कूल सिलेक्सन टेस्ट में वह फेल हो गया । स्कूल का यह पुराना नियम था कि क्लास टीचर के अनुमोदन के बिना किसी को प्रोमोशन नहीं दिया जाता था और ब्रदर ऐश ने मंत्री महोदय के बेटे को फेल कर दिया। फेल क्या कर दिया, सिनियर कैम्ब्रिज की परीक्षा के लिए उसे मनोनीत नहीं किया ।

मंत्री महोदय ने पहले तो अपना दूत प्रिंसिपल के पास भेजा। फिर खुद फोन किया। आखिर में खुद भी चले आये, क्योंकि उनके बेटे के लिए विदेश में टेकनिकल शिक्षा प्राप्त करने का सारा इन्तजाम हो चुका था। इंग्लैंड की क्राइसलार कार कंपनी उसे प्रशिक्षणार्थी के रूप में लेने को तैयार हो गयी थी। इसलिए उसे पास होना था । मंत्री महोदय इस वजह से उसके लिए ट्यूटर रख लेंगे। स्कूल के तीन अध्यापकों से उनकी इस बारे में बात भी हो गयी है। अभी बस किसी तरह उसका सिलेक्शन हो जाये। इतना तो उसके लिए करना ही पड़ेगा—इस आशय से ब्रदर ओडानियाल से उन्होंने अनुरोध भी किया।

ओडानियाल ने कहा, "इस स्कूल का कोई भी छात्र आज तक फेल नहीं हुआ है। आपका लड़का पास हो जायेगा—इस बात पर हमें भरोसा नहीं।"

मंत्री महोदय ने कहा, "मैं जुबान देता हूं कि वह पास होगा।" थोड़ी देर बाद वे फिर बोले, "किसी की खुशामद करने की मुझे कभी कोई जरूरत नहीं पड़ती। और मुझे इसकी आदत भी नहीं। आपकी थोड़ी कृपा चाहता हूं। इससे मैं ज्यादा कुछ भी नहीं कह पाऊंगा। यदि मेरी बात रख लेंगे, तो मैं आपका उपकार कभी नहीं भूलूंगा।"

ब्रदर ओडानियाल मंत्री महोदय का आशय समझ गये—यदि मेरे अनुरोध ठुकरा दिया गया तो यह भी उन्हें खूब याद रहेगा ।

उन्होंने कहा, "ब्रदर ऐश आपके बेटे के क्लास टीचर हैं। उनके अनुमोदन के बिना सिलेक्शन टेस्ट में आपके बेटे को पास नहीं कर पाऊंगा। यह हमारे स्कूल का नियम है।"

"आप उनसे कहिए। वे मान जायेंगे।"

"आप उन्हें नहीं जानते। मैं उनसे कहूंगा। लेकिन इससे पहले आपको कहना पड़ेगा।"

"ठीक है। आप उन्हें बुलवाइये।"

"अभी वे क्लास ले रहे हैं। क्लास खत्म होने तक आपको इंतजार करना पड़ेगा।"

वेयरा एक स्लिप ले कर हमारे क्लास में आया। स्लिप पढ़ कर ब्रदर ऐश ने अपना चेहरा थोड़ा विकृत बनाया। हम लोग तब अंग्रेजी शब्दों के 'पान' का अभ्यास कर रहे थे। पुलक एक 'पान' करके पूरे क्लास को लोट-पोट कर रहा था। वह 'पान' था—ब्रदंरस मेरी नान। ब्रदंर ऐश ने भी हंस कर पुलक की तारीफ की। फिर अचानक बोले, "तुम लोग थोड़ा आराम करो, मैं आ रहा हूं।"

पांच मिनट बाद वे लौटे। उनका चेहरा लाल था और एक अजीब-सी गंभीरता दिखाई पड़ रही थी।

माजरे का खुलासा होने में जरा भी देर नहीं लगी।

ब्रदंर ऐश मंत्री महोदय के बेटे को सिलेक्शन टेस्ट में पास करने को किसी भी कीमत पर तैयार नहीं हुए।

प्रिंसिपल ने उन्हें बहुत समझाया। इतने बड़े मंत्री को नाराज करने से स्कूल और मिशनरी दोनों को नुकसान होगा। इस देश में मिशन चलाने के लिए नियम में थोड़ी-बहुत शिथिलता तो लानी ही पड़ती है। दिल्ली के विशप का भी यही मानना था कि इस मंत्री को नाराज करना ठीक नहीं।

ब्रदंर ऐश अंत में राजी तो हो गये लेकिन एक शर्त पर—"यदि मंत्री महोदय के बेटे को पास किया गया तो दूसरे बच्चे, जो फेल हुए हैं उन सबको भी पास करना पड़ेगा। मंत्री महोदय का बेटा दूसरे फेल हुए बच्चों में सबसे कमजोर है। यदि उसे पास किया गया, तो दूसरे बच्चों को भी रोका नहीं जा सकता। उन बच्चों के पिता मंत्री नहीं हैं इसलिए उन्हें सजा नहीं दी जा सकती।"

ब्रदंर ओडानियाल बड़े ऊहापोह में पड़ गये। मंत्री महोदय तीन-चार ट्यूटर रख कर बेटे को पास करवा लेंगे। दूसरे फेल हुए बच्चों के पिता के लिए यह संभव नहीं। फेल हुए सारे बच्चों को परीक्षा में बैठने की अनुमति देने का मतलब निश्चित रूप से कुछ का फेल होना है। 'सेंट कोलंबो' के इतिहास में जो घटना कभी नहीं घटी, ब्रदंर ओडानियाल उसे किस तरह घटने देते?

अब उनके पास एक ही उपाय था। उन्होंने उसी उपाय से काम लिया।

ब्रदंर ऐश का तबादला दिल्ली से दूर किसी दूसरे स्कूल में करवा दिया। और खुद हो गये हमारे क्लास टीचर। मंत्री महोदय का बेटा फाइनल परीक्षा के लिए सिलेक्ट हो गया। ब्रदंर ऐश हम लोगों से बिना कुछ कहे, विदाई लिये बिना एक दिन अचानक चले गये।

सुबह हम लोगों ने देखा ब्रदर ऐश के बदले प्रिंसिपल ब्रदर ओडानियाल हमारे क्लास में आये। हम सब बच्चे हैरान थे। ब्रदर ओडानियाल ने हमारे चेहरे का भाव पढ़ लिया। बोले, "ब्रदर ऐश अब तुम लोगों को नहीं पढ़ायेंगे। कल रात उनका किसी दूसरे स्कूल में तबादला हो गया है। आज से मैं तुम लोगों का क्लास टीचर हूं।"

पढ़ाई शुरू करने से पहले उन्होंने एक लड़के का नाम लेकर उसे खड़ा किया।

वह मंत्री पुत्र था।

ब्रदर ओडानियाल का चेहरा गंभीर था।

बोले, "आज से स्कूल की छुट्टी के बाद तुम रोज दो घंटा 'डिटेन' होगे। मैं तुम्हें कुछ काम दूंगा। उसे करके मुझे दिखाओगे, तब घर जाओगे।"

ब्रदर ओडानियाल किसी तरह का रिस्क लेने को तैयार नहीं थे। जिस लड़के के लिए स्कूल के नियम में ढिलाई दे कर उसे सिलेक्शन टेस्ट में पास किया, वह किसी भी तरह फाइनल में पास हो जाये—इसकी जिम्मेदारी उन्होंने अपने कंधों पर ले ली।

पिताजी, शायद आपको याद होगा—वह दिन मुझे कितना भारी पड़ा था। मैंने आपसे बार-बार पूछा था —ब्रदर ऐश हम लोगों से बिना कुछ कहे, विदाई लिये बिना अचानक क्यों चले गये? जबकि वे इस बात को अच्छी तरह जानते थे कि हम लोग उन्हें कितना चाहते हैं। उनकी कितनी श्रद्धा और भक्ति करते हैं। तो क्या हमारे प्यार और श्रद्धा की उनके लिए कोई कीमत नहीं थी और फिर मुझे तो वे अपना 'दोस्त' कहते थे। कितने ही रविवारों की दोपहरी मैंने उनके साथ बितायी थी। क्या उन्होंने एक बार भी नहीं सोचा कि उनके इस तरह चले जाने से मुझे कितना दुख होगा?

आपने मेरे सवालों का जवाब नहीं दिया था। सिर्फ इतना कहा था—"उस आदमी में एक जबरदस्त 'आर्ट सेंस' है। किसी दिन यदि तुम कहानी लिखोगे, तब समझ जाओगे कि किस अदभुत आर्ट सेंस से ब्रदर ऐश तुम लोगों से दूर चले गये। हममें से बहुत सारे लोग ऐसे हैं जो अपने जीवन में अनायास ही कहानी का ताना-बाना बुन तो लेते हैं, लेकिन उसके अंत को बहुत कम ही लोग कलात्मक रूप दे पाते हैं।"

आपकी बातों का अर्थ उस दिन मैं समझ गया था। पता नहीं वह अर्थ ठीक था भी या नहीं।

तीन साल बाद, तब मैं 'सेंट स्टीफेंस कॉलेज' में था। हम लोग शिमला गये थे। अचानक आपको खबर मिली कि वहां के 'सेंट कोलंबो' स्कूल में ब्रदर ऐश हैं। आपने बड़े ही उत्साह से यह खबर मुझे दी। और कहा, "तुम उनसे मुलाकात करने जाओगे? आज ही चलोगे?"

मैं चुप था।

"आज चलोगे ? हम लोग भी चलेंगे तुम्हारे साथ ?"

मैंने कहा, "क्या फायदा ?"

आप समझ गये। ब्रदर ऐश का प्रसंग फिर कभी हम लोगों के बीच नहीं आया।

पिताजी, उसके बाद अब बहुत साल बीत गये। लोगों ने अपने जीवन का बहुत सारा साल बिता दिया। पिछले साल एक दिन न्यूयॉर्क टाइम्स में एक खबर पर मेरी नजर पड़ी। नॉर्थ आयरलैंड में कैथोलिकों के साथ अंग्रेजों की एक मुठभेड़ में रॉबर्ट जॉनसन ऐश नामक कैथोलिक स्कूल शिक्षक के मरने की खबर थी। कभी इस शिक्षक ने मिशनरी स्कूल के शिक्षक के रूप में एक्योडोर, नाइजीरिया और इंडिया में अध्यापन किया था। बाद में कैथोलिक चर्च छोड़ कर आयरलैंड लौट आये थे। वहां भी कुछ दिनों तक अध्यापन से जुड़े रहे। संप्रति अंग्रेज विरोधी आंदोलन में सक्रिय रूप से जुड़ गये थे। "रॉबर्ट ऐश बिलौंग टु दि एक्ट्रीमिस्ट विंग ऑफ दि एंटी ब्रिटिश कैथोलिक मुवमेंट।"

पिताजी, होश संभालने के साथ हम लोगों ने आप बड़ों में बहुत सारा झूठ, असहजता, अनगिनत छल-चुतराई, धोखाधड़ी, असंख्य बनावटीपन वगैरह पाया। और यह सब देख कर हम समझ गये कि इस विश्वव्यापी झूठ, छल, चतुराई; बनावटीपन वगैरह से मुक्ति नहीं, सभी बड़ों ने अपनी संतानों को उसी ढर्रे पर तैयार किया है। साथ ही उन्हें विरासत में वही सब दिया जो आप लोगों को अपने बड़ों से मिला। उस विरासत की आंतरिक सार-शून्यता आप लोगों के चेहरे को म्लान नहीं करती। प्रचंड अहंकार के तेज रूपी गरल को आप लोगों ने अमृत कह कर हमें सौंप दिया। उस गरल का पान करके हम अमृतसंतान बन रहे हैं और दूषित पताका अपने हाथ में ले कर शाश्वत आदर्श के रास्ते चल रहे हैं।

उस विशाल आधे सच, आधे झूठ को संपूर्ण मिथ्याचारी समाज-व्यवस्था का आप लोगों ने निर्माण किया है। उनमें से जिस आदिम, प्रबल, प्रचंड, स्वाभाविक और प्राकृतिक चीज को आप लोगों ने सबसे गहरे और घने झूठ से ढंक कर रखा है, उसे गंदा, कुत्सित और आकर्षणीय बना कर अंधेरे में उसका उपयोग और उपभोग करके रात-दिन उसे सहलाते-पुचकारते रहते हैं। अब यदि आपकी अनुमति हो तो उस प्रसंग पर आऊं। पिताजी, अब मैं भी बड़ा हो रहा हूं !

इस प्रसंग का उपयुक्त प्रतिशब्द बंगला या किसी भारतीय भाषा में नहीं है, जिसका मैं यहां इस्तेमाल कर सकूं।

पिताजी, सेक्स शब्द का बंगला क्या है ?

यौनबोध ? यह शब्द मेरे जायके को बिगाड़ देता है। कितना गंदा लगता है यह शब्द !

यह सोच-सोच कर मुझे हैरानी होती है, पिताजी, स्त्री-पुरुष के लिंग और शरीर के दूसरे गोपनीय अंग-प्रत्यंग के बारे में हम लोग घर-घर में आपसी बैठक में बातें करते हैं, उसमें कौतूहल भी होता है, लेकिन इस संदर्भ में हम जिन शब्दों का इस्तेमाल करते हैं वे आमूमन अंग्रेजी के ही होते हैं, बंगला या दूसरी भारतीय भाषाओं के क्यों नहीं ? हम लोग अक्सर 'प्राइवेट पार्ट्स', 'पेनिस', 'ब्रेस्ट' कहते हैं जबकि इन सारे अंग्रेजी शब्दों के बंगला प्रतिशब्द हैं, जो सुश्रव्य भी हैं और संस्कृत तो हैं ही। कवि जयदेव और उनसे बहुत पहले महाकवि कालिदास्—अच्छा ही हुआ जो वे अंग्रेजी नहीं जानते थे वरना···

दरअसल, मैं जो कुछ कहने जा रहा हूं वह यह है : 'सेक्स' शब्द का उच्चारण करने या लिखने में हमें जरा भी झिझक नहीं होती । हम इस शब्द का अर्थ जानते हैं और इसकी अभिव्यक्ति भी। पर 'योनि' या 'यौनबोध' हमारे किसी बोध को उत्तेजित नहीं करते। कम-से-कम मुझे तो नहीं करते और मेरे जैसे कइयों को भी।

मेरा सेक्स लाइफ, यानी मेरी यौन चेतना का उन्मेष, उसकी अभिव्यक्ति, विकास, रति-प्रयास, रति-विलास, विकृत कामनाएं मेरे इन चौबीस साल की उम्र में सबसे गहरी, व्यापक, उद्वेलक और सुंदरतम धारावाहिक घटना रही है। इस दौरान मैं बार-बार लाखों बार अपने अज्ञात रहस्य से सम्मोहित हुआ हूं। साथ में उसमें अपनी बहुत सारी दुनिया को चूर्ण-विचूर्ण और ध्वंस होते भी देखा। यही नहीं कुछ नयी दुनिया की स्वप्निल संभावना का आविष्कार भी किया। अपने सेक्स लाइफ में मैं सृष्टि का आदि-अंत हूं, जहां मैंने एक ही साथ कुत्सित, हिंसक, निष्ठुर, नीच और सुंदर, कोमल, फूल सा नाजुक, आकाश सा उदार, सागर सा गहरा और महान, सूर्य सा चतुर्दिक प्लावित और विस्तृत पौरुष का आभास पाया। मैं उसके साथ और उसके साथ आप लोग भी—यानी सभी माता-पिता कितनी गहराई से जुड़े हैं, वहां भी मेरी स्वकीय स्वाधीनता अतिशय सामान्य सी ही है, वहां हम सब पुत्र अपने पिताओं के साथ एक कठोर श्रृंखला में आबद्ध हैं।

किसी-किसी वैज्ञानिक के अनुसार, विशेषकर नुरीख के ओटो रैंक का कहना है कि प्रत्येक आदमी की मानसिक समस्या के पीछे 'बर्थ ट्रोमा' यानी जन्म लेने का विश्रृंखलित अनुभव का मूल कारण होता है—धरती से प्रथम परिचय का मीमांसाविहीन घात-प्रतिघात । आप लोग यानी माता-पिता परस्पर प्रेम के द्वारा या शारीरिक समागम के अपरिहार्य अभ्यास से संतान को जन्म देते हैं और

आप लोगों के इस कृत्रिम दुनिया के मिलावटी सभ्यता में हमारा जन्म होता है। जन्म लेते ही हम आप लोगों के उत्तराधिकारी शृंखला में कैद हो जाते हैं। पिताजी, अब यह सब सोचकर मुंह का जायका बिगड़े बिना कैसे रह सकता है भला।

अच्छा, जाने दीजिए। ओटो रैंक के 'बर्थ ट्रोमा' थ्योरी को खारिज कर देते हैं। लेकिन कोई भी बुद्धिमान व्यक्ति आज इस बात से इनकार नहीं कर सकता, कि हम लोगों के वयस्क जीवन के हाव-भाव का एक बड़ा हिस्सा बचपन के अनुभवों द्वारा ही निर्धारित हो जाता है—हमारे साथ माता-पिता का संबंध उनके प्रति हम लोगों का और हम लोगों के प्रति उनके आकर्षण या विकर्षण से कमोवेश हमारा मानसिक जगत तैयार होता है। जिस मानस परिधि के बाहर कदाचित ही हम लोग वयस्क जीवन में बलिष्ट कदम उठा सकते हैं? एरीख एरीखसन, मार्टिन लूथर और मोहनदास करमचंद गांधी के जीवन का चौंकाने वाला विश्लेषण करके चाहे जो कुछ प्रमाणित करे लेकिन यह भी तो ठीक ही है कि पृथ्वी में कितने लूथर, गांधी, बुद्ध और लेनिन या माओ त्से तुंग जन्म लेते हैं। संतान माता-पिता के स्नेह की अधिकता और कृपणता, माता-पिता के प्यार और मार से अपने मानस के निर्माण का उपादान संग्रह करते हैं। अपने जीवन की बहुत सारी अनुभूतियों और प्रतिक्रियाओं को शिशुमन प्रकट नहीं करता—अपने भीतर समेटता जाता है। इनमें कुछ उसकी स्मृति के घेरे से बाहर चली जाती है। बाकी अवदमित अनुभूतियों और प्रतिक्रियाओं से उसका अवचेतन मन तैयार होता है। दूसरी ओर चेतन के अतल गहन में उसकी दलित स्मृतियां तांडव शुरू कर देती है। अवचेतन मन से ही तो हमारे भीतर की सृष्टि क्षमता का उद्भव होता है। यदि मानव सिर्फ चेतन मन के सहारे ही जिंदा रहता तो क्या उसकी सृष्टि, उसकी सभ्यता इतनी वैभवशाली और वैचित्र्यमय होती? लेकिन अवचेतन मन के परस्पर विरोधी विभिन्न अनुभूतियों के घात-प्रतिघात को सृष्टिशीलता के उर्ध्व में कितने लोग जा पाते हैं? हममें से अधिकांश उस घात-प्रतिघात के सामने खड़े भी नहीं हो पाते हैं। वे हमें अपने वश में कर लेते हैं या हमें असमय में वृद्ध बना देते हैं। और हम जिंदा रहने का तात्पर्य भी नहीं जान पाते हैं। आदिम मादकता को, संहिता के सार का अनुसरण कर हम प्यार करते हैं। उससे घृणा करते हैं, उसका बहिष्कार करते हैं या ग्रहण करते हैं। अपने आपसे भाग कर, दरअसल, अपने असली परिचय से डर और आतंकित हो कर बौखला जाते हैं। इसलिए अपना असली परिचय अस्वीकार कर किसी तरह जीवनयापन को जिंदा रहना मानकर आत्मरति में अंधे हो जाते हैं।

पिताजी, इस पूरी दुनिया में हम लोग ही पहली पीढ़ी हैं जिसने सेक्स नामक इस विशालकाय दैत्य के सामने खड़े हो कर उसे थोड़ा-सा सहज, सरल, स्वा-

भाविक, संन्दर और ग्रहणीय बनाया है। आप लोग मानें या न मानें हम लोग सौ साल पुराने रूपकथा के इस दैत्य को, उसके असलियत को जानने और पहचानने की शुरुआत की है। और इस कोशिश में हमने देखा, आप लोगों ने यानी दुनिया भर के माता-पिताओं ने, सारे देश, सारे समाज और सारी सभ्यता के माता-पिताओं ने, सेक्स को लेकर मिथ्या का एक विशाल, कुत्सित और जघन्य उद्‌योग खड़ा किया है। इस उद्‌योग के समाधिस्थ होने तक आदमी का स्वाभाविक, सुंदर और सरल संबंध बनने की दूर-दूर तक कोई संभावना नहीं है।

आप लोगों की दुनिया से हमारा जो विरोध है उसका अधिकांश आप लोगों द्वारा तैयार की गयी सेक्स नीतिवाद से है। सेक्स को लेकर आप लोगों ने विश्वव्यापी एक सीमाहीन भ्रष्टाचार का किला तैयार कर रखा है—इस बीसवीं सदी के शेष चतुर्थांश में सब देशों, सब समाजों और सारी सभ्यता के पुत्रों-पुत्रियों ने इस भ्रष्टाचार के विरुद्ध जेहाद छेड़ दी है!

मुझे याद नहीं कि ठीक कब और किस उम्र में सेक्स अनुभूति पहली बार मेरे मन और स्नायु में संचारित हुई थी। लेकिन इतना याद है कि ऐसा शारीरिक परिवर्तन नजर आने से कुछ पहले हुआ था। यानी मेरे गले का स्वर फटने, नाक के नीचे मूंछों की पतली रेखा और दूसरे शारीरिक बदलाव दिखाई पड़ने से पहले अपने भीतर एक अद्‌भुत जागरूक अनुभूति का एहसास हुआ। उस समय इस अनुभूति की कोई भाषा नहीं थी, जो अपने आप में ही विस्मित, अचंभित, सम्मोहित और चौंकाने वाला था, जो गुप्त रूप से अपने ही शरीर से उठता और अपने ही शरीर में एक कोमल और उष्ण मूर्च्छा में विलीन हो जाता। और तब अचानक दुनिया बहुत अच्छी और सुंदर लगने लगती। मां से लिपट कर उन्हें चूम लेने का मन होता। मां के स्तन को सहलाने की इच्छा होती। आपको भी अपने आप में समेट कर आप ही में खो जाने का मन होता। और कभी-कभी तो खुद से लिपट कर खुद को चूमने की, प्यार करने की इच्छा होती।

मैं जानता था, और मीतू भी, कि आप और मां लगातार प्रेम करते हैं।

आप लोगों के बहुत सारे शारीरिक रति से हमारा परिचय भी था। साधारण रतिकर्म को आप हमसे छिपाना चाहते थे, लेकिन यह और बात है कि छिपा नहीं पाते थे।

आप लोगों का दुराव-छिपाव हमारी जिज्ञासाओं को बढ़ाता।

और अपनी जिज्ञासा शांत करने के लिए हमें बहुत ज्यादा हाथ-पांव नहीं मारना पड़ता था।

जैसे अचानक एक बार आप लोगों के कमरे में घुस गया तभी मां बोल पड़ती है, "छोड़ो ना, क्या करते हो? बच्चे देख नहीं लेंगे?"

आप छोड़ देते हैं।

लेकिन तब तक हम लोग देख चुके होते हैं।

फिर भी, शिशुमन की हिंसा से पूछ ही बैठता, "पिताजी क्या कर रहे थे, मां ?"

मां शर्म से लाल हो कर पाक शिशुमन की जिज्ञासा मिटाने की कोशिश में कहती, "कुछ नहीं,"

"फिर आप इस तरह चिल्ला क्यों पड़ीं ?"

"कहां ? नहीं तो ! मैं कब चिल्लायी !"

"अरे, वह आप ही की तो आवाज थी ! आप ही ने तो कहा कि वे देख लेंगे।"

"देखो केतु, तुम बहुत शरारती हो गये हो।"

"मैंने क्या किया ? मैं तो सिर्फ यही जानना चाहता था कि आप चिल्लायी क्यों ?"

अब आपकी बारी थी।

आपने कहा, "जानना चाहते हो, मां क्यों चिल्लायी थी ? मैं तुम्हारी मां को प्यार कर रहा था।"

"कैसे प्यार कर रहे थे ?"

"तुम्हारी मां को 'किस' ले रहा था, अपनी छाती से लगा रहा था, ठीक वैसे ही जैसे तुमको और मीतू को प्यार करता हूं।"

"लेकिन हम लोग तो नहीं चिल्लाते हैं, डरते हैं; जब आप हमें प्यार करते हैं तो !"

"क्योंकि तुम लोग अभी छोटे हो। बच्चे प्यार करने से डरते नहीं हैं।"

"तो क्या बड़े लोग प्यार करने से डरते हैं ?

"हां, बड़े लोग डरते हैं। चिल्लाने लगते हैं। इसलिए कि कोई देख न ले !"

तभी मां बीच में बोल पड़ी, "बहुत अच्छी शिक्षा दे रहे हो बेटे को।"

लेकिन मीतू कभी अपनी जिज्ञासाओं को ले कर आप लोगों को परेशान नहीं करती।

वैसे भी एक तो वह लड़की है इसलिए मीतू में सेक्स फीलिंग मुझसे बहुत बाद में आयी। और फिर मीतू मुझसे शांत और सुशील थी, जिसे आप लोग शालीन और सुशील कहेंगे। और फिर मीतू आप लोगों से डरती भी तो थी न ! फिर उसके पास अपनी जिज्ञासा और कौतूहल मिटाने का उपाय भी तो था न ! और वह उपाय मैं था। अपने दुस्साहसिक अभियान के द्वारा दुर्गम रेगिस्तान नदी आदि का अतिक्रमण कर जो कुछ भी हाथ लगता, उसमें से मीतू को उसका हिस्सा न देने पर मेरा आत्माभिमान परितृप्त नहीं होता। इसलिए

मीतू में कौतूहल पैदा होने से पहले ही वह बहुत कुछ जान जाती थी। लेकिन इस पर भी मीतू अपने बचपन से ही मुझे परिपक्व लगती। बहुत सारे विषय ऐसे थे कि कभी-कभी मुझे खुद भी मीतू का सहारा लेना पड़ता।

हम लोग जानते थे, रात में आप और मां क्या करते हैं। मां दबी हुई और सांस रुक जाने की सी आवाज क्यों करती है। आप लोगों का पलंग रात को विचित्र तरह की आवाज क्यों करता है? हम लोग जानते थे, पहले मैं बाद में मीतू।

बचपन में अक्सर मैं ठीक समय पर जग जाता था। संभवत: सोये में या जगे में आप लोगों के संभोग के साथ मेरा एक आर्त-संयोग स्थापित हो जाता था।

दूसरे कई बच्चों की तरह, मुझे भी जानने की इच्छा होती कि बच्चे मां के पेट में कैसे आ जाते हैं? और फिर पेट से किस तरह निकल कर जन्म लेते हैं?

मीतू जब मां के पेट में थी, तब मैं कुछेक महीने का शिशु था। जब मीतू का जन्म हुआ, तो उस समय मैं मात्र डेढ़ साल का था। उसके बाद मां के पेट में कोई बच्चा नहीं आया। ऐसा क्यों हुआ—यह बात मां से पूछने का मुझे मौका नहीं मिला।

इसलिए इस जिज्ञासा को शांत करने के लिए मुझे सुलता बुआजी को पकड़ना पड़ा था।

बुआजी बहुत बड़ा पेट लेकर आप लोगों के पास आयी थीं। आप लोगों से मैंने सुना था कि उनके उस बड़े से पेट में बच्चा है। और कुछ ही दिनों बाद बच्चे का जन्म होगा। डॉ० सेन का नर्सिंग होम डिलेवरी के लिए तय हुआ है—यह खबर मुझे आप ही लोगों से यानी आप और मां से मिली।

इसलिए एक दिन बुआजी के साथ बैठा।

जाड़े के दिनों की दोपहर थी। आप मां के साथ शॉपिंग के लिए गए थे। वह रविवार का दिन था। बुआजी लॉन में धूप सेंक रही थीं।

मैं भी उनके पास जाकर बैठ गया।

बुआ मुझे प्यार कर रही थीं। फिर इधर-उधर की बातों के बाद स्कूल के बारे में भी उन्होंने पूछा। अब मैं अपने प्रसंग में आया।

"बुआजी, आपके पेट में क्या है?"

बुआजी मारे शर्म के सिमट गयीं।

"क्या है बुआ जी, बोलिए न? बच्चा?"

तब बुआजी ने सिर हिला कर कहा, "हां।"

"कितने?"

बुआजी नाराज हो गयीं, "कितने क्या?"

"एक?"

"एक नहीं तो क्या पांच ? मैं बिल्ली या कुतिया हूं ?"

"आदमी के भी तो दो-तीन-चार बच्चे एक साथ होते हैं। आप नहीं जानतीं। मेरी बड़ी आंटी के तो दो-दो बच्चे एक साथ हुए थे। और थाइलैंड में एक मां ने एक साथ चार बच्चों को जन्म दिया था !"

इस बार बुआजी ने जोर देकर कहा, "नहीं मैं ऐसी नहीं हूं। मेरे पेट में एक ही बच्चा है।"

"अच्छा बुआजी, पेट में बच्चा कैसे बनता है ?"

बुआजी मेरी तरफ देख ही नहीं पा रही थीं।

"बताइए न, बुआजी। बच्चा कैसे बनता है ?"

"भगवान बनाते हैं।"

"कैसे ?"

"जादू के मंत्र से। जैसे भगवान सब कुछ बनाते हैं, वैसे बच्चा भी बनाते हैं।"

"भगवान मंत्र कह देते हैं और मां के पेट में बच्चा बन जाता है ?"

"हां।"

"फिर जिनकी शादी नहीं होती है, उनके पेट में बच्चा क्यों नहीं बनता ?"

"शादी से पहले मां नहीं बनते, इसलिए।"

"क्यों नहीं बनते ?"

"यही भगवान का नियम है।"

"लेकिन ऐसा भगवान का तो कोई नियम नहीं है ! फिर मदर मेरी की तो शादी नहीं हुई थी। लेकिन भगवान ने उनके पेट में ईशा को बना दिया।"

"मदर मेरी की शादी हुई थी।"

"अच्छा बुआजी, आपके पेट से बच्चा कैसे निकलेगा ?"

"डॉक्टर निकालेंगे।"

"पेट काट कर ?"

"अब यह मैं क्या जानूं ?"

"बुआजी, आपके पेट में हाथ रख कर देखूं, बच्चा क्या कर रहा है ?"

बुआजी एकदम से नाराज हो गयीं। बोलीं, "केतु। आजकल तुम बड़े शैतान हो गये हो। जाओ, जा कर पढ़ाई करो।"

आप लोगों के लौटने पर बुआजी मां से बहुत देर तक बातें करती रहीं, लेकिन बहुत धीमे-धीमे। मां का तमतमाया चेहरा देखकर मैं समझ गया कि बुआ जी ने मां से मेरी शिकायत कर दी है। पर मां ने उस समय मुझे कुछ नहीं कहा। रात को जैसा कि मेरा अनुमान था, आप दोनों के बीच इसकी चर्चा हुई। सोने का बहाना करके मैं बहुत देर तक सुनता रहा।

मां बोल रही थी, "केतु से तो मैं परेशान हो गयी हूं। पता है, आज उसने सुलता से क्या-क्या पूछा?"

"समझ गया। बच्चे के बारे में न?"

मां बोली, "और क्या! पक कर अभी से ढोल हो गया है।"

आपने कहा, "उत्सुकता है। वह जानना चाहता है। उसे बताना चाहिए।"

"यह सब जानने की एक उम्र भी तो हो!" यह मां की आवाज थी। "जान तो सभी जाते हैं। यह सब क्या किसी से छिपा रहता है?"

"नहीं रहता है, अक्सर लोग चोरी से या ठोकर खा कर जानते हैं। जिस सहजता, सरलता और सुंदरता से जानना चाहिए, उस व्यवस्था की यहां कमी है। सिर्फ हमारे यहां नहीं, दुनिया के विकसित देशों में भी।"

"यानी तुम कहना चाहते हो कि बच्चों को यह सब बताने के लिए स्कूल खोल लेना चाहिए, क्यों?"

"जरूर। स्कूलों में यदि सेक्स एजुकेशन का इंतजाम हो जाये तो उनकी इस तरह की सारी जिज्ञासाएं सहज और स्वाभाविक तरीके से मिट सकती हैं।"

"आप भी ऊल-फजूल बातें करते हैं। सुलता के सामने तो मैं शर्म से मरी जा रही थी।"

"क्यों? ऐसा क्या पूछ लिया केतु ने?"

"क्या नहीं पूछा? बच्चा क्यों होता है? पेट में कैसे आता है? शादी से पहले बच्चा क्यों नहीं होता? पेट से बच्चा कैसे निकलता है? अब बाकी क्या रहा पूछने को। अंत में सुलता के पेट को छू कर भी देखना चाहा था केतु ने।"

अपने पलंग से मैंने आपके हंसने की आवाज सुनी।

मां गुस्से से बोली, "तुम हंस रहे हो?"

आपने कहा, "बेचारा केतु! तुम्हारे पेट में एक और बच्चा आ जाये तो उसे मौसी, मामी, काकी या बुआ के पास नहीं जाना पड़ेगा।"

मां थोड़ी देर चुप रहीं। फिर बोलीं, "लेकिन तुम कुछ भी कहो मैं उसे सच्ची बात नहीं बता सकती। सुलता ने जो कुछ कहा मैं भी वही कहती।"

"सुलता ने जरूर उन सारी बातों को भगवान पर लाद दिया होगा।"

"और नहीं तो क्या! और फिर इसमें झूठ भी क्या है? एक नये इंसान को जन्म देना आदमी का काम तो नहीं। भगवान की मर्जी न हो तो क्या मां के पेट में बच्चे की सृष्टि हो सकती है भला?"

"नास्तिक होने के बावजूद जन्म, विवाह और मृत्यु—इन तीन महान घटनाओं को मैं भी भगवान पर छोड़ देने का पक्षपाती हूं। मानव जीवन की इन तीनों महान घटनाओं का दायित्व लेने लायक मानसिक स्थिति पर मनुष्य ने अभी तक काबू नहीं पाया है।"

थोड़ी देर बाद आपने फिर कहा, "केतु को मैं समझा दूंगा। उसकी जिज्ञासाओं को यदि हम न मिटा सके, तो वह इसका कोई-न-कोई रास्ता खुद ढूंढ़ लेगा। और इसका परिणाम जो होगा, वह तुम्हें सहन न हो—ऐसा भी तो हो सकता है।"

एक सप्ताह के अंदर आपने बकायदा मुझे लेकर सेक्स एजुकेशन का क्लास खोल लिया। मुझे याद है, आपने बहुत सारी किताबें, मैगजीन, तस्वीरें और चार्ट वगैरह इकट्ठा किया। आपका वह सारा इंतजाम देखकर मैं बहुत प्रभावित हुआ। तभी से आपसे संकोच, संशय, लज्जा और डर खत्म हो गया था।

मीतू को भी आपने उस क्लास में लाना चाहा था। लेकिन मां राजी नहीं हुई। और मीतू ने भी कोई आग्रह नहीं दिखाया था।

मीतू जानती थी मैं उसे सब बताऊंगा। मैं जो कुछ जानूंगा, वह मीतू मुझसे जान ही जायेगी।

मां ने कहा था, "मीतू को जो कुछ कहना होगा, मैं ही कहूंगी।"

आपने कहा, "ठीक है! लेकिन सच ही बताना!"

मां ने तब कहा, "मीतू को क्या कहना होगा, क्या नहीं, तुम मुझ पर छोड़ दो।"

और आपने ऐसा ही किया था।

आपके उस 'क्लास' की मुझे आज भी याद है।

आपने कहा था, "मनुष्य ही एकमात्र ऐसा प्राणी है, जिसके पास सचेतन और अवचेतन मन है। मन को यदि अलग कर दिया जाये तो व्यक्तित्व नाम की कोई चीज ही हमारे पास नहीं होगी। मनुष्य में सेक्स केवल शारीरिक ही नहीं है, बल्कि उससे कहीं अधिक मानसिक है। जब तुम बड़े हो जाओगे, तो फ्रायड को पढ़ोगे। तब तुम समझ जाओगे कि सेक्स ने किस तरह कितनी गहराई और किस जटिलता से मनुष्य के पूरे व्यक्तित्व पर अपना अधिकार जमा लिया है।"

आपने यह भी कहा था, "सेक्स समाज और सभ्यता के साथ ओतप्रोत रूप से एकात्म हो गया है। किसी भी समाज में स्त्री-पुरुष का संबंध सामाजिक व्यवस्था द्वारा निर्धारित होता है। जिसे हम लोग 'मॉरलिटी' कहते हैं वह भी समाज व्यवस्था ही है। इसका उद्देश्य बिलकुल साफ है। समाज के ठेकेदार, शासक न्याय-नीति के निर्धारक होते हैं और उसे सबको मानना पड़ता है। जो समाज व्यवस्था आज दुनिया-भर में चालू है उसमें पुरुष का प्राधान्य है, इसलिए 'मॉरलिटी' भी पुरुष द्वारा ही निर्धारित है। स्त्री-पुरुष के संबंध को सहज और सरल होने देने में एक बड़ा अंतराल यह है—नारी पर पुरुष का सामाजिक अधिकार और शासन। स्त्रियों को उपभोग की सामग्री बनाये रखने के लिए बहुत सारे अनुशासन और नियम निर्धारित किये गये हैं। साथ ही सेक्स और

ब्यूटी को केंद्र बनाकर दो विशाल उद्योग भी लगाये गये हैं।"

आपकी उन सारी बातों का मतलब समझने में मुझे बहुत साल लग गये।

आपके उस अभिनव 'सेक्स क्लास' के बावजूद मुझे लेकर आप लोगों की विशेषकर मां की समस्या का कोई हल नहीं निकल पाया ! समस्या की तो वह शुरुआत ही थी।

अपने शरीर से मात्र सामान्य कोशिश से किस तरह रति सुख का लाभ उठाया जा सकता है—यह मुझे किसी ने नहीं सिखाया। उसका आविष्कार मैंने खुद ही किया। एक दिन मेरे बिस्तर की चादर पर दाग देखकर मां चिंतित हो गयी। स्कूल से लौटकर खाना खा लेने के बाद मां ने मुझे बहुत सारी अच्छी-अच्छी बातें कहीं। मुझे समझाया। मैं चुपचाप सुनता रहा। मां ने मुझे कसम भी दिलायी। मैंने सिर झुकाकर कसम लिया। लेकिन कुछ दिनों के बाद मां ने मेरे बिस्तर की चादर पर फिर वही दाग देखा। उन्होंने मुझसे फिर बहुत कुछ कहा। मैंने भी फिर कसम खायी, उसी तरह सिर झुकाकर। लेकिन उसके बाद भी चादर में दाग लगा।

आपने शाम को स्कूल में क्रिकेट खेलने का इंतजाम कर दिया।

तब मैंने पहली बार प्रेम किया। उस समय मेरी उम्र तेरह साल थी।

जिसके साथ मेरा पहला प्रेम हुआ वह सोमा थी। सोमा मुझसे तीन साल बड़ी थी।

आपके एक बहुत ही घनिष्ठ मित्र परितोष काका के बड़े भाई की लड़की थी सोमा। हमारे परिवार के बीच बड़ी गहरी और बहुत पुरानी दोस्ती थी।

सोमा के बारे में कहते हुए आज भी मेरा मन एक अपूर्व सम्मोहन से घिर जाता है। मेरे तेरह साल के मन को सोमा ने शरदकालीन आकाश से भी कहीं अधिक विशाल, असीम, विस्तृत कर दिया था। सोमा ही वह पहली लड़की थी जिसकी नजर मेरे मन की गहराई में उतर गयी थी।

सोमा में वह सब कुछ था जो मेरे लिए रमणीय था। वह मुझे चुम्बकीय आकर्षण से अपनी ओर खींचती थी। सोमा क्लास में अव्वल आती। और बहुत कोशिश करने के बाद भी शुरू के दस बच्चों में मैं अपना स्थान नहीं बना पाता।

सोमा में जरा भी अहंकार नहीं था। वह हवा-सी सहज थी। कहानी सुनाने की उसकी अपनी ही एक शैली थी। वह सड़क की तरह सीधी थी। उसके मन में कहीं भी लेशमात्र का उलझाव या पेंच नहीं था। हमेशा खुश दिखती थी। हंसते-हंसते लोटपोट हो जाया करती थी। सोमा गाना गाती थी। क्लासिकल। सोमा नाचती थी। सोमा खेलती थी। ऐसा कोई गुण नहीं था जो सोमा में नहीं था। आप सब सोमा की प्रशंसा में पंचमुखी हो जाया करते थे। वह आपके और मां के स्नेह की अधिकारी थी।

लेकिन सोमा से प्रेम करके मैंने बहुत बड़ा अन्याय किया था, आप लोगों के अनुसार।

लेकिन बावजूद इसके हमारे प्रेम में कहीं कोई उग्रता नहीं थी। उन दिनों मैं स्कूल के किसी बीच के क्लास में था और सोमा लेडी इरविन के ऊंची क्लास में थी। आप लोग यदि परितोष काका के घर नहीं जाते या वे लोग हमारे घर नहीं आते, तो सोमा से मेरी या मुझसे सोमा की मुलाकात नहीं होती। दोनों परिवारों का एक-दूसरे के घर जाना बहुत तो महीने में दो-तीन बार होता, जब भी हमारी मुलाकात होती, मैं और सोमा आप लोगों से दूर हटकर किसी दूसरे कमरे में बैठकर बातें करते या छत पर चले जाते। फिर भी कितने ही कम समय में मैं सोमा को चाहने लगा था और, भले ही सुनने में यह अटपटा लगे, सोमा भी मुझे।

हमने एक-दूसरे को छिपकर पत्र भी लिखना शुरू किया था। हमारे मुहल्ले की एक लड़की सोमा के साथ पढ़ती थी। वही हमारी डाकिया थी।

जितना पत्र मैं लिखता उनमें से बहुत सारा उस तक नहीं पहुंचा पाता था। मेरे द्वारा सोमा को लिखी गयी बहुत सारी चिट्ठियां मेरे पास जमा रहतीं।

सोमा की और मेरी कुछ ऐसी ही चिट्ठियां मां के हाथ लग गयीं।

स्कूल से लौटकर उस दिन पहली बार मां से बहुत ज्यादा डांट पड़ी और फिर मार भी।

मां बार-बार पूछ रही थी, "छिपकर पत्र क्यों लिखा तुमने ? ऐसी चोरी तुमने कहां से सीखी ? अभी इतनी-सी उम्र में चोरी-छिपे काम करना सीख रहे हो ?"

इन सारे प्रश्नों का जवाब मेरे पास था, लेकिन जवाब थे कि मुंह से निकल ही नहीं पा रहे थे। इसलिए मार पड़ी।

बाद में सुना उन चिट्ठियों को लेकर मां आपके पास रोयी थी।

शाम को आपके स्टडी रूम में मेरा बुलावा आया।

सचमुच उस दिन आपके पास जाने में मुझे बहुत डर लगा था, पिताजी; इसके बहुत दिन बाद दूसरी बार आपके सामने जाने से मुझे डर लगा था। लेकिन उस दिन सच, जीवन में पहली बार मैं आपसे इतना डरा था।

आपने मुझे बैठने के लिए कहा और मैं खड़े-खड़े अपलक शीतल आंखों से आपको देखता रहा।

आपने पूछा, "सोमा को तुमने पत्र लिखा है ?"

मैंने अनजाने में ही अपना सिर हिलाकर स्वीकार कर लिया।

"सोमा ने भी तुम्हें पत्र लिखा है ?"

मैंने फिर से सिर हिला दिया।

इस बार आपने अंग्रेजी में पूछा, "तुम लोग एक-दूसरे को चाहते हो ?"

सिर हिलाना चाहा लेकिन वह टस से मस नहीं हुआ।

आपने सिगरेट का कश लेकर भरपूर धुआं छोड़ा फिर कहा, "इसमें मुझे कुछ भी बुराई नहीं दिखी।"

मैं हैरान-सा उन्हीं शीतल निगाहों से आपको देखता रहा।

आपने फिर कहा, "तुम लोग कोई बुरा काम नहीं कर रहे हो, समझे ? अब बैठो। मैं तुमसे जो कुछ कह रहा हूं, ध्यान से सुनो।"

मैं बैठ गया तो आपने पूछा, "छिपकर तुमने क्यों लिखा ? डर से ?"

मैंने हां में सिर हिलाया।

"डरकर ही हम लोग छिपाते हैं, झूठ बोलते हैं। जीवन से डर नाम की चीज को अलग करके देखो, चोरी-छिपे काम करने या झूठ बोलने की जरूरत ही नहीं पड़ेगी।"

मुझे चुप देखकर आपने आगे कहा, "मां ने तुम्हारी चिट्ठियों को नहीं पढ़ा है। उन्हें तो तुम जानते ही हो। वे कितनी सरल, सहज और मॉरलिस्ट हैं। लेकिन मैंने पढ़ा है। तुम्हारी चिट्ठियों में बहुत सारी वर्तनी की भूलें (स्पेलिंग मिसटेक) हैं।"

अब मैं एकदम से मुस्करा पड़ा।

"चिट्ठियां तुम अच्छी ही लिख लेते हो। अच्छा मान लो, तुम यदि मां से कहते कि तुम सोमा को चिट्ठी लिखना चाहते हो तो क्या वे मना करतीं ?"

इतनी देर बाद मेरी जुबान खुली, "लव लेटर हो तो, जरूर मना करतीं !"

"मां तो देखती ही नहीं कि तुम क्या लिख रहे हो। हो सकता है यह कहतीं, इतनी छोटी-सी उम्र में चिट्ठियां लिखना ठीक नहीं। दरअसल, जितना तुम अपनी मां से डरते हो उतना सोमा भी। तुममें से कोई भी अपनी-अपनी मां से इस साधारण-सी बात के लिए सहज और साहसी न हो सका। क्यों ?"

"ईमा आंटी को पता चल जाता तो वे सोमा को मारतीं। हम लोगों को फिर कभी मिलने नहीं देतीं।"

"ऐसा असंभव तो नहीं। लेकिन हो सकता है ऐसा कुछ भी न होता। यानी तुम लोग ऐसा कोई खतरा नहीं उठाना चाहते थे ! क्यों ?"

मैं चुप रहा। आपने फिर कहना शुरू किया, "और फिर लड़के-लड़कियां माता-पिता से छिपकर प्रेम-पत्र लिखेंगे और किसी तीसरे के माध्यम से उसका लेन-देन करेंगे—यह तो किसी किताब में लिखी प्रथा-सी बन गयी है। तुम्हारी उम्र में यह सब मैंने भी किया था और आज तुम भी कर रहे हो।"

आपकी बात सुनकर मैं मुस्कराया था।

"कल रात मैं तुम्हारी मां से यही कह रहा था। यह कोई बुरी बात तो

नहीं। इस उम्र में बच्चे अक्सर इस तरह का एडवेंचर किया करते हैं। मुझे दुःख केवल इस बात का है कि ठीक है मैंने डरकर, छिपकर बहुत कुछ किया और वह सब आगे चलकर मेरी आदत बन गयी थी, लेकिन केतु ऐसा क्यों करेगा ? केतु तो इतना डरपोक नहीं है !''

मुझे चुप देखकर आपने कहा, "तुम्हारी मां ने अभी तक सिवाय मेरे किसी को प्रेम-पत्र नहीं लिखा।"

इसके बाद आपने जो कुछ कहा, पिताजी, उसका एक-एक अक्षर मुझे आज भी याद है। और मैं उसे कभी भूलूंगा भी नहीं।

आपने कहा था, "यह एक सामान्य-सी घटना होने के बावजूद मैं तुम्हें एक बात साफ-साफ बता देना चाहता हूं। तुम मेरे बेटे हो और मैं तुम्हारा पिता। जीवन में तुम कुछ भी क्यों न करो, चाहे वह अन्याय या कोई भी घटिया काम हो, मैं हमेशा तुम्हारे साथ हूं। और रहूंगा। कभी पीछे तो कभी सामने। लेकिन शर्त यह होगी कि तुम मुझसे कभी कुछ नहीं छिपाओगे। मैंने कभी खुद भी बहुत सारा अन्याय किया है। मेरे साथ बहुत सारी कमजोरियां रही हैं, मुझे ठोकरें भी कम नहीं मिलीं। और आगे भी मिलेंगी, मैं जानता हूं। अपने जीवन में मैंने बहुत कुछ सबसे छिपाने की कोशिश की है। कभी उसमें सफल भी हुआ हूं तो कभी असफल भी। मैंने कभी किसी का फैसला करना नहीं चाहा, तुम्हारा भी नहीं करना चाहूंगा। मैं सिर्फ यह समझना जरूर चाहूंगा कि तुमने फलां काम क्यों किया ? यदि कभी तुम कोई खराब काम करोगे तो मैं तुम्हें समझाने की कोशिश करूंगा। तुम्हारे किसी नागवार काम के लिए सजा नहीं दूंगा। यदि तुम मेरे सामने निडर और साफ रह सको तो हो सकता है मैं भी तुम्हारे सामने वैसा ही रहूं। हम दोनों के आपसी संबंध में कोई दूराव-छिपाव नहीं रहेगा। हम दोनों दोस्त बन जायेंगे। मेरा भी ऐसा कोई दोस्त नहीं है जिसके आगे मैं अपना मन खोलकर रख सकूं। तुम्हें मैं अपना वह दोस्त बनाना चाहता हूं। बोलो बनोगे न ?''

पिताजी, सच कहता हूं। आपकी ये सारी बातें सुनते-सुनते मेरा पूरा शरीर पत्थर बन गया था।

पत्थर की तरह जड़ आवाज में मैंने कहा, "बनूंगा।"

सोमा से प्यार करके मुझे बहुत फायदा हुआ था।

सोमा क्लास में फर्स्ट आती थी। इसलिए मैंने भी पढ़ाई में मन लगाना शुरू किया। और एक बार तो क्लास में थर्ड भी आया।

सोमा से तीन साल का छोटा होने के बावजूद उसके बराबर खुद को लाने के लिए मैंने खेल-कूद में भी मन लगाया। बहुत सारी किताबों का अध्ययन किया और चीजों को समझने की थोड़ी क्षमता हासिल की।

सोमा को चाहता था इसलिए दूसरी किसी लड़की से स्कूल छोड़कर कॉलेज जाने से पहले प्रेम नहीं हो सका।

आप, परितोष काका, मां और ईमा काकी ने आपस में मिलकर कुछ तय किया फिर मुझे और सोमा को निर्देश दिया कि हम डाक से एक-दूसरे को पत्र लिख सकते हैं। लेकिन सोमा ने मुझे हिदायत दे दी थी, "पत्र में प्रेम की बातें कभी मत लिखना। मां जरूर छिपकर पढ़ लेगी।"

मैंने कहा, "तुम लिखना। मेरी मां कभी मेरा पत्र नहीं पढ़ेगी।"

"इतना 'विश्वस्त' मत होओ, यदि पढ़ लिया तो!"

"पढ़ भी लें तो क्या होगा। हमारे बारे में उन्हें अब सब कुछ पता ही है!"

"बहुत हिम्मत हो गयी है न?"

"हां, क्यों नहीं! डरना मुझे अच्छा नहीं लगता। डरकर झूठ बोलना पड़ता है, और झूठ बोलना मुझे बहुत गंदा लगता है।"

जब स्कूल में मैं ऊंचे क्लास में गया तो सोमा कॉलेज में थी। कभी-कभी सोमा कॉलेज से हमारे घर चली आती थी। मैं भी तब सोमा के घर अकेले जाने लगा था। दोनों बैठकर बहुत सारी बातें करते। थोड़ा-बहुत प्रेम भी। लेकिन डर-डरकर प्रेम करना मुझे अच्छा नहीं लगता था।

सोमा और मुझे लेकर आप लोगों को या परितोष काका को किसी तरह की चिंता अब नहीं थी। आप सबने मान ही लिया था कि हम लोगों के बीच 'ऐसा कुछ' नहीं हो सकता। सोमा मुझसे तीन साल बड़ी थी इसलिए।

उम्र के इस फर्क की वजह से मुझे और सोमा को कोई समस्या नहीं थी।

मुझे लगने लगा कि मुझसे उम्र में बहुत बड़ी न होने पर मैं किसी लड़की से प्रेम नहीं कर पाऊंगा। अपने बराबर किसी लड़की को देखकर मुझे उसमें मीतू का चेहरा नजर आता—और वह मुझे छोटी बहन-सी लगती।

बड़ा होकर मैंने समझा कि मेरे मन की किसी गहराई में मां के व्यक्तित्व ने अपना प्रभुत्व जमा लिया है! अपनी सबसे प्रिय गर्ल फ्रेंड में मां की परछाईं न देखता तो मैं अतृप्त ही रहता। मां से अलग होकर मेरे प्रेम की दुनिया अधूरी ही थी।

उस समय मैं इतना नहीं समझता था। सोमा को मैं अपने बराबर समझता था। नजर उठाकर सोमा का चेहरा, उसकी आंखें देख सकता था। अब जिसको आंख उठाकर देख भी न पाऊं, तो उसे भला प्यार कैसे करूंगा?

जब मैं स्कूल में था तभी एक दिन सोमा ने मुझसे पूछा था, "तुम मुझसे प्रेम करते हो, लेकिन मैं तो उम्र में तुमसे बड़ी हूं!"

"तो क्या हुआ? कितनी बड़ी हो!"

"तीन साल बड़ी हूं, पता है ?"

"तुम मुझे बड़ी लगती ही नहीं !"

"तो क्या लगती हूं ?"

"बराबर, मेरी जितनी !"

"मैं तुमसे ऊंची क्लास में पढ़ती हूं।"

"ठीक है !"

"केतु, तुम कभी इस बारे में सोचकर देखना ! मेरे जैसी बड़ी लड़की से तुम प्रेम क्यों करते हो ?"

"इसमें सोचना क्या है ? तुम्हें प्यार करना मुझे अच्छा लगता है; बस। लगता है मैं भी बड़ा हो गया हूं।"

"फिजूल की बातें हैं।"

"सच कह रहा हूं। मुझे लगता है मैं अब छोटा नहीं रहा। बड़ा, बहुत बड़ा हो गया हूं। हर मामले में। पढ़ने में, खेलने में, सोचने-समझने में—हर चीज में बड़ा हो गया हूं। अच्छा, सच-सच बताना मैं तुम्हें छोटा नहीं लगता हूं ?"

"नहीं। लेकिन कभी-कभी लगता है।"

"कब ?"

"जब ऐसी फिजूल की बातें करते हो तब।"

"पर यह बेकार की बात तो नहीं। मुझे जो लगता है वही कह रहा हूं। तुमसे मैं कभी झूठ नहीं बोलता।"

"जानती हूं।"

"अब तुम बताओ। तुम मुझे क्यों प्यार करती हो ?"

"पता नहीं।"

"नहीं, तुम्हें बताना ही पड़ेगा, मुझसे सब कहलवा लिया, अब तुमको भी बताना पड़ेगा।"

"अच्छा, बाबा बताती हूं। थोड़ा सोचने दो।"

"अब बताओ।"

"तुम मुझे 'सेफ' (सुरक्षित) लगते हो।"

"मतलब ?"

"जानते हो, बड़े होने पर पुरुष पता नहीं कैसे—बड़े भयंकर लगते हैं। लोभी और स्वार्थी।"

"सब तो ऐसे नहीं होते होंगे। मैं कभी नहीं होऊंगा।"

"बड़ी होते-होते लड़कियों को पुरुष के चंगुल में फंसना ही पड़ता है। दूसरा कोई उपाय भी नहीं। काका, मामा, फूफा, मौसा, जीजा, बाबूजी के दोस्तों में भी मुझे पुरुषों का वह कुत्सित, निष्ठुर और स्वार्थी चेहरा देखने को मिल जाता

है। उन पुरुषों से तुम कहीं अच्छे हो। तुमसे मुझे जरा भी डर नहीं लगता।"

"तुमसे दो-चार साल बड़े लड़के उन पुरुषों जैसे नहीं होते होंगे।"

"उनसे मिलने का कभी मौका ही कहां मिला? स्कूल में तो सिर्फ लड़कियां ही हैं। कॉलेज जाऊंगी तो देखा जायेगा।"

"यानी जब तुम कॉलेज जाने लगोगी तो हमारे बीच प्रेम नहीं होगा।"

"देखो केतु, अब नाक मत फुलाओ। कॉलेज में तुम भी जाओगे तो देखना तुम्हारी भी दूसरी गर्ल फ्रेंड होगी।"

"हो सकती है।"

"फिर?"

"फिर क्या? दोस्ती हो सकती है। इसका मतलब यह तो नहीं कि मैं उनसे प्रेम करने लगूंगा। मैं तुम्हारे सिवाय किसी से प्रेम नहीं करूंगा।"

"कभी भी नहीं?"

"नहीं, कभी नहीं।"

"तो गुस्सा क्यों हो रहे हो? सारी जिंदगी क्या तुम एक काली, बदसूरत और अपने से बड़ी लड़की से प्रेम करते रहोगे?"

"तुम बदसूरत नहीं हो?"

"काली तो हूं। या वह भी नहीं।"

"काली हो तो क्या हुआ?"

"किसी गोरी सुंदर लड़की से दोस्ती होगी तब देखना!"

"ऐसा कभी नहीं होगा।"

"होगा। होता ही है। तुम भी किसी और से प्रेम करने लगोगे और मैं भी।"

"क्यों?"

"ऐसा ही होता है। लेकिन तुम जानते हो केतु, जब हम किसी दूसरे से प्रेम करने लगेंगे तब भी हमारे बीच दोस्ती बनी रहेगी। मैं जब तक जिंदा रहूंगी, तुम्हें हमेशा प्यार करती रहूंगी। और तुम भी मुझे प्यार करते रहोगे।"

उस दिन सोमा ने मुझे पहली बार चूमा था।

उस दिन और आज में बहुत बड़ा फर्क है। सोमा ने शादी से पहले किसी दूसरे से प्रेम नहीं किया! जिससे उसकी शादी हुई, शादी से पहले सोमा का उससे परिचय था। थोड़ी-बहुत दोस्ती भी लेकिन प्रेम नहीं। आज सोमा उससे प्रेम करती होगी, जरूर करती होगी। सोमा उसे प्रेम नहीं करती है, ऐसा मैं सोच भी नहीं सकता।

लेकिन सोमा के बाद मैंने भी बहुत सारी लड़कियों से प्रेम किया। पिताजी, आप उनमें से प्रायः सबको जानते हैं। फिर भी, आप यह भी जानते हैं कि मैं

सोमा को अब भी 'थोड़ा-बहुत' प्यार करता हूं। यही 'थोड़ा-बहुत' प्यार करना मेरी सम्माननीय जमा पूंजी है। इस जमा पूंजी को मैं खोना नहीं चाहता। आज भी नहीं। कभी भी नहीं।

जब मैं सेंट स्टीफेंस कॉलेज में भर्ती हुआ सोमा तब 'मिरांडा हाउस' कॉलेज में थी। हमारी मुलाकात का मौका और भी बढ़ गया था। कॉफी हाउस में घंटों बातें करते थे हम। ब्रिज पर टहलते थे। उन दिनों मेरी और भी दो-चार गर्ल फ्रेंड बन गयी थीं। उनमें से किसी के साथ मैं कभी-कभी सोमा के क्लास में पहुंच जाता था। सोमा का वह कैमेस्ट्री ऑनर्स का आखिरी साल था। और मेरा अंग्रेजी ऑनर्स का पहला।

एक दिन सोमा ने मुझसे पूछा, "अब तुम किससे प्रेम करते हो ?"

"इस सवाल का मतलब ?"

"तुम ललिता से प्रेम करते हो न ?"

"नहीं तो !"

"सभी कहते हैं !"

"सब तो यह भी कहते हैं कि मैं तुमसे प्रेम करता हूं।"

"करते हो ?"

"तुम्हें क्या लगता है ?"

"कभी लगता है—करते हो, कभी लगता है —नहीं करते हो !"

"तुम !"

"पता नहीं !"

"तुम किसी और को···"

"नहीं। मैं किसी और को प्रेम नहीं कर पा रही हूं। शुरू-शुरू में कोई अच्छा लग भी जाये लेकिन कुछ ही दिन बाद लगता है बेकार है। और फिर वह अच्छा नहीं लगता।"

"लेकिन तुमने तो कहा था कि बड़ी होकर किसी और से प्रेम करोगी।"

"कहा तो था। और होना भी ऐसा ही चाहिए था। लेकिन ऐसा कहां हो पा रहा है ?"

"कोशिश करती रहो। देखना, एक दिन हो जायेगा।"

"तुम सोच रहे हो, मैं कोशिश नहीं कर रही हूं ? कर रही हूं बाबा। लेकिन हो कहां रहा है। इधर मां शादी के लिए जोर दे रही हैं।"

"शादी ? किसकी ?"

"और किसकी ? मेरा क्या कोई भाई-बहन है ?"

"तुम्हारी शादी ? तुम्हारी !"

"और नहीं तो क्या ? बीस साल की हो गयी हूं। ब्राह्मण के घर की लड़की

हूं। अब शादी नहीं होगी, तो कब होगी ?"

"तुम शादी करोगी ? राजी हो तुम शादी के लिए।"

"शादी तो करूंगी ! जिंदगी-भर कुंवारी ही रहूंगी क्या ?"

"तो क्या अभी से शादी कर लोगी ?"

"नहीं, बाबा। अभी यानी आज नहीं। परीक्षा से पहले तो नहीं ही करूंगी।"

"फिर परीक्षा के बाद। यानी साल-भर के अंदर।"

"हो सकता है।"

"प्रेम किये बिना शादी करोगी ? कर सकोगी ?"

"क्यों नहीं ? देश-भर में निन्यानबे फीसदी लड़कियां जो कर सकती हैं, मैं भला क्यों नहीं कर सकूंगी ?"

"शादी के बाद अपने पति को प्यार न कर सकी तो ?"

"तो यह बहुत बुरा होगा !"

"तुम्हारा दूल्हा ढूंढ़ लिया गया है ?"

"ढूंढ़ लिया गया होता तो क्या तुम्हें पता नहीं होता ?"

"कोशिश की जा रही है न ?"

"हां, वह तो की जा रही है।"

"तब तो जरूर तय हो गया होगा। तुम्हारी जैसी लड़की के लिए लड़का मिलना क्या मुश्किल है !"

"हाय-हाय, लड़कों की मांएं मुझे तुम्हारी नजर से क्यों नहीं देखतीं, बता सकते हो ?"

"मेरी नजर से वे देखेंगी, तो इसमें भला मेरा क्या फायदा। मेरा तो नुकसान ही होगा—तुम शादी के बाद अपने पति से प्रेम करने लगोगी !"

"तो क्या शादी न करूं ? और अंगूठा चूसती रहूं ?"

यह सुनकर मैं एकदम से गुस्सा हो गया।

"कान खोलकर सुन लो, सोमा। यदि तुम्हारा पति तुम्हारे योग्य न हुआ और शादी के बाद तुम उसे अपने मन की गहराई से प्रेम न कर सकीं या शादी से तुम खुश न हुईं, तो मैं तुम्हें जान से मार डालूंगा। मुझे तब कोई नहीं रोक सकेगा, समझी ?"

सोमा को ब्रिज पर अकेला छोड़कर मैं वहां से चला आया था। मेरी आंखों में आंसू आ गये थे। मेरा पूरा शरीर कांप रहा था। गले में जैसे कुछ अटक गया था। मैं वहां से सीधे बस स्टैंड चला आया। फिर घंटा-दो-घंटा बाद घर पहुंचा। मां ने मेरा चेहरा देखकर पूछा भी था कि क्या हुआ ? तबीयत ठीक तो है न ? मैंने यूं ही कह दिया बस में बैठे-बैठे पीठ अकड़ गया है। मतली-सी आ रही है।

और सीधे बिस्तर पर जाकर सो गया।

सिर दर्द कर रहा था। मुझे नींद की जरूरत थी। लेकिन नींद थी कि आ ही नहीं रही थी। जाड़े की शाम थी। आप तब तक दफ्तर से नहीं लौटे थे। मां रसोई में थी। मेरा सिर पत्थर की तरह भारी था। तभी मीतू ने आकर कहा, "सोमा दी ने फोन किया था।"

मैं एकबारगी उछलकर बैठ गया।

"कब ?"

"आधा घंटा पहले।"

"क्या कहा ?"

"सिर्फ पूछ रही थी तुम घर पहुंचे हो या नहीं ?"

"तूने क्या कहा ?"

"क्या कहती ? कह दिया, नहीं। अभी नहीं पहुंचे हो।"

"फिर सोमा ने क्या कहा ?"

"बोली, तुम गुस्सा होकर चले गये थे, इसलिए चिंता हो रही थी।"

"और कुछ बोली ?"

"बोली, कल दो बजे कॉफी हाउस में वह तुम्हारा इंतजार करेगी।"

"दो बजे तो मेरा ट्यूटीरियल क्लास है।"

"मुझे बताने से कोई फायदा नहीं।"

"मैं तुझे बता नहीं रहा हूं। मैं अपने आप से कह रहा हूं।"

"अब तुम्हारी तबीयत ठीक लग रही है ?"

"नहीं, जरा भी नहीं। वे लोग सोमा की जबरदस्ती शादी कर रहे हैं।"

"बेकार की बात मत करो, भइया, आजकल कोई भी मां-बाप अपनी बेटी की जबरदस्ती शादी नहीं करते ! सोमा दी की यदि मर्जी न हुई, तो परितोष काका उसकी शादी जबरदस्ती नहीं करवा सकते। वे सोमा को कितना प्यार करते हैं, तुम नहीं जानते ?"

मीतू की समझदारी और उसके सयानेपन से मैं बचपन से ही हैरान रहा हूं। जहां कहीं मुझे अंधेरा-ही-अंधेरा दिखता, मीतू की नजर वहां रोशनी की एक किरण जरूर देखती। सच ही तो कहा है उसने ! परितोष काका सोमा को बहुत चाहते हैं।

सोमा जिससे प्यार न करती हो, जिसके साथ वह सुखी न हो—ऐसे किसी भी आदमी से वे सोमा की शादी नहीं करेंगे।

रात को खाना खा चुकने के बाद, पिताजी, आपको याद होगा मैंने आपसे कहा था, "चलिए न, पिताजी। थोड़ा टहल आयें ! मुझे जरा खुली हवा में टहलने का मन हो रहा है।"

आप इसे अच्छी तरह जानते थे कि जब कभी मुझे आपसे किसी गंभीर मसले पर बात करनी होती तो मैं आपके सामने खुली हवा में टहलने का प्रस्ताव रखता।

टहलते-टहलते हम लोग शांति-पथ तक चले गये।

सोमा और अपने बारे में मैं आपसे कुछ कहना चाहता था। और मैंने कहा भी था।

कहा था, "पिताजी, याद है एक दिन आपने मुझसे कहा था कि सोमा से प्यार करके मैंने कोई गुनाह नहीं किया है?"

"याद है।"

"आज भी क्या आप वैसा ही समझते हैं?"

"हां, कोई किसीको प्यार करता है तो मैं इसे गलत नहीं समझता।"

"आपको पता है, मैं सोमा को अब भी चाहता हूं?"

"जान गया।"

"सोमा भी किसी और से प्रेम नहीं करती। उसने कोशिश भी की; नहीं कर सकी।"

"अभी तो वह सिर्फ बीस साल की है। अभी भी समय है।"

"पिताजी, क्या मैं सोमा से शादी नहीं कर सकता?"

आप एकदम से चुप हो गये।

"आप चुप क्यों हैं?"

आपने कहा, "अभी तुम्हारी शादी की उम्र ही नहीं है।"

"यदि हम लोग तब तक इंतजार करें तो?"

"तुम खुद जरा सोचो। समझ जाओगे कि यह संभव नहीं है?"

"संभव नहीं है, मैं भी जानता हूं। लेकिन क्यों नहीं? आप मुझे समझाइए।"

आपने मुझे समझाया था। आपका तर्क अपनी जगह पर सही था। मैं सुन रहा था और मुझे गुस्सा भी आ रहा था।

अंत में आपने कहा, "सोमा शायद तुमसे शादी करने के बारे में सोच ही नहीं सकती।"

मैंने गुस्से से पूछा, "आपको कैसे पता?"

"मैंने ठीक कहा या नहीं?"

"आप हमेशा ठीक ही कहते हैं और इसीलिए तो मैं आपसे कभी-कभी नफरत करता हूं।"

"इसके लिए मैं तुम्हें दोष नहीं देता, केतु। सोमा तुम्हें अपना दोस्त मान सकती है। लेकिन अपने पति के रूप में वह तुम्हें कभी स्वीकार नहीं कर सकेगी।

हमारे देश में कुछ ऐसे संस्कार हैं जो हमारी मज्जाओं में गहरे समाए हुए हैं। उसे कोई बाहर नहीं निकाल सकता। सोमा के लिए तुम छोटे भाई या दोस्त हो। सोमा तुम्हें प्यार करती है लेकिन तुमसे शादी के लिए वह कभी तैयार नहीं होगी।"

"क्योंकि मैं उससे तीन साल छोटा हूं?"

"हां, इसलिए। तुम लोग यदि और थोड़ा बड़े हो कर एक-दूसरे को जानते तो हो सकता था उम्र का फासला उस तरह कोई मायने न रखता। तुम लोग बचपन से घनिष्ट हुए हो। सोमा तुम्हें छोटा ही समझती आयी है। अपने बराबर समझ कर तुम्हें स्वीकार करने में उसे परेशानी होगी।"

"लेकिन आप जानते हैं, पिताजी, सोमा किसी और से प्रेम नहीं कर पा रही है।"

"करेगी। सभी करते हैं। और तुम भी करोगे।"

"मैं कर सकूंगा। यदि सोमा न कर सकी तो? कॉलेज के तीन साल में वह किसी से प्रेम नहीं कर पायी। परितोष काका उसकी शादी के लिए सोच रहे हैं। यदि ऐसे किसी के साथ उसकी शादी हो जाती है जिसे वह कभी प्यार न कर सकी तो उसका सारा जीवन कितना मुश्किल होगा। मैं कुछ सोच भी नहीं पा रहा हूं कि तब मैं क्या करूंगा।"

"ऐसा होगा, इसका क्या प्रमाण है। और फिर परितोष दा सोमा की मर्जी के खिलाफ उसकी शादी कर ही नहीं सकते।"

"पिताजी, आप परितोष काका से कहिए न, सोमा को पहले एम. एस-सी. कर लेने दें फिर उसकी शादी करें। हो सकता है इस बीच सोमा किसी को चाहने लगे।"

"ठीक है। तुम कहते हो तो कह कर देखूंगा। पढ़ने-लिखने में इतनी तेज लड़की को विश्वविद्यालय की पढ़ाई पूरा करने देना उचित भी है।"

"आप कहेंगे न, पिताजी?"

"हां, कहूंगा। लेकिन याद रखना, वे मेरी बात नहीं भी मान सकते हैं। हो सकता है परितोष दा सोच रहे हों—देखने-सुनने में सोमा बहुत सुंदर तो है नहीं इसलिए कम उम्र में उसकी शादी करना आसान होगा।"

"सोमा सुंदर नहीं है? आप भी यही कहते हैं?"

"हमारे देश में सौंदर्य का जो पैमाना है उसके अनुसार ऐसा ही है। अरेंज मैरेज करते समय लड़के वाले तुम्हारी नजर से सोमा को देखेंगे, ऐसी उम्मीद मत करो।"

"अरेंज मैरेज तो एकदम फालतू चीज है। मैं इस अरेंज मैरेज से नफरत करता हूं।"

"ठीक है। बड़े हो कर तुम अपनी पत्नी खुद चुन लेना। हम लोगों की

पूरी सहमति होगी ।"

"मीतू ?"

"मीतू को भी यह छूट है। उसके लिए लड़का ढूंढ़ना मेरे लिए मुश्किल होगा। कोई कह देगा—मेरी पसंद अच्छी नहीं है, तो यह मुझे बरदाश्त नहीं होगा।"

"बाबूजी, मैं किससे शादी करूं ?"

"जिससे तुम्हारी मर्जी। किसी भी देश की, किसी भी धर्म की, कोई भी भाषा बोलने वाली। सिर्फ एक बात याद रखना। मैरी फॉर लव ऐंड नथिंग ऐल्स। जिसे पत्नी की मर्यादा दे सको, उसी से शादी करना। हम लोग कोई अड़चन पैदा नहीं करेंगे।"

आपकी बातें सुनकर उस दिन मेरे मन को बड़ा सकून मिला था। मुझे लगा कि आने वाले दिनों में हम लोगों के बीच परस्पर संवाद की सबसे बड़ी संभावना दूर हो गयी ! सोमा से शादी करना मैं नहीं चाहता था, आप यह जानते थे। मैं भी यदि कभी शादी करना चाहूं—आप और मां की ओर से कोई अड़चन नहीं आयेगी—इस भरोसे ने जादुई मंत्र की तरह सत्रह साल तक मुझे शांत कर दिया था।

पिताजी, लेकिन आपने अपना वचन पूरा नहीं किया। अन्ततः आपने अड़चन पैदा की थी। और इस वजह से हमारे बीच बहुत कहा-सुनी भी हुई थी। आप लोग यदि बाधा न डालते तो सुसान फोर्ड आज मेरी पत्नी होती।

मैं कहां डूब जाता—सोचते हुए मेरी रूह कांप उठती है।

दिल्ली भारत की राजधानी है। लेकिन भारत नहीं। यह सभी जानते हैं। और नहीं तो कम-से-कम जानने का स्वांग जरूर करते हैं। स्वांग मैंने इसलिए कहा, पिताजी, यदि सचमुच जानते तो दिल्ली और भारत के बीच साल-दर-साल का फासला बढ़ता न जाता। दिल्ली को 'गैर-भारतीय' बनाने की व्यापक कोशिश में अड़चन जरूर आती। दिल्ली का मतलब हम लोग राजधानी नयी दिल्ली ही समझते हैं। वह नयी दिल्ली जिसे सजा-संवारकर दुनिया के आगे 'शो-पीस' की तरह पेश किया गया है, जिसका अपना कोई वजूद नहीं, जिसकी मानसिकता सरकारी तेज से उत्तप्त है। और उस मानसिकता के साथ शेष भारत के साथ खून का संबंध नहीं है। सिर्फ राजशक्ति का संबंध है। यह सिर्फ आज नहीं, भारत के इतिहास का चिरंतन दुर्भाग्य है कि देश से देश की जनता और समाज से, दिल्ली हमेशा ही एक खास दूरी पर रही है। इसी दूरी ने अंग्रेजों का काम आसान कर दिया था। वर्तमान शासक सोच रहे हैं—यह उनका भी काम आसान कर देगी। क्योंकि उनमें और अंग्रेजों की

मानसिकता में बहुत सारी समानताएं हैं ! यह आश्चर्यजनक सच है। आपसे बचपन से ही दिल्ली की दूरी की कहानी सुनते-सुनते इस शहर को मैं कभी अपने शहर के रूप में ग्रहण नहीं कर सका। हालांकि बचपन से मैं दिल्ली की हवा-पानी में पला-बढ़ा हूं। लेकिन फिर भी पिताजी, आप जरा सोचिए तो मेरी मानसिकता आपकी तरह प्रादेशिक नहीं है। मैं बंगाली होकर भी 'बंगदेश' की संतान नहीं हूं। कलकत्ता से मेरा सामान्य परिचय है। बंगला पढ़ना, लिखना, बोलना जानता हूं लेकिन बंगाली मानसिकता मुझे छू तक नहीं गयी है। आपने मुझे सेंट कोलंबो स्कूल से राजपथ पार करके सेंट स्टीफेंस कॉलेज में भर्ती किया। वहां मैं उन बहुत थोड़े से भारतीय युवकों से मिला, जिनके अस्तित्व में एक नकली वास्तविकता थी। उस वास्तविकता के साथ असली भारत का आत्मीय संबंध नहीं था, जो इस दरिद्र देश में संक्षिप्त प्राचुर्य के प्राचीर में सीमाबद्ध है, जिनके पिता या तो उच्च स्तर के राजपुरुष हैं या धनी व्यापारी या फिर विशाल बहुराष्ट्रीय कंपनियों में उच्च अधिकारी। ये लोग आजादी के बाद भी समाज व्यवस्था का अधिकांश वैभव आपस में बांटकर भी परितृप्त नहीं हैं। उनकी बहुत सारी आकांक्षाएं हैं। बहुत कुछ पाना भी चाहते हैं। आंखें चौंधियां देने वाली रोशनी के सामने करोड़ों आदमियों को मिले मामूली हिस्से और प्रायः कुछ भी नहीं मिलने के घुप्प अंधकार के सच को सहज ही नहीं देखा जा सकता। फिर मैं तो इस विशाल संख्या के सामने बहुत छोटा हूं। इसके साथ यह भी सच है कि अहंकार से मत्त मैं समाज का एक इकाई भी हूं। यह सच्चाई कितनी ही मर्मांतक क्यों न हो —हम इससे बच नहीं सकते। लेकिन यह भी कितने आश्चर्य की बात है—मैं भारतीय हूं, बंगाली नहीं। उसी तरह जिस तरह मेरा दोस्त पी० सदाशिवम तमिल और ज्योतिप्रकाश श्रीवास्तव बिहारी नहीं हैं।

नहीं, यह भी पूरी तरह ठीक नहीं है, क्योंकि सदाशिवम में थोड़ा-बहुत तमिलत्व है। मदुरई शहर के नजदीक एक गांव में उसके पूर्वजों का एक बड़ा-सा मकान है, जिसमें एक बड़ा संयुक्त परिवार रहता है। इस पूरे परिवार से सदाशिवम अलग तो नहीं था। उसके पिता पी० चिदंबरम् केंद्रीय सरकार में मुख्य सचिव हैं और आर० सी० एस० हैं। लेकिन मन-प्राण से वे तमिल ब्राह्मण हैं। इसका प्रभाव उनके उच्चारण, चाल-ढाल, जीवन-दर्शन और सर्वविदित तमिल पोषण में भी है। मिस्टर चिदंबरम् के पास यदि कोई नौकरी हुई, तो वह किसी तमिल को ही मिलेगी। इस मामले में अपने पिता के संबंध में सदाशिवम का कहना है, "पिताजी एकदम से अंधे हैं। उनके लिए नौकरी के मामले में तमिल फर्स्ट, तमिल सेकेंड और तमिल लास्ट है।" लेकिन सदाशिवम अपने पिता की तरह तमिल नहीं है। वह मेरे ही साथ सेंट कोलंबो में पढ़ चुका है और फिर सेंट स्टीफेंस में भी। मदुरई या मद्रास में उसका दम घुटता है। अपने माता-

पिता से छिपकर वह मांस-मछली खाता है। यही नहीं कॉलेज में जाते ही उसने एक लड़की से दोस्ती भी की। चंडीगढ़ की है—अमृत सिंह तेगी। जिससे बाद में उसकी शादी भी हुई। लेकिन दोनों के एम० ए० कर लेने के बाद। सदाशिवम ने अपने माता-पिता से साफ-साफ कह दिया, "आप लोगों ने मुझे तमिल रीति के अनुसार नहीं पाला। तमिल संस्कार, आचार, विचार, व्यवहार मेरे लिए कोई मायने नहीं रखते। मैं उत्तर भारत का हूं। अमृत से प्यार करता हूं। उससे शादी करना चाहता हूं। आप लोग इसके लिए तैयार हैं, तो ठीक है। और यदि नहीं हैं, तो मुझे कुछ नहीं कहना।"

इसलिए, पिताजी, सदाशिवम तमिल नहीं है। हालांकि मेरे बंगालीत्व से उसका तमिलत्व कहीं अधिक है। उस हिसाब से तो मेरा ऐसा कुछ भी नहीं है। आप भी पश्चिम बंगाल के नहीं हैं। हमारे पूर्वजों का मकान भी भारत की आजादी की लड़ाई के दौरान ध्वंस हो गया। सिवाय बंगाली मानसिकता के आप भी बंगाली नहीं हैं। फिर मेरी बात तो दूर की है।

ज्योतिप्रकाश श्रीवास्तव बिहार के दरभंगा शहर का लड़का है। लेकिन न तो वह दरभंगा को जानता या पहचानता है न बिहार को। उसके पिता फॉरेन सर्विस में एक मध्यम दरजे के अफसर हैं। यानी राष्ट्रदूत के रूप में नियुक्ति होने में अभी पांच साल की देर है। ज्योतिप्रकाश की पढ़ाई लंडन, देहरादून और सेंट स्टीफेंस में हुई।

मुझमें, सदाशिवम, ज्योतिप्रकाश और हम जैसे कई हजार लड़के-लड़कियों में प्रादेशिकता बाकी नहीं रही है। हम भारतीय हैं। लेकिन हमारा भारतीत्व मजबूत नहीं है। बल्कि नकली और कमजोर है। क्योंकि इसके पीछे जो सामाजिक प्रभाव है, जैसे—शिक्षा का माध्यम अंग्रेजी होना, हमारे पिताओं का प्रभुत्व, सामाजिक सफलता, पाश्चात्य संस्कृति और तौर-तरीके से हमारा प्यार, हमारी जीवन-शैली—इनमें से कुछ भी भारतीय नहीं हैं। जाहिर है हम सब जो आजाद भारत के पहले 'भारतीय' युवा समाज हैं, हम जो प्रादेशिकता से दूर हैं, हमारा भी भारतीयत्व के उत्पादन में एक बड़ा हिस्सा गैर-भारतीय है।

ऐसी एक अविश्वसनीय स्थिति दुनिया के दूसरे किसी देश में है—कम-से-कम मेरी जानकारी में तो ऐसा नहीं है।

जब मैं कॉलेज में था तो एक दिन एक सचेतन अनुभूति ने मुझे बड़ा भारी आघात दिया। अचानक मुझे पता चला कि जिस देश में पनचानवे फीसदी जनता गरीब है और पचास फीसदी गरीबी की रेखा से नीचे रहती है, उस देश के किसी गरीब आदमी को मैं सही मायने में नहीं पहचानता।

मेरे दिमाग में एक सवाल आया। मैंने अपने क्लास के अड़तालीस लड़कों से अलग-अलग पूछा। मैंने पाया, सिर्फ मैं ही नहीं हममें से कोई भी उन गरीबों

को 'सही मायने' में नहीं पहचानता।

हम लोग जानते हैं कि भारत में गरीबी का विस्तार दूर-दूर तक और काफी गहराई तक फैला है। हम अक्सर सुनते हैं कि बहुत सारे लोग ऐसे हैं जिन्हें दो वक्त का खाना भी नसीब नहीं होता। हम अक्सर देखते हैं कि हमारी आबादी का एक अच्छा-खासा हिस्सा सड़क पर, फुटपाथ में रहता है। इन लोगों का जीना-मरना सब कुछ इन्हीं फुटपाथों पर ही होता है। लेकिन इनमें से किसी एक को भी हम नहीं पहचानते हैं। ये लोग हमारे जीवन वृत के घेरे से बिलकुल बाहर हैं। इन्हें हम देखते हैं फिल्मों में तस्वीरों की तरह। हम लोग और ये लोग दो अलग दुनिया के हैं। हमारे बीच का फासला विस्तीर्ण है, जिसे लांघा नहीं जा सकता।

नयी दिल्ली की सड़कों पर लोग नहीं बसते, न ही सड़क पर कोई मरता है। कुछ लोग भीख जरूर मांगते हैं। हमारी कृपादृष्टि के लिए हाथ जरूर फैलाते हैं। यह हमारे मन को सहलाता है। हम जानते हैं कि वे हमारी ही तरह इंसान हैं। यह भी जानते हैं कि वे हमारी तरह भारतीय हैं। लेकिन फिर भी हम उन्हें नहीं पहचानते।

एक बार, कॉलेज में पढ़ने के दौरान मैं कलकत्ता गया था। आपको याद भी होगा। पहली बार कॉलेज में हम कुछ लड़के टूर पर निकले। सदाशिवम, ज्योतिप्रकाश, प्रवीर सेठ, अरविंद चक्रवर्ती, सुरिंदर सिंह और मैं। टूर क्या कलकत्ता, पूरी, पटना और लखनऊ। आपने मुझे बड़े उत्साह से भेजा था। जाते समय आपने मुझे दो सौ रुपए दिए थे और कहा था, "फिजूल खर्च मत करना। मैंने जानबूझकर कुछ पैसे ज्यादा दे दिये हैं। यदि जरूरत पड़ गई तो!"

कलकत्ता में एक दिन हम लोगों ने ग्रांड होटल में लंच लिया।

ग्रांड से लंच लेकर निकला कि हड्डियों का ढांचा ढोते हुए एक स्त्री बच्ची का हाथ थामे हुए हमारे सामने आकर खड़ी हुई और कातर स्वर में बोली, "दो दिन से कुछ भी नहीं खाया, बाबू। दस पैसे ही दे दो।"

सदाशिवम ने कहा, "केतु, कितना गंदा है तुम्हारा शहर। ग्रांड से निकलते ही भिखारी तो जैसे घेर ही लेते हैं! अशोका होटल के सामने ऐसी घटना तुम सोच भी सकते हो? या इम्पीरियल के सामने?"

सुरिंदर सिंह ने आगे जोड़ा, "वह देखो, ग्रांड के उस पार देखो, क्या हो रहा है।"

हम लोगों ने चौरंगी पर देखा। ग्रांड होटल के उस पार कुछेक सौ स्त्री-पुरुष नहा रहे हैं, दाढ़ी बना रहे हैं। कुछ स्त्रियां खाना बना रही हैं। कुछ खा रहे हैं। बैठकर गप्पें लड़ा रहे हैं—कुल मिलाकर वहां जो कुछ दिखा उससे यही लगा कि मस्ती में जीने वाले लोगों का वहां बहुआयामी नाटक चल रहा है!

सुरिंदर सिंह ने कहा, "ग्रांड के बालकनी और दूसरे कमरे से विदेशी लोग हर रोज यह दृश्य देखा करते हैं ! व्हाट ए शेम !"

ज्योतिप्रकाश ने अपनी राय जाहिर की, "अब शेम कहो या कुछ और । भारत की असलियत तो यही है । इधर ग्रांड होटल और यहां के अतिथि-वर्ग और उधर उसी से सटकर गरीब लोग, जो सड़कों पर रहते हैं । और वही उनका एकमात्र आश्रयस्थल है ।"

प्रवीर सेठ का वक्तव्य कुछ इस प्रकार था, "सिर्फ कलकत्ता में ही ऐसा नजारा देखने को मिलता है और कहीं नहीं । हमारे शहर में यह तुम्हें कहीं नहीं दिखाई पड़ेगा ।"

सदाशिवम ने मुझे चुप देखकर कहा, "क्यों भई, तुम चुप्पी क्यों लगा गये ? बोलो न कुछ अपने शहर की ओर से !"

मैंने सिर्फ इतना कहा, "कलकत्ता मेरा शहर नहीं है । यहां मेरा जन्म नहीं हुआ । यहां मैं पला-बढ़ा भी नहीं । मैं इस शहर को बहुत थोड़ा जानता हूं ।"

अरविंद ने वह सब कहा, जिसे जानते हुए भी मैंने नहीं कहा, मन नहीं हुआ ।

अरविंद का कहना था, "कलकत्ता शहर में कई लाख लोग फुटपाथ पर रहते हैं, इनमें से ज़्यादातर गैर-बंगाली हैं । जिन्हें तुम लोग सड़कों पर देख रहे हो न, उनमें से ज्यादातर बाहर के हैं। कुछ यू० पी० से, कुछ बिहार से और उड़ीसा से । गांव के लोगों को खाना नहीं मिलता । उनके पास काम नहीं है तो काम और रोटी की तलाश में कलकत्ता चले आते हैं । तब उन्हें मजबूर होकर सड़कों पर आश्रय लेना पड़ता है । भारत के तीन गरीब राज्यों के दरिद्रतम लोगों का बोझ यह शहर सालों से वहन करता आ रहा है । कलकत्ता की गरीबी पूरे भारत की गरीबी है । सिर्फ बंगाली जाति की नहीं । कलकत्ता जो श्रीहीन होता जा रहा है उसका जिम्मेवार पूरा भारत है। यह 'सेंटीमेंट' की बात नहीं, प्रमाणित सच है ।"

आज भी मुझे अच्छी तरह याद है, उनकी इस पूरी बहस में मैं शामिल नहीं हुआ था । कलकत्ता का पक्ष लेकर कुछ कहने का मन भी नहीं हुआ था । मुझे सिर्फ इतना ही लगा था कि किस चरम वैराग्य भाव से हम लोग इन गरीबों के बारे में बातें कर सकते हैं । वह भी इसलिए कि हम स्वयं गरीब नहीं हैं । वे लोग हमारे कोई नहीं हैं । उनसे हमारा कोई रिश्ता भी नहीं है। वे गरीब लोग और हम एक ही देश, एक ही समाज के हैं । इस सच्चाई को समझने की हमें कोई गरज नहीं ।

उस दिन मैंने अपने स्मृति की गहराइयों में डूबकर देखा । मैंने पाया, वहां कहीं भी किसी गरीब आदमी का कोई आधा-अधूरा अक्स भी नहीं था ।

अचानक मैं खुद को दरिद्र महसूस करने लगा।

बचपन से गरीब समझकर किसी को ठीक से जानने-समझने का मुझे मौका नहीं मिला। लेकिन जिस समाज में मेरा जन्म हुआ, उसमें निन्यान्वे फीसदी लोग नितांत गरीब हैं।

घर पर नौकर-चाकर भी मैंने खूब देखे हैं, लेकिन उन्हें भी ठीक से पहचानता नहीं था—यह कहने का साहस मुझमें कहां था ?

मुझे अच्छी तरह याद है, तब मैं स्कूल में निचली क्लास में पढ़ता था। एक दिन मुहल्ले के एक आदमी से आप खुद सामने खड़े होकर गाड़ी धुलवा रहे थे। उसका नाम लक्ष्मण सिंह था। मुहल्ले के एक रईस के नौकर के साथ लक्ष्मण सपरिवार रहता था। और उनके घर का सारा काम करता था। इसके अलावा कुछ दूसरे परिवारों का भी छुटपुट काम कर दिया करता था। जैसे गाड़ी धोना, बगीचे में पानी देना, उसकी देखभाल करना, चावल-चीनी ला देना, गेहूं पिसवा देना वगैरह। सुबह पांच बजे से शाम तक लगातार काम करके वह अपनी पत्नी और पांच बच्चों का पेट पालता था। गाड़ी धुलवाते हुए आप उसी लक्ष्मण सिंह से बातें कर रहे थे। मैं भी वहीं था। तभी मेरी ही उम्र का एक लड़का आया। आपको नमस्ते करके खड़ा हो गया। आपने पूछा, "क्या चाहिए ?"

उसने हाथ जोड़कर कहा, "साहब, मैं आपकी गाड़ी साफ कर दूं ?"

आप दंग रह गये। पूछा, "क्यों ? गाड़ी साफ करना तुम क्यों चाहते हो ?"

वह लड़का तब तक हाथ जोड़े ही खड़ा था। बोला, "मुझे कुछ पैसों की जरूरत है। इसलिए काम खोज रहा हूं।"

आपने पूछा, "रहते कहां हो ?"

उसने बताया, "बहुत दूर ! करीब चार मील दूर।"

आपने कहा, "रोज इतनी दूर आओगे कैसे ?"

उसने बताया, उसके पिताजी नहीं हैं। मां और छोटे भाई के साथ एक बस्ती में रहता है। तीन साल से वह स्कूल जा रहा है। पढ़ाई बंद करने की उसकी इच्छा नहीं। वह पढ़ना चाहता है। वैसे स्कूल में फीस नहीं लगती। लेकिन मास्टर जी को हर महीने सवा रुपया नहीं देने पर वे पढ़ाते नहीं हैं। इसके अलावा पिताजी के देहांत के बाद उनके पीछे कुछ रुपये के सिवाय कुछ भी नहीं है। मां मजदूरी करके जितना लाती हैं, उससे तीन पेट पालना मुश्किल है।

मैंने उसे अच्छी तरह देखा। मेरी ही तरह वह भी करीब बारह साल का होगा। रंग काला और सिर के बाल बिना तेल के रूखे से, आंखों में एक अजीब पीलापन था। होंठ सूखे और नीले। बदन पर मैला-कुचैला शर्ट और पायजामा। लेकिन कुल मिलाकर उस लड़के में एक अद्भुत आकर्षण था। अचानक मेरा मन हुआ कि मैं उसके साथ खेलूं। मैंने उससे पूछा, "तुम्हें क्रिकेट खेलना

आता है ?"

उस लड़के ने अब सीधे मेरी आंखों में देखकर कहा, "नहीं साहब, मुझे क्रिकेट नहीं आता ।"

मुझे गुस्सा आया । मैंने कहा, "तुम बुद्धू हो !"

उसने हाथ जोड़े हुए ही मुस्करा दिया ।

आपने मुझे डांटा ।

तब मुझे और भी गुस्सा आया । मन हुआ उस लड़के से मारपीट कर लूं । एक घूंसे से उसे जमीन पर चित कर दूं । मुझे समझ में नहीं आ रहा था कि आप उससे इतनी बातें क्यों कर रहे हैं । वह भी बड़े प्यार से ।

आपने उससे पूछा, "तुम्हारा नाम क्या है ?"

उसने बताया, "भजन सिंह ।"

आपने पूछा, "तुम पढ़ना चाहते हो ?"

उसने कहा, "जी हुजूर ।"

तब आपने कहा, "ठीक है । हर महीने दो-तीन तारीख को तुम आ जाना । मैं तुम्हें पांच रुपया दूंगा ।"

लड़के ने पूछा, "गाड़ी साफ करने तो देंगे न, बाबूजी ?"

आपने कहा, "नहीं, इतनी दूर से आकर तुम्हें गाड़ी साफ नहीं करनी पड़ेगी । तुम्हारी पढ़ाई के लिए ही मैं हर महीने पांच रुपये दूंगा । आकर ले जाना ।"

तब से हर महीने भजन सिंह आता और आपसे पांच रुपये ले जाता । नीतू और मुझसे जब भी उसका सामना होता, वह हमें नमस्ते कहता और फिर सिर झुकाकर खड़ा रहता । आप बाथरूम में या किसी काम में व्यस्त होते तो हम भजन सिंह को चेयर में बैठने के लिए कहते । लेकिन वह शर्म से सिकुड़ जाता और दरवाजे के बाहर ही खड़ा रहता । आप जब आते तो फिर सिर झुकाकर प्रणाम करता और दोनों हाथों से रुपये लेता । कभी-कभी आप उससे पूछते, "स्कूल जा रहे हो न ?"

वह कहता, "जी हां ।"

आप पूछते, "पढ़ाई कैसी चल रही है ?"

भजन सिंह वह भी बताता ।

इस तरह चार साल बीत गये । हर महीने एक दिन सुबह भजन सिंह हमारे यहां आता । दरवाजे पर खड़ा रहता । थोड़ी देर इंतजार करता और फिर चला जाता । इससे ज्यादा मैंने उसकी तरफ कभी ध्यान नहीं दिया । भजन सिंह नामक हर महीने के एक दिन की संक्षिप्त घटना से हम लोग अभ्यस्त हो गये थे । किसी-किसी महीने उसे आने में दो-एक दिन देर भी हो जाती । तब नीतू मुझसे मजाक-ही-मजाक में कहती, इस महीने बाबूजी का धर्मपुत्र अभी तक नहीं

आया ! और हम सब हंसने लगते। मीतू का ध्यान हर ओर रहता। क्यों न होता ! उसका मन बचपन से ही बड़ा संवेदनशील भी तो था। अचानक एक दिन मीतू बोली, "देखा भइया, भजन सिंह कितना बड़ा हो गया है। तुमसे भी बड़ा हो गया है । बड़ा दिखने लगा है ।" मैं मुंह बिचकाकर कहता, "सभी बड़े होते हैं । फिर भजन सिंह क्या छोटा होता जायेगा ?"

चार साल बाद एक दिन भजन सिंह सुबह-सुबह आया। और मीतू को सामने पाकर बोला, "मां जी के दर्शन मिल सकते हैं ?" इतने लंबे समय के दौरान शायद ही उसने कभी मां से बात की थी। उसे तो सिर्फ आप ही से काम होता। बाकी हम तीनों से उसका नाता सिर्फ हाथ जोड़कर नमस्कार करने से था। वह हमेशा नजर झुकाए हुए खड़ा रहता था।

मीतू ने मां को बुलाया । भजन सिंह ने थैली से एक छोटा-सा पैकेट निकालकर विनीत भाव से मां की ओर बढ़ा दिया।

मां ने पूछा, "क्या है ?"

भजन सिंह ने कहा, "आपके लिए लाया हूं। मैंने खुद बनाया है।"

पैकेट खोलकर मां विस्मय और खुशी से लगभग चीख ही पड़ी।

पैकेट में सीप और मोती से बना एक छोटा-सा पर्स था।

उत्तेजना में मां के मुंह से निकले बहुत सारे सवाल के जवाब में अल्पभाषी भजन सिंह ने निवेदन किया, वह जिस स्कूल में पढ़ता है, वहां पढ़ाई के अलावा हाथ का काम भी सिखाया जाता है। दो साल में उसने लेडीज पर्स बनाना सीखा है। हर महीने अब वह आठ-दस ऐसे पर्स बना लेता है । हर पर्स में उसे दो रुपये मिलते हैं।

मां ने पर्स की कीमत देनी चाही।

भजन सिंह ने हाथ जोड़कर कहा, "यह पर्स मैंने आपके लिए बनाया है। इसके पैसे मैं नहीं ले पाऊंगा।"

मां ने कहा, "तुम्हें इसके लिए सामान तो खरीदना पड़ा ही होगा।"

"दूसरे पर्सों से सामान बचाकर मैंने इसे बनाया है। यदि सामान खरीदना पड़ता, तो क्या मैं इसे बनाता ?"

मां सोने के कमरे से मेरे लिए खरीदा गया नया शर्ट ले आयीं। भजन सिंह को देकर बोलीं, "यह तुम्हें ठीक होगा। तुम तो हमारे केतु के ही उम्र के हो।"

वह रविवार एकदम बेकार बीता। भजन सिंह के सामने पर्स को लेकर मां और मीतू बहुत खुश थीं। यह देख मुझे बहुत गुस्सा आ रहा था। और उस पर मां ने मेरा नया शर्ट भजन सिंह को दे दिया, तो मेरे लिए वहां बरामदे में खड़े रहना मुहाल हो गया। मैं वहां से हटकर बगीचे में चला गया। मेरी आंखों से

लगातार आंसू बहने लगे।

भजन सिंह के जाते ही मां पर मेरा गुस्सा फट पड़ा।

"मेरा नया शर्ट आपने उसे क्यों दे दिया ?"

मां ने मुझे बहुत समझाया। लेकिन मैं नहीं माना।

तब मां को भी गुस्सा आया।

"तू तो बड़ा ही नीच है केतु !"

"हां, मैं नीच हूं। आपका वह भजन सिंह बहुत अच्छा है !"

"तुझे शर्म नहीं आती, जो उस बिन बाप के बच्चे से ईर्ष्या करता है ?"

"क्यों नहीं करूं ! वह क्या कभी मुझसे बात तक करता है ? जब कभी आता है, तो हाथ जोड़कर चुपचाप खड़ा रहता है। और बाबूजी ? कितने प्यार से उससे बातें करते हैं। आपने मेरा नया शर्ट क्यों दिया ? मैंने उसे कितनी बार अपने साथ खेलने के लिए कहा, मेरे साथ वह नहीं खेला।"

मीतू कहने लगी, "कब तुमने कहा उसे अपने साथ खेलने के लिए ? तुम तो उसके आस-पास भी कभी नहीं जाते।"

मैं मीतू पर जैसे बरस पड़ा, "तू सब जानती है न ? मैंने उससे खेलने के लिए कहा है। कितनी बार कहा है।"

इस घटना के दो साल बाद भजन सिंह एक रविवार को सुबह-सुबह हाजिर हुआ।

नवीं से दसवीं में जाने के लिए मेरी फाइनल परीक्षा बिलकुल नजदीक थी।

आपने भजन सिंह को रुपया देने के लिए हाथ बढ़ाया, तो उसने हाथ जोड़-कर कहा, "बाबूजी, आप बुरा न मानें तो एक बात कहूं।"

"कहो।"

"मुझे एक जगह नौकरी मिल गयी है। अगले महीने से मुझे रुपये की जरूरत नहीं होगी।"

"नौकरी मिल गयी है ? कहां ? क्या काम करना पड़ेगा ?"

"एक बैग बनाने के कारखाने में। फरीदाबाद में।"

"वेतन कितना मिलेगा ?"

"सब मिलाकर एक सौ सत्तर रुपये।"

"आगे नहीं पढ़ोगे ?"

"नहीं, बाबूजी, मैट्रिक करना तो चाहता था। लेकिन अभी उसमें डेढ़ साल और लगेंगे, नौकरी तो अभी उससे भी ज्यादा जरूरी है। बाद में यदि न मिली तो।"

"हां, यह भी ठीक है।"

"बाबूजी, आपने मेरे लिए बहुत कुछ किया। मैं आपका बहुत आभारी हूं। क्या कहूं समझ नहीं पा रहा हूं।"

भजन सिंह आपके पैर छूकर चला जा रहा था कि आपने उसे रुकने के लिए कहा और हम सबको बुलाया। फिर आपने भजन सिंह के नौकरी पाने की हमें खबर सुनायी। मां भी बहुत खुश हुईं और मीतू भी।

लेकिन मेरे मुंह से निकला, "यानी तुम्हारी पढ़ाई खत्म। है न भजन सिंह?"

भजन सिंह मुझ से सीधे नजर मिलाकर कहा, "हम गरीबों की पढ़ाई कहां हो पाती है भाई साहब।"

आपने उससे कहा, "कभी-कभी आते रहना।" मां ने भी आपके सुर में सुर मिलाया था।

भजन सिंह ने सिर हिलाकर जताया, आऊंगा।

उसके बाद वह फिर कभी हमारे घर नहीं आया।

दिल्ली के सड़कों, बाजारों, मुहल्लों में कितने ही लोगों को देखा, उनमें कुछ जाने-पहचाने चेहरे भी थे।

लेकिन भजन सिंह कहीं नहीं दिखा।

वह हमारे जीवन से निःशब्द चला गया था। जिस तरह एक दिन अचानक वह हाथ जोड़े हमारे यहां आया था, उसी तरह अचानक एक दिन चला भी गया।

भजन सिंह के बारे में हम अक्सर बातें किया करते थे। आप लड़कों में असाधारण 'मोटीवेशन' के बारे में कहते। आप कहते थे, जिंदगी में अपने पैरों पर खड़े होने का दृढ़ संकल्प न हो तो लक्ष्य तक पहुंचना मुश्किल है, एक दिन आपने कहा था, "यदि यह लड़का विदेश में जन्म लिए होता, तो आज बहुत आगे निकल गया होता।··· मुझे दुःख है कि पढ़ाई छोड़कर उसे नौकरी करनी पड़ी। शायद जो हुआ, वह ठीक ही हुआ। क्योंकि मैट्रिक या बी० ए० करने के बाद भी उसे उतने रुपये की नौकरी नहीं मिलती।"

मां भी भजन सिंह के विनीत स्वभाव, आचरण की प्रशंसा करतीं। कहतीं, "ऐसे नरम स्वभाव और सुशील लड़के, ऊंचे खानदान में भी कम ही दिखाई पड़ते हैं। हाथ के काम में कितनी सफाई है। देखना वह जीवन में बहुत आगे बढ़ेगा।"

मीतू में 'सेंस ऑफ ह्यूमर' गजब है। वह फट बोली, "देखेंगे कैसे! बाबूजी को भी पता नहीं वह कहां रहता है।"

मां आपकी ओर देखने लगीं।

आपने कहा, "नहीं। मैंने कभी पूछा ही नहीं और न ही उसने कभी

बताया।"

मीतू पूछ बैठी, "आपने कभी पूछा क्यों नहीं?"

आपने जवाब में कहा, "क्या करता जानकर? क्या हम कभी भजन सिंह के घर जाते?"

मैंने कहा, "आप बहुत खुश हैं न, क्योंकि भजन सिंह 'फॉरेन ऐड' का अच्छा इस्तेमाल कर रहा है?"

मीतू बोली, "भइया ने कभी उसे पसंद नहीं किया।"

आपने आहिस्ते से कहा, "सम ह्वाट स्ट्रेंज दो।"

मां बोली, "केतु बहुत ईर्ष्यालु है। इसके बाबूजी किसी के प्रति सहानुभूति दिखायें तो इसे जलन होती है।"

मैं उठकर स्टडी रूम में चला गया।

भजन सिंह को आप लोगों ने जरा भी नहीं पहचाना था, बाबूजी। आपने उसे दया के पात्र या गरीब लड़के की नजर से देखा, उसने आपसे हाथ फैलाकर भीख नहीं मांगा था, बल्कि मेहनत के बदले में कुछ पैसे पाने का आवेदन करके उसने आपका दिल जीत लिया था। आपका अपना बचपन पैसे की तंगी के बीच गुजरा था और इसी के अभाव में आप मनचाही पढ़ाई नहीं पढ़ सके। हम सब जानते हैं इसी वजह से किसी को पढ़ाई-लिखाई के लिए मदद करने में आप कभी पीछे नहीं हटते। भजन सिंह यह नहीं जानता था। यह महज एक संयोग था कि एक रविवार को वह अचानक हाजिर हुआ और महीने में पांच रुपये उसकी पढ़ाई के लिए निर्धारित हो गया। आप बहुत खुश होते जब हर साल भजन सिंह अच्छे नंबरों से पास होकर ऊंचे क्लास में पहुंचता। लेकिन बाबूजी, आपने उस भजन सिंह को हाड़-मांस के बने एक इंसान की तरह कभी ग्रहण नहीं किया, आपने कभी यह जानना नहीं चाहा कि भजन सिंह कहां से एक छाया की तरह हर महीने आपसे दक्षिणा लेने के लिए आता और हाथ पसारकर दक्षिणा लेने के साथ वह आपके प्रति कृतज्ञता जताकर किधर चला जाता। वह हर महीने अपनी पढ़ाई के लिए पांच रुपये लेने आता है, इससे ज्यादा आप उसे नहीं जानते थे। और आपको इसकी जरूरत भी नहीं थी। भजन सिंह को आपने जिस नजर से देखा उसे मैं 'सोशल कॉलोनियलिज्म' कहूंगा। यानी सामाजिक साम्राज्यवाद। इसी दृष्टि-कोण से हमारे देश के तथाकथित अभिजात्य लोग हमेशा से छोटी जाति और लोगों को देखते रहे हैं। बड़े लोगों में राजनैतिक मतभेद जितना भी हो। लेकिन उनके लिए तिरंगे, लाल, गेहुंए आदि में कोई फर्क नहीं। मैंने सुना है, आंखों से देखा नहीं। लेकिन इस पर अविश्वास करने का भी कोई कारण नहीं है। यदि हमारे देश का साम्यवादी किसान नेता ब्राह्मण है (जो ऊंची जाति के कहलाते हैं) तो गांव के दूसरे किसान-मजदूर उसे साष्टांग प्रणाम करते हैं। वह भी इसलिए

नहीं कि वह कम्युनिस्ट है बल्कि इसलिए कि वह ब्राह्मण है। और मजदूरों-किसानों का यह साष्टांग प्रणाम किसान नेता बड़े ही महानुभावता, उदारता से ग्रहण करते हैं।

पिताजी, भजन सिंह का एक दूसरा चेहरा भी है, जिसे आप लोगों ने नहीं देखा। मैंने देखा है। उसने आपके आगे हाथ फैलाया। लेकिन मुझसे उसने कभी एक शब्द तक नहीं कहा। मैंने उसकी आंखों में क्रोध और बहिष्कार का भाव देखा है। जिस समाज ने हम दोनों को एक ही साथ जन्म दिया, जहां मेरे लिए कभी किसी चीज की कमी नहीं थी, वहीं उसके लिए कमी और सिर्फ कमी ही थी। अपने बचपन में ही भजन सिंह ऐसे समाज के प्रति श्रद्धा का भाव नहीं पालता। और इसी वजह से उसने मुझसे परिचय बढ़ाने का लेश मात्र भी आग्रह नहीं दिखाया। कई बार मैं उसके सामने जाकर खड़ा हुआ हूं। मैं उससे दोस्ती करना चाहता था। लेकिन उसने मेरी ओर एक बार भी सरसरी निगाह से देखा तक नहीं। यह ठीक है आपके द्वारा की गयी सामान्य मदद उसके काम आयी। लेकिन उसने मेहनत के द्वारा उपार्जन करना चाहा था। और जब ऐसा न हुआ तो उसने अपनी औकात के बाहर मां को एक सुंदर-सा पर्स देकर अपना ऋण चुकाया। यही नहीं नौकरी मिलते ही उसने आपको बता दिया कि अब उसे मदद की जरूरत नहीं। भजन सिंह ने कभी भूल से भी नहीं सोचा कि हम लोग उसके अपने हैं। वह जानता था कि हम दूसरी दुनिया के इंसान हैं। और उससे हमारा संबंध विरोध और विद्रोह का है। हमारा मेल कभी नहीं हो सकता, मैंने उसकी आंखों में घृणा, विद्वेष, भय और बहिष्कार की रेखा को देखा है। आप ही लोगों ने सिर्फ नहीं देखा और यही रेखा देखकर मुझमें उसे अपना दोस्त बनाने का आग्रह और भी ज्यादा हिलकोरे मारने लगा। लेकिन मुझे दोस्त के रूप में ग्रहण करने का भजन सिंह ने सामान्य-सा भी संकेत नहीं दिया। हमारे घर आकर वह अनजाने में ही बिना कुछ कहे मुझे बार-बार अपमानित कर गया। अकेले मुझे नहीं, मेरे जैसे सभी 'अभिजात्य' परिवार के लड़कों को भी उसने यह जता दिया है कि भविष्य में कभी भी हमारी मुलाकात जरूर होगी। तुम्हारे पिताजी के आगे मैंने हाथ फैलाया यह ठीक है क्योंकि उसके सिवाय दूसरा रास्ता भी तो नहीं था। लेकिन तुम लोगों के आगे कभी हाथ नहीं फैलाऊंगा। तुम लोगों के हाथ से तो हमारी हाथापाई होगी या फिर हमारे बच्चे तुम लोगों के बच्चों के साथ हाथ-दो हाथ करेंगे। यह आज नहीं तो कल होगा और जरूर होगा। और यह भी निश्चित है कि इस हाथापाई में हम जीतेंगे। क्योंकि हम बहुत हैं, तुम लोगों की तरह मुट्ठी-भर नहीं। हमारे दिल में ज्वाला दहक रही है, जो तुम लोगों में नहीं है।

बहुत सालों बाद, पिताजी न्यूयॉर्क में एक ऐसी घटना घटी जिसने मुझे भजन

सिंह की याद दिला दी।

जिस साल मैंने अमेरिका की जमीन पर कदम रखा वह 1968 का साल था। उन दिनों 'काले' अमेरिकन और गोरे अमेरिकन के बीच जबरदस्त संघर्ष हो रहा था। अमेरिका संघर्ष के कठिन दौर से गुजर रहा था। यहां के 'काले' अमेरिकन अचानक विद्रोही बन गये थे। गोरे अमेरिकनों के आगे हाथ पसारने के बजाय वे रातों-रात समाज-व्यवस्था में आमूल परिवर्तन लाना चाहते थे। जिससे दो सौ साल से उन पर होने वाले अत्याचार, अपमान, शोषण और दरिद्रता का बदला चुकाकर गोरों के समान मानवाधिकार के वे भी हकदार बन जायें। अमेरिका में नीग्रो समस्याओं की व्याख्या और उसके विश्लेषण की कोई गुंजाइश नहीं। मैं यहां सिर्फ यह निवेदन करना चाहता हूं कि नीग्रो समस्या को लेकर गोरे अमेरिकन नागरिकों के मन में एक भय, दुश्चिंता और आतंक बैठ गया है।

उसका कारण यह है कि नीग्रो विशेष रूप से नीग्रो युवा समाज दीर्घकाल के इंतजार के बाद भी बड़ी ही धीमी गति से सामाजिक परिवर्तन के लिए तैयार नहीं था। नीग्रो युवा नहीं चाहते कि वे गोरों के दया, रहमोकरम, उनके द्वारा दी गयी दक्षिणा, उदारता और महानुभावता के जरिये वे उन्नति के मार्ग में बढ़ें। उन लोगों ने अपना रास्ता चुन लिया है और वह रास्ता है गोरों के बहिष्कार का, उनके वर्जन का रास्ता, ध्वंस का रास्ता, अपमान के बदले अपमान का रास्ता, आघात के बदले प्रतिघात का रास्ता, यह रास्ता है बड़ा कठिन। इस रास्ते पर सफलता भी मुश्किल से ही मिलती है। यह समझकर भी वे पीछे हटने को तैयार नहीं। क्रोध और नफरत की ज्वाला ने उनके दिलों को जलाकर उनके चमड़े को कोयले-सा काला बना दिया है। उनके लिए दया, ममता, सज्जनता, सभ्य समाज की राजनीतिक शोषण और शासन का हथियार मात्र है।

मां और आप जानते नहीं थे कि वहां कुछ नीग्रो युवकों से मेरी दोस्ती हुई थी। लेकिन मीतू को पता था। और उसे इस बारे में बड़ी चिंता भी थी। लेकिन मैं नहीं चाहता था इसलिए उसने आप लोगों से इसका जिक्र नहीं किया।

कोलंबिया यूनीवर्सिटी के पास ही 'हार्लेम' था। न्यूयॉर्क शहर में यह नीग्रो इलाका है। दुनिया-भर में यह सबसे गंदा, सबसे कदर्य और सबसे घृणित बस्ती है। इस बस्ती में हर रोज बीसियों खून, डाका, हमला, राहजनी की वारदातें होती हैं। 'पट' और 'ड्रग' के 'पुशर' पुलिस के सामने अपना माल बेचते हैं। बीयर और शराब की बोतलें रास्ते पर बिखरी पड़ी रहती हैं, जिससे जमीन पर कदम रखना मुश्किल होता है। दरिद्रता और अशिक्षा कितना भयावह और कुत्सित हो सकता है, इसका पता हार्लेम में पैर दिये बिना नहीं चल सकता।

अमेरिकन जिसे बस्ती कहते हैं, अमेरिका के किसी बड़े शहर—शिकागो, बोस्टन, फिलाडेलफिया, वाशिंग्टन डी० सी० जैसे हर शहर का एक विस्तृत इलाका इन्हीं बस्तियों का है। लेकिन न्यूयॉर्क में हार्लेम अपने आप में एक अद्भुत इलाका है। यह नीग्रो राष्ट्रीयतावाद की राजधानी है। साथ ही यह नीग्रो विद्रोह का प्रमुख मोरचा है। यहां नीग्रो विद्रोही आंदोलन के लिए नीति और आदर्श मार्ग और लक्ष्य तय करते हैं। हार्लेम नीग्रो संस्कृति और नीग्रो मानस का पीठ-स्थान है। इसी वजह से ही तो क्यूबा के फिदेल कास्त्रो जब युनाइटेड नेशन्स में भाग लेने के लिए न्यूयॉर्क आये—संभवतः 1966 में, तब वे हार्लेम में ही ठहरे थे—जो अमेरिकी सरकार के विरुद्ध अमेरिकी विद्रोह को सम्मानित करने जैसा ही था।

नीग्रो विद्रोहियों की सबसे बड़ी कमजोरी – उनमें आपसी एकता का अभाव है। वे बहुत सारे दलों-उपदलों में बंटे हैं। शहरों में रहने वाले 'लाम्पेन' पेटी बुर्जुआ या प्लेटोरियेट के साथ जो होता है। ट्रेड यूनियन पर गोरों का प्रभुत्व होने की वजह से नीग्रो का कोई स्थान नहीं है। कोलंबिया यूनीवर्सिटी हार्लेम के करीब है, तो क्या, नीग्रो छात्र-छात्राओं की तादाद बहुत कम है। जितनी है उंगलियों में गिनी जा सकती है। कोलंबिया में ऊंची फीस देकर पढ़ना नीग्रो के वश की बात नहीं और फिर स्कूल से निकलकर कोलंबिया में दाखिला के लिए ही जिस मात्रा में वाहवाही दिखाना पड़ता है, वह इन नीग्रो के लिए दूर की बात है। इसलिए नीग्रो छात्र-छात्राओं को बिना फीस या कम फीस वाले कॉलेजों, जो सिटी गवर्नमेंट द्वारा संचालित होता है, में आश्रय लेना पड़ता है। लेकिन जो नीग्रो लड़का मुझे पहली बार हार्लेम में ले आया था, वह कोलंबिया का ही छात्र था।

नाम जुलियस मिलटन था। नीग्रो नाम में एक अजीब आकर्षण होता है, जो सहज ही अपनी ओर चुंबकीय शक्ति से खींच लेता है। किसी का नाम जुलियस है तो कोई होमर, कोई विक्टर।

जुलियस के माध्यम से कुछेक नीग्रो दलों-उपदलों से मेरा परिचय हुआ था। उनमें कोई बहुत उग्र था, तो कोई कम उग्र। सब-के-सब गोरों के शासन और शोषण के बहिष्कार के दृढ़ प्रतिज्ञ थे। सब रास्ते की खोज में थे। उनके भीतर ज्वाला थी, पर बाहर सिर्फ हिंसात्मक रवैया ही सामने आता था। लावा बाहर फूट नहीं रहा था। इसका परिणाम यह था कि राजशक्ति उन लावा के फूट पड़ने के अंजाम से बेखबर अत्याचार किये जा रही थी। और इससे भीतर का लावा और उबल रहा था। हरेक जागरूक नीग्रो इस विषैले वृत में आबद्ध था।

मैनहटन द्वीप न्यूयॉर्क शहर का प्राणकेंद्र है। इस मैनहटन का लगभग एक-तिहाई हार्लेम है। सेंट्रल पार्क का पश्चिम भाग पश्चिमी न्यूयॉर्क कहलाता है और

पूर्वी भाग पूर्वी न्यूयॉर्क। सड़कों का नाम भी इसी आधार पर है। जैसे वेस्ट 125 स्ट्रीट सेंट्रल पार्क के पश्चिम में, ईस्ट 125 स्ट्रीट सेंट्रल पार्क के पूर्व में। वेस्ट 125 स्ट्रीट—जहां लिंकन एवेन्यू मिलता है—हार्लेम का प्राणकेंद्र कहलाता है। वहां एक नीग्रो रेस्तरां है। जिसका नाम 'ब्लैक इज ब्यूटीफुल' है। लोग इसे 'ब्लैक ब्यूटी' के नाम से भी जानते हैं। इस ब्लैक ब्यूटी रेस्तरां में हर दिन हजारों संग्रामी नीग्रो इकट्ठा होते हैं। गीतों के माध्यम से वियतनाम युद्ध को लानत भेजते हैं। नीग्रो विद्रोह के अपने सुर-ताल सजाते हैं। नाचते हैं। वे गीत, वे डांस संग्रामी छंद में होते हैं। वे आपस में सलाह-मशविरा करते हैं। बहस होती है उनमें। इन सबसे 'ब्लैक ब्यूटी' का माहौल हमेशा गरम होता है। बहस के दौरान वे 'पट' भी पीते हैं। साथ ही मदहोशी में वे एक-दूसरे को अपने आलिंगन में भी लेते हैं। मैं उनकी मजलिस, बैठक में कई बार शामिल हुआ हूं। उनमें से कइयों को पहचानता हूं। इकट्ठे बैठकर मैंने ब्लैक कॉफी पी है। यही नहीं कभी-कभी मारिजुआना भी लिया है। और एक बार तो हशीश भी। लेकिन कभी किसी बहस में मैंने भाग नहीं लिया और उन लोगों ने भी मुझे अपने बीच कभी नहीं घसीटा। एक उत्साही और जिज्ञासु विदेशी की हैसियत से वे मेरी उपस्थिति को गंवारा भर कर लेते थे। बस इतना ही!

1968 की बात है। प्रेसीडेंट जॉनसन की वियतनाम नीति के विरुद्ध अमेरिकी जनमत तैयार हो रहा था। यूनीवर्सिटी उनके क्षोभ प्रदर्शन का प्रधान केंद्र बन गयी थी। इन विद्रोहियों के बीच भी नीग्रो छात्रों और दूसरे नीग्रो लोगों का स्थान अलग-अलग था। हालांकि वियतनामियों की आजादी से नीग्रो लोगों ने अपनी आजादी को जोड़ लिया था। जो कठोर और नृशंस अमेरिकी मूल्यबोध वियतनाम में लाखों टन बम बरसाकर उसे विध्वंस किए दे रहा था और किए जा रहा है, वही मूल्यबोध आगे चलकर नीग्रो युवा समाज के शोषण और अपमान का कारक बना।

नीग्रो जनता ने समाज से जुड़कर अपनी लड़ाई लड़ने से इंकार कर दिया, उन लोगों ने यह मान लिया कि उनका रास्ता अलग है और उनकी मंजिल भी अलग है। गोरे लिबरल लोगों पर से उनका विश्वास उठ गया था। जुलियस मिलटन ने एक दिन मुझसे कहा, "लिबरल ही सबसे बड़े शैतान हैं। कंजरवेटिव को सहज ही समझा जा सकता है। वे खुले आम हम लोगों से नफरत करते हैं। अब शिकागो या न्यूयॉर्क की पुलिस को ही लो न। नीग्रो को देखते ही उनका हाथ कमर में लटकते हुए पिस्तौल पर खुद-ब-खुद चला जाता है। लेकिन लिबरल? इनको समझना बहुत मुश्किल है। क्योंकि वे हमसे ऊपरी तौर पर नफरत नहीं करते हैं। हमारी शख्सियत को थोड़ा-बहुत स्वीकार भी करते हैं। लेकिन बराबरी का दरजा देने को वे भी तैयार नहीं। वे हम लोगों से जितनी

हमदर्दी जताते हैं। चाहते हैं हम उतने से ही संतुष्ट हो जायें। दरअसल, लिबरल घोर रूढ़िवादी होते हैं। जबरदस्त कट्टर और धूर्त। ये लिबरल भी उन्हीं में से हैं, जो हमें लगातार ठगते आ रहे हैं।"

अमेरिका में पचास या पचहत्तर हजार भारतीय हैं। यानी 1968 में थे। आज उनकी आबादी निश्चित तौर पर इससे कहीं ज्यादा हो गयी होगी। ये लोग साधारणतः नीग्रो समाज से दूर ही रहते हैं लेकिन गोरों से खुलकर मिलते हैं। सिर्फ 'ब्लैक' रंग से अपना दामन बचाकर चलते हैं और उन्हें हेय दृष्टि से भी देखते हैं। गोरे नीग्रो के बारे में जो कुछ प्रचार करते हैं, वह भारतीयों के दिलो-दिमाग में घर कर जाता है। 'किसी भारतीय युवक की गर्ल फ्रेंड नीग्रो है'— ऐसा मेरी नजर में नहीं आया। न ही किसी भारतीय लड़की का नीग्रो ब्वाय फ्रेंड। अमेरिका के दक्षिणी राज्यों में कभी-कभी किसी भारतीय को उसकी चमड़ी की रंग की वजह से अपमानित भी होना पड़ा है। लेकिन उत्तर और पूर्वी अमेरिका में ऐसा नहीं होता। कुछेक साल पहले तक न्यूयॉर्क में ड्राइविंग लाइसेंस में चालक के चमड़ी के रंग का उल्लेख होता। हां, यह बात और है कि भारतीयों के लिए 'ह्वाइट' ही लिखा जाता था। इस पर कई भारतीय गर्व का अनुभव करते हैं कि उनकी गिनती 'ह्वाइट' में हो रही है।

एक बार की बात है मैं वाशिंगटन डी० सी० से बस से मुख्य शहर से थोड़ी दूर जा रहा था। वाशिंगटन में साठ फीसदी नीग्रो आबादी है। जाहिर है बस में भी गोरों की अपेक्षा नीग्रो अधिक थे। मैं एक गोरे के पास बैठा था। जिसकी उम्र साठ के आसपास ही होगी। गंजा सिर और उसकी पेशानी की त्वचा पर कई समानांतर रेखाएं बन गयी थीं। नकली दांतों के सेट में सामने के तीन दांत सोने के थे। अमेरिकन लोग साधारणतः मिलनसार होते हैं। वह सज्जन भी वैसे ही थे। हम आपस में यूं ही बातें कर रहे थे। बातों-ही-बातों में पता चला कि वे किसी बड़े निर्माण उद्योग प्रतिष्ठान के आर्किटेक्ट हैं। चलती बस से उन्होंने कई-कई गगनचुंबी इमारतों को दिखाकर बताया कि यह सब हमारे प्रतिष्ठान द्वारा ही बनायी गयी हैं। मुझे साफ अंग्रेजी बोलते देख उन्हें पहले तो हैरानी हुई। जब उन्हें पता चला कि मैं कोलंबिया यूनीवर्सिटी में अंग्रेजी साहित्य में शोध कर रहा हूं, तो वे बकायदा प्रफुल्लित हुए। उनके तीन बेटों में एक ने उच्च-शिक्षा से मुंह मोड़ लिया है। इस वजह से वे थोड़ा दुःखी भी हैं।

अचानक बस यात्रियों पर एक सरसरी निगाह दौड़ाकर उन्होंने पूछा, "क्या तुम्हारे देश में भी 'कलर' प्राब्लम हैं?"

मैंने कहा, "हम सभी तो 'कलर्ड' हैं?"

सज्जन थोड़ा झुंझलाये, "कलर्ड तुम लोग नहीं, वे हैं।" इशारा उनका एक नीग्रो महिला की तरफ था।

"तुम्हारे देश में ऐसा कोई प्राब्लम नहीं है ?"

मैंने हंसकर कहा, "ठीक ऐसी नहीं। लेकिन एक दूसरे ही तरह की समस्या है। जैसे···"

मेरे मुंह की बात को झटककर उन्होंने कहा, "दूसरी सभी समस्याओं का समाधान है। 'ब्लैक' को लेकर जो समस्याएं हैं, उनका कोई समाधान नहीं। मैं प्रीजुडिस्ड नहीं हूं। नीग्रो भी इंसान हैं। मैं मानता हूं लेकिन हमारी दशा क्या हो गयी है, तुम देख ही रहे हो। इस शहर में शाम को कोई किसी सुनसान इलाके में जाने का साहस नहीं करता। हत्या तो यहां रोजमर्रा की घटना है। और रेप? हर रोज रेप की तीन-चार वारदातें तो हो ही जाती हैं। न्यूयॉर्क का भी वही हाल है। इस समस्या का कोई समाधान नहीं।"

'ब्लैक ब्यूटी' की चर्चाओं में मुझे बार-बार यही सुनने को मिलता है, "इस समस्या का कोई हल नहीं होगा। हो ही नहीं सकता—गोरे हमें ध्वंस करने को कमर कसे खड़े हैं। सिर्फ उन्हीं काली चमड़ी वाले को यहां जीने का अधिकार है, जो हाथ पसारने पर जितना और जो कुछ मिल जाये उसी से संतोष कर लें। जो बराबरी का अधिकार न मांगे, हिंसा के बल पर बराबरी का अधिकार पाने का लोभ त्याग दें; सिर्फ उन्हें ही जीने का अधिकार है। हम जो, मारे बिना मरने को तैयार नहीं, मार खाये बिना मारने को तुले हैं क्योंकि हमारे पिता, पितामह का अपमान प्रतिशोध का इंतजार कर रहा है। गोरों की एकमात्र नीति है हम काले को जड़ से उखाड़ फेंकना।"

1968 में दोनों पक्षों की परस्पर विरोधी उग्रता ने अमेरिकी समाज में एक नये गृहयुद्ध का वातावरण तैयार किया था। कुछ नीग्रो नेताओं ने अमेरिका के कुछ राज्यों को अलग करके 'ब्लैक्स' के लिए एक स्वतंत्र और सार्वभौम राष्ट्र की मांग भी की थी।

एक दिन दोपहर के वक्त मैं अपना क्लास 'ऑफ' करके 'ब्लैक ब्यूटी' में पहुंचा। रेस्तरां में बहुत सारे लड़के-लड़कियों का जमघट था। उनमें मैं लगभग किसी को भी नहीं पहचानता था। तीन-चार चेहरे वहां ऐसे थे जिन्हें देखकर लगा कि उन्हें यहां पहले भी देखा है। लेकिन उनमें से किसी से मेरा कोई परिचय नहीं था।

मुझे देखते ही वे सब चुप हो गये। वहां अचानक स्तब्धता छा गयी जो वहां के प्रचलित माहौल से जरा भी मेल नहीं खाता था। मैं समझ गया कि आज यहां का माहौल प्रतिकूल है।

लेकिन सब कुछ समझने के बावजूद हाव-भाव से मैंने जताया कि मैं यहां बहुत पुराना हूं। और 'ब्लैक ब्यूटी' का परिचित ग्राहक भी हूं। रेस्तरां के मैनेजर के चेयर में जो सत्ताईस-अट्ठाईस साल की लड़की बैठी थी, उसे मैं जानता था।

उससे मेरा परिचय भी था। उससे नजर मिलते ही मैंने मुस्कराकर अभिवादन किया लेकिन आज उसने मुस्कराकर मेरा स्वागत नहीं किया। गंभीरता से उसने मेरी ओर से अपनी नजरें हटा लीं।

मैं एक मेज़ पर बैठ गया और भी तीन नीग्रो लड़के और एक लड़की उस मेज़ पर बैठे थे। मैंने बैठते ही उन्हें 'हाय' किया। लेकिन वे मेरे 'हाय' से खुश नहीं हुए। उनमें से एक ने बड़े ही रूखे अंदाज में 'हाय' किया, फिर थोड़ी देर बाद वे चारों उठकर दूसरे मेज़ पर चले गये।

पांच-सात मिनट बीत गये। लेकिन मुझे लगा वह पांच-सात मिनट आधे घंटे के समान थे।

अंत में एक लड़की मेरे सामने आकर खड़ी हुई। रेस्तरां की वह वेट्रेस थी।

मैंने कहा, "कॉफी, ब्लैक।"

लड़की कुछ कहने जा रही थी। लेकिन बोली नहीं। धीमी चाल से वह काउंटर की ओर चली गयी।

पांच मिनट बीत गये। कॉफी नहीं आयी।

सब चुप थे। लेकिन कुछ आपस में फुसफुसाकर बतिया रहे थे।

मैं एक के बाद एक सिगरेट जलाये जा रहा था।

आखिरकार एक नीग्रो युवक मेरे पास आया।

मैंने देखा, कद काठी से वह साढ़े छह फुट लंबा था। लेकिन काया से दुबला और इकहरा था। सिर के बाल 'किंकी' थे। और खोपड़ी से थोड़ी-सी लंबाई में छंटे हुए थे। आंखें बिलकुल सफेद और होंठों पर पहाड़-सी गंभीरता।

मैंने कहा, "हाय, मेरा नाम केतु है।"

युवक बोला, "तुमको यहां से जाना पड़ेगा।"

मैंने हैरानी से पूछा, "क्यों ?"

"यही हमारा नियम है।"

मैंने पूछा, "तुम लोग कौन हो ?"

"यह जानने की कोई जरूरत नहीं। हम लोग बस हम लोग हैं।"

"पर मैं तो यहां अक्सर आता हूं। लेकिन कभी किसी ने मुझे यहां से चले जाने के लिए नहीं कहा। फिर तुम ऐसा क्यों कह रहे हो ?"

"वजह बिलकुल साफ है। हम नहीं चाहते कि तुम यहां रहो। अब ज्यादा बातें न बनाओ। और यहां से चलते बनो।"

"तुम···तुम लोग मुझे गलत समझ रहे हो। मैं स्पेनिश नहीं हूं। भारतीय हूं। तुम लोगों का दोस्त !"

"तुम भारतीय हो। हम जानते हैं। अब सीधे यहां से चले जाओ।"

"क्यों चला जाऊं?"

"क्योंकि तुम भारतीय हो। तुम्हारे शरीर में गोरे आदमी का खून है। तुम हमारे नहीं हो और न हम तुम्हारे। हम एक-दूसरे के हो ही नहीं सकते। अब और बहस मत करो। वरना मुश्किल में पड़ जाओगे। हम लोगों को जरूरी काम है। अभी तुरंत यहां से चले जाओ।"

मुझे नहीं मालूम, क्यों अचानक मेरे सिर पर खून सवार हो गया। मैं अपने आपे में नहीं रहा, "तुम रेसिस्ट की तरह बात कर रहे हो। कंजरवेटिव गोरे जिस भाषा में बातें करते हैं, तुम भी वही बोली बोल रहे हो।"

"हां, बोल रहा हूं। वे गोरे रेसिस्ट हैं और हम काले। तुम जाते हो या धक्का मारकर तुम्हें यहां से निकालना पड़ेगा।"

"मैं नहीं जाऊंगा।"

युवक बुत बन गया। उसने सोचा भी नहीं था कि मैं 'नहीं जाऊंगा' कह-कर और भी जमकर बैठ जाऊंगा। कुछेक क्षणों तक हम दोनों ने एक-दूसरे को अपनी-अपनी नजरों में कैद किये रखा। फिर मुझे मारने के लिए उसने हाथ उठाया।

दूसरे लोग दूर से हमारा नाटक देख रहे थे। उन्हीं में से एक बोल पड़ा, "उसे मारो मत, कैसियस।"

कैसियस ने अपना हाथ नीचे कर लिया।

अब सब एक साथ मेरी तरफ बढ़े। सब मुझे घेरकर खड़े हो गये। वे कम-से-कम बारह थे। चार लड़कियां थीं बाकी सब लड़के। उन सबकी उम्र बाईस-तेईस से अधिक नहीं थी।

सब मुझे ही देखे जा रहे थे।

मैंने चीखकर कहा, "ऑल राइट। मैं जा रहा हूं। मैं भी तुम लोगों के साथ रहना नहीं चाहता। तुम लोग रेसिस्ट हो। गोरे रेसिस्ट से तुम कुछ कम नहीं हो। तुम लोगों के मन में जहर भरा है···मैं तुम लोगों के साथ रहना नहीं चाहता।"

और तेज कदमों से मैं 'ब्लैक ब्यूटी' से निकल गया। गुस्सा, दुःख, अपमान से मेरा पूरा शरीर कांप रहा था। मैं तेजी से सड़क पर चलने लगा।

125 स्ट्रीट से 126 स्ट्रीट तक चलने पर एक निर्जन पार्क में पहुंचा। उस पार्क से काफी ऊंचाई पर पहाड़ में 'कोलंबिया यूनीवर्सिटी' का कैंपस है। बहुत सारी सीढ़ियां चढ़कर यूनीवर्सिटी के कैंपस में जाना पड़ता है। यह इलाका इतना सुनसान है कि दिन में भी कोई अकेले यहां नहीं आना चाहता। खास तौर से वह जो काली चमड़ी वाला नहीं है।

इस पार्क तक पहुंचने के कुछ देर पहले ही मुझे एहसास हो गया था कि कोई

मेरा पीछा कर रहा है।

मुड़कर देखा तो कैसियस था।

मुझसे पंद्रह-बीस कदम पीछे।

अचानक मुझे डर लगा।

यह भरसक मुझे मारने के लिए आ रहा है। रेस्तरां में अपने नेता के आदेश की वजह से मार नहीं सका था। इसीलिए मेरा पीछा कर रहा है। इस बार उसके हाथ जैसे ही लगूंगा मुझे मार डालेगा। उसके पास जरूर रिवाल्वर या चाकू होगा।

मैं और भी जल्दी-जल्दी चलने लगा। शरीर मेरा पसीने से तरबतर था। मैं जितनी तेजी से कदम बढ़ा रहा था, कैसियस भी उतनी ही तेजी से मेरे पीछे आ रहा था।

मैं अगर रुका तो बच नहीं पाऊंगा। और दौड़कर भी मुझे उससे मुक्ति नहीं मिलेगी। कैसियस मुझसे काफी लंबा है, तुरंत उसकी पकड़ में आ जाऊंगा। दौड़ा तो पीछे से रिवाल्वर चला देगा।

अब मैं सीढ़ियों तक पहुंच गया।

अचानक दिमाग में जाने क्या ख्याल आया, एकबारगी मैं रुक गया।

कैसियस आये तो! देखें, क्या करता है। बचने का रास्ता जब है ही नहीं, तो क्यों नहीं मुकाबला ही हो जाये।

मैं रुककर कैसियस के पास आने का इंतजार करने लगा।

दो मिनट में वह मुझ तक पहुंच गया।

मैंने पूछा, "तुम मेरा पीछा क्यों कर रहे हो! मारना चाहते हो?"

कैसियस मेरे बिलकुल सामने खड़ा था।

बोला, "नहीं, मारने के लिए मैं तुम्हारे पीछे नहीं आ रहा हूं। मारना चाहता, तो उसी वक्त मार देता।"

"फिर! फिर क्या चाहते हो?"

"तुम मेरी बात का बुरा न मानना!"

"क्या मतलब!"

"तुम नहीं समझोगे। हम लड़ रहे हैं। यह भी एक युद्ध है। यहां मानवीय भावना काम नहीं करती। किसी तरह की कोमलता के लिए यहां स्थान नहीं। कोमलता से शत्रु का नाश नहीं किया जा सकता। और फिर वे भी तो हमारे प्रति कोमल नहीं हैं। हम लोगों ने भी कोमलता को दूर फेंक दिया है।"

मैं चुप था।

कैसियस बोले जा रहा था, "तुम्हारा कोई कसूर नहीं है। तुम हमारे दुश्मन

नहीं हो। लेकिन हम लोगों ने तय किया है कि जो नीग्रो नहीं हैं, उनसे हमारी दोस्ती नहीं हो सकती। इसलिए हमें तुम्हें चले जाने के लिए कहना पड़ा। तुम भारतीय भी गोरे जैसे हो। तुम लोग भी हमें, इंसान नहीं समझते।"

इतना सुनने के बाद मेरी बोली फूटी। मैंने कहा, "तुम भूल कर रहे हो। हम लोग भी बहुत सारे अपमान, अत्याचार और शोषण के भागीदार हैं। हम लोगों पर भी यह सब गुजरा है। मैं जानता हूं तुम लोगों की तकलीफ कहां है। तुम सब किस त्रासदी से गुजर रहे हो।"

कैसियस ने कहा, "एक दिन ऐसा आयेगा जब हमारी जीत होगी। तब हम लोग फिर से कोमलता अपना लेंगे। हमारे मन में मानवीय भावना फिर से जागेगी। सबसे भाईचारे का संबंध करना सीख रहे हैं। आज हमारा मंत्र सिर्फ मारना है। उन्हें मारते हुए, हो सकता है, हम ही उनके हाथों मारे जायें। तुम लेकिन बुरा न मानना।"

मैंने अपना हाथ कैसियस की ओर बढ़ा दिया।

कैसियस ने मेरा हाथ कुछ क्षणों के लिए जोर से दबाया। फिर जिधर से वह आया था उधर ही लंबे-लंबे डग भरता हुआ, कुछ ही मिनटों में आंख से ओझल हो गया।

हमारे देश का भजन सिंह अब भी कैसियस नहीं हुआ है। लेकिन पिताजी, यदि आप लोग, यानी आपकी पीढ़ी और वे, जो इस देश पर शासन कर रहे हैं, भजन सिंहों का शोषण कर रहे हैं, यदि आप लोग भविष्य का इशारा अभी से समझ नहीं पा रहे हैं, तो हमारे देश के भजन सिंह एक दिन जरूर कैसियस बन जायेंगे। और यदि समझ रहे हैं, तो तूफान को रोकने की कोशिश में अभी से जुट जाइए। वैसे मुझे नहीं लगता कि आप लोग उस आगत तूफान को रोक पायेंगे। क्योंकि आप लोगों पर से और आप लोगों की कथनी से हमारा भरोसा उठ गया है। साथ ही आप लोगों की करनी देखकर तो हमारी सारी आशाओं पर पानी फिर जाता है।

हम लोग यानी आप लोगों के पुत्र कम-से-कम इतना तो समझते ही हैं कि आप लोग हनुमान जी बनाने की कोशिश में, हनुमान की बजाय बंदर बना रहे हैं। और हममें से ज्यादातर लोगों ने आप लोगों द्वारा बंदर की सृष्टि में अपना हाथ आगे बढ़ा दिया है। और कुछ चुपचाप अपने ही हाथ-पर-हाथ धरे बैठे हैं। देख रहे हैं—होता क्या है ? बंदर नाच आबादी को कब तक भुलाये रख सकता है।

इस बीच जो उपलब्धि मुझे हुई वह इस बात की पीड़ा देती है कि आपका पुत्र होने के बावजूद मैं अपने देश की वास्तविकता से कोसों दूर रहा। एक अलग घर में अपनी छोटी-सी दुनिया में। भजन सिंह और मैं—हमारे बीच सेतु बनने

का रास्ता कहीं नहीं है। हम दोनों एक-दूसरे को पहचानते नहीं। आज का अपरिचय हमें भविष्य में एक-दूसरे का दुश्मन बना देगा।

सोमा से मेरा प्रेम उसकी शादी के बाद चिरस्थायी प्रेम में बदल गया।

दुनिया में आदमी के जीवन में जो कुछ अलिखित है नियम से हर रोज वह सब कुछ-न-कुछ घटता ही चला जाता है और उसी नियम के तहत सोमा की एक दिन शादी हो गयी।

इसी बीच मेरी दोस्ती और भी कुछ लड़कियों से हुई। उन्हें आप पहचानते भी हैं, पिताजी, क्योंकि जब भी किसी लड़की से मेरी मुलाकात होती या सामान्य-सा परिचय होता, उसे आपसे मिलवाने की मुझमें अदम्य इच्छा हौलें मारने लगतीं। हो सकता है मैं देखना चाहता था आप मेरी गर्ल फ्रेंड को स्वीकार कर पाते हैं या नहीं, यदि आप उसे स्वीकार नहीं कर पाये तो अगले को दोस्त के रूप में ग्रहण करना मेरे लिए मुश्किल हो जाता। मेरे और आपके बीच का फासला एक मजबूत सेतु से आपस में जुड़ गया है। इसका और बेहतर प्रमाण और क्या हो सकता है ?

पिताजी, आज यह स्वीकारोक्ति लिखते हुए मुझे कछेक लड़कियों और महिलाओं की याद आ रही है। मेरे स्मृति-पटल पर उनकी तस्वीर आज भी ताजी है। उनमें से कुछ ने तो अपने यौवन के उत्तप्त दिन भी गुजार लिये हैं। और कुछ को पूर्ण यौवन की देहरी पर कदम रखते हुए मैं देख भी आया हूं। आज मेरे पास जितना भी अनुभव और ज्ञान है उसमें उन सबकी बड़ी भागीदारी है। उनकी यह भागीदारी न होती तो आज का मैं एक अलग 'मैं' होता— यह असंभव नहीं था।

जो स्मृतियां मेरी आंखों के सामने घूम रही हैं यदि उन स्मृतियों की मुझे कोई भूमिका लिखने को कहा जाये तो वह इस प्रकार होगी : मैं 'जोनाकी' यानी 'जूम' यानी 'जूनी' को जानने से पहले सिर्फ उन्हीं लड़कियों के प्रति आकर्षित हुआ, जो या तो उम्र में मुझसे बड़ी थीं या फिर भी वे अपने किसी-न-किसी मानसिक समस्या से जूझ रही थीं। यानी मेरा 'इमोशनल' मन ऐसी किसी लड़की के प्रति आकर्षित नहीं हुआ, जिसके साथ कोई-न-कोई समस्या न हो। आज मनोविश्लेषण शास्त्र का अध्ययन कर मैं अपनी यौन मानसिकता की अर्ध वैज्ञानिक व्याख्या कर सकता हूं। 'अर्ध' इसलिए कि मानव मन के बहुत सारे स्तर अभी भी मनोवैज्ञानिकों के लिए अपरिचित ही हैं। और मैं मनोवैज्ञानिक भी नहीं। मेरे सेक्सूअलिटी में आत्मपीड़न की आकांक्षा रह गयी है। जो प्रेम सहज ही प्राप्त है, जिसमें फूलों की-सी खुशबू है और चांद की चांदनी या नक्षत्र का प्रकाश है— उसने मुझे अपनी ओर कभी नहीं खींचा।

सोमा से प्रेमोपलब्धि शुरू हुई। और सुसान फोर्ड में उसकी चरम परिणति

हुई।

हमारा जीवन कभी किसी एकमेक घटना द्वारा प्रभावित नहीं होता। एक साथ बहुत सारी घटनाएं बहुत सारे अनुभव हमारे जीवन में अपनी छाप छोड़ते हैं। और वे एक-दूसरे को प्रमाणित भी करते हैं। लेकिन फिर भी ऐसा लगता है कि किसी-किसी घटना के प्रबल प्रभाव की चपेट में आ ही जाते हैं। जिसके आगे दूसरी सारी घटनाएं तुच्छ, म्लान और गौण हो जाती हैं। किसी से प्रेम हो जाये तो लगता है मेरा प्रेम अपने आप में सबसे अलग है। महान है। यही मुख्य रूप से मन को आच्छन्न किये रहता है। जीवन में और भी बहुत कुछ घट रहा है। उसका बहुत ज्यादा असर नहीं पड़ता। पुत्र शोक के आघात से आहत मां को पति का प्रेम भी झूठा लगने लगता है। इसका मतलब हमारा मन जो शरीर में व्याप्त स्नायुतंत्र की एक रहस्यमय सृष्टि है, एक अत्यंत जटिल और सीमाबद्ध अगोचर वस्तु है। साथ ही बहुत कुछ ग्रहण करने की क्षमता उसमें नहीं है। और फिर वह कोई भी चीज अपने आप से निकाल नहीं सकता। इसलिए उसका व्यवहार बहुत कुछ उस शिशु-सा है, जो बहुत सारे खिलौने अपने सामने पाता है, और जो उसे सबसे अधिक आकर्षित करता है उसे अपने हाथ में पूरे बल से पकड़े रहता है। लेकिन दूसरे खिलौनों के प्रति वह उदासीन भी नहीं रहता। किसी एक खिलौने को छोड़ने को राजी नहीं होता। लेकिन मजे की बात तो यह है कि एक साथ एक से अधिक खिलौनों से खेलने की क्षमता भी उसमें नहीं होती।

लेकिन जब हम बहुत सारी घटनाओं और अनुभवों से गुजरने के बाद किसी एक निसंग द्वीप में पहुंचते हैं और मुड़कर अतीत के क्षितिज तक देखते हैं तो एक बड़ा-सा 'लैंडस्केप' नजर के सामने तैर नहीं जाता है? किसी नौसिखिये कलाकार द्वारा बनाया गया लैंडस्केप नजर आता है, जिसमें गांव और शहर, पहाड़ और मैदान, हरियाली और मरुभूमि, लोग-लोग और लोग बहुत सारे लोग, अच्छे-बुरे, न्याय-अन्याय सब लिपा-पुता नजर आता है। समकालीन वही कलाकार मूलतः एवस्ट्रेक चित्र बनाते हैं जो वस्तु और अनुभव फोटोग्राफिक रूप में उसका अर्थ वहन करने में अक्षम हैं। पर कलाकार स्वयं भी नहीं जानता कि किस घटना, किस अनुभव और किस ज्ञान का असली मतलब क्या है? तब वह अपनी कला के माध्यम से उन्हें अमूर्त रूप देता है।

समकालीन साहित्य भी क्या इसी तरह अपने संबंध में अपने आप से बहुत कुछ या थोड़ा-बहुत छिपाये हुए है। पोप, ड्राइडेन, डुफो के संबंध में यद्यपि साहित्य उपयुक्त परिमाण में मुखर है। लेकिन अपने बारे में? बिलकुल निर्वाक है।

चालीस की उम्र तक पहुंचते-पहुंचते शरीर टूटने लगा। संतोष भाटिया

अपने भरपूर यौवन में भी खूबसूरत तो नहीं थी। सिर पर बाल कम थे। जो थे उनमें भी थोड़ी-बहुत सफेदी आ गयी थी। आंखें यद्यपि छोटी थीं। लेकिन डूब जाने लायक उनमें गहरायी थी। नाक चपटी, दांत थोड़ा ऊंचा, गाल गोलाई लिये हुए थी। पर ठुड्डी का कोई अस्तित्व ही न था। अध्यापन के क्षेत्र में यश और सार्थकता अर्जित करने के बावजूद संतोष भाटिया अपने शरीर की श्रीहीनता की लज्जा से कभी उबर नहीं पायी थी। अपने संबंध में निर्वाक रहने का संभवतः यही कारण था। मुझसे उनका परिचय मेरे अध्यापक विश्वनाथ गांगुली के घर बिना किसी चेष्टा के अचानक ही हुआ था। पोप के बारे में बातें हो रही थीं। मैंने उनके संबंध में अपनी जो राय व्यक्त की थी, वह संतोष भाटिया के मन को लग गयी थीं। और थोड़ी देर में हम लोग पोप के 'ऐसे ऑन मैन' पर बहस करने पर उतर आये। मैं कहना चाहता था कि पोप का 'इंसान' बहुत कुछ वर्तमान युग का इंसान है और मैं उस कविता का पाठ करने लगा।

प्लीजड् टू दी लास्ट, ही क्रोप्स दी फ्लावरी फुड,
ऐंड लीक्स दी हैंड जस्ट रेस्ज्ड टु शीड हिज ब्लड।
ओह् ब्लाइंडनेस टु दी फ्युचर ! काइंडली गिवेन,
दैट इज मे फील दी सर्कल मार्कड वाई हेवेन।
हू सीस्ज विद इक्वल आई, एज गॉड ऑफ ऑल,
ए हीरो पेरीस, आर ए स्पैरो फॉल।
एटम्स ऑर सिस्टम्स इनटु रुइन हार्लेड,
ऐंड नाउ ए बबल बर्स्ट ऐंड नाउ ए बर्ल्ड।

संतोष भाटिया मुझसे प्रभावित हुई थी। और हमारे बीच बहस जम गयी। उन दिनों मुझमें जितना ज्ञान था, उससे कहीं ज्यादा उत्साह था—मन में। इसलिए नये-नये तर्क द्वारा अपनी बात को पुष्ट करने में मुझमें कहीं संकोच न था। और इसी के साथ नये सिद्धांत का प्रतिपादन करने का एक निर्भीक आग्रह भी था। मेरे तर्क और विचारों को सुनकर संतोष भाटिया ने मुस्कराकर कहा था, "विषय के और भी गहरे उतरो। देखना आज जो कह रहे हो वह तुम्हारे भीतर के उत्साह का प्रतिफलन है। पोप को तुम बहुत ऊंचा उठा रहे हो। यद्यपि यह सच है कि पोप रोमांटिक कवि के बजाय मूलतः यथार्थवादी विद्वान है।"

इस घटना के एक सप्ताह बाद मैं एक दिन शाम को अचानक संतोष भाटिया के फ्लैट में पहुंच गया और बोला, पोप को और भी अधिक गहराई से जानने के लिए मैं आपकी मदद चाहता हूं। मेरे इस प्रस्ताव पर वह मन-ही-मन थोड़ा झुंझलायी। ऐसे में कोई भी क्यों न हो, विशुद्ध रूप से निरुत्साहित हुए बिना रह सकता है ? मैं अभी भी रवींद्रनाथ ठाकुर का "चतुरंग" और "घरे-बाइरे" पढ़ सकता हूं। क्योंकि इनमें वर्तमान युग की मानवीय समस्याओं और अनुभवों का

कुछ-कुछ 'एब्शट्रेक्शन' है, लेकिन शरतचंद चट्टोपाध्याय का ''गृहदाह'' नहीं पढ़ सकता। हां, कभी जरूर अहिम-सुरेश-अचला के त्रिकोणीय त्रासदी को दीर्घकालीन 'एब्शट्रक्शन' में परिणत करने की क्षमता उपन्यासकार में नहीं है। मैं उपन्यास नहीं लिखता। लेकिन अच्छे उपन्यास की समझ मुझमें है—उसी तरह जिस तरह यदि कोई गाना गाना नहीं जानता हो तो क्या वह शास्त्रीय संगीत का जानकार नहीं हो सकता? कुछ लोग कहते हैं—उपन्यास की मौत हो गयी है। जैसा कि आप भी जानते हैं कि साहित्य समालोचकों की ऐसी ही धारणा है, उन्हें समकालीन उपन्यासों में वह गहराई नजर नहीं आती, जो कविता, चित्रकारी, मूर्तिकला, संगीत और चलचित्र में नजर आता है। पचास-साठ साल के पिकासो ने वर्तमान युग का जो चित्र खींचा है वहां तक की कौन कहे उसके आसपास भी कोई उपन्यासकार नहीं फटक सका है।

इस समय ऐसी अप्रासंगिक बातें कहने का उद्देश्य यह है कि मैं ठीक-ठीक नहीं जानता कि कौन-सी शैली के माध्यम से मैं अपने ज्ञान को वांछित रूप दे पाऊंगा, अलग-अलग खंड कहानियों का वर्णन करके जिस तरह के उपन्यास दुनिया भर के तमाम देशों में दिन-प्रतिदिन देखने को मिलते हैं वैसे उपन्यासों की कथावस्तु की पुनरावृत्ति मेरा उद्देश्य नहीं है। मेरा उद्देश्य आजकल के पुत्रों का मानसिक परिचय उनके पिताओं तक पहुंचाना है। यद्यपि मैं जानता हूं परिचय के बजाए वहां जो कुछ पहुंचेगा वह अपरिचय ही होगा, क्योंकि आजकल की दोनों ही पीढ़ी में मानसिक फासले के प्रभाव अभी शेष हैं। इसलिए मुझे चित्रकारी सीखकर एक बहुत ही विशाल 'एबसट्रेक' लैंडस्केप बनाने का खतरा मोल लेना पड़ेगा। वरना आप जैसे पिताओं को समझ नहीं आयेगा। यह उसी तरह होगा, जैसे हम बच्चों को आप लोग समझ नहीं पा रहे हैं। और समझने की कोशिश भी नहीं कर रहे हैं।

अंग्रेजी साहित्य की आठवीं सदी को लेकर मेरा उत्साह जब अपने चरम रूप में था, तब चालीस साल से बड़ी उम्र की एक अध्यापिका से मेरी खूब पटती थी। वे हमारे कॉलेज में नहीं पढ़ाती थीं। सेंट स्टीफेंस हमारे जमाने में सहशिक्षा वाला महाविद्यालय नहीं था (अभी भी नहीं है, कुछ समय के लिए परीक्षण के तौर पर किया गया था।) और न ही उसमें अध्यापिकाएं ही थीं। अंग्रेजी शिक्षक के रूप में उस अध्यापिका की बड़ी ख्याति थी। वे आजीवन कुंवारी थीं। अंग्रेजी में जिसे 'स्पीनस्टर' कहते हैं। मैंने देखा नहीं, देखने का मौका मिला, पर देख नहीं सका। और फिर बहुत सारी शामें संतोष भाटिया के साथ बीतीं। उसका सजा-संवरा अपना फ्लैट था। जहां वे अकेली रहती थीं, सिर्फ एक नौकरानी थी। उनके स्टडी रूम में साधारण-सा सोफा सेट था जो पुराना हो जाने की वजह से अपहोलस्ट्री का रंग धीमा पड़ गया था। कहीं-कहीं छेद से काली रुई जानवर के चमड़े-

सी दिख रही थी। आठवीं सदी के अंग्रेजी साहित्य की चर्चा करते हुए ऐसा कोई विषय नहीं था जिसे मैंने नहीं उठाया। विश्वविद्यालय की राजनीति, छात्रों की सामाजिक और सांस्कृतिक समस्या, शिक्षकों को लेकर उठने वाली अफवाहें, सेक्स—सभी विषयों पर मैं उनसे बातें करता। शुरू-शुरू में संतोष भाटिया बड़ी सतर्कता से बातें करतीं, बल्कि कहना चाहिए ज्यादातर वे सिर्फ श्रोता ही होतीं। और बीच-बीच में मुस्कराती। सेक्स के बारे में बातें होने पर उनके कान लाल हो जाते। संभवत: गरम भी हो उठते रहे हों। पर आहिस्ते-आहिस्ते उनका संकोच कटता चला गया और उन्होंने मुझे क्रमश: नि:शब्द रूप से अपने करीब आने का मौका दिया। अपने बारे में भी कुछ-कुछ बताने लगीं। सेक्स के संबंध में छात्र-छात्राओं की सोच को लेकर कुछ जिज्ञासा जनित सवाल भी वे करने लगीं। मुझे पता चला, संतोष भाटिया ने कभी किसी से प्रेम किया था, जो कश्मीरी ब्राह्मण था। आजकल वह केंद्रीय सरकार में उच्च पदस्थ अधिकारी है। दोनों के बीच काफी घनिष्ठता थी। संतोष भाटिया ने समझा कि वह उनसे शादी करेगा। पर उसने किसी कश्मीरी परदानशीं से शादी की। और संतोष भाटिया को इसमें जरा भी संशय नहीं रहा कि वे अपनी रूपहीनता की वजह से किसी प्रेमी को पति रूप में नहीं पा सकेंगी। इसलिए उस कश्मीरी युवक से उनका पहला और आखिरी प्रेम था। उसके बाद एक लम्बा अरसा अध्ययन, शोध और अध्यापन में बीत गया। संतोष भाटिया को अपने रोजमर्रा के जीवन में कभी पुरुष की कमी नहीं खली। सेक्स ने उन्हें कभी उद्वेलित नहीं किया। मैंने एक दिन उनसे बड़े ही स्वाभाविक रूप से पूछ लिया था—उस व्यक्ति के साथ सोने में उन्होंने पूर्णता प्राप्त की थी या नहीं। मेरे सवाल से संतोष भाटिया कुछ विस्मित हुईं और उन्होंने खुद को जरा अपमानित भी महसूस किया। अपमान और विस्मय के मिले-जुले भाव से वे थोड़ी देर तक मेरी ओर अपलक देखती रहीं। मुझे लगा अब वे मुझे खरी-खोटी सुनायेंगी। उस अमार्जनीय अपराध की वजह से मेरा तिरस्कार भी करेंगी। लेकिन थोड़ी देर तक मेरी ओर देखने पर जब उन्हें लगा मेरे चेहरे पर निर्दोष जिज्ञासा के सिवाय और कुछ नहीं है तब नजर झुकाकर उन्होंने कहा, "नहीं, उन दिनों युवक-युवतियों की घनिष्ठता वहां तक नहीं पहुंचा करती थी।"

मैंने इस ऐतिहासिक असत्य को मान लिया और खुश होकर संतोष भाटिया ने स्वाभाविक और निर्दोष जिज्ञासा के तहत मुझसे जानना चाहा—आजकल छात्र-छात्राओं की आपसी दोस्ती सिर्फ दोस्ती है या सेक्स भी? मैंने उन्हें बताया, दोस्ती हो जाने के बाद हम एक-दूसरे का चुंबन लेना और प्यार करना स्वाभाविक समझते हैं। यदि कभी मौका मिला तो हमारे बीच सेक्स के बारे में भी बातें होती हैं। कुछ लड़कियां तो अनायास ही कह बैठती हैं: आई वांट टु स्लीप विथ

ए मैन बिफ़ोर मैरेज । (सेक्स के संबंध में जब भी बातें होती हैं, तो वे साधारणतः अंग्रेजी में ही होती हैं। यदि कोई अंग्रेजी में बात करने का अभ्यस्त न हो तो वे किस भाषा में बोलते हैं मैं नहीं जानता। ऐसे लोगों से मेरी घनिष्ठता भी नहीं है) मैंने यह भी कहा था, लड़के-लड़कियां शादी से पहले एक साथ नहीं सोते हैं। (इसलिए नहीं चाहते हैं) इसके मूलतः दो कारण हैं। एक, परंपरागत मध्यवर्गीय संस्कार और दूसरा, अवसर का अभाव। यदि अवसर सहज ही प्राप्त हो, तो संस्कार का प्रभाव कम होगा।

संतोष भाटिया ने बड़े ही संकोच के साथ मेरे अपने अनुभव के बारे में जानना चाहा था। सच कहने में मुझे कोई संकोच नहीं हुआ। उस दिन दो घंटे की बातचीत में हमारे बीच की दूरी बहुत कम हो गयी थी। और दूसरे सप्ताह जब मैं संतोष भाटिया के फ्लैट में पहुंचा तो देखा उनकी तबीयत थोड़ी नासाज थी। लेकिन उन्होंने मुझे जाने नहीं दिया। पास बुलाकर अपने पास बिठाया। बोलीं—"बीमार हो तो अकेले कितना बुरा लगता है। तुम जरा मेरे पास आकर बैठो।"

उनके पास बैठकर मैं उनका मन बहलाने के लिए हलकी-फुलकी बातें कर रहा था। तब खुश होकर उन्होंने पूछा, "तुमने कभी किसी का सिर दबाया है।" जवाब में मैंने उनका सिर दबाना शुरू किया। मेरे पुरुष हाथ के गरम स्पर्श से वे रोमांचित हुईं। कहने लगीं, "आह, बड़ा अच्छा लग रहा है।" इतना कहकर मेरा हाथ अपने हाथ में लेकर अपने गाल से लगाया और फिर एक अस्पष्ट स्वर सुनाई पड़ा, "मेरी छाती में जाने कैसा एक दर्द है।" और मेरा हाथ उन्होंने अपनी छाती पर रख लिया। मेरे हाथ ने उनके दोनों स्तनों की सेवा की। और तब उनके मुंह से अंतिम वाक्य उच्चारित हुआ, "केतु, तुम मुझे कसकर पकड़ोगे ?"

यह कोई अहम घटना नहीं। उपवास में चालीस साल बिता देने वाली संतोष भाटिया के कुंवारे शरीर की यह क्षणिक आकुलता थी, जो शारीरिक अस्वस्थता की सामयिक उपस्थिति में बाहर निकल आयी थी। हम जो आप लोगों से उम्र में छोटे हैं बड़े होने के साथ-साथ बड़ों के यत्नपूर्वक छिपाई गई या दबाई गई भूख और श्रीहीनता को जान ही लेते हैं, बल्कि वे स्वतः हमारे सामने प्रकट हो ही जाते हैं—वह बड़ा कोई भी हो स्त्री या पुरुष, लेकिन संतोष भाटिया के सामयिक असहाय आकांक्षा में श्रीहीनता नहीं थी। जो कुछ था वह बड़ा ही करुण था। जो समाज, संस्कृति अविवाहित जीवन को यौन उपवास के लिए मजबूर करता है उस समाज की निष्ठुरता का यह एक परिचित दृष्टांत है। इस घटना के बाद संतोष भाटिया के साथ मेरी दोस्ती हो गयी। उस दोस्ती में शारीरिक उत्ताप नहीं था। बल्कि मानसिक उष्णता थी। संतोष भाटिया ने कई बार कहा है, "अगर मेरा अपना कोई बेटा होता, तो वह आज तुम्हारे ही जितना होता।

लेकिन तुम्हारे जैसा मेरा कोई दोस्त नहीं है।" उनसे बातें करते हुए मेरे भी दिल में दर्द का तीर चुभता।

इस तरह की अनुभूति मुझे पहले कभी नहीं हुई—मेरी एक और अध्यापिका को लेकर, उनके साथ मेरा संबंध छात्र और शिक्षिका से कहीं अधिक गहरा था। नीलम कपाड़िया। यूनीवर्सिटी में वे मिलटन पढ़ाया करती थीं। तीस के आसपास थीं। लेकिन चेहरे में एक अद्‌भुत माधुर्य था। पति के साथ उनकी निभी नहीं। दोनों ने डिवोर्स ले लिया। इसलिए वे अकेले ही रहती थीं। लेकिन उनका जीवन अकेला नहीं था। आये दिन उनके फ्लैट में मजलिस जमा करती थी। नीलम कपाड़िया के आकर्षण में कुछ अध्यापक भी उस मजलिस में शामिल होते थे। उनमें चुंबकीय आकर्षण भी था। उनका सौंदर्य सिर्फ शारीरिक नहीं था। शारीरिक सौंदर्य के अलावा और भी बहुत कुछ था। नीलम कपाड़िया को भारतीय खाना बनाकर सबको खिलाने का एक अजीब नशा-सा था। उनके हाथ का बना खाना बुरा नहीं होता था। भारतीय और पाश्चात्य संगीत में उनकी अद्‌भुत रुचि थी। उनके फ्लैट में हमेशा रेडियोग्राम बजने की आवाज आती थी। संगीत के बिना जीवन व्यर्थ है—ऐसा नीलम कपाड़िया का कहना था। उनके जीवन का मूल मंत्र था—धारावाहिक उत्तेजना। दोस्तों के साथ सिनेमा। पिकनिक, नाचना-गाना। खेल देखना, रेस खेलना। कुल मिलाकर हर रोज उन्हें किसी-न-किसी तरह की उत्तेजक घटना चाहिए ही चाहिए। उसके बिना उनका जीना बेकार-सा था। एक उत्तेजक घटना के माध्यम से मैं उनके सान्निध्य में आया। इलियट के किसी नाटक में अभिनय करने की हम छात्रों की इच्छा हुई। अभिनय में नीलम कपाड़िया की रुचि सर्वविदित थी। इसलिए हम लोग उनके पास हाजिर हुए। तीन मिनट तक उन्होंने हमारी बात सुनी। फिर अपनी राय प्रकट करते हुए बोलीं, "इलियट नहीं। इलियट तो उस जमाने के हैं। आज के युग की प्रतिध्वनि इलियट में तुम्हें नहीं मिलेगी। इसलिए बेहतर होगा तुम लोग लोरका का ही 'दी हाउस ऑफ बर्नार्डा अल्वा' करो।" हम तीनों छात्रों ने लोरका के उस नाटक को पढ़ा नहीं था। मैंने सिर्फ "यारसा" पढ़ा था। दूसरे दोनों दोस्तों ने तो वह भी नहीं पढ़ा था। नीलम कपाड़िया निराश नहीं हुई। बोली, "पढ़ लो। आखिर कितना समय लगता है पढ़ने में?"

और उसी समय उन्होंने नाटक की कथावस्तु भी हमें सुनायी। साथ ही यवनिका के पहले बर्नार्डा का तीक्ष्ण करुण आदेश और आक्षेप भी। उन्होंने अभिनय के साथ सुनाया : "टीयर्स व्हेन यू आर एलोन ! वी बील डाउन आवर-सेल्फस इन ए सी ऑफ मॉर्निंग। शी, दी यंगेस्ट डॉटर ऑड बर्नार्डा अल्वा डाइड ए वर्जिन। डीड यू हीयर मी ? साइलेंस, साइलेंस, आइ सेड साइलेंस !"

उन्हें रोकने में हमें वक्त लगा। आखिरकार मुझे बोलना ही पड़ा। बर्नार्डा

अल्वा जैसे पुरुष-भूमिका विहीन नाटक हमारे लिए ठीक नहीं होंगे। बल्कि यदि वे 'मिरांडा हाउस' से यह नाटक करने को कहें, तो ज्यादा अच्छा होगा। अंत में तय हुआ हम लोग इलियट का ही नाटक करेंगे। लेकिन 'मर्डर इन दी कैथेड्रल' नहीं। (जो हम लोगों का प्रस्ताव था) बल्कि 'दी फैमिली रीयुनियन'। नीलम कपाड़िया हमारे नाटक की निर्देशिका बनीं। हर रोज उनके फ्लैट में हमारा अड्डा जमता। नाटक में सबका अभिनय ठीक-ठीक रहा, सिवाय हैरी की भूमिका में मेरे अभिनय के। खराब अभिनय के बावजूद नीलम कपाड़िया से मेरी घनिष्ठता हो गयी। मैं उनके फ्लैट में अड्डा देने अक्सर पहुंच जाया करता।

नीलम कपाड़िया को और भी करीब से जानने के बाद मैंने पहली बार जाना कि समय के अंतराल में हमारे समाज में एक अलग जीवन शैली विकसित हो रही है। समाज का एक छोटा-सा अंश जो परिवर्तन के सूर्यलोक के बिलकुल सामने खड़ा है। वहीं इस भिन्न जीवन शैली का विकास हो रहा है। संतोष भाटिया और नीलम कपाड़िया के बीच उम्र के पंद्रह साल से अधिक फर्क नहीं, लेकिन दोनों की जीवन शैली में बहुत अंतर था। संतोष भाटिया में सौंदर्य नहीं था। क्या इसी वजह से जीवन की प्रलोभनीय चीजों को वे ग्रहण नहीं कर सकीं?

नीलम कपाड़िया जम्मू के जमींदार परिवार से थीं। सुंदर और मेधावी। इसलिए उनके छात्र जीवन से ही पुरुषों की दृष्टि ने उनके व्यक्तित्व को प्रखर और निर्भीक बनाया। एम० ए० के बाद लेक्चररशिप पाने के साथ ही उनकी शादी गुजरात के महेंद्र कपाड़िया से हो गयी। महेंद्र कपाड़िया ने ऑक्सफोर्ड से इतिहास में डॉक्टरेट किया था। लेकिन दोनों का वैवाहिक जीवन स्थायी नहीं हो सका। इसके लिए सब नीलम कपाड़िया को ही दोषी ठहराते हैं। कहते हैं, 'नीलम कपाड़िया को एक पुरुष परितृप्त नहीं कर सकता।" डिवोर्स से पहले ही महेंद्र इंगलैंड लौट गये। नीलम तभी से यूनीवर्सिटी में पढ़ा रही हैं। पांच साल में दो बार वे अमेरिका और ऑस्ट्रेलिया घूम चुकी हैं। उनके जीवन में घटनाओं की कमी नहीं। वैचित्र्य और कोलाहल, उनके दैनिन्दिन जीवन के सहचर हैं। पुरुष मित्रों के साथ वे सिनेमा जाती हैं, डिस्कोथेक और रेसकोर्स में भी वे अक्सर अपने पुरुष मित्रों के साथ देखी जाती हैं। नीलम कपाड़िया नाटकों में अभिनय करती हैं। नाचती हैं। पढ़ाती हैं। लेख लिखती हैं। भाषण देती हैं। संतोष भाटिया की तरह उन्हें उपवासी जीवन नहीं बिताना पड़ा। और होगा भी नहीं। वे अपने आप में सिमटी हुई नहीं हैं। नीलम कपाड़िया प्रकाशित, उच्चरित और उद्वेलित हैं। हालांकि मैं केवल उन्नीस साल का छात्र था। पर कुछ ज्यादा ही परिपक्व था। इसलिए हाव-भाव से पूरा वयस्क लगता था। साथ ही तीक्ष्ण बुद्धि वाले 'सिरियस स्टुडेंट' के रूप में शिक्षकों के बीच मुझे स्वीकृति

मिली थी।

नीलम कपाड़िया से मेरी घनिष्ठता में छात्र-शिक्षक के बीच की सौजन्यता पूरी तरह अनुपस्थित थी; उनके लिए मैं पुरुषत्व की ओर क्रमशः बढ़ता हुआ एक पुरुष था। मैं जीवन को जानता और समझता हूं। मैं उनका प्रशंसक जरूर था लेकिन एक निष्पक्ष पर्यवेक्षक भी था। किसी शाम को नीलम कपाड़िया को उपयुक्त साथ नहीं मिलता, तो हम दोनों सिनेमा देखने जाते। रेस्तरां में खाना खाते। उनके फ्लैट में बैठकर रिकॉर्ड सुनते। घंटों मिलटन, कोलरिज और रॉबर्ट ब्राउन पर गरमागरम बहस करते। पूर्ण पुरुषत्व की ओर बढ़ते हुए एक लड़के के मन में जितनी जिज्ञासाएं होती हैं। वह सब नीलम कपाड़िया से खुलकर कह पाया हूं। मेरी बेबाक जिज्ञासाओं का उन्होंने बेबाकी से जवाब भी दिया है। "तुम मुझे बहुत अच्छे लगते हो, केतु।" कई बार नीलम कपाड़िया ने कहा है। "तुम मेरे छोटे भाई और दोस्त दोनों हो। तुम्हें मैं स्नेह करती हूं। प्यार करती हूं। तुम्हारे लिए मैं विस्मय, श्रद्धा, संदेह, भय, लोभ और क्रोध का विषय हूं। इतने सारे परस्पर विरोधी सेंटीमेंट किसी में एक साथ विकसित होते हुए मैंने कभी नहीं देखा, केतु! तुम मुझे बहुत अच्छे लगते हो।"

मैंने कहा था, "जिस लड़की से मेरा सबसे पहले प्रेम हुआ था वह मुझसे तीन साल बड़ी थी।"

नीलम कपाड़िया ने हंसते हुए कहा, "मैं तो तुमसे कम-से-कम पंद्रह साल बड़ी हूं।"

मैंने डरते हुए कहा, "लेकिन मुझे ऐसा नहीं लगता।"

जवाब में उन्होंने कहा, "साहस तुममें नहीं है। ऐसा नहीं कहूंगी। लेकिन बदतमीजी करने की तुममें क्षमता नहीं। दरअसल तुम सभ्य और सुसंस्कृत लड़के हो। थोड़े में तुम अच्छे वंश से हो।"

"आपके साथ बदतमीजी नहीं की जा सकती।"

"कभी किसी के साथ नहीं कर पाओगे।"

फिर थोड़ी देर बाद, "अपनी मां से मुझे मिलाओगे?"

"क्यों?"

"दरअसल, तुम मातृभक्त हो। इडिपस कंपलेक्स। जिस लड़की में तुम्हें अपनी मां की परछाईं नहीं दिखती, वह तुम्हें आकर्षित नहीं करती।"

"मेरे बाबूजी भी यही कहते हैं।"

"तुम्हारी मां जरूर एक सहृदय महिला हैं। उनकी ममता और स्नेह जरूर एक ही साथ गंभीर, व्यापक और थोड़ी दूरी लिये होगी।"

"मां मेरे लिए एक अनबूझ पहेली या रहस्य ही रही हैं।"

'लेकिन, केतु साहब, गर्ल फ्रेंड में मां को ढूंढ़ना बड़ा खतरनाक होता है।"

"खतरनाक क्यों ?"

"यंग उम्र के शुरू में अपने से बड़ी उम्र की लड़कियों से दोस्ती नहीं होती। बाद में जब इडिपस कंपलेक्स कट जाता है, तो दूसरी समस्याएं सामने आ सकती हैं।"

"यह कुछ-कुछ ठीक ही है कि उम्र में मुझसे बड़ी लड़कियों से ही मेरी दोस्ती होती है। लेकिन मुझसे छोटी या हमउम्र लड़कियां मुझे बच्ची लगती हैं। बातचीत का मजा नहीं आता उनसे मुझे।"

जिस शाम हम दोनों में ये बातें हो रही थीं, नीलम कपाड़िया हल्के ओरेंज रंग की शिफॉन की साड़ी पहने हुए थीं। जिसमें हरे रंग के बड़े-बड़े पत्तों का प्रिंट था। उनके शरीर से भीनी-भीनी खुशबू आ रही थी। बहुत खूबसूरत लग रही थीं। बातचीत के दौरान उनके सुडोल और गोल चेहरे पर आंखें हीरे की कनी-सी चमक उठती थीं। शुभ्र और धवल दंत पंक्तियां, पतले होंठ, त्रिभुजाकार ठुड्डी थोड़ा-सा अनावृत्त कंधा—यह सब एक साथ मिलकर उनके सुंदर और व्यंजनाओं से परिपूर्ण व्यक्तित्व को निखार रहे थे। मैं उनकी ओर बड़े मनोयोग से देख रहा था। उनके पूरे व्यक्तित्व की विशेषता उनकी जिंदादिली और जीवन के लिए सुख का सामान ढूंढ़ लेने में था। नीलम कपाड़िया के चेहरे में कभी वेदना की परछाईं, क्लांति, मुरझायापन या बासीपन नहीं दिखा। लेकिन उस दिन तो वे और दिनों की अपेक्षा कहीं अधिक प्रतिभावान और दीप्त नज़र आ रही थीं—उसी तरह जैसे मूसलाधार पानी के बाद सूर्य की चमकती हुई किरण। रेडियोग्राम पर पाश्चात्य संगीत की धुन बज रही थी। उन दिनों मैं पाश्चात्य संगीत थोड़ा-थोड़ा समझता था—विशेष रूप से पाश्चात्य शास्त्रीय संगीत। लेकिन इतना तो समझ ही पा रहा था कि नीलम कपाड़िया के मन में उस संगीत से आनंद और तृप्ति की लहरें हिलोरें ले रही हैं। वे स्थिर होकर बैठ नहीं पा रही थीं। बार-बार उठकर कुछ करने के बहाने अपने भीतर की चंचलता को दबा रही थीं। नीलम कपाड़िया आज कुछ ज्यादा ही हंस रही थीं। हंसते हुए उनकी आंखों में कभी-कभी पानी भी तैर जाता था। गाने के लायक गला न होने के बावजूद रह-रहकर गुनगुना रही थीं। एक बार तो वे मेरे सोफे के हैंड रेस्ट पर बैठकर बोलीं, "केतु, क्या तुम्हें कभी बहुत ज्यादा खुशी या दुख का अनुभव हुआ है?"

मैंने कहा था, "नहीं। ऐसा कुछ भी कभी नहीं लगा।"

"तुम्हारे जीवन में कभी बहुत गहरी खुशी नहीं आयी?"

"गहराई का मतलब मैं अभी तक नहीं जान पाया हूं।"

"या फिर बहुत बड़ा सदमा?"

"आप जिस बारे में कह रही हैं वह शायद मेरे जीवन में कभी नहीं घटा।"

"मैं किस बारे में कह रही हूं?"

"आपकी बातों से ऐसा लग रहा है कि कभी न भुलाया जाने वाला कुछ आपकी जिंदगी में घटा है।"

"कैसे जाना तुमने ?"

"आज आप बहुत उद्विग्न हैं।"

"ठीक समझा तुमने, केतु।" इतना कहकर नीलम कपाड़िया और भी उद्विग्न हो उठीं, "मैं खुद को संभाल नहीं पा रही हूं। मुझे लग रहा है कि मैं इस पूरी दुनिया के साथ बिलकुल बिखर जाऊंगी। एक बहुत बड़ा विस्फोट होगा और सब कुछ ध्वंस हो जायेगा।"

मेरे मुंह से अचानक निकल पड़ा, "आपकी तबीयत तो ठीक है न ?"

"नहीं, तबीयत कुछ ठीक नहीं लग रही है। मुझे छूकर देखो। लगता है बुखार है। देखो।"

मैंने नीलम कपाड़िया के हाथ पर अपना हाथ रखकर देखा। तप रहा था। उन्होंने मेरा हाथ अपने हाथ में लेकर गले और सिर से लगाया।

"है न बुखार ?"

"बदन तो गरम है।"

"ऐसी दशा में बुखार नहीं होगा ?"

"मैं नहीं जानता था कि बहुत ज्यादा खुशी या दुःख में बुखार भी आ जाता है।"

"तुम अभी बच्चे हो। जीवन के बारे में अभी तुम जानते ही कितना हो ?"

"आप लेट जाइए। मैं डॉक्टर बुला दूं ?"

नीलम कपाड़िया हंसने लगीं।

"सोने का मेरा मन नहीं। तुम्हें पता है, स्लिपिंग पिल खाये बिना मुझे नींद नहीं आती। जागना मुझे अच्छा लगता है। जब तक जगी हूं, जिंदा हूं। अनुभूतियां भी जाग्रत रहती हैं। इंद्रियां उपभोग करती हैं। दुनिया कितनी कठोर और सुंदर है। जीवन कितना कृपण और उदार। नींद से मुझे डर लगता है। अकेले जब हो जाती हूं, तो पिल खाकर मुझे सोना पड़ता है। आज मुझे जो बुखार-सा लग रहा है, उसकी वजह सरदी या पेट खराब नहीं है। मेरा शरीर तप रहा है, क्योंकि मैं उत्तेजित हूं। एक बहुत बड़ी घटना मेरे जीवन में घटी है। मैं थोड़ी देर बाद निकलूंगी केतु। अब तुम्हें जाना पड़ेगा।"

नीलम कपाड़िया को लेकर मुझे जाने कैसी चिंता हो रही थी।

मैंने कहा, "मैं जा रहा हूं। लेकिन आप इस बुखार को साथ लेकर घर से निकलेंगी ?"

"तुम्हें मेरी चिंता हो रही है, केतु ? चिंता की कोई बात नहीं। मेरे साथ वह भी होगा, जो इस बुखार का कारण है। तुम निश्चिंत होकर होस्टल जा

सकते हो ।"

मैं जा ही रहा था कि तभी नीलम कपाड़िया ने कहा, "तुम्हारा संयम मुझे अच्छा लगता है ।"

"संयम ?"

"तुमने मुझसे पूछा नहीं, मैं किसके साथ जा रही हूं ?"

"दूसरों के मामले से मैं दूर ही रहता हूं ।"

"यही तो संयम है । तुम उसे जानते हो । यहीं तुमने उसे कई बार देखा भी है ।"

"यहां तो कइयों को कई बार देखा है ।"

"कइयों से उसकी तुलना नहीं की जा सकती ।"

"आज मैं जा रहा हूं । कल मैं आपकी तबीयत के बारे में जानने के लिए आऊंगा ।"

"कल तो मैं यहां नहीं रहूंगी ।" .

"कहां जायेंगी ?"

"बॉम्बे, अपने बाबूजी के पास । मेरे एक पिता भी हैं । जिनकी उम्र काफी हो गयी है । मुझे बहुत प्यार करते हैं !"

"आपकी मां नहीं हैं ?"

"नहीं हैं मेरी मां । बहुत दिन हुए लगभग सतरह साल ।"

"फिर कब लौटेंगी ?"

"कह नहीं सकती । हो सकता है न भी लौटूं ।" नीलम कपाड़िया ने हंसकर कहा । मैं समझ गया वे मुझसे हंसी कर रही हैं ।

"यूनीवर्सिटी तो खुली है ?"

"उसके लिए मेरा जीवन तो बंद नहीं हो सकता । मेरी जिंदगी सबसे अधिक खुली है ।"

"कितने दिनों के लिए जा रही हैं ?"

"तीन दिन के लिए या चार दिन के लिए । मैं खुद भी तो नहीं जानती !"

"आप मजाक कर रही हैं । बुखार संभवतः कल नहीं रहेगा ।"

"ठीक होकर रहेगा कल तक या फिर निश्चय ही नहीं रहेगा ।" कहकर फिर वे हंसने लगीं । उनकी हंसी ऐसी थी जैसे लहरों पर लहरें खेल रही हों । मैंने दरवाजा खोला । वे मेरे पास ही खड़ी थीं । उन्होंने मेरा हाथ पकड़ लिया ।

"गुड बाई, केतु । तुम मेरे सबसे अच्छे दोस्त हो । मैं तो यह एकदम से भूल ही गयी थी कि तुम मेरे छात्र हो ।"

मैं नीलम कपाड़िया को देखता ही रहा ।

"तुम्हारी कोई दीदी है ?"

"नहीं, एक छोटी बहन है।"

"यदि तुम्हारी कोई दीदी होती, तो तुम उसके बहुत ही अच्छे छोटे भाई होते।"

"क्यों ?"

"तुम कुछ समझते हो और बहुत कुछ नहीं समझते हो। इसलिए तुम्हारी आंखों में ज्ञान और विस्मय की चमक एक साथ है। तुम बेअदब नहीं। तुममें बेहया उत्सुकता नहीं। तुम्हारे मन में सहानुभूति है। तुम प्यार करना चाहते हो। प्यार का दावा नहीं करते।"

"आप जानती नहीं, मैं कब क्या दावा कर बैठूं। मूलतः मैं डिमांडिंग पर्सन हूं।"

"खुद अपने लिए या दूसरों के लिए।"

"दोनों के लिए।"

"तब तो तुम बहुत ही अच्छे और बहुत ही प्यारे छोटे भाई हो सकते हो। अच्छा गुड नाइट। यदि वापस लौटी तो फिर मुलाकात होगी।"

मैंने सतर्क दृष्टि से नीलम कपाड़िया की ओर देखा। उनकी दोनों आंखें और पूरा चेहरा मुस्करा रहा था। मुस्कराते हुए उनकी आंखें छलछला रही थीं।

नीलम कपाड़िया फिर हमारे यूनीवर्सिटी में कभी नहीं लौटीं।

तीन दिन के बाद बंबई में ही उनकी मृत्यु हो गयी।

रात को सोते समय नीलम कपाड़िया ने एक साथ बाईस नींद की गोलियां (स्लिपिंग पिल) खा ली थीं।

जिस नींद से वे डरती थीं, जिस नींद को वे जितनी देर संभव होता अपने से दूर रखती थीं—उसी नींद की आगोश में उनकी जिंदगी हमेशा के लिए सो गयी।

नीलम कपाड़िया को लेकर कितनी ही चटखदार अफवाहें, कितनी ही कुत्सित और मुखरोचक चर्चाएं यूनीवर्सिटी में होती रहीं। उनकी आत्महत्या की वजह खोजने के लिए लोगों ने कितनी ही कहानियां गढ़ ली थीं। उन कहानियों में जिसने अपना प्रभाव सबसे अधिक छोड़ा वह था—नीलम कपाड़िया मां बनने वाली थीं। और जिस व्यक्ति ने उन्हें मां बनाने का कर्म किया था, वह उनसे शादी के लिए तैयार नहीं हुआ, क्योंकि वह खुद शादी-शुदा था और तीन बच्चों का पिता भी।

पिताजी, आपको याद होगा कि नीलम कपाड़िया को लेकर मेरे और आपके बीच बहसें हुई थीं। मैंने बार-बार कहा था, "कुछ भी हो नीलम कपाड़िया ने कभी अपने आपको अपराधी नहीं माना। पाप-बोध उनमें था ही नहीं। बहुत बड़ा और गहरा दुःख और खुशी एक साथ नहीं संभाल पाने की वजह से ही

उनकी मौत हुई। मरने से पहले उनकी आंखों और चेहरे पर निश्चय ही मुस्कराहट रही होगी। हमेशा की नींद सोने से पहले जरूर उनके होंठों पर यह वाक्य रहा होगा—"जीना जितना आनंददायक है मरना भी उतना ही।"

आपने कहा था, "वे खुद भी बड़ी रोमांटिक जो थीं।"

आपने फिर कहा, "उसमें जीवंतता थी। कुछ जीवन ऐसे भी होते हैं जिसका अस्तित्व काया में नहीं होता। काया से बाहर भी ऐसे जीवन छलके पड़ते हैं। रीति-रिवाज, नियम-कानून, समाज-संस्कृति आदि का लेकर जीवन होता है। और जो जिंदगी इस पात्र के ढांचे में नहीं ढल पाती उनके लिए जीवन कठिन हो जाता है। यदि 'सबलिमेशन' तक नहीं पहुंच पाते, तो अपने जीवन के द्वारा वे दूसरों के जीवन को आघात पहुंचाते हैं। छिन्न-भिन्न कर देते हैं। और कभी-कभी तो खुद को भी।"

बाबूजी, आपने नीलम कपाड़िया के जीवन का बहुत सटीक विश्लेषण किया था। बाद में मुझे उनका 'क्राइसस' पता चला। यूनीवर्सिटी में एक अंतर्राष्ट्रीय ख्याति संपन्न प्रोफेसर थे, जिनसे नीलम कपाड़िया की घनिष्ठता थी। उस प्रोफेसर को मैं नीलम कपाड़िया के फ्लैट में अक्सर देखा करता था। कभी-कभार वे शाम को वहां आया करते थे। एक दिन सुबह एक किताब वापस करने फ्लैट में पहुंचा, तो देखा वे प्रोफेसर वहीं थे। संभवतः रात से ही थे। उनके परस्त्री के प्रति आकर्षण की चर्चा अक्सर हमारे कानों तक पहुंचती थी। उनकी पत्नी और बच्चे भी थे। नीलम कपाड़िया से उनकी दोस्ती अंततः प्रेम में बदल गयी। प्रोफेसर अपनी पत्नी से तलाक लेकर नीलम कपाड़िया से शादी करना चाहते थे। लेकिन नीलम कपाड़िया इसके लिए तैयार नहीं हुई। "मेरी शादी हुई थी, जो ज्यादा दिनों तक टिक न सकी। दूसरी शादी भी संभवतः स्थायी न हो। फिर एक महिला का जीवन बर्बाद करके क्या फायदा?"

नीलम कपाड़िया ने कहा था इसी प्रेम ने उन्हें बहुत खुशी और बहुत गहरा दुख एक ही साथ दिया था। इस सुख-दुख की उष्ण तरंग वे सह न सकीं। जीने और मरने के बीच एक धारावाहिक समता की खोज नीलम कपाड़िया ने की थी।

संतोष भाटिया और नीलम कपाड़िया मेरी दोस्त नहीं थीं, पिताजी। दोनों मेरी अध्यापिका थीं। एक मेरी मां की उम्र की और दूसरी भी मुझसे उम्र में काफी बड़ी। फिर भी मैं उनके करीब जा सका था। जहां वे दोनों एकांत रूप से सिर्फ खुद की थीं, वहां मुझे भी स्थान मिला था। आप लोग हमेशा यही सोचते हैं बड़ों के 'सेक्स' और 'इमोशनल लाइफ' में, बढ़ते हुए छोटों का स्थान नहीं है। जैसा कि मैंने पहले भी कहा है, आप लोग हम छोटों को अपने 'गुप्त' जीवन से दूर रखते हैं। लेकिन हम लोग आप बड़ों का बहुत कुछ जानते हैं। जान सकते हैं। बल्कि कहना चाहिए, आप ही लोग खुद हम लोगों को इसका मौका देते हैं।

ऐसी बड़ी होती हुई लड़की कम ही है बाबूजी, जिसके बदन पर वयस्क प्रौढ़ पुरुष सगे-संबंधी का लोभी हाथ एक बार भी नहीं पड़ा हो। काका, मामा, फूफा, मौसा, अमुक भइया कुल मिल कर बड़े पुरुष सगे-संबंधी अपना लोभ संवरण नहीं कर सकते हैं। हम लोग यानी बढ़ते हुए लड़कों को काकी, मामी, बुआ, मौसी, अमुक दीदी वगैरह के हाथ से अक्षर परिचय का ज्ञान होता है। हम बढ़ते हुए लड़के-लड़कियां विशेष रूप से दूर रिश्ते के भाई-बहन थोड़ा-बहुत-'नेकिंग' करते हुए पकड़े जायें, तो आप लोगों का नीति-बोध हाहाकार कर उठता है। हम लोगों को इसके लिए बड़ा जुर्माना देना पड़ता है। लेकिन आप बड़े लोग जब अपना लोभी हाथ हमारी तरफ बढ़ाते हैं तो एक ओर हम लोग विचित्र उत्तेजना का आस्वादन करते हैं तो दूसरी तरफ आप लोगों का नंगा और मुखौटाविहीन परिचय पाकर हंसते हैं। मेरे जीवन में ऐसी घटना घटी है। और मीतू के साथ भी। अपने हमउम्रों से भी पता किया, वे भी मेरी बात से सहमत हैं। इसलिए कहा जा सकता है हम लोगों के मध्यवर्गीय सामाजिक जीवन का यह एक अनुच्चारित अंग है। यह ठीक है कि संयुक्त परिवार टूट गये हैं और आज का परिवार छोटा परिवार होता है।

संतोष भाटिया और नीलम कपाड़िया के साथ मेरा संबंध बिलकुल दूसरे ही तरह का था। इन दोनों ने अपना लोभी हाथ मेरी ओर कहीं नहीं बढ़ाया। एक की आंतरिक वेदना और दूसरे के जीवन का आनंद तथा दुख का सिर्फ एक गोपनीय अंश ही मुझे मिला था। इसलिए मेरे इमोशनल मानस में ये दोनों आज भी मौजूद हैं। संतोष भाटिया की दीनता और नीलम कपाड़िया का ऐश्वर्य—इन दोनों के अर्थपूर्ण ज्ञान और परिचय से मुझे कमनीय पूर्णता प्राप्त हुई है। इस पूर्णता को आगे चल कर मैंने युवा लड़कियों को अपने से उम्र में काफी बड़े पुरुष से प्रेम-संबंध में लिपटे देखा है।

स्वेदश सिन्हा की मुझे याद आ रही है। आप उसे थोड़ा-बहुत जानते थे।

उसके पिता विश्वेश्वर प्रसाद सिन्हा धनी व्यक्ति थे। वे बिहार के दरभंगा जिले के थे। कलकत्ता में उनके कई उद्योग थे और यहां रहते हुए बंगाली संस्कृति से घुलमिल गये थे। स्वदेश उनकी इकलौती बेटी थी।

अपने कारोबार के सिलसिले में विश्वेश्वर प्रसाद सिन्हा को अक्सर भारत और विदेश के दौरे पर रहना पड़ता था। इसलिए स्वदेश बचपन से स्कूल के बोर्डिंग में रहती थी। उसकी पढ़ाई दार्जिलिंग, देहरादून और शांतिनिकेतन में हुई। इस तरह वह हमेशा अपने पिता से दूर ही रही। और भाई-बहन का भी उसे साथ नहीं मिला। इसलिए स्वदेश अपने पारिवारिक 'कलचर' से अलग-थलग ही रही। वह अपने पिताजी से प्यार करती थी। लेकिन उसके जेहन में पिता की जो तस्वीर थी, वह उसके खुद के द्वारा बनायी गयी थी। जैसा कि

लोग अपने मन में देवता की तस्वीर बनाकर रखते हैं। स्वदेश ने भी अपने पिता का वैसा ही इमेज मन ही मन तैयार कर रखा था। लेकिन अपने द्वारा तैयार की गयी तस्वीर से उद्योगपति विश्वेश्वर प्रसाद सिन्हा के फर्क से वह अनजान भी नहीं थी। फिर भी वह पहली तस्वीर को अपने मन से लगाये हुए थी और दूसरी तस्वीर को बरदाश्त भर करती थी।

कर्नेल विश्वविद्यालय में पढ़ते हुए स्वदेश ज्यादातर न्यूयॉर्क में ही रहती थी। वहीं मेरा उससे परिचय हुआ और फिर दोस्ती।

पांच फुट सात इंच कद की स्वदेश सिन्हा में शारीरिक सौंदर्य नहीं था। बदन में गोश्त भी मामूली-सा था। रंग मैला। छोटी-सी पेशानी। नाक चपटी। होंठ मोटे। लेकिन बावजूद इसके चेहरे पर आदिम सरलता और प्रखर बौद्धिकता का एक अद्भुत सम्मिश्रण था। उसकी सरलता और बौद्धिकता की उपेक्षा करना किसी के लिए संभव नहीं था। उसे देख कर कोई भी कह सकता था—लड़की सुंदर नहीं लेकिन उसमें आकर्षण की जो चुंबकीय शक्ति है वह लड़कियों में सहज ही दिखाई नहीं पड़ती।

उस पर सब जानते थे कि स्वदेश सिन्हा किसकी बेटी है। उसके साथ धन-दौलत, ऐश्वर्य, मान, प्रभाव-प्रतिष्ठा का 'लेबल' है।

सिर्फ नहीं जानता था, तो एक ही व्यक्ति और वह जानकर भी मानने को तैयार नहीं था।

और वह व्यक्ति था स्वदेश सिन्हा।

वह कभी कहीं भी अपने पिता का परिचय नहीं देती थी। यदि अगला कोई उसके पिता के रुतबे को आगे करके उसका परिचय देता, तो वह एकदम से बिगड़ जाती।

फेलोशिप में स्वदेश को जितना मिलता, उससे एक डॉलर भी ज्यादा खर्च नहीं करती। समय मिलता तो वह कुछ-न-कुछ काम करती। कभी किसी लाइब्रेरी में, कभी लड़कियों के डर्म में, कभी किताब की दुकान में। यहां तक कि रेस्तरां में भी। वह रुपये जमा कर रही है अमेरिका और यूरोप घूमने के लिए। वह कभी बनाव-शृंगार नहीं करती। पहनावे-ओढ़ावे में विलासिता का कहीं कोई नामोनिशान तक नहीं। स्वदेश में एकमात्र विलासिता थी, वह यह कि खाना बना कर सबको खिलाने में उसे बड़ा सुख मिलता था। सप्ताह में किसी एक दिन उसके घर कुछ दोस्त भोजन करने आते ही थे।

लेकिन दोस्त बनाने में वह बहुत चुनाव पसंद थी। और उसके चुनाव का तरीका भी बड़ा असाधरण था। उसके गोरे अमेरिकन दोस्त कम ही थे। दोस्त उसके ज्यादातर काले अमेरिकन, लातिन अमेरिकन, अफ्रीकन नीग्रो, अरबी, जापानी और कोरियन थे। कुछ पाकिस्तानी भी।

भारतीय लड़के-लड़कियों से स्वदेश सिन्हा को लेकर एक तरफ जितना उत्साह था, दूसरी तरफ उतना ही ईर्ष्या भी। देसी लड़के स्वदेश को घमंडी समझते थे – वह किसी से बहुत ज्यादा घुलना-मिलना नहीं चाहती। उसे ज्यादातर नीग्रो लड़कों के साथ सड़क पर, रेस्तरां और थियेटर में देखा जाता है। वह बोलती तो मीठा है पर 'क्लास कंशस' यानी श्रेणी सचेतन है। एक क्षण के लिए भी वह नहीं भूलती कि वह किस बाप की बेटी है ?

मुझसे उसकी मुलाकात अचानक लिंकन सेंटर में हुई थी। इंगार वार्गमन की फिल्म 'द टच' देखने गया था। मेरे साथ थे जुलियस मिलटन और डायना। जुलियस काले और डायना गोरे अमेरिकन हैं। जुलियस को देख कर लगता है वह अफ्रीका के किसी पूंजीपति का बेटा है। दीर्घ छह फीट की लंबाई, चौड़ा और भरापूरा चेहरा, प्रशस्त ललाट, मोटी-मोटी शिराएं साफ उभरी हुई। उसके सिर पर किंक बाल राजछत्र से दिखते थे। फिल्म खत्म होने के बाद लिंकन सेंटर के फुब्बारे के सामने हम लोग आइसक्रीम खा रहे थे। तभी स्वदेश सिन्हा भी वहीं आकर खड़ी हुई। उसके साथ एक नीग्रो लड़का, एक नीग्रो लड़की और एक जापानी महिला थी।

जुलियस नीग्रो लड़के को देख कर आगे बढ़ा। दोनों का आपस में पहले से परिचय था। हम लोग भी एक-दूसरे से परिचित हुए।

स्वदेश सिन्हा ने खुद आगे बढ़कर मुझसे कहा, "मेरा नाम स्वदेश सिन्हा है।"

"मैं केतु।"

"आप बंगाली हैं ?"

"जी हां, गुप्ता। लेकिन आप तो शायद बिहारी हैं। बंगला क्या आप जानती हैं ?"

"हिंदी के बजाये बंगला ही ज्यादा समझती हूं।"

"समझा। यानी आप एक ऐसे बिहारी परिवार से हैं जिनके पूर्वज गौड़ देश (उत्तर बंगाल का प्राचीन नाम) में आकर गरीबों की जमीन-जायदाद हथिया कर मजे में बंगाली जमींदार बन बैठे। और फिर आगे चल कर अपने बिहारीत्व को धो-पोंछ कर पूरी तरह बंगाली बन गये। हैं न ?"

स्वदेश ने हंस कर कहा, "हो सकता है ऐसा ही कुछ हुआ होगा। पूर्वजों के इतिहास में मेरी विशेष रुचि नहीं।"

"मेरी भी नहीं है। पूर्वज यानी मेरे पिताजी। दुर्भाग्यवश उनके साथ मेरा सद्भाव है।"

स्वदेश ने फिर हंसकर पूछा, "दुर्भाग्यवश क्यों ?"

"आउट ऑफ स्टाइल। जिस देश में रह रहा हूं वहां के बच्चों का अपने माता-पिता से गृहयुद्ध सा जो चल रहा है और मैं अपने माता-पिता के साथ

सद्भाव बनाये हुए हूं।"

"यह कृतित्व किसका है ? आपका या उन लोगों का ?"

"नि:संदेह मेरा।"

इसके बाद हम तीनों ने मिलकर तय कर लिया कि किसी रेस्तरां में बैठ कर कॉफी पी जाए। जुलियस ने कहा, "विलेज चलते हैं। काले लड़के-लड़कियां एक नाटक कर रहे हैं। यह नाटक ब्लैक पावर को लेकर है। जिसमें दो 'न्यूड सीन' भी है। गोरों के अत्याचार के विरुद्ध विद्रोह प्रकट करने के लिए 'न्यूड सीन' का व्यवहार किया गया है। उसकी प्रशंसा सुनकर हम लोगों का भी उत्साह बढ़ा सिर्फ जापानी महिला ने थोड़ी आनाकानी की।

स्वदेश ने उससे कहा, "आप अकेली लौट नहीं सकेंगी, मुझे लगता है। मैं आपके साथ चलती हूं।"

लेकिन महिला ने कहा, अकेली जाने में उन्हें कोई दिक्कत नहीं होगी। बल्कि यदि स्वदेश उनकी वजह से विलेज नहीं जा सकेगी, तो उन्हें दुख होगा।

स्वदेश ने उन्हें चाबी देते हुए कहा, "आप मेरे बेडरूम में सो जाइएगा। मैं लिविंग रूम में सो जाऊंगी। मुझे ज्यादा देर नहीं होगी। मेरे पास दूसरी चाबी है। आप जाकर सो जाइए। कल सुबह आपको जाना भी है।"

हम लोग सब-वे (सहायक रास्ता) की तरफ बढ़ने लगे। स्वदेश जापानी महिला के साथ ही थी। हम लोगों को 'डाउन टाउन' जाना था और उस महिला को 'अप टाउन' जाना था। स्वदेश हमें रुकने के लिए कहकर खुद महिला को डाउन टाउन सब-वे के नाके तक छोड़ आयी। लौटकर फिर हम लोगों से बोली, "वे कल ही न्यूयॉर्क पहुंची हैं। यहां के रास्ते वे नहीं जानतीं।"

डायना ने पूछा, "जापान से आई हैं ?"

"नागासाकी से।"

हम लोगों को चुप देख कर स्वदेश ने कहा, "1945 में एटम बम ने उनके पति को अपने चपेट में ले लिया था। दो बेटे और एक बेटी का शरीर जल गया। साल भर असहनीय तकलीफ भोगने के बाद वे भी मर गये। और पांच साल तक 'रेडिऐशन' का प्रभाव उन पर भी रहा।"

जुलियस तिनक कर बोला, "फिर वे अमेरिकी स्वर्ग में क्या लेने आयी हैं ?"

स्वदेश ने बताया, "हार्वर्ड के लिनास पोलिंग से उन्हें कुछ काम है। जापान को आणविक शक्ति में तब्दील करने में एक अमेरिकन का बहुत बड़ा हाथ था। यह महिला जापान में एटम बम गिराने के विरोध में हुए आंदोलन से बहुत दिनों से घनिष्ठ रूप से जुड़ी हुई हैं। उसी सिलसिले में यहां आयी हैं।"

डायना ने गंभीरता से कहा, "देखो, हो सकता है अब हम लोग वियतनाम

में ही एटम बम गिरा दें।"

स्वदेश के साथ जो ब्लैक लड़का था उसका नाम मैक्स मिलियन था और उसकी गर्ल फ्रेंड का नाम हार्मिस। मैक्स ने कहा, "जॉनसन का विश्वास नहीं। वह कुछ भी कर सकता है।"

इस पर हार्मिस बोली, "एटम बम के बल पर भी वियतनाम युद्ध को जीता नहीं जा सकता। माओ त्से तुंग ने कहा है—एटम बम शहर नगर को विध्वंस कर सकता है। जो लोग जाग चुके हैं उनकी आत्मा को नहीं हरा सकता।"

मैंने स्वदेश से धीरे से पूछा, "जापानी महिला से आपका परिचय कैसे हुआ, क्या जान सकता हूं ?"

सब-वे में स्वदेश जुलियस और डायना के साथ बैठी। और मैं मैक्स और हार्मिस के साथ। उनकी बातें मुझे 'बोर' कर रही थीं। मैक्स उग्रपंथी विचार का है और 'ब्लैक पावर' का मतलब हिंसक आक्रमण से समझता है। और हार्मिस वह तो बात-बात में माओत्से तुंग, फिदेल कास्त्रो, हो-ची-मिन्ह, चेगुये-मारा और गियाप को 'कोट' करती चलती हैं। थोड़ी ही देर में बोरियत चरम सीमा तक पहुंच गयी। मैंने अपना मन और नजर दूसरी तरफ फेर लिया। सब-वे के हर स्टेशन में अद्भुत लोग चढ़-उतर रहे थे। उन्हें देखते-देखते समय गुजर रहा था।

'विलेज' पहुंच कर हमें निराश होना पड़ा। नाटक बंद हो गया था। पिछली रात पुलिस कुछ लोगों को गिरफ्तार कर ले गयी थी। उसमें नाटक का प्रोड्यूसर, डायरेक्टर और न्यूड सीन के दो अभिनेता और अभिनेत्री भी थे। अश्लील नाटक का मंचन करने के अपराध में पुलिस उन्हें ले गयी थी।

तब हम लोग वहां से किसी डिस्कोथेक में चले गये। साइकोडालिक रोशनी से बेसमेंट कमरा झिलमिला रहा था। कुछ लोग रॉक म्युजिक बजा रहे थे। कुछ लड़के-लड़कियां उस धुन में थिरक रहे थे हम लोगों ने वहां कॉफी का आर्डर दिया।

कुछेक मिनट में जुलियस और मैक्स में बहस होने लगी। डायना जुलियस के पक्ष में थी और हार्मिस मैक्स के। मैक्स ऊंची आवाज में टेबिल पर मुक्का मार कर कह रहा था, "हथियार लेकर अमेरिकी नीग्रो युद्ध के लिए तैयार नहीं हुए तो उन्हें कभी आजादी नहीं मिलेगी। जो आजादी लड़ाई से नहीं, बल्कि शत्रु के दया, करुणा के बल पर मिलती है, वह आजादी नहीं गुलामी है।" मैक्स के पक्ष में हार्मिस माओ-हो-फिदेल-गियाप के कोटेशन्स फिट करती जा रही थी।

जुलियस का कहना था, "क्रांति सस्ती चीज नहीं। हर देश, हर समाज अपनी क्रांति का मार्ग दर्शन खुद करता है। जो चीन, क्यूबा या वियतनाम में

हुआ वह अमेरिका में नहीं हो सकता। क्योंकि अमेरिका दूसरा देश है। उसकी संस्कृति, राजनीति, समाज और इतिहास दूसरे देशों से भिन्न है। अमेरिका को क्रांति का अपना रास्ता ढूंढ़ना पड़ेगा। नीग्रो यदि हथियार लेकर युद्ध करने मैदान में उतर जाये, तो शत्रुपक्ष उन्हें गाजर-मूली की तरह काट कर रख देगा। और इससे शत्रुओं की सहज जीत हो जायेगी। और युद्ध में नीग्रो यदि मर ही गये तो क्रांति का फायदा क्या? क्रांति का मतलब मरना नहीं। बल्कि नये सिरे से जीना है।"

दोनों पक्ष के वक्तव्य का सार एक ही था। लेकिन तर्क की रोशनी में उनका रास्ता बिलकुल अलग था। स्वदेश और मैं उस गरमागरम बहस से बहुत दूर थे।

मैंने स्वदेश से कहा, "आपके काले दोस्त का उत्साह जितना मुखर है बुद्धि उतनी प्रखर नहीं।"

स्वदेश ने हामी भर कर कहा, "मैं जानती हूं। लड़की कैसी लगी?"

"लगता है बड़ी मेहनत से वह चार-पांच लिटिल रेड बुक कंठस्थ कर बैठी है।"

स्वदेश जोर से हंसी। बोली, "लेकिन आपके मित्र का व्यक्तित्व है, यह तो मानना ही पड़ेगा।"

मैंने कहा, 'यही तो मुश्किल है। वह समझता है, जो कुछ वह बोल रहा है, वह एक जिम्मेदार व्यक्तित्व के श्रीमुख से निकल रहा है। आंदोलन और संग्राम का भविष्य जैसे उसके प्रवचन पर ही निर्भर है।"

"और उसकी गर्ल फ्रेंड?"

"एक गोरी और फीकी-सी लड़की जो कालों पर गोरों के अत्याचार का प्रायश्चित करने के लिए काले से दोस्ती कर बैठी है। और उसका विश्वास है, प्रायश्चित का रास्ता है—एक-एक कृष्णकाय पुरुष को अपना गुरु मानकर उनके साथ बिस्तर में सोना।"

इस बार स्वदेश खुल कर हंसी, "आप सिनिक की तरह बोल जरूर रहे हैं, पर आप सिनिक हैं नहीं।"

"मुझे पहचानने में थोड़ा वक्त लगेगा। पर वैसे अब तक आपने मुझे जितना पहचाना है उसमें मेरा नकली परिचय बहुत ज्यादा नहीं है।"

"थोड़ा है। जैसे आपके पिताजी से आपका सद्भाव।"

"क्या लगता है? असली है या नकली?"

"उतना अभी तक नहीं समझ पायी हूं।"

"आपके पिताजी हैं?"

"हैं!"

"दोस्त हैं या दुश्मन!"

"दोनों !"

"मां हैं ?"

"नहीं !"

"भाई बहन।"

"जिस अर्थ से आप पूछ रहे हैं, नहीं हैं।"

"सुपर्व ! आप प्रायः मुक्तांगन हैं। पूरी तरह से बन्धनहीन।"

"प्रायः।"

"फिर तो हर शाम अभिनय जरूर होता होगा।"

"हर शाम तो नहीं, कभी-कभी।"

"दोस्त पद के लिए एकाध वैकेंसी है ?"

"क्यों ? अप्लाई करेंगे ? मैं भी आपसे यही पूछने की सोच रही थी।"

"फिर समझ लीजिए मैंने आवेदन कर दिया।"

स्वदेश बोली, "मंजूर हुआ।"

मैंने खुश होकर कहा, "धन्यवाद।"

इसी के साथ स्वदेश से मेरी दोस्ती का सूत्रपात हो गया। दो साल में हम घनिष्ठ दोस्त हो गये।

स्वदेश को मैं जितना जानता मेरा विस्मय बढ़ता ही जाता। ऐसी 'मुक्तांगन' लड़की मुझे कम ही देखने को मिली है। सुबह से रात के बारह बजे तक स्वदेश किसी-न-किसी काम में व्यस्त रहती। कितने ही विचित्र लोगों से उसका परिचय है। न्यूयॉर्क में ऐसी कोई महत्त्वपूर्ण घटना नहीं जिसे स्वदेश ने देखा न हो या जाना न हो। कनसर्न, प्रदर्शनी, चित्र प्रदर्शनी, नयी फिल्म, नया नाटक, नयी किताब—स्वदेश सबकी खबर रखती। ऐसी कोई घटना नहीं स्वदेश जिससे दूर हो। वियतनाम में शांति के लिए मार्च आयोजन हुआ, तो स्वदेश ने उसमें भाग लिया। मेयर लिंडसे ने फिफ्थ एवेन्यू से मोटरगाड़ियां हटाकर राजपथ पर पैदल चलने की घोषणा की। हजारों लोग गाड़ीविहीन फिफ्थ एवेन्यू में पैदल चले। उन हजारों में स्वदेश भी थी। न्यूयॉर्क टाइम्स में भारत के भूखे और गरीबों को लेकर दो रिपोर्ट प्रकाशित हुई। साथ में कुछेक तस्वीर भी, जो हमारे रोजमर्रा के जीवन में देखने को मिल ही जाती हैं। हम जिसके अभ्यस्त हैं। एक सप्ताह बाद देखा गया संपादकीय पृष्ठ में स्वदेश सिन्हा की एक चिट्ठी छपी। उस चिट्ठी का मसविदा था : न्यूयॉर्क शहर में गोरे और काले गरीब किस तरह सड़क पर पड़े डस्टबिन से खाना चुन कर खाते हैं। साथ में दो तस्वीर भी। अंत में उसने अपना मन्तव्य इस प्रकार प्रकट किया था : "भारत गरीब देश है और दुनिया भर में संभवतः सबसे गरीब। उस देश में लाखों लोग उपवास के आदी

हैं। इसमें हैरानी की कोई बात नहीं। अमेरिका तो दुनिया का सबसे बड़ा पूंजी-पति देश है। फिर भी इस देश के लोग डस्टबिन से खाना उठाकर खाते हैं—क्या यह उससे कहीं अधिक विस्मयजनक नहीं? भारत में जो होना उचित नहीं और जो हो रहा है वह मुट्ठीभर पूंजीपति और असंख्य गरीबों के बीच बढ़ते हुए फासले की वजह से है। कुछ लोगों के पास अपार धन है और बहुसंख्यक लोगों की दरिद्रता अपरिसीम है। ऐसी एक कुत्सित समाज व्यवस्था भारत में सिर्फ इस-लिए हुई है क्योंकि हम लोग समाजवाद के ओट में पूंजीवाद का स्तम्भ खड़ा कर रहे हैं। लेकिन इस मामले में अमेरिका ही भारत का पथ-प्रदर्शक है। धनी और गरीब का तारतम्य इतना बीभत्स, कुत्सित और घिनौना हो सकता है अमेरिका आये बिना समझना मुश्किल है।"

न्यूयॉर्क टाइम्स में यह चिट्ठी तस्वीर के साथ छपने के एक दिन बाद मैं स्वदेश के अपार्टमेंट में हाजिर हुआ।

"तुम्हारी चिट्ठी की तो काफी चर्चा हो रही है।"

"हां, हो रही है। कुछ 'कॉल' भी आये हैं।"

"ऐसे चिट्ठी की जरूरत भी थी।"

"लेकिन मेरे पिताजी ऐसा नहीं सोचते हैं।"

"तुम्हें कैसे पता ?"

स्वदेश ने एक टेलीग्राम निकाल कर दिखाया। "ऐसा कुछ करना ठीक नहीं। जिससे अमेरिका नाराज हो।"

"विदेश में रह रही हो", मैंने कहा, "इसलिए वे घबड़ाते हैं कि तुम पर कोई आंच न आये।"

"मेरे पिताजी डरते हैं ?"

"उन्हें तुम्हारी चिंता भी तो है।"

"सिर्फ मेरी चिंता करके उन्होंने ऐसा नहीं लिखा है।"

फिर ?"

"दरअसल, पिताजी से अमेरिकन कैपिटलिज्म की गहरी छनती है।"

"आखिरकार पूंजीवाद आज दुनिया का सबसे शक्तिशाली संगठन है, तुम तो जानती ही हो।"

"पिताजी इसीलिए तो नाराज हैं कि मैंने पूंजीवाद पर आक्रमण जो कर दिया है।"

"घर का भेदिया लंका ढाये। नाराज तो होंगे ही। हो सकता है इससे उनका कारोबार प्रभावित हो।"

"मार्क्स ने कहा, है, कैपिटलीज्म स्वयं अपना दुश्मन पैदा करता है।"

"तुम्हारे बारे में सोच कर मार्क्स ने ऐसा नहीं कहा है।"

"हो सकता है। लेकिन एक बात बताओ, क्या मेरे सिर पर कहीं लिखा है कि मैं टाइकून की बेटी हूं।"

"अपना सिर ढांक कर रखो। तुम्हारे इस सवाल का जवाब देने लायक मेरे पास 'फैक्ट्स' नहीं है।"

"तुम बड़े सरीर हो। लेकिन याद रहे मैं तुमसे उम्र में बड़ी हूं।"

"यह पृथ्वी भी तो उम्र में मुझसे बहुत बड़ी है। साथ ही आकाश, चांद, समुद्र भी।"

"तो?"

"फिर भी उनके प्रेम में मैं भरपूर डूबा हूं। मेरे साथ उनका कोई दुराव-छिपाव नहीं।"

"बातों के तुम धनी हो।"

"शुक्रिया। पहली बार तुम्हारे मुंह से अपनी प्रशंसा सुनाई पड़ी।"

"अब मेरे सवाल का जवाब दो।"

"दूसरों के बारे में मैं नहीं जानता। मेरे लिए तुम किस की बेटी हो इसका मोल कौड़ी भर भी नहीं। मैं सिर्फ तुम्हें जानता हूं बस।"

"झूठ, बिलकुल झूठ, तुम अच्छी तरह जानते हो मैं एक पूंजीपति की इकलौती बेटी हूं।"

"स्वदेश तुम भूल कर रही हो। मैं तुम्हें सावधान किये देता हूं।"

"कैसी भूल?"

"मैं तुम्हारे आगे विवाह का प्रस्ताव नहीं रख रहा हूं। और कभी रखूंगा भी नहीं।"

स्वदेश जोर-जोर से हंसने लगी।

"चलो, मैं निश्चिंत हो गयी।"

"दुश्चिंता से जर्जरित हो रही थी। मैं समझ नहीं पा रहा था।"

"तुम्हें ना कैसे कहूंगी सोच-सोच कर मुझे दुख हो रहा था।"

"हां कहने का अवसर अभी नहीं मिलेगा, इस दुख के आगे वह दुख कुछ भी नहीं।"

"और कुछ भी करूं, पर अपने से उम्र में छोटे लड़के से शादी कभी नहीं करूंगी।"

"मैं भी।"

"फिर अभी जो कहा।"

"स्वदेश सिन्हा, इस दुनिया में एकमात्र तुम ही नहीं हो, जिसने आकस्मिक कारण से मुझसे पहले जन्म लिया।"

"फिर तुम भी जान लो। इस दुनिया में पितामह की कोई कमी नहीं।"

"जो अपनी पोती की उम्र की लड़कियों का हमेशा पीछा करते हैं, क्यों ?"

हम दोनों एक साथ खुल कर खूब हंसे। इसी बीच स्वदेश ने टेबिल पर खाना लगा दिया था। चावल, चिकन, करी, तला हुआ बैंगन, आलू-गोभी की सब्जी। दोनों खाना खाने बैठे। स्वदेश धीरे-धीरे गंभीर हो उठी। उसका हमेशा खिला-खिला लगने वाला चेहरा मुरझाया-सा लगने लगा।

खाने की तारीफ करने के बाद भी उसके चेहरे पर सूखापन नहीं कटा। तब मुझे भी चिंता होने लगी।

मैंने कहा, "जो तुम बताना नहीं चाहती उसे जानने का कौतूहल मुझमें नहीं। फिर भी पूछ रहा हूं, अचानक तुम्हें हो क्या गया ?"

स्वदेश ने कहा, "कहां ? कुछ भी तो नहीं ?"

"यानी बताना नहीं चाहती। इसलिए मुझमें जानने का आग्रह भी नहीं है।"

स्वदेश ने मुरगी की टांग तोड़ते हुए कहा, "जीवन बड़ा विचित्र है। है न ?"

मैंने आलू-गोभी की सब्जी मुंह में डालते हुए कहा, "बहुत !"

"अब मुझे ही लो।"

"लिया।"

"मजाक करोगे या सुनोगे ?"

"सच कहने लायक कुछ हो तो कहो। सुनने को तैयार हूं।"

"तुमसे सच कहा जा सकता है, केतु, दोस्त की हैसियत से तुम पर विश्वास किया जा सकता है।"

"यह बात मैं अपने जीवन में पहली बार नहीं सुन रहा हूं। तुम मुझे नया कुछ नहीं कह रही हो।"

"यदि तुम्हारे अहंकार को अलग कर दिया जाये तो तुम लड़के बुरे नहीं हो।"

"सुकुमार राय का गंगाराम। हां, अब बोलो, क्या कह रही थी।"

"कह रही थी जीवन बड़ा अद्‌भुत है।"

"नहीं, तुम कह रही थीं—मुझे लो, तुम मेरे करीब आओगी ? या मैं तुम्हारे पास आऊं ?"

"अच्छा ! खैर, मैं कह रही थी कभी-कभी मुझे मैं खुद बड़ी अद्‌भुत और विचित्र लगती हूं।"

"ऐसी भूल अकेले तुम ही नहीं करती। लगभग हम सब करते हैं। दरअसल, हम लोग बहुत साधारण हैं।"

"साधारण होने पर क्या आदमी अद्‌भुत नहीं हो सकता ?"

"हो सकता है, बशर्ते अद्‌भुत का मतलब असाधारण न हो।"

"तुम जानते हो, आज तक मैंने किसी लड़के से प्रेम नहीं किया।"

"मुझसे नहीं किया, जानता हूं।"

"किसी भी लड़के से नहीं किया।"

"लड़की से?"

"वह भी नहीं।"

"फिर तो चिंता की बात है।"

"मैं समझ गयी हूं लड़के मुझे अच्छे नहीं लगते। पता नहीं कैसे बुद्धु-बुद्धु से, स्वार्थी, आत्मकेंद्रित और लालची लगते हैं।"

"घर बुलाकर इस तरह अपमानित करने की बात तो नहीं थी।"

स्वदेश हंसने लगी, "तुम नहीं। तुम वैसे नहीं हो।"

"फिर से तुम मेरा अपमान कर रही हो। यानी मैं लड़का नहीं हूं।"

"तुम मेरे दोस्त हो। तुमने मुझसे कभी प्रेम करना नहीं चाहा।"

"कहते हैं देवता भी स्त्रियों को समझ नहीं सकते। लेकिन कुछ स्त्रियां पुरुष की चाहत को समझ नहीं सकतीं।"

"यदि वह निरी मूर्ख नहीं हुई तो। और कुछ समझें या न समझें। इस चीज को स्त्रियां पुरुष का मुंह देख कर ताड़ जाती हैं।"

"तुम समझ सकती हो?"

"बहुत नहीं तो कम भी नहीं। दो-एक दिन के परिचय के बाद ही उनका लोभ सामने आ ही जाता है।"

"लुभावनी चीज को पाने का लोभ स्वाभाविक नहीं है?"

"मुझे डर लगता है। संदेह होता है।"

"शर्म नहीं आती है, यही काफी है।"

"क्या लगता है पता है? लगता है यौवन अपनी ही खुशबू में उन्माद है। वह सिर्फ पाना चाहता है। लेना चाहता है। उसका एकमात्र ज्ञान और ध्यान वह खुद ही है। यौवन सिर्फ खुद से प्यार करता है। दूसरे को प्रेम करने के नाम पर वह खुद से ही प्रेम करता है। लगता है यौवन स्वार्थी और अंधा होता है। वह सिर्फ खुद को देख सकता है। हर चीज में वह अपना ही अस्तित्व ढूंढ़ता है।"

"तुम गलत समझती हो, यह कहने का साहस मुझमें नहीं।"

"मेरे पिताजी की इच्छा थी मैं किसी देसी सुपात्र से ब्याह कर लूं। हम लोग बिहारी होते हुए भी बंगाली ज्यादा हैं। और मैं तो हूं ही। पिताजी जानते हैं मैं जात-पांत नहीं मानती। वे यह भी जानते हैं कि अरेंज मैरेज के लिए मुझे तैयार करना मुश्किल है। बंगाली हो, बिहारी हो, मद्रासी हो, यहां तक कि सिख हो, पिताजी चाहते हैं मैं किसी भारतीय लड़के से ही शादी करूं।"

"उनकी इच्छा पितृसुलभ ही तो है। तुम्हें वे बहुत आज़ादी देने तक को

तैयार हैं।"

"मेरे पिताजी दरअसल, इंसान बुरे नहीं हैं। बुरा है उनका पूंजीवाद। और यहीं मेरा उनसे विरोध है।"

"तुम यदि नेहरू की तरह समाजवाद की समर्थक होतीं, तो विरोध का कोई सवाल ही नहीं होता।"

"किसी 'मेकी' चीज को मैं ग्रहण नहीं कर सकती। नेहरू का समाजवाद भी 'मेकी' है।"

"इसलिए वह तुम्हें स्वीकार नहीं। लेकिन सभी भारतीय लड़के 'मेकी' तो नहीं होते।"

"जिन्हें मैं जानती हूं, जिनकी आंखों में मैंने लालच का पानी तैरते हुए देखा है, जिनके शरीर की गरमी मुझे स्पर्श करती है, वे सभी मुझे बड़े 'मेकी' लगते हैं।"

"इस आरोप का कारण?"

"लगता है, सार्थकता नामक बासी लक्ष्य की ओर वे अंधी दौड़ दौड़ रहे हैं। सार्थकता के लिए स्कूल, कॉलेज, यूनीवर्सिटी की डिग्रियां हासिल कर रहे हैं। और भी बेहतर नौकरी की तलाश कर रहे हैं। सार्थकता का मतलब उनके लिए धन-दौलत, घर-मकान, गाड़ी, कीमती कपड़े, पार्टियां और मौज-मस्ती है। और थोड़ा आगे बढ़े तो यश, प्रसिद्धि, अखबारों में उनके भाषण की रिपोर्ट और बड़े-बड़े राजनैतिक नेताओं से सम्भाव। इन चीजों को मैं 'मेकी' सार्थकता कहती हूं। मेरे पिताजी ने अपनी चेष्टाओं से बड़े-बड़े कारखाने खड़े किये। उनकी किसी कंपनी में तीन हजार वेतन पाकर जो लड़के अपने आपको धन्य समझते हैं उनके प्रति मेरे मन में जरा भी श्रद्धा नहीं होती।"

"और जब वह तुम्हारी तरफ लालची नजर से देखता है तो…"

"मेरा जी घिन से भर जाता है।"

"दूसरे किसी सार्थक अनुसंधानकर्ता को तुम नहीं जानतीं?"

"तुम जानते हो? न्यूयॉर्क या अमेरिका में कितने भारतीय लड़कों को तुम जानते हो? और मैं भी? ऐसे किसी लड़के को जानते हो, जो बाकी सार्थकता से उबरकर कुछ नया खोज रहे हैं?"

"अमेरिका में नहीं तो क्या ऐसा भारत में ढूंढ़ने से नहीं मिलेगा?"

"यदि वे हों भी, तो टाइम्स ऑफ इंडिया और आनंद बाजार पत्रिका में वर-वधू का विज्ञापन देने पर तो नहीं मिलेंगे। और फिर मेरा एक मौलिक पाप भी तो है, जो मेरा पीछा कभी नहीं छोड़ेगा। मैं कैपिटलिस्ट की बेटी हूं।"

"और ज्यादातर भारतीय लड़के, लड़की के बाप की पूंजी के प्रति अधिक सतर्क और सचेत होते हैं।"

"मेरी ओर यदि कोई लड़का जरा भी आकर्षित होता है, तो मुझे शक इस बात का होता है कि इस आकर्षण के पीछे सिर्फ मैं हूं या मेरे पिता।"

"तुम्हारा शक हो सकता है कहीं-कहीं गलत भी हो।"

"तुम जो कह रहे हो वह यदि मैं मान भी लूं तो बहुत ज्यादा फर्क नहीं पड़ने वाला। मैं जानती हूं कुछ लड़के मुझसे दूर-दूर रहते हैं। सिर्फ इसलिए कि मैं एक पूंजीपति बाप की बेटी हूं। फिर भी इससे तो यही जाहिर नहीं होता कि लड़कों के लिए मुझसे ज्यादा आकर्षणीय मेरे पिता की दौलत है। उनका रुतबा है और उनकी सामाजिक प्रतिष्ठा है। या फिर दौलतमंद बाप की बेटी होने की वजह से मैं वर्जनीय हूं?"

"स्वदेश, भारतीय लड़कों के सिवा और भी तो लड़के हैं। गोरे-काले, गेहुंए।"

"वे मेरे लिए नहीं हैं।"

"तुम इतनी पितृभक्त हो यह तो मेरी जानकारी में नहीं था?"

"अब भी यदि तुम यह समझते हो तो गलत समझते हो। मेरे पिता मेरे मार्गदर्शक नहीं। यह जिम्मेदारी तो मैं भगवान तक को देने के लिए तैयार नहीं।"

"मैं भी।"

"अमेरिकन लड़के मुझे अच्छे नहीं लगते।"

'क्यों? वे बुरे तो नहीं। अच्छी सेहत, गोरा रंग, मेहनतकश और मुखर होते हैं और आजकल तो उनमें से अधिक क्रांति के पक्षधर हैं।"

"केतु, अमेरिकन लड़के-लड़कियों की सामूहिक भूमिका के प्रति मेरी श्रद्धा है। जिस तरह उन लोगों ने वियतनाम युद्ध का विरोध किया है और जॉनसन को अपनी नीति में परिवर्तन लाने को बाध्य किया है, ऐसा उदाहरण इतिहास में कम ही है। मेरी समस्या समष्टिगत नहीं है।"

"यानी अमेरिकन युवकों के प्रति तुम्हारे मन में श्रद्धा है लेकिन किसी अमेरिकन लड़के से तुम प्रेम नहीं कर सकतीं।"

"कौन कहता है तुम कम बुद्धिमान हो?"

"कोई नहीं कहता। लेकिन तुम्हारे पास बचा क्या? दुनिया-भर के युवको को खारिज करके तुम्हारे हाथ में सिर्फ एक पेंसिल रही!"

स्वदेश का चेहरा इतने में आश्चर्य रूप से कमनीय हो उठा। उसकी बड़ी-बड़ी आंखों की घनी पलकें छलछला आयीं।

मैं हैरान था।

"स्वदेश, सचमुच मेरी बुद्धि कम है। अब तक मैं समझ नहीं सका।"

स्वदेश ने मधुर गुंजार भरते हुए कहा, "अब समझ गये।"

"हां, अभी तुरंत समझा। तुम्हारे दस लाख शब्द जो कुछ नहीं कह सके, तुम्हारी आंखों ने एक ही क्षण में वह सस्वर घोषित कर दिया।"

"क्या घोषित कर दिया?"

"तुम किसी से प्रेम करती हो, सिर्फ यही नहीं, वह भी तुमसे प्रेम करता है।"

स्वदेश नीरव होकर मुझे देखती रही। उसकी आंखें अलस सुबह की ओस में भीगे गुलाब-सी लग रही थीं।

मैं अब भी खुशी से पुलकित था, "और मैं उसे जानता हूं।"

दोनों काला गुलाब कांप उठा।

"उसे मैंने तुम्हारे साथ देखा भी है। तुम लाइब्रेरी में बैठकर पढ़ती हो, वह भी तुम्हारे साथ वहीं बैठकर पढ़ता है।"

गुलाब से दो बूंद ओस स्वदेश के गालों पर लुढ़क आये।

"स्वदेश, मैं तुम्हें चाहता हूं। तुम मेरी सबसे कीमती दोस्त हो। तुम्हारी बातें सुनकर मुझे बड़ा डर लग रहा था। सोच रहा था तुम्हारा क्या होगा? अब मैं खुश हूं। निश्चिंत हो गया। तुम्हारे बारे में सोचना मेरा काम नहीं। तुम साधारण लड़की नहीं हो। तुम प्रेम कर सकती हो और प्रेम स्वीकार भी कर सकती हो। यही सबसे बड़ी बात है।"

स्वदेश आगे बढ़कर मुझसे लिपट गयी।

मेरे कानों में एक गुंजन सुनायी पड़ा, "हो न मुझसे उम्र में बड़ा—लगभग मेरे पिता के उम्र का—फिर भी मैं उससे प्रेम करती हूं और वह मुझसे। उसके प्रेम में स्वार्थ नहीं है। अधिकार भाव नहीं है। जो है वह सर्वव्यापी महानुभावता और उदारता है। उसका प्रेम गोधूलि बेला-सा नरम, कोमल और सुनहला है।"

थोड़ी देर बाद स्वदेश ने मुझसे पूछा, "मैंने क्या गलत किया है, केतु।"

सामाजिक परिवर्तन कोई साधारण घटना तो नहीं, जिसे सहज भाषा में रूपांतरित किया जा सके। समाज में जो बदलाव आता है वह कुछ मौलिक प्रभाव के कारण। उन प्रभावों के चेहरे तक हमारी नजर हमेशा नहीं पहुंचती लेकिन इन प्रभावों की सृष्टि हम जैसे इंसान ही करते हैं। लेकिन मजे की बात यह है कि हम इनकी विराट् क्षमता का अंदाज नहीं लगा पाते हैं। अंत में हम पाते हैं ये प्रभात्र ही हमारे प्रतिष्ठित जीवन को तहस-नहस कर देते हैं। और फिर वे हमारे सामने नहीं होते, बल्कि हम ही उनके सामने होते हैं। कार्ल मार्क्स ने ऐसा अनुभव किया था, पूंजीवादी समाज में अंतर्निहित समाजवाद क्रांति का प्रभाव है। उन्होंने यह भी घोषणा की थी, इस प्रभाव से पूंजीवाद की रिहाई नहीं। इतिहास कितना ही लंबा क्यों न हो, उसका रास्ता कितना ही सर्पिल और दुर्गम क्यों न हो—एक

दिन पूंजीवाद को समाजवाद के क्रांतिकारी रूपांतरण में परिवर्तित होना ही होगा और यह रूपांतरण स्वतःस्फूर्त परिवर्तन के रास्ते नहीं आयेगा। कार्ल मार्क्स यह भी समझते थे—यह बदलाव मेहनतकश इंसान संग्राम के द्वारा लायेंगे। और यह संग्राम उनकी बहु प्रत्याशित मुक्ति की चाह के बल पर ही आयेगा। मेरे पिता मार्क्सवाद के समर्थक थे। लेकिन फिर भी वे कम्युनिस्ट नहीं हैं। बचपन से ही मैं उनसे सुनता आया हूं, पृथ्वी और मानव जान-बूझकर या अनजाने में समाजवाद की ओर बढ़ रहे हैं। लेकिन बड़े होने के बाद मैंने इसमें ज्यादा सिर नहीं खपाया। क्योंकि राजनीति में मेरा उत्साह और आकर्षण कम ही है। मेरा क्षेत्र तो साहित्य है; लेकिन मैं साहित्यकार नहीं। सिर्फ साहित्य का छात्र हूं। मेरे पिता पराधीन भारत में जनमे और पले-बढ़े। और संभवतः इसीलिए राजनीति ने उनके मानस के एक बड़े हिस्से में अपना अधिकार जमा लिया था। हम लोग आजाद भारत में पैदा हुए। राजनीति के बाहर भी हमारा जीवन है। मुझे तो कम-से-कम ऐसा ही लगता है। हर रोज सुबह अखबार खोलकर सबसे पहले मैं खेलों वाला पृष्ठ पढ़ता हूं। किस राजनैतिक नेता ने क्या कहा? कहां संघर्ष हुआ? दंगे-फसाद में कितने आहत हुए? इन सबमें मेरी रुचि बहुत थोड़ी ही है। क्रिकेट के संबंध में मुझसे सवाल कर देखिए—पिछले पचीस साल में क्रिकेट की दुनिया में ऐसी कोई छोटी-बड़ी घटना नहीं घटी जो मेरे नखदर्पण में नहीं है। लेकिन भारत के प्रधान-मंत्री के सिवाय दूसरे किसी मंत्री का नाम मुझे याद तक नहीं रहता। उन दिनों भारत-वेस्टइंडिज का टेस्ट मैच चल रहा था। टोरेंटो शहर बर्फ से ढंक गया था। हड्डी को भेदने वाली कनकनी हवा चल रही थी। और लगातार बर्फ गिर रही थी। फिर भी मैं और हरेन दा कांपते हुए सड़क पर पैदल चलकर डेढ़ मील दूर एक दुकान में पहुंचे। उस दुकान में विलायत से आने वाले अखबार मिलते थे, जिसमें क्रिकेट की खबरें होती थीं। क्रिकेट की खबर जानने के लिए मैं इतनी मेहनत कर सकता हूं। लेकिन भारत के प्रधानमंत्री के इस शहर में आने पर दर्शनाभिलाषी लोगों की तादाद बढ़ाने में मेरी जरा भी इच्छा नहीं होती।

बावजूद इसके मैं जानता हूं राजनीति से बचकर चलना मुश्किल है। लेकिन मैं इतना तो समझता ही हूं कि सामाजिक परिवर्तन का मूल प्रभाव राजनीतिक है। परिवर्तन किस दिशा में जायेगा और उस परिवर्तन में किसका फायदा या नुकसान होगा—इसका निर्धारण राजनीति ही करती है।

इसलिए भारत में सामाजिक परिवर्तन के मूल में भारतीय राजनीति है। इस सच को मानने में मुझे कोई संकोच नहीं। विज्ञान-तकनीक सामाजिक परिवर्तन का कच्चा माल है और इन कच्चे मालों का उपयोग या दुरुपयोग राज-नीतिक नेता ही करते हैं। आजाद भारत में हालांकि बहुत कुछ घटता है। लेकिन सामाजिक परिवर्तन की गति इतनी धीमी और निस्तेज है कि यह असहनीय हो

उठती है। और इस धीमी गति के पीछे भारतीय राजनीति ही है। जो लोग हम पर शासन करते हैं वे नहीं चाहते कि समाज का प्रतिष्ठित संतुलन द्रुतगति से बदले, क्योंकि यदि ऐसा होता है, तो उनका शासन टिक नहीं सकेगा। राजनीति में उत्साह न होने के बावजूद मैं इतना तो समझता ही हूं।

साथ ही यह भी समझता हूं और फिर आंखों के सामने भी देखता हूं। भारत की सामाजिक असमानता हर रोज बढ़ती ही जा रही है। मुट्ठी-भर लोगों को देखकर लगता है भारत पचीस साल में पश्चिम के किसी देश के समकक्ष खड़ा है और मैं उन्हीं मुट्ठी-भर लोगों में से एक हूं। हमारे जीवन में परिवर्तन का अंत नहीं। हमारे बैठक में फ्रिज, रसोई में गैस, बेडरूम में एअर कंडीशन है। हम प्यास न लगने पर भी बीयर पीते हैं। विलायती डांस करते हैं। महीने में दो दिन किसी रेस्तरां में खाये बिना हमारा नहीं चलता। हम लोग देश-विदेश में उड़ते हैं या उड़ने का सपना देखते हैं। दुनिया हमारे लिए बहुत छोटी हो गयी है ! हम लोग भारत के 'जेट जेनरेशन' हैं।

लेकिन असली भारत बिलकुल ही नहीं बदला, जहां भारत की अस्सी प्रतिशत जनता रहती है, वहां परिवर्तन का हवा बिलकुल मंद है। और उसका प्रभाव लोगों के जीवन में नहीं के बराबर है। बहुत और कम के बीच बहुत बड़ा फासला है। भारत के सामाजिक परिवर्तन का यही असली परिचय है। हम लोगों के पिताओं की जेनरेशन ने देश-निर्माण के नाम पर थोड़े-से लोगों के लिए स्वार्थ साधन का अखाड़ा बनाया है। और हम लोग जो उनके संतान हैं, इसमें बंध से गये हैं और हम लोग से अलग जो असंख्य लोग हैं उनके और हमारे बीच जो दूरी है वह लगातार बढ़ती ही जा रही है।

मैं साहित्य का छात्र हूं। जिस समाज व्यवस्था में मानवता का अभाव हो मैं उसका सम्मान करने में अक्षम हूं। जो समाज व्यवस्था देश की जनता को एक वक्त का खाना नहीं दे सकती और कुछ लोग अपर्याप्त मात्रा में खाद्य सामग्री अनायास ही पचा जाते हैं, उस समाज का मैं सम्मान नहीं कर सकता। जो समाज व्यवस्था दूर के किसी परदेश पर लाखों टन बम वर्षण को सहती है उसके प्रति मेरे मन में बूंद-भर भी श्रद्धा नहीं। किसी इंसान को दूसरे इंसान का शोषण करने, पैर से कुचलने और उनके खून से होली खेलने का अधिकार नहीं है। लेकिन खेद का विषय है इस समाज व्यवस्था का प्रतिकार मेरे बस की बात नहीं। मैं इसका विरोध नहीं कर रहा हूं। उल्टे इसके साथ दोस्ती करके मेरी आयु बढ़ती जा रही है। और इसी ढर्रे पर चलकर एक दिन मैं जवान से बूढ़ा हो जाऊंगा। मेरे बाल सफद हो जायेंगे। पेट निकल आयेगा और सफलता नामक अफीम खाकर निश्चेष्ट होकर पड़ा रहूंगा।

मैं कहता जा रहा था और कहते-कहते एक नशा-सा छा गया था। अचानक

सुजान फोर्ड ने अपनी बड़ी-बड़ी आंखों का पलक उठाकर पूछा, "तुम किसका जीवन बचा रहे हो ? अपना या अपने पिता का ?"

मैं हैरान हुआ उसके इस सवाल से। और मुझे गुस्सा भी आया।

"अपने पिताजी का जीवन मैं क्यों बचाने लगा ? मैं तो अपनी जिंदगी बचा रहा हूं।"

सुजान फोर्ड मुस्करायी। उसके मुस्कराहट में व्यंग्य था। दिवान पर मुंह के बल लेटी थी। उठकर बैठ गयी।

वह एक ढीला-ढाला ड्रेस पहने हुए थी। भीतर दूसरा कोई कपड़ा नहीं था। उठकर बैठते हुए मुझे उसके छोटे-छोटे और गोरे-गोरे दोनों स्तन बिलकुल साफ दिखाई पड़े।

सुजान मुस्करायी।

बोली, "लगता नहीं है।"

"क्या नहीं लगता ?"

"यही कि तुम अपने पिता के घेरे से मुक्त हुए हो।"

"नॉनसेंस, मेरे पिताजी ऐसे नहीं हैं, कभी भी उन्होंने मुझ पर अपना अधिकार नहीं जताया।"

"कुछ लोग स्वेच्छा से दूसरों के नियंत्रण या छाया में रहना पसंद करते हैं।"

"मैं उनमें से नहीं।"

"कह तो रहे हो पर मुझे शक है। अच्छा ठहरो।" कहकर सुजान आलमारी से ह्विस्की की बोतल ले आयी। "प्यास लगी है। तुम पिओगे।"

"अभी नहीं।"

"पीते तो हो न ?"

"कभी-कभी। वैसे आदत नहीं है।"

"बीयर ?"

"है ? तो वही दो।"

सुजान ने मुझे बीयर कैन निकालकर दिया। अपने गिलास में फिर उसने थोड़ी-सी ह्विस्की डाली।

"सोडा नहीं है ?"

"है। पर मुझे जरूरत नहीं पड़ती।"

ह्विस्की का दो सिप लेकर सुजान फिर बोली, "वैसे तुम्हारी उम्र कितनी है ?"

"बाईस।"

"मेरी कितनी है, जानते हो ?"

....

"अट्ठाईस।"

"लगता तो नहीं !"

"शुक्रिया। झूठ तो बोल लेते हो, देख रही हूं। शीशे के सामने खड़े होने पर बत्तीस साल की बूढ़ी को देखती हूं।"

"फिर तो तुम्हें आंखों के डॉक्टर के पास जाना चाहिए।"

"ठीक कहते हो। उम्र हो गयी है। ठीक से दिखाई भी नहीं देता।"

"मैंने यह थोड़े कहा है। मैं तो कह रहा था..."

"जाने दो। एक बात का जवाब दोगे ?"

"क्यों नहीं।"

"तुम अपने माता-पिता के पास क्यों रहते हो ?"

"तो कहां रहूंगा ?"

"हमारे यहां लड़के थोड़े बड़े होते ही अलग रहते हैं। लड़कियां भी।"

"मेरा देश भारत है अमेरिका नहीं।"

"तुम न्यूयॉर्क में रह तो रहे हो।"

"रोम में जाकर रोमन बन जाना पड़ेगा—ऐसा तो कोई नियम नहीं।"

"नहीं है। लेकिन कम-से-कम न्यूयॉर्क शहर में...और, यहां सब चलता है। यह दुनिया का सबसे बड़ा आजाद और बहुरूपी देश है।"

"हां, वह तो देख ही रहा हूं।"

"तुम्हारे परिवार में कितने लोग हैं ? और वे कौन-कौन हैं ?"

"चार। मां, पिताजी, मीतू और मैं।"

"सब एक साथ रहते हो ?"

"हां।"

"तुम्हारा बेडरूम अलग है ?"

"हां है। पर कभी-कभी गेस्ट आ जाने पर मैं और मीतू एक कमरे में सोते हैं।"

"तुम्हारी दोस्त है ?"

"जिसे गर्ल फ्रेंड कहते हैं वह नहीं है।"

"एक साल से कोलंबिया में पढ़ रहे हो और एक भी गर्ल फ्रेंड नहीं ?"

"नहीं है।"

"शायद तुम्हारे पिताजी को पसंद नहीं।"

"नहीं, बल्कि मामला बिलकुल उल्टा है। बाबूजी तो दुःखी हैं इससे।"

"फिर ?"

"समय कहां मिला ? दिल्ली यूनीवर्सिटी में पढ़ रहा था। यहां आकर एक साल में एम० ए० करना पड़ा और साथ में लाइब्रेरी की नौकरी भी। गर्ल फ्रेंड

बनाने लायक न तो समय मिला और न पैसे हैं।"

"पैसा? पैसे की क्या जरूरत?"

"नहीं है। डेट के लिए ही तो डॉलर लगता है। फिर सिनेमा, रेस्तरां, छोटा-मोटा गिफ्ट यह सब भी तो है।"

सुजान हंसते-हंसते लोट-पोट हो गयी। ह्विस्की का गिलास भी तब तक खाली हो चुका था। उसने फिर गिलास भरा।

मैंने टोका, "ह्विस्की के नशे में धुत हो जाओगी।"

"नशा सिर तक चढ़ गया है। खाली पेट में ह्विस्की पीने से जैसा होता है।"

"खाली पेट में क्यों?"

"आज कुछ खाया जो नहीं है। देखते नहीं, पेट बिलकुल खाली है, सुजान ने अपने पेट पर हाथ फेरकर दिखाया।"

"खाना क्यों नहीं खाया?"

"मन नहीं हुआ।"

"फिर और ह्विस्की मत पीओ।"

"क्यों? तुम्हें क्या डर लग रहा है?"

"डर क्यों लगेगा?"

"जाने दो। तो तुम्हें अभी तक डेट नहीं जुटा।"

"तुम तो ऐसे कह रही हो जैसे इस दुनिया में मेरे जैसा बेचारा दूसरा कोई नहीं।"

"यह तो दुःख की बात है ही।"

"ग्रेजुएट पढ़ने वाली लड़कियां मुझे अच्छी नहीं लगतीं। कुछ ज्यादा ही इंटलेक्चुअल होती हैं।"

"ऐसा क्या? मैं ऐसी किसी लड़की को नहीं जानती। जिनकी डिजर्टेशन टाइप करती हूं वे सब पुरुष होते हैं।"

"क्यों?"

"सीधी-सी बात है। मैं लड़की हूं। लड़कियों की अपेक्षा पुरुष मुझे ज्यादा अच्छे लगते हैं।"

"मैं पुरुष हूं। और मुझे पुरुष ही अच्छे लगते हैं।"

"तुम्हारी शादी नहीं हुई।"

"नहीं, कहा न हम लोग चार हैं।"

"हो सकता है पत्नी देश में हो।"

"ऐसा क्यों होगा?"

"तुम प्रेम विवाह करोगे या अपने माता-पिता की मर्जी से?"

"पिताजी ने दस साल पहले ही मुझसे कह दिया था कि दुनिया की किसी भी लड़की से मैं प्रेम विवाह कर सकता हूं।"

"और तुमने उनकी बातों पर विश्वास कर लिया ?"

"क्यों नहीं करता ?"

"माता-पिता कहने को तो बहुत कुछ कहते हैं। जब समय आयेगा तो पलट जाते हैं।"

"मेरे माता-पिता ऐसे नहीं हैं।"

"यदि तुम मुझसे शादी करना चाहो तो ? चुप क्यों हो गये ? मान जायेंगे तुम्हारे माता-पिता ?"

"तुम भी अजीब बातें करती हो।"

"क्यों ?"

"न तो तुम मुझसे शादी करने जा रही हो और न मैं तुमसे।"

सुजान गंभीर हो गयी। उसका चेहरा मुरझा-सा गया।

"मेरी बातों का मतलब तुम ठीक समझे हो। मान लो तुम ऐसी किसी लड़की से प्रेम करने लगे, जो उम्र में तुमसे छह साल बड़ी है। विलेज में एक कमरा लेकर रहती है। शराब और पट पीती है। जिसकी मां अर्धविक्षिप्त है। और ब्रुकलीन में है। जिसका भाई नहीं है। बाप नहीं है, जो पीस मार्च में पुलिस के हाथों पिटती है। कालों के साथ पुलिस से जिसकी मुठभेड़ होती है। जीने के लिए जिसे हर रोज आठ-दस घंटे टाइप करना पड़ता है—यदि तुम ऐसी किसी लड़की से शादी करना चाहो, तो तुम्हारे माता-पिता खुशी-खुशी राजी हो जायेंगे ?"

"नहीं।"

"फिर ?"

"फिर क्या ?"

"बेवकूफ लड़के, इसका मतलब कि तुम उतने ही आजाद हो, जितनी आजादी तुम्हारे माता-पिता ने अनुमोदित की है।"

"नहीं।"

"मैं देख रही हूं तुम स्वेच्छापूर्वक बंदी बने हुए हो। बने रहो। यह तुम्हारा निजी मामला है। मुझे तुम प्यार नहीं करोगे और शादी भी नहीं करना चाहोगे। देख रहे हो मैं कितना बहकती जा रही हूं। मुझे अब नींद आ रही है। लेकिन सोना नहीं है। रात को पिल खाकर सोना पड़ता है। अब तुम जाओ। तुम्हारा थिसेस आधा टाइप हो गया है। एक सप्ताह बाद आना, पूरा करके दे दूंगी।"

लेकिन मैं बैठा ही रहा। तब सुजान ने लड़खड़ाती हुई आवाज में फिर

कहा, "क्या बात है, तुम अभी तक दफा नहीं हुए ?"

"तुम्हें कुछ रुपये की जरूरत है ?"

"नहीं।"

"लेकिन फ्रिज में खाने को कुछ नहीं है।"

सुजान बिगड़ गयी, "किसने कहा तुमसे ?"

"किसी ने नहीं। मैंने खुद देखा।"

"इससे तुम्हें क्या ?"

"कुछ नहीं, रुपये मैं ले आया था, तुम्हें तो देने ही हैं। रख जाऊं?"

"लाये हो। अच्छा ! तुम बहुत अच्छे लड़के हो ! पांच डॉलर रख जाओ। शुक्रिया।"

"सिर्फ पांच डॉलर ?"

"हां, सिर्फ पांच डॉलर। ज्यादा नहीं। आज रात को आने वाला है। रुपया-पैसा जो मिलेगा, सब ले जायेगा।"

"कौन ?"

"जानते नहीं ? जॉर्ज मेरा ब्वाय फ्रेंड।"

"रुपया-पैसा क्यों ले जायेगा ?"

"उसकी नौकरी नहीं है। आते ही खाना मांगेगा। फिर सोयेगा। आधी रात को उठकर ढूंढ़ता रहेगा। जो कुछ हाथ लगेगा, लेकर चला जायेगा। यही उसका स्वभाव है।"

"तुम उसे सहन करती हो ?"

"करती हूं। कभी-कभी तो आता है। तभी तो मैं बिलकुल अकेली नहीं हूं।"

"इससे बेहतर क्या तुम्हें कुछ नहीं जुटा ?"

"जॉर्ज बहुत अच्छा लड़का है। तुम उसे देखोगे तब समझोगे।"

"मैं कुछ खाने का सामान ले आऊं ? तुम तो एकदम घुत हो। इस हालात में निकलोगी कैसे ?"

"तुम अब जाओ। जॉर्ज आता ही होगा।"

"जॉर्ज के डर से मैं भाग जाऊं ?"

"जॉर्ज बड़ा ईर्ष्यालु है, तुम्हें मारेगा। तुम उससे निपट नहीं पाओगे। कुछ नहीं तो चाकू ही तुम्हारे बदन में उतार देगा। तुम यहां से चले जाओ।"

"लेकिन तुम खाना कैसे लाओगी ?"

"जैसे हमेशा लाती हूं। तुम अब जाओ।"

पिताजी, यदि आप मुझे और मीतू को दिल्ली से न्यूयॉर्क भेजने का न ठान लेते तो कोलंबिया यूनीवर्सिटी में पढ़ने का मौका मुझे कभी न मिलता।

अचानक एक किताब लिखने का फेलोशिप पाकर आप न्यूयार्क चले गये। साथ में मां भी। मीतू और मैं दिल्ली में ही रह गए। मैं होस्टल में और मीतू छोटे काका के पास ग्रीन पार्क में। आपके न्यूयार्क जाने के कुछेक महीने पहले हम दोनों का संपर्क और भी घनिष्ठ हो गया था। हमारे बीच होने वाले बातचीत का मुख्य विषय मेरे और आपसे ही जुड़ा होता था। हमारे अपने संबंध के बीच हम दुनिया भर के पिता और पुत्र का संबंध ढूंढ़ते। मेरे और आपके बीच एक गहरा दोस्ताना था। इसलिए हम दोनों के पास एक-दूसरे से छिपाने लायक कुछ भी न था। और इसी दोस्ताना संबंध की वजह से मुझे आपको यह बताने में जरा भी संकोच नहीं हुआ कि मैं आप पर बहुत ज्यादा निर्भर हो गया हूं। और यह भी कि किस तरह इस निर्भरता से पीछा छुड़ाकर अपने समुचित व्यक्तित्व के द्वारा अपने ही जीवन पर शासन कर सकता हूं। इस बारे में आपने मुझे बहुत कुछ बताया भी था।

मेरे चरित्र की एक विशेषता है, जिसे मैं विकृति ही समझता हूं, उसी दौरान मेरे सामने आयी थी। वह यह कि जिसे स्वाभाविक और सहज रूप से स्वीकार किया जा सके ऐसी किसी लड़की से मेरी दोस्ती ही नहीं होती थी। मैं सिर्फ उन्हीं लड़कियों के प्रति आकृष्ट होता जिनके जीवन या चरित्र में अस्वाभाविक या जटिल समस्या दिखाई पड़ती। इसके बाद जिस लड़की से मेरी दोस्ती हुई—आपको याद होगा—वह सीता परमेश्वरम थी। जिसके पिता भारत सरकार के उच्च पदस्थ अधिकारी थे। ये लोग सुनहरी बाग रोड के एक बहुत बड़े और सुंदर बंगले में रहते थे। उसके माता-पिता में बनती नहीं थी। सीता अपने पिता से घृणा करती थी। पर मां के लिए उसके मन में करुणा थी। वह अपने माता-पिता की इकलौती संतान थी। पढ़ने में तेज। हर परीक्षा में प्रथम स्थान हमेशा उसी के लिए सुरक्षित होता था। सीता भी मेरी ही तरह अंग्रेजी की छात्रा थी। लेकिन वह मुझसे एक साल सीनियर थी। किसी सेमीनार में मेरा उससे परिचय हुआ। बाद में दोस्ती। लेकिन मुश्किल से। चूंकि सीता अपने पिता से नफरत करती थी इसलिए पुरुषों से दूर ही रहती थी।

सीता के स्वभाव में एक कठोरता थी। और यह कठोरता यत्नपूर्वक संभाला हुआ मुखौटा था, जो उसके लिए आत्मरक्षा का कवच था। भीतर से सीता स्नेहातुर और प्रेम की भिखारी थी। यूनीवर्सिटी में सब सीता को घमंडी समझते थे। लड़कों से तो वह हमेशा दूर ही रहती थी। लेकिन अध्यापकों से भी सौजन्यता-मूलक व्यवहार की सीमा के भीतर ही रहकर एक निश्चित दूरी बनाये रखती थी। बावजूद इसके सीता परमेश्वरम से मेरी 'दोस्ती' हुई। वह भी एक छोटी-

सी झड़प के द्वारा। एक-दूसरे पर हमला करते हुए अचानक हमारी नजरें मिल गईं और हम दोनों चुप हो गए। फिर अचानक ही एक-दूसरे से लिपट गये।

सात दिनों में।

सीता परमेश्वरम ने सेमीनार पेपर पढ़ा। विषय था—डीकेन्स और काफ्का : शिशु की नजर में संसार। सीता ने दो प्रख्यात उपन्यासकार के उपन्यास के तुलनात्मक तथ्यों को ढूंढ़कर बड़े ही सुंदर और प्रभावशाली तरीके से दिखाया था कि डिकेन्स और काफ्का दोनों का बचपन उपेक्षित, वंचित और व्यथित था। और दोनों ने अपनी रचना के माध्यम से यही दिखाना चाहा है कि जिस समाज में शिशु दुखी है वह समाज सबसे निष्ठुर है। डीकेन्स का डेविड और काफ्का का ग्रेगर दोनों पितृस्नेह से वंचित था। डेविड का सौतेला बाप हमेशा उससे दुर्व्यवहार करता था और ग्रेगर का अपना बाप उस पर अकथनीय अत्याचार करता था। सीता परमेश्वरम ने कहा, "डिकेन्स और काफ्का का व्यथित बचपन कभी खत्म नहीं हुआ। दोनों का उपेक्षित बचपन बार-बार उनके उपन्यासों और कहानियों के शिशु चरित्र में लौटा है। अत्याचारों को सहते-सहते नीपीड़ित और क्षुधार्त शिशु गड़ेरिया मर रहा है—डिकेन्स और काफ्का ने उस निर्दयी समाज व्यवस्था की आंखों में अंगुली डालकर दिखा दिया। जो इसे करुण हृदय से पचा रहे थे और जिनकी ओर से उदासीन थे।"

सेमीनार में उपस्थित सभी छात्र-छात्राएं सांस रोके सीता परमेश्वरम का पेपर सुन रहे थे। जाहिर है वे सब अभिभूत थे। मैं भी औरों की तरह भावविभोर होता बशर्ते समालोचना का सबसे पहला दायित्व मुझ पर न होता। सीता जब अपना पेपर पढ़ रही थी तभी मैं समझ गया मेरा काम आसान नहीं, मुश्किल है। सीता का वक्तव्य इतना सुंदर और इतना मर्मस्पर्शी था कि उसकी आलोचना करने की योग्यता कहिए या रुचि मुझमें नहीं थी। इतना अच्छा पेपर लिखने के के लिए मैं सीता से मन-ही-मन नाराज होने लगा। सीता ने जब अपना पेपर पूरा पढ़ लिया, तो अध्यापक ने मेरा नाम पुकारा। मैं नर्वस हो गया। मेरा मन हुआ कि कह दूं समालोचना का साहस मुझमें नहीं। सीता ने बहुत बढ़िया पेपर तैयार किया है। मैं खुद इसके आसपास भी नहीं फटक सकता। लेकिन सेमीनार का यह नियम नहीं। सीता के पेपर की कमजोरियों को मुझे दिखाना ही था। और इस काम में मैं कमर कसकर उतर गया। सीता को चोट पहुंचाने के लिए मैं व्याकुल हो गया।

मैंने कहा, "सीता ने डीकेन्स और काफ्का के असली परिचय से किनारा कस लिया है। चार्ल्स डीकेन्स ने इंग्लैंड के पूंजीवादी समाज की हृदयहीनता, निष्ठुरता को अपने शिशु चरित्र के माध्यम से दिखाया है। काफ्का ने भी उसी पूंजीवादी समाज व्यवस्था की नग्न बर्बरता और नैतिक शून्यता को अपने उपन्यासों और

कहानियों में दिखाया है। दरअसल, सीता एक बड़े सरकारी अफसर की बेटी है और वह दिल्ली के अभिजात्य इलाके में रहती है इसलिए शिशु हत्या का उन्होंने करुण वर्णन तो किया लेकिन समाज का चेहरा उन्हें दिखायी नहीं दिया।"

इतना कहकर मैंने सीता पर एक नजर डाली। उसका चेहरा सुर्ख लाल हो गया था। इससे मेरा गुस्सा और भी बढ़ गया। मैंने कहा, "यदि सीता समाज का असली चेहरा देख पाती, तो दो घटनाओं का उल्लेख किये बिना न रह पाती। जो पहली घटना डीकेन्स के उपन्यास 'दी ब्लीक हाउस' का अभागा लड़का जो की मृत्यु और दूसरी घटना जो को लक्ष्य करके रेवरेंड चाववांड की उक्ति। अदालत में जो के मामले के फैसले के बाद रेवरेंड चाववांड ने कहा :

तुम मानव शिशु हो, समझे। तुम मानव शिशु हो।

ओ रनिंग स्ट्रीम ऑफ स्पार्कलिंग ज्वॉय।

टु वी ए सोरिंग ह्यूमन ब्वॉय।

और जो की मृत्यु के बाद डीकेन्स का अदालत में वह मर्मांतक आरोप।

डेड योर मैजेस्टी डेड, माई लॉर्ड और जेन्टलमेन। डेड, राइट रेवरेंड्स ऐंड रांग रेवरेंड्स ऑफ ऐनी ऑर्डर। डेड, मेन ऐंड वीमेन वार्न विथ हेवेंली कंपेनियन इन योर हार्ट। ऐंड डाइंग दज अराउंड अस, ऐवरी डे।"

मैंने कहा, "सीता परमेश्वरम ने निसंदेह बहुत अच्छा पेपर लिखा है। लेकिन ये दो घटनाएं उनके पेपर में छूट कैसे गयीं ? मुझे लगता है, इस पेपर में सामाजिक चेतना का अभाव है। मिस परमेश्वर ने डीकेन्स और काफ्का के शिशु चरित्रों की ओर अधिक मनोयोग दिया है। और समाज को लगभग नजरअंदाज कर दिया है।"

तीन बजे कॉफी हाउस में जाकर देखता हूं सीता अकेले कॉफी पी रही है।

मैं उसके सामने जाकर बैठ गया।

सीता ने एक बार मेरी तरफ देखा फिर उपेक्षा से उसने अपनी नजर फेर ली।

मैंने कहा, "तुमने वाकई पेपर बहुत अच्छा लिखा है।"

सीता कुछ नहीं बोली।

मैंने फिर कहा, "मैं माफी चाहता हूं। विपक्ष में मुझे कुछ तो कहना ही था। तुम्हें चोट पहुंचाना मेरी मजबूरी थी।"

सीता ने अब जुबान खोली, "कमर से नीचे चोट पहुंचाना क्या मजबूरी है।"

मैंने कहा, "यदि चोट पहुंचाना ही हो तो दर्द हो ऐसी चोट पहुंचानी चाहिए।"

सीता बोली, "मेरे पिता क्या करते हैं ? कहां रहते हैं इसकी जिम्मेदार मैं

तो नहीं ।"

मैंने कहा, "नहीं हो, ठीक है । लेकिन इससे यदि तुम्हारी दृष्टि सीमित रह जाये, उसके लिए आगाह कर देना बुरा तो नहीं ।"

सीता ने गहरी सांस लेकर कहा, "तुम भी बस्ती में तो नहीं रहते !"

मैंने कहा, "नहीं । मैं और तुम एक ही श्रेणी के हैं । तुम थोड़ा ऊपर और मैं तुमसे थोड़ा नीचे । हमारी दृष्टि समाज का कितना कुछ देख पाती है ?"

सीता बोली, "तुमने कैसे समझ लिया मैं पूंजीवादी समाज की निष्ठुरता के प्रति उदासीन हूं ?"

"कहां, मैंने ऐसा तो कुछ नहीं समझा । मैंने सिर्फ इतना ही कहा तुम्हारे लेख में इस पक्ष की कमी है ।"

सीता अब अचानक नरम हो गयी, "तुमने मेरे लेख की आलोचना करके कोई अन्याय नहीं किया । मैं इस पक्ष पर और जोर दे सकती थी ।"

"इन दो घटनाओं को तुमने कैसे छोड़ दिया ? 'ब्लीक हाउस' का यह अंश पढ़कर तो मेरी आंखों में पानी आ जाता है ।"

"मेरी आंखों में पानी नहीं आता । गुस्से से पूरा बदन जलने लगता है ।"

मैंने कहा, "एक ही प्रतिक्रिया के ये दो रूप हैं ।"

सीता बोली, "कुंठित और दुःखी बचपन का अनुभव है तुम्हें ?"

"नहीं ।"

सीता ने फिर पूछा, "अपने पिता के हाथों बचपन में हर रोज मार खायी है तुमने ?"

"नहीं ।"

"पिताजी से डरकर कभी सिमटे-सिमटे रहे हो ?"

"नहीं ।"

"फिर तुम कैसे समझोगे कि कुंठित और दुखी बचपन क्या है ? तुम डीकेन्स के उपन्यास में समाज को देखते हो । मैं वहां खुद को देखती हूं । समझे ? अब तुम मुझे अकेला छोड़ दो ।"

सीता ने बैग से सिगरेट निकालकर सुलगाया ।

मैं चुपचाप वहां से उठ गया ।

लेकिन आगे चलकर धीरे-धीरे सीता परमेश्वरम से मेरी दोस्ती हो गयी ।

हम लोगों के प्रोफेसर जितेंद्र नारायण को ही इसका श्रेय जाता है । उन्होंने मुझे और सीता को एक साथ सेमीनार का पेपर लिखने के लिए कहा । विषय था : 'इलियट की उदासीनता ।' इलियट हम दोनों के पसंदीदा साहित्यकार हैं । एक साथ काम करते हुए हम दोनों ने एक-दूसरे को अच्छी तरह जाना । हममें प्रेम नहीं हुआ । न ही हमने प्रेम की पगडंडी पर चलने की ही सोची । हां, हम घनिष्ठ

जरूर हुए। मन से और तन से भी।

सुनहरी बाग रोड बड़े और घने पेड़ों से ढंका हुआ टेढ़ा-मेढ़ा रास्ता है। जो हेस्टिंग रोड को ग्रेट प्लेस से जोड़ता है। रास्ते के दोनों किनारों पर आलीशान बंगले हैं। इन बंगलों में मंत्री और केंद्रीय सरकार के बड़े-बड़े अधिकारी रहत हैं। जहां तक याद है सीता के पिता विदेशी वाणिज्य विभाग के कर्णधार थे। अक्सर उन्हें दिल्ली और भारत के बाहर जाना पड़ता था। उस आलीशान बंगले में सिर्फ सीता और उसकी मां रहती थीं।

सीता के पिता से सिर्फ एक बार मैं मिला था। दूसरी बार मिलने की मेरी इच्छा भी नहीं हुई।

एक दिन शाम के समय मैं सीता के घर पहुंचा। बेल बजाने पर अर्दली ने दरवाजा खोला। उसने मुझे बैठक में बिठाया। वहां सीता के पिता सोफे पर बैठकर कोई फाइल देख रहे थे। बैठक में कदम रखते ही उन्होंने एक बार मेरी ओर नजर उठाकर देखा। फिर फाइल में डूब गये। दूसरी बार उन्होंने मेरी तरफ फिर नहीं देखा।

मैं लोगों के हर व्यवहार को सह सकता हूं सिवाय उपेक्षा के। कोई मेरी उपेक्षा कर रहा है इसका एहसास होते ही मेरा गुस्सा आपे से बाहर हो जाता है।

दो-तीन मिनट तक इंतजार करने के बाद भी सीता जब नहीं आयी, तो मैंने उसके पिता से पूछा, "सीता क्या घर पर नहीं है?"

फाइल से मुंह उठाये बिना ही उन्होंने कहा, "है।"

मैंने कहा, "मेरे आने की खबर क्या उस तक पहुंची है?"

जवाब में उन्होंने कुछ नहीं कहा।

अब मैं अपनी जगह से उठकर सामने आकर खड़ा हो गया।

तब उन्होंने आंखें ऊपर कीं।

मैंने कहा, "मेरा नाम केतु गुप्ता है। संभवतः आप मिस्टर परमेश्वरम हैं?"

मेरे इस साहस से वे थोड़ा हैरान हुए।

मैंने फिर कहा, "मेरे घर जब मेरा कोई दोस्त आता है, तो मेरे पिताजी उससे बातें करते हैं। मैं सीता के साथ पढ़ता नहीं। एक साल उससे जूनियर हूं। लेकिन हम दोनों एक साथ सेमीनार पेपर लिख रहे हैं। इसीलिए मैं यहां आया हूं। बड़ी मेहरबानी होगी यदि आप सीता को खबर कर दें।"

मिस्टर परमेश्वरम ने अर्दली को बुलाया।

वह आया, "सीता को खबर कर दिया है?"

अर्दली ने बताया, "बीबीजी नहा रही हैं। अभी आ जायेंगी।"

मिस्टर परमेश्वरम ने मेरी ओर न देखकर सीधे फाइल में अपना ध्यान

समेट लिया।

"थैंक्यू सर।" कहकर मैं कुर्सी पर बैठ गया।

दस मिनट बाद मिस्टर परमेश्वरम गाड़ी से निकल गये। उधर वे निकले और इधर से सीता भी आ गयी।

काम के बीच में ही मैंने सीता से कहा, "तुम्हारे पिता ने मुझे देखा तक नहीं।"

सीता बोली, "भारत सरकार के सेक्रेटरी बहुत कुछ नहीं देख सकते हैं। उनकी नजर के पास समय ही कम रहता है।"

थोड़ी देर चुप रहने के बाद सीता फिर बोली, "और फिर पिताजी मेरे किसी दोस्त को सहन नहीं कर पाते हैं। लड़के दोस्त तो मेरे हैं ही नहीं। घर पर सिर्फ तुम्हें आने का अधिकार मिला है। लड़की दोस्त को भी मेरे पिताजी पसंद नहीं करते।"

"क्यों ?"

"दरअसल, पिताजी को मैं ही नहीं सुहाती। मैं न होती तो वे मेरी मां से सहज ही अलग हो जाते। और मेरी मां पिताजी को छोड़कर नहीं जा सकती, वह भी मेरी ही वजह से।"

"उनके बीच संबंध इतने बिगड़ चुके हैं, तो अलग हो जाना ही उचित नहीं है ?"

"जो उचित है क्या वह सब कर पाते हैं ? मेरी मां में अलग होने की हिम्मत नहीं। वे बहुत सरल, सहज और साधारण महिला हैं ! पिताजी डायनमिक हैं। उनकी शादी ही अनुचित थी। और फिर मैं आ गयी। मां मुझे अपने सीने से लगाये हुए है। बड़ी होकर मैं नौकरी करूंगी और मां को अपने साथ ले जाऊंगी। लेकिन मैं जानती हूं जिस दिन नौकरी पाकर मैं मां को साथ चलने के लिए कहूंगी वे नहीं चलेंगी। मेरे साथ चल ही नहीं सकेंगी।"

"तुम्हारी भी तो शादी होगी। फिर तुम्हारा पति इसके लिए तैयार नहीं हुआ तो ?"

"मैं इतनी जल्दी शादी नहीं करूंगी। विवाहित जीवन का जो रूप मैं बचपन से देखती आ रही हूं, उससे शादी करने में मेरी मर्जी नहीं। पुरुषों से मेरा विश्वास उठ गया है। उन पर मैं निर्भर नहीं रह सकती।"

मैंने बुद्धु-सा सवाल किया, "मुझ पर भी नहीं ?"

सीता ने हंसकर कहा, "तुम पुरुष कहां हो। मेरे लिए तुम तो सिर्फ एक इंसान हो।"

सुनकर मैं थोड़ा आश्वस्त हुआ। इतनी अच्छी बात कभी किसी ने मुझसे नहीं कही थी।

सीता बोली, "हम लोगों के पिता का जीवन बड़ा गड़बड़ है। वे लोग एक ही साथ आधुनिक और प्राचीन हैं। उनके सोच और उनके व्यवहार में बड़ा अंतर होता है। जो कुछ कहते हैं वह नहीं करते। जो करते हैं उससे कहने का तारतम्य नहीं मिलता है और उन्हें यह बता दिया जाये तो नाराज हो जाते हैं। दरअसल, वे लोग एक ही साथ तीन-चार दुनिया में रहते हैं।"

"और हम लोग ?"

"हम लोग वैसे नहीं हैं। हमारी एक ही दुनिया है। मेरे पति के साथ यदि मेरी नहीं बनी तो मैं अलग हो जाऊंगी।"

"डिवोर्स लोगी ?"

"हां, क्यों नहीं।"

"दुबारा शादी कर सकोगी ?"

सीता ने उस प्रश्न का जवाब तुरंत नहीं दिया। थोड़ी देर बाद बोली, "मर्जी और जरूरत पड़ी तो वह भी किया जा सकता है। यही उचित भी होगा।"

मैंने कहा, "हमारे समाज में शादी एक बहुत बड़ा जुआ है।"

"हां, और नहीं तो क्या ?"

"दरअसल, शादी सामंतवादी समाज व्यवस्था की देन है। शादी सामाजिक और पारिवारिक जरूरत बन गयी है। दो स्वकीय जीवन के द्वैत प्रयोजन से हटकर इसका मूल्य सिर्फ सामाजिक रह गया है। लेकिन मजे की बात यह है कि सामंतवादी समाज टूट रहे हैं। पति-पत्नी क्रमशः अकेले होते जा रहे हैं। एक ऐसी परिस्थिति तैयार हो रही है जिसके लिए वे तैयार नहीं हैं।"

"बावजूद इसके बताओ कि कितने दाम्पत्य जीवन टूट रहे हैं ? सभी तो सुख से हैं। मेरे घर की सी हालत ज्यादा कहां दिखाई पड़ती है।"

"कितनों की हम लोग खबर रखते हैं। तुम्हीं बताओ !"

सीता ने पूछा, "तुम्हारे माता-पिता में बहुत प्रेम है ?"

"बहुत नहीं तो कम भी नहीं है। लेकिन आपस में झगड़े भी होते हैं फिर दोनों मान भी जाते हैं।"

सीता चुप रही।

मैंने कहा, "मेरी मां बड़ी समझदार हैं। पिताजी को उन्होंने अच्छी तरह पहचान लिया है। पिताजी को उन्होंने बड़ी छूट भी दे रखी है। और फिर मां की एक अलग दुनिया भी है। पिताजी को लेकर उनमें अधिकार भाव भी कम है। लेकिन दोनों के बीच अच्छी अंडरस्टैंडिग भी है। प्यार है। ममता है। यही तो बड़ी चीज है, न ?"

सीता सिर झुकाये रही।

मैंने देखा उसकी आंखों का पानी गाल पर लुढ़क आया।

मैंने सीता को अपनी ओर खींच लिया।

कुछेक मिनट बाद सीता बोली, "चलो, अब जरा काम भी कर लें।"

घंटे भर हमने काम किया।

उस दिन का काम खत्म हो गया। मैं उठने लगा, तो सीता बोली, "तुम्हें क्या लगता है मुझे फर्स्ट क्लास मिलेगा ?"

"जरूर मिलेगा।"

"मुझे पाना ही होगा। वरना इस घर से मुझे मुक्ति नहीं मिलेगी।"

"ऐसा क्यों कह रही हो ?"

"मेरे पिता जी ने मां को कभी इंसान नहीं माना। मुझे भी वे उपेक्षा की दृष्टि से देखना चाहते हैं। देख नहीं सकते हैं तो सिर्फ मेरे इम्तहान के नतीजे की वजह से। बी० ए० में फर्स्ट क्लास मिला था। उस समय यदि मेरे पिता को देखते···मेरी ओर वे हैरानी, गुस्से और प्रतिद्वंद्वी की नजर से देख रहे थे। लग रहा था, मेरे सफलता से वे डर रहे हैं। उन्हें यह सब सहन नहीं हो रहा था। वे चाहते थे मेरी शादी हो जाये। पढ़ाई-लिखाई छोड़कर मैं एक नामहीन व्यक्तित्वविहीन हिंदू औरत बन कर रह जाऊं। दो-एक बार उन्होंने कहलवाया भी था। एक दिन तो इस बारे में मेरी उनसे सीधे बातें भी हुईं। होश संभालने के साथ हमारे बीच सीधे कभी कोई बात हुई हो, मुझे तो याद नहीं। खैर, उस दिन मैंने उनसे साफ-साफ कह दिया, मैं शादी नहीं करूंगी। पढ़ूंगी। पढ़-लिख कर नौकरी करूंगी। और इस घर में यदि मेरे लिए जगह नहीं तो होस्टल चली जाऊंगी। नाराज तो वे हुए ही, लेकिन मुझे रोक न सके। नानाजी मेरे नाम कुछ रुपये रख गये थे। यद्यपि वे बहुत ज्यादा नहीं थे। फिर भी दो साल होस्टल में रह कर पढ़ने के लिए काफी होते। एम० ए० में मुझे फर्स्ट क्लास लाना ही होगा। यदि ऐसा न हुआ तो अहंकार और आत्मसम्मान के साथ इस घर में मैं नहीं निकल सकूंगी।"

"यूनीवर्सिटी में तो सब जानते हैं कि तुम फर्स्ट क्लास ला रही हो।"

"डर लगता है। इम्तहान का नतीजा बहुत कुछ 'लक' पर भी तो निर्भर करता है।"

"यह तुम मुझसे कह रही हो। मैंने कभी कोई इम्तहान पूरी तरह तैयारी के साथ नहीं दिया। देखा नहीं, बी० ए० में मुझे सेकेंड क्लास मिला। एम० ए० में भी वही होगा।"

"मेरे सारे नोट्स ले लेना।"

"सो तो लेने ही पड़ेंगे। हां, यदि तब तक हमारे बीच दोस्ती रही तो।"

"क्यों नहीं रहेगी ?"

"क्या पता ? तुम जैसी सिरफिरी लड़की का क्या ठिकाना ?"

"सुनो केतु, जब तक तुम मेरे लिए सिर्फ इंसान हो, पुरुष नहीं, तब तक हमारी दोस्ती रहेगी।"

"यानी तुम मुझे सावधान कर रही हो?"

"हां।"

"फिर तुम भी सावधान रहना।"

"मैं तो हूं ही, और रहूंगी भी।"

आपको संभवतः याद होगा, सीता परमेश्वरम को लेकर एक शाम मैं आपके दफ्तर आया था। सीता आसानी से आपके पास आने को तैयार नहीं हुई थी। बड़ी मुश्किल से मैंने उसे तैयार किया था। दफ्तर का काम छोड़कर आप हम दोनों को साथ लेकर कनॉट प्लेस कॉफी पिलाने ले गये थे। वहां सीता को आपसे खुलने में काफी वक्त लगा था। वह आपसे शरमा रही थी। लेकिन आखिर वह सहज हो ही गयी थी। शाम को आप और मैं सीता को सुनहरीबाग रोड पर छोड़ कर घर लौट रहे थे। तब मैंने आपसे पूछा था, "सीता आपको कैसी लगी?"

आपने कहा, "बड़ी तेज और मेधावी है।"

"कोई विशेष टिप्पणी दीजिए न!"

आपने कहा, "जिस लड़की को पिता का प्यार नहीं मिलता, उसकी 'इमोशनल' बुनियाद कमजोर होती है। लड़कियों के लिए स्वस्थ, स्वाभाविक 'इमोशनल' और 'सेक्सुअल' जीवन जीने के लिए पिता का सान्निध्य, दुलार, प्यार बहुत जरूरी है। जो लड़की अपने बचपन से किशोर उम्र तक पिता के सान्निध्य में ज्यादा रहती है, ऐसी लड़की का अपने प्रेमी या पति के साथ संबंध काफी मजबूत होता है—देखा गया है। लेकिन सीता ने अपने पिता को शुरू से अपने प्रतिपक्षी की भूमिका में देखा है। उसे अपने पिता का सामीप्य, स्नेह, प्यार, दुलार नहीं मिला, जिससे उसका इमोशनल मन दुर्बल और अस्थिर है। पुरुष से दूर रह कर या उन्हें अपने से दूर रख कर वह आत्मरक्षा कर रही है। हो सकता है आत्मरक्षा का वह घेरा एक दिन टूट जाये। उस दिन उसके जीवन में सचमुच जबरदस्त 'क्राइसेस' की स्थिति आ जायेगी।"

"ऐसा क्या आपको पूरा विश्वास है?"

"संभव है सीता का 'सेविंग ग्रेस' उसकी पढ़ाई-लिखाई, उसकी बुद्धिमानी और एकाग्रता है। यही वह चीजें हैं, जो उसे जिंदा रखेगी। लेकिन कब तक और कितना—यह मैं कैसे कह सकता हूं?"

पहले आप और फिर मां—दोनों न्यूयॉर्क चले गये तो मीतू ने अपने साहस का प्रमाण छोटे काका के घर में रह कर दिया था। पर मैं होस्टल में रह गया। आप लोगों के जाते समय पालम एअर पोर्ट में हम दोनों (आप और मैं) खूब रोये थे। तीन महीने तक आप लोगों का न रहना, मेरे और मीतू के जीवन की

सबसे बड़ी वास्तविकता में परिणत हुआ। सप्ताह के आखिर में मैं और मीतू जब मिलते, तो इसके सिवाय हमारे पास कहने को कुछ भी नहीं रहता। हमारे बीच दूसरे प्रसंग भी होते, लेकिन आप लोगों के न होने के गम में वे थोड़े ही समय में मात खा जाते। हम दोनों अलग रह कर किसी भी चीज का उपभोग नहीं कर पाते। मीतू तो बचपन से ही स्कूल और फिर कॉलेज की पढ़ाई-लिखाई में बहुत तेज नहीं थी और इस समय तो उसने पढ़ाई-लिखाई लगभग छोड़ ही दी थी। ग्रेजुएशन की पहली परीक्षा में उसका रिजल्ट बहुत खराब आया था। इधर छोटे काका-काकी की अच्छी देखभाल और प्यार-दुलार के बावजूद वह कमजोर होती गयी। और उस दौरान मेरा जो हाल हुआ, वह तो मैं और मेरा दिल ही जानता है। मेरी दुनिया का अपना एकांत अंश तो जैसे अंधकार से ढंक ही गया। मैं विभिन्न गुटों में मिलने-बैठने लगा। यहां तक कि राजनैतिक गुटों में भी। हम कुछ लड़के-लड़कियों ने एक 'क्रांतिकारी" दल की पाठशाला खोल ली थी। वहां गरमागरम बहसें होतीं। हम लोगों ने एक बस्ती में बकायदा स्कूल तक खोल लिया था, जिससे बस्ती में रहने वाले लोगों को राजनैतिक शिक्षा दी जाये। कम शब्दों में, 1968 में पश्चिम बंगाल और दूसरे जगहों में क्रांति की जो लहर दौड़ी थी, उसका प्रभाव दिल्ली विश्वविद्यालय पर भी पड़ा। लेकिन यह लहर ज्यादा दिनों तक नहीं टिक सकी। कुछ लड़के बिहार, आंध्र प्रदेश और पश्चिम बंगाल के क्रांतिकारियों के साथ हाथ मिला कर गांव के किसानों को सशस्त्र क्रांति के रास्ते पर ले चलने का संकल्प लेकर अपने घरों से भाग गये। जो ऐसा नहीं कर सके, उनमें से कुछ को पुलिस पकड़ ले गयी और कुछेक पिता ने उन पर से क्रांति का भूत उतार दिया और फिर हमारी वह संस्था उजड़ गयी। साथ ही स्कूल भी। इन सब घटनाओं ने मुझे भीतर तक झकझोर दिया।

एक दिन बिना कोई पूर्व सूचना दिये ही मैं सीता के घर जा पहुंचा। सुनसान घर में सीता परमेश्वरम अकेली ग्लास पर ग्लास व्हिस्की पीती जा रही थी। मुझे अचानक देखकर सीता थोड़ा अचकचायी और स्वयं मैं उसे इस हालत में देखकर उससे भी कहीं अधिक अचकचा गया।

बिना पूछे मैं रह भी नहीं सका, "तुम शराब पीने लगी ? कब से ?"

सीता बोली, "हाल ही से।"

मैंने कहा, "इसकी लत लगाये बिना क्या काम नहीं चल सकता ?"

"नहीं।"

"रोज पीती हो ?"

"जब बहुत मन होता है तब।"

"अच्छा लगता है ?"

"हां !"

"पढ़ाई-लिखाई कर रही हो ? परीक्षा तो बिलकुल करीब है।"

"इसीलिए तो पी रही हूं।"

"ठीक लगता है तुम्हें ?"

"हां, वह तो लगता ही है।"

"बहुत ज्यादा तो नहीं पीती ?"

"अब तक तो बहकी नहीं हूं।"

"वे लोग जानते हैं ?"

"पता नहीं, जान भी लें, तो इससे मुझ पर कोई फर्क नहीं पड़ने वाला।"

"मां कहां है ?"

"गीता का पाठ सुनने लोदी कॉलोनी गयी हैं।"

"पिताजी ?"

"टोकियो।"

"तो तुम घर पर निपट अकेली हो।"

"थोड़ी देर तक।"

"अर्दली ?"

"मां के साथ गया है।"

"दाई ?"

"इतनी ज्यादा जिरह क्यों कर रहे हो ? कहीं तुम्हारी नीयत तो खराब नहीं हो रही ? वह काम मैंने अब तक शुरू नहीं किया है।"

"मैं जाता हूं। फिर कभी आऊंगा।"

"जरा पहले से खबर दे देना। ताकि तुम्हारी पसंद के मुताबिक पवित्र बनकर इंतजार करूं।"

मुझे रोना आ गया। मैंने कहा, "सीता, मेरे लिए तुम्हारी पवित्रता कभी नष्ट नहीं होगी। मैं तुम्हें एक पुरुष के नजरिये से नहीं देखता, बल्कि इंसान के नजरिये से देखता हूं। मुझे तुम्हारे शरीर और मन की बड़ी चिंता लगी रहती है। पवित्र तो तुम रहोगी ही। लेकिन स्वस्थ न रही, तो फर्स्ट क्लास नहीं पा सकोगी।"

पिताजी, उसी रात को मैंने आपको एक बहुत लम्बा पत्र लिखा था। आप लोगों के बिना मैं और मीतू अकेले नहीं रह सकते। अपने पत्र में मैंने यह भी लिखा था कि अपनी बुद्धि और मेधा के जरिए विदेश जाकर पढ़ने की उम्मीद मैं नहीं करता। आप न्यूयॉर्क में हैं, वहां शोध कर रहे हैं, किताब लिख रहे हैं। कोलंबिया में यदि मुझे भी पढ़ कर पी-एच० डी० करने का मौका मिले तो मेरे लिए यह बहुत बड़ी बात होगी। पत्र में मैंने साफ-साफ यह भी लिखा था—मैं जानता हूं आपके लिए हम चार जनों का खर्च संभालना मुश्किल है। लेकिन मीतू और मैं अपनी क्षमता के मुताबिक कोई काम करेंगे और मां भी जरूर कुछ न कुछ

खुशी-खुशी करेंगी। यदि हम चारों कुछ काम करेंगे, तो हमारा वहां का खर्च आसानी से निकल आयेगा। अंत में मैंने लिखा था—अब मैं यहां नहीं रह सकता। सीता ने शराब पीना शुरू कर दिया है। मेरे आसपास की दुनिया टूट रही है। हमारी 'क्रांतिकारी-संस्था' भी अब नहीं रही। अविनाश पांडे बिहार नें किसानों को बंदूक चलाना सिखा रहा है। जगत सेठ को परसों पुलिस ने गिरफ्तार कर लिया। हम लोगों का स्कूल भी बन्द होने-होने को ही है। अब तक जो बन्द नहीं हुआ है, सो सिर्फ मधुलाल के ही कारण। इस सर्वव्यापी भटकाव के बीच दिमाग ठंडा और मन मजबूत है, तो सिर्फ मधुलाल का। लेकिन मुझे वह सहन नहीं होती। मधुलाल बहुत अच्छी लड़की है। लेकिन मैं उसे सहन नहीं कर पाता। वह मेरी हीरो वरशिप करती है, जिस तरह मैं सीता का विद्रूप और बहिष्कार सहन नहीं कर पाता, उसी तरह मधु की श्रद्धा और भक्ति भी। पिताजी, आप ही मुझे उबारिए।

सुजान फोर्ड से संबंधित जो घटना मेरे उत्तप्त यौवन में एक बड़े विस्फोट के साथ, जितनी गहराई तक जड़ जमा गई थी उसी गहराई से बारूद और शोला भी मेरे तन-मन को झकझोर गए थे। उसी घटना के परिप्रेक्ष्य में मैंने आपका एक नया रूप देखा। और मेरे लिए प्रवीण, नवीन और प्राचीन के तत्त्वों को लेकर वह घटना मेरे सामने एक विशेष रूप में प्रकट हुई थी। इसका पुर्नविन्यास करने के लिए मुझे अतीत की गलियों की परिक्रमा करनी पड़ेगी। वैसे अतीत भी कोई बहुत लंबा-चौड़ा नहीं, सिर्फ चार-पांच साल का है, लेकिन ऐसा लगता है, जैसे बहुत साल पहले की बात है। काल कभी-कभी हमसे ऐसे ही शत्रुता कर बैठता है। कभी वह बड़ी ही मद्धिम गति से चलता है, तो कभी बाढ़ की तरह उद्विग्न प्रवाह से बह जाता है। कभी-कभी तो अतीत के पदचिह्न भी लुप्त हो जाते हैं। और अतीत का कुछ अंश तो हमारे अपने जीवनकाल में मृत्युंजय होते हैं। आदमी स्मृति और अनुभव का एक समष्टिगत मिश्रण है। जो बीत गया है, जो इतिहास बन चुका है, उसका कितना सच है और उसमें बनावटीपन कितना है? हम लोग साधारण इंसान हैं, पर हमारे लिए जीवन साधारण नहीं। अतीत का बार-बार पुर्ननिर्माण करके न केवल उसे ऐतिहासिक बनाते हैं बल्कि उसे सजाने-संवारने की कोशिश भी करते हैं। इसीलिए दूसरों के द्वारा लिखित जीवन के बजाए आत्मजीवनी कहीं अधिक सुगढ़ होती है! जब मैं अपने बीते पचीस साल के अतीत की सड़कों में विचरण करता हूं, तो जीवन की बीती घटनाओं से जुड़े लोग मुझे रहस्यमय तरीके से अपनी ओर बुलाते हैं। मानो कह रहे हों बस कुछेक लमहा हमारे साथ बिता जाओ। हमारे बिना तुम्हारा वर्तमान राख है और भविष्य फीका-फीका। सुजान फोर्ड मेरे अतीत रूपी समुद्र (या सरोवर) का किनारा है, जो मुझे हमेशा अपने करीब बुलाता रहेगा और उसके बुलावे की मैं

कभी उपेक्षा नहीं कर पाऊंगा।

आपकी अनुमति से मैं और मीतू 1968 के अप्रैल महीने के एक दिन छह हजार मील पार करके न्यू दिल्ली से न्यूयॉर्क पहुंचे। यात्रा के लिए मैंने कभी किसी ज्योतिषी से मुहूर्त नहीं निकलवाया, न ही आपने आज तक ऐसा किया। संभवतः इसीलिए देवताओं ने इस यात्रा को लेकर ऐसी निष्ठुर रसिकता की।

तय था लंदन में दो दिन ठहर कर हम न्यूयॉर्क जायेंगे। चूंकि मैं अंग्रेजी साहित्य का छात्र था इसलिए इंग्लैंड मेरा स्वप्नलोक था। कितनी ही बार मैंने अपने कल्पना-लोक में लंदन की सड़कों पर शेक्सपीयर-मिलटन-पोप-ड्राइडेन-वर्ड्सवर्थ-कीट्स-कोलरिज को चलते देखा है। जिन सड़कों से होकर वे गुजरे हैं मैंने वहां की धूल अपने माथे से लगाया, उसे चूमा और चूम कर अमृत के आस्वादन की सी उत्तेजना की अनुभूति हुई। पर हाय भगवान, फ्रांस का विमान लंदन जाने ही नहीं दिया गया, तो गया फ्रैंकफर्ट। एक काफी लंबा-चौड़ा-आदमी, जिसके अंग्रेजी उच्चारण में पत्थर तोड़ने की-सी आवाज थी, (यानी वह डच था) ने हम दोनों के टिकट पर एक तिहाई सेकेंड तक नजर डालकर निर्दय घोषणा की, तुम लोग लंदन नहीं जा सकते। सीधे न्यूयॉर्क जाना पड़ेगा।

मीतू और मैं दोनों इतने डर गए कि हमारे गले से काफी देर तक कोई शब्द ही नहीं निकला।

जब मैंने कुछ कहने का साहस जुटाया तो तब तक वह डच पुरुष एक सुंदरी महिला यात्री का रूप निहारने में लीन हो गया था। उस समय हम दोनों उसके लिए अस्तित्वविहीन थे।

प्लेन में मीतू ने कहा, "मां और पिताजी, को खबर भी नहीं होगी। वे तो जानते हैं कि हम लोग तीन दिन लंदन में रहेंगे!"

मैं नाराज हो गया "अब इसमें उनका क्या? हम लोगों का ही कसूर है।"

मीतू ने कहा, "इन्हीं लोगों से पिताजी को इस आशय का एक 'केबल' नहीं भिजवा सकते?"

मैंने कहा, "पहले क्यों नहीं कहा?"

मीतू ने कहा, "तुम्हीं ने तो हर बात का चार्ज संभाला था।"

उसका कहना ठीक ही था। घर से रवाना होते समय मैंने मीतू से कहा था, "उस्तादी मत करना तुम। मैं चार्ज में हूं। मैं बड़ा हूं। मेरा कहना मान कर चलना। हमेशा मेरे साथ-साथ ही रहना। एक मिनट के लिए भी मुझसे अलग या दूर मत जाना। अगर कुछ हुआ तो मां और पिताजी मेरी अच्छी खबर लेंगे।"

जीवन में पहली और आखिरी बार मीतू ने बिना किसी विरोध के मेरे नेतृत्व को स्वीकार कर लिया था। हाय! उस नेतृत्व की उम्र बारह घंटे भी नहीं रही!

मैंने दबी सी गर्जना से कहा, "एक आदमी क्या सब चीजों का ध्यान रख सकता है ! तू पहले नहीं कह सकती थी ?"

मीतू बोली, "तुम इन लोगों से अभी कहो न ?"

इन लोगों से उसका मतलब एयर होस्टेज से था।

मैंने कहा, "कोई फायदा नहीं ! नहीं ! देखा नहीं उसका मिजाज कैसा था ! ये लोग कुछ नहीं करेंगे।"

मीतू चुप हो गयी। थोड़ी देर बाद उठी। तब मैं एक किताब में मन लगाने का स्वांग कर रहा था। डर, दुश्चिंता, हताशा, गुस्सा सब कुछ मिला कर एक अजीब-सा आलोड़न मन में था।

मैंने पूछा, "कहां जा रही हो ?"

"आ रही हूं।"

यानी बाथरूम जा रही है। उसे लौटने में देर हो रही थी तब मुझे संदेह होने लगा। मैंने देखा स्टुअर्ड को साथ लेकर मीतू आ रही है।

"पिताजी को क्या मैसेज भेजना है इसे लिखा कर दे दो। पता और फोन नंबर लिखने में कोई गलती मत कर देना !"

हैरान होने तक का मुझे समय नहीं मिला।

मैंने नाम, पता, फोन नंबर और न्यूयॉर्क पहुंचने का दिन और समय एक छोटे से कागज के टुकड़े में लिखकर स्टुअर्ड के हाथ में दे दिया।

हम दोनों की ओर से मीतू ने उसे एक मीठी मुस्कान से कहा, "बहुत-बहुत शुक्रिया।"

मैंने कहा, "बहुत स्मार्ट हो गयी हो न ?"

मीतू ने पूछा, "पता ठीक से लिखा है न ?"

मैंने गरज कर कहा, "नहीं तो और क्या ?"

"डायरी तो तुमने देखी ही नहीं।"

"मैं कभी कोई नंबर नहीं भूलता। तेरे जैसा नहीं हूं।"

मीतू बोली, "जरूर ! तुम मरे जैसे नहीं हो !"

फ्रैंकफर्ट में हम लोगों ने एक चौंकाने वाली खबर सुनी। वह यह कि सीनेट में रॉबर्ट कैनेडी को किसी ने गोली मार दी है। स्थिति चिंताजनक है। इस संबंध में प्लेन में फुसफुसाहट हो रही थी, किसी से कुछ पूछने का हममें साहस नहीं था सिर्फ हल्की-सी फुसफुसाहट-सी हमारे कानों तक पहुंच रही थी।

अटलांटिक महासागर पार करने सी उबाऊ और थकाने वाली विमान यात्रा कोई और दूसरी नहीं। विमान चल रहा है, चल रहा है और चलता ही जा रहा है। इंजन की लगातार एक जैसी आवाज से सिर भारी हो गया था। बैठे-बैठे पीठ अकड़ गई थी, और पैर सुन्न हो गये थे। थोड़ी देर खड़े होने या चहलकदमी

करने का भी कोई उपाय नहीं था। सिवाय टॉयलेट जाने के। यात्रियों की ओर देख-देख कर भी हम दोनों बोर हो गये थे। वह तो अच्छा हुआ इस बीच दो-दो बार खाना खाने को मिल गया था। इसी से कुछ राहत मिली थी। लेकिन दूसरी बार खाने के बाद मीतू को मतली सी आने लगी। इस बार होस्टेस को बुलाकर मैंने उसके लिए एवोमीन की गोली मांगी। मीतू को खिलाया।

कैनेडी हवाई अड्डे पर प्लेन से उतरते समय मैंने मीतू को एक बार फिर सावधान कर दिया। "मेरे साथ-साथ ही रहना। यहां हर दो-तीन मिनट में एक हवाई जहाज नीचे उतरता है। हजारों की भीड़ होती है। मेरे साथ-साथ चलो।"

मीतू की तबीयत ठीक नहीं थी। वह मेरे साथ-साथ ही रही। मुझ में अचानक जाने कहां से स्फूर्ति आ गयी। बस, अब थोड़ी ही देर में मां और पिताजी से मुलाकात होने ही वाली है।

एमीग्रेशन लिए बैठा अधेड़ आदमी चश्मे के भीतर से हम दोनों को देखे जा रहा था। मैंने पूछा, "सर, रॉबर्ट कैनेडी अब कैसे हैं ?"

उसने पहले तो मुझे सिर से पैर तक ठीक से देखा। फिर बोला, "अब वे नहीं रहे।"

मैं हक्का-बक्का रह गया। सुना मीतू कह रही थी, "यह तो बड़े अफसोस की बात है। वे एक सच्चे इंसान थे !"

उस अधेड़ ने मीतू की तरफ प्रशंसात्मक दृष्टि से देखा।

आगे बढ़ कर मैंने कहा, "तूने इतनी बड़ी-बड़ी बातें कैसे कहीं। बड़ी समझदार हो गयी है तू।"

"कहना ही पड़ता है।"

कस्टम लाउंज में तीन सौ के करीब लोग थे। लेकिन पंद्रह मिनट में हमें वहां से छुटकारा मिल गया।

"आप लोगों के पास डिक्लेअर करने जैसा कुछ है ?"

"नहीं।"

"खाने-पीने का कोई सामान ?"

"नहीं।"

"सिगरेट ? शराब ?"

"नहीं।"

"ठीक है। आप लोग जा सकते हैं।"

चला तो आया। कस्टम लाउंज के बाद ही यात्रियों के सगे-संबंधियों की भीड़ थी। हमारी डरी और सशंकित निगाहें चारों तरफ आप ही लोगों को ढूंढ़ रही थीं। पर आप लोग वहां कहीं नहीं दिखे।

मीतू ने घोषणा कर दी, "मेरे पिताजी नहीं आये।"

मैंने धीमे-से कहा, "ठहर, पहले अच्छी तरह देख तो लें !"

मीतू बोली, "होते तो इतनी देर में दौड़ कर हमें गले से लगा लेते। उन्हें जरूर तुम्हारा तार नहीं मिला है।"

"तार भेजा भी है या नहीं—इसका भी क्या ठिकाना।"

मीतू बोली, "चलो न भइया, आगे चलते हैं। यहां खड़े रहने से भी क्या फ़ायदा ?"

देखा एक तरफ लिखा है—टैक्सी।

आगे कदम बढ़ाते ही ठोकर खा कर गिर गया।

पैर के स्पर्श मात्र से ही इस देश के दरवाजे खुल जाते हैं। मैं क्या यह जानता था कि हाथ लगाने की जरूरत ही नहीं होती।

मैंने सचमुच सोचा ही नहीं था। और हुआ क्या शाब्दिक अर्थ में ठोकर खाकर मैंने न्यूयॉर्क वर्ल्ड में प्रवेश किया।

पीछे से मीतू ने कहा, "बुद्ध कहीं के !"

बाहर निकल कर भी आप लोग कहीं नहीं दिखे।

मीतू घबरा कर बोली, "अब क्या होगा ?"

मेरे दिमाग में एक आइडिया आया, "ठहर, फोन करके देखता हूं।"

एनक्वायरी, काउंटर में एक लड़की बैठी थी।

मैं उसके पास गया, "यहां से फोन कर सकता हूं ?"

लड़की ने तर्जनी से जिधर इशारा किया वहां लिखा था—टेलीफोन्स !

हम दोनों आगे बढ़े। देखा कतार से टेलीफोन के बूथ हैं। लेकिन सब व्यस्त। हर बूथ में लाइन लगी है। देखा, लोग कुछ पैसे स्लॉट में डाल कर डायल कर रहे हैं।

अपने आगे खड़े व्यक्ति से मैंने पूछा, "टेलीफोन के लिए स्लॉट में कितने पैसे डालने पड़ते हैं ?"

जवाब मिला, "डाइम।"

मीतू ने तुरंत पूछा, "तुम्हारे पास है डाइम ?"

"नहीं।"

मीतू लाइन से निकल कर उसी काउंटर वाली लड़की के पास गयी। लौटी तो उसके पास दस डाइम था। जब मीतू ने कहा तो डायरेक्टरी मैंने देखना उचित समझा। और फिर उसकी बात को उड़ा देने का भी तो मुझमें साहस नहीं हुआ।

सामने वाले से ही मैं ने पूछा, "डायरेक्टरी मिल जायेगी ?"

वह समझा नहीं।

मीतू ने समझाकर कहा, "हम लोग एक टेलीफोन नंबर कनफर्म करना चाहते हैं। कैसे करें?"

अब वह समझा, "ओ! टेलीफोन बुक। ये रहा।"

देखा सामने स्टील फ्रेम में दर्जनों मोटी-मोटी किताबें रखी हैं। आगे बढ़ कर देखा—मैनहटन, ब्रुक्स, ब्रुकलीन, स्टैटेन, आइलैंड। मुश्किल में पड़ गया। आप लोग कहां रहते हैं? मैनहटन? ब्रुकलीन? कोलंबिया विश्वविद्यालय? मैं वहां से लौट आया। मेरी बारी आ गयी थी। मीतू बुला रही थी। मेरे पीछे चार-पांच लोग थे।

डाइम डाल कर कोलंबिया विश्वविद्यालय में मैंने फोन किया।

दूसरी तरफ कोई महिला थी। मैंने उसे अपना नाम बताया। महिला ने जानना चाहा, आप किस बिल्डिंग में हैं? मुझे नहीं पता था। इसलिए मैंने इंस्टीट्यूट का नाम ही बताया।

वह बोली, "वन मोमेंट प्लीज।"

अब फोन पर एक दूसरी महिला की आवाज सुनाई पड़ी।

आप उस दिन कॉलेज नहीं गये थे!

मैं परेशान हो गया और मेरे मुंह से निकल गया, "हम दोनों कैनेडी एयरपोर्ट में हैं। न्यूयॉर्क पहली बार आये हैं। अब ऐसी दशा में हम अपने माता-पिता को कैसे खबर भेजें।"

दूसरी ओर जो महिला थी, वह बोली, "मैं तुम्हें तुम्हारे पैरेंट्स के घर का नंबर बता रही हूं। वहां कॉल करो।"

नंबर तो मैं जानता ही था। दूसरा डाइम स्लॉट में डालकर आपकी या मां की आवाज सुनने के लिए बेकरारी से इंतजार करता रहा। तभी उस ओर से भद्दे से स्वर में एक पुरुष ने कहा, "हैलो!"

मैंने आपका नाम कहा। वह नहीं समझा। मैंने दुबारा कहा। इस बार भी उसके पल्ले कुछ नहीं पड़ा। मैंने आपके नाम की स्पेलिंग करके बताया। फिर भी वह नहीं समझ सका। मैंने एकदम से झल्लाकर आपका नाम एक बार फिर से दोहराया। अब की बार वह ठीक समझ गया।

बोला, "दे मूव्ड।" कह कर उसने टेलीफोन का रिसीवर रख दिया।

मूव्ड का मतलब वे घर छोड़ कर चले गये हैं—समझने में मुझे एक मिनट का समय लगा। इस बीच लाइन में खड़े लोग टेलीफोन करने के लिए अकुलाहट दिखाने लगे थे।

लाइन से निकल कर मैंने मीतू से कहा, "कुछ पता नहीं चला। चल। टैक्सी से घर चलते हैं।"

भारत सरकार की ओर से जो सोलह डॉलर मिला था, उससे दो-दो

डॉलर खर्च हो चुके थे।

दोनों का सूटकेस वैसे ही भारी था, अब तो और भी भारी लगने लगा।

हम दोनों सूटकेस लेकर एयरपोर्ट से बाहर निकले। देखा बहुत सारी टैक्सियां कतार लगाये खड़ी हैं। उस कतार में पहली टैक्सी का ड्राइवर गोरा था। यानी साहेब है वह। चलो जान बची ! न्यूयॉर्क आकर नीग्रो टैक्सी वाला नहीं मिला, दुर्भाग्यजनक परिस्थिति में कम से कम यह एक शुभ संकेत था।

ड्राइवर ने पूछा, "कहां जाना है ?"

मैंने पता बताया।

ड्राइवर बोला, "बहुत दूर है। बीस डॉलर लगेंगे।"

मैंने सयानेपन से कहा, "मीटर में जितनी रीडिंग होगी, उतना ही दूंगा।"

वह बोला, "मीटर में पचीस डॉलर उठेगा। मैंने तो तुमसे कम ही मांगा। सिर्फ बीस डॉलर।"

मीतू बोली, "हमारे पास इतने रुपये नहीं हैं।"

उसने दया दिखाते हुए पूछा, "कितने हैं ?"

मीतू को चुप करा कर मैंने कहा, "बारह।"

सुन कर पहले तो उसने मुंह बिचकाया। फिर गरीब भारतीय लड़के-लड़की का भला करने की उदारता दिखाकर उसने अपना नुकसान स्वीकार करते हुए कहा, "ठीक है, वही दे देना। लेकिन झटपट गाड़ी में बैठ जाओ।" कह कर उसने खुद सूटकेस उठाकर गाड़ी के सामने वाली सीट में रख दिया।

गाड़ी के चलते ही उसने हम लोगों का परिचय पाकर (कि हम भारतीय हैं) बोला, "इंडिया तो बहुत गरीब देश है ! कितने ही लोग भूखों मर जाते हैं, है न ?"

परदेश में जाकर अचानक मैं देशप्रेमी बन गया। बोला, "हमारे देश की आबादी कितनी है जानते हैं आप ?"

वह नहीं जानता था।

मैंने बताया, "पचास मिलियन। हर साल चौदह मिलियन आबादी बढ़ जाती है। यानी ऑस्ट्रेलिया की जितनी आबादी है, हर साल हमारे यहां उतनी आबादी का इजाफा होता है। यदि आपके यहां भी आबादी इतनी बढ़ी होती, तो आप लोग को भी दो वक्त का खाना मिलना मुश्किल हो गया होता। और फिर इंडिया यानी कि भारत क्षेत्रफल की दृष्टि से आपके देश का एक तिहाई है, समझ ?"

वह कुछ समझा या नहीं, मुझे पता नहीं। पर चुप हो गया। वह भी कुछ देर के लिए। फिर अचानक ही उसने पूछा, "तुम दोनों पति-पत्नी हो ?"

मीतू बोली, "नहीं। हम दोनों भाई-बहन हैं।"

सुनकर वह हैरान हो गया।

"भाई-बहन ? एक साथ आये हो। बहुत अच्छा। हमारे जमाने में भी इस देश में ऐसा होता था। अब नहीं होता। भाई-बहन को यहां एक साथ चलते-फिरते अब देखा नहीं जाता। भाई अक्सर यहां अपनी गर्ल फ्रेंड्स के साथ और बहन अपने ब्वॉय फ्रेंड के साथ ही देखे जाते हैं। मेरे सात बच्चे हैं। तीन लड़के, चार लड़कियां। कोई भी किसी और के साथ नहीं निकलते। अगर कहीं एक साथ बैठे नहीं, कि झगड़ने लगते हैं।"

मीतू बोली, "झगड़ा तो हम भी करते हैं।"

वह बोला, "पर तुम लोग इंडियन एक साथ न्यूयॉर्क चले आये—यही क्या कम है। सैर के लिए आये हो ?"

मैंने कहा, "नहीं। अपने माता-पिता के पास आये हैं, पढ़ने के लिए।"

वह खुश हुआ, "तुम्हारे माता-पिता क्या एमीग्रांट हैं ?"

मैंने कहा, "नहीं ! मेरे पिताजी कोलंबिया विश्वविद्यालय में प्रोफेसर बनकर आये हैं और कुछ किताबें भी लिख रहे हैं। दो-तीन साल के बाद यहां से चले जायेंगे।"

"और तुम लोग ?"

"हम लोग भी पढ़ाई पूरी करने के बाद अपने देश लौट जायेंगे।"

वह दुखी हो गया, "क्यों ? अमेरिका में रहना अच्छा नहीं लगता ?"

मैंने कहा, "नहीं, वह बात नही है। यहां पढ़ाई करने के बाद अपने देश में जाकर काम करेंगे हम।"

फिर वह खुश हुआ, "जरूर-जरूर। इंडिया को उच्च-शिक्षित लोगों की बहुत जरूरत है। तुम्हारे देश में तो ज्यादातर लोग निरक्षर हैं।"

मैंने कहा, "सौ में से सत्रह।"

उसने अपने जीभ से दुखसूचक आवाज निकाली।

"क्या पढ़ोगे तुम ?"

"पहले एम० ए० फिर पी-एच० डी०।"

"तुम्हारी बहन।"

"टेलीविजन कोर्स।"

"यानी तुम लोग उच्च शिक्षित परिवार से हो। मेरा भी एक लड़का और दो लड़कियां कालेज में पढ़ते हैं। बाकी स्कूल पास करके नौकरी में लग गये हैं।"

मीतू ने जानना चाहा, "आपका पूरा परिवार एक साथ रहता है ?"

"सिर्फ छोटी दो लड़कियां साथ रहती हैं। बाकी सब ने अपना इन्तजाम खुद कर लिया है।"

वह कहता गया, "आजकल मां-बाप बनना हताशा और दुख को आमंत्रित करना है। आज के बच्चे न सिर्फ आजाद होते हैं, बल्कि स्वार्थी भी। सिर्फ अपना ही देखते हैं। साल में एक बार मुलाकात करने तक भी नहीं आते। जो कॉलेज में पढ़ रहे हैं उनकी तो बात ही जाने दो। सब बिगड़ गये हैं। एक बेटे को ड्राफ्ट मिला तो वह कनाडा भाग गया। देश के लिए युद्ध में चला जाता, तो हम लोग निहाल हो जाते। यह देखो, मेरे पीठ में अभी भी निशान है, पिछले महायुद्ध में तीन बार मैं आहत हुआ। और मेरा बेटा देश के लिए युद्ध में जाने को तैयार नहीं। उसका कहना है, वियतनाम युद्ध हम लोगों का युद्ध नहीं है। जॉनसन का है। अब जरा सोचो, प्रेसीडेंट क्या अपने देश के हर नागरिकों से अनुमति लेकर युद्ध का निर्णय लेंगे? प्रेसीडेंट का युद्ध ही तो राष्ट्र का युद्ध है, और देश का युद्ध है। बड़ा बेटा कनाडा भाग गया। छोटा आज जुलूस में नारेबाजी कर रहा है। कल पुलिस पर ईंट-पत्थर फेंकेगा। और मेरी एक बेटी, क्या कहती है जानते हो? मुझसे कहती है, डैड आप भी एक छोटे हिटलर हैं! सुन कर मुझे इतना गुस्सा आया कि उस समय मेरे हाथ में पिस्तौल होती, तो उसे मैं मार ही डालता। बाप बनने की जरा भी खुशी नसीब नहीं होती।"

इसी बीच ऊंची-ऊंची बिल्डिंग और चौड़ी-चौड़ी सड़कों को पार करके हम लोग कहां पहुंच चुके हैं, यह ईश्वर ही जानता था। हम लोगों के सामने पीछे, दाएं, बाएं आसपास थोड़ी दूर से लेकर बहुत-बहुत दूर तक सिर्फ गाड़ियां-ही-गाड़ियां दिखाई पड़ रही थीं। लेकिन हॉर्न की आवाज नहीं हो रही थी कहीं। सिर्फ उन गाड़ियों के शक्तिशाली इंजन की आवाज सुनाई पड़ रही थी। पैदल यात्री तो सड़क पर तब तक कहीं नहीं दिखे जब तक टैक्सी ने शहर में प्रवेश नहीं किया। न्यूयॉर्क शहर के साथ हमारा पहला परिचय तभी हुआ। पर इस परिचय ने हमें जरा भी मुग्ध नहीं किया। बल्कि हताश ही किया। सड़क पर भयानक गंदगी थी। पैदल चलने वालों में ज्यादातर काले थे। और कतारों में आकाश छूती इमारतें, कहीं-कहीं छोटे और एक-दो मंजिली मकान भी। पार्क नहीं, नदी नहीं, झरना नहीं। सिर्फ इमारत और इन्सान और गाड़ियों की इन्जन की आवाज।

अचानक टैक्सी एक मकान के सामने आकर रुकी। ड्राइवर ने कहा, "यह रहा तुम्हारा घर।"

हमने देखा, एक लाल ईंटों के छोटे-से दो मंजिले मकान के दरजाजे पर लिखा है—1998। सड़क का नाम यूनीवर्सिटी एवेन्यू।

टैक्सी ड्राइवर ने दोनों सूटकेस सड़क पर उतार दिया और बारह डॉलर लेकर हम दोनों से विदा ले चलता बना।

हम दोनों खड़े-खड़े मकान देखने लगे। क्योंकि दरवाजे पर ताला लटका

हुआ था। लगा, मकान बहुत दिनों से खाली पड़ा है।

एक के बाद एक, एक ही जैसे बहुत सारे मकान थे। लेकिन कहीं कोई आदमी नजर नहीं आ रहा था।

हम दोनों घबरा कर एक-दूसरे की ओर देखने लगे। थोड़ी देर बाद पड़ोस के मकान से एक वृद्ध व्यक्ति निकले। हम लोगों ने पूछा, "1998 के लोग कहां गये हैं? आप कुछ बता सकते हैं?"

वृद्ध हैरान थे। बोले, "इस मकान में तो पिछले तीन सालों से कोई रह ही नहीं रहा।"

हमारे चेहरों का तो रंग ही उड़ गया। वृद्ध ने हमारे चेहरे की भाषा पढ़ कर पूछा, "तुम लोग कौन हो? कहां से आये हो?"

हमने सारा वृत्तांत सुनाया। सुन कर वृद्ध अपने घर में गये। अंदर से बाहर आवाज सुनाई पड़ी, "जरा देखना, दो इण्डियन बच्चे बड़ी मुश्किल में फंस गये हैं।"

एक अधेड़ महिला बाहर आयी। वृद्ध ने उन्हें हमारे बारे में बताया। वे तुरंत बोलीं, "उन्हें अंदर ले आओ। बेचारे तीस घंटे प्लेन का सफर तय करके आ रहे हैं। बहुत थके होंगे। भूख भी लगी होगी।" फिर हम लोगों से बोले, "डरो मत। तुम्हारे माता-पिता का पता लगाना कोई मुश्किल काम नहीं।"

हम लोग भीतर गये। वृद्ध ने कहा, "मेरा नाम ओकनर है! डॉन ओकनर। मेरी पत्नी का नाम सिलबिया है।"

हम दोनों ने उन्हें अपना नाम बताया।

एक तीस साल की महिला बेडरूम से निकलीं। मुस्करा कर उन्होंने हम लोगों का स्वागत किया। कहा, "मेरा नाम जैकी है।"

मिसेज ओकनर पांच मिनट में एक ट्रे में चाय, केक और बिस्कुट लेकर आयीं।

कुछ ही मिनटों में हम दोनों उनके बहुत करीब हो गये। मीतू किसी को अपना बना लेने में जन्मजात उस्ताद है। मिसेज ओकनर को एक ही नजर में मीतू से प्रेम हो गया। हम दोनों की परेशानी सुन कर वे तीनों बोले, "कहीं न कहीं कोई गड़बड़ी जरूर है? हो सकता है पता गलत हो या टेलीफोन नंबर ही गलत हो। तुम्हारे डैडी जब कोलंबिया विश्वविद्यालय में हैं, तो कल उनका पता जरूर चल जायेगा। लेकिन आज शनिवार है। यहां सप्ताह में दो दिन छुट्टी रहती है।"

मिसेज ओकनर अपनी बेटी से बोलीं, "तुम्हारे कमरे में यह लड़की सो सकती है?"

जैकी ओकनर बोली, "हां, क्यों नहीं।"

मिसेज ओकनर मीतू को बाथरूम ले गयी, "तुम नहा लो। बहुत थकी-थकी लग रही हो।"

इस बीच मैं ओकनर परिवार से परिचित हो गया था। ओकनर परिवार आइरिश हैं। डॉन ओकनर के ग्रांड फादर अमेरिका चले आये। डॉन ओकनर ऑटोमोबाइल कारखाने में काम करते थे। पांच साल पहले उनका रिटार्यडमेंट हो चुका है। जैकी भी नर्स है—न्यूयॉर्क के एक बड़े अस्पताल में नर्सिंग सुपरिंटेंडेंट हैं। ओकनर के दो लड़के भी हैं। बड़ा बेटा इंश्योरेंश कंपनी में है और कैलीफोर्निया में है। दूसरा बेटा पादरी है। उसने शादी नहीं की। जैकी भी अविवाहित है।

मीतू जब बाथरूम में थी, तभी जैकी मेरे साथ आप लोगों का पता ढूंढ़ने में लग गयी। ब्रनकस के टेलीफोन बुक में आपका नाम मिला। टेलीफोन नंबर तो मुझे पता था। फिर भी मैंने चेक कर लिया। तभी मेरी नजर पते पर पड़ी।

सत्यानाश ! घर का नंबर 1998 के बजाए 1899 था। मैंने प्लेन में भी यही नंबर बताया था। और टैक्सी ड्राइवर को भी।

जैकी को पता चला तो वह हंसते-हंसते लोट-पोट हो गयी। बोली, "नेवर ट्रस्ट मेमोरी टू मच।" फिर बोली, "मैं तो किसी नंबर के लिए अपनी याददाश्त पर निर्भर नहीं करती। वैसे 1899 करीब ही है। एक मील भी नहीं ! पर बेहतर होगा कि पहले फोन कर लें।"

फोन मैंने ही किया। फिर से वही भद्दी आवाज सुनाई पड़ी। लेकिन इस बार आपके नाम का उच्चारण समझने में उसे कोई तकलीफ नहीं हुई। बोला, "यस योर पैरेंट्स कम हीयर।"

मेरा सिर चकराने लगा। मैंने जैकी को फोन देकर कहा, "यह आदमी पता नहीं क्या कह रहा है। मुझे कुछ समझ में नहीं आ रहा है। आप ही बात कीजिए।"

जैकी ओकनर ने काफी देर तक उससे झगड़ा किया, फिर जो कुछ समझीं, वह यह था—जो भारतीय पति-पत्नी उस घर के एक अपार्टमेंट में रहते थे वे कहीं और चले गये हैं। और आज ही आये थे, अपने बच्चों की चिट्ठी का पता लगाने।

तब तक मीतू भी फ्रेश होकर हमारे पास आ गयी। मीतू ने नहाकर साड़ी पहनी थी। उसे देख कर मुझे अचानक बहुत गुस्सा आया। ओकनर के सामने गुस्सा दिखाना मुझे अच्छा नहीं लगा। सिर्फ तीखी नजर से मैंने उसकी तरफ देखा। मीतू ने मेरी कोई परवाह नहीं की।

बेलौसपन से बोली, "चलो न भइया, हम लोग वहां चलते हैं।"

मीतू क्या भूल गयी थी कि अब हमारे पास मात्र दो डालर बचे हैं।

जैकी ओकनर ने भी हामी भरते हुए कहा, "आइडिया बुरा नहीं है !"

इस बार मीतू अपने प्रस्ताव पर सहमी। अचानक उसका चेहरा फीका पड़ गया। मुझे इससे आतम सुख का अनुभव हुआ।

जैकी ने अपनी कलाई पर बंधी घड़ी की ओर देखा। तीन बज कर सोलह मिनट हुए थे।

मेरी घड़ी में उस समय भी इण्डियन स्टेंडर्ड टाइम ही था। मैंने घड़ी मिला ली। तभी जैकी बोली, "मुझे आधे घंटे में निकलना है। मैं तुम दोनों को वहां उतार दूंगी।

मिसेज ओकनर अपने कमरे से शायद सब सुन रही थीं। बोली, "नहीं, नहीं। मैं पहुंचा दूंगी। तुम चली जाओ। यदि वहां उनका कोई पता नहीं चला, तो वे लौटेंगे कैसे ?"

तब जैकी ने मुझे नहा लेने के लिए कहा। मुझे इसकी कोई खास जरूरत नहीं थी। बाथरूम में जाकर मैंने हाथ-मुंह धो लिए। आधे घंटे बाद जैकी हम लोगों से विदा लेकर चली गयी, जाते-जाते आश्वासन भी देती गयी, "थोड़ी देर में सब ठीक हो जायेगा।" और जाने से पहले मिसेज ओकनर को कह गयी, "सावधानी से गाड़ी चलाना, मां। ज्यादा उत्तेजित होने या चिंता करने की कोई बात नहीं।"

जैकी मां के लिए गाड़ी छोड़ गयी। पद्रंह मिनट में हम दोनों को साथ लेकर मिसेज ओकनर भी निकलीं। कुछेक मिनट के भीतर 1899 नंबर तक गाड़ी पहुंच गयी। लाल ईंट का वह अपार्टमेंट हाउस था। अंदर कदम रखते ही देखा, एक बड़ी-सी लॉबी है। पर बहुत साफ-सुथरी नहीं। लॉबी में एक आदमी दिखाई पड़ा।

मिसेज ओकनर ने पूछा, "इस मकान के सुपर कहां हैं? आप बता सकते हैं?"

उस आदमी ने बेसमेंट की ओर अंगुली से इशारा कर दिया। मिसेज ओकनर के साथ मैं और मीतू भी बेसमेंट तक गये। नीचे पहुंच कर देखा दरवाजे पर लिखा था—सुपर।

मीतू ने मुझसे पूछा, "सुपर का मतलब, भइया ?"

मैंने कहा, "सुपर मैन-वैन-सा कुछ होगा।"

दरवाजा खोला सुपर वीमेन ने। इतनी मोटी और मांसल महिला मैंने इससे पहले कभी नहीं देखी थी। लंबी भी काफी। इसीलिए उनके ढांचे पर स्तर-दर स्तर मांस का स्तूपाकार पहाड़-सा था। ठुड्डी से लेकर गाल, पीठ, कंधा, छाती, हाथ, कमर, पेट, जंघा, यहां तक कि हाथों की उंगलियों से भी मांस झूल रहे थे। स्तन के भार से पांच साल के बच्चे का भी दम बंद हो जाये—ऐसी स्थिति थी।

सुपर वीमेन को देख कर मिसेज ओकनर घबरा गयीं। मैंने देखा उनका चेहरा फक पड़ गया था। लेकिन उससे कुछ उन्हें कहना नहीं पड़ा। हम दोनों पर नजर पड़ते ही मांस के उस पहाड़ से जलप्रताप की धारा निकलने लगी।

"हे जीसु ! हे ईश्वर ! हे माता मेरी ! यही वह इण्डियन बच्चे हैं बैल ! बैल ! भैंस ! बकरी ! तुम लोग नहीं ! तुम लोग नहीं। जॉन ! जॉन ! एकदम बैल है। भैंस कहीं का ! मेरा पति ! मेरे तो करम ही जल गये। अभी-अभी आये थे। तुम लोगों के माता-पिता ! कितने अच्छे लोग हैं वे ! बोले, हमारे बच्चों की कोई चिट्ठी है ? नहीं है, सुन कर उन्हें बहुत दुख हुआ। क्या मैं बैल नहीं हूं ? भैंस नहीं हूं। मैंने कहा, नहीं हैं, लेकिन आपके बच्चे आ गये हैं। आ गए हैं ! जॉन को तो जरा भी अकल नहीं है। वरना तुम लोगों को वे यहीं मिल जाते। कहां हैं वे तुम्हारे माता-पिता ने पूछा ! कहां हैं हमारे बच्चे ! मैं कैसे कहती। एयर पोर्ट से फोन किया था ! इस गधे को ! इस बैल को ! कह दिया—दे मुव्ड। हे जीसु ! हे मेरी ! तुम्हारी माताजी तो रोने लगीं। बैल ! गधा ! एकदम भैंस है।"

इसी दौरान वह गधा, बैल, भैंस जॉन हमारे पास आकर खड़ा हो गया। दुबला-पतला और गोरा। सिर पर उसके अधपके बाल थे। हाथ पर हरी-हरी नसें साफ उभरी हुई थीं। उसकी ठुड्डी लाल और चपटी थी। आंखें नीली।

जॉन बोला, "चिंता की कोई बात नहीं। मैं तुम्हारे माता-पिता का नया अपार्टमेंट पहचानता हूं। मैं पहुंचा दूंगा।"

मिसेज ओकनर ने पूछा, "कहां हैं ?"

जॉन बोला, "क्यों। मैनहटन में !"

"किस रास्ते पर ? नंबर क्या है ?"

"यह सब नहीं मालूम। वहां शिफ्ट करते समय मैंने उनकी सहायता की थी। मैं घर पहचानता हूं।"

मांस के पहाड़ ने पूछा, 'ठीक कह रहे हो ?"

जान ने विश्वास दिलाया, "बिलकुल।"

मैंने कहा, "तो अभी चलो।"

मिसेज ओकनर बोली, "मैं तुम्हारी बहन को नहीं छोड़ रही हूं। उसे अपने साथ घर ले जा रही हूं। तुम इसके साथ जाओ। हमारे घर का पता और फोन नंबर अपने साथ रख लो। और सुपरमैन का भी। यदि तुम्हारे माता-पिता का पता मिल जाता है, तो मुझे फोन करके बता देना। मैं इसे पहुंचा दूंगी।"

मीतू को वे लगभग जबरदस्ती ही घर ले गयीं। जॉन के साथ जाने से पहले एक कागज के टुकड़े पर आप लोगों के नाम एक मैसेज लिख दिया। फिर डरते हुए सुपर वीमेन से कहा, "यदि हमारे माता-पिता फिर आयें, तो उन्हें यह दे दीजिएगा।"

जॉन मुझे लेकर निकला। पैदल। एक-दो बार बात करके मैं समझ गया कि न वह मेरी अंग्रेजी समझता है, न मैं उसकी। पंद्रह मिनट चलने के बाद जॉन सीढ़ी से नीचे उतरने लगा। देखा सड़क पर निशान बना है—सब-वे।

एक्सीलरेटर से नीचे उतर कर हम लोग जहां पहुंचे वह एक रेलवे स्टेशन था। कुछेक मिनट तक हम खड़े रहे। एक ट्रेन आयी। जॉन ट्रेन में चढ़ गया। मैं भी कुछेक मिनट बाद। जॉन ट्रेन से उतर गया। पीछे-पीछे मैं भी। ट्रेन का दरवाजा बंद हो गया। थोड़ी देर होती तो मैं बीच में ही फंस जाता और फिर जॉन का मुझे कुछ पता ही नहीं चलता।

उतर कर मेरा सिर भन्नाया। मैंने जॉन से पूछा, "क्या हुआ ?"

वह बोला, "मिसटेक ! नॉट दिस ट्रेन। अदर ट्रेन।"

कुछ कहने जा ही रहा था कि फिर लगा बेकार है। यह एक शब्द भी नहीं समझेगा।

दो-तीन मिनट में एक और ट्रेन आयी। मैं जॉन को पकड़े हुए था। मैंने उसे चढ़ने न देकर एक से पूछा क्या यह ट्रेन मैनहटन जायेगी। उसने बताया, हां, तब मैं और जॉन ट्रेन में चढ़े।

लगा, ट्रेन अस्सी मील की गति से चल रही है। हर तीन-चार मिनट में एक स्टेशन आता। आधे मिनट तक गाड़ी रुकती फिर अपनी वही गति पकड़ लेती। मन ही मन सवाल उठा, मां और पिताजी न्यूयॉर्क से बाहर तो नहीं चले गये।

एक स्टेशन में मैंने देखा जॉन नहीं है। दूसरे ही क्षण देखा, जॉन उतर गया है। और प्लेटफॉर्म पर खड़ा है। उसने मुझे उतरने के लिए भी नहीं कहा। वह तो अच्छा हुआ। उतरने का समय था!

इस बार मैंने कहा, "तुम उतर गये और मुझसे कहा भी नहीं ? यदि मैं तुम्हें नहीं देख पाता तो !"

जॉन ने सिर्फ कहा, "ओ के।"

स्टेशन से निकल कर सड़क पर तीन मिनट तक पैदल चलने पर एक पार्क आया। वहां कहीं लेक, तो कहीं पहाड़, कहीं बहुत बड़ा-सा हरा-भरा लॉन, कहीं बड़े-बड़े पेड़। पार्क के बीच से रास्ता था। (तब मैं नहीं जानता था कि यही सेंट्रल पार्क है) यहां सड़क पर गाड़ियां, साइकिल और पैदल चलने वालों की हमेशा भीड़ रहती। एकाध मील पैदल चला। भूख से पेट ऐंठने लगा था। प्यास से गला सूख रहा था। जॉन से कहने का कोई मतलब नहीं था। कुछ भी उससे कहो तो जवाब में वह सिर्फ 'ओ के' ही कहेगा।

जरा आप ही सोचिए, पिताजी। पूरा सेंट्रल पार्क पार करके मैनहटन पूर्व से पश्चिम तक जॉन ने मुझे पैदल चलाया। फिर तीन-तीन बड़ी सड़कें पार करके

हम लोग ब्रॉडवे से वेस्ट ऐंड एवेन्यू तक आये। अब जाकर जॉन के मुंह से बोधगम्य शब्द निकला, 'वी कम।"

हम लोग नाइनटी फोर्थ स्ट्रीट के नुक्कड़ तक पहुंचे। जॉन रास्ते का नंबर देख कर गली में घुस गया। फिर बोला, "नो।"

इस तरह जॉन द्वारा छह-सात गली को नकारने के बाद मुझे सचमुच डर लगने लगा।

जॉन कह रहा था, "नो।"

मैं कहता, "नो ह्वाट ?"

जॉन फिर कहता है, "नो।"

मैं कहता हूं, "घर नहीं पहचान पा रहे हो ?"

जॉन ने एक हाथ सिर पर दे मारा। बोला, "नहीं।"

मैंने पूछा, "तुम कभी घर गये थे ?"

जॉन बोला, "नहीं।"

"तुम्हें कुछ याद नहीं ?"

"नहीं।"

अंत में जॉन ने घोषणा की, "गो बैक।"

"कहां ?"

जॉन मुस्करा कर बोला, "माई हाउस।"

जॉन मुझे उन्हीं सब रास्ते से जहां से हम आये थे, वापस लौटा कर ले आया।

पर हां, अचानक जॉन को मेरी भूख-प्यास का ध्यान हो आया। एक दुकान में खड़े हो कर जॉन ने मुझे केक और कैंडी दिलवाया। उसने खुद कुछ नहीं खाया।जॉन के पीछे-पीछे मैं उसके बेसमेंट अपार्टमेंट में लौट आया।

लाबी तक पहुंच कर मैंने फिर वही मांस का पहाड़ देखा। जॉन को देखते ही वह चीखी, "बैल ! बकरी ! भैंस ! घर तुम्हें नहीं मिला ! तुम एकदम से बैल हो। हे जीसू ! हे मदर मेरी !"

जॉन ने हकलाते हुए कहा, "नो।"

सुपर वीमेन मुझे घर ले आयी। चेयर में बिठा कर बोली, "चिंता मत करो। तुम्हारे माता-पिता अभी आ जाएंगे।"

मैं हैरान था।

"फोन किया था। मैंने कह दिया जॉन को घर नहीं मिलेगा। उसका भेजा एकदम खाली है। तुम चाय पीओगे या कॉफी ?"

जॉन की वाइफ के हाथ की बनी कॉफी मुंह से लगाते ही मां को साथ लिए आप आ पहुंचे।

तब जॉन निश्चिंत हो कर बीयर पीने लगा। उस समय उसके कंधे पर उसकी पत्नी का भारी-भरकम हाथ था।

न्यूयॉर्क जाते ही हम दोनों भाई-बहन छह घंटे के लिए गुम हो गये थे। बाद में मैंने बहुत सोचा, पिताजी, इस गुम हो जाने की घटना का अपने आप में एक बहुत बड़ा तात्पर्य है। हम सबके जीवन से क्या एकाधिकार खो नहीं गया है। हममें से बहुत जीने की लालसा में एकदम से गुम नहीं हो गये हैं ? जो लोग अपने युवाकाल में विद्रोही थे और अब उम्र और अनुभव में बड़े हैं, मल्टीनेशनल कंपनी में उच्च पदस्थ अधिकारी हैं क्या उन लोगों ने जीविका में अपना जीवन नहीं खो दिया है ? मेरी चौबीस साल की उम्र में जिस सवाल ने मुझे बार-बार कुरेदा है, वह है मेरे भीतर का असली 'मैं', जिसे खोकर मैं, 'मैं' नहीं रहूंगा। बीस साल की उम्र में न्यूयॉर्क आने के बाद चार साल बीत गये हैं। इन चार सालों में यदि मुझे नयी दिल्ली में रहना पड़ता, तो आज यह जो मैं हूं वह निश्चित तौर पर 'मैं' नहीं होता। यह मैं कोई दूसरा ही 'मैं' होता। वह मैं क्या इस 'मैं' से पूर्ण होता ? सहज होता ? पिछले चार साल के इस मुझ को उन वास्तविक और मानसिक तूफान से नहीं गुजरना पड़ता। ढेर सारे विचित्र अनुभवों की आग में नहीं जलना पड़ता। दुनिया जो इतनी विचित्रताओं से भरी है, इसके साक्षात के एहसास से मुझे वंचित होना पड़ता।

सेंट स्टीफेंस कॉलेज से पास होकर दिल्ली, यूनीवर्सिटी से डिग्री लेकर, इसी कैंपस के इसी किसी कॉलेज में लेक्चरर की हैसियत से जीवन शुरू करता। (क्योंकि आइ० ए० एस० की परीक्षा के लिए वह कभी तैयार नहीं होता) सप्ताह में तीस छात्र-छात्राओं को पढ़ाकर उसकी जीवनी शक्ति हर रोज नष्ट नहीं होती ! इस नुकसान की खाई को पाटने के लिए वह शादी कर बैठता (शायद हां और शायद नहीं भी)। अपनी पसंद से या आप ही लोगों द्वारा पसंद की गयी किसी बंगाली लड़की से (शायद हां और शायद नहीं भी)। उसकी पत्नी किसी कॉलेज में दर्शन (या बंगला या राजनीति शास्त्र) तीस घंटा पढ़ाती। शायद वह कभी-कभी बीयर पीती। कभी रम, ह्विस्की और एकाध दिन ब्लडी मेरी भी। कॉलेज की राजनीति से बचने का रास्ता बंद हो जाता। हर रोज उसे कुछ प्रतिष्ठित अति मानव की खिदमत करनी पड़ती। उसके दैनंदिन जीवन का ज्यादातर समय और शक्ति रोजमर्रा की समस्याओं के समाधान—राशन, दूध, केरोसिन, तेल वगैरह के इंतजाम में जाया होता। हो सकता है जरूरत या काम-काज के सिलसिले में उसे सरकारी और गैर-सरकारी दफ्तरों के चक्कर लगाने पड़ते। यह सब करते हुए, उसे बस के इंतजार में घंटों चिलचिलाती धूप में खड़े

रहना पड़ता। फिर भी उसका जीवन नीरस नहीं होता। उत्तेजना के आस्वादन से उसे वंचित नहीं होना पड़ता। फिर भी उसका सामाजिक स्थान निर्दिष्ट होता। एक नितांत अल्पसंख्यक असाधारण क्षमता संपन्न स्वाधीनोत्तर भारत के अपने हाथों तैयार श्रेणी में उसका स्थान होता। जिसका नाम उच्च मध्यवर्गीय श्रेणी में आता है। वह उस अल्पसंख्यक पर उच्चशिक्षित संप्रदाय की प्रतिनिधि होता, जो भारत को अपनी सामाजिक स्वार्थ के लिए अपने कब्जे में रखता है, जो भारत के वास्तविक जनतांत्रिक रूपांतरण में सबसे बड़ा बाधा या रोड़ा है।

पिताजी, आप लोगों की पीढ़ी ने राजनैतिक, आर्थिक नेताओं की दक्षिणा से पचीस सालों में एक ऐसा समाज भारत में तैयार कर रखा है, जहां हम लोगों और मेरे जैसे लड़कों ने, जो आप लोगों की संतानें हैं, एक कौड़ी की संपत्ति भी नहीं बटोरी। बल्कि देश के विकास पर एक प्रतिशत अपने अधिकार का स्वर्गीय दावा करने का स्थायी बंदोबस्त कर लिया।

बाबूजी, अब मैं अपने विषय पर आ जाता हूं। वह थोड़ा स्पष्ट करके कह रहा हूं—मेरा यह जो विस्तृत प्रतिवेदन है वह पुत्रों की एक पूरी पीढ़ी के पिताओं की पीढ़ी से है। आप लोगों ने यानी पिताओं ने सिर्फ हमारी जैसी संतानों को जन्म नहीं दिया। आप सब पिताओं ने पचीस साल में पृथ्वी के छह भाग में से एक भाग में इंसान के रहने योग्य स्थान, एक देश, एक जाति, एक समाज का निर्माण किया है। आज का यह भारत, आप ही लोगों की सृष्टि का फल है। नेताओं ने ही सिर्फ आप लोगों को नचाया नहीं बल्कि आप लोगों ने भी नेताओं को नचाया है। आप ही लोगों ने उन्हें समझाया और वे लोग मान भी गये कि शहरी उच्च शिक्षित, पारदर्शी मध्यवर्गीय श्रेणी को अलग करके जनतांत्रिक समाज की स्थापना नहीं हो सकती। थोड़े से शब्दों में भारतवर्ष के निर्माण के नाम पर आप लोगों ने एक ऐसी सामाजिक, राजनैतिक, आर्थिक-व्यवस्था तैयार की, जो आम जनता की कल्याण का सपना दिखाकर एक अल्पसंख्यक शिक्षित शहरी मध्यवर्गीय संप्रदाय और उसके ग्रामीण स्वार्थी तत्त्वों का पोषण करने और उनकी क्षमता की वृद्धि में परिपूर्ण रूप से सहायक है। आप लोगों द्वारा निर्धारित शिक्षा नीति इस अनुच्चारित बलिक स्पष्ट उद्देश्य को सफल बनाने में सफल हुई है। देश की सत्तर फीसदी जनता को निरक्षर छोड़कर तीस फीसदी को शिक्षित करने के लिए आप लोगों ने एड़ी-चोटी का जोर लगाया। फलस्वरूप पांच 'उच्चशिक्षित' और पचीस 'अर्ध उच्चशिक्षित' भारतवासी सत्तर फीसदी दरिद्र निरक्षर जनता का उपभोग, उनका उपयोग करने का एकाधिकार आप लोगों को मिल गया है। आप ही लोगों ने नेताओं को समझाया—और नेता लोग भी समझने को तैयार बैठे थे कि एक विशाल 'उच्चशिक्षित' सेना के बिना देश का विकास संभव नहीं। देश को आधुनिकता की ओर ले चलने के लिए हजारों की

तादाद में पी-एच० डी०, लाखों इंजीनियर, बी० ए० और एम० ए० की जरूरत पड़ेगी। यही उच्चशिक्षित भारत को जीवंत गणतंत्र राष्ट्र के रूप में प्रतिष्ठित करने में सक्षम है। और यही लोग देश को 'समाजवाद' के ढांचे में ढाल सकेंगे। न लोकतंत्र के लिए न ही समाजवादी ढांचे के लिए, आप लोगों को जरूरी यह लगा कि देशव्यापी साक्षर जनता कुछ नहीं तो कम-से-कम प्राथमिक शिक्षा की टिमटिमाती रोशनी पाकर शताब्दियों से घनीभूत हुई अंधकार से निकलकर आप लोगों के दरबार में मानवाधिकार का दावा कर सके। आप लोगों ने पचीस साल में भारत को दुनिया का चौथा 'उच्चशिक्षित' और पहले 'निरक्षर' देश में परिणत कर दिया है। बाबूजी, आप लोगों की शिल्पकला की तुलना इतिहास में नहीं है।

'उच्चशिक्षित' हम लोगों और 'निरक्षर' उन लोगों के बीच का फासला इतना बढ़ गया है कि पचीस साल की लंबी अवधि में स्थिति यहां तक आ पहुंची है कि इन दोनों ने परस्पर विरोधी श्रेणी का रूप धारण कर लिया है और इन दोनों के बीच संभाषण और मेल-मिलाप की संभावना तक शेष नहीं रही। मामूली-सी क्लर्की के लिए आप लोगों ने विश्वविद्यालय की न्यूनतम डिग्री को वांछनीय बना दिया है जिससे सारे देश में एक बहुत बड़े क्लर्क-वर्ग की सृष्टि में हमारे साठ-पैंसठ विश्वविद्यालय जुट गये हैं। जिनका अपना कुछ उत्पादन नहीं है। जिनका समष्टिगत स्वार्थ देश की विशाल जनसंख्या को निरक्षर और दरिद्र बनाये हुए है। इस क्लर्क श्रेणी के पद पर आसीन प्रशासनिक नौकरशाही के उच्चाधिकारी जिनकी क्षमता और प्रभाव दिनों-दिन बढ़ता जा रहा है, जिनका निजी स्वार्थ परस्पर से मिला हुआ है। और जो टेक्नीकल एलिट के स्वार्थ से जाकर जुड़ता है। उदाहरण के लिए मैनेजर, इंजीनियर, वैज्ञानिक—तीनों का स्वार्थ एक-दूसरे से जुड़ा है। वहीं दूसरे छोटे-बड़े अधिकारी भी संयुक्त रूप से इन्हीं के स्वार्थ से जुड़े हैं। इस संयुक्त एलिट वर्ग ने शहरों और महानगरों में उद्योगपतियों से और गांवों में बड़े-बड़े किसानों से हाथ मिला लिया है। राजनैतिक नेताओं का वरदहस्त हमेशा आशीर्वाद की मुद्रा में इनके सिर पर छत्र बनाये हुए हैं। इससे पचास करोड़ इंसानों पर कुछ इंसानों का शासन कायम करके आप लोगों ने उसे 'तृतीय विश्व' का नाम दिया और उसे आदर्श लोकतंत्र के नाम से विभूषित किया। इस लोकतंत्र का जिसने थोड़ा भी उपयोग किया है वह क्रमशः निःस्व, दरिद्र और अंतः सारहीन होता जा रहा है। महात्मा गांधी ने लिखा था, भारत की सब समस्याओं का हृदय है, यहां के उच्चशिक्षितों की हृदयहीनता। सच, पिताजी, हमारे उच्चशिक्षित मानव से मानवता की भावना इतनी द्रुत गति से निर्वासित हो गयी है, यह सोचकर आश्चर्य होता है। हम लोग गरीब देश के हैं पर पिताजी इसके

गरीबों और कमजोरों के प्रति मौखिक सहानुभूति ही हमारे मन में रह गयी है। सच्ची मानवीय सहानुभूति की भावना हमारे मन से कहां विलीन हो गयी है। गांधीजी ने तो अपने शिष्यों को गांवों में भेजकर उन्हें आम और गरीब लोगों के साथ रहने और उनके जीवन को और उनकी समस्याओं को करीब से जानने के लिए बाध्य किया था। आज क्यों हममें से कोई गांव की ओर कदम बढ़ाने को तैयार नहीं है? हमारा जीवन अचल क्यों हो गया है? क्यों हम लोगों ने बेदर्द, करुणाहीन और लोभी उपभोक्ता 'सोसायटी' तैयार कर रखा है? इस उपभोक्ता 'सोसायटी' की भूख मिटाने के लिए ही क्या इतने लोगों को सदियों पीढ़ी-दर-पीढ़ी भूखा, नंगा, निरक्षर, बीमार, बेकार रखा गया है? और ये कौन लोग हैं? क्या हम इन्हें पहचानते हैं? इनके साथ क्या हमारा कोई प्रत्यक्ष परिचय है? भगतसिंह और मैं क्या एक ही समाज के इंसान हैं?

इस तरह पिताजी, यदि मैं न्यूयॉर्क में न आकर नई दिल्ली में रहता तो समाज से, आम लोगों के समाज से मेरा एलीनेशन कुछ कम न होता। मैं वहां भी वहीं 10 प्रतिशत या 15 प्रतिशत समाज का इंसान, जिनके लिए 70 प्रतिशत एक गूंज मात्र हैं। अमेरिका में उच्च शिक्षा पाकर मेरा 'एलीनेशन' बहुत कुछ दूसरी तरह का है। भारत में अब मैं अपने सीमित 'उच्चशिक्षित' समाज में भी प्रशंसा, निंदा, घृणा और हिंसा का पात्र हूं। और इस अमेरिका का मैं नागरिक नहीं। यहां प्रवासी छात्र से ज्यादा कुछ नहीं हूं। इस देश में बहुत लंबे समय तक रहने पर भी इनमें से एक नहीं हो पाऊंगा। यहां मुझे समाज के प्रधान सांस्कृतिक स्रोत में विच्छिन्न होकर रहना पड़ेगा।

पिताजी, आजादी के शुरुआती पचीस साल में ही आप लोगों ने अपनी भाव संपदा को दिवालिया बना दिया है। एक विशाल समवेत संभावित इंसानी समाज के निर्माण के नाम पर आप लोगों ने परस्पर विच्छिन्न, परस्पर विरोधी एक स्खलित और भ्रष्ट समाज को तैयार किया। जिसके नेता आप ही लोग हैं और इसका पहला बलि का बकरा हम ही लोग हैं। देश में हो चाहे विदेश में, जहां भी हम रह रहे हैं, वहीं आप लोगों के संकुचित स्वार्थ पूर्ति के लिए अस्त्र के रूप में हमारा उपयोग हो रहा है। शताब्दियों से भारत पिछड़ा और अविकसित रहा है। भारत के नवजवानों में और कुछ भी क्यों न हो प्रतियोगिता बोध तो कभी था ही नहीं। ग्रामीण समाज जाति भेद, वर्ग भेद के कल्याण के लिए हर कोई अपनी पैतृक जीविका में ही सीमाबद्ध था। कोई भी किसी के संरक्षित क्षेत्र में दखल नहीं देता था। छोटे और मध्यवर्गीय अंग्रेजी साम्राज्य के जूठन के एक कण मात्र से ये परम संतुष्ट ही नहीं, कृतार्थ हो जाते थे। गांधी से पहले, नेहरू और सुभाषचंद्र बोस के पहले आजादी की मांग का दुस्साहस किसी में न था।

पिताजी, आप जब विद्यार्थी थे, आपके पिताजी ने तो आपके भविष्य निर्माण

की योजना के संबंध में कुछ सोच ही नहीं पाये होंगे। गरीब स्कूल मास्टर की आप पहली संतान थे। निश्चित दायरे के भीतर जीवन जीने के लिए मार्ग बनता गया था। हाई स्कूल, कॉलेज, विश्वविद्यालय के बाद सौभाग्यवश एक छोटी-सी नौकरी मिल गयी। वह नौकरी किसी सरकारी दफ्तर की हो या कॉलेज की या फिर किसी अखबार के दफ्तर की। आप ही से सुना है कि भविष्य को लेकर कल्पना का जाल बुनने का दु:साहस आप लोगों में न था। कल्पना के लिए आकाश की जरूरत होती है और आप लोगों के जीवन में आकाश ही न था।

और हम लोगों के ? अचानक इस मंथरगति और रूढ़ि भारत में एक अद्‌भुत सामाजिक प्रतियोगिता का स्रोत आया। लेकिन यह स्रोत पहले शहर और शहरी उच्चवर्ग की सीमा के भीतर आबद्ध था। आगे चलकर गांव के धनी भूस्वामियों के बीच पहुंचा। और आप लोग ने अपनी संतानों के जीवन निर्माण करने के लिए कमर कस ली। जिनकी औकात नहीं थी उनके बच्चों ने भी 'अच्छे' स्कूलों में दाखिला लिया। और इस दौर में अच्छा स्कूल मिशनरी कान्वेंट कहलाया। इसके बाद स्थान दिया गया मोटी फीस वाले पब्लिक स्कूलों और फिर अपेक्षाकृत 'अभिजात्य' विद्यालय को। आप लोग हमें 'सक्सेसफुल' बनाने के लिए बेताब हो उठे। पूश ! पूश !! पूश !!! हम लोगों को 'सक्सेस' नामक मदहोशी के आलम में धक्का देकर पहुंचा रहे हैं। इम्तहान में अच्छा नतीजा न होने पर आप लोगों के चेहरे पर कालिख पुत जाती है। क्लास में नतीजा यदि अच्छा न हो तो आप लोग का सिर नीचा हो जाता है। हमारे स्कूल, कॉलेज का नतीजा, प्रतियोगिता की सफलता आप लोगों का सामाजिक 'स्टेटस' का अपरिहार्य अंग बन गया। हम लोगों को समझाया गया आइ० ए० एस० न होने पर मनुष्य जन्म बेकार है और यह भी कि इंजीनियर या डॉक्टर या एम० ए०, बी० ए० न होने पर अनाहारी में जीवन बिताना होगा। मुझे याद है तब स्कूल जीवन समाप्त होने से पहले मैं जिद कर बैठा कि आइ० ए० एस० नहीं होऊंगा। इंजीनियर या डॉक्टर भी नहीं बनूंगा। मैं अंग्रेजी का अध्यापक बनूंगा। आपने कहा था, "ठीक है। लेकिन यू हैव टु बी रेडी टु लिव अपर मैन्स लाइफ !" गरीब देश में धनी जीवन न जी सकना, अपराध नहीं। यह कहने के साथ आपने यह भी कहा था—मेरे सब दोस्त मोटी रकम की नौकरी करेंगे। उनसे अपने ममेरे, फुफेरे, चचेरे भाइयों से निचले स्तर का जीवन जीना मेरे लिए संभव होगा या नहीं। यह अच्छी तरह सोच लेना। आपने कहा था, आजाद भारत के नये सामाजिक ढांचे में प्रतिष्ठा का मापदंड पेशा और अर्जित अर्थ है। पांडित्य नहीं, मानवता नहीं, आदर्श भी नहीं। ये सारे मूल्यबोध बदल गये हैं और उनका स्थान नये प्रतियोगिता मूलक मूल्यबोधों ने ले लिया है। किस तरह दूसरों को पछाड़कर ऊंचे पद पर अधिकार पाया जा सकता है। कितने लोगों पर अपनी

क्षमता और प्रभाव का विस्तार किया जा सकता है और इन सबसे किस मात्रा में अर्थोपार्जन संभव है। उपार्जन का रास्ता कुछ भी हो सकता है। इस नये मध्यवर्गीय, उच्चवर्गीय मूल्यबोध के पैमाने से आप लोगों ने हम लोगों का सालों-साल अध्ययन किया है। इसी पैमाने के बल पर आप लोगों ने देखने की कोशिश की है कि हमारा सामाजिक दायरा कितना बड़ा है और अपने उस दायरे में हम लोग कितने प्रभावशाली हैं। हमने किस हद तक सफलता अर्जित की है? दुनिया को जानने समझने की दिशा में आप लोगों ने हमें उत्साहित भी नहीं किया। इसलिए हम लोग आजाद भारत के पहले युवा पीढ़ी हैं और हमारा परिचय अब इतना ही है कि हम और ज्यादा पाना चाहते हैं, जितना है उससे कहीं ज्यादा, बहुत ज्यादा।

पिताजी, इस चौबीस साल की उम्र में मैं समझ पा रहा हूं कि जब तक भारत में शासन करने की क्षमता होगी तब तक शासनतंत्र परभोगी मध्यवर्गी के कब्जे में रहेगा और इस मध्यवर्गीय समाज शहर के पूंजीपतियों और ग्राम के पूंजीपति किसानों से हाथ मिलाकर इसका उपयोग करेंगे। और जब तक ऐसा चलेगा भारत का सामाजिक परिवर्तन जो आप लोग चाहते हैं और जो हम लोगों का लक्ष्य है--कभी संभव नहीं होगा। यह कठोर सत्य है कि हम जैसे मध्यवर्गीय भारत के सामाजिक परिवर्तन के मार्ग में बाधक हैं। हमारी आबादी बढ़ रही है हर साल। शहर से नगर तक हम फैल गये हैं और फैल रहे हैं नगर से गांव तक। हमारे बीच परस्पर काफी भिन्नता भी है। हमारे विभिन्न स्वार्थी समुदायों में कभी-कभी आपसी द्वंद्व भी होता है। वह इस तरह, मान लीजिए, हममें से कुछ को विदेश में 'उच्च शिक्षा' का अवसर मिला है। (उन अल्पसंख्यकों में मैं भी एक हूं।) बाकी जो देशज उच्च शिक्षित हैं उनमें आपस में द्वंद्व क्या कम है? उसी तरह शहरी मध्यवर्ग, इसी तरह का द्वंद्व गांव में भी और फिर बंगाली, तमिल, पंजाबी और हिंदी भाषी मध्यवर्ग भी तो हैं। दूसरे जाति के मध्यवर्ग भी हैं—यादव, मध्यवर्गीय भूमिहार, मध्यवर्गीय जाट, राजपूत, ब्राह्मण, कायस्थ, मराठी, द्राविड़ मध्यवर्ग। हमारे भारत के द्वंद्व मुखी देश में जाति भेद कितना जटिल है। हमारे मज्जा, रक्त और चिंताधारा में करोड़ों शताब्दियों से यह विभेद हावी है। फिर भी प्रशासन, विज्ञान, टेक्नोलॉजी, उद्योग, व्यापार ने हमें एक किया है। सैकड़ों विभेदों के बावजूद हम एकबद्ध हैं। हम कौन? कौन लोग एकबद्ध हैं?

पिताजी, हम जैसे मालिक, पूंजीपति, धनी, प्रभावशाली, क्षमतासंपन्न उच्च शिक्षित मध्यवर्गी, नौकरशाह काला धंधा करने वाले, काले धन के मालिक—हम लोग अपने सारे विभेद, ईर्ष्या, द्वंद्व से परे एक हैं। हमारे साथ वे नहीं हैं, जो मैदान, जंगल, बाजार, कारखाना, बंदरगाह में काम करते हैं। वे भी नहीं हैं

जिनके पास काम नहीं है, जो भूखे हैं। उनके साथ तो विशाल पूंजीभूत ऐतिहासिक अंधकार है। जो मानव होकर भी मानवीय अधिकारों की मांग करना नहीं जानते हैं। सीखा भी नहीं। ये सारे एक साथ अपने मानवीय अधिकारों का दावा करुणामय ईश्वर के आशीर्वाद से नहीं कर सकते। वह दिन कभी नहीं आयेगा। कम-से-कम इस शताब्दी में तो नहीं ही आयेगा। हमारे प्रभुत्व, हमारी क्षमता का प्रभाव और शासन बीसवीं शताब्दी के सीमा तक तो सुरक्षित ही है।

पिताजी, आप लोगों के प्रति कृतज्ञ रहने की कई वजहें हैं हमारे पास! साम्राज्य के निर्माण में आप लोगों ने अंग्रेजों से व्यर्थ ही शिक्षा प्राप्त नहीं की। अंग्रेजों ने सात समुद्र पार आकर भारत को अपना साम्राज्य बना लिया था और आप लोग ने घर बैठकर भारत को उद्योगों के मालिकों के साम्राज्य के रूप में परिणत कर दिया।

आज दुनिया-भर में इतना बड़ा साम्राज्य कहीं नहीं है। आधी करोड़ की आबादी 69 करोड़ पर शासन कर रही है और करेगी। 69 करोड़ इंसान के मेहनत और मशक्कत से एक करोड़ हृष्ट-पुष्ट और सुविधा संपन्न जीवन की बुनियाद तैयार हो रही है। और होगी। इतनी बड़ी विरासत आप लोगों से पाकर हमारा कलेजा जरा भी नहीं कांपा। हाथ भी नहीं। और वहां संदेह की तो कोई गुंजाइश ही नहीं। हमारे जैसा दुस्साहसी वीर क्या दुनिया में और कहीं है?

गांधीजी ने कहा था—दी हार्ट ऑफ इंडियाज प्राब्लम इज द हार्टलेसनेस ऑफ हर एजुकेटेड क्लासेज।

पिताजी, दिल में सबका दर्द लेकर क्या कभी कोई साम्राज्य का निर्माण कर सका है?

सुजान फोर्ड को जानने से पहले खुद को जानने का अवसर मुझे नहीं मिला। सुजान फोर्ड आज मेरे जीवन से दूर चली गयी है। ठीक उसी तरह जैसे जहाज नदी या समुद्र के किनारे से दूर चला जाता है। फिर भी सुजान फोर्ड ने जो जख्म मेरे शरीर और मन को दिया था एक दहकते हुए शोले की तरह बाइस साल की उम्र में भी 'इनोसेंट' बंगाली युवक जलता रहा। उन जख्मों के दाग को मैं बिना किसी संकोच के बल्कि बड़े ही गर्व से वहन करता रहा हूं। युद्ध में मिले घाव को सैनिक वीरता के पुरस्कार के रूप में ग्रहण करते हैं। है न पिताजी? मेरे जीवन रूपी युद्ध में सुजान फोर्ड ने जो घाव दिये हैं, उसे मैंने भी वीरों की तरह स्वीकार किया है।

न्यूयॉर्क पहुंचने के सप्ताह-भर में कोलंबिया विश्वविद्यालय के अधिकारियों

ने मुझे 'वर्क परमिट' दे दिया था। आपसे उन लोगों की बात भी हो गयी थी कि 'समर' में मैं छुटपुट नौकरी करूंगा। जिससे पढ़ाई के लिए जितने रुपये की जरूरत होगी उसका छोटा-सा हिस्सा सितंबर में दाखिला लेने के लिए कमा सकूं।

मुझसे पहले कोलंबिया विश्वविद्यालय में अंग्रेजी और तुलनात्मक साहित्य विभाग में भारतीय छात्रों ने कभी दाखिला नहीं लिया था। भारत में विशेषकर दिल्ली विश्वविद्यालय में अंग्रेजी शिक्षा का 'ग्राफ' कितना ऊंचा या नीचा है—इस संबंध में अध्यापकों की कोई धारणा ही नहीं थी! जापान के कुछ छात्र-छात्राओं को उन्होंने दाखिल किया था। जापानियों के अंग्रेजी सीखने के तरीके से उन्हें बहुत आश्चर्य होता था। लेकिन अध्यापकों ने यथेष्ठ उदारता के साथ मुझे ग्रहण किया था। उन्हीं के परामर्श से दिल्ली से एम० ए० न करके मैंने कोलंबिया में एम० ए० के लिए दाखिला लिया था। दिल्ली से एम० ए० कर लेने के बाद भी कोलंबिया में एम० ए० करना ही पड़ता। जिनकी मातृभाषा अंग्रेजी नहीं है, उन्हें कुछ प्राथमिक परीक्षाओं में पास करना बाध्यतामूलक है, उन परीक्षाओं से भी छुटकारा मिल गया था। यह सब तो दाखिले के लिए नियुक्त किये गये अध्यापक से मेरी पहली मुलाकात में साफ हो गया था।

इससे पहले जॉन लिटिलहार्ट से मुलाकात का मुझे अवसर नहीं मिला था। आधुनिक अमेरिकन कवियों में उनका स्थान मध्यम दरजे का होने के बावजूद उनकी कविताएं मुझे अच्छी लगती थीं। दो कविताएं तो कंठस्थ भी थीं। मेरे मुंह से अपनी कविता सुनकर जॉन लिटिलहार्ट जितना हैरान हुए, उतने ही मुग्ध भी।

"अंग्रेजी का इतना बढ़िया उच्चारण कैसे सीखा?" जॉन लिटिलहार्ट ने पूछा।

"आइरिश ब्रदर से।" मैंने निष्कपट जवाब दिया।

"तुम्हारा अंग्रेजी बोलने का तरीका बहुत सुंदर है। ब्रिटिश एक्सेंट को भारतीय शैली में मिलाकर तुमने उसे और भी मुलायम कर दिया है। आइ लाइक द साउंड ऑफ इट।"

उसके बाद मैंने उनकी एक दूसरी कविता को भी सस्वर गाकर सुनाया था।

जॉन लिटिलहार्ट की आंखें खुशी से चमकने लगीं। अपना हाथ बढ़ाकर उन्होंने कहा, "कंग्रेच्यूलेशन। फ्रॉम वन पोएट टु ऐनअदर!"

मैं हैरान था। बोला, "यह मेरी कविता है यह आपने कैसे समझा? इज इट सो बैड?"

जॉन लिटिलहार्ट ने कहा, "बिलकुल नहीं, बल्कि बहुत अच्छा है और कैसे

समझा ? हम कवि आत्मप्रिय होते हैं। मैं तुम्हारी ही ओर देख रहा था न ?"

पहली ही मुलाकात में मैं जॉन लिटिलहार्ट का 'दोस्त' बन गया।

"तुम मुझे जॉन कह सकते हो।"

मैं विस्मित रह गया।

बोला, "हिम्मत नहीं होती।"

"क्यों ?" जॉन लिटिलहार्ट के चेहरे पर हैरानी मिश्रित मुस्कराहट थी।

"अध्यापकों को हमारे यहां गुरु का सम्मान दिया जाता है।"

"जापानियों की तरह।"

"जापान के बारे में ज्यादा कुछ नहीं जानता।"

"किसी को सम्मान देने के लिहाज से तुम लोगों का संबोधन क्या होता है ?"

"हमारे यहां तीन तरह का संबोधन होता है।" मैंने उन्हें समझाया।

"जापान में भी ऐसा ही है।" जॉन लिटिलहार्ट ने बताया, "ठीक है तुम्हारी दोस्ती का मुझे इंतजार रहेगा। लेकिन इस बीच तुम्हें बहुत मेहनत करनी पड़ेगी।"

"एक साल में एम० ए० करना पड़ेगा मुझे।"

"क्यों ? इतनी जल्दी किस बात की है ?"

"यहां का खर्च भी तो है।"

"कोई काम मिला ?"

"दो दिन हुए एक काम मिला है।"

"कहां ?"

"लाइब्रेरी में। रेयर बुक्स सेक्शन में।"

"यह बहुत अच्छा है।"

"एक साल में पूरा कर पाऊंगा न ?"

"उतनी मेहनत कर सकोगे ?"

"करनी ही पड़ेगी।"

"दिन-भर में दस-बारह घंटा पढ़ सकोगे ?"

"पढ़ना ही पड़ेगा।"

"कुछ और करने का तुम्हारे पास समय नहीं होगा।"

"जानता हूं।"

"न्यूयॉर्क अमेरिका की सांस्कृतिक राजधानी है। यहां सब कुछ है। इतनी सारी चीजें और घटनाएं निरन्तर घट रही हैं—तुम इसका अंदाजा भी नहीं लगा सकते। यहां दर्जनों विख्यात म्युजियम हैं—तीन सौ से भी ज्यादा आर्ट

गैलेरी, रोज 50-60 नाटकों का शो होता है। यहां ऐसा कोई देश नहीं, जिसकी फिल्म नहीं दिखाई जाती है। डांस, म्युजिक, ओपेरा की भी कोई कमी नहीं। किताबें ? लाखों किताबें हैं। एक दिन डाउन टाउन में देख आओ।''

''इन सबका बहुत कुछ मेरी पहुंच के बाहर होगा। कुछ नहीं तो कम-से-कम एक साल।''

जॉन लिटिलहार्ट ने मजाक के तौर पर कहा, ''गर्ल्स।''

मेरे कान गरम हो गये। मैंने कहा, ''वह भी।''

और वैसा ही हुआ। मेरी और मीतू की पढ़ाई का खर्च देना, आपके लिए संभव नहीं था और आपने स्वयं अपने ऊपर भी एक बहुत दुस्साहसिक काम ले लिया था। जिस उम्र में भारत के पुरुष अवकाश लेकर जीवन के आखिरी प्रहर की गिनती करते हैं, उस उम्र में आपने अपने कर्म-जीवन को नयी दिशा में ले जाने का संकल्प लेकर पी-एच० डी० प्रोग्राम के लिए न्यूयॉर्क के विश्व-विख्यात विश्वविद्यालय में दाखिला लिया। साथ-ही-साथ शोध और किताब लिखने का काम भी। इसके अलावा अध्यापन, जिसमें बहुत ज्यादा नहीं मिलता था।

मीतू को तीन महीने के भीतर उसके जन-संपर्क की अद्‌भुत क्षमता के बल पर एजुकेशनल टेलीविजन सिखाने का एक अच्छा अवसर चैनेल थर्टीन में मिल गया। पहले साल वहां कोई पारिश्रमिक नहीं मिलना था। मीतू काम सीखती रही। एक दिन उसे एक नौकरी भी मिल गयी—मिशनरी स्कूल में। तीन से सात साल के बच्चों को पढ़ाने का काम था। मीतू सुबह सात बजे घर से निकल जाती। साढ़े ग्यारह बजे स्कूल में पढ़ाने के बाद लंच के लिए वह घर आ जाती। खाना खाते ही उसे टेलीविजन के लिए दौड़ना पड़ता। लौटना उसका वही शाम के सात बजे होता।

मां को भी कोलंबिया यूनीवर्सिटी की लाइब्रेरी में एक नौकरी मिल गयी। बड़ी ही निष्ठा, परिश्रम और लगन से मां ने दो साल वह नौकरी की। इससे पहले मां ने एक सप्ताह के लिए एक कपड़े की दुकान में सेल्स गर्ल का भी काम किया था। कपड़े के बड़े-बड़े थान खोलने और लपेटने में मां की कमर टूट जाती थी। वह नौकरी छूट गयी (मां के लिए वह काम मुश्किल भी था), तो मां खूब रोयी थी। यह मुझे आज भी याद है। फिर जल्दी ही लाइब्रेरी का काम मिल गया। मां बहुत खुश हुई। कोलंबिया यूनीवर्सिटी की लाइब्रेरी में बंगला किताबों का सालों से ढेर लग गया था। मां का काम था, उन किताबों को छांट-कर विषयानुसार उनका कैटलॉग बनाना। साथ ही कौन-सी किताब रखी जा सकती है, कौन-सी रखने लायक नहीं है, किस किताब को किस लाइब्रेरी में भेजना है—यह सब तय करना भी मां के काम में शामिल था। लाइब्रेरी का काम ठीक से सीखने के लिए मां को वाई० डब्ल्यू० सी० ए० में दाखिला लेना

पड़ा था। यहां शाम को लाइब्रेरी साइंस की क्लास होती थी। इसलिए मां को भी सुबह दस बजे से रात ग्यारह बजे तक लगातार काम करना पड़ता था !

और तब मैं एक अतल समुद्र की गहराई में खो गया था। जहां लहरों पर सिर्फ लहरें ही थीं। कोई किनारा न था। थपेड़ों की लगातार मार थी—इन सबके साथ ऊपर ही ऊपर तैरने की लगातार मैं जी-जान से कोशिश कर रहा था। अपने जीवन में इतनी किताबें मैंने कभी नहीं देखी थीं। न ही इतने सारे जर्नल्स। इतने सारे माइक्रो फिल्म। इतने रिकॉर्ड और दस्तावेज। मैंने ऐसा अध्यापक भी कभी नहीं देखा था जिन्होंने एक-एक कवि, उपन्यासकार, नाटककार और समालोचकों के लिए अपना जीवन अनंत साधना में गुजार दिया। उनकी विद्वता गंभीर थी। जिनके काम में कहीं कोई नुक्स नहीं था। गहरे चिंतन और मनन की रेखा उनके काम में साफ झलकती थी।

अपने दीर्घ छात्र जीवन में मैंने ऐसा छात्र भी नहीं देखा, जो हर विषय पर इतनी गहराई से सोचते हों, बहस करते हों और लिखते हों। सेमीनार में छात्र-छात्राओं के पेपर सुनकर मैं विस्मित रह जाता। कभी-कभी बकायदा आतंकित भी हो जाता था—यह सोचकर कि कहां, हमें तो किसी ने इस तरह पेपर लिखना नहीं सिखाया। समालोचना के मल्लयुद्ध के अखाड़े में उतरना भी तो हमें नहीं सिखाया गया। और यही वजह थी कि मैं खुद को उनके समकक्ष लाने की कोशिश में जुट गया और इसीलिए दूसरे किसी काम के लिए मेरे पास समय नहीं था। हर वक्त मेरे पीठ पर हजारों कोड़े एक साथ बरसते रहते थे। रोज तीन घंटा लाइब्रेरी के रेयर बुक्स सेक्शन में नौकरी करनी पड़ती थी। पर यहां हर रोज मुझे तरह-तरह के रोमांचक अनुभव हुआ करते थे। कितने ही लोग उन पुरानी किताबों को घंटों बड़े सम्मान के साथ पढ़ते थे। हालांकि ऐसे लोगों की संख्या कम ही थी। इन किताबों को सुरक्षित रखने के लिए कितने उपाय, कितने जतन किये जाते थे। सुदूर अतीत से वर्तमान तक इंसान के मननशील प्रवृत्ति की धारावाहिक परंपरा से मेरी नजर का परिचय यहीं हुआ। मैं नहीं जानता उन सुरक्षित प्राचीन किताबों की अक्षरमाला में क्या है। मैं यह भी नहीं जानता कि ऐसी कौन-सी संपत्ति दर्जनों लाइब्रेरी की लाखों-करोड़ों के विभिन्न स्तरों में छिपी है। फिर भी समूह से विशाल, विस्तृत हिमालय की-सी ऊंची मनन संपदा के परिचय से मैं स्तंभित, उद्वेलित और उत्तेजित हूं।

यूनीवर्सिटी के पास ही एक अपार्टमेंट हाउस की चौथी मंजिल में हमारा फ्लैट था। उसके ठीक विपरीत लॉ स्कूल की इमारत और दक्षिण में मुख्य परिसर था। लॉ स्कूल के पास ही छात्राओं का होस्टल जॉनसन हॉल था। हम लोगों का फ्लैट उसके ठीक ऊपर किंग्स क्राउन है। यह कोलंबिया यूनीवर्सिटी के

अधिकारियों द्वारा परिचालित होता है। घर से निकलकर दो कदम चलते ही बेसमेंट में एक वियनिज रेस्त्रां है। रात-दिन वहां छात्र-छात्राओं की भीड़ रहती है। थोड़ी ही दूरी पर मॉर्निंग साइड ब्राइड है, उसके नीचे-बहुत नीचे हार्लेम। मॉर्निंग साइड ब्राइड के ऊपर ड्राइवी लता से ढंका यूनीवर्सिटी प्रेसीडेंट का घर है। कैंपस से घुसते ही विशाल प्लाजा है, एक ओर लॉ की इमारत है, उसकी तीन सीढ़ी चढ कर बीचोंबीच विश्वविद्यालय की प्रतीक मूर्ति है—आलामा मदर। इमारत के ठीक सामने बाटला लाइब्रेरी है—जिसने ऊपरी शिखर पर ऐतिहासिक मनीषियों—अरिस्टोटल, प्लेटो, दांते, होमर, हेरोडोप्स, सफकिलस—के नाम खुदे हैं। शेक्सपीयर, गेटे का नाम इन सनातन ज्ञानी तपस्वियों की सभा में नहीं है। प्लाजा से निकल कर दाईं ओर एक स्क्वायर के चारों ओर बड़े-बड़े अक्षरों में लिखा हैं—"फिलॉसफी।" यही अंग्रेजी और तुलनात्मक साहित्य की इमारत है। स्क्वायर में रोदां की ठुड्डी पर हाथ रख कर चिंतनशील पुरुष की मूर्ति को मननशील विद्यार्थी की प्रतीक मूर्ति के रूप मैं रखा गया है।

साल 1968। वियतनाम युद्ध के विरोध में अमेरिका के युवाओं का मन उद्वेलित था। हर रोज प्लाजा में सभाएं होतीं। गरमागरम भाषण, बहसें होतीं। आए दिन युद्ध के विरोध में जुलूस निकाले जाते। ऑफ ब्रॉड वे में हर रात मैक-ब्राइड का नाटक खेला जाता। मैकबेथ के अनुकरण से जॉन एफ कैनेडी के गुप्त घातक की भूमिका में जिस चरित्र को परोक्ष रूप से दिखाया गया उसके साथ प्रेसीडेंट जॉनसन का सादृश्य सबके सामने स्पष्ट था। वियतनाम युद्ध विरोधी आंदोलन क्रमशः अमेरिकी राजनैतिक और सामाजिक व्यवस्था के विरुद्ध युवा शक्तियों का विरोध युद्ध की घोषणा कार्यरूप में परिणत होने चली थी। छात्र युद्ध उद्योग और पेंटागन से विश्वविद्यालयों की सांठगांठ के विरोध में लगातार प्रदर्शन कर रहे थे। उनकी मांग थी—युद्ध की तैयारी से संबंधित शोध और पाठ्यक्रम विश्वविद्यालय से निर्वासित कर दिये जाएं। छात्रों के इस आंदोलन का विश्वविद्यालय के सामरिक विभाग की प्रतिष्ठित व्यवस्था पर सीधा असर पड़ने लगा। हर रोज छात्रों की सभाओं में ड्राफ्ट कॉल के कार्ड जलाये जाते। जॉनसन यह घोषणा करने को बाध्य हुए कि इस बार चुनाव में वे उम्मीदवार नहीं होंगे। यूजिन मैकथी ने यद्ध विरोधी औ र आमूल परिवर्तन की चाह रखने वाल शक्तियों को संगठित करके एक बहुत बड़ा आंदोलन किया। इस आंदोलन की हवा से अमेरिकी समाज में कंपकपी की लहर दौड़ गयी। लोगों का मन विभ्रांत होने लगा। आम जनता भी प्रतिष्ठित मूल्यबोध के प्रति संदिग्ध हो उठी। मूल्य-बोध का बकायदा बहिष्कार किया जाने लगा। युवा समाज में विरोध रूपी बारूद का ढेर जमा होने लगा। और विरोध के तरीके भी कई तरह के थे—एक ओर जुलूस, प्रदर्शन, मार्च, दंगा और दूसरी ओर संस्कृति के विभिन्न रूपों, नाटकों,

लोक संगीत, नृत्य, सिनेमा, उपन्यास, कविता निबंध के जरिये विरोध प्रकट किया जा रहा था। इन सबके बीच संस्कृति का कारोबार भी शुरू हुआ। विरोधी संस्कृति के विभिन्न रूप मिडिया के हाथ में पड़ कर चटकदार व्यावसायिक अभिव्यक्ति के रूप में प्रदर्शित होने लगे। विरोधी संस्कृति ने न्यूयॉर्क के मध्य-वर्गीय समाज पर अचानक हमला बोल दिया। हर घर में माता-पिता और उनके बच्चों के बीच 'कम्युनिकेशन' का अभाव नजर आने लगा। अमेरिकी समाज में 'जनरेशन गैप' ने एक बहुत बड़ी खाई पैदा कर दी। डोरमेटरी के लड़के-लड़कियां रात को एक साथ रहने लगे। अविवाहित प्रेमी-प्रेमिका का सहवास रातोंरात सामाजिक सत्य के रूप में प्रतिष्ठित हो गया। कृषकाय अमेरिकन अचानक जंगी हो उठे। ब्लैक पैंथर की भीड़ बढ़ने लगी। साथ ही ब्लैक मुस्लिम, ब्लैक लिबरेशन आर्मी का वह एक पिपासु संगठन भी। इन संगठनों में सैद्धांतिक मतभेद जो था सो तो था ही, एक ही संगठन में कार्यकर्ताओं के आपसी मतभेद चरम पर थे। हर किसी का अपना अलग रास्ता था। काले 'क्रांतिकारी' गोरों के साथ हाथ मिलाने को तैयार नहीं थे और वे खुद भी विभिन्न दलों-उपदलों में विभाजित थे।

इसी बीच फ्रांस में 1968 में विक्षुब्ध युवा शक्तियों ने अचानक चमत्कारी रूप से विरोध करके राजशक्ति की नींव को हिला दिया। जापान का युवा समाज सामाजिक परिवर्तन की मांग को लेकर सड़कों और मैदानों में निकल आया था। चेकोस्लोवाकिया में डूबसेक विद्रोह का ईंधन युवक-युवतियों ने ही सुलगाया था। सारी दुनिया के आसमान पर एक विशाल धूमकेतु ने अपना सिर उठाकर अपनी बंद मुट्ठी को शून्य में हिला के अपने विरोध की घोषणा कर दी थी। दुनिया भर के माता-पिताओं का दिल दहल गया था। सिर चकराने लगा था। दम घुटने लगा था। विद्वानों ने एक वाक्य में विश्वमानव की रणभूमि में एक नयी शक्ति के प्रादुर्भाव की शिकायत की। यह शक्ति थी—'यूथ पावर'—युवाशक्ति। एक नया स्लोगन सुनाई पड़ा। विश्व की युवाशक्ति एक हो। पिताओं का साम्राज्य चूर-चूर कर दो। मुक्त करो शताब्दियों के बंदियों को यानी खुद को! अपने स्वप्निल और सुनहरे आदर्शवाद की ज्योतिर्मय आशा से उत्तप्त हृदय से नये समाज और नयी दुनिया का निर्माण करो!

पर वह जाज्वल्यमान धूमकेतु पांच साल भी नहीं टिका। आप सब पिता अति अतिशय बुद्धिमान और धूर्त हैं—पांच साल में आप लोगों ने उस दानव को फिर से पिंजड़े में बन्द कर दिया और जब उस दानव ने अपने पैरों में फिर से जंजीर डाल ली, तो आप लोग निश्चिंत हो गये। हां, इतना जरूर है कि आप लोग थोड़ी-सी जमीन छोड़ने को बाध्य हो गये। पर वह मुट्ठी भर जमीन छोड़ने के बावजूद उस दानव को पिंजड़े में कैद करने की निष्ठुर आवश्यकता ने अमेरिका को वियतनाम युद्ध छेड़ने को बाध्य कर दिया और विश्वव्यापी अमेरिकी साम्राज्य

एक टुकड़ा अलग हो गया। काले रंग वालों में विद्युतगति से एक बुर्जुआ श्रेणी का प्रादुर्भाव हुआ। इस श्रेणी ने काफी लोगों को समझाया—व्यवस्था के भीतर रह कर ही अपना एक स्थान कायम करना पड़ेगा। इसके सिवाय दूसरा कोई उपाय नहीं है ! नहीं है !! नहीं है !!! जिन्होंने इसे नहीं माना उन्हें सबक सिखाने के लिए आप लोगों ने डंडे और कोड़े का इस्तेमाल किया। वियतनाम युद्ध में भाटे का दौर आया। और इसके थोड़े ही समय बाद गोरे विरोधियों के खून की गरमी शांत होने लगी। और जिनके साथ ऐसा नहीं हुआ उन्हें आप लोगों ने जेलों में भरना शुरू किया।

फिर एक नया संकट गहराया। विश्व की पूंजीवादी आर्थिक नीति की बुनियाद अचानक ढह गयी। विकसित जंगल के देशों में हाहाकार मच गया। उत्पादनशील कारखाने निस्तेज हो गये। हर चीज की मूल्यवृद्धि का ग्राफ क्रमश: ऊपर की ओर उठने लगा। बेकारी बढ़ने लगी। करोबार मंदा चलने लगा। यह यह सब काफी लंबे समय तक चलता रहा। युवा शक्ति कहीं खो गयी। कहां खो गयी थी ? युवा-युवती विरोध प्रदर्शन की विलासिता को त्यागकर रोजगार की तलाश में निकल पड़े और आप सब निश्चिंत हो गये।

भले ही आप लोगों की सारी चिंताओं का अवसान हो गया। पर छठे दशक के अंत में हमारे बीच पैदा होने वाले दरार से हम दोनों पक्ष भयभीत हो गये। वह दरार आज भी कायम है। पिताजी, यह भविष्य में भी कभी नहीं पटेगी।

सुजान फोर्ड ने आपके और मेरे बीच की खाई को नहीं तैयार किया था। उस खाई के पैदा होने का अपना ही एक ऐतिहासिक कारण है। जिसका इल्म आपको हुआ तो जरूर था पर आप उसे स्वीकार करने से कतराते रहे। उस खाई के अस्तित्व का एहसास होने के बावजूद हम लोगों ने उसे जानना और पहचानना नहीं चाहा। बल्कि सुजान फोर्ड ने ही उसकी अस्तित्व का एहसास हम दोनों को कराया था। इस कठोर, भयंकर और निष्ठुर सत्य से परिचित होकर मैं और आप। (आप यानी आप—आप लोग) हैरान रह गये। साथ ही हमारा अस्तित्व और हृदय भी। एक अज्ञातपूर्ण अंधकार में हम लड़खड़ा गये थे। रोशनी ? कैसी रोशनी ? बिजली की या दीये की ? या बुद्धि और विवेक की ? जिसके प्रकाश में हम लोग अंधेरे से निकल कर किसी उज्ज्वल किनारे पर पहुंच सकें।

एम० ए० कक्षा की पढ़ाई के दौरान शुरू के पूरे नौ महीने तक गर्ल फ्रेंड बनाने का मुझे अवसर नहीं मिला। दिल्ली में महिला दोस्तों की कोई कमी नहीं थी। पर न्यूयॉर्क में विश्वविद्यालय परिसर में लड़कियों की भीड़ के बावजूद मेरी एक भी दोस्त नहीं थी। भारतीय लड़कियां यहां वैसे भी अल्पसंख्यक की गिनती में

हैं। हमारे विभाग में तो वह भी नहीं थी। उस पर वे या तो जरूरत से ज्यादा स्मार्ट हैं या फिर बिलकुल भी नहीं। कम से कम मुझे तो ऐसा ही लगता है और सबसे बड़ी बात मेलजोल का अवसर ही कहां था? समय कहां? क्लास की लड़कियों से मेलजोल नहीं था, ऐसी बात नहीं, लेकिन दोस्ती के शिखर तक कोई नहीं पहुंच सकी। वैसे भी एम० ए०, पी-एच० डी० करने वाली लड़कियों को दोस्त के रूप में देखने का मुझमें कम ही आग्रह है। ये बहुत ज्यादा बोलती हैं। वह भी ऐसे विषय में जिनके बारे में उनकी जानकारी बिलकुल नहीं। उस पर पहले साल इनको लेकर मुझ में एक 'इनफियोरिटी कंपलेक्स' था, जिसे मैं अपने अहंकार के पर्दे से ढंक कर रखता था।

फिर भी एक लड़की के साथ कुछ दिनों यूं ही बातें करने, एकाध बार एक साथ कॉफी पीने जैसे सामान्य मेलजोल से ही हम दोनों का दिल एक-दूसरे के प्रति थोड़ा नरम होने लगा। एलिजाबेथ वर्नस्टाइम देखने में सुन्दर तो नहीं थी। वह एक दुबली-पतली यहूदी लड़की थी। उसके बाल काले और घने। आंखें भी काली और गहरी। दांत थोड़ा-सा ऊंचा। उसके लंबे चेहरे पर हमेशा एक उदासी छायी रहती।

एक दिन मैं उसे अपने घर ले आया। मां के हाथ का बना खाना खाकर वह बहुत खुश हुई। वैसे मेरे सहपाठियों को बड़ी हैरानी होती कि हम सब माता-पिता और भाई-बहन एक साथ रहते हैं। हम लोगों के परस्पर व्यवहार और ममत्व को देखकर उनके आश्चर्य का ठिकाना नहीं था। पिताजी, जीम की याद है आपको? जीम डूब्लो? जिसके माँ-बाप उसके पांच साल की उम्र में अलग हो गये थे। जिसकी मां ज्यादातर शराब पीकर बोस्टन के एक आपार्टमेंट में धुत पड़ी रहती थी? याद है, जीम अक्सर हमारे घर आ जाया करता था और मां के हाथ का बना खाना मांग कर खाता। और खाना खाते समय वह भींगी आंखों से मां की ओर टकटकी लगाये देखता और कहता—आप मुझे बहुत अच्छी लगती हैं।

एलिजाबेथ बर्नस्टाइम को भी हमारे पारिवारिक प्यार, ममता, एकता के भाव ने मुग्ध कर दिया था। वह मुझे भी अच्छी लगने लगी थी। इसीलिए एक दिन कॉफी पीने का आमंत्रण उसने अस्वीकार कर दिया। बोली, "तुम्हारे साथ अब मैं और ज्यादा घनिष्ठ नहीं हो सकती हूं, केतु।"

मैं हैरान था। ऐसा मैंने क्या किया कि एलिजाबेथ मेरा साथ छोड़ना चाहती है।

मुझे चुप देख कर एलिजाबेथ ने खुद ही कहा, "यदि तुम्हारे साथ मैंने और ज्यादा मेलजोल बढ़ाया तो मैं तुमसे प्रेम करने लगूंगी।"

कितनी भयानक है इन लड़कियों के खुले दिल की बातें।

मैंने कहा, "इसका परिणाम इतना भयंकर होगा, यह तो मैं समझ ही नहीं पाया था !"

एलिजाबेथ ने कहा, "मैं जानती हूं तुम्हें बहुत दुख पहुंचा है लेकिन मेरे पास दूसरा कोई उपाय भी नहीं है। मेरा परिवार कट्टर यहूदी है। मुझे किसी यहूदी लड़के से ही शादी करनी पड़ेगी। यदि उन्हें पता चल गया कि मैं किसी ऐसे लड़के से मेलजोल बढ़ा रही हूं, जो यहूदी नहीं है, तो मेरे पिताजी मुझे जिंदा नहीं छोड़ेंगे।"

हे भगवान ! यह तो हमारे देश की लड़कियों सरीखी बातें कर रही है। मेरे मुंह से सवाल उछला, "तुम क्या अपने पिता की आज्ञाकारी हो ?"

"होना पड़ता है।" एलिजाबेथ का जवाब था, "अपने माता-पिता के विरुद्ध जाने का साहस मुझे नहीं।"

"क्यों ?"

"मेरा भविष्य उन्हीं के हाथ में है। मेरे पिताजी के पास बहुत संपत्ति और धन-दौलत है। उनकी मर्जी के खिलाफ मैंने शादी की तो वे मुझे एक पैसा भी नहीं देंगे। मेरी पढ़ाई-लिखाई बंद हो जायेगी । और फिर पिताजी ने बहुत पहले ही यह तय कर दिया था कि मुझे इजरायल जाकर पढ़ाना है। यरूशलम विश्वविद्यालय को मेरे दादाजी ने और पिताजी ने बहुत रुपया दान में दिया है। मुझे वहां अंग्रेजी पढ़ानी पड़ेगी। दूसरे किसी भी तरह के जीवन का रास्ता मेरे लिए बंद है। इसलिए समय रहते ही मैं तुमसे अलग हो रही हूं।"

मैं और एलिजाबेथ फिलॉसफी भवन के बाहर लॉन में खड़े बातें कर रहे थे। एलिजाबेथ ने मेरी ओर हाथ बढ़ा दिया। मेरा हाथ उसके हाथ से जा मिला। उसका हाथ ठंडा और पसीने से गीला था।

"तुम बहुत अच्छे लड़के हो और तुम्हारी मां की तो कोई मिसाल ही नहीं। तुम लोगों से मेरा परिचय हुआ, इसे मैं अपना सौभाग्य समझती हूं। मुझे माफ कर देना केतु।"

एलिजाबेथ का गला भारी हो गया। और आंखें छलछला गयीं । अचानक पीछे मुड़ी और तेज कदमों से चली गयी।

और इसी के साथ अमेरिका में दोस्त बनने की पहली संभावना खत्म हो गई।

एक दिन मीतू अपनी अचानक मिल जाने वाली किसी सहेली को साथ ले आयी। चैनेल थर्टीन में प्रशिक्षण लेने के साथ मीतू शाम को न्यूयॉर्क यूनीवर्सिटी में टेलीविजन कोर्स कर रही थी। जॉर्ज वाशिंगटन स्क्वायर से निकलकर स्कूल जाते समय मीतू का परिचय एक लड़की से हुआ।

"तुमसे मैं दोस्ती कर सकती हूं ?" लड़की ने मीतू को सड़क चलते टोका।

"हां, क्यों नहीं।" जोर-जोर से धड़कते दिल के स्पंदन को थाम कर मीतू

ने कहा।

"कई दिनों से मैं तुम्हें रोज देख रही हूं। और सोचती रहती हूं कि यह खूबसूरत लड़की कौन है ?"

न्यूयॉर्क में जाकर पहली बार मीतू ने जाना कि वह सुंदर है। अपने देश में किसी ने उसे सुंदर कह कर नहीं स्वीकारा। उसका रंग कुछ झंवाया हुआ सा था। जबड़ा चौड़ा, नाक भी बहुत अच्छी नहीं थी। इन सबके साथ मीतू सौंदर्य के पैमाने में खरी कैसे उतरती ?

न्यूयॉर्क पहुंचते ही जिस आइरिश परिवार ने मुझे और मीतू को सड़क से उठाकर अपने घर में आश्रय दिया, उस मिसेज ओकनर ने एक ही नजर में मीतू को सुंदर घोषित कर दिया था और कहा था—"तुम्हारी तरह कोई सुंदर लड़की यदि मेरे पादरी बेटे से शादी करे तो मुझे बहुत खुशी होगी !"

मीतू हैरानी से मेरी तरफ देखने लगी थी। मिसेज ओकनर तब मीतू के आगे अपने पादरी बेटे की प्रशंसा के पुल बांधने लगीं।

खैर, उस लड़की ने मीतू से कहा, "मेरा नाम एमिली हार्ट है। एमिली हार्ट। तुम तो भारतीय हो न ?"

मीतू ने उसे अपना परिचय दिया। स्कूल तक दोनों साथ-साथ पैदल चलीं।

उसी एमिली हार्ट को लेकर एक दिन मीतू हमारे घर आयी।

इतनी खूबसूरत लड़की हम लोगों ने पहले कभी नहीं देखी थी। आपने भी नहीं, मां ने भी नहीं और मीतू और मैंने तो कभी देखा था ही नहीं। एमिली हार्ट को देखकर लगा जैसे वह किसी मूर्तिकार द्वारा गढ़ी गयी 'आइवरी' कन्या है। एमिली के शारीरिक गठन में कहीं कोई खोट नहीं थी। सारी शाम, शाम क्या ग्यारह बजे तक हम चारों हजारों बार एमिली को मुग्ध दृष्टि से देखते रहे थे।

मात्र अठारह साल की थी वह। उम्र में मीतू से भी छोटी। पिता न्यूयॉर्क में गायनोकोलॉजिस्ट हैं। अच्छा कमा लेते हैं। एमिली की एक बड़ी बहन भी है। नाम है नैनसी। साइकोलॉजी में पी-एच० डी० कर रही है। काम पूरा होने-होने को है। पर पढ़ाई में उसका कोई खास मन नहीं लगता। एमिली जब बारह साल की थी, तभी उसकी मां गुजर गयी थी। पिता ने नैनसी से भी छोटी लड़की से दोबारा शादी की। एमिली को सौतेली मां से कोई शिकायत नहीं है। पर पिता से है। इसलिए एमिली अलग रहती है। उसके साथ एक दूसरी लड़की उसकी रूममेट है। अकेले दोनों ने एक छोटा-सा अपार्टमेंट ले रखा है। नैनसी भी अलग रहती है। उसने शादी नहीं की है। पर उसका एक ब्वॉय फ्रेंड है। पेशे से जो म्युजिशियन है। उम्र पचास के करीब है। एमिली का भी एक ब्वॉय फ्रेंड है जॉर्ज। ग्रीक लड़का है। ग्रीक तब फौजी एकनायकत्व के अधीन था। जॉर्ज

फौजी शासन के खिलाफ है। वह अमेरिका में प्रतिष्ठित संगठन का जुझारू सदस्य है। उसका संगठन ग्रीक में लोकतंत्र की पुनर्स्थापना के लिए दृढ़ संकल्प है। फौजी प्रशासन के गुप्तचरों की गोली से बचने के लिए अक्सर उसे भूमिगत रहना पड़ता है। जॉर्ज एमिली को कोई खास लिफ्ट नहीं देता। प्रेम जैसी विलासिता के लिए उसके पास समय नहीं है। उसके लिए ग्रीक लोकतंत्र एमिली से कहीं अधिक खूबसूरत, कहीं अधिक कीमती और पवित्र है। जॉर्ज को अक्सर न्यूयॉर्क से बाहर रहना पड़ता है और न्यूयॉर्क में भी एक ठिकाने पर एक से ज्यादा दिन रहना उसके लिए खतरे से खाली नहीं। एमिली से जॉर्ज की मुलाकात बहुत कम होती है। और जब कभी होती भी है, तो ऐसा भी होता है और अक्सर होता है कि जॉर्ज सारी रात उसके पास होते हुए भी उससे एक शब्द भी नहीं बोलता। मन ही मन वह कुछ सोचता रहता है। योजनाएं बनाता रहता है। चिट्ठियां लिखता है। विज्ञापन तैयार करता है। एमिली खाना खरीदकर ले आती है और वह खाना अक्सर बेकार जाता है। जॉर्ज एक ही बात बार-बार कहता, "हट जाओ, मेरे पास से। मेरे पास तुम्हारे लिए वक्त नहीं है। चाहे तुम कितनी ही खूबसूरत और अच्छी क्यों न हो—मेरे पास प्रेम जैसी विलासिता के लिए समय नहीं है। खुद को बरबाद होने से बचाओ और मुझसे दूर ही रहो।" पर एमिली उससे दूर नहीं जा सकती। जॉर्ज को वह अपने दिल की गहराई से चाहती है। प्यार करती है।

पहले ही दिन उसने खाने के टेबल पर हम लोगों से यह सब कह दिया। यह सब कहते हुए उसके चेहरे पर न तो संकोच का भाव था न ही लज्जा का। मुझे बड़ी हैरानी हो रही थी। और उसके बारे में सोच-सोचकर मेरे दिल में एक हूक-सी उठ रही थी। इस अनिंद्य सुंदरी से जीवन कितनी कठिन परीक्षा ले रहा है। मैं सोच रहा था, इस देश के लड़के-लड़कियों को जिन समस्याओं, मुसीबतों और घात-प्रतिघातों से गुजरना पड़ता है, वहां इनका मार्गदर्शन करने वाला, सहायता करने वाला कोई नहीं है। वे नितांत निस्संग हैं। उनकी तुलना में हमारा जीवन कहीं अधिक सुरक्षित है। एमिली की बातें सुनते-सुनते मुझे जीवन नामक चीज से डर लगने लगा। साथ ही मुझे यह भी लगने लगा था कि जीवन कितना आकर्षक है। कितना उत्तेजक, कितना निर्दयी, भयंकर और आनंददायक हो सकता है—यह जीने और जीते रहने का अनुभव। दूसरी तरफ कितना निस्तेज, नितांत निस्संग और निरामिष।

एमिली हार्ट कभी-कभी हमारे घर आती। पर जल्दी ही वह आप और मां—दोनों के स्नेह का पात्र बन गयी। एमिली से मैं बहुत घनिष्ठ नहीं हुआ था। पर हम दोस्त जरूर बन गये थे। मुझे याद है, पिताजी, एक दिन एमिली ने मुझसे कहा था, "तुम लोगों का परिबार देखकर मुझे हैरानी भी होती है और

जलन भी। बहुत ही सुंदर है तुम लोगों का परिवार। चार जन मां-पिताजी, भाई-बहन, फैमिली शब्द ही मुझे बहुत पसंद है। क्योंकि बड़े होने पर मैंने जाना ही नहीं कि फैमिली-लाइफ क्या है? और फिर अपने देश में जो कुछ देखती हूं उसके प्रति मन में श्रद्धा का कोई भाव नहीं उपजता। और उस ओर आकर्षित होने का विशेष कुछ है भी नहीं। मैं जानती हूं तुम लोगों में भी तनाव है। मतभेद होता है। एक-दूसरे पर तुम लोग भी आघात करते हो। पर इन सबके बावजूद तुम लोगों में पारिवारिक स्नेह-ममता भी तो है। तुम लोग एक-दूसरे को प्यार करना जानते हो। अब मुझे ही लो न। मेरे जैसी दिशाहीन विदेशी लड़की को तुम लोगों ने कितनी सहजता से स्वीकार कर लिया है। कभी-कभी कैसा लगता है, जानते हो केतु। लगता है जिसे हम लोग 'प्रोग्रेस' या 'डेवलपमेंट' कहते हैं वह थोड़ी-बहुत मात्रा में ही हो तो ठीक है। इतना अधिक विकास, ऐश्वर्य, क्षमता, प्रभाव, पावर और शहरी सभ्यता के साथ उद्योगों की तादाद—यह सब के सब एक तरह के अभिशाप हैं। लगता है तुम लोग हम लोगों से कहीं अधिक सुखी हो। तुम लोगों का पिछड़ा भारत ही अच्छा है। यह तुम लोगों का सौभाग्य ही है कि तुम्हारे यहां इतनी गाड़ियां नहीं हैं। कल-कारखाने नहीं हैं। और इसी वजह से तुम लोगों का जीवन श्रृंखलाविहीन नहीं है। न ही प्रतियोगिता मूलक सभ्यता ही है। तुम्हारे पिताजी आज कह रहे थे—अभी थोड़ी ही देर पहले कि भारत में कुछ दिन रह आओ। क्या होगा वहां कुछ दिन रहकर? क्या सीखूंगी वहां जाकर? यदि भारत को जी-जान से ग्रहण न कर सकूं तो? वहां गरीबी देखकर शरीर का रोआं-रोआं कांप उठेगा। वहां की निरक्षरता देखकर मन डर जायेगा। भूख देखकर चक्कर आ जायेगा। उस गरीबी, निरक्षरता और भूख में भी तुम लोगों की जो दृढ़ता है, उसे न समझ पायी, स्वीकार न कर सकी तो वहां जाना बेकार है। नहीं, केतु, तुम और हम एक नहीं हैं, बहुत अलग हैं। मैं यदि तुम लोग जसी हो पाऊं तो मुझे खुशी होगी। पर मैं हो नहीं सकती। मुझमें वह क्षमता नहीं है। मैं एक-एक जॉर्ज के पीछे मरती रहूंगी। और वे लोग मुझे जर्जरित करते रहेंगे। पचीस साल में पांच प्रेमियों के साथ मैं कई-कई बार सो चुकूंगी। और फिर मौके से या संयोग से उन्हीं में से किसी के साथ या किसी दूसरे के साथ शादी करूंगी। हम लोगों के पास दो गाड़ी, दो-तीन टीवी, शहर से दूर अपना बंगला होगा। बच्चे होंगे। हम दोनों दुनिया भर की सैर करेंगे। बहुतेरे भोग-संभोग का उपभोग करेंगे। हो सकता है डिवोर्स भी हो जाये। फिर शादी हो और और स्लिपिंग पिल का ओवर डोज खाकर आत्महत्या कर लूं या मानसिक रोग से पीड़ित होकर किसी मानसिक अस्पताल में आश्रय ले लूं। जॉर्ज से भी मैं जलती हूं, केतु। उसके पास उसका ग्रीस है। ग्रीस का लोकतंत्र है। जूझने-लड़ने की उसमें शक्ति है। क्षमता है। मेरे पास तो कुछ भी नहीं है सिवाय इस सुंदर शरीर

के जो तुम लोगों की नजर को आकर्षित करती है। और एक प्राण या आत्मा है, जो विशेष किसी के नजर में पड़ती ही नहीं। यह गनीमत ही है कि इन दोनों में कोई भी बहुत ज्यादा दिन साथ नहीं रहता। क्यों ऐसा ही नहीं है क्या ? क्या मैं सारी जिंदगी इतनी ही खूबसूरत रहूंगी ? शायद रहूंगी भी। पर नारी सौंदर्य पर मुग्ध होने या रीझने वाले पुरुष क्या ज्यादा दिन रहेंगे ?

सुजान फोर्ड एलिजाबेथ नहीं थी, न ही एमिली हार्ट। सुजान फोर्ड, सुजान फोर्ड ही थी। अकेली और अद्वितीय। उसे अनन्या नहीं कहूंगा। सुजान फोर्ड पर कविता लिखने की कूवत मुझमें नहीं। कौमार्य से पुरुषत्व लाभ करने का रास्ता मुझे सुजान फोर्ड ने ही दिखाया था। यह रास्ता न केवल यौनि से पुरुषांग का प्रथम समागम नहीं है। कुछ और भी है। पर यह प्रत्येक पुरुष और नारी के जीवन की अन्यतम और वृहतम् घटना है। यह रास्ता विधि-विधान, नीति-रीति के निषेध के प्राचीर को पार करके एक ऐसी दुनिया में जाने का रास्ता है—जहां जीवन का आस्वाद ज्वलंत और तेज से उतप्त है। सुजान फोर्ड का जीवन नियम के खिलाफ विद्रोह करने के लिए ही है। जो जीवन का नियम है, सुजान फोर्ड वह नहीं करती। उस नहीं करने के पीछे जीवन का जो जीवन्त आस्वाद है उसी में सुजान फोर्ड का अस्तित्व है। जीवन ने जिस परिवेश में ला पटका था उस परिवेश को स्वीकार करके ही मैं हूं। सुजान का कहना है—आइ एम (मैं हूं।) को कब्र में डालकर दूसरे दस लोगों की तरह सुजान फोर्ड भी जिंदा नहीं रह सकती। पर 'आइ एम'—यह गायत्री मंत्र सुजान फोर्ड के मन में जब पहली बार उच्चारित हुआ वह कौन-सा दिन था, वह नहीं जानती। वह कौन-सी वजह थी यह भी सुजान नहीं जानती। कैसे वह शब्द उच्चारित हुआ, वह नहीं जानती। यह 'आइ एम' ईश्वर पुत्र की तरह स्वयंजात है। पर जब यह शब्द उच्चारित हुआ, उस दिन से सुजान अपने ही द्वारा बनाये गये रास्ते पर चल पड़ी। कौन क्या कहता है इसकी जरा भी परवाह उसने नहीं की। वह जिस राह पर चल रही है, वह संकरी है या चौड़ी, वह रास्ता कहां जाता है, कहां खत्म होता है, खत्म होता भी है या नहीं, वह किस लक्ष्य की ओर बढ़ रही है, वह जो कुछ कर रही है वह लक्ष्यहीन या भंगुर तो नहीं —इसकी उसे चिंता नहीं।

"इस दुनिया में सब एक जैसे हैं।" सुजान ने मुझसे एक दिन कहा था। "मैं सबसे अलग और अकेली हूं। मैं हूं इसलिए दुनिया है। इंसान हैं, ईश्वर है। स्वर्ग-नरक, पाप-पुण्य सब हैं। पर इन सबके हाथों बंदी रहने के लिए मैं नहीं हूं। ये जानते हैं मुझे बंदी न रख पाने से इनका सर्वनाश निश्चित है। इंसान बंदी है, इसलिए ईश्वर शासन कर रहा है। धर्म शासन कर रहा है। समाज, नीति

और कानून शासन कर रहा है। बहुत सारे इंसान बंदी हैं इसलिए कुछ इंसान उन पर शासन कर रहे हैं। हालांकि वे बंदी हैं, पर जो लोग उन पर शासन कर रहे हैं, वे उन्हीं के हाथ हैं। इंसान का गायत्री मंत्र 'आई एम' के बजाये 'आई बी' हो गया। मैं इन विश्वव्यापी बंदियों से अलग हूं। अपवाद हूं। मैं किसी की नहीं। मैं सिर्फ अपनी हूं।"

हालांकि ये बातें तर्क की कसौटी में खरी नहीं उतरतीं। पर सुजान फोर्ड से तर्क कौन करे? जिस पत्थर की मूर्ति को भगवान मानकर आप पूजते हैं, वह क्या तर्क की कसौटी पर खरा हो सकता है। सांई बाबा को लेकर तर्क करने का कोई मतलब है? यदि राह चलते हुए अचानक आकाश में पूर्णिमा का चांद आपको बताये बिना आलोकित हो जाये, तो आप कभी भी इस पर तर्क-वितर्क नहीं करेंगे। न ही हैरानी से चांद को ही देखेंगे। कम-से-कम तब तक जब तक उसका सम्मोहिती प्रभाव आप पर परिव्याप्त है।

मेरे साथ भी ऐसा ही हुआ था, पिताजी। मैंने सम्मोहित होकर सुजान फोर्ड को देखा था। उसकी बातों ने, उसके जीने के तौर-तरीकों ने—अंग्रेजी में जिसे लाइफ स्टाइल कहते हैं—मुझे बंदी बना लिया था। एम० ए० की परीक्षा खत्म होने पर मुझे मेरी बहुप्रतीक्षित छुट्टियां मिलीं। मेरे पास सप्ताह में सात घंटा 'समर जॉब' के सिवाय कोई काम नहीं था। और इधर मां की आपत्ति के बावजूद आपने कोलंबिया यूनीवर्सिटी से प्राप्त ऋण का दो हजार डालर बैंक एकाउंट में जमा कर दिया था। जिसमें से हजार डालर तब भी खर्च नहीं हुआ था। इसलिए मैंने न्यूयॉर्क शहर की उर्ध्वभूमि में अचानक लगामविहीन युवा अश्व की तरह जो पिछले साल से सारी उत्तेजना, उत्सुकता, कौतूहल, क्षुधा, तृष्णा सब कुछ दबाकर पढ़ाई और परीक्षा में जुटा रहा था, कोड़े की मार पड़ते ही कदम बढ़ा दिया।

एम०ए० परीक्षा का थीसिस टाइप करवाने से सुजान फोर्ड से मेरा परिचय हुआ। कोलंबिया यूनीवर्सिटी के छात्रों द्वारा परिचालित दैनिक अखबार में सुजान फोर्ड ने विज्ञापन दिया था। टेलीफोन करके एक दिन सुबह ग्यारह बजे मैं डाउन टाउन इस्ट साइड में सुजान के स्टुडियो अपार्टमेंट में पहुंचा।

तीन बार बेल बजाने पर सुजान ने दरवाजा खोला। वह तुरंत नींद से उठी थी। बदन पर एक झीनी अल्फी (मैक्सी) सा कपड़ा—बोर—लपेटे हुए थी। साफ पता चल रहा था, बोर के नीचे दूसरा कोई कपड़ा नहीं था।

मुझे देखकर सुजान ने उबासी लेकर कहा, "ओह, तुम वही इंडियन ब्वॉय हो न, जिसके आज सुबह आने की बात थी। आओ, भीतर आओ, यहां बैठो। मैं अभी आती हूं।"

सुजान बाथरूम गयी। स्टुडियो अपार्टमेंट यानी एक कमरा। उसी में बैठक,

बेडरूम, डाइनिंग और किचेन वगैरह सब कुछ होता है। मैंने नजर घुमाकर चारों तरफ देखा। पूरा कमरा बेतरतीब था। बिस्तर पर जगह-जगह पड़ी सिलवटें कह रही थीं सुजान नींद में बड़ी बेचैन थी। एक कोने में बड़ा-सा टेबल था, जिस पर आइ० बी० एम० टाइपराइटर और उसके पास ही कीमती म्युजिक सिस्टम फीशर का सेट था। दूसरे कोने में पियानो और उसके ऊपरी कवर पर ढेर सारी किताबें रखी हुई थीं। वे सब किताबें आर्ट और फोटोग्राफी की थीं। घर के तीसरे कोने में स्टील के फ्रेम में पर्दा लगाकर एक छोटा-सा डार्करूम बनाया गया था। यानी सुजान फोर्ड तस्वीरें खींचकर उन्हें खुद ही डेवलप और प्रिंट कर लेती है। दीवार पर दो तस्वीरें हैं। एक पिकासो की नग्न नारी और दूसरा गंगा का बनाया हुआ तीन अर्धनग्न ताहिती कन्या का चित्र है। इन दो तस्वीरों के अलावा दीवार पर बहुत सारे पोस्टर थे। उनमें से अधिकांश पोस्टरों में सम-सामयिक युद्ध विरोधी आंदोलन का निदर्शन था। दो पोस्टर 'वीमन लीव' से संबंधित थे। दैनिक अखबार, साप्ताहिक, मासिक और पाक्षिक पत्र-पत्रिकाओं से कार्टून तस्वीरें और लेखों के कुछ अंश काटकर दीवारों पर चिपकाये गये थे। टेबल के पास ही सोफा सेट था, जिसे प्रयोजन के अनुसार बेड भी बनाया जा सकता था। थोड़ी ही दूरी पर डाइनिंग टेबल पर रात्रिकालीन भोजन के बाद की जूठी प्लेटें और ग्लास पड़ा था। साफ पता चल रहा था रात को सुजान ने खाना अकेले नहीं खाया है, बल्कि साथ में कोई और भी था। डाइनिंग टेबल के गज भर की दूरी पर गैस और रसोई के दूसरे सामान भी पड़े थे। वहीं पास ही बर्तन धोने का सिंक और वाश बेसिन भी है। पढ़ने-लिखने के टेबल पर एक लैंप है। पलंग के पास एक और छोटा-सा स्टूल था। कमरे के बीचों-बीच एक झाड़-फानूस लटक रहा था।

पंद्रह मिनट बाद सुजान बाथरूम से निकली। अब तक वह नहा चुकी थी और पीले रंग की शर्ट और नीले रंग का स्कर्ट पहने हुए थी। बालुई रंग के उसके भींगे बाल उसकी पीठ को ढंके हुए था। सुजान का शारीरिक गठन जो था, उसे इकहरा ही कहेंगे। जिसे तन्वंगी (स्लिम) भी कहा जा सकता है। सिर चौड़ा, बड़ी-बड़ी आंखें, भौंह तिर्यक, त्रिभुजाकार ठुड्डी और नाक की बायीं ओर एक तिल। सुजान को खूबसूरत तो नहीं कहा जा सकता, पर अपनी ओर खींच लेने की उसमें जबरदस्त शक्ति है।

सुजान ने आगे बढ़कर मुझसे हाथ मिलाया। बोली, "माफ करना, कल रात बहुत देर से सोयी थी। इसीलिए तुमने जब बेल बजायी, तब नींद टूटी। कॉफी पिओगे? चलो, ठीक है। पहले कॉफी बनाती हूं फिर बातें करेंगे।"

सुजान ने परकुलेटर पर कॉफी चढ़ा दिया और मुझसे सामान्य-सी बातें करने लगी। कहां रहता हूं? न्यूयॉर्क में कितने सालों से हूं? यह शहर कैसा लगा?

वगैरह-वगैरह। इस बीच दोबारा टेलीफोन की घंटी भी बजी। पहली बार रौंग नंबर था। दूसरी बार सुजान ने किसी को मेरी ही तरह दोपहर के समय चार बजे आने को कहा। कॉफी का एक कप उसने मेरी ओर बढ़ा दिया और खुद एक कप ब्लैक कॉफी लेकर मेरे पास बैठ गयी।

फिर एक सिप लेकर बोली, "चलो, अब काम की बातें कर लें।"

मैंने कहा, "मैं मास्टर्स थीसिस टाइप करवाना चाहता हूं।"

"कितने पेजेज हैं ?" सुजान के मन में उत्साह का अभाव था।

"पचास-साठ।"

"कब चाहिए।"

"एक सप्ताह में।"

"मुश्किल है।"

"क्यों ?"

"बहुत सारा काम पहले ही पेंडिंग पड़ा है। डेट लाइन रखना मुश्किल हो गया है।"

मैं निराश होकर चुप हो गया। उठने की सोच ही रहा था, कि मैंने उसी से पूछा, "तुम ऐसे किसी अन्य व्यक्ति को जानती हो, जो मेरा काम एक सप्ताह में कर दे ?"

सुजान बोली, "बहुत हो सकते हैं। इस शहर में तीन हजार छात्र-छात्राएं हैं, जो थीसिस टाइप करके अपनी पढ़ाई-लिखाई का खर्च निकालते हैं।"

"लेकिन मैं तो किसी को नहीं जानता ! तुम बता सकती हो ?"

"ज़रा अपनी पाण्डुलिपि तो दिखाओ।"

मेरे हाथ से थीसिस लेकर सुजान उलट-पलटकर देखने लगी। पहला पृष्ठ पढ़कर दूसरा, फिर तीसरा, सुजान, इस तरह कुछ पृष्ठ पढ़ती चली गयी।

"तुम्हारी पढ़ाई इससे पहले कहां हुई है ?" थीसिस के पृष्ठों में सर गड़ाए हुए ही सुजान ने पूछा।

"दिल्ली में।" मैंने उसे बताया।

"तुम्हारी इंगलिश बहुत अच्छी है। अमेरिकन छात्र-छात्राएं ऐसी भाषा नहीं लिखते। उनके वाक्य बहुत लंबे होते हैं। और भाषा भी बड़ी ऊबड़-खाबड़। शब्द अधिक, अर्थ कम। पर तुम्हारी भाषा बहुत ही सहज और अर्थपूर्ण है।"

"शुक्रिया। सात दिनों के भीतर मुझे थीसिस जमा कर देनी है।"

"वरना…"

"वरना डिग्री मिलने में छह महीने देर हो जायेगी, जो मेरे लिए नुकसानदेह होगी।"

सुजान ने टेबल पर रखे कैलेंडर पर झुककर पेंसिल से कुछ हिसाब लगाया।

बोली, "सात रात तुम मुझे सोने नहीं दोगे।"

मैंने कहा, "मैं ऐसा कभी नहीं चाहूंगा।"

"ठीक है। मुझे कोई भी अन्य थीसिस पढ़ना अच्छा नहीं लगता। तुम्हारी थीसिस अच्छी लगी। मैं ही इसे टाइप करूंगी। पर एक शर्त है। तुम रोज शाम को यहां आकर बैठे रहोगे। मेरे मन में कई सवाल उठ सकते हैं। और फिर तुम्हारी इंगलिश में थोड़ी-बहुत कमजोरी भी है। विदेशियों की इंगलिश में जैसा होता है—फोन पर उन सवालों-संदेहों का जबाब पाना मुश्किल है। और देर भी हो जायेगी। तुम रोज तीन-चार घंटे मेरे पास आओगे। बैठोगे। सातवें दिन सुबह तुम्हें सब दे दूंगी।"

मैंने उसका आश्वासन स्वीकार कर लिया।

सुजान् ने पूछा, "तुम्हारी आर्थिक स्थिति कैसी है?"

मैंने कहा, "तुम्हारा बिल अदा कर सकता हूं।"

"ऐक्सप्रेस सर्विस के लिए मैं डबल चार्ज करती हूं।"

मेरा खून ठंडा पड़ गया। यानी एक सौ बीस डॉलर।

"पर तुमसे उतना नहीं लूंगी।" सुजान ने हंसकर कहा। मेरे खून में फिर से गरमी दौड़ी। तुम रोज तीन घंटा मेरे पास बैठोगे। उस तीन घंटे की कीमत भी तो कुछ कम नहीं। अकेले बैठ कर मुझे काम भी नहीं करना पड़ेगा। तुमसे मैं साठ डालर ही लूंगी।"

"चेक अभी काट दूं?" पूछने पर सुजान ने कहा, "नहीं टाइप करके जब थीसिस दूंगी, तब चेक देना।"

एक सप्ताह में उसने थीसिस टाइप करके सौंप दिया। उसका काम देख कर मुझे बड़ी हैरानी हुई। मेरी थीसिस का विषय था—पोप के काव्य में इंग्लैंड की तत्कालीन राजनीति और जीवन की परछाईं। टाइप करते समय सुजान ने न सिर्फ मेरी अंग्रेजी की छोटी-मोटी गलतियों को सुधारा बल्कि कुछ संदेहों को प्रश्नों और तर्कों के जरिए मेरे थीसिस में कई सुधार भी किए। तर्क को और भी पुख्ता बनाया। मेरे थीसिस में लिखे गए दो उद्धरणों को सुजान ने संदिग्ध भी बताया। यही नहीं, लाइब्रेरी से पोप की कविताओं का संग्रह निकालकर उसने अपने संदेह को सच साबित भी कर दिया। मैं विस्मय से हर रोज लगातार सात दिनों तक चार घंटा सुजान का काम देखता रहा। इस बीच सुज़ान ने अपने बारे में भी थोड़ा-बहुत बताया। और मैंने अपने बारे में। पर दोनों एक-दूसरे की सुनने और सुनाने के बावजूद सुजान का ध्यान पूरी तरह थीसिस में था। उसने एक और ऐक्सप्रेस काम हाथ में ले लिया था। जो चार सौ पृष्ठों से ज्यादा का था और उसे एक महीने के भीतर खत्म करना था। मेरा काम खत्म हो जाने पर सुजान रात को चार घंटा रोज टाइप करती यानी, लगातार आठ-नौ घंटा वह

रोज टाइप करती। जो कि इलेक्ट्रानिक आइ० बी० एम० मशीन के लिए भी सहज नहीं। मुझे आश्चर्य होता था। मैं अक्सर सोचा करता था, कि इस तरह टाइप करके पैसे कमाने का रास्ता सुजान ने क्यों अपनाया? उसने ग्रेजुएशन भी नहीं किया था। तीन सप्ताह हुए अपनी अंडर ग्रेजुएट की पढ़ाई उसने अधूरी ही छोड़ दी थी। पर सुजान शिक्षित है। उसने कितने ही विषयों पर कितनी किताबें पढ़ी हैं—यह बता पाना स्वयं उसके लिए भी मुश्किल है। एक्जीस्टेंश रियालिज्म से न्यूक्लीयर बायोलॉजी तक सारे विषयों पर कम-से-कम दो किताबों का सुजान ने निश्चित तौर पर मनन किया है। इसके अलावा सुजान फोटोग्राफी भी करती है और अच्छा करती है। पेंटिंग भी खूब कर लेती है। टाइप करना भी एक कला है उससे मेरा परिचय होने से पहले मैंने कभी सोचा भी न था। कहीं अलग नौकरी करके वह इससे कहीं आरामदायक जीवन बसर कर सकती थी। सात दिनों से सुजान ने सिर्फ एक बार अपनी मां के बारे में बताया। अपने किसी सगे-संबंधी का नाम उसकी जुबान में नहीं आया। मां के बारे में उसने बताया कि वे ब्रूकलीन के एक सैनेटोरियम में हैं। उनकी बीमारी मानसिक है। मां के इलाज का खर्च सुजान के कंधे पर ही है। मेरी उपस्थिति के दौरान सुजान टेलीफोन का रिसीवर उतार कर रख देती है, जिससे टेलीफोन की घंटी काम में बाधा न बने।

फिर भी इन सात दिनों में मैंने सुजान को खूब पहचाना। टाइपराइटर की आवाज के बावजूद हम दोनों के बीच नीरवता में परिचय के बहुत सारे सूक्ष्म सूत्र तैयार हो गये थे। सुजान का चेहरा, बाल, अंगुलियां, पैर और उसकी बांहें देख-देख कर मैं उसके मन की तह तक पहुंच गया था। पर सुजान ने मुझे बहुत ज्यादा नहीं देखा था फिर भी वह मेरे मन में प्रवेश कर गयी थी। काम के दौरान उसने एकाध बार मीठी मुस्कराहट से पूछा, "क्या देख रहे हो?"

मैंने कहा, "तुम्हें।"

सुजान बोली, "कुछ समझे?"

मैंने कहा, "हां, पर तुम्हें नहीं। खुद को समझा।"

सुजान ने अपनी बड़ी-बड़ी आंखों से कुछेक क्षण मेरी आंखों में झांका। फिर विस्मय विमुग्ध हंसी हंस कर बोली, "तुम बातें बहुत अच्छी करते हो?"

काम बंद करके सुजान कॉफी बनाने चली गयी। तब हम दोनों अगल-बगल बैठ कर कॉफी पीने लगे। हालांकि हमारे बीच बहुत ज्यादा बातें नहीं होती थीं। पर फिर भी चुप रह कर भी हमारी दूरी थोड़ी-थोड़ी हर रोज कम होती गयी। एक रोज सुजान बोली, "तुम मुझे बहुत अच्छे लगते हो। बातें तुम कम करते हो, कुछ अनकही बातें और अनकहे विचारों को 'कम्यूनिकेट' (संप्रेषित) करने की कला में तुम माहिर हो।"

मैंने कहा, "तुम तो मुझ जानती ही नहीं हो। मुझे बातें करना बहुत अच्छा लगता है।"

सुजान बोली, "जानती हूं, तुम मेरे साथ अनर्गल बातें कर रहे हो। शब्दों के जरिए नहीं, संवेदना जनित भावों से।"

मैंने उससे पूछा, "तुम सब समझ रही हो?"

वह बोली, "सारी बातें क्या सुन पा रही हूं? पर जो तुम कह रहे हो, वह न समझने का उपाय भी तो नहीं है।"

"क्यों नहीं है?" पूछने पर सुजान ने कहा, "मैंने अपने दिल का आंगन खुला छोड़ दिया है तुम्हारी मौन भाषा सुनने के लिए।"

मैंने कहा, "झूठ। तुम्हारा मन तो टाइप करने में है।"

सुजान बोली, "मेरे पास तीन मन है, पता है तुम्हें?"

"तीसरा मन क्या कह रहा है?"

"मेरे स्वर्ग जाने के लिए सीढ़ी बना रहा है।"

"मैं समझा नहीं।" कहने पर सुजान कॉफी का सारा साज सरंजाम एक ओर करके टाइपिंग के लिए जाते हुए बोली, "स्वर्ग जाने का एकमात्र रास्ता है। लिंडन जॉनसन को गोली मारना। और मेरा तीसरा मन कह रहा है यह काम मुझे ही करना पड़ेगा।"

सुजान फोर्ड ने प्रेसीडेंट जॉनसन को गोली नहीं मारी। किसी को गोली मारने या हत्या करने का दुस्साहस उसमें नहीं था। लेकिन वियतनाम युद्ध विरोधी आंदोलन में सक्रिय भूमिका अदा करने से उसे कोई नहीं रोक सका। युद्ध विरोधी प्रदर्शन के दौरान सुजान चार-चार बार पुलिस के हाथों जखमी हुई। तीन बार जेल गयी। युद्ध विरोधी प्रदर्शन की जितनी तस्वीरें सुजान ने खींचीं उतनी किसी ने नहीं। पेशेवर फोटोग्राफरों ने भी नहीं। शिकागो, डेमोक्रेटिक पार्टी कनवेशन में सुजान फोर्ड ने हजारों लोगों के स्वर में स्वर मिला कर नारा लगाया : द होल वर्ल्ड इज वाचिंग! द होल वर्ल्ड इज वाचिंग!

पुलिस ने डंडे की मार से मूर्छित उसके शरीर को बोरे की तरह उठाकर वैन में भर दिया। 1968 में प्रेसीडेंटशियल इलेक्शन में युजिन मैकार्थी के पक्ष में वोट बटोरने के लिए उसने महीनों परिश्रम किया। ड्राफ्ट काल से भागे हुए लड़कों को उसने अपने घर में छिपाया। कनाडा और यूरोप भागने में उनकी मदद की। काले अमेरिकन के लिए मानवाधिकार का सुजान ने न केवल समर्थन किया बल्कि लड़ाकू काले लोगों को कभी अपने यहां शरण दी तो कभी उनकी आर्थिक मदद की। यहां तक कि बुद्धि और शारीरिक परिश्रम से भी उनकी सहायता की।

सुजान ने एक दिन मुझसे कहा था, "जानते हो, केतु। विद्रोह और विरोध के बिना मेरा जीवन बेकार है। जीना मुश्किल है। दुनिया भर में इतने अन्याय हो

रहे हैं और उन अन्यायों को लोगों ने बिना किसी हिला-हुज्जत के स्वीकार कर लिया है। माना कि सीधे रास्ते उन अन्यायों का प्रतिकार संभव नहीं है। बहु-संख्यक से कोई भी बड़ा काम नहीं होता। हुआ भी नहीं है और होगा भी नहीं। जो लोग अन्याय कर रहे हैं, अत्याचार कर रहे हैं और मानव-मानवता का चरम अपमान, उसकी लांछना जिनकी फितरत बन चुकी है, वे अल्पसंख्यक हैं और उनकी इन अन्याय और अत्याचार का जवाब देने की शक्ति इन दूसरे अल्पसंख्यक में है। पर बहुसंख्यक को हमारे साथ आना ही पड़ेगा। बहुसंख्यक का स्वभाव पानी की तरह होता है। जिधर इसे मोड़ दोगे, वह उधर ही बह निकलेगा। शांति-पूर्ण लड़ाई में मेरा बिंदुमात्र विश्वास नहीं। लड़ाई कभी भी शांतिपूर्ण तरीके से नहीं हो सकती। बहस से समाज को बदला नहीं जा सकता। अमेरिका का सबसे बड़ा सर्वनाश क्या हुआ है। जानते हो? इसकी कल्पनातीत विशाल शक्ति एक अतिशय धूर्त अल्पसंख्यकों के कब्जे में बंद हो गयी है। और मजे की बात यह है कि उस विराट शक्ति को हमारे देश की बीस करोड़ जनता ने पैदा किया है और उसका इस्तेमाल कर रहे हैं मात्र दो लाख लोग। ये हैं—द माइनोरिटी इन पावर। इनके कब्जे से इस विराट शक्ति को छीन लेने की ताकत दूसरे दो लाख अल्पसंख्यकों में है, हर चौथे साल जो वोट दे कर प्रेसीडेंट का चुनाव करते हैं, उस बहुसंख्यक में वह ताकत नहीं है। वे व्हाइट हाउस या लिंडन जॉनसन को या हुवार्ट हैंपफ्री को या रिचर्ड निकसन को भेजेंगे। वे भूल गये हैं कि वॉबी कैनेडी वियतनाम युद्ध के लिए उतने ही दोषी हैं, जितना उनका भाई जॉन एफ कैनेडी और उतना ही उनके दल के लिंडन निकसन। आज जॉनसन चुनाव से अलग हो गया है, क्या वह बहुसंख्यक की मांग पर? हमारे जैसे एक शक्तिशाली अल्प-संख्यक ने युद्ध विरोधी आंदोलन को इतना जोरदार बनाया है तभी जॉनसन ने खुद चुनाव से हट कर अपने प्रिय सहयोगी हैंपफ्री को खड़ा किया है?

मैंने कहा, "शासकों के पास इतनी क्षमता है और उस क्षमता के व्यवहार में वे इतने तत्पर हैं कि जंगी अल्पसंख्यकों की एकता को तोड़ना उनके लिए जरा भी कठिन नहीं!"

"यह क्या मैं नहीं जानती? हरेक देश में नरमपंथियों के शरीर से उनका अलंकार उतर चुका है और उनका नंगापन हमारे सामने आ गया है। नरम-पंथियों के आचरण की आड़ में इन्हीं लोगों ने परिवर्तन का सारा रास्ता रोक रखा है। मैं विशुद्ध प्रतिक्रियाशीलता को सह सकती हूं। उनमें साहस है। पर इन तथाकथित नरमपंथी मुझे एक आंख नहीं सुहाते। उनके शरीर को खुजलाने पर पता चलेगा कि उदारता की खाल के नीचे के कितने रूढ़िवादी हैं।"

सुजान के जीवन रूपी वेदांत को समझने में मुझे जरा भी वक्त नहीं लगा। विधाता के आगे कृतज्ञ होने का सुजान फोर्ड के पास कोई कारण नहीं। बारह

साल की उम्र में उसके पिता को दिल का दौरा पड़ा। उनकी मृत्यु के बाद सुजान फोर्ड अकेली है। बचपन से मां के साथ उसके मन का मेल नहीं हो सका। पिता की मौत के बाद मां की कमाई पर निर्भर रहने की बाध्यता सुजान के मन को चीरती रही। और इसलिए भी कि मां अक्सर बात-बात में कहती—उसी के खर्च पर सुजान पल-बढ़ रही है। इसलिए स्कूल से निकलने के बाद सुजान ने पढ़ाई छोड़ कर नौकरी कर ली और आज सत्रह साल से मां से अलग हो कर सुजान 'आजाद' है।

"अपनी आजादी का मैं क्या कर रही हूं, सुनोगे?" सुजान ने एक दिन यूं ही पूछ लिया।

"सत्रह साल की लड़की अपनी आजादी का क्या करती है? जिस समाज में उसे प्यार नहीं मिला, उसी के आगे नौकरी के लिए हाथ फैलाती है, सुपर मार्केट में सेल्स गर्ल बनती है। या बैंक इनश्योरेंस या रियल एस्टेट कंपनी में क्लर्की। सारा दिन लगातार काम करने के बाद शाम होते ही वह 'डेट' ढूंढ़ती है। 'डेट' भी तो स्वप्न लोक के किसी अनजाने देश से आया राजपुत्र नहीं होता। वे भी हाड़-मांस के बने पुरुष होते हैं। सत्रह साल की आजाद लड़की को लेकर रेस्त्रां जाते हैं। सिनेमा और थियेटर जाते हैं। पार्क में घूमते हैं। उसके शरीर पर हाथ फेर कर, होंठ से होंठ लगाकर, जीभ से जीभ के स्पर्श से उसके मांस को उत्तप्त करते हैं। सत्रह साल की आजाद लड़की अठारहवें साल में कदम रखते पुरुष के साथ सोती है। पुरुष के लिए सजती-संवरती है। पुरुष को रिझाने के जतन करती है। किस तरह पुरुष को अपने नजर में कैद किया जाए—यही उसका एक मात्र धंधा होता है। मैसी गिमवेल्स एलेक्जेंडर के बजट काउंटर में घूम-घूम कर सस्ती कीमत में भड़कदार कपड़े और मन को लुभावने लगने वाले कॉसमेटिक्स खरीदना सीखती है। एक के बाद एक ब्वॉय फ्रेंड उसके जीवन में आते हैं और जीवन की आग में झुलसाकर चले जाते हैं। यदि उसका भाग्य अच्छा हुआ, तो उन्हीं में से किसी के साथ शादी करके उसके बच्चों की मां और घर की 'मैनेजर' बन जाती है और साथ ही नौकरी भी करती है। और दस साल में वह बड़े ही खूबसूरत तरीके से खत्म हो जाती है। तब वह 'व्यक्ति' नहीं होती। विशाल मध्यवर्गीय जनसमुद्र में नामहीन, ठिकानाविहीन, गोत्र-विहीन बिंदुमात्र बनकर रह जाती है और यदि उसे कोई नहीं जुटा, तो ईश्वर की कृपा से किसी दिन उसे मानसिक अस्पताल में हाजिरी देनी पड़ती है।"

सुजान भी अपनी सत्रह साल की आजादी को भोगकर सत्ताइस साल की उम्र में मानसिक अस्पताल में पहुंच जाती, यदि वह काले अमेरिकनों के जंगी दल से न जुड़ती तो। सुजान की मुलाकात एक दिन अचानक जंगी दल के एक नेता हैमिलटन सैवेज से हो गयी। वह उस समय हार्लेम में कैमरा लेकर घुस रही थी।

सुजान अक्सर कंधे पर कैमरा लटकाकर निकल पड़ती है। पर कोई विशेष तस्वीर खींचने के उद्देश्य से नहीं, बल्कि अचानक कोई तस्वीर उतारने के अवसर की तलाश में।

"हमारी रोजमर्रा की जिंदगी में ऐसा बहुत कुछ होता है, जो चमकदार है, पर हमारी नजर वहां तक पहुंचती ही नहीं है।" सुजान कहा करती थी, "उन्हीं चमकदार चीजों की तस्वीर खींचना मुझे अच्छा लगता है।"

ऐसी तस्वीरों से सुजान का एलबम भरा पड़ा है। उनमें से बहुत सारी तस्वीरों को अमेरिका और यूरोप की पत्रिकाओं में और टेलीविजन को बेचकर सुजान कुछ पैसे कमा लेती है। उसके कैमरे का 'मेन टारगेट' मानव है, प्रकृति नहीं।

वह कहती थी, "मैं ह्यूमनस्कॉप की प्रेमी हूं। मानव से अलग प्रकृति मुझे आर्कषित नहीं करती।"

हार्लेम में रहने वाले काले अमेरिकनों की सुजान ने सैकड़ों तस्वीरें खींची हैं। उन तस्वीरों में कालों की प्रेम, ममता, स्नेह, उनका संगीत, नृत्य, घृणा, आनंद, लोभ, लालसा, हिंसा, प्रमत्तता, निराशा और उनका सपना मूर्त हुआ था। तस्वीर खींचते हुए सुजान एक दिन उनके किसी गिरजा में पहुंच गयी। वहीं उसकी मुलाकात हैमिलटन सैवेज, जो ब्लैक पैंथर का अन्यतम बुद्धिजीवी नेता हैं, जिसे अंग्रेजी में थियोरेस्टिसियन कहते हैं, से हुई। काले लोगों के गिरजा में एक गोरी लड़की को देखकर हैमिलटन नाराज हुआ।

"तुम यहां क्यों ?" सुजान से उसने गुस्से में पूछा। हैमिलटन के उस पूछने के अंदाज में उसका यह तात्पर्य स्पष्ट था कि तुम यहां से निकल जाओ। पर सुजान ने भी पलटकर उसी से पूछा, "तुम यहां क्यों हो ?"

सुजान के इस प्रतिप्रश्न से हैमिलटन घबरा गया, क्योंकि उसे खुद पता नहीं था कि वह वहां क्यों है ? बातचीत के द्वारा दोनों ने परस्पर के व्यक्तित्व की धार को परखा।

"तुम जानती हो, मैं कौन हूं ?" हैमिलटन ने सुजान से पूछा।

"थोड़ा जानती हूं। पहली बात, तुम गिरजाघर के कोई खास आदमी नहीं हो। दूसरी, जो लोग यहां आते हैं उनसे तुम्हारा मेल सिर्फ इतना ही है कि उनकी चमड़ी के रंग से तुम्हारी चमड़ी का रंग मिलता है। बस।"

"तुमने कैसे जाना ?"

"मैं फोटोग्राफी करती हूं। इंसान का चेहरा मुझसे बहुत कुछ कह देता है।"

"तुम जरूर कोई जासूस हो।"

"मेरे बारे में अब यदि एक शब्द भी कहा तो मैं यह कैमरा तुम्हारे सिर पर

दे मारूंगी।"

"ऐसा !"

"हां, ऐसा ही।"

"हम नहीं चाहते हैं कि गोरे हमारे सामने भी आयें ।"

"नहीं आयेंगे तो लड़ोगे कैसे ?"

"हम लोग आमने-सामने की दुश्मनी चाहते हैं। दोस्ती में आमने-सामने नहीं आना चाहते। तुम लोग हमारे दोस्त नहीं हो। हो भी नहीं सकते।"

"मैं हम लोग नहीं हूं। मैं सिर्फ मैं हूं।"

"कौन हो तुम ?"

"मेरा नाम सुजान है।"

"क्या करती हो ?"

"जिंदा रहने की कोशिश।"

"फिर यहां क्यों ?"

सुजान ने पलटकर हमला किया, "तुम कौन हो ?"

"मेरा नाम हैमिलटन सैवेज है।"

"अच्छा ! तुम तो बड़े ही खूबसूरत शब्दों और भाषा में बहुत बेकार की बातें लिखते हो !"

"बेकार की बातें ? मैं एक शब्द भी नहीं लिखता जो बेकार हो।"

"तुमने लिखा है—द ब्लैक्स आर अमेरिकान ओनली प्रलेटरियेट, दे हैव नथिंग टू लूज बट देयर चेन्स। लिखा है न ?"

"हां, लिखा है !"

"गलत लिखा है।"

"अच्छा !"

"चमड़ी का रंग श्रेणी का विभाजन कभी नहीं कर सकता।"

"तुम कम्युनिस्ट हो ?"

"नहीं।"

"मार्कसिस्ट ?"

"नहीं।"

"एनार्कसिस्ट ?"

"नहीं। मैं सिर्फ मैं हूं।"

"तुम हमारी लड़ाई का समर्थन करती हो ?"

"किसी भी तरह के प्रतिवाद और प्रतिरोध से मैं उत्तेजित होती हूं।"

"तुम हमारी लड़ाई का समर्थन कैसे कर सकती हो ? तुम्हारी चमड़ी का रंग सफेद है।"

"इसकी जिम्मेदार मैं नहीं। तुम काले हो। इसके जिम्मेदार तुम भी नहीं।"

"इससे कुछ नहीं होता।"

"जरूर होता है। मैं सफेद चमड़ी वाली होकर भी तुम लोगों के साथ आना चाहती हूं और काली चमड़ी वाले होकर भी तुम हम लोगों के साथ आना चाहते हो।"

"यह गलत है।"

"तुम लोगों की लड़ाई का उद्देश्य है गोरे को जितना मिलता है उतना तुम लोगों को भी मिले। है न?"

"हां, समानाधिकार।"

"गोरों के पास जो नहीं है तुम लोग उसकी मांग क्यों नहीं करते?"

"क्या नहीं है उनके पास?"

"बहुत कुछ नहीं है। विवेक, ममता, नम्रता।"

हैमिलटन सैवेज के मुंह से कोई बात नहीं निकली।

सुजान बोली, "तुम लोग गोरों की धन-दौलत, उनके घर, उनकी क्षमता, अहंकार इन सबकी मांग कर रहे हो और थोड़ा-थोड़ा हासिल भी कर लोगे। दस-पंद्रह साल में सत्ताधारी गोरे तुम लोगों को जूनियर पार्टनर बना लेंगे। लेकिन इससे तुम लोगों का इंसानी रुतबा बढ़ेगा या और कम हो जाएगा? तुम लोग गोरों से भी कहीं अधिक क्रूर हो जाओगे।"

इस पर सैवेज ने कहा, "देयर इज समथिंग इन ह्वाट यू से।"

सुजान और हैमिलटन साल-भर में अच्छे दोस्त बन गये।

"किसी चीज के लिए, किसी महान चीज के लिए न लड़े, तो जिंदा रहने में कोई उत्तेजना नहीं है, केतु। सुजान ने मुझसे कहा था। लड़ाई का अंजाम क्या होगा, बिना सोचे लड़ते रहना सही मायने में जिंदा रहना है। ब्लैक पैंथर जैसे प्रोग्राम में मेरा विश्वास नहीं। शासक कुछेक सालों में उन्हें नेस्तनाबूद कर देंगे। फिर भी वे लड़ रहे हैं। आदर्श के लिए जान दे रहे हैं। उन लोगों ने अतिशय शक्तिशाली दुश्मनों की कारगुजारियों को स्वीकार नहीं किया—यही मेरे लिए बहुत है। पुलिस ने बोस्टन में कालों के मुहल्ले में एक मकान का घेराव किया था। उस मकान में हैमिलटन सैवेज के साथ और भी छह पैंथर थे। पुलिस चाहती तो उन्हें गिरफ्तार कर सकती थी। अदालत में संभवत: वे बेदाग छूट जाते। पुलिस ने इसलिए 'शूट आउट' का अभिनय किया। मकान के एक अपार्टमेंट में पुलिस के आदमी छिपे थे। उन लोगों ने भी गोली चलायी। पुलिस ने कहा, 'पैंथर का हमला है।' फिर क्या था? सौ के लगभग पुलिस बल ने पैंथर पर आक्रमण कर दिया। एक भी नहीं बचे। हैमिलटन को ग्यारह गोलियां लगीं।

सोच सकते हो, ग्यारह गोली ! वे भी सब-के-सब मर गये। वैसे मरना तो एक दिन सबको है। वे भी मर गये पर उनके मरने में सौंदर्य है। महानता है। वे लड़कर मरे थे। मैं भी लड़कर मरना चाहती हूं, केतु ! बीमारी से नहीं। घुट-घुटकर भी नहीं, लड़कर।"

हैमिलटन सैवेज से दोस्ती होने के बाद सुजान एक नये तरीके से आजाद हुई। नौकरी रुपये की जरूरत के लिए करती थी। अब उसने तय किया कि वह नौकरी नहीं करेगी। मेहनत करके आजादी से रोजी-रोजगार करेगी। फोटो बेचकर जीवन जीना मुश्किल था। इसलिए सुजान टाइपिंग सर्विस करने लगी। मां को मानसिक अस्पताल में भर्ती करने के बाद उसका खर्च बढ़ गया। रोज उसे आठ-दस घंटे टाइप करना पड़ता है। पुलिस के डंडे खाने के बाद अक्सर उसकी पीठ में दर्द रहता है। उस पर भी सुजान लगातार घंटों टाइप करती रहती है। कमाई का एक बड़ा हिस्सा वह अपने संग्रामी दोस्तों पर खर्च करती है। उन पर भी जो ड्राफ्ट कॉल से भागकर उसके घर शरण लेते हैं, जो युद्ध विरोधी आंदोलन करते हैं, जो गोरे के विरुद्ध काले के संग्राम को आगे ले जाते हैं—यही लोग तो सुजान के संग्रामी दोस्त हैं। सुजान बहुत थोड़ा खाती है। सप्ताह में दो दिन तो वह अक्सर कुछ भी नहीं खाती। कॉफी के सिवाय वह कुछ भी घर पर नहीं बनाती। वह अक्सर मारिजुआना और हशीश लेती है। सुजान अपनी मर्जी से पुरुषों के साथ सोती है। सुजान खाली वक्त में किताबें पढ़ती है, म्युजिक सिस्टम में बिटोवेन, मोर्सात, बाख का संगीत लगाकर घंटों विभोर होकर सुनती है। जब सुजान कंधे पर कैमरा लटकाकर निकलती है, तो वह खुद भी नहीं जानती है कि किधर और कितनी देर के लिए वह जा रही है। कभी-कभी पेंटिंग के लिए वह न्यूयॉर्क से बोस्टन के बाल्टीमोर या वाशिंगटन चली जाती है।

सुजान से जब मेरा परिचय हुआ, तब उसके जीवन में एक पुरुष का विशेष प्रभाव था। सुजान जिससे अलग नहीं हो पा रही थी और उससे जुड़े रहना भी सुजान के लिए मुश्किल हो रहा था। उसे मैंने कभी नहीं देखा। पर उसकी परछाईं अक्सर मैंने सुजान के स्टुडियो अपार्टमेंट में देखी है। वह परछाईं सुजान को भयभीत किये रहती थी। उससे छुटकारा पाने के लिए एक दिन सुजान ने मुझे रोक लिया था। वह अट्ठाइस साल का एक भरा-पूरा युवक था, सुजान ने जिसे वाशिंगटन में लिंकन मेमोरियल के पास से गुजरती हुई एक रैली में देखा था। और उसे देखकर वह आकर्षित भी हुई थी। दोनों न्यूयॉर्क एक साथ लौटे। उस युवक का नाम आइवान ओकलीन था। पर सुजान को उसके नाम के प्रति संदेह था। सुजान के अपार्टमेंट में वह सप्ताह-भर रहा भी था। न्यूक्लियर बायोलॉजी में आइवान कैंब्रिज शहर के एम० आइ० टी० विश्वविद्यालय से रिसर्च कर रहा

था। इसी विश्वविद्यालय में उसके पिता फिजिक्स के प्रोफेसर थे।

जब उसका शोध कार्य बहुत आगे निकल गया तब उसे पता चला कि वह जिस विषय पर शोध कर रहा है वह एक बहुत बड़े प्रोजेक्ट का छोटा-सा हिस्सा है और वह सब पेंटागन के रुपये से चल रहा है। और उस प्रोजेक्ट का उद्देश्य है बीजाणुओं का युद्ध में इस्तेमाल। यानी बैक्टीरियोलॉजिकल वार। आइवान ने यह भी जाना कि उसके पिता भी पेंटागन के रुपये से युद्ध के लिए मूल्यवान शोध में अपना कीमती साल जाया कर रहे हैं। वियतनाम में जो वीभत्स वैज्ञानिक ध्वंसात्मक अस्त्रों का इस्तेमाल हो रहा है, उसमें उसके पिता का बहुत बड़ा अवदान है। यह सब जानते ही आइवान का मन विद्रोह की आग में जलने लगा। उसने कहा, "मैं नहीं चाहता विज्ञान युद्ध की सेवा करे। मैं चाहता हूं विज्ञान मानव सभ्यता में चार चांद लगा दे।"

जबकि आइवान पांच साल के लिए रिसर्च प्रोजेक्ट के बांड में दस्तखत कर चुका था। एक वैज्ञानिक की हैसियत से उसे ख्याति भी मिलने लगी थी। जिस प्रोजेक्ट के लिए वह काम कर रहा है, और वह काम बहुत आगे भी बढ़ गया है, उसके सफल होने पर अमेरिकी युद्ध नेता बीजाणुओं से शत्रुओं को न सिर्फ खत्म कर देंगे बल्कि सालों साल वहां उसका प्रभाव रहेगा।

आइवान के पिता सोवियत क्रांति के दौरान वहां से भाग आये थे; तब उनकी उम्र इक्कीस साल थी। सोवियत रूस, 'कम्युनिज्म' से उनकी शत्रुता थी। इसलिए सोवियत के खिलाफ होने वाले भावी किसी भी युद्ध में विज्ञान की सेवा को काम में लगाने में उनका पूरा समर्थन था। आइवान का जन्म अमेरिका में हुआ था। फिर भी पारिवारिक संस्कृति का उस पर काफी असर था। वह पिता की श्रद्धा करता था, पर डरता भी था। एंटन ओकलीव अमेरिका में भौतिक विज्ञान के महारथियों में से एक हैं। हाइड्रोजन बम से लेकर दूर तक मार करने वाले प्रक्षेपणास्त्र के निर्माण में उनके अवदान से पूरी दुनिया वाकिफ है। आइवान नहीं जानता था कि उसके पिता अपनी प्रतिभा का दुरुपयोग वियतनाम जैसे एक छोटे से कृषि प्रधान देश को नेस्तनाबूद करने में कर रहे हैं।

बड़ी मुश्किल से साहस बटोरकर आइवान ने अपने पिता से कहा कि पेंटागन के युद्ध उद्योग को और भी अधिक शक्तिशाली बनाने में उसकी जरा भी रुचि नहीं।

एंटन ओकलीव पहले तो समझे नहीं कि उनका बेटा कहना क्या चाहता है। बात जब उनकी समझ में आयी तो वे आपे से बाहर हो गये।

"तुम! तुम आइवान ओकलीव!! तुमने पीसनीक की सूची में अपना नाम कब से लिखवाया है!"

आइवान ने कहा, "मैं पीसनीक नहीं हूं। विज्ञान युद्ध सेवा नहीं करेगा। मैं

इस सिद्धांत का कायल हूं।"

"तो युद्ध क्या ढाल-तलवार से किया जाये या बाइबिल से ?"

"हम लोगों ने अब तक जितने मरणास्त्रों को तैयार किये हैं युद्ध के लिए उतना ही काफी है।" आइवान ने निवेदन किया।

"और वे ?" टेबल पर मुट्ठी को मारते हुए एंटन ओकलीव गरज उठे, "उनके वैज्ञानिक तो यह सब नहीं कर रहे हैं। उन लोगों ने हमें जो इस तरह पछाड़ दिया है, वह कम्युनिज्म के बल पर या विज्ञान के सदुपयोग के बल पर ?"

आइवान ने कहा, "पिताजी, आप अच्छी तरह जानते हैं कि जिस अस्त्र प्रतियोगिता में हम और वे जुटे हैं उसमें कोई किसी को पछाड़ नहीं सकता। दोनों एक ही साथ सैकड़ों बार तमाम दुनिया और खुद को भी पूरी तरह विध्वंस कर देंगे।"

एंटन ओकलीव ने टेबल पर दुबारा मुट्ठी दे मारा। और बोले, "यह सब मेरुदंडहीन बुद्धिजीवियों की बातें हैं, दरअसल जो चाहे-अनचाहे मास्को के गुप्तचर हैं।"

अब तो आइवान से भी नहीं रहा गया। उसने भी दुगनी आवाज में चीखकर कहा, "और वियतनाम हमारी बराबरी का नहीं है। छोटा-सा कृषि प्रधान देश है। उसे ध्वंस करने के लिए मेरा शोध काम में लगाया जाये, यह मुझे बरदाश्त नहीं।"

एंटन ने भी गुस्से से कहा, "विषैला सांप छोटा हो या बड़ा, इससे कोई फर्क नहीं पड़ता। शत्रु वियतनाम नहीं, बल्कि कम्युनिज्म हमारा शत्रु है। यह कम्युनिज्म जहां भी हो, जिस किसी हालत में हो, हमें उसे नष्ट करना ही है।"

आइवान ने दृढ़ता से कहा, "ठीक है, यदि कम्युनिज्म से ही लड़ना है, तो पूरे एक देश और जाति को ध्वस्त कर देना क्या बुद्धिमानी है ?"

एंटन ने भी उसी दृढ़ता से कहा, "क्यों नहीं।"

आइवान हैरानी से पिता की ओर देखता रहा। जिस व्यक्ति की वह सारी जिंदगी श्रद्धा करता रहा, आज उसका आइवान ने एक दूसरा ही रूप देखा। देवता के रूप में वह दानव है। उसके मुंह में दया, ममता, मानवता की बातें शब्द-जाल हैं। घृणा और हिंसा ने उसके खून को दूषित कर दिया है। वह दरअसल, खुद को लिबर्टी ऑफ फ्रीडम का पुजारी समझता है। उसने निर्विवेक प्रभुत्व और निष्ठुर हिंसा की पूजा की है।

आइवान समझ गया, पिता से तर्क करने से कोई लाभ नहीं। जो कुछ करना है उसे अपने बल पर करना है। फिर शोध में मन नहीं लगा। शराब की लत पड़ गयी। रात को पिल खाये बिना उसे नींद नहीं आती। जो आइवान विज्ञान की

साधना में इस कदर लीन हो जाया करता था कि आसपास की दुनिया से भी बेखबर रहता, वही आइवान आज अपने परिवेश को देखकर विस्मित है। उसके हृदय की धड़कन बढ़ गयी। देखा, एम० आइ० टी० में सैकड़ों वैज्ञानिक उसी की तरह बेचैन हैं और उनमें उससे कहीं रोष है। वे नहीं चाहते कि विश्वविद्यालय पेंटागन के युद्ध उद्योग का गुलाम बने। उन लोगों ने छात्र-छात्राओं की मांग का समर्थन किया। छात्र-छात्राओं की मांग थी कि विश्वविद्यालय में युद्ध के लिए किया जाने वाला काम बंद हो। एम० आइ० टी० का विज्ञान विभाग विश्व-विख्यात है। पर यह विश्वविद्यालय करोड़ों डॉलर का रिसर्च पेंटागन के रुपये से किये जा रहा है। सिर्फ एम० आइ० टी० नहीं, हार्वर्ड, कोलंबिया, इयेल, कर्नेल, स्टैनफोर्ड कौन-सा विश्वविद्यालय इस काम में नहीं है।

आइवान ने देखा एम० आइ० टी० के छात्र और युवा शोधकर्ता हार्वर्ड के छात्रों और युवा वैज्ञानिकों के साथ मिलकर आंदोलन कर रहे हैं। विश्व-विद्यालय से पेंटागन को खदेड़ने के लिए पूरे अमेरिका में छात्रों और वैज्ञानिकों ने मोर्चा तैयार कर लिया है। आइवान में भी उत्साह जगा। तभी वाशिंगटन पीस रैली में सुजान फोर्ड से आइवान का परिचय हुआ। आइवान ने एक पूरा सप्ताह सुजान के घर में बिताया। सुजान भी आइवान से मिलकर उत्तेजित हुई। पर आइवान के उत्तेजना का बहिर्प्रकाश नहीं के बराबर था। वह कम बोलने वाला है। पर बातें सुनने का आग्रह और धैर्य उसमें बहुत है। उसके भीतर कोई-न-कोई लड़ाई हमेशा चलती रहती। उसे अपने भीतर चल रही निःशब्द लड़ाई की गति का एहसास होता। उसे उस लड़ाई के नतीजे का इंतजार है। सुजान समझ गयी कि उसके प्रति आइवान के मन में कोई दैहिक आकर्षण नहीं है। सुजान विस्मित हुई, थोड़ी क्षुब्ध भी। उसने सोचा, हो-न-हो आइवान होमो-सेक्सुअल है।

चार महीने बाद आइवान सुजान के पास लौटा। उसकी दशा लगभग पगलाए हुए आदमी की-सी थी। और पुलिस से बचकर वह भागा-भागा फिर रहा था।

हार्वर्ड के अधिकारियों ने पेंटागन विरोधी आंदोलन के आगे हथियार डाल दिया। घोषणा हुई कि दो साल बाद युद्ध से सीधे जुड़ा कोई भी वैज्ञानिक शोध हार्वर्ड में नहीं होगा। पेंटागन से न ही रुपया लिया जायेगा और न ही कोई नया प्रोजेक्ट। एम० आइ० टी० के अधिकारी छात्रों की मांग के आगे कुछ दिन और अड़े रहे। आखिरकार 'सबोटाज' के डर से घोषणा करने को बाध्य हुए कि जिन प्रोजेक्टों पर काम हो रहा है, उसे पूरा करने के बाद वे पेंटागन के लिए किसी भी वैज्ञानिक प्रोजेक्ट में हाथ नहीं देंगे।

इस घोषणा से आइवान को संतोष नहीं हुआ। क्योंकि इस घोषणा का मत-

लब था उसे अपना शोध पूरा करना पड़ेगा। यानी पेंटागन के हाथ में उसे एक ऐसी प्रमाणित वैज्ञानिक शक्ति सौंप देनी पड़ेगी जिसके व्यवहार से वियतनाम के खेतों में कई दशकों तक अनाज नहीं उपजेगा। एक पूरा देश और पूरी जाति अकाल के गर्त में डूब जायेगी।

आइवान ने अपना 'कंट्रैक्ट' बार-बार पढ़ा। देखा, पांच साल से पहले उसे मुक्ति मिलना असंभव है और अभी तीन साल बाकी हैं।

ऐसे संकटकाल में उसका एक और कड़वे सच से सामना हुआ। पेंटागन के टॉप सिक्रेट प्रोजेक्ट में उसके पिता साधनारत हैं और जो लगभग खत्म होने को है, उसका इस्तेमाल भी वियतनाम में होना है। लेजर बम तैयार हो जाने से अमेरिकी विमानवाहिनी का उत्तर वियतनाम में ध्वंसात्मक हमला बहुत बढ़ गया था। एंटन ओकलीव का नया आविष्कार हाथ लगने पर उत्तर वियतनाम का एक विकसित प्रोजेक्ट पूरी तरह नष्ट-भ्रष्ट हो जायेगा।

एम० आइ० टी० के विश्वविख्यात भौतिक अनुसंधानालय में एक बड़ा-सा बिस्फोट हुआ। जिसमें प्रोजेक्ट का सारा काम भस्मीभूत हो गया। उसमें आइवान और एंटन ओकलीव का शोध कार्य भी था।

विस्फोट के बाद से आइवान लापता हो गया।

इस घटना को हुए साल बीत गये। आइवान न्यूयॉर्क में सुजान के घर आया। तब भी उसकी मानसिक दशा ठीक नहीं थी, फिर भी उसने सुजान को सब बताया। सुजान ने न सिर्फ उसे आश्रय दिया बल्कि उसे स्वस्थ करने में भी अपना बहुत समय लगाया। पर सब व्यर्थ रहा। इस बार आइवान ने सुजान से संभोग की इच्छा जाहिर की। सुजान ने भी आपत्ति नहीं की। पर यह कैसा संभोग! आइवान के भीतर प्रेम नहीं था, न ही स्नेह। बल्कि हवस और भूख थी। वह सुजान पर निष्ठुर और दानवी हमला करता रहा। उसकी भूख सहज ही नहीं मिटने वाली थी। सुजान की सांस बंद होने लगी। सारा शरीर दर्द से कराह उठा। मन की गहराई में विष जलने लगा। फिर भी सुजान सहती रही। आइवान ने जो कुछ किया वह मानव कल्याण के लिए ही किया, जिसे करने का साहस बहुत कम पुरुषों में होता है। इसी बिना पर आइवान के सात खून माफ। उसे शरण देने के लिए सुजान जेल जाने तक को तैयार थी। आइवान को पुलिस नहीं पकड़ सकी। वह सुजान के घर से चला गया। अब कहां है? सुजान भी नहीं जानती। दिन-प्रतिदिन उसका स्वभाव बदलता गया। हर वक्त वह नशे में धुत्त रहने लगा। छद्मवेश में वह माहिर हो गया।

एक दिन आइवान अचानक सुजान के पास पहुंचा। बहुत दिनों तक सुजान को उसकी कोई खबर नहीं थी। अपार्टमेंट की एक चाबी उसके पास थी। इसलिए आने-जाने का रास्ता उसके लिए हमेशा खुला ही था। उसका निर्दयी दानवी

अत्याचार सुजान को सहना पड़ता है। जाते समय रुपया पैसा जो कुछ भी हाथ लगता वह ले जाता। इस बारे में आइवान उसके किसी प्रश्न का जवाब नहीं देता। वैसे भी वह कम बोलता था। अब तो बहुत जरूरी न हुआ, तो उसके मुंह से एक शब्द भी नहीं निकलता। सुजान समझ गयी कि आइवान के स्वस्थ होने की संभावना बहुत कम है। उसकी 'आइडेंटिटी' बदल गयी है। पहले वैज्ञानिक था, अब 'गुंडा' है। जिस तरह की चिकित्सा उसे स्वस्थ बना सकती है उसका रास्ता बंद है। आइबान जिस दिन पुलिस के हाथों पड़ जायेगा, तभी सुजान को रिहाई मिलेगी। सुजान उस दिन के इंतजार में अपनी सांस रोके हुए है। आइवान को बरदाश्त करना उसके बूते के बाहर की बात है। फिर भी आइवान के सात खून माफ। मानव कल्याण के लिए उसने जो कुछ किया, वह कितने वैज्ञानिक कर सकते हैं?

"केतु, सुजान ने मुझसे कहा था, हमारा सबसे बड़ा दुश्मन कौन है जानते हो? हमारे पिता। उन्हीं लोगों ने हमारी जिंदगी बर्बाद कर दी है। वे लोग चाहते हैं उनकी दुनिया में हम लोग उनके गुलाम बनकर रहें। वे हमें राह दिखलायेंगे और हम उन्हीं के दिखाये राह पर चलें। और मजे की बात यह है कि वे नहीं जानते कि वे खुद रास्ता भूल गये हैं। निर्माण की ताकत उनमें खत्म हो गयी है। अब वे सिर्फ ध्वंस कर सकते हैं और इस दौर में उन लोगों ने सबसे पहले हम लोगों को नष्ट कर दिया है। भविष्य को ध्वंस कर दिया। हम लोग अब अपने पिताओं के साथ नहीं रह सकते। इस बीसवीं शताब्दी के आखिरी चरण में सबसे बड़ा विद्रोह पिताओं के विरुद्ध पुत्रों का है। संतान विद्रोह।"

पिताजी, सुजान फोर्ड को लेकर हमारे परिवार में एक बहुत बड़ा संकट गहराया था। विरोध, विद्रोह, संघर्ष और संकट इतिहास के प्रधान उपादान हैं। जीवन में विरोध न हो तो वर्तमान की परीक्षा संभव नहीं। सुजान फोर्ड मेरे जीवन की महान घटना या दुर्घटना है। सिर्फ इसलिए कि उसी ने मुझे समझाया कि जीवन एक तेज धारदार पैना अस्त्र है। और जिंदा रहना एक अद्भुत उत्तेजना है।

शुरू से ही मेरी मां सुजान के साथ बढ़ते मेरे मेलजोल से खुश नहीं थीं। मैंने जब एक सप्ताह तक रोज शाम से ग्यारह बजे रात तक सुजान के साथ बैठकर थीसिस टाइप करवाया था, तभी मां ने अपनी आपत्ति जाहिर की थी।

मां मेरी कमजोरियों से अच्छी तरह वाकिफ हैं। शायद हर मां अपने बच्चों की कमजोरियों को पिता से अधिक जानती हैं।

मां ने आपसे कहा था, "इतने दिनों तक केतु पढ़ाई-लिखाई में जी-जान से लगा हुआ था। अब बोझ जरा-सा हल्का हुआ नहीं कि एक हिप्पी लड़की के

चक्कर में पड़ गया है। इसका नतीजा अच्छा नहीं होगा, अभी से उसको संभालो।"

मां की इन बातों से मैं नाराज हुआ।

आपने मुझे रोका नहीं। आपका मुझे समर्थन था। आप चाहते थे मैं जीवन को ठोंक-बजाकर सीखूं। पर आपने मुझे सतर्क कर दिया था। मैंने आपको आश्वासन दिया था कि सुजान से जुड़ने की कहीं कोई संभावना नहीं है।

पर उससे जुड़ने में मुझे ज्यादा वक्त नहीं लगा। पहली ही मुलाकात में वह मुझे असाधारण लगी थी। उसके जीवन का वेद मुझे विचलित कर गया था।

थीसिस टाइप हो जाने से पहले उसने मुझे इसका आभास तक नहीं होने दिया कि मेरे प्रति उसके मन में ममता, प्यार, स्नेह के बादल घिरते चले आए थे।

जब उसने थीसिस को टाइप करके मेरे हाथों में सौंपा और चेक मेरे हाथ से लेकर अपने बैग में रख लिया तब बोली, "अब हमारा 'बिजनेस रिलेशन' खत्म हुआ। अब देखते हैं हमारे बीच दूसरा कोई 'रिलेशन' बन सकता है या नहीं।" तब भी मैंने समझा कि वह मजाक कर रही है। उन सात दिनों में मैंने उसके साथ करीब तीस घंटे बिताए थे। मेरे मन, धमनी, रक्त में तब तक सुजान का व्यक्तित्व, उसका अस्तित्व पूरी तरह हावी हो गया था। पर मेरी दृढ़ धारणा थी कि सुजान को इस बारे में कोई खबर नहीं।

टेबल पर अपना बैग रखकर सुजान मेरे सामने बिलकुल करीब आकर खड़ी हो गयी। उसके चेहरे पर रहस्यमय हंसी थी। वह एक नाइलोन का टॉप पहने हुए थी। टॉप और स्कर्ट के बीच कमर का छोटा-सा हिस्सा अनावृत था। सुजान के पैर में जूता नहीं था। टॉप और स्कर्ट के सिवाय उसके शरीर पर और कुछ भी नहीं था। हां, कलाई पर घड़ी बंधी थी।

मैं सोच रहा था, अब मुझे विदा लेना पड़ेगा। बिजनेस खत्म। दूसरा कुछ शुरू होने की कोई संभावना नहीं। सुजान जिस तरह की लड़की है, मैं भला उसे कैसे अच्छा लग सकता हूं? विदा होने के बारे में सोचकर मेरा दिल कराह उठा।

अचानक सुजान ने आगे बढ़कर अपनी बांहों के घेरे में मुझे आलिंगनबद्ध कर लिया। इसके साथ ही उसके उत्तप्त होंठ व्याकुलता से मेरे होंठ से लग गये। छाती में सुजान के नरम और गरम स्तन के स्पर्श ने मेरे शरीर में विद्युत की लहर पैदा कर दी। मुझे चूमते हुए बोली, "तुम्हें विदा नहीं लेना पड़ेगा, यदि तुम नहीं चाहते हो तो।"

थोड़ी ही देर बाद मैंने बाहर खाना खाने का प्रस्ताव रखा। सुजान ने मंजूरी दे दी। हम लोग डाउन टाउन में एक रसियन रेस्तरां में गये। यहां सुजान से

सभी परिचित हैं। खाना खा चुकने के बाद सुजान ने पूछा, "अब ?"

मैंने कहा, "चलो फरी से स्टैंटेन आइलैंड चलते हैं।"

न्यूयॉर्क शहर के अंतर्गत होते हुए भी स्टैटेन आइलैंड प्रशांत महासागर से अलग है। मैनहटन द्वीप सेतू के जरिये ब्रुक्स और ब्रुकलीन से जुड़ा है। पर स्टैंटेन आइलैंड इतनी दूरी पर है कि उसे पुल के जरिये जोड़ना संभव नहीं। मैनहटन के दक्षिणी छोर में समुद्र के किनारे साउथ फेरी है। वहां से स्टीमर में चढ़कर स्टैंटेन आइलैंड जाना पड़ता है। हर आधे घंटे में स्टीमर चलती है। इन स्टीमरों में यात्री और गाड़ियां दोनों जाते हैं। किराया भी कम है—मात्र दस रुपये। गरमी में समुद्री हवा के लिए सैकड़ों लोग स्टीमर में सवार होते हैं। पहले स्टैंटेन आइलैंड में उतरते हैं, फिर स्टीमर से ही मैनहटन लौट जाते हैं।

स्टीमर में बैठकर सुजान अपने बारे में बतला रही थी। कुछ मुझसे मेरे बारे में पूछ रही थी। मैं अपने माता-पिता और बहन के साथ रहता हूं। सुनकर वह हैरान हुई थी। आश्चर्यचकित तो तब हुई जब उसे पता चला कि न्यूयॉर्क में मेरी किसी लड़की से दोस्ती नहीं हुई है।

स्टैंटेन आइलैंड से लौटते समय स्टीमर में सुजान ने मुझे आइवान ओकलीव के बारे में भी बताया। मैंने सिर्फ इतना ही कहा था, "कितने अद्‌भुत किस्म के लोगों से तुम्हारा संपर्क है। इन सबके आगे मैं तो बिलकुल मामूली आदमी हूं।"

सुजान बोली, "इसीलिए तो तुम मुझे अच्छे लगते हो, केतु। तुममें कोई विकृति नहीं है। सभ्यता तुम्हारे साथ निष्ठुर खेल नहीं खेल सकी। तुम जैसा सहज, सरल लड़का मैंने अब तक नहीं देखा। इसलिए सोचती हूं, तुम्हारे जीवन में हलचल मचाने से फायदा होगा या नुकसान।"

मैंने पूछा, "किसका ?"

सुजान बोली, "तुम्हारा।"

मैंने कहा, "हलचल नहीं मची है, इसका प्रमाण क्या है ?"

सुजान ने बड़े ही प्यार से मेरे गाल को अपनी अंगुली से सहलाया था।

सुजान को जब मैंने उसके अपार्टमेंट में पहुंचाया, तब रात के एक बज रहे थे।

सुजान ने कहा था, "आज यहीं क्यों नहीं रह जाते ?"

मैंने कहा, "ऐसा नहीं हो सकता।"

सुजान ने पूछ ही लिया, "क्यों नहीं हो सकता ?"

मैंने कहा, "मां-बाबूजी बहुत चिन्तित हो जायेंगे।"

सुजान ने व्यंग्य से कहा, "आहा रे, माता-पिता का दुलारा और आज्ञाकारी बेटा। माता-पिता की आज्ञा के बिना किसी लड़की के साथ रात नहीं बिता

सकते ?"

मेरे कान गरम हो उठे, "फिर किसी दिन रहूंगा।"

सुजान बोली, "यदि मैं रहने दूंगी, तो !"

घर पहुंचते दो बज गये। मां और आप दोनों ही व्यक्ति जगे थे। घर पर कदम रखते ही आपने पूछा, "इतनी देर ?"

मां बोल पड़ी, "जरूर उसी लड़की के साथ होगा।"

मैंने सिर्फ इतना ही कहा, "हां, देर हो गयी।"

अपने कमरे में जाकर कपड़े बदलकर मैं सो गया। तभी फोन की घंटी बजी। सुजान का फोन था।

"ठीक से घर पहुंच गया न, लाड़ला बेटा। पिताजी से पिटाई तो नहीं हुई ? चलो निश्चिंत हुई। अब सो जाओ, अच्छे बच्चे बनकर। गुड नाइट।"

दूसरे दिन सुजान को लेकर आप लोगों के साथ मेरा पहला झगड़ा हुआ। मां सहज और सरल हैं। इसलिए गुस्से में जो कुछ मुंह में आता कह देतीं। आप उसी बात को दूसरी तरह से कहते हैं। वैसे आप दोनों का कहना एक ही था—सुजान अच्छी लड़की नहीं है। उसके साथ ज्यादा मेल-जोल मुझे सर्वनाश के रास्ते ले जायेगा। मां मुझे बार-बार याद दिलातीं, सुजान उम्र में बहुत बड़ी है। वह लड़की नहीं एक अधेड़ महिला है। एक बार तुम उसके जाल में फंसे तो वह तुम्हें छोड़ेगी नहीं। आपने कहा, "दोस्ती ठीक है उसमें कोई दोष नहीं, लेकिन ज्यादा घनिष्टता ठीक नहीं। मुझे डर है तुम उससे घनिष्ट न हो जाओ।"

उस दिन पहली बार मुझे आपसे नफरत हुई थी, पिताजी। क्योंकि आपने जो कुछ कहा उसका मतलब था—मिलो-जुलो, पर प्रेम न करो।

इसके बाद लगातार दो दिन मैं रात को दो बजे घर पहुंचा। आप लोग मान बैठे थे कि अब तक मैं सुजान के ही साथ था। पर सुजान से मैं दो दिन तक नहीं मिला था। शहर की सड़कों पर घूमता रहा था। कभी पार्क में तो कभी समुद्र के किनारे। इस तरह समय बिताता रहा और सोचता रहा, आप लोगों के बारे में, सुजान के बारे में और अपने बारे में। फिर एक रेस्तरां में भर पेट खाना खाकर दस बजे का शो देखकर घर लौटा था।

सुजान को लेकर आप लोगों से मेरी झिकझिक नहीं हुई। मैंने आप लोगों को समझा दिया था कि सुजान को छोड़ना मेरे लिए संभव नहीं। आप लोग बड़े धैर्य से अगली घटना का इंतजार करते रहे।

तीसरे दिन मैं सुजान के अपार्टमेंट में हाजिर हुआ। मुझे देखकर सुजान खुश हुई।

बोली, "अच्छा हुआ तुम आ गये। मुझे डर लगने लगा था कि तुम अब नहीं

आओगे।"

मैंने कहा, "चलो, चलते हैं।"

"कहां ?"

"सर्नस्टाइन लिंकन सेंटर में न्यूयॉर्क फिलहारमोनिक कंडक्ट कर रहा है। मैंने दो टिकट खरीदा है।"

सुजान ने लगभग उछलते हुए मुंह से आवाज निकाली, "वाउ !"

कंसर्ट सुनने के बाद हम लोग 57 स्ट्रीट में एक रेस्तरां में खाना खाने गये। बिल देखकर मेरी आंखें फटी की फटी रह गयीं। सुजान बोली, "मैं शेयर करूं ?"

मैंने उसकी बातों में ध्यान नहीं दिया। पर्स से चार दस-दस डॉलर निकालकर मैंने वेटर के हाथ में दे दिया। फिर पंद्रह मिनट में हम लोग सुजान के अपार्टमेंट में लौट गये।

सुजान से मैंने पूछा, "कॉफी मिल सकती है ?"

सुजान ने पूछा, "कितनी देर ठहरे रहोगे यहां ?"

मैंने घोषणा करने के लिहाज से कहा, "रात-भर।" साथ में यह भी जोड़ दिया, "यदि तुम्हें मंजूर हो तो ?"

सुजान ने जीत की मुस्कराहट से कहा, "मोस्ट वेलकम।"

तब मैंने घर पर फोन किया।

पिताजी, उस समय फोन आप ही ने उठाया था।

मैंने कहा, "पिताजी, आज रात मैं सुजान के अपार्टमेंट में रह रहा हूं।"

आप दो क्षण चुप रहे। फिर बोले, "ठीक है। कब लौटोगे ?"

"कल सुबह।"

आपने फोन रख दिया।

मैंने फिर डॉयल किया। इस बार भी आप ही ने रिसीव किया।

"पिताजी, मैंने जो कुछ कहा, आप समझ गये न ?"

आपने कहा, "आज रात तुम घर नहीं लौट रहे हो। कल सुबह आओगे।"

मैंने कहा, "आज मैं सुजान फोर्ड के साथ सो रहा हूं, बाबूजी।"

आपने कहा, "समझ गया। कल सुबह-सुबह आ जाना।"

मेरे कमरे के एक्सटेंशन से मां फोन सुन रही थी।

उस रात मां खूब रोयी थी।

"तुम चाहते तो केतु को उस रास्ते से लौटा सकते थे।" मां ने आपसे शिकायत की, "मेरा अच्छा बेटा क्या कर बैठा ?"

मेरा जून का महीना सुजान के घर पर ही बीता। अपने घर मैं तीन-चार घंटे से ज्यादा किसी दिन नहीं रहा। सुजान ने मुझे न्यूयॉर्क शहर पूरा घुमाया।

इस शहर में इतना कुछ देखने को है, मैंने कभी सोचा ही नहीं था। कितने सारे म्युजियम, आर्ट गैलेरियां, गिरजाघर, इतिहास के कितने ही निर्देशन और कितनी ही विचित्र संस्कृति के लोग। सुजान के साथ पैदल चलकर मैंने यहूदी मुहल्ले की विशेषता को पहचाना। उसी तरह इटालियन, पोलिश, आइरिश और डच संस्कृति को भी। कहां ड्रग मिलता है? पुशर किसे कहते हैं? देह का व्यापार करने वाली महिलाओं को सड़क पर कैसे पहचाना जा सकता है? ये लोग ग्राहकों को कैसे पटाती हैं? मसाज पार्लर क्या है? मसाज कौन करता है? किस आर्ट स्कूल में नग्न नारी को देखा जा सकता है? हार्लेम में रात को क्या होता है? न्यूयॉर्क के किस रेस्तरां में लेखकों का अड्डा जमता है? सुजान ने मुझे यह सब दिखलाया। सुजान मुझे 'गे पार्टी' में ले गयी। जहां होमोसेक्सुअल (समलैंगिक) पुरुषों की भीड़ होती है। और 'लेसबियन पार्टी' में भी, जहां होमोसेक्सुअल लड़कियां इकट्ठा होती हैं। दोनों श्रेणी में सुजान के दोस्त हैं। सुजान से ही मैंने 'पट' पीना सीखा। साथ ही शराब पीकर मदहोश होना भी। शराब में कभी मेरी रुचि नहीं थी। एक दिन इतनी पी गया कि सुजान के घर को उल्टी से बहा दिया। तब सुजान ने अपने हाथों से फर्श साफ किया। नहलाकर सिर पर हाथ फेरकर मुझे सुला भी दिया।

जुलाई महीने में मेरे कुछ प्रोफेसरों ने आपको फोन कर बताया, मैं ऑनर्स में एम० ए० पास हो गया हूं। उन्होंने यह भी कहा, "टोरेंटो यूनीवर्सिटी से मैं यदि पी-एच० डी० करना चाहूं, तो फेलोशिप पाने की संभावना है। कोलंबिया से भी पी-एच० डी० कर सकता हूं, पर वहां इंगलिश विभाग की जो हालत है, फेलोशिप पाने की संभावना बहुत कम है।"

अमेरिका छोड़कर कनाडा के टोरेंटो यूनीवर्सिटी जाना पड़ेगा—इस संभावना ने मुझे सुजान से और भी गहरे जोड़ दिया। अपने बाईस साल के जीवन में सुजान ही पहली नारी थी, जिसे मैंने पूरी तरह पाया। कम-से-कम शुरू के महीने में हुए अनुभवों से मुझे ऐसा ही लगा था। हालांकि मैं जानता हूं कि कोई भी आदमी किसी दूसरे आदमी को पूरी तरह नहीं पा सकता। इसकी आकांक्षा भी करना चांद की ओर हाथ बढ़ाना है। क्योंकि आदमी अपने भीतर की स्वकीयता और विशिष्टता के कारण ही सचमुच आदमी है। अपनी उस विशिष्टता को वह किसी दूसरे को नहीं दे सकता, ईश्वर को भी नहीं। सुजान से मैंने प्रेम किया था। उसके भीतर की उसी स्वकीयता और विशिष्टता के लिए। वह भी उसी तरह जिस तरह छोटे-छोटे पौधे सुबह के सूरज को करते हैं। सुजान में मैंने जीवन की कुछ गहराइयों को देखा था, जिसकी रोशनी मेरे लिए जरूरी थी। सुजान से मुझे जिंदा रहने का अतिशय आनंद और वेदना की अनुभूति मिली थी। जिसने मुझे कुछ-कुछ आत्मविभोर कर दिया था। सुजान का बदन

जितना मुझे परितृप्त करता उससे कहीं अधिक मुझे उत्तेजित और क्षुधार्त किये रहता था। मैं कभी भूल नहीं सकता था कि सुजान के जीवन में मैं पहला पुरुष नहीं था। दूसरा, तीसरा, चौथा और पांचवां भी नहीं। कभी-कभी मुझे लगता सुजान को मुझसे कुछ भी नहीं मिलता, जो उसे दूसरे पुरुषों से मिला और सुजान भी मुझे वह नहीं दे पा रही है, जो मुझे चाहिए। कुल मिलाकर सुजान मुझे एक बड़ी-सी झील लगती जिसके अथाह पानी में मैं डूब जाता। जबकि उसका बहुत कुछ मेरी पहुंच के बाहर ही रहता। सुजान पर पूरे अधिकार की इच्छा मुझमें हौल मारने लगी। एक दिन मैंने सुजान से कह ही दिया, "क्या हमारी शादी नहीं हो सकती ?"

सुनकर सुजान जोर-जोर से हंसने लगी।

"तुम क्या शादी का प्रस्ताव रख रहे हो, केतु ?"

"पूछ रहा हूं।"

"तो तुम्हारे प्रश्न का जवाब है—नहीं।"

"क्यों ?"

"सौ से भी ज्यादा वजह हैं। पहली वजह तो यही है कि तुम्हारे माता-पिता इसके लिए तैयार नहीं होंगे।"

"यदि हो जायें तो ?"

"तुम नहीं जानते, वे नहीं होंगे।"

"दूसरी वजह ?"

"मैं तुमसे नौ साल बड़ी हूं।"

"तो क्या हुआ ?"

"बहुत कुछ। जब तुम तीस साल के होगे, तो मैं उनचालीस की अधेड़ हो जाऊंगी।"

मैंने कहा, "तुम मुझे इक्कीस की भी नहीं लगती।"

सुजान पलंग पर लेटी थी। उसका शरीर पूरी तरह से निर्वस्त्र था। अपने शरीर की ओर देखकर बोली, "शुक्रिया। तुम सचमुच बहुत अच्छे बच्चे हो।"

मैं नाराज हो गया, "मुझे बच्चा मत कहा करो। तुम ही मेरी उम्र के प्रति हमेशा चौकन्नी रहती हो।"

सुजान बोली, "जरूर। और हो भी क्यों नहीं ? तुम्हारी उम्र मेरे लिए हमेशा से लोभनीय रही है। एक दुर्लभ स्वप्न की तरह।"

गुस्से से मैं चुप ही रहा। तब सुजान बोली, "सिर्फ उम्र ही नहीं। तुममें बहुत कुछ है, जो मेरे लिए लोभनीय है। तुम नये हो। कोरे कागज की तरह। तुममें सरलता है। तुम जीवंत हो। जो हम लोगों में नहीं। तुम्हारे 'कलचर' में ऐसे कुछ गुण हैं, जो मैंने सिर्फ किताबों में ही पढ़े हैं। जिनसे मेरा सामना पहले

कभी नहीं हुआ। यांत्रिक सभ्यता ने तुम्हें चूर-चूर नहीं किया है, केतु। तुम अभी भी संपूर्ण हो। टुकड़ों में तुम नहीं बंटे हो, जिस तरह हम लोग बंट चुके हैं। और सबसे बड़ी बात तुममें देने और पाने दोनों की व्याकुलता है, जिसे हम लोगों ने खो दिया है। तुम जिस तरह देना चाहते हो, हम लोग उस तरह देना जानते ही नहीं। जैसा तुम पाना चाहते हो, वैसा पाने की क्षमता हममें नहीं है। कभी-कभी कैसा लगता है जानते हो? लगता है तुम्हारा हाथ पकड़कर एक बार फिर जीवन की शुरुआत करूं!"

मैंने तड़पकर कहा, "अच्छा? फिर पीछे क्यों हट रही हो?"

सुजान ने दर्द-भरी मुस्कान से कहा, "तुम अपने माता-पिता के खिलाफ नहीं जा सकोगे।"

बस यहीं पर सुजान गलत थी। वह जानती थी, पिताजी, और मैं भी कि आप और मां राजी नहीं होंगे या पसंद नहीं करेंगे, ऐसी किसी लड़की से शादी करना मेरे लिए संभव नहीं होगा। संभव इसलिए नहीं, नहीं होगा कि मैं आप लोगों का आज्ञाकारी बेटा हूं। इसलिए भी नहीं कि अपना मनचाहा काम करने का मुझमें साहस नहीं है। मैं जानता था सुजान से शादी करने पर आप लोग मेरा 'त्याग' नहीं करेंगे। मेरी अक्षमता की वजह इससे भी कहीं अधिक जटिल है। भले ही सुजान इसे समझना चाहती हो पर उसमें यह क्षमता नहीं है।

पिताजी, आपसे मेरा नाता बचपन से ही संभवतः मेरे जन्म के साथ ही, दोस्ती का बन गया था। उस दोस्ती को तोड़ने की क्षमता मुझमें नहीं! कुछ भी करने से पहले मैं कई-कई बार सोचता कि आप क्या कहेंगे? "ठीक है, करो।" यह स्वीकृति नहीं है। आपसे मैं स्वीकृति नहीं चाहता। अनुमति भी नहीं। जो कुछ चाहता हूं वह है दोस्ती। सिर्फ दोस्ती। इसका अंग्रेजी में तर्जुमा करके सुजान को समझाने की क्षमता मुझमें नहीं।

इसलिए मैंने आपको और मां को समझाने की कोशिश की। सुजान को घर लाया। आप सब सुजान से ठीक से मिले। पर आप लोगों ने उसे समझा दिया कि उसे पुत्रवधू बनाने का आप लोगों का कोई इरादा नहीं। सुजान ने आप लोगों को अपने घर आने का निमंत्रण दिया। साथ ही उसने अपने कुछ और दोस्तों को भी बुलाया। पिताजी, आप गये भी। और सुजान से आपने यूं ही थोड़ी देर बातें कीं, पर ज्यादा वक्त आपने एक दूसरी लड़की, जो कोलंबिया में मेरी सहपाठी थी, से बात करने में बिताया। आप लोगों के चले जाने के बाद सुजान ने मुझसे कहा, "आइ हेट योर फादर।"

एक दिन मैंने आपसे सीधे-सीधे बात की।

आपने मुझसे हमेशा यही कहा कि मैं जिससे चाहूं शादी कर सकता हूं। आपने यह भी कहा था, मैरी फॉर लव एंड नथिंग ऐल्स।

आपने स्वीकार किया, हां, कहा था।

"फिर? फिर आज क्यों बाधा डाल रहे हैं?"

"क्योंकि मैंने यह गलत कहा था।"

"मतलब?"

"मैंने जो कुछ कहा, गलत कहा था। तुम जिससे चाहो, प्रेम-विवाह कर सकते हो। मैं खुशी-खुशी मान लूंगा—यही कहा था न। पर आज देख रहा हूं यह संभव नहीं।"

आप थोड़ी देर रुके। फिर कहने लगे, "सुजान का कोई दोष नहीं। सवाल है सुजान से शादी का। यदि तुम सुजान से ही शादी करने की ठान बैठे हो, तो तुम्हें रोकने की क्षमता मुझमें नहीं। फिर भी मैं अपनी ओर से पूरी कोशिश करूंगा। मुझे इसमें जरा भी संदेह नहीं कि सुजान को पत्नी के रूप में पाकर तुम सुखी नहीं हो सकते। तुम्हारा जीवन बर्बाद हो जायेगा। तुम्हारी शादी दो-चार साल भी नहीं टिकेगी। मैं जानता हूं उस महिला (आप हमेशा सुजान को 'वीमेन' कहते। कभी भी भूल से भी 'गर्ल' नहीं कहते) में आकर्षण है, पर मुझे बड़े खेद के साथ कहना पड़ रहा है कि मैं उसे एक संकीर्ण दायरे के भीतर देखने को बाध्य हूं। मैंने कई बार अपने आप से सवाल किया, केतु और सुजान की शादी हो तो कैसा रहेगा? मुझे बार-बार एक ही जवाब मिला, यह ठीक नहीं होगा। तुम दोनों दोस्त बन सकते हो। पति-पत्नी बनने के लिए तुम नहीं बने हो।"

"सुजान से शादी करने पर क्या आप लोग मुझसे सारे संबंध तोड़ लेंगे?"

"कभी नहीं। पर हमारा संबंध कैसा रहेगा? यह कैसे कह सकता हूं?"

"आप लोगों को बहुत बुरा लगेगा?"

"सिर्फ बुरा ही नहीं लगेगा, यह भी लगेगा कि तुम्हारा जीवन नष्ट हो गया। तुम्हें इस देश में बुलाकर उच्च शिक्षा दिलवाने के अपराध के लिए मैं खुद को कभी क्षमा नहीं कर सकूंगा।"

"यानी आप मुझे याद दिला रहे हैं कि आपकी दया से मैं कोलंबिया में पढ़ रहा हूं और आगे जो कुछ भी करने जा रहा हूं वह आपके प्रति अकृतज्ञता है।"

"'दया' शब्द आपत्तिजनक है। मैंने पिता होने का सिर्फ कर्तव्य निभाया है। पुत्र होने का कोई फर्ज है, तो उसको निभाना-न-निभाना तुम पर निर्भर है। कर्तव्य 'ओब्लिगेशन' नहीं। कर्तव्य का मतलब है सेंस ऑफ रिसपोनसि-बिलीटी।"

"किसी से शादी करके खुश होऊंगा यह आप लोग तय करेंगे या मैं?"

"पहले तुम।"

"आप लोगों की स्वीकृति को ध्यान में रखकर?"

"केतु, तुम्हारे तर्क में एक बड़ी गलती है।" आपके स्वर में दृढ़ता थी। " 'स्वीकृति' शब्द यहां 'अनफिट' (बेतुका) है। यदि तुम अपनी मर्जी से शादी करना चाहते हो, हम लोगों की तुम्हें कोई परवाह नहीं, तो मुझसे इस बारे में बहस क्यों कर रहे हो? क्या सिर्फ इसलिए कर रहे हो कि तुम्हें खुद पर भरोसा नहीं है। तुम जानते हो जहां तुम्हारे पैर हैं वह जमीन कमजोर है। तुम जानते हो। इसलिए तुम हमसे साहस चाहते हो। तुम जो चाहते हो वह तुम्हें नहीं मिलेगा। इसलिए मुझे पूरा विश्वास है कि सुजान से शादी करके तुम खुश नहीं रहोगे। सारी जिंदगी तुम्हें इस गलती के लिए पछताना पड़ेगा। अब तुम्हीं बताओ ऐसे में हम तुम्हारी मर्जी के आगे कैसे सिर झुका लें।"

"तो क्या मुझे रोकेंगे?"

"जरूर रोकेंगे। जितना हमसे बन पड़ेगा।"

मां ने आपसे कहीं अधिक सहज और सरल भाषा में कहा, "उस बुढ़िया से शादी की, तो हमसे तुम्हारा कोई नाता नहीं रहेगा।"

सुजान भी नाराज हुई। बात-बात में वह मुझे आप लोगों के प्रति मेरे मन में छिपी श्रद्धा की भावना को ठेस पहुंचाने लगी। आप लोगों से मुझे छीन लेने को वह बकायदा तैयार हो गयी थी। सुजान सबसे ज्यादा आपसे नाराज थी। आप उसकी नजर में 'लिबरल' थे। यानी सबसे 'निकृष्ट जीव'। अपने रूढ़िवादी विचारों को लच्छेदार भाषा का लबादा ओढ़ाने में आप माहिर हैं। आप अपने बेटे का जीवन 'डिक्टेट' करना चाहते हैं। आपके द्वारा पहनायी गयी जंजीर को यदि मैंने तोड़ा नहीं तो इंसान के रूप में मुझे मुक्ति कभी नहीं मिलेगी।

यह एक अलग सुजान है। एक दूसरी सुजान भी है। जिसने मुझे पाश्चात्य शास्त्रीय संगीत का मर्म समझाया। जिसने रॉक म्युजिक में अंतर्निहित जीवन दर्शन से मेरा परिचय कराया। जिसने मुझे माइकेल एंजेलो के समसामयिक एब्सट्रक कलाकारों की चित्रकारी का तात्पर्य समझने लायक बनाया। जिसके पास मुझे जिंदा रहने का हर रोज एक अभिनव एहसास होता रहा। सुजान ने मुझे कैमरे का व्यवहार सिखाया। एक दिन उसने सेंट्रल पार्क में धोती-कुर्ता में मेरी सौ से भी अधिक तस्वीरें खींचीं। कैनवस में उसने मेरा पोट्रेट भी बनाया। सुजान के साथ न्यूयॉर्क की सड़कों पर पैदल चलकर मैंने जितना सीखा उतना सारी जिंदगी किताब पढ़कर भी नहीं सीख सकता और इतना ही नहीं सुजान ने मुझे अपने दिल की आंतरिक गहराइयों से प्यार किया। प्रेमिका और मां का मिला-जुला प्यार जिसे कहते हैं वह मुझे सुजान से ही मिला।

सुजान ने मुझसे कहा भी था, "यदि मैं राजी हूं, तो शादी के लिए वह तैयार है।"

सुजान ने यह भी कहा था, "हमारी यदि शादी हो गयी तो तुम्हें टोरेंटो नहीं जाना पड़ेगा। मैं जितना कमाऊंगी उसी में कोलंबिया में तुम्हारी पढ़ाई हो जायेगी।"

एक दिन उसने कहा, "यदि हमारी शादी हो गयी तो तुम्हें अपने देश भी नहीं लौटना पड़ेगा, केतु। तब तो तुम अमेरिका के नागरिक ही बन जाओगे।"

और अंत में उसने यह भी कहा, "तुमसे यदि मैं शादी कर लूं तो मुझे आइवान से मुक्ति मिल जायेगी।"

मुझे टोरेंटो जाना पड़ा।

कोलंबिया से मुझे फेलोशिप नहीं मिला। टोरेंटो ने मुझे 'कॉलेज फेलो' बना लिया। अश्वेत छात्रों में यह सम्मान सबसे पहले मुझे ही मिला। होस्टल में बिना फीस के मेरे रहने का इंतजाम हो गया। पढ़ाई की फीस भी माफ हो गयी। इन सबके साथ टोरेंटो यूनीवर्सिटी का अंग्रेजी विभाग विश्व-विख्यात है। मेरे प्रोफेसर ने कहा, "कोलंबिया से टोरेंटो का अंग्रेजी विभाग किसी मायने में कम नहीं है।" इसीलिए मैं चला गया।

सुजान का मन रत्ती-भर भी तैयार नहीं था कि मैं न्यूयॉर्क छोड़कर जाऊं। कुछ दिनों हमारे बीच अक्सर झगड़ा हुआ करता। सुजान ने मान लिया कि मैं उससे पीछा छुड़ाना चाहता हूं। और इसीलिए यहां से भाग रहा हूं। मेरे चले जाने को सुजान आप लोगों की 'जीत' और अपनी 'हार' से जोड़ रही थी। आप लोगों से हारना सुजान को कतई मंजूर नहीं था।

मैंने सुजान से वायदा किया, "मौका मिलते ही मैं न्यूयॉर्क उसके पास आ जाऊंगा।"

"क्या फायदा? आकर तो अपने माता-पिता के पास ही रहोगे!" सुजान ने नाराजगी से कहा।

मैंने कहा, "तुम्हें टोरेंटो बुलाने का इंतजाम करूंगा। वहां तुम भी दाखिला लेकर एक साल में बी० ए० कर लोगी।"

"इससे क्या फायदा?"

"तो क्या सारी जिंदगी टाइप करती रहोगी?"

"यदि टोरेंटो गयी, तो अपने माता-पिता से दूर रहकर मुझसे शादी कर सकोगे?"

"शायद कर सकूं!"

"शायद!" सुजान निराश हो गयी।

"मुझे ज्यादा मजबूर मत करो।" मैंने रुखाई से कहा।

"सब मुझे मजबूर कर रहे हैं। कोई मुझे समझने की कोशिश नहीं कर रहा है।" उसी वक्त सुजान ने मुझे 'सॉरी' कहा।

बोली, "जानती हूं। मैं स्वार्थी की तरह अपने बारे में ही सोच रही हूं। तुम मेरी बातों पर ज्यादा ध्यान मत दिया करो। तुम्हें जो ठीक लगे वही करो।"

मीतू, आप और मां मुझे ईस्ट साइड एयर टर्मिनल पहुंचा गये। वहां से मैं एयर पोर्ट की बस से कैनेडी एयर पोर्ट गया। आप लोग नहीं जानते हैं, कैनेडी एयर पोर्ट में सुजान मुझे 'सी ऑफ' करने आयी थी।

मुझसे विदाई लेते हुए आप एक बार भी रोये बिना नहीं रहे थे, पिताजी। सोचा था, इस बार आपकी आंखों में पानी नहीं आयेगा। बस की लाइन में बहुत दूर निकलने के बाद मैंने देखा आपकी आंखों में हर बार की तरह इस बार भी गीलापन था।

टोरेंटो शहर से मैं एकदम अनजान नहीं था, आपके साथ एक बार तीन दिन के लिए टोरेंटो गया था। वहां के विश्वविद्यालय के विख्यात राजनीति विभाग के सेमीनार में आपको आमंत्रित किया गया था। मैं भी आपके साथ गया और वहां एक कनाडियन अध्यापक मित्र के अनुरोध पर उनके छात्र-छात्राओं के साथ इंडिया के संबंध में आलोचना करने गया। उस अध्यापक ने अपने घर में तीस छात्र-छात्राओं को इकट्ठा किया। उन सबसे मेरी घंटों बात-चीत हुई। कुछ दिनों के सफर में टोरेंटो शहर हम दोनों को अच्छा लगा था। नूतन और पुरातन का सम्मिश्रण है, टोरेंटो शहर। वहां की सिर्फ इमारतें ही नहीं संस्कृति भी। कॉलोनियल कनाडा, डॉमिनियल कनाडा और अमेरिका का पड़ोसी कनाडा—इन तीनों का सम्मिश्रण है टोरेंटो शहर। जिस तरह न्यूयॉर्क अमेरिका की सांस्कृतिक राजधानी है उसी तरह टोरेंटो कनाडा की। याद है बाबूजी, आपने कहा था—"कनाडावासियों में ब्रिटिश, फ्रांस और अमेरिका का प्रभाव है। वहां का परिवेश काफी रुचिकर है।" मैंने भी आपकी हां में हां मिलाया।

टोरेंटो क्वीन्स कॉलेज का विद्यार्थी और कॉलेज फेलो बनकर जब इस शहर में आया तो पता चला आपने गलत कहा था और मैंने भी गलत सोचा था। कनाडा-सा 'आइडेंटीटी क्राइसेस' दुनिया के किसी देश में नहीं है। कनाडा के आर्थिक जगत में अमेरिका ने अपना प्रभुत्व दृढ़ता से स्थापित कर लिया था। संस्कृति पर भी प्रबल अमेरिकी आधिपत्य है। रेडियो, टी वी और अखबार भी अमेरिकी प्रभाव के अधीन है। इसलिए युवा समाज कनाडा को अमेरिका का उपनिवेश कहता है। दूसरी ओर टोरेंटो शहर में परंपरागत रूढ़िवादी ब्रिटिश औपनिवेशिक संस्कृति का प्रबल प्रभाव है। विशेषकर क्वीन्स कॉलेज में यहां के

प्रोफेसर्स को गाउन पहनकर क्लास में जाना पड़ता है। डाइनिंग हॉल में विद्यार्थी लंबे टेबल पर बैठकर खाना खाते हैं। सेल्फ सर्विस काउंटर से खाना उन्हें खुद जाकर लाना पड़ता है। और प्रोफेसर ऊंचे प्लेटफार्म पर हाई टेबल चेयर में बैठकर खाना खाते हैं। उन्हें खिलाने के लिए 'वेट्रेस' नियुक्त होती हैं। नियम के सैकड़ों गज लंबे लाल फीते से विभाग के हाथ-पैर बंधे हैं। कनाडा ने ब्रिटेन और अमेरिका की संस्कृति से नकारात्मक पहलुओं को बड़ी शिद्दत से अपनाया है—जैसे कि होता है। उपनिवेशों के हिस्से में यही सब तो आता है। और उस पर फ्रेंच और अंग्रेजी के बीच द्वंद्व अलग। कनाडा की एक तिहाई जनता फ्रेंच बोलती है। उनकी राष्ट्रीयतावाद को दैगल के जमाने से फ्रांस का समर्थन प्राप्त है। संस्कृति के क्षेत्र में वे अंग्रेजी से समानाधिकार चाहते हैं। मंट्रियल फ्रांसिसी राष्ट्रीयतावाद की प्रधान केंद्र है। फ्रेंच भाषी कनाडियन की मांग है, हर कनाडियन को फ्रेंच सीखना पड़ेगा। फ्रेंच को अंग्रेजी के समान का दरजा दिलाने की भी मांग की गयी। इस अंतर्द्वंद्व ने अंग्रेजी को आशंकित कर दिया। वे डरने लगे कि फ्रेंच भाषी कनाडा को किसी दिन अलग और आजाद राष्ट्र घोषित न कर दें।

युवा समाज के एक बड़े हिस्से ने कनाडा में नये राष्ट्रीयतावाद की लहर को बढ़ावा दिया। वे अमेरिकी प्रभाव से मुक्ति चाहते हैं। कनाडा अमेरिका का उपनिवेश नहीं रहेगा। विश्व राजनीति में उसकी स्वतंत्र सत्ता होगी। अमेरिकी साम्राज्यवाद का अब वह अंधा समर्थन नहीं करेगा। मास मिडिया को आजाद होना पड़ेगा। अमेरिकी पूंजीवाद को सीमाबद्ध करना होगा। कनाडा अमेरिका के वियतनाम युद्ध का समर्थन क्यों करेगा? क्यों वह चीन और सोवियत से मैत्री नहीं करेगा? क्यों अपनी धन-संपदा से वह विकासशील देशों की सहायता नहीं करेगा?

इस आंदोलन की लहर ने कनाडा की आंतरिक नीति में धीरे-धीरे परिवर्तन लाना शुरू कर दिया। इंडियन लोग (भारतीय नहीं) पर सैकड़ों सालों से हो रहे अत्याचार और अन्याय का युवा समाज खामियाजा मांग रहे हैं। वे कहते हैं, इस देश के असली मालिक इंडियन और एस्किमो हैं। सरकार का पहला कर्तव्य है कि वह उनकी ओर ध्यान दे। काले कनाडियनों का भी आंदोलन छिड़ने लगा। पर वियतनाम युद्ध विरोधी आंदोलन ने ज्यादा जोर पकड़ा। हजारों अमेरिकन लड़के ड्राफ्ट कॉल से भागकर कनाडा की शरण में आने लगे। कनाडा के युवक-युवतियों के डर से सरकार उन्हें पकड़कर अमेरिकी अधिकारियों को सुपुर्द नहीं कर पा रही है। कनाडा की सरकार ने एकाधिक बार हो-ची-मिन्ह का गोपनीय युद्ध विराम का प्रस्ताव अमेरिकी सरकार तक पहुंचाया है। साथ ही कनाडा की सरकार ने वाशिंगटन और केन्या के बीच मध्यस्थता की कोशिश भी

की। प्रेसीडेंट जॉनसन की उपेक्षा ने कनाडा के दूत को ज्यादा बढ़ने नहीं दिया।

पिताजी, कोलंबिया यूनीवर्सिटी में पढ़ने के दौरान मेरा चरित्र बिगड़ गया था। वहां लोकतंत्र की किताबी गूंज नहीं है। बल्कि जीवन का श्वास-प्रश्वास है। छात्र-छात्राएं खुलेआम क्लास में धूम्रपान करते हैं। स्टूडेंट सेमीनार टेबल पर पैर उठाकर बैठते हैं। इस पर भी प्रोफेसर अपमानित महसूस नहीं करते। प्रोफेसरों और छात्र-छात्राओं के बीच पारस्परिक समता का संबंध का प्रमाण हर कदम पर दिखता है। उनके बीच थोड़ी-सी घनिष्ठता हुई नहीं कि प्रोफेसर तो छात्रों का नाम लेते ही हैं छात्र भी प्रोफेसरों का नाम लेकर पुकारते हैं। इन दिनों वियतनाम युद्ध के खिलाफ चल रहा आंदोलन अमेरिकी गणतंत्र को वास्तविक गणतंत्र बनाने के आंदोलन के रूप में परिणत हो गया है। छात्रों की मांग है विश्वविद्यालय के प्रबंधन में उनका सक्रिय योगदान हो। इस मांग को अधिकारियों ने स्वीकार भी कर लिया है। सीनेट सदस्यों का एक बड़ा हिस्सा छात्र-छात्राओं द्वारा निर्वाचित हो रहा है। पाठ्यक्रम और पठन-पाठन पद्धति में छात्र-छात्राओं के सुझावों को मान्यता दी जा रही है। छात्रों की मांग पर काले अमेरिकन के समाज, संस्कृति, इतिहास, राजनीति और साहित्य का पाठ्यक्रम चालू किया गया है। छात्रों की मांग पर युद्ध संबंधी रिसर्च सभी विश्वविद्यालय में बंद हो गये। हर विश्वविद्यालय में युद्ध के लिए छात्रों का संग्रह करने के लिए सैन्य विभाग का दफ्तर था। पर अब ऐसा नहीं है। विश्वविद्यालय परिसर में 'रिक्रुटिंग' अफसर कदम नहीं रख सकते। छात्र प्रोफेसरों की योग्यता-अयोग्यता के निर्धारण के अधिकार की मांग कर रहे हैं। अमेरिका के कुछ विश्वविद्यालयों ने इस मांग को स्वीकार भी कर लिया है।

छात्र-छात्राओं का अकाट्य तर्क यह है कि अठारह साल की उम्र में यदि हम युद्ध में अपनी जान दे सकते हैं तो देश और संस्थानों का प्रबंधन भी कर सकते हैं।

उन लोगों ने अपने पिताओं से कहा है कि आप लोग हमें देश के लिए मरने के लिए कहते हैं। अठारह साल की उम्र में हमें मरने का अधिकार आप लोगों ने दे दिया है। पर देश की व्यवस्था का अधिकार देने को तैयार नहीं। आप लोग चाहते हैं आप ही लोगों के लिए हम जन्म लें और फिर आप ही लोगों के लिए मर मिटें पर हम लोग जीने का अधिकार चाहते हैं। इस अधिकार को स्वीकार किये बिना आप लोगों का कोई चारा नहीं।

पिताजी, छात्रों की मांग पर अमेरिका में वोट देने की उम्र अठारह से कम करने का आयोजन चल रहा है। दो-एक साल में कांग्रेस यह कानून पास कर देगी।

टोरेंटो पहुंचते ही कोलंबिया कल्चर से क्वीन्स कल्चर की ठन गयी।

कॉलेज फेलो के रूप में सप्ताह में दो दिन मुझे अंडर ग्रेजुएट का क्लास लेना पड़ता। टोरेंटो में पढ़ने जाने का यह एक अन्यतम आकर्षण था। यह क्या कम था पढ़ने के साथ पढ़ाने का अनुभव।

पर गाउन पहनकर क्लास लेने जाना मुझे विकृत अहंकार लगा। इसलिए बिना गाउन पहने ही मैंने क्लास लेना शुरू किया।

विभाग के दूसरे प्रोफेसर नाराज हुए। चेयरमैन के दफ्तर से मेरा बुलावा आया।

"कैसा लग रहा है क्वीन्स कॉलेज ?" चेयरमैन ने मुझे बिठाकर पूछा।

"बहुत अच्छा," असत्य मेरे मुंह से निकला।

चेयरमैन ने कहा, "हमारी ख्याति है। कोलंबिया की तरह हम अभिजात्य नहीं हैं। पर यहां से डॉक्टरेट पाकर आप दुनिया भर में कहीं जाइए आपको सम्मान तो दिया ही जायेगा।"

मैंने कहा, "कोलंबिया में मेरे प्रोफेसर कहते हैं—टोरेंटो का अंग्रेजी विभाग हमारे विभाग से कम नहीं !"

चेयरमैन खुश हुए।

"फिर भी यह कोलंबिया नहीं है। हमारे यहां कई पुराने कायदे-कानून हैं। हम लोग 'ट्रेडिशन' (परम्पराओं) का सम्मान करते हैं। अमेरिका की तरह हम लोग अचानक एकदम से नये नहीं हो सकते।"

मैंने कहा, "ट्रेडिशन के बारे में कुछ कहते समय याद रखिएगा कि मैं अमेरिकन नहीं, भारतीय हूं और हम भारतीय ट्रेडिशन से ही शासित होते हैं।"

चेयरमैन ने कहा, "जरूर ! जरूर ! ट्रेडिशन का मूल्य आपको समझाने की मुझे जरूरत नहीं। पर यहां जब तक हैं कृपया हमारे नियमों को मान कर चलें।"

"कहीं आप गाउन पहनकर क्लास लेने के बारे में तो नहीं कह रहे हैं ?"

"हमारे यहां के नियमों में यह भी एक नियम है।"

"गाउन पहनकर मैं क्लाउन-सा दिखता हूं। अपने आपको देखकर मुझे हंसी आती है। और फिर लेक्चर देने में भी मुझे असुविधा होती है।"

चेयरमैन ने कहा, "धीरे-धीरे आदत पड़ जायेगी।"

मैंने पूछा, 'गाउन पहनना क्या बाध्यतामूलक है ?"

"नहीं, पर हम सब पहनते हैं। यह प्राचीन प्रथा है। इसे हम लोग समाप्त नहीं करना चाहते।"

मैंने कहा, "ठीक है। गाउन पहनकर ही मैं क्लास में जाऊंगा। पर लेक्चर देते समय खोल दूंगा। और क्लास से निकलते समय गाउन पहन लूंगा।"

चेयरमैन ने मंजूरी दे दी।

पर गाउन पहने बिना लेक्चर देने के कारण कुछ प्रोफेसर नाराज हुए।

बाद में हाई टेबल पर परिचारिका द्वारा खाना खिलाने के मामले को लेकर गड़बड़ी हुई।

एक सप्ताह में मैं थक गया। प्रोफेसरों में कुछ काफी वृद्ध थे। जो प्रौढ़ हैं उनमें भी सजीवता और जीवंतता का अभाव है। इनके पास बैठकर खाना खाना मेरे लिए असंभव हो उठा। विशेषकर तब जब हम लोगों की आंखों के सामने, हमसे थोड़ा-सा नीचे छात्र-छात्राएं मजे से हो-हल्ला करते हुए खाना खा रहे हों, मैं सिर्फ खाद्य विलासी नहीं बल्कि आहार विलासी हूं। बचपन से हमारे परिवार में खाने के टेबल में आनंद का पहला स्थान हुआ करता था। मां के हाथों का बना खाना और हम चारों की बातें, हंसी-मजाक। यदि साथ में कोई परिचित या सगा-संबंधी हो तो कहना ही क्या! खाते समय हम संगीत का भी लुत्फ उठाते रहे हैं। पर यहां? प्रोफेसरों में खाते समय बहस का विषय होता—स्टॉक ऐक्स-चेंज की बातें। वह भी निहायत ही रूखी-सूखी। ऐसे माहौल में निवाला मेरे गले से उतरना ही नहीं चाहता।

दूसरे सप्ताह से मैंने छात्र-छात्राओं के साथ खाना खाना शुरू कर दिया।

प्रोफेसर जोन्स, जिनकी उम्र सत्तर होगी, ने डीनर से पहले मुलाकात होते ही पूछा, "मि० गुप्ता, आजकल आप हाई टेबल पर दिखते नहीं? क्यों?"

मैंने कहा, "क्योंकि मुझे लो टेबल पर खाना खाना अच्छा लगता है।"

उन्होंने अपने स्वर को आकाश की तरह उदासीन करके कहा, "आइ सी! तो आप छात्रों के साथ खाना खा रहे हैं?"

मैंने सविनय निवेदन किया, "प्रोफेसर जोन्स, मैं सप्ताह में मात्र दो घंटे के लिए शिक्षक हूं, बाकी समय छात्र, इसलिए छात्रों के साथ खाना खाना मुझे ज्यादा अच्छा लगता है।"

"पर मि० गुप्ता, आप कॉलेज फेलो हैं!"

"प्रोफेसर जोन्स," मैंने कहा, "मेरे नियुक्ति-पत्र में यह नहीं लिखा है कि मुझे हाई टेबल पर खाना खाना पड़ेगा।"

बस, इसके बाद चेयरमैन के दफ्तर से मेरा फिर बुलावा आया। टोरेंटो के प्रोफेसर मेरे कार्यों से बहुत ज्यादा खफा हैं, यह समझने में मुझे कोई कठिनाई नहीं हुई।

तीसरा मामला तो और भी महत्त्वपूर्ण था।

वृहस्पतिवार को सुबह आठ बजे क्लास होता है। वृहस्पतिवार को देखा गया जिस कमरे में क्लास होना था, वह बंद था। चौबीस छात्र-छात्राएं बंद कमरे के बाहर मेरा इन्तजार कर रहे हैं।

आते ही उन लोगों ने कहा, "कमरा बंद है।"

"चाबी किसके पास है ?"

कोई बता न पाया।

एक छात्र जैनिटर की खोज में गया। पांच मिनट बाद वह लौट आया। जैनिटर का पता नहीं चला।

"आओ यहीं बैठकर पढ़ते हैं। यहां जगह तो बहुत है।" मैंने हारकर कहा।

नया प्रस्ताव उन सबको अच्छा लगा। सब के सब कमरे के बाहर फर्श पर बैठ गये।

मैं खड़ा-खड़ा पढ़ाने लगा।

क्वीन्स कॉलेज में ऐसी घटना पहले कभी नहीं घटी। यह वहां के नियम के खिलाफ भी है। न्यूयॉर्क में प्राय: सभी विश्वविद्यालयों में गरमी के दिनों में प्रोफेसर पेड़ के नीचे क्लास लेते हैं।

वहां से गुजरते हुए कुछ छात्रों ने यह विचित्र क्लास देखा तो वे वहीं खड़े हो गये। कुछ तो खड़े-खड़े ही मेरा लेक्चर भी सुनने लगे।

तभी प्रोफेसर होमर ब्रोडल उधर से गुजरे, वे भी कुछ मिनटों के लिए खड़े हो गये।

पूरे कॉलेज में बात फैल गयी। वह नया भारतीय छोकरा जो कॉलेज फेलो है, ओपेन क्लास ले रहा है।

मुझे फिर चेयरमैन के दफ्तर में हाजिरी देनी पड़ी। उन्हें मैंने सारा मामला समझाकर कहा तो उन्होंने मेरे 'उद्भावनी शक्ति' की प्रशंसा की।

साथ में यह भी कहा, "मि० गुप्ता, आपने एक बार जो किया सो किया। उसे बार-बार मत दोहराइए। यहां के नियमों का बार-बार उल्लंघन करने पर आपका सम्मान करना मेरे लिए सहज नहीं होगा।"

क्वीन्स कॉलेज में मेरे चौथे अपराध ने केतु गुप्ता के भविष्य को चकनाचूर कर दिया।

कॉलेज फेलो को छात्रों के होस्टल में रहना पड़ता है। उसका काम है वहां रहकर छात्रों की देखभाल और उनके कार्यकलापों पर नजर रखना। टोरेंटो कोलंबिया नहीं है इसका ज्वलंत प्रमाण यह था कि छात्रों के कमरे में छात्राओं का और छात्राओं के कमरे में छात्रों का प्रवेश निषेध है। पर कॉलेज फेलो इस निषेध से अलग हैं। उसके कमरे में लड़की आ सकती है। रात भी गुजार सकती है।

टोरेंटो आने के दो सप्ताह बाद सुजान वहां आयी। एक सप्ताह वह मेरे पास रही भी। मेरे कमरे में।

एक इंडियन लड़के के कमरे में एक गोरी लड़की रात में रहे, इस चीज को प्रोफेसर स्वीकार नहीं कर सके।

पर मुंह से किसी ने कुछ भी नहीं कहा। इस बार मैंने कोई नियम नहीं तोड़ा था और तोड़ा भी था तो सबसे दृढ़ और कठोर नियम, जो ये लोग देखना नहीं चाहते थे। वहीं इनकी नजर के सामने किया। कुछ के साथ मुझे सुजान का परिचय करवाना भी पड़ा। पर वह शिष्टाचार के लिए। "सुजान फोर्ड मेरी मित्र, न्यूयॉर्क से यहां घूमने आयी हैं।" सुजान को लेकर एक सप्ताह मैंने छात्र-छात्राओं के साथ खाना भी खाया।

प्रोफेसरों ने मुझे सजा दिलवाने के लिए कमर कस ली।

सुजान के जाते ही मुझे पहली सजा मिली। पी-एच० डी० के थीसिस के लिए विषय तय करना था। और इसके लिए मुझे गाइड की जरूरत थी। जिस किसी से मैं इसके लिए कहता वही कोई-न-कोई बहाना बनाकर कन्नी काट लेता। जिन तीन प्रोफेसरों को गाइड के रूप में पाने से मुझे सुविधा होती, उन तीनों में से एक भी इसके लिए तैयार नहीं हुए। मजबूर होकर मुझे चेयरमैन के शरण में जाना पड़ा। मुझे गाइड उपलब्ध करवाना उन्हीं की जिम्मेदारी है। उन्होंने मारग्रेट कुक को मेरा गाइड नियुक्त किया। मेरी तो जैसे शामत आ गयी। मारग्रेट भयंकर महिला थीं। तीस साल की उम्र के बाद उनका कोई 'पब्लिकेशन' नहीं आया। उनके अधीन जिन छात्र-छात्राओं ने पी-एच० डी० शुरू की किसी का काम पूरा नहीं हुआ और स्वभाव से से एकदम चिड़चिड़ी थीं। धैर्य तो उनमें बिलकुल नहीं था। बात-बात में वे लोगों को अपमानित करती थीं। उन्हें कोई भी छात्र आज तक खुश नहीं कर सका। उस पर मारग्रेट कुक बड़ी रूढ़िवादी हैं! सब उन्हें परले दरजे का रेसिस्ट कहते हैं।

पहली मुलाकात में ही हमारे बीच दुश्मनी के सूत्रपात की भूमिका तैयार हो गयी।

कोलंबिया में पढ़ने के दौरान मेरे दिमाग में अठारहवीं शताब्दी के इंग्लैंड की ऑल डेविस नाम की अभिनेत्री, जो आज गुमनामी के साये में जी रही है, की जीवनी पर डायरेक्ट थीसिस लिखने का आइडिया आया था। विभाग के दो प्रोफेसरों ने अठारहवीं शताब्दी के अंग्रेजी साहित्य पर जिनका शोध और ज्ञान विश्वविख्यात है, मेरे आइडिया का समर्थन ही नहीं किया बल्कि मुझे उत्साहित भी किया। उसी आइडिया को दिमाग में रखकर एक सप्ताह मैंने लाइब्रेरी में अथक परिश्रम से कुछ सूचनाएं इकट्ठी कीं। और शोध के विषय का रसद लेकर मैं मारग्रेट कुक के सामने हाजिर हुआ।

"मि० गुप्ता, हमारा परिचय अभी उस मुकाम तक नहीं पहुंचा कि हम एक दूसरे से मजाक करें!" मारग्रेट कुक के स्वर में अतिशय रुखाई थी।

मैं तो इतना हैरान था कि उनकी बातें सुनने के बाद मेरे मुंह से एक भी शब्द नहीं निकला।

मारग्रेट कुक ने मेरे तीन पृष्ठ के प्रोजेक्ट को सरसरी निगाह से भी पढ़ने की जरूरत नहीं महसूस की। उसका स्पर्श भी जितना कम किया जा सके उन्होंने उतना ही किया।

बोलीं, "यह अंग्रेजी साहित्य का विभाग है। एक ऐसी अभिनेत्री के जीवन पर जो गुमनामी के अंधेरे में खो गयी है, शोध करने के लिए दूसरे विभाग हैं। यदि उस विभाग का नाम आपको नहीं पता तो आप यूनीवर्सिटी बुलेटिन खोलकर देख सकते हैं।"

अब मेरा खून गरम हो उठा।

मैंने कहा, "प्रोफेसर कुक, जिस प्रोजेक्ट का प्रस्ताव मैंने रखा है, अठारहवीं शताब्दी के अंग्रेजी साहित्य से उसका गहरा संबंध है—ऐसा मैं मानता हूं। कोलंबिया के प्रोफेसर श्लेष और विलसन का नाम तो आपने सुना ही होगा। अठारहवीं शताब्दी के ये संभवतः दुनिया भर में श्रेष्ठ विशारद हैं। इन दोनों प्रोफेसरों ने मेरे प्रोजेक्ट पर अपना उत्साह जाहिर किया था। इनका प्राथमिक वक्तव्य मैं साथ लाया हूं। अनुमति हो तो मैं दिखा सकता हूं।"

मारग्रेट कुक ने सोचा था उनके पहले हमले से मैं जर्जरित हो जाऊंगा। पर मैं उल्टा हमला कर बैठूंगा, उन्होंने यह सोचा भी नहीं था।

मारग्रेट कुक ने इस बार खुद को संभालने के लिए पूरे एक मिनट का समय लिया।

"मि० गुप्ता, यह आपका दुर्भाग्य है कि आप अब कोलंबिया में नहीं पढ़ रहे हैं बल्कि क्वीन्स कॉलेज में हैं।"

"प्रोफेसर कुक, आप शायद भूल कर रही हैं कि यह मेरा सौभाग्य है कि टोरेंटो यूनीवर्सिटी के क्वीन्स कॉलेज में पढ़ने का मुझे मौका मिला है।"

"फिर कोलंबिया को भूलकर आपको हमारे साथ काम करना पड़ेगा।"

"प्रोफेसर कुक, आपने किस यूनीवर्सिटी में पढ़ा है। मैं जानता हूं। हो सकता है आज आप भूल गयी हों। पर मेरे लिए कोलंबिया या दिल्ली यूनीवर्सिटी को भूलना संभव नहीं। टोरेंटो को भी नहीं। यहां पढ़ने के लिए मुझे कोलंबिया को भूलना पड़ेगा, क्यों यह मेरी समझ में नहीं आया।"

"आपने मेरी बातों का मतलब नहीं समझा। विदेशियों के लिए इंगलिशमैन की अंग्रजी समझना हमेशा संभव नहीं होता।"

"जरूर, प्रोफेसर कुक और फिर मैं तो भारतीय हूं! यदि मैं आपका आशय नहीं समझा तो मैं आपसे माफी मांगता हूं! मेरा आपसे अनुरोध है कि आप जरा सरल भाषा में बोलिए।"

"आपका यह प्रोजेक्ट अनुमोदन करना मेरे लिए संभव नहीं।"

"इतनी सरल भाषा में समझाने के लिए शुक्रिया, प्रोफेसर कुक। अब मुझे

उम्मीद है कि आप मेरे प्रोजेक्ट की कमजोरियों और खामियों पर भी प्रकाश डालेंगी।"

इसी बीच प्रोफेसर श्लेष और विलसन का लिखित वक्तव्य मैंने टेबल पर रख दिया था। मारग्रेट कुक भीगी बिल्ली की तरह नजर आयीं। अनिच्छा से ही सही वे दोनों वक्तव्यों पर नजर दौड़ाने को बाध्य हुईं।

"मुझे नहीं लगता इस प्रोजेक्टर पर काम करने से कोई फायदा होगा।"

"मेरे प्रोजेक्ट को बर्बाद कर देने का क्या यही यथेष्ट कारण है, प्रोफेसर कुक ?"

"हां।"

मेरे मुंह से निकला, "दोष मेरा ही है। मुझे अभी याद आया, रेस्टोरेशन ड्रामा पर आपने कोई काम नहीं किया है। आपकी सिर्फ एक ही किताब पढ़ने का मुझे सौभाग्य प्राप्त हुआ है। 1933 में प्रकाशित 'पोप : द पॉलिटिक्स ऑफ पोएट्री।' आपकी इस किताब पर आक्सफोर्ड के प्रोफेसर पियरसन ने टाइम्स लिटरसी सप्लीमेंट में जो निबंध लिखा है मैंने वह भी पढ़ा है।" (मारगरेट कुक ने अपना चेहरा विकृत बनाया। पियरसन ने उनके वक्तव्यों की धज्जियां उड़ा दी थीं। लिखा था—"इस महिला में पांडित्य है पर पॉलिटिक्स नहीं जानती। और पोएट्री की समझ तो बिलकुल भी नहीं है। इसलिए व्हाट शी हैज कुकड इज नो परीज")।

अभी-अभी मैंने जो हमला किया उसे हजम करने का समय देकर मैंने फिर कहा, "किस तरह के प्रोजेक्ट को आपका अनुमोदन मिलेगा। इस बारे में आप मुझे कहिए। यह मेरा आपसे विनीत अनुरोध है।"

मारग्रेट कुक ने कहा, "प्रोजेक्ट का प्रस्ताव लाना आपका काम है।"

मैंने कहा, "जरूर है। पर आप मेरी गाइड हैं। इसलिए मुझे आपसे निर्देश लेना पड़ेगा।"

"इसका मतलब यह नहीं कि मैं आपका प्रोजेक्ट तैयार कर दूं।"

"जी नहीं, पर किस तरह का काम आपके नजर में फायदेमंद होगा—जान जाता तो मुझे सुविधा होगी।"

"जानना है तो आपको मेरा कोर्स करना पड़ेगा।"

"यानी छह महीने बाद। आपका कोर्स ऑडिट करने की अनुमति मिलेगी ?" (ऑडिट का मतलब कोर्स में भर्ती हुए बिना क्लास में बैठना)।

"यह संभव नहीं।"

"शुक्रिया, प्रोफेसर कुक, आपकी सहानुभूति और सहयोग का। आग्रह दिखाने के लिए मैं आभारी हूं।"

मैं उठकर जाने लगा। वैसे उचित तो यह था कि मारग्रेट ही हमारी

मिटिंग डिसमिस करती। पर किया मैंने ही।

मारग्रेट कुक बोल पड़ी, "आइ हैव नेवर सीन ए मोर इमपारटिनेंट स्टुडेंट।"

उस दिन चेयरमैन को मैंने इस इंटरव्यू की रिपोर्ट भेजकर अनुरोध किया, कि मुझे दूसरा गाइड दिया जाये।

एक सप्ताह बाद चेयरमैन का जवाब आया। जवाब का हरेक वाक्य अम्लीय था।

"आपका पत्र पाने के बाद प्रोफेसर मारग्रेट कुक से मैंने संपर्क किया। उनसे आपके आचरण का जो विवरण मिला उससे मैं खुश नहीं हूं। ऐसी दशा में आपके लिए किसी दूसरे गाइड की नियुक्ति में थोड़ा वक्त लगेगा।"

क्वीन्स कॉलेज में मेरा एक मित्र बना। उसका नाम था—ओलिव क्लाइव।

क्लाइव ने कहा, "यहां तुम्हारी पढ़ाई नहीं होगी। यहां से तुम्हारा चले जाना ही बेहतर होगा।"

मैंने कहा, "मेरे चारों तरफ दीवार है। यहां से जाने के सभी रास्ते बंद हैं।"

सच पिताजी, मेरे चारों ओर एक दीवार खड़ी हो गयी थी। मुझे उस चार-दीवारी से निकलने का रास्ता नहीं मिल रहा था। एक दीवार थी आप, मां और मीतू—मेरे जन्म-जात बंधन, दूसरी दीवार सुजान फोर्ड जिसके आकर्षण ने मुझे बेचैन कर रखा था। उसका आकर्षण मुझे जलाता रहता। पर उसके उत्ताप में मणि की सी उज्ज्वलता और स्निग्धता की प्रशांति नहीं थी। तीसरी दीवार टोरेंटो यूनीवर्सिटी के क्वीन्स कॉलेज का अंग्रेजी विभाग था और चौथी दीवार आर्थिक स्थिति नाजुक थी।

बैंक में जितने रुपये मेरे नाम से थे उसका एक बड़ा-सा भाग मैंने सुजान के साथ घूमने-फिरने, सिनेमा-रेस्त्रां, थियेटर, आर्केस्ट्रा और बैले में खर्च कर दिया। जो कुछ बचा वह भी खर्च होता चला जा रहा था। महीने का आखिरी दो सप्ताह न्यूयॉर्क में मुझे बिताना ही था।

शुक्रवार सुबह एक क्लास होता। उसे निपटाकर मैं हर दूसरे शुक्रवार को सीधे टोरेंटो एयर पोर्ट पहुंच जाता और जो भी प्लेन मिलता, उससे न्यूयॉर्क चला जाता। आप लोगों को इसकी खबर नहीं होती। सुजान मुझे कैनेडी या लॉं गार्डिया से रिसीव कर अपने घर ले जाती। सोमवार की पहली उड़ान से मैं टोरेंटो वापस लौट आता।

सुजान को इस समय मेरी जरूरत थी। आइवान से अपना सारा संबंध

चुकाने के लिए वह दृढ़ संकल्प थी। वीक ऐंड में सुजान के अपार्टमेंट में मेरी उपस्थिति आइवान को उससे दूर करने का एकमात्र उपाय था।

आप लोगों को बिना बताये मैं न्यूयॉर्क आ रहा हूं। वहां रह रहा हूं और बड़ी सावधानी से उन सब जगहों से बचता रहा हूं जहां आप लोगों से मुलाकात की संभावना हो। पिताजी, ये सब बातें मेरे मन को खटक रही हैं। सच कहता हूं।

कितनी ही बार मन हुआ फोन से आप लोगों से बात करूं। आपकी खबर लूं। मां और मीतू की आवाज सुनने तक को मन तरस गया है। पर यह सब मैंने यत्नपूर्वक दबाये रखा।

सुजान जानती थी कि मेरे मन में अपराध बोध जन्म ले रहा है। वह गुस्सा होती। इस जमाने में भी कोई अपने माता-पिता के लिए इतना मन खराब करता है ? इस युग में क्या किसी लड़के पर अपने माता-पिता का, अपने परिवार का इतना प्रभाव होता है। बहुत कोशिश करने के बाद भी सुजान आप लोगों से मुझे अलग नहीं कर पा रही है।

कोलंबिया यूनीवर्सिटी के आसपास भी मैं नहीं जा पा रहा हूं। इस डर से भी कि कहीं आपसे या आप लोगों से सामना नहीं हो जाये।

मीतू टेलीविजन ट्रेनिंग कोर्स के लिए टाइम्स स्क्वायर के पास ही चैनेल थर्टीन की इमारत में जाती है। फिर शाम को न्यूयॉर्क यूनीवर्सिटी में पढ़ने जाती है। इन दोनों क्षेत्रों में मेरा प्रवेश निषेध है। मां सप्ताह में तीन दिन शाम को लेक सिंगटन और 59 स्ट्रीट के वाई डब्ल्यू सी ए में लाइब्रेरी साइंस का क्लास करने जाती है—इसलिए इस तरफ भी मैंने कभी कदम नहीं बढ़ाया। सुजान मुझ पर व्यंग्य करती। मैं नाराज होता। हमारे बीच झगड़ा होता। फिर हम सब भूल जाते। लेकिन फिर भी मुझे एक कमी हमेशा खटकती रहती।

इतने जतन के बावजूद एक दिन मैं रंगे हाथों पकड़ा गया।

एक दिन शाम को आप लोगों के टेलीफोन की घंटी बजी। फोन आपने ही रिसीव किया। दूसरी ओर से आवाज आयी, "आपका पासपोर्ट खो गया है?"

आपने कहा, "नहीं तो!"

उसने कहा, "एक पासपोर्ट मुझे रास्ते में पड़ा मिला। उसमें नाम लिखा है—"उस आदमी ने एक-एक अक्षर का उच्चारण करके बड़ी कठिनाई से नाम पढ़ा।"

आपने कहा, "हां मेरे बेटे का पासपोर्ट है।"

उस आदमी ने कहा, "पासपोर्ट एक चमड़े के कवर में बंद था। उसी में आपका नाम और फोन नंबर मिला।"

आपने उस आदमी का शुक्रिया अदा करके पूछा, "कहां मिलेगा यह पास-

पोर्ट।"

उस आदमी ने आपको डाउन टाउन में एक गैरेज का पता दिया।

आप तुरंत वहां के लिए चल पड़े। वह आदमी एक ब्लैक अमेरिकन था। गैरेज में वह मिस्त्री था। पासपोर्ट उसने लौटा दिया। आपने उसे पांच डॉलर बख्शीश दिया। वह उतने से संतुष्ट नहीं हुआ। आपने पांच डॉलर और दिया।

"कहां मिला यह तुम्हें ?" आपने पूछा।

उसने बताया, सड़क पर मिला। पर जिस सड़क का उसने नाम लिया वह सुजान के घर के पास की सड़क थी।

यह घटना शनिवार की शाम को घटी।

दूसरे दिन सुबह नौ बजे सुजान का फोन घनघनाया।

फोन मैंने उठाया।

उस तरफ आप थे, "केतु।"

मेरी ऊपर की सांस ऊपर और नीचे की सांस नीचे रह गयी।

आपने कहा, "केतु, तुम्हारा पासपोर्ट खो गया है ?"

मेरे मुंह से निकला, "मेरा पासपोर्ट खो गया है ?"

आपने कहा, "हां।"

मैंने पूछा, "आपने कैसे जाना ?"

आपका जवाब था, "तुम्हारा पासपोर्ट मेरे पास है। किसी आदमी को सड़क पर पड़ा मिल गया था। उसने मुझे फोन किया था। कल शाम को मैं उससे ले आया हूं।"

"माई गॉड !"

"पासपोर्ट की तुम्हें जरूरत है ?"

"हां, जरूर।"

"कहां तुम्हें दिया जा सकता है ? यदि बता सको तो मैं वहां इंतजार कर सकता हूं।"

पिताजी, आपने मुझे घर आकर ले जाने के लिए नहीं कहा।

मैं थोड़ी देर सोचकर कहा, "कंसुलेट जनरल में ठीक एक बजे।"

आपने कहा, "ठीक है। मैं पहुंच सकता हूं।"

आप और मैं दोनों समय के पाबंद हैं। एक बजे अप्वाइंटमेंट हो तो आप एक बजने में दो मिनट पहले पहुंच जाते हैं। मैं ठीक एक बजे।

फिर भी उस दिन आपको आठ मिनट तक इंतजार करना पड़ा था। साथ में मां को भी।

मैं पहुंचा तो ठीक समय पर ही। पर इस 64 स्ट्रीट न्यू इंडिया हाउस में पैर रखने का साहस नहीं हुआ। रास्ते में खड़ा रहा आठ मिनट। मैं पक्के तौर पर

जानता था कि आप लोग वाचनालय में मेरा इंतजार कर रहे हैं।

वाचनालय में कदम रखते ही मेरी नजर सीधे आप से जा मिली। और कुछेक क्षण बाद मां से।

मैं कुछ कदम चला। उधर से आप भी। और अगले क्षण हम दोनों आमने-सामने थे।

आपने जेब से पासपोर्ट निकालकर मुझे दिया।

मैंने हाथ बढ़ाकर ले लिया।

और आप तेज कदम से बाहर निकल गये।

जाते हुए आपने मां से कहा, "तुम सीधी घर चली जाना। मैं स्कूल जा रहा हूं।"

मैं आपको इस तरह से चले जाने के बारे में निश्चित होकर ही आया था। मुझे आपसे जैसी उम्मीद थी, आपने ठीक वैसा ही किया।

मैं और मां एक साथ कंसुलेट जनरल की इमारत से बाहर निकल आये। सड़क पर आकर भी हम दोनों ही चुप थे।

फिर मैंने ही कहा, "चलिए, नुक्कड़ पर एक रेस्त्रां है। कॉफी पीते हैं।"

थोड़ी ही दूरी पर रेस्त्रां था। इटालियन रेस्त्रां।

"पित्जा खायेगी ?"

मां नहीं खायेगी, जानकर मैंने अपने लिए पित्जा और कॉफी और मां के लिए सिर्फ कॉफी लेकर टेबल तक गया। मां से पहले ही मैंने टेबल पर कब्जा कर लिया।

मां ने पूछा, "कब आये ?"

मैंने कहा, "शुक्रवार को।"

"अक्सर आते हो ?"

"महीने में एक बार।"

"झूठ ! सप्ताह में एक बार।"

मैं चुप रहा।

मां ने फिर कहा, "हमें खबर क्यों नहीं करते ?"

मैंने कहा, "खबर करने का मतलब आप लोगों के पास रहना पड़ेगा।"

मां ने कहा, "तू इतना बदल जायेगा, हमने कभी सोचा भी नहीं था।"

मैंने जवाब दिया, "आप लोगों ने जो कुछ सोच रखा है, मुझे वही बनना पड़ेगा। ऐसा कोई नियम तो नहीं है ?"

मां बोली, "तूने तो यह साबित ही कर दिया है !"

यह आंखमिचौली मुझे बरदाश्त नहीं हुई। मैंने कहा, "मां, आप लोग यह क्यों सोचती हैं कि मैं पराया हो गया हूं। या दूर चला गया हूं। आप लोग मेरे

लिए अभी भी वही हैं, जो पहले थे। सुजान से मेरा संबंध आप लोग स्वीकार नहीं कर पा रहे हैं। कर पाते तो इस तरह छिप कर न्यूयॉर्क नहीं आना पड़ता। यानी साफ है, मैं जो हूं उस रूप में आप लोग मुझे स्वीकार नहीं कर पा रहे हैं, तभी मुझे आप लोगों से छिपकर यहां रहना पड़ रहा है। आप लोगों को छोड़ कर सुजान के साथ रहना मेरे लिए संभव नहीं हो पा रहा है। इस लिए हर सप्ताह आप लोगों को फोन कर रहा हूं। चिट्ठी लिख रहा हूं। रात-दिन आप ही लोगों के बारे में सोच रहा हूं। सुजान को छोड़ कर पहले की तरह आप लोगों के साथ रहना मेरे लिए संभव नहीं हो पा रहा है। सुजान की तरफ मेरे कुछ 'कमिटमेंट्स' हैं और फिर मैं सुजान से प्यार करता हूं। इस चीज को मुझे अपनी तरह से करने दीजिए। मुझ पर दबाव मत डालिए। हर तरफ से मुझ पर एक साथ कई-कई दबाव है। धैर्य रखिए! मुझे बरदाश्त कीजिये। आप लोगों की सहानुभूति और सहयोग की आज मुझे स्नेह और प्यार से कहीं ज्यादा जरूरत है। आप मेरी बात समझ रही हैं?"

मां कुछ देर चुप रहीं।

फिर बोली, "आज रात घर आना। कटलेट बनाया है मैंने।"

थोड़ी देर तक रुक कर फिर बोली, "अकेले आना, यदि संभव नहीं तो उस लड़की को भी साथ ले आना।"

मैंने मुस्करा दिया। बोला, "नहीं मां, मैं अकेला ही आऊंगा। पर दस बजे के बाद नहीं रह पाऊंगा।"

उस दिन रात के बारह बजे तक हम चारों ने खूब गप्पें कीं। मैंने आप लोगों को टोरेंटो के बारे में बताया। मारग्रेट कुक से हुई मेरी मुलाकात का सारा विवरण सुनकर, बाबूजी, आप बहुत नाराज हुए थे और खुश भी। सुजान के बारे में हमारे बीच कोई बात नहीं हुई। मीतू के पास तो कई बहुत सारे मजेदार वाकये जमा हो गये। उन्हें सुनकर हंसते-हंसते मेरे पेट में बल पड़ गये।

सुजान के अपार्टमेंट में लौटकर मैंने देखा वह शराब पीकर धुत होकर पड़ी है। मेरा इंतजार करते-करते वह सो गयी। उसे मेरा आप लोगों के पास इतनी देर तक रहना अच्छा नहीं लगा। तनाव से बचने के लिए वह शराब पीती रही। इन दिनों सुजान थोड़ा ज्यादा ही पीने लगी है।

अपार्टमेंट में कदम रखते ही सुजान मुझसे लिपट कर बोली, "मेरा प्यारा, हो गया मां का दूध पीना? पिता से लाड़-प्यार भी हो गया? या और कुछ बाकी है?"

फिर थोड़ी देर बाद बोली, "हे ईश्वर, पिता की गुलामी से संतानों को मुक्त करो?"

इस घटना के डेढ़ महीने बाद आपने भी कहा था—"पिता होने से बड़ी

जिम्मेदारी इस दुनिया में और कुछ नहीं, केतु। हम लोग बच्चों को जन्म देते हैं और उन बच्चों के इर्द-गिर्द हमारा अपना छोटा-मोटा साम्राज्य तैयार हो जाता है। हमारे अहम् का छोटा-छोटा किला बनने लगता है। हरेक पिता अपने बेटे में अपनी पूर्णता, अपना विकास देखना चाहता है। इसी को उत्तराधिकार कहते हैं। हम अपने जीवन में जो कुछ भी अर्जित करते हैं—सिर्फ धन-संपत्ति नहीं, अपने जीवन का धर्म-कर्म भी—अपने बच्चों के लिए धरोहर स्वरूप रख जाते हैं। हम पिता चाहते हैं कि हमारी संतान उस अर्जित उपार्जन का सम्मान करे। श्रद्धा करे। अपने-अपने द्वारा अर्जित उपार्जन से उसे एक एकरस, एकरूप कर ले।"

मैंने कहा, "यही नहीं, पिताजी, आप लोग हम लोगों का जीवन भी बनना चाहते हैं। आप लोग यह भी चाहते हैं कि आपके द्वारा दिखाये गये रास्ते पर ही हम चलें। आप लोग हम पर अपना कब्जा बनाये रखना चाहते हैं। जिस क्षण हम लोग आपके दिखाये रास्ते से अलग होकर चलना शुरू करते हैं उसी क्षण हममें दरार पड़ जाती है और समस्याओं की यहीं से शुरुआत हो जाती है।"

आपने कहा था, "तुम ठीक ही कहते हो। कम से कम भारत के पिताओं ने अपने बच्चों को एक अलग व्यक्तित्व के रूप में स्वीकार करना आज तक नहीं सीखा है। तुम लोग हमारे हो और हम लोग तुम लोगों के—यही मानते रहे हैं।"

पिताजी, आपने जो कुछ कहा यानी तुम लोग हमारे और हम लोग तुम्हारे के बीच एक फासला है। मैंने आज एक भी ऐसा पिता नहीं देखा, जिसने अपनी संतान के लिए अपना जीवन तैयार किया है। अपने बच्चों को पालने में, उसे आदमी बनाने में लोगों ने 'सेक्रीफाइस' किया है, ऐसा बहुत देखा है। पर 'सेक्रिफाइस" शब्द गलत है। अपने संतान का पालन करना पिता का कर्तव्य है। वह भी भविष्य की आशा में हम लोग आप लोगों का—'इनवेस्टमेंट' हैं। बैंक में रुपये जमाकर सूद पाने जैसा, कंपनी का शेयर खरीद कर उसका डेविडेंट पाने जैसा। हमारे जीवन से बहुत कुछ पाने की आशा में आप लोग अपना पूंजी निवेश करते हैं। इसमें एक प्राचीन और एकांत स्वार्थ होता है—इससे इंकार नहीं किया जा सकता। जिन सब पिताओं की उनके पुत्र के बिना गति नहीं सिर्फ वही नहीं, पिताजी, बल्कि वे भी जो आर्थिक दृष्टि से अपने बेटों पर निर्भर हैं, वे भी कुछ दावों के साथ अपने बच्चों का पालन-पोषण करते हैं। यदि वह दावा या मांग हम पुत्र पूरा नहीं कर सके, तो हमें कुपुत्र का दरजा मिलता है।

मैंने यह भी कहा था, "आप उत्तराधिकार की बात करते हैं! यदि इसे साम्राज्यवाद कहा जाये तो क्या यह गलत है? फैमिली तो एक साम्राज्य ही है! जिसके सर्वेसर्वा यानी सम्राट आप पिता ही हैं। उसका अधिकार और प्रभाव उसकी पत्नी पर होता है। संतानों पर होता है। उस पर, सगे-संबंधियों पर होता है। सबको

उसका आदेश, निर्देश, अनुशासन मान कर चलना पड़ता है। हां, कुछ परिवार थोड़ा-बहुत लोकतांत्रिक होते हैं, कुछ परिवार पूरी तरह फासिस्ट। पर ज्यादातर परिवार सामंती जमींदार होता है। बराबरी के आधार पर परिवार नहीं बनता। जो पति-पत्नी दोनों नौकरी करते हैं वे भी परस्पर एक-दूसरे के सामने बराबर नहीं हैं। पत्नी कदम-कदम पर पति का आधिपत्य मानकर चलती है। मुझे क्या लगता है जानते हैं, पिताजी ? लगता है, पुरुषों में जो 'एग्रेसीव इंसटिंक्ट' (उद्दात्त मन) के होते हैं वे हमेशा सजग होते हैं। इसीसे ईगो, सुपर ईगो का जन्म होता है। इस ईगो को चरितार्थ करने के लिए ही फैमिली का निर्माण हुआ। भारत के परिवार ने तो पुरुषों को बचाकर रखा है ! जीवन का अन्याय, अपमान, लांछना, हताशा, बहिष्कार, निराशा, ग्लानि, असफलता हर रोज जो कुछ पुरुषों को मिल रहा है उसका बोझ पत्नियों, संतानों और उस पर आश्रित सगे-संबंधियों को उठाना पड़ता है।"

सारी रात मेरे और आपके बीच आर्महर्स्ट शहर के बाहर एम० सी० ए० के एक छोटे से कमरे में बातें होती रहीं। आप लोहे के पलंग पर लेटे थे और मैं फर्श पर चादर डालकर। हम लोग और दूसरे तीन बंगाली परिवार अमेरिका का सुप्रसिद्ध 'शरत् रंग' (फॉल कलर) देखने निकले थे। न्यूयॉर्क स्टेट से आगे न्यू हैंपशायर से होकर हम लोग मासाचुसेट्स के आर्महर्स्ट शहर पहुंचे। सारा दिन फॉल कलर देखने के बाद हम लोगों ने ओपेन एयर गरजन रेस्त्रां में खाना खाया। रात बिताने के लिए कम खर्चीले आवास की तलाश करते हुए हमें वाई० एम० सी० ए० का पता चला। किराया यहां कम था। पर पुरुष-स्त्री का एक साथ रहना निषेध है। भले ही वे पति-पत्नी हों। हमारे साथ आये एक दंपति को लेकर समस्या हुई। उनके साथ दो साल का बच्चा भी था। आवास के मैनेजर ने निर्विकार रूप से निर्देश दिया कि लड़के को पिता के साथ रहना पड़ेगा। धार्मिक अनुशासन किस कदर निर्विवेक और रूढ़िग्रस्त मानसिकता को लेकर लोगों पर शासन कर रहा है, इसका निर्देशन न सिर्फ हमारे प्राचीन भारत में मिलता है बल्कि अत्याधुनिक इलेक्ट्रानिक युग में अमेरिका में भी मिलता है।

खैर, इसीलिए आपको और मुझे एक कमरे में रात बिताने का अवसर मिला। इस अवसर की जरूरत भी थी। काफी रात तक सबसे बातचीत करने के बाद देर रात को हम लोग अपने-अपने कमरे में आये। पहले हम दोनों ही चुप रहे। मुझे लगा और आपको भी कि हम दोनों के बीच एक फासला तैयार हो गया है। जो पहले कभी नहीं था। आपने भी कभी नहीं चाहा और मैंने भी नहीं। कुछेक मिनटों में उस फासले की वजह से पैदा होने वाले उस घनीभूत अंधेरे से मैं डर गया था। पिताजी, समय तो जैसे निस्तब्ध होकर हिमालय की तरह हमारे बीच अडिग होकर खड़ा हो गया था। हम दोनों परस्पर को देख नहीं पा

रहे थे। पिता-पुत्र होकर भी हम दोनों एक-दूसरे के लिए अनजान हो गये।

कमरा छोटा था। लोहे के पलंग के पास ही एक छोटी-सी टेबल थी। उसके साथ हत्थाविहीन एक चेयर। सफेद दीवार पर ईसा मसीह की तस्वीर के सिवाय और कुछ भी नहीं था। न एक छिपकली और न ही मकड़ी। बाजू के कमरे में स्त्री-पुरुष की परिचित हंसी, बातचीत और शारीरिक अंग-प्रत्यांग के छेड़छाड़ की आवाज सुनाई पड़ रही थी। सड़कों पर तेज गति से गाड़ियों के आने-जाने की आवाज—अमेरिकी जीवन-यापन के रात-दिन का अविराम संगीत—यहां भी उपस्थित था। यहां का जीवन कोलाहल मुखर है—यह सब इसकी सशब्द घोषणा कर रहे थे। पर सिर्फ आपके और मेरे बीच का समय ही निःशब्द और स्तब्ध था। मुझे लगा कि मैं समय से अलग किसी जन-विहीन प्रांत का विक्षिप्त प्राणी हूं। देश मेरा नहीं है। भाषा मेरी नहीं है। मेरा कोई परिचय नहीं है। न ही मेरा नाम और न ही पता। कुछ भी नहीं है मेरा। मैं किसी की संतान नहीं हूं। कोई मेरा पिता नहीं है। विधाता नहीं है। मैं किसी महाकाश का नक्षत्र हूं, जो निस्संगता के तीर से जर्जरित है।

सार्त्र का मैंने एक उपन्यास पढ़ा था। उपन्यास का विषय था जर्मनी द्वारा फ्रांस पर आर्थिक कब्जा। हिटलर के सैनिकों ने पेरिस पर कब्जा कर लिया था। कुछेक मील की दूरी पर फ्रांसीसी सैनिक विजेताओं द्वारा बंदी बनाये जाने का लगातार इंतजार कर रहे थे। इस इंतजार में उनका अतीत, वर्तमान और भविष्य—सब कुछ मटियामेट हो गया था। उनका स्वदेश नहीं था। उनकी राष्ट्रीय पहचान गुम हो गयी थी। अब वे इंसान नहीं, सिर्फ बंदी बनाये गये सैनिक रह गये थे। वह भी एक ऐसे युद्ध में पराजित जिसे छेड़ने में उनका कोई हाथ नहीं था। जिस युद्ध को छेड़ने से पहले उनसे सलाह मश्विरा करने का ख्याल किसी के दिमाग में नहीं आया। जिस युद्ध को जीतने का उन्हें अवसर नहीं दिया गया। और कुछ भी नहीं, तो उस युद्ध में शत्रु को मारने का या मरने तक का मौका उन्हें नहीं दिया गया।

मुझे लगा, मैं भी पराजित सैनिक हूं। मेरे चारों ओर प्रश्नों का व्यूह है। सारे सवाल कोड़े की तरह मेरी पीठ पर सटाक्-सटाक् गिर रहे हैं—कौन हो तुम? क्यों हो तुम? क्या हो तुम? कहां हो तुम? तुम कौन, क्यों, कब, कहां, किसलिए, किसके लिए हो?

पिताजी, ब्यूह से निकलने की कोशिश में मैंने आपके हाथों पर अपना हाथ रखा ही था कि आपने मेरे हाथ को अपने मजबूत, शीतल मुट्ठी में समेटकर बंद कर लिया और उसी क्षण हमारे आपसी बंधन ने निस्तब्धता और कठिन समय को एक ही झटके से अलग करके हम दोनों को अपने प्राचीन परिचय के परिचित उपत्यका में आसीन कर दिया।

पुत्र ने पिता को प्राप्त किया और पिता ने पुत्र को।

मैं समझ गया था कि आप मन-ही-मन आंसू बहा रहे हैं।

मैं ही पहले बोला।

मैंने कहा था, "पिताजी, मैं हूं। मैं कहीं खो नहीं गया हूं।"

आपने मेरे हाथ को अपनी मुट्ठी में और भी कसकर भींच लिया।

अचानक हम दोनों के बीच वार्तालाप की गंगा बह निकली। आहा, बात करके आदमी कितना हल्का हो जाता है। मुक्त हो जाता है। इसका मुझे फिर से एहसास हुआ।

मैंने आपसे कहा था, "पिताजी, आप लोगों को दुखी करने का मुझमें साहस है। संतान यदि सचमुच जीना चाहता है तो माता-पिता को दुःख दिये बिना उसका रास्ता तैयार नहीं हो सकता। माता-पिता को खुश करना ही यदि संतान का कर्तव्य है तो उसे उनके जीवन का चित्र बनकर ही रहना पड़ेगा। और भारतवर्ष के अधिकांश लड़के-लड़कियों को इसी तरह जिंदा रहना पड़ता है। वे अपने लिए ही नहीं जीते, बल्कि माता-पिता, परिवार और समाज के लिए जीते हैं। पिताजी, मैं उनकी तरह नहीं जी सकता। अपने जीवन का रास्ता मुझे खुद पहचानना है। इससे यदि आप लोगों को दुःख होता है, तो वह दुःख देने का मुझ में साहस है। पर एक साहस मुझमें नहीं है। वह है आप लोगों से खुद को अलग कर लेने का साहस। आप लोगों से खुद को अलग करने का मतलब अपनी पहचान, अपनी अस्मिता से विच्छिन्न हो जाना है। इतना साहस मुझमें नहीं है, पिताजी।"

आपने कहा था, "केतु, आज मैं स्वीकार करता हूं कि तुमसे बड़ी ठेस पाने का मुझमें भी साहस नहीं है। डेढ़ साल से मैं कितना डर-डरकर जी रहा हूं यह मैं तुम्हें बता नहीं सकता। और मुझे इतना डर इसलिए लगा क्योंकि इसके अस्तित्व का मुझे ज्ञान नहीं था।"

"अब मैं आपके जहाज के मश्तूल में लहराने वाला पताका नहीं हूं, पिताजी।"

आपने कहा था, "तुम्हारा आरोप ठीक है। मैं मानता हूं। पर हर पिता यही चाहता है कि उसका बेटा उसके जीवन का विजय-ध्वज हो!"

"दिल्ली के विष्णुपद घोष की याद है, पिताजी? उन्होंने हैट्रिक किया था। तीन-तीन लड़कों को आइ० ए० एस० पास करा के? तीनों लड़कों की शादी करके उन्होंने पांच लाख नगद कमाया था? भारत लौटने पर संभवतः सुनने में आये कि विष्णुपद घोष को पद्म विभूषण से सम्मानित किया गया है।"

इसके बाद तो हम दोनों खुलकर इतना हंसे कि हमारा मन हलका हो गया।

आपने दिल्ली के एक और आदमी के बारे में कहा। पहले वे स्वदेशी आंदोलन के कर्मठ कार्यकर्ता थे। जेल भी गये। बाद में केंद्रीय सरकार में उच्चाधिकारी बनने का उन्हें गौरव प्राप्त हुआ। आइ० ए० एस० की परीक्षा पास करके उनका एकमात्र बेटा पुलिस में नौकरी करने लगा। वह आइ० पी० एस० बना। तीन साल बाद डी० एस० पी०। एक दिन वे हमारे घर आये तो अपने बेटे की प्रशंसा में पंचमुख होते रहे। "अब क्या कहें! हमारा मनु! आखिर क्या उम्र होगी उसकी! लोगों की बड़ी विशाल भीड़ में गोली चलाने का हुक्म दे बैठा! जरा भी उसे डर नहीं लगा। जोर से बोला—'फायर!' और एक सौ पुलिस के जवानों की बंदूकें गरज उठीं। तीन तो वहीं मर गये। बाकी दस घायल। एक ही क्षण में भीड़ छंट गयी! सुनकर मेरे शरीर में रोमांच होने लगा। अब आप ही समझिए! कितना साहस है। कितना अच्छा होता यदि यह दृश्य मैं अपनी आंखों से देख पाता।"

उन सज्जन का उत्साह देखकर आप हैरान थे। मुझे याद है आपने कहा था, "जनता पर पुलिस द्वारा गोली चलाने से आपको इतनी खुशी होती है, यह तो मुझे पहले पता ही नहीं था।"

मैंने कहा, "अब देखिए न पिताजी, आप लोग हम लोगों में खुद को देखना चाहते हैं। आप लोग जो न हो सके वही हमें बनाना चाहते हैं। जो न कर सके वह हमसे करवाना चाहते हैं। और हमारी अपनी एक स्वतंत्र सत्ता है। व्यक्तित्व है, हमारे जीवन की अपनी एक पहचान है, अपनी तरह से जीवन जीने की चाह है—इसे स्वीकारने को आप लोग तैयार नहीं।"

आपने कहा, "ऐसे ही तो जीवन की धारावाहिकता तैयार होती है।"

मैं आपसे सहमत नहीं हो सका, "धारावाहिकता के नाम पर पिताओं द्वारा जिस साम्राज्यवाद की परंपरा चली आ रही है जब तक वह खतम नहीं होती तब तक संतानों को मुक्ति नहीं मिलेगी। जीवन की अपनी एक धारावाहिकता होती है, मैं मानता हूं। पर आप लोगों द्वारा दिखाये गये रास्ते में चलने की बाध्यता तो एक अलग ही चीज है।"

आपने कहा, "पिता हमेशा नहीं रहते। और फिर पुत्र का जीवन पिता का असमाप्त अध्याय नहीं बन सकता। बड़े होने पर तुम लोग आजाद हो ही जाते हो।"

जवाब में मैंने कहा, "एक बार जीवन की परिधि तैयार हो जाये, तो आजादी का तात्पर्य उस परिधि के घेरे में कहीं खो जाता है, पिताजी। आपका पुत्र होकर भी मैं एक अलग इंसान हूं। मुझे अपनी राह में चलते देख आप खुश क्यों नहीं हो पाते?"

आपने कहा, "कहीं ठोकर खाकर गिर पड़ो। या राह ढूंढ़ते हुए राह भूल

जाओ या गलत राह में चले जाओ, तो क्या मैं खुश होऊंगा ?"

आपके स्वर में उष्णता थी, पिताजी। मैंने आपको जेम्स जॉयस के 'पोर्ट्रेट ऑफ द यंग मैन इज एन आर्टिस्ट' की कुछ पंक्तियों का पाठ कर सुनाया :

"टु लीव, टु इट, टु ट्राइम्फ, टु टीफिएट लाइक आउट ऑफ लाइफ ! ए वाइल्ड ऐंजेल हैड एपीअर्ड टु हीम, द ऐंजेल ऑफ मोर्टल युथ ऐंड ब्यूटी, एन एनवॉय फॉर्म द फेयर कोर्ट्स ऑफ लाइफ, टु थ्रो ओपेन बीफोर हीम इन एन इनसटेंट ऑफ एक्सटेंसी द गेट्स ऑफ ऑल द वेज ऑफ एरर ऐंड ग्लोरी। ऑन ऐंड ऑन ऐंड ऑन ऐंड ऑन !"

आप चुप रहे। तब मैंने कहा, "बड़ी गलती करने का सत्-साहस सबमें नहीं होता, पिताजी।"

आपने पूछा, "तुममें है ?"

"यही तो मैंने देखा," मैंने जवाब दिया, "सुजान मेरे जीवन की पहली बड़ी गलती है।"

आप मेरी बात सुनकर हैरान हुए।

मैंने कहा, "सुजान असाधारण महिला है। उसे हजम करना मेरे लिए संभव नहीं।"

आप चुप रहे। और तभी मुझे अपनी बात ठीक से कहने का अवसर मिला।

मैंने कहना शुरू किया, "सुजान का प्रेम लपलपाती हुई अग्निशिखा है। सुजान का पूरा व्यक्तित्व प्रेम के सिवाय और कुछ नहीं है। सुजान कितनों को कितनी ही उष्णता से प्रेम कर सकती है, आपको इसका अंदाजा नहीं। पेरू में भूकंप आया। डेढ़ हजार लोग मारे गये। सुजान रो पड़ी। नाईजीरिया के गृह-युद्ध में सुजान का प्रेम उमड़ पड़ा था। वियाफ्रा के कमजोरियों के प्रति जिस दिन वियतनाम में माय लाड की हत्या का समाचार अखबार में आया, सुजान ने मुंह में पानी का एक बूंद तक नहीं डाला। वह जो कुछ कमाती है उसका आधा तो वह विभिन्न प्रतिष्ठानों को 'डोनेट' कर देती है। बाकी दोस्तों की मदद में। सुजान के लिए यह सब परोपकार नहीं, दया नहीं। सुजान बहुत निष्ठुर है। सुजान जो कुछ करती है वह प्यार के लिए और सिर्फ प्यार के लिए। प्यार के लिए अपने आपको खत्म कर देने के लिए वह छटपटाती रहती है। सुजान में प्रेम का अथाह भंडार है। किसी भी एक पुरुष के लिए उसके प्रेम को अकेले हजम कर पाना असंभव है।"

मैंने और भी कहा, "भारत में हमारा जीवन छोटे-छोटे वृत के घेरे में बंधा रह जाता है। जीवन का हम कितना लुत्फ उठा पाते हैं ? अपने शुद्ध स्वार्थ की पूर्ति में ही दोपहर ढल शाम होने लगती है। पिता संतान को 'आदमी' बनाने के

नाम पर जीवन बिताने का यंत्र तैयार करते हैं। हम लोग किसी बड़े आह्वान में अपना सुर नहीं मिलाते। अपने आप पर कोई आंच न आये। हमेशा इसी फिकर में रहते हैं। हरेक कदम फूंक-फूंककर उठाते हैं। हमारी सफलता का चेहरा भी एक निश्चित ढांचे में होता है और यह वैचित्र्यहीन होता है। इससे भिन्न होने का मतलब ही है गलत होना। और इस देश में? यहां के युवक-युवतियां कितने अदम्य साहस से जीवन से उत्तेजना छीन रहे हैं।"

"उत्तेजना ही क्या सब कुछ है केतु ?"

"हां, क्यों नहीं। यदि उत्तेजना का मतलब ठीक-ठीक लगाया जाये। उत्तप्त न होने पर जीवन क्या अपनी असली संपदा खो नहीं बैठेगा ? आप देखते नहीं पिताजी, देश-विदेश में युवा-शक्ति किस कदर उष्ण हो उठी है ? फ्रांस में जो कुछ घटा उसकी उष्णता कहां से आयी ? वियतनाम युद्ध के खिलाफ कौन लड़ रहा है ? आप देखिएगा पिताजी, इस शताब्दी के आखिरी दशक में एक के बाद एक सभी देश हमारे प्रभाव से कांप उठेंगे। हम लोग आप लोगों द्वारा तैयार की गयी समाज, सभ्यता को आज नहीं तो कल या परसों तोड़ डालेंगे। इसलिए तोड़ डालेंगे क्योंकि आप लोगों का समाज हमारा दम घोंट रहा है। आप लोग उन्नीसवीं शताब्दी के मूल्यबोधों को बीसवीं शताब्दी के आखिरी चरण में भी पूज रहे हैं। आप लोगों की दृष्टि को व्यक्ति और वर्ग के स्वार्थों ने अंधा बना दिया है। वर्ग-संघर्ष तक को आप लोग मानने को तैयार नहीं हैं ? आप लोगों की सभ्यता का इमारत लाखों-करोड़ों इंसानों की गुलामी की नींव पर खड़ी है। पिताजी, शोषण और शासन आप लोगों के लिए समानार्थक शब्द है। क्षमता आप लोगों का ईश्वर है। हार मान लेना आप लोगों का पताका है। एक ओर आप लोग ठगते हैं, तो दूसरी तरफ ठगाते भी हैं। आप लोग साम्राज्यवादी हैं।"

"और तुम लोग ?" इतने देर बाद आपका गला खुला तो स्वर में तल्खी थी।

"हम लोग पागल हैं, पिताजी, हमारा दिमाग गरम है और नस में खून की गरमी हौलें मारती है। हम लोग बाढ़ और भूकंप हैं। हम लोग प्रलय हैं।"

आपके मुंह से अचानक निकला, "सत्यानाश !"

मैंने कहा, "हां, हम लोग सत्यानाश हैं, पिताजी। हम लोग सर्वहारा श्रमिक या कृषक नहीं, जो क्रांति करके पूंजीवाद की धज्जियां उड़ा दें और जिनके नाम पर एकनायकत्व की सृष्टि होती है। हम लोग उद्योगपति नहीं हैं। न ही प्रबंधक जिनके हाथों विश्वव्यापी पूंजीवाद का निर्माण होता है। हमारा श्रेणीगत परिचय भी नहीं है। हमारा एकमात्र परिचय है यौवन। जो आज है, कल नहीं। सत्रह अठारह से तीस तक। इतना ही हमारा जीवन है। इसके बाद हम हम नहीं, हम लोग असंख्य हैं। हमारे कदमों की आहट से धरती कांप उठती है, पिताजी, भारत

की ही बात लीजिए न। साठ करोड़ की आबादी का एक-चौथाई हम लोग ही तो हैं। हम लोग सभ्यता के कंस हैं, पिताजी।"

"तुम भी ?"

आपका आतंकित सवाल सुनकर मुझे हंसी आयी, पिताजी।

मैंने कहा था, "केतु नामक एक बंगाली लड़का कंस है या नहीं। पर वह एक विशाल विश्वव्यापी कंसवाहिनी से बिलकुल अलग हो ही नहीं सकता। एक दिन देखिएगा पिताजी, हमारे प्राचीन एशिया में भी कंस के धरती को कंपा देंगे। राजशक्ति भंग हो जायेगी। राजपथ और जनपथ में खून की नदियां बह जायेंगी। चलिए मान लीजिये, मैं आखिर तक रह जाऊं—एक दिशाहीन पथिक की तरह। पर हम लोग ? हम लोग आप लोगों की अधीनता में ज्यादा दिन नहीं रहेंगे, बाबूजी। ज्यादा दिनों तक हम लोग समाज, सभ्यता, ईश्वर, भविष्य कुछ भी नहीं मानेंगे।"

"तुम लोगों की बात सुनकर मुझे डर लग रहा है। अब तुम अपने बारे में कहो।"

अपने बारे में मैंने आपसे दिल खोलकर बिना कुछ छिपाये सब कुछ कहा था। अपने बारे में कहते हुए मेरी बातों का ज्यादातर अंश सुजान के संबंध में था। युद्ध विरोधी आंदोलन के संबंध, काले अमेरिकन का जंगी संग्राम की बातें थीं। सुजान ही मुझे उनके बीच ले गयी थी। मेरी आंखों के सामने कितनी ही अनजानी दुनिया का दरवाजा एक साथ खुल गया था। उनके साथ मैंने शराब पी, ड्रग भी। पिस्तौल चलाना सीखा। बम बनाना और एक दिन सब कुछ छोड़-छाड़कर निकल आया। सिर्फ यह समझने के बाद कि मैं इनमें से नहीं। इनके बीच मेरा असली स्थान नहीं। सिर्फ सुजान के घेरे से मैं निकल नहीं पाया हूं। पर जानता हूं निकलने का दिन करीब है। मुझे उसका साया नजर आ रहा है। साथ ही मैंने टोरेंटो क्वीन्स कॉलेज की असफलता के बारे में भी कहा। प्रोफेसरों से विवाद और नियम तोड़ने की उत्तेजना के बारे में भी कहा।

"दो साल मैंने बहुत कुछ किया पर कोई विशेष काम नहीं किया। बहुत कुछ पढ़ा पर पढ़ाई विशेष नहीं हुई। बहुत कुछ सीखा, जाना, समझा। जीवन के बहुत सारे विचित्र रूप देखे पर जिस राह में आगे बढ़ने की आशा से मुझे दस-बारह हजार मील दूर इस विदेश में आपने लाया था उस राह में मैं जरा भी आगे नहीं बढ़ सका।"

छोटे-से गंदे कमरे में दीवार पर धीमी रोशनी का बलब जल रहा था। उस धीमी रोशनी में दीवार पर लगे सलीब में ईसा मसीह का चित्र बड़ा ही करुण दिख रहा था। बाबूजी, आप जिस दृष्टि से लगातार मुझे देखे जा रहे थे, उसमें विस्मय, भय, संदेह और प्रशंसा की मिली-जुली प्रतिक्रिया थी। आप निश्चित

तौर पर सोच रहे थे, यह कौन है, आपके सामने। मात्र थोड़े से फासले में जिसके चेहरे पर भारी भरकम दाढ़ी और मूंछें हैं, सिर के घुंघराले बाल बया के घोंसले से हैं— क्या यही आपका बेटा है ? यह क्या वही उन्नीस साल का युवक है जिसे तीन साल पहले आपने न्यूयॉर्क बुलाया था। इस विशाल शहर में आकर जो अठारह साल की युवती के साथ खो गया था ? विशाल, वैचित्र्यपूर्ण, कठोर, निष्ठुर पृथ्वी की सुबह में आपका वह नमनीय-कमनीय पुत्र आज समय के इस सामान्य से व्यवधान में कहां से कहां पहुंच गया। जहां आपके हाथ भी नहीं पहुंच पाते। हृदय भी नहीं।

आप सोच रहे थे— यह युवक एक ऐसे विशाल समुद्र का एक लहर मात्र है, जिसे आप लोगों ने पहले कभी नहीं देखा था। जिसके अस्तित्व से भी आप अनजान थे और जिसने अचानक उद्वेलित होकर देश-देशांतर के प्रतिष्ठित मूल्यबोध की धज्जियां उड़ा दी।

मैं भी बाबूजी, आपको देखकर सोच रहा था कि क्या आप ही मेरे जनक हैं ? मेरे पिता ? इस दुनिया में मुझे लाने का कारक ? आप ही का हाथ थामकर क्या मैंने चलना सीखा था ? क्या आप ही का हाथ पकड़कर मैं पहली बार सड़क पर निकला था ? क्या आप ही के आगे हाथ फैलाकर मैंने जीवन का मंत्र ग्रहण किया था ? उस सुदीर्घ समय में ऐसा क्या था कि आपसे जीवन मंत्र ग्रहण करने में मुझे जरा भी दुविधा नहीं हुई। जब हम लोग एक ही दुनिया के थे, जिस दुनिया की नींव सख्त थी, जिसके नीले आसमान में सपने सफेद बादल की तरह तैरा करते थे, जिसके पेड़-पौधे, घास, पत्तों में गहरी हरियाली की ठंडक थी, जिसके बगीचे में जीवन रूपी फूल खिलने की संभावना थी तब मैंने आपसे ही जीवन मंत्र स्वीकार किया था। उस छोटी-सी दुनिया को कौन-सी आमंत्रित तूफान उड़ा ले गयी ? आप तो बहुत कुछ समझते थे, जो आपकी जीवन परिधि के बाहर का बहुत कुछ आपके मूल परिधि में अंतर्गत नहीं था। फिर क्यों आप इस युग के एक विशाल नामहीन अभ्युत्थान को नहीं समझ रहे हैं कि ऐसे निष्ठुर दुनिया समाज में जहां कोई किसी को प्यार ही नहीं कर सकता। सुजान फोर्ड प्यार करना चाहती है। आज ऐसा कहां देखने को मिलता है। लोगों के देह और मन से ओस में भींगी मानवता का तो कब का लोप हो गया है। आप समझते क्यों नहीं कि किस ऐतिहासिक आक्रोश के कारण आज के युवक-युवतियां इतनी बड़ी तादाद में घर छोड़कर सड़कों पर निकल पड़े हैं। एक के बाद एक आघात दे रहे हैं। आप लोगों द्वारा बनाये समाज की प्राचीन अट्टालिका पर प्रहार कर रहे हैं। आप लोगों की वज्र मुट्ठी से मुमूर्ष को छीनने का दुस्साहस कर रहे हैं ताकि इस खूबसूरत दुनिया को बचाया जा सके। आप लोगों की व्यापक, अकल्पनीय खूनी षड्यंत्र से इसका उद्धार अभी संभव है। आप समझते नहीं, बाबूजी, दिल्ली का

वह गरीब लड़का भजन सिंह जिसे आप हर महीने कुछ देकर 'आदमी' बनने में उसकी मदद करने के नैसर्गिक आत्मसुख से परितृप्त हुए थे, उसके पास आप लोगों के लिए बहुत सालों का लेन-देन बाकी है। एक साम्राज्यवादी देश से उनके भूतपूर्व (?) उपनिवेश अपने सदियों के शोषण का मुआवजा मांग रहे हैं। पर उनका उपनिवेशवाद तो आज भी अबाध गति से चल रहा है, बाबूजी। चाहे वह गोरों के देश में हो या कालों या गेहुआ लोगों के देश में—आप ही कहिए कहां नहीं चल रहा है शोषण ? उनके बहुरूपी उपनिवेशवाद के नीचे पूरी मानव जाति का एक वृहत अंश दब गया है। पूंजीवादी उपनिवेशिकता से दरिद्र दासों को मुक्ति कहां ? यांत्रिक उपनिवेशवाद से सभ्यता के गुलामों को मुक्ति कहां ? आंतरिक औपनिवेशिक मानसिकता से नारी जाति को, पिताओं के साम्राज्यवाद से पुत्रों को मुक्ति कहां ?

मैं हालांकि आपकी ओर देखकर सारी बातें कह रहा था, पर साथ ही साथ यह भी सोच रहा था कि आप ही ने तो एक दिन कहा था भारत के जमींदार पुराने समय में अपनी प्रजा के पिता हुआ करते थे। पर आज केवल शोषक हैं। उसी तरह पिताजी, पृथ्वी भी पहले पितृ बत्सल थी। समाज पिता की छत्र-छाया थी। आज पृथ्वी, समाज, मानव सब पितृहीन हैं। यंत्र और तंत्र ने हाथ मिलाकर जन समाज, सभा-सोसाइटी का निर्माण किया है। जहां व्यक्ति, परिवार अप्रासंगिक है। इस विशाल जहाज में व्यक्ति और आजाद इंसानों के लिए कोई स्थान नहीं है। आज आदमी दायित्वहीनता से काम कर रहा है। एक विशाल असभ्य सभ्यता और उसके करोड़ों यंत्र अविराम गति से दायित्व शून्यता से चल रहे हैं। आप ही सोचिए बाबूजी, यह जो दो नामजदा देश हैं, उनसे हजारों की तादाद में आणविक बम, मिसाइल, आइ० सी० बी० एस०, एम० आर० वी० एम० का जखीरा तैयार हो रहा है और जो सारी दुनिया की मानव सभ्यता को कुछेक मिनटों में हजारों-लाखों बार ध्वंस करने के लिए काफी हैं, जिन पर करोड़ों मिलियन डॉलर हर साल खर्च हो रहे हैं—क्या इन सब कार्यकलापों में रत्तीभर भी दायित्वशीलता है ? औद्योगिक क्रांति में पराजित देशों ने धरती की सारी संपदा को हजम कर लिया। क्या यह है जिम्मेदारानापूर्ण कार्य ? उद्योगों ने तो इंसान को यांत्रिक बना ही दिया है। अब 'ऑटोमेशन' मानव को अप्रासंगिक बना देगा। आप इसे जिम्मेदारी पूर्ण कार्य कहेंगे ? मास मिडिया के उपयोग से हर साल अप्रयोजनीय जरूरतों का ढेर लगा दिया जाता है और यदि इसकी भूख न मिटायी जा सकी तो प्राचुर्य से गौरवान्वित समाज मुंह के बल गिरकर कहीं पड़ा रहेगा। क्या इसमें जिम्मेदारी पूर्ण बात कहीं दिखाई देती है ? और इस प्राचुर्य से दिशाभ्रष्ट समाज की ओर नजर फेर लें, हमारे अभावों से संपन्न दुनिया की ओर से यदि नजर फेर लें तो बाबूजी, यहां देखने को है ही क्या ?

जिम्मेदारी ? दायित्व ? पितृ भूमिका ? पनचानवे फीसदी को वंचित करके सिर्फ पांच फीसदी के अपर्याप्त वैभव में पितृत्व का कैसा निदर्शन है ? जो लोग शासन कर रहे हैं यदि वे पिता हैं तो अनाहार-अर्धाहार की बीमारी से करोड़ों संतानों के सामने वे किस लज्जा से प्रासादों सरीखे भवनों में रह रहे हैं ? बड़ी-बड़ी गाड़ियों में घूम रहे हैं ? आकाश में उड़ रहे हैं ? खा रहे हैं ? भोग कर रहे हैं और अपनी भावी पीढ़ियों के लिए शोषण का रास्ता बना रहे हैं ? मानव जाति से मानवाधिकार छीनने में क्या आज कोई भी शासक पीछे है ? ये सारे शासक लंबे-चौड़े गंभीर भाषण से परिवेश को गरम बनाते हैं और अपनी क्षमता और प्रभाव के मद में जन-कल्याण के नाम पर मानव को चिर दासत्व की जंजीर में आबद्ध कर रहे हैं। अब आप ही कहिए कहां है पितृ तुल्य जिम्मेदारी !

आप कहेंगे जाने दो। पृथ्वी, मानव और सभ्यता —छोड़ो इनकी बातें। भाड़ में जायें, शासक और प्रशासन। हम लोग जितने दिन संभव हो जी लें। हम इंसान पारिवारिक बंधन में आबद्ध हैं, जिसमें प्राचीनकालीन उष्णता है। प्यार, ममता, संवेदना हमारे छोटे से जीवन में कोमलता बनाये रखती हैं। जिसकी कांति को हम अपने सीने से लगाये रखते हैं, तब तक जब तक संभव हो। पृथ्वी कुछ भी क्यों न हो। मैं और तुम तो हैं न, केतु ! मैं पिता और तुम मेरे पुत्र। और हमारे पीछे दूसरे बहुत सारे पिता-पुत्र की पहचान है। क्या इतना ही काफी नहीं ? भले ही दुनिया निष्ठुर, सर्वनाशी हो। फिर भी केतु, मेरे हृदय में तुम्हारे लिए ताजा दर्द, ममता और व्याकुलता है। और तुम्हारे दिल में मेरे लिए। इसी तरह मां और बच्चे, प्रेमी और प्रेमिका, भाई-बहन, पति-पत्नी—मरुभूमि में क्या इस मरु उद्यान की कमी है ? तुम लौट आओ, केतु। अपने घर लौट आओ, केतु। अपने घर लौट आओ। तुम थके हुए पंक्षी हो। तुम लौट आओ अपने जहाज में। यदि न आये तो यह निष्ठुर दुनिया तुम्हें पीस डालेगी, इतना कि तुम्हारे अवशेष भी नहीं बचेंगे।

मैं आपकी कातर पुकार सुन रहा हूं, पिताजी।

और रात जब खत्म होने लगी, और सड़कों पर गाड़ियों की आवाजें कम सुनाई पड़ने लगीं, दीवार पर सलीब पर चढ़े ईसा मसीह का चेहरा अंधकार की तरह मलिन लगने लगा, तब मैंने आपसे कहा, "चिंता मत कीजिए पिताजी। मैं आप लोगों के पास लौट आऊंगा ! इसके सिवाय दूसरा चारा भी तो नहीं है।"

मरी बात से आप आश्वस्त तो हुए पर निश्चित नहीं हो सके।

मैंने कहा था, "मैं भारत का युवक हूं। मेरे खून की गरमी में वह उष्णता नहीं, जो दीर्घ स्थायी हो। जल्दी ही मैं थक जाऊंगा। हम लोगों ने व्यक्ति को समष्टि से मिलाकर देखना, समझना अभी तक नहीं सीखा है। और आगे भी

इसमें बहुत समय लगेगा। आज के युग में हम लोग कोड़े खाकर सार्थकता की संकरी गली में चक्कर लगा रहे हैं। अपने-अपने क्षुद्र स्वार्थ, बड़ी नौकरी और वेतन के साथ न्याय-अन्याय का 'पार्कुइजिटस' विलासिता से भरपूर जीवन, जिसे देखकर वंचितों का हृदय ईर्ष्या और भय से तड़प उठता है। हम लोगों को आप लोगों से अपनी झोली भरने की दीक्षा मिली है। इस दीक्षा से विमुख होने की हममें शक्ति नहीं। हम लोग क्रांति नहीं करेंगे। कुछ खास की मांग भी नहीं करेंगे। हम लोग सिर्फ सुंदर भविष्य में आप लोगों से आप लोगों के द्वारा बनाये गये इस अश्लील इमारत को छीन लेंगे। और उसे और भी ज्यादा कदर्य और अश्लील बनायेंगे। पिताजी, यही है भारत की वर्तमान युवाशक्ति की ऐतिहासिक भूमिका। हमारी समवेत शक्ति, लोभ, उच्चाकांक्षा, दंभ और लालसा की भूमिका। इस भूमिका से मेरा बचना भी मुश्किल है। पिताजी, आप देखिएगा, एक दिन मैं भी कॉलेज जाने लगूंगा। अपना हम लोगों—आपका आप लोगों का बहु आकांक्षित विदेशी विश्वविद्यालय से पी-एच० डी० करूंगा। और फिर यहीं—इसी देश में—प्राचुर्य और आंखें चौंधियाने वाले द्वीप में बस जाऊंगा। साल-दो साल बाद डॉलर की चकाचौंध के साथ देश लौटूंगा। और वहां से जहाज भरकर भारतीय हस्तशिल्प का सामान लाकर घर सजाऊंगा। या फिर देश में किसी बड़ी कंपनी में नौकरी का उम्मीदवार बन जाऊंगा। दोहरी ठुड्डी, धुंधली आंखों और भोग-विलास से थके किसी सज्जन के तलवे की मालिश करने के बाद कोई-न-कोई नौकरी हासिल हो ही जायेगी। और तभी से शुरू हो जायेगा अपनी झोली भरने का लंबा सिलसिला। तब मेरा हर संभव प्रयास यही होगा कि जितनी जल्दी हो सके ज्यादा से ज्यादा बटोर लूं। इसी तरह साल दर साल बीत जायेंगे। शादी करूंगा। बाप बनूंगा। हाय ईश्वर! मैं भी बाप बनूंगा। और फिर एक दिन अपने ही बेटे को पहचान नहीं पाऊंगा। उसे कुछ कहने, देने, देखने, सुनने का कुछ भी मेरे पास नहीं होगा।

"पिता बनकर मैं अपने बेटे को अपने ही रास्ते पर चलाना चाहूंगा। फिर भी पिताजी, आज मैं यही प्रार्थना करता हूं कि मेरा पुत्र मुझे, हम लोगों को, हमारी कुत्सित, अश्लील पृथ्वी को चूर-चूर करके नये सिरे से बनाने का दुस्साहस अर्जन कर सके। पिताजी, मैं जानता हूं बसंत ऋतु की प्रार्थना शरत ऋतु में अक्षुण्ण नहीं रहती। फिर भी मैं चाहता हूं कि यह प्रार्थना मेरे मुंह से उच्चारित हो तब तक मेरे नसों में बसंत की उष्णता हो, मेरी आंखों में वैशाख की प्रखर उज्ज्वलता हो।"

अचानक मैंने देखा, आप सो गये हैं, पिताजी। आपका चेहरा वेदना, शंका और संदेह से आच्छन्न था।

उस दिन, उस क्षण मुझे आप सबसे ज्यादा अच्छे लगे थे। आप पर मुझे बहुत

प्यार आया था।

मैं समझ गया था कि आप अब और पिता नहीं रहे।

आप इस दिशाहीन पृथ्वी के आहत मानव हैं। सिर्फ एक आहत मानव।

क्वीन्स कॉलेज से एक दिन प्रत्याशित तौर पर हट जाना पड़ा। बतौर छात्र वहां मेरा सिर्फ नाम रह गया। पर कॉलेज फेलोशिप खत्म हो जाने से मेरा आर्थिक आधार डावांडोल हो गया। फीस देने के पैसे नहीं थे। न ही खाने और पहनने, रहने के लिए। कनाडा में मैं एमीग्रांड नहीं था। नौकरी करने का भी कोई रास्ता नहीं था। एमीग्रेशन के दफ्तर में मुझे जाने से डर लग रहा है। क्योंकि उन्हें अगर मेरी आर्थिक स्थिति की जरा भी भनक मिली, तो बतौर छात्र टोरेंटो में रहने की अनुमति खारिज हो जाएगी। एक ओर स्थिति इतनी गंभीर थी, दूसरी ओर क्वीन्स कॉलेज के छात्र-छात्राओं का एक ग्रुप मुझसे कुछ ज्यादा ही जुड़ने लगा। मेरे पढ़ाने का तरीका और मेरा नजरिया उनके लिए इतना आकर्षक लगने लगा था कि उन लोगों ने चंदा इकट्ठा करके 'ओपेन स्कूल' खोल दिया। अठारह छात्र-छात्राओं से वह स्कूल चालू हुआ। सप्ताह में दो दिन क्लास होते—कभी गिरजा में, कभी मैदान में, तो कभी किसी के अपार्टमेंट में। यहां तक कि कभी-कभी विश्वविद्यालय के किसी बिल्डिग के बरामदे में। और शिक्षक सिर्फ मैं अकेले नहीं था और भी दो युवा लेक्चरर हमारे साथ आ मिले। एक महीना जाते-न-जाते अठारह छात्र-छात्राओं ने एक सौ अस्सी डॉलर चंदा इकट्ठा करके हमें दिया। मेरे दोनों सहयोगियों ने एक सौ डॉलर लेकर अस्सी डॉलर मुझे दे दिया। इससे इतना ही हुआ कि कनाडा में मुझे उपवास नहीं करना पड़ा। एक पुराने से मकान में एक सीलनभरा कमरा भी जुट गया।

छठे दशक के दूसरे चरण में उत्तर अमेरिका में 'ओपेन स्कूल' आंदोलन चल रहा था। प्रचलित शिक्षा व्यवस्था के खिलाफ सिर्फ छात्रों ने ही नहीं, कुछ शिक्षकों ने भी आवाज उठायी। आंदोलनकारियों की मुख्य शिकायत यह थी कि प्रचलित शिक्षा-व्यवस्था युवक-युवतियों के मानसिक विकास को रोककर प्रतिष्ठित समाज और सरकार के पिछलग्गू कारिंदों का हजूम तैयार कर रहा है। छात्र-छात्राओं को समाज के प्रति जागरूक बनाने में वर्तमान शिक्षा अक्षम है। अध्ययन की विषयवस्तु वास्तविक जीवन से बहुत दूर है। यह शिक्षा व्यवस्था शिक्षक और छात्रों के बीच लगातार फासला बढ़ा रही है। स्कूल, कॉलेज में पढ़कर लड़के-लड़कियां स्वाधीन चिंताधारा और नजरिया खो बैठते हैं। झूठ, अर्धझूठ, अर्धसच ने उनके मस्तिष्क को कुशलतापूर्वक धोकर रख दिया है। जिसे ब्रेनवाश कहते हैं। प्राचुर्य के समाज में भी भयंकर दरिद्रता व्याप्त है। अश्वेत

नागरिकों के जीवन में व्याप्त अभाव ने उन्हें जीर्ण और कुत्सित बना दिया है। यांत्रिक सभ्यता ने मानव को यंत्र में परिणत कर दिया है। शिक्षा के नाम पर हर साल लाल रोबोट तैयार हो रहे हैं।

राष्ट्रीयतावाद और देशप्रेम की सम्मोहिनी शक्ति ने लोगों की क्षमता के जुल्म के प्रति, फौजी हस्तक्षेप के प्रति, साम्राज्यवाद के प्रति अंधा बना दिया है। राष्ट्रीय संरक्षण के नाम पर देश के राजस्व का पचास फ़ीसदी सामरिक उद्योगों को अत्याधुनिक बनाने में लग जाता है। लोकतंत्र के नाम पर स्वेच्छाचारिता का खेल खेला जा रहा है। 'ओपेन स्कूल' आंदोलन का उद्देश्य इन चीजों के प्रति छात्र-छात्राओं का ध्यान आकर्षित करना और उन्हें जागरूक बनाना है।

वे अठारह छात्र-छात्राएं ही हमारे ओपेन स्कूल के संयोजक थे और वे सभी अपेक्षाकृत धनी परिवार से थे। उनके पिता या तो बिजनेसमैन हैं या किसी अच्छे प्रोफेशन में। और वे सब कनाडियन समाज में उच्च तख्त पर प्रतिष्ठित हैं।

जेम्स के पिता ओनटारियो बैंक में वाइस प्रेसीडेंट हैं।

वाल्टर क्लाइव के पिता टोरेंटो क्रॉनिकल के संयुक्त संपादक हैं।

रॉबर्ट कारवेटर के पिता यॉर्क यूनीवर्सिटी में भौतिक विज्ञान के लेक्चर हैं।

आइरीन क्लर्कसन के पिता पार्लियामेंट के सदस्य हैं।

जुलियट की मां विख्यात टी० वी० स्टार हैं।

लेनॉर्ड ओलस्की के पिता भूतपूर्व मेयर हैं।

मेरी स्टीलेंशन की मां जानी-मानी समाज सेविका हैं।

बड़े परिवार, धनी परिवार, शिक्षित परिवार के लड़के-लड़कियों ने कनाडा में नयी राष्ट्रीयतावाद का रास्ता बनाया। उनके पिता और दादा ने कनाडा को संयुक्त राज्य अमेरिका के 'उपनिवेश' में तब्दील कर दिया है—यही उनकी पहली और मुख्य शिकायत थी। कनाडा के साठ फीसदी उद्योग अमेरिका के आधिपत्य में हैं। इंश्योरेंश और बड़े-बड़े कारखानों के ज्यादातर मालिक अमेरिका के पूंजीपति हैं। विद्यालयों में भी अमेरिकी अध्यापक बड़ी तादाद में हैं। रेडियो, टी० वी०, अखबार यहां तक कि प्रकाशन संस्थान के मालिक भी अमेरिकी पूंजीपति हैं।

रॉबर्ट कारवेटर के शब्दों में, "हमारे पिता और दादाओं ने न सिर्फ कनाडा के शारीरिक अस्तित्व को अमेरिका को दे दिया है बल्कि इसकी आत्मा को भी उन्हीं के हाथों सौंप दिया है। कनाडा की आत्मा अमेरिका के हवाले है। कनाडा एक स्वाधीन सार्वभौम देश है—हमारे पिता चाहते हैं कि हम यह भूल जायें।"

आइरीन कल्र्कसन कहता है, "आपको मालूम तो जरूर होगा कि यदि अमेरिका और सोवियत के बीच आणविक लड़ाई छिड़ जाये तो उसमें बलि का

बकरा कनाडा ही होगा। अमेरिका ने कनाडा को ही सोवियत के आणविक हमले से रोकने का पहला और प्रधान मोरचा बनाया है। इस आणविक लड़ाई में संयुक्त राज्य अमेरिका का कुछ अंश भले ही बच जाये पर कनाडा का तो कोई अवशेष भी नहीं बचेगा। अपने चारों ओर आप आज जो कुछ देख रहे हैं वह अंगारों के एक ढेर में बदल जायेगा।

"कनाडा संयुक्त राज्य अमेरिका से आयतन में बड़ा है पर यहां सिर्फ दो करोड़ की आबादी बसती है। कनाडा की प्राकृतिक संपदा को सामाजिक कार्यों में लगाने के लिए जन बल की जरूरत है। पूंजी निवेश के लिए मूलधन चाहिए। अमेरिकी प्रभाव से मुक्ति पाने के लिए कुछेक सालों तक कनाडा के नागरिकों को भोग-विलास का त्याग करना पड़ेगा।"

जुलियट का कहना है, "इस देश के लोग इंफ्लूएंशन का एक कतरा तक भी छोड़ने को तैयार नहीं। भले ही इस प्राचुर्य की कीमत अमेरिकी उपनिवेशवाद हो। मेरी मां हर महीने पचास हजार डॉलर कमाती है। उनके एक घंटे के टी० वी० प्रोग्राम में पैंतीस मिनट अमेरिकी मरचंटाइस विज्ञापन में चला जाता है। टॉप रेटिंग है। मां का प्रोग्राम न देखती हो, शायद ही ऐसी कोई हाउस-वाइफ कनाडा में होगी। और लड़कियां भी कम हैं, जो उनके प्रोग्राम चाव से नहीं देखती हैं। अब विज्ञापन के बाजार में मां की कीमत का आप अंदाजा लगा ही सकते हैं। मैं मां से कहती हूं, आप अमेरिकी सौंदर्य प्रसाधन और गाड़ियों के लिए सबसे फायदेमंद सेल्सवुमेन ही बनकर रह गयी हैं। कनाडा के बारे में कभी कुछ सोचा है। जानते हैं मां क्या कहती हैं ? कहती हैं, कुछ भी क्यों न रहूं। साल में दो महीना रिवीयार में बिताने को मिलता है। तीन साल में एक बार दुनिया की सैर। यह क्या कम है। पता है मां के पास तीन-तीन गाड़ियां हैं। दो इयेट और एक टु सीटर। अपना प्लेन भी है। और हर साल उन्हें एक नया प्रेमी भी मिल जाता है।"

हम सब जानते हैं, जुलियट के माता-पिता बहुत दिनों से अलग हैं ! जुलियट अपने माता-पिता की एकमात्र संतान है।

एक दिन मैंने जुलियट से कहा था, "मां का सब कुछ, सारी संपत्ति एक दिन तुम्हारी ही तो होनी है !"

जुलियट ने नाक-भौं चढ़ाकर कहा था, "क्या होगा उनकी संपत्ति को लेकर ! मैं कभी अमेरिकी शैंपू और डियोडोरेंट का प्रचार नहीं करूंगी। मां की धन-दौलत और संपत्ति ने मेरे चारों तरफ एक दीवार खड़ी कर दी है। आम लोगों से संपर्क करना मेरे लिए सहज नहीं। आप यह जान लीजिए कि मैं मां के साथ नहीं रहती। साल में मां से सिर्फ चार हजार डॉलर लेती हूं और शाम को एक बैंक में नौकरी। इसी से मेरा गुजर हो जाता है।"

वाल्टर क्लाइव भी अपने माता-पिता के साथ नहीं रहता। टोरेंटो क्रॉनिकल कनाडा का सबसे कंजरवेटिव अखबार है। उसके संपादकीय नीति से संयुक्त राज्य अमेरिका की गहरी छनती है। क्वीन और अंकल सैम—इन्हीं दो देवताओं का टोरेंटो क्रॉनिकल पुजारी है। वाल्टर क्लाइव की अपने माता-पिता से पहली लड़ाई मांट्रियल की आजादी की मांग को लेकर हुई। फ्रेंच भाषा में क्लाइव ने पारदर्शिता हासिल की थी। वह भी मात्र अठारह साल की उम्र में। बीस साल का होते-न-होते फ्रेंच कनाडा की मांग का वह मुखर समर्थक बन गया। 1968 में मांट्रियाल की आजादी के आंदोलन का वह लड़ाकू सैनिक बन गया। टोरेंटो क्रॉनिकल ने फ्रेंच कनाडा की आजादी को स्वीकार नहीं किया। और इसी से बाप-बेटे में ठन गयी। क्लाइव ने घर छोड़ दिया। विश्वविद्यालय के पास ही हुरन स्ट्रीट में सौ साल पुराने एक मकान में एक कमरा लेकर वह रहता है। एक रेस्तरां में सात घंटा काम भी करता है। और कभी-कभी अंग्रेजी से फ्रेंच में अनुवाद करके किसी तरह रोजी-रोटी चला रहा है।

वाल्टर क्लाइव कहता है, "एक ओर अंग्रेजी भाषी कनाडा अमेरिका का उपनिवेश है। दूसरी ओर फ्रेंच भाषी कनाडा अंग्रेजी भाषी कनाडा का उपनिवेश है। अगर मांट्रियल को आजादी नहीं मिली तो कनाडा कभी भी आजाद नहीं होगा।"

जीम स्मिथ चाहता है, कनाडा अपनी प्राचुर्य का एक बड़ा हिस्सा अफ्रीका के गरीब देशों की उन्नति में लगाये। एक धनी देश किसी गरीब देश के लिए क्या कर सकता है, कनाडा उसका ज्वलंत प्रमाण बने।

जीम के पिता श्वेत कनाडा के पक्षधर हैं। काले, पीले, गेहुंए लोगों द्वारा कनाडा में बस्ती बसाने के वे सख्त खिलाफ हैं। सिर्फ इतना ही नहीं, वे चाहते हैं कि कनाडा की ऐंग्लो सैक्सन यानी अंग्रेजी व्यक्तित्व अटूट रहे। जीम चाहता है कनाडा उदारता के साथ एशिया, अफ्रीका के लोगों को स्वीकार करे और उससे भी बड़ी बात यह है, कनाडा और भी अधिक उदारता और मुक्तहस्त से एशिया विशेष तौर पर अफ्रीका की सहायता करे। कोई भी उन्नत देश अपनी जी० एन० पी० का एक प्रतिशत गरीब देशों की सहायता में व्यय नहीं कर रहा है। पर ऐसा प्रस्ताव पहली बार कनाडा के तत्कालीन प्रधानमंत्री लेस्टर पियरसन की ओर से ही आया था। पर कनाडा अपने जी० एन० पी० का एक प्रतिशत का आधा भी गरीबों की मदद में लगाने को राजी नहीं। नाइजीरिया सरकार ने मेरे पिता के बैंक से दस मिलियन डॉलर कर्ज मांगा था। नाइजीरिया कनाडा की आर्थिक मदद से एक बड़ा फर्टिलाइजर कारखाना लगाना चाहता था। पर मेरे पिता उस मामूली-सी राशि के विनियोग के लिए तैयार नहीं हुए। वह भी सिर्फ इसलिए कि नाइजीरिया की आंतरिक स्थिति में स्थिरता नहीं है। स्टैबिलिटी

नहीं है।

हमारे 'ओपेन स्कूल' में अठारह छात्र-छात्राओं में एक भी अपने माता-पिता के नजरिये से कनाडा और दुनिया को देखने को तैयार नहीं। उनका अपने पिताओं से मतभेद मनभेद का आकार ले चुका है। 'आइ हेट माई फादर', 'आइ हेट माई मदर', 'आइ हेट माई पैरेंट्स', कहते हुए उनकी जुबान नहीं कांपती। इन वाक्यों के पीछे संचित रोष, विद्वेष को मैं जितनी बार देखता हू, चौंक जाता हूं। इस रोष, विद्वेष के पीछे नये सिरे से, नये तरीके से, नये आदर्श की रक्षा की प्रबल इच्छा है। दुनिया को नयी दृष्टि से देखने और सजाने की आकांक्षा है। मैं जानता हूं यह आकांक्षा या सपना चूर-चूर हो जायेगा। यह ये भी जानते हैं। पर इतने पर भी इनकी इच्छा, इनकी आकांक्षा, इनके सपने चेष्टाविहीन नहीं हैं। अपनी आकांक्षा, अपनी इच्छा, अपने सपनों को पूरा करने के लिए कोई भी कीमत चुकाने से ये पीछे नहीं हटते।

मैं इनके बारे में सोचता हूं। इनके साथ सप्ताह में दो दिन ओपेन स्कूल में बिताता हूं। पर कभी-कभी मेरा मन अपनी पतित जन्मभूमि की ओर भी भागने लगता है। पतित इसलिए कि यहां जीवन को अभी तक स्वीकृत सम्मान नहीं मिल सका है। कब मिलेगा, कभी मिलेगा भी या नहीं, कौन जाने !

कुछ दिन पहले मुझे किसी की चिट्ठी मिली। एक दिन बिना किसी वजह से वह अचानक ही मेरा दोस्त बन गया था। आपको याद होगा, बाबूजी, मेरे कॉलेज के शुरू के दिनों में जब मीतू स्कूल से निकली भी नहीं थी, हम लोग माइथन घूमने गये थे। बर्नपुर में डॉक्टर मौसा जी रहते थे। स्टेशन रोड में बाजार के पास ही उनका डॉक्टरखाना और घर दोनों था। डॉक्टर मौसा के माइथन बांध के पास ही गेस्ट हाउस था। फिर किसी इंस्पेक्शन बंगले में हमारे लिए रिजरवेशन कर रखा था। मौसेरे भाई-बहन से मेरी और मीतू की बहुत दोस्ती हो गयी थी। दोनों परिवार एक साथ दो सप्ताह तक माइथन रहे। डॉक्टर मौसा काम से रात के आठ बजे लौटते। लौटते समय मांस, मछली, सब्जी, मिठाई वगैरह साथ लाते। रात माइथन में बिताकर सुबह वापस बर्नपुर चले जाते। डॉक्टर मौसा को हम लोग बहुत चाहते थे। बड़े खुशमिजाज स्वभाव के थे। हंसी-मजाक में ही उनका दिन बीतता था। सब उन्हें डॉक्टर मौसा ही कहा करते थे। आप और मां से मैंने सुना था, अपने मरीज के लिए वे उनका बीमारी से जी-जान हत कर लड़ा करते थे। मर्ज ठीक न हुआ तो उनकी रातों की नींद हराम हो जाती। मरीज को देखने के लिए हर रोज उनके घर जाते। अगर कोई मरीज मर गया तो उनकी आंखों से आंसू थमते ही नहीं थे। अभी भी, हालांकि अब वे वृद्ध हो गये हैं और पक्षाघात से पीड़ित हैं फिर भी, मरीजों का इलाज करते हैं, जितना भी उनसे बन पड़ता है।

उसी बर्नपुर-माइथन में एक लड़का मेरा मित्र बन गया था। वैसे तो उम्र में वह मुझसे दो-एक साल छोटा ही था। पर हमारी खूब छनती थी। छोटे से शहर में पहली बार मध्यवर्गीय परिवार के लड़के से मेरी दोस्ती हुई थी। उसका नाम सुभाष मलिक था। सुभाष के पिता बर्नपुर इस्पात कारखाने में मुलाजिम थे। कंपनी के क्वार्टर में मलिक परिवार रहता था। सुभाष आसनसोल के एक साधारण स्कूल में पढ़ता था। सुभाष और मेरे बीच बहुत बड़ा अंतर था। उसी अंतर ने हम दोनों को एक-दूसरे के प्रति आकर्षित किया था। हम दोनों एक-दूसरे को कौतूहल और विस्मय के साथ जानने-पहचानने में लगे थे कि कब हम दोनों परस्पर को चाहने लगे पता भी नहीं चला। हम दोनों में इतनी दोस्ती हुई कि एक बार सुभाष दस दिनों के लिए दिल्ली आकर हमारे घर भी रह गया।

सुभाष का व्यक्तित्व आकर्षक था। रंग साफ, आंखें काली और गहरी, सिर के बाल घुंघराले थे। देखते ही उससे दोस्ती के लिए मन मचल जाता, मुस्कराहट में लड़कियों की-सी कमनीयता थी और बात करने का सलीका भी बड़ा शर्मीला था। सुभाष संवेदनशील था। जल्दी ही उसकी आंखें नम हो जाती थीं।

मैं जानता था। स्कूल में अच्छे नंबरों से पास करके हायर सेकेंड्री में भी उसने टॉप किया। उसके पिता के पास इतना पैसा नहीं था कि वे उसे कलकत्ता के किसी अच्छे कॉलेज में पढ़ने भेजते। इसलिए आसनसोल के ही किसी कॉलेज में उसने दाखिला लिया। सुभाष इंजीनियरिंग पढ़ना चाहता था। पैसों की कमी के कारण उसे बी० एस-सी० में भर्ती होना पड़ा। सातवें दशक के अंतिम चरण में प० बंगाल की राजनीतिक अस्थिरता ने सुभाष को भी अपनी चपेट में ले लिया। कॉलेज की पढ़ाई बंद हो गयी। परीक्षा के नाम पर नकल, नकल और नकल। नतीजा निकलते-निकलते दो साल। 1968 में न्यूयॉर्क चले आने से पहले बर्नपुर में डॉक्टर मौसा से मिलने गया, तो सुभाष के घर भी गया, उसकी खबर लेने। पता चला, वह घर नहीं आता। सुना, किसानों द्वारा लिबरेटेड इलाके की रक्षा के लिए वह वीरभूम के जंगलों में हाथ में बंदूक लेकर घूम रहा है।

सुभाष के पिता को देखा। एक साल में वे जीवन की शाम की ओर बड़ी ही तेज गति से बढ़ गये हैं। बेटे के लिए दुःख, हताशा, उद्वेग के सारे छिद्र पार कर चुके हैं अब सिर्फ विस्मय ही उनके साथ रह गया है। "सुभाष ने तो कभी चूहा भी नहीं मारा। छिपकली से लेकर तिलचट्टे के बच्चे तक के लिए भी उसके मन में प्यार था। वही सुभाष आज हत्यारों के साथ कैसे जा मिला? अपने माता-पिता, भाई-बहन का उसे ख्याल भी नहीं आया? यह भी नहीं सोचा कि उसके बिना परिवार का भविष्य अंधकार में डूब जायेगा? देश और समाज का कुछ

नहीं बिगड़ेगा। जैसे सब चल रहा है, चलता रहेगा। पर इस परिवार का क्या होगा? एक बार भी नहीं सोचा सुभाष ने?"

जरूर सोचा है—मैंने अपने आपसे बार-बार कहा। सोच-सोच कर कोई उसे रास्ता भी नहीं मिला होगा—उस कोमल, संवेदनशील, थोड़े से में आंखें गीली कर लेने वाले लड़के को। इस्पात के कारखाने में धधकती हुई भट्टी की आग में सालोंसाल उसके पिता का जीवन सूखता गया, अपने पिता से जीवनवेद का रत्ती भी नहीं मिला। भविष्य की ओर नजर उठाकर देखा तो रोशनी की एक किरण भी उसे दिखाई नहीं दी। पर, जीवन में कभी किसी किसान के संसर्ग में नहीं आया, उसी सुभाष ने नये समाज के निर्माण की भूमिका में उन्हीं किसानों को कैसे चुना? इस्को के श्रमिकों के साथ मिल कर ट्रेड युनियन करना क्या उसके लिए अपेक्षाकृत सहज नहीं था? बर्नपुर में डाक्टर मौसा के घर में रात को लेटे-लेटे मैं सिर्फ सुभाष के बारे में ही सोचता रहा। वीरभूम मैंने कभी नहीं देखा था। नक्सलवाड़ी मेरे लिए एक शब्द से ज्यादा कुछ नहीं था। फिर भी आंखों के सामने तैरने लगा। वह मीलों फैला जंगल। सपने में भी मैंने देखा—घने जंगलों से युवकों का एक दस्ता चला जा रहा है। वे सब खाखी शर्ट और खाखी पैंट पहने और उनके कंधे पर बंदूक। उस दस्ते में सुभाष भी है। वे सब जा रहे हैं, तो चले जा रहे हैं। जंगल से होते हुए मैदान पार कर वे शाल के घने जंगल में चले जा रहे हैं। अचानक उन्हें क्षीणकाय नदी पार करते हुए देखा। उस नदी का कोई नाम नहीं, पता नहीं। पर वे उसे पार कर रहे थे। फिर किसानों के गांव में गये। सुभाष का दस्ता गांव में पहुंचा, तो किसानों ने उनका खूब स्वागत किया। उन्हें अपने घर ले गये। मैंने देखा, सुभाष के दस्ते के युवकों ने किसानों को बंदूक चलाना सीखाया। उन लोगों ने बैठक की। फिर देर रात को सुभाष और उसके साथी युवक किसानों के ही घर सो गये। वीरभूम के गांव में रात का अंधकार बड़ा घना था। मेरी नींद से भी कहीं अधिक अंधकार से घिरा था।

अचानक जाने कहां से उस घुप्प अंधेरी रात का सीना चीर कर दो जीप किसानों के घर के पास आकर रुकीं जीप से सशस्त्र पुलिस का दस्ता तत्परता से उतरा और पलक झपकते ही गांव को घेर लिया। और फिर शुरू हुई दोनों पक्षों के बीच मुठभेड़। गोलियों की आवाज से आकाश गूंज उठा। मैदान कांप गये। नदी का पानी दूर हट गया। शाल वन के पेड़ आतंक से सहम गये हैं। एक के बाद एक सुभाष के दल के सारे युवक घायल हुए। दो मारे गए। पुलिस दल से भी एक मारा गया। चार-पांच आहत हुए। सुभाष भी घायल हुआ। घायल सुभाष पर पुलिस गोली चलाने ही वाली थी कि मैं अचानक उसके सामने आ गया और गिड़गिड़ाकर कहने लगा, उसे मत मारो। वह मर गया तो उसके परिवार का सत्यानाश हो जायेगा। उसके बूढ़े माता-पिता और छोटे भाई-बहन उसका

राह देख रहे हैं। उसे मत मारो, मैं उसे बहुत दिनों से जानता हूं। उस जैसा सहृदय लड़का मैंने आज तक नहीं देखा। किसी के दुख-दर्द की बात सुनकर उसकी आंखों में पानी आ जाता है।

मुझे गिड़गिड़ाते हुए देखकर घायल सुभाष गरज कर बोला, "खबरदार केतु। मुझे बदनाम मत करो। मैं नाजुक नहीं। कोमल नहीं। मैं पत्थर की तरह कठोर हूं। आग से भी निर्दयी। आज मेरे मन में दया-ममता नहीं। किसी परिवार की रक्षा का भार मेरे कंधे पर नहीं। आज सिर्फ मौत, सिर्फ खून और लड़ाई है मेरे साथ।

उस दु:स्वप्न में ही सुभाष मलिक से मेरी आखिरी मुलाकात हुई! उसके बाद क्या हुआ, मुझे नही मालूम। अजितेश भी तो नक्सलपंथी होना चाहता था। पर अमेरिका आकर उसका भूत उतर गया। उसे वीरभूम, मिदनापुर के जंगलों में बंदूक लेकर भटकना नहीं पड़ा। कलकत्ता की गलियों में बदला लेने का आत्मघाती खेल नहीं खेलना पड़ा। अजितेश चार साल में दर्जनों लड़कियों से फ्लर्ट करने के बाद एक वेस्टइंडीज लड़की के साथ अविवाहित पति-पत्नी की तरह रह रहा है। साथ ही साथ कैमिकल बैंक के कंप्यूटर विभाग में मोटी डॉलर की नौकरी कर रहा है। प्राणेश कुमार दत्त को उनका बेटा वापस नहीं मिला। अजितेश अपने देश वापस नहीं गया। तीन-चार महीने में दो-एक चिट्ठी देकर अपने अस्तित्व का सिर्फ एहसास भर करा देता है। साल में एक बार डॉलर के रूप में एक मोटी रकम मां के नाम घर भेज देता है। कहते हैं उसी रकम से प्राणेश कुमार दत्त ने सॉल्ट लेक में बंगला बनाया है। वह बंगला बेनामी है! अजितेश मजे में है। शराब पीता है। सैर-सपाटे में रहता है। मौज मस्ती करता है। गंभीरता से आकाश-पाताल की ओर देखकर जाने क्या-क्या सोचता रहता है। कभी-कभी अपनी अविवाहिता पत्नी के साथ झगड़ा भी कर लेता है और मारपीट भी। पर अजितेश खुश है। नहीं है क्या? सिर्फ इतना ही है कि उसके हृदय और मन से श्रद्धा का रस सूख गया है। दुनिया, मानव, देश, विदेश, समाज, सभ्यता, धर्म, ईश्वर, विज्ञान, टेक्नोलॉजी, साहित्य, उद्योग किसी भी चीज के प्रति उसके मन में रत्ती भर भी श्रद्धा नहीं है। और सबसे कम श्रद्धा वह अपने आप पर रखता है।

"आदमी भी एक अजीब मशीन है समझे," अजितेश तीन-चार महीने पहले न्यूयॉर्क में एक शाम टाइम्स स्क्वायर में एक ग्रीक रेस्त्रां में बैठकर पांचवां पेग चढ़ाकर बोला, "इस मशीन की खासियत यह है कि इसमें दिमाग है। यह सोच सकता है और उसी दिमाग से इस मशीन ने एक अद्भुत दुनिया का निर्माण कर लिया है। इसलिए अजितेश नामक मशीन ठीक-ठाक है।"

ह्विस्की का सातवां पेग चढ़ाकर अजितेश ने फिर कहना शुरू किया, "कसम

से, कितनी लड़कियों के साथ कितनी बार सोया, मैं खुद इसकी गिनती नहीं जानता। इस मशीन की भूख कभी खत्म नहीं होने वाली है। दिन भर में तीन बार भी सो ले फिर भी इसकी भूख शांत नहीं होती। सचमुच यह भी एक अजीब मशीन है, कसम से।"

पर सुभाष मलिक? सरकारी आंकड़ों में हजारों सुभाष मलिक पुलिस की गोली के शिकार हुए और पचीस-तीस तो जेल में ही सड़ गये होंगे। पर भारत भूमि की एक तिल भर भी जमीन लिबरेटेड नहीं हुई। मुक्त नहीं की जा सकी न ही किसान ही गोरिल्ला बन सके। सनातन भारतवर्ष के कुछेक साल में फिर से सुप्राचीन जरावस्था को प्राप्त कर ययाति हो गया। इस बीच बर्नपुर का सुभाष मलिक कहां गुम हो गया किसको खबर है? पिता उसे जीवनवेद का पाठ न पढ़ा सके। और पिता के समतुल्य समाज, विश्वविद्यालय, सरकार और ईश्वर भी उसका मार्गदर्शन करने में असफल रहे। फिर किस अधिकार से आज आप लोग यानी दुनिया भर के पिता इस बात का दावा करते हैं कि पिता स्वर्ग है, पिता धर्म है, पिता ही ईश्वर है? किस अहंकार से यह घोषणा करते हैं कि पिता की संतुष्टि से सभी देवता संतुष्ट होते हैं? किस मुंह से हमसे आज्ञाकारी, कर्तव्य-परायण, त्यागी और एहसानमंद होने की उम्मीद रखते हैं?

लॉरेंस कालाफिनो, हमारे ओपेन स्कूल का बड़ा ही अच्छा छात्र है। बड़े ही साफ-साफ शब्दों में उसने कहा था, "मेरा अपने पिता के प्रति कोई कर्तव्य नहीं। मुझे खुद इस सच को जानने में पूरे तीन साल लग गये। पर यह काम सहज नहीं था। महीनों हर सप्ताह मुझे अपने आप से लगातार लड़ना पड़ा है। क्योंकि जीवन के उन्नीस साल तक मैं सोच ही नहीं सका कि पिता को अपने जीवन से अलग करके मैं कुछ निर्णय ले सकता हूं। यहां तक कि कुछ सोच सकता हूं। मैं इतना ही जानता था कि पिता को सुखी किये बिना मैं सुखी नहीं हो सकता।"

पिताजी, मैं कहना भूल गया था कि लॉरेंस कालाफिनो कनाडियन नहीं है। वह अमेरिकी है। उसका जन्म एक कैथोलिक पियोरिटन परिवार में केनटकी राज्य के एक छोटे से शहर में हुआ था। उसके पिता एटर्नी हैं। उस छोटे-से शहर में एटर्नी के रूप में उनका अच्छा-खासा रुतबा है। इससे वे संतुष्ट भी हैं। साथ ही वे लोकल रिपब्लिकन पार्टी के प्रेसिडेंट भी हैं। शहर छोटा है, तो क्या हुआ वह शहर बेबीलोन है। बेबीलोन के लोग लारेंस कालाफिनो के पिता को काउंटी अदालत में न्यायाधीश के चुनाव के लिए उम्मीदवार खड़ा करना चाहते हैं। पर एटर्नी की कमाई काउंटी अदालत के न्यायाधीश के वेतन से कहीं ज्यादा है—यह कारण बताकर उन्होंने प्रस्ताव अस्वीकार कर दिया। लॉरेंस की मां धर्मपरायण महिला हैं। हर इतवार को वे सुबह के प्रार्थना के लिए गिरजा ही नहीं जातीं, बल्कि गिरजा के लिए शहर से चंदा इकट्ठा करने में पैरिस कालाफिनो का

बड़ा योगदान होता है, इस बात को बेबीलोन के पादरी भी जानते हैं।

लॉरेंस कालाफिनो बेबीलोन के स्कूल में बहुत तेज और मेधावी छात्र हुआ करता था। सिर्फ पढ़ाई-लिखाई में ही नहीं, खेल, वाद-विवाद, भाषण सब में वह अव्वल था। स्कूल पालियामेंट का स्पीकर, बेसबॉल टीम का अच्छा खिलाड़ी, बास्केट बॉल टीम का कप्तान था। लॉरेंस छह फुट डेढ़ इंच लंबा और देवदास की तरह हमेशा सीधा तना रहता था। बाल काले, आंखों में एक तरह का सूना-पन, चिड़िया की चोंच सी नाक। उसे देखकर लगता कि वह इतावली वंश से है।

लॉरेंस पिता की पूजा करके बड़ा हुआ। जॉर्ज कालाफिनो अपना खाली समय अपने बच्चों और पत्नी के साथ बिताना पसंद करते थे। लॉरेंस की एक छोटी बहन थी—लाइलाफ। जॉर्ज कालाफिनो अपने रूढ़िवादी विचारों के प्रति जरा भी लज्जित नहीं थे। उनके मूल्यबोध भी जटिल नहीं थे। अमेरिका उनके लिए दुनिया का नैतिक आदर्श है। अमेरिका की असली ताकत उसकी नैतिक ताकत है। ईश्वरविहीन साम्यवाद से दुनिया की रक्षा करना सबसे बड़ा नैतिक कर्तव्य है—ऐसा जॉर्ज कालाफिनो का मानना है। इस कर्तव्य की विश्वव्यापी भूमिका तैयार करने का दायित्व स्वयं जीसस क्राइस्ट ने अमेरिका को दिया है—इस बारे में उनके मन में जरा भी संदेह नहीं था। उनका दृढ़ विश्वास था कि कर्तव्य का पालन करने के लिए अमेरिका को अपने चरित्र का नैतिक पक्ष मजबूत करना पड़ेगा। इसलिए जॉर्ज कालाफिनो प्योरिटन नैतिकता को मानने वाला था। प्रेसीडेंट, राष्ट्रीय पताका और राष्ट्रीय आदर्श—इन्हीं तीनों के वे पुजारी थे। साल के आखिरी दिन न्यूयॉर्क के सिवाय वह कभी दो पेग से ज्यादा शराब नहीं पीते थे। अपने विवाहित जीवन में पत्नी के सिवाय उन्होंने कभी किसी दूसरी स्त्री से संभोग नहीं किया।

जॉर्ज कालाफिनो ने कभी लॉरेंस को किसी विशेष उद्देश्य के लिए खुद को तैयार करने का आदेश नहीं दिया। "लॉरेंस, तुम्हें जो ठीक लगे जीवन में तुम वही करना, समझे ?" जॉर्ज अक्सर अपने बेटे से कहा करते थे। फिर भी सब जानते थे उसके पिता की इच्छा है कि वह कैमिकल इंजीनियर बने। केनटकी संयुक्त राज्य अमेरिका के दक्षिणी छोर पर नहीं होने पर भी दक्षिण के करीब ही है। कृषि और उष्ण प्रधान राज्य है। पर हाल ही में राज्य में कई कारखाने खुल गये हैं विशेषकर खाद और फर्टीलाइजर के। कैमिकल इंजीनियर बनने पर लॉरेंस के लिए अच्छी नौकरी की कई संभावनाएं होंगी। स्कूल में लॉरेंस ने गणित में अच्छे नंबर लाकर अपनी मेधा का परिचय दिया है। कैमेस्ट्री में भी उसकी अच्छी समझ थी। स्कूल से वह इतना अच्छा ग्रेड पाकर निकला कि तीन-चार विश्व-विद्यालय ने उसे स्कॉलरशिप देने का प्रस्तव भी रखा था। लॉरेंस के मन में इसके

प्रति जरा भी संदेह नहीं था कि उसका भविष्य कैमिकल इंजीनियरिंग है। वह खुद तो इस पर विश्वास करने लगा था कि कैमिकल इंजीनियरिंग सा विषय दूसरा नहीं है। पेशे के हिसाब से भी कैमिकल इंजीनियर के जैसा और कुछ नहीं। लॉरेंस नियमित रूप से मां के साथ हर इतवार को प्रातःकालीन प्रार्थना के लिए सिर्फ गिरजा ही नहीं जाता, बल्कि संगीत में भी भाग लेता। लॉरेंस को अपने जीवन में उतार-चढ़ाव नहीं देखना पड़ा था। स्कूल की पढ़ाई खत्म होने तक लॉरेंस किसी लड़की के साथ शारीरिक घनिष्ठता की हद तक नहीं पहुंचा था। एक लड़की से उसकी दोस्ती जरूर थी। पर नैन्सी का हाथ पकड़ कर घूमने के सिवाय दोनों में और किसी तरह की घनिष्ठता नहीं थी। माता-पिता से लॉरेंस को शिक्षा मिली थी विवाह से पहले किसी लड़की से घनिष्ठ होना पाप है। इस सीख को उसने बिना किसी हील-हुज्जत के गांठ बांध लिया था।

पिता लॉरेंस को पूर्वांचल के किसी विश्वविद्यालय में भेजने को तैयार नहीं हुए। ईस्टकोस्ट में रहने वालों की नैतिकता बड़ी हल्की-फुल्की है। कोलंबिया, हार्वर्ड, इयेल और कर्नेल आइ वीलीव है तो क्या हुआ वहां के छात्र-छात्राएं सिर्फ विद्रोह, प्रदर्शन और गड़बड़ी करके अनुशासन भंग करना ही जानते हैं। प्रेसीडेंट जॉनसन को पिग कहते हैं। पुलिस से मुठभेड़ करते हैं। विश्वविद्यालय पर 'कब्जा' करते हैं। शिक्षकों का घेराव करते हैं। इसलिए लॉरेंस ने केनटकी राज्य की राजधानी लेकसिंटन शहर के विश्वविद्यालय में दाखिला लिया। कॉलेज में कदम रखते ही लॉरेंस के प्राचीन दुनिया की दीवार ढहने लगी। उसने देखा, स्कूल में वह कितना भी तेज और मेधावी छात्र क्यों न रहा हो, कॉलेज में उस जैसे और उससे कहीं अधिक तेज बहुत सारे लड़के-लड़कियां हैं। और उनमें से कोई भी लॉरेंस की तरह प्रतिष्ठित मूल्यबोध का अंधा अनुगामी नहीं है। क्लास में वे कठिन सवालों से अध्यापकों को नाकों चने चबवा देते हैं। उनकी पढ़ाई-लिखाई की व्यापक परिधि का परिचय पाकर लॉरेंस अपनी शिक्षागत दरिद्रता के प्रति जागरूक हो उठा। कॉलेज जाने से पहले उसके पिता ने लॉरेंस को एकमात्र उपदेश या आदेश दिया था—किसी लड़की से बहुत ज्यादा मत घुलना-मिलना। लॉरेंस ने देखा कि सिर्फ पढ़ाई में ही वह नितांत साधारण नहीं है, बल्कि खेलकूद, व्यायाम और भी बहुत चीजों में वह बहुत पीछे है। ट्रैक में जी-जान लगाकर दौड़ा। फिर भी पहले दस में वह अपना स्थान नहीं बना पाया। लॉरेंस का दुर्ग तो तब एकदम से टूट गया जब उसने देखा कि कैमेस्ट्री उसे बिलकुल अच्छा नहीं लग रहा है। बहुत कोशिश के बावजूद उसका मन कैमेस्ट्री से दूर भागता रहा। पहले वर्ष उसने खुद को डर्म में कैद रखा। इस दौरान उसका कोई भी मित्र नहीं बना। महिला मित्र तो दूर की बात है। अपनी हद से कहीं अधिक परिश्रम करने के बाद भी परीक्षा में उसे सी प्लस ग्रेड ही

मिला।

कॉलेज की सभी गतिविधियों से खुद को दूर रखने की लाख चेष्टाओं के बाद भी कॉलेज ने लॉरेंस के जीवन को अपनी उष्णता से रिहाई नहीं दिया। केनटकी विश्वविद्यालय में भी 1968-69 में युवा प्रदर्शन ने सिर उठाया। छात्र-छात्राओं ने केंट स्टेट यूनीवर्सिटी के छात्रों पर नेशनल गार्ड के द्वारा बम से हमला किये जाने के विरोध में हड़ताल शुरू किया। शुरू में लॉरेंस हड़ताल में शामिल नहीं होना चाहा पर आखिरकार वह अपने को अलग नहीं रख सका। हड़ताल से जुड़ने के साथ-ही-साथ लॉरेंस ने एक भीषण आतंक के साथ यह जाना कि उसकी मात्र एक दीवार पर दरार पड़ने से पूरी दुनिया ही ढहने लगी है। प्रेसीडेंट को 'पिग' कहने के साथ ही लॉरेंस का मन बहुतों को पिग कहने के लिए व्याकुल हो उठा। डर्म में उसके रूममेट ने जब अचानक कह दिया, माई फादर इज ए पिग। तब लॉरेंस के मुंह से भी लगभग निकल ही पड़ा, माई फादर टू।

दूसरे साल भी लॉरेंस वहीं रहा। कैमिकल इंजीनियरिंग ही तब भी उसके जीवन का लक्ष्य था। आर्गनिक कैमेस्ट्री में हालांकि उसका मन नहीं लगता था पर उसी को उसने मेजर विषय चुना। पर कैमेस्ट्री के बजाय इकनॉमिक्स, पालिटिकल साइंस, सोसियोलोजी और हिस्ट्री उसे अपनी ओर ज्यादा खींचने लगा। लॉरेंस को लगने लगा कि विश्वविद्यालय में पढ़ने का मतलब एक पिंजड़े में कैद चुपचाप निःशब्द अपने आपको सारी जिंदगी के लिए बंदी बना लेना है। दुनिया में कितना कुछ देखने लायक है—यह समझने के बावजूद—यूनीवर्सिटी के कैद में खुद को बंदी रखकर दुनिया के उष्ण आस्वादन से अपने आपको बलपूर्वक वंचित रखना है। लॉरेंस का मन यूरोप, लातिन अमेरिका, अफ्रीका की सैर करने के लिए व्याकुल हो उठा। साथ ही वह विदेशी भाषा भी सीखने के लिए मचल उठा, ताकि देश-देशांतर के इंसान, समाज, संस्कृति, सभ्यता, साहित्य को जान सके। लॉरेंस कभी अपने कमरे में बैठकर, कभी पार्क, कभी नदी के किनारे टहलते हुए अक्सर यही सोचा करता—क्यों मैं यहां बंदी की तरह कैद रहूं ? क्यों अपने पिता के बनाये जीवन सांचे में खुद को ढालूं ? क्यों मैं एक निश्चित वेतन की नौकरी, धन-दौलत और आरामियत की गुलामी कबूल करूं ? मैं तर्क क्यों न करूं ? बहिष्कार, वर्जन क्यों न करूं ? क्यों मैं उन चीजों से दूर नहीं भागूं जिसमें सुख नहीं है ? विशालता का अस्वाद नहीं है ?

1968 के गरमी के दिनों में लॉरेंस ने अपने पिता के खिलाफ आवाज उठायी।

पहली लड़ाई उसी दिन हुई जब लॉरेंस के नाम डाक से वह मनहूस नोटिस पहुंचा, जो अमेरिका के युवकों में प्रधान आतंक के रूप में घर कर गया था।

वियतनाम युद्ध में जाने का ड्राफ्ट कॉल। ड्राफ्ट के अनुसार एक साल के भीतर उसे लड़ाई में जाने के लिए तैयार हो जाना था। तीन महीने की ट्रेनिंग के बाद उसे वियतनाम के टूर पर जाना पड़ेगा। लॉरेंस का मन विद्रोह कर उठा। "मैं इस लड़ाई का समर्थक नहीं हूं। यह लड़ाई मेरी नहीं है।" बार-बार लॉरेंस ने मन-ही-मन कहा। पर अपनी मर्जी के अनुसार काम करने का उसमें साहस नहीं था। उसने पिता को फोन किया।

जॉर्ज कालाफिनो लॉरेंस को ड्राफ्ट कॉल मिलने की खबर सुनकर पहले कुछ देर चुप रहे। फिर बोले, "लॉरेंस, प्रेसीडेंट ने देश की सेवा जैसे महान् काम के लिए तुम्हारा बुलावा भेजा है। तुम युद्ध में गये तो हमें कितना दुःख होगा यह तो हम ही जानते हैं। तुम्हारी मां तो रात को सो भी नहीं सकेगी। पर द्वितीय विश्वयुद्ध में मैं भी तीन साल लड़ा हूं। देश और झंडे की पुकार की उपेक्षा नहीं की जा सकती। यह तो धर्म की पुकार है। ईश्वर का बुलावा है।"

लॉरेंस के मुंह से निकल पड़ा, "शीट् !" सुनकर उसे खुद भी आश्चर्य हुआ।

जॉर्ज कालाफिनो भी चौंके।

"लॉरेंस, मेरी पहुंच कुछ उच्चाधिकारियों तक है।भ रसक, मैं तुम्हारा ड्राफ्ट कुछ दिनों के लिए रोक सकता हूं—कम-से-कम एक साल के लिए तो निश्चित तौर पर। इस बीच हो सकता है हम यह लड़ाई जीत जायें। पर फिर भी मेरे बच्चे, आज नहीं तो कल देश की पुकार में तो तुम्हें जाना ही होगा। फिर आज क्यों नहीं ?"

लॉरेंस, ने कहा, "डैड, यह लड़ाई मेरी नहीं है। यह लड़ाई अन्याय की बुनियाद पर लड़ी जा रही है। जॉनसन के लिए मैं अपनी जान देने को तैयार नहीं।"

जॉर्ज कालाफिनो ने जो कुछ सुना उन्हें अपने कानों पर विश्वास नहीं हुआ।

वे चीखे, "लॉरेंस, क्या तुम मेरे ही बेटे हो ? मेरा बेटा ही यह सब मुझसे कह पा रहा है ? नहीं, तुम मेरे बेटे नहीं। तुम कोई और हो। मैं तुम्हें नहीं पहचानता। मैंने तुम्हें कभी देखा भी नहीं !"

लॉरेंस ने शांत होकर कहा, "डैड, मैं इस ड्राफ्ट कॉल को स्वीकार नहीं करूंगा। यह मैं उन्हें कॉल करके बता देता हूं, मेरा विवेक, मेरा ईमान इस युद्ध के खिलाफ है।"

"इसका परिणाम जानते हो ? तुम्हें जेल भी जाना पड़ सकता है।"

जॉर्ज कालाफिनो जो कुछ सुन रहे थे उस पर उन्हें विश्वास नहीं हो रहा था। केनटकी विश्वविद्यालय हार्वर्ड, कोलंबिया नहीं है। केनटकी तो अभी भी

प्रदूषण से बचा हुआ है। उस ध्रुपदी अमेरिकी आदर्शवाद से दूर है, जिसके बल पर अमेरिका पूरी 'आजाद' दुनिया का नेतृत्व कर रहा है। तो क्या केनटकी जैसे सुरक्षित दुर्ग में भी विषाक्त विद्रोही और कलुषित शक्तियों ने धावा बोल दिया है। और वह शत्रु जॉर्ज कालाफिनो के परिवार में भी घुसपैठ कर चुका है।

जॉर्ज कालाफिनो के सिर पर पसीने की बूंद चमक उठी। हाथ-पैर कांप उठे।

"लॉरेंस, मैं तुम्हारी बातों का मतलब नहीं समझ पा रहा हूं।"

लॉरेंस चुप ही रहा।

"लॉरेंस, मुझे लगता है तुम्हें अभी तुरंत घर आ जाना चाहिए। मैं और तुम्हारी मां तुमसे बात करना चाहते हैं।"

"डैड, इस समय घर जाना मेरे लिए संभव नहीं।"

जॉर्ज कालाफिनो का स्वर पत्थर-सा सख्त हो गया, "लॉरेंस, मैं कह रहा हूं, इस सप्ताह के अंत तक तुम घर चले आओ। हम लोगों से बात किये बिना तुम ऐसा कुछ मत करना जिसके लिए तुम्हें जिंदगी-भर पछताना पड़े।"

तीन सालों में लॉरेंस ने जो कुछ नहीं किया था, पिता से बात करने के बाद वह सब कुछ दो ही दिनों में कर बैठा। तीन सालों में वह किसी लड़की से घनिष्ठ नहीं हो सका था। औपचारिकतापूर्ण सीधे-साधे परिचय से ज्यादा वह कभी किसी लड़की से नहीं मिला। लॉरेंस के आसपास जितने भी लड़के-लड़कियां थे वे सब-के-सब अपने से विपरीत सेक्स से जुड़े थे। डर्म में भी लड़के-लड़कियों का शारीरिक मिलन आबद्ध गति से होता था। वहां भी रात-दिन लॉरेंस का शरीर भी उत्तप्त हुआ है। काम के भीषण दंश से विक्षिप्त होकर उसने स्वयं ही अपने को शांत किया—'बुस पार्टी' में कभी किसी ने लॉरेंस को नहीं देखा। उसी लॉरेंस ने लेकसिंटन शहर से निकलकर उस शाम एक बार में बैठकर इलाके के सड़कों पर घूमता रहा। तभी एक लड़की उसके सामने आयी। और बड़ी ही अदा से मुस्कराकर बोली, "डार्लिंग मेरे साथ आओगे?" लॉरेंस ने उसकी तरफ मासूम नजरों से देखकर कहा, "जरूर।" लड़की उसी क्षण उसके गले में बांहें डालकर धीमे से बोली, "पचीस डॉलर।"

लॉरेंस ने उसके शरीर का स्पर्श करते हुए कहा, "पर मैं कुछ नहीं जानता।"

लड़की खिलखिलाकर बोली, "मैं सब सिखा दूंगी। कहां चलोगे मेरे घर या होटल?"

लॉरेंस ने कहा, "जहां तुम्हारी मर्जी।"

सप्ताह के अंत में लॉरेंस घर गया। किसी तस्वीर की तरह छोटा-सा शहर और तस्वीर की तरह ही उसका घर। साथ में अठारह एकड़ जमीन पर बगीचा

तस्वीर से भी लुभावना था। लॉरेंस को पहली बार घर, बगीचा, उसका छोटा-सा शहर, शहर के बीच नीला लेक, बगीचे के सामने झरना—सब कुछ बड़ा ही अर्थहीन लगा। उसे लगा, इंसानों के हाथ गढ़े गये इस अपर्याप्त वैभव और सौंदर्य के बीच कहीं कोई बड़ा अन्याय छिपा हुआ है। जो कभी-कभी मुंह चिढ़ा रहा है मुझे। तुम्हें और सबको। माता-पिता से समझौता बहुत आगे नहीं बढ़ सका। उन लोगों ने जो कुछ समझाया वह सब लॉरेंस का मन स्पर्श न कर सका। उसे लगा, बचपन के स्कूल की किताबों का उपदेश वह बहुत पीछे छोड़ आया है। उन उपदेशों के शब्द आज सिर्फ उसके कान के परदे से टकरा सकते हैं। इससे ज्यादा कुछ करने की उसमें क्षमता नहीं है।

शहर में लॉरेंस के स्कूल के दिनों में एक लड़की से दोस्ती थी। कॉलेज जाने के बाद लॉरेंस कभी-कभार उसे पत्र लिखता था और वह भी। उसका नाम था पामेला डायमंड। स्कूल की शिक्षा पूरी करने के बाद उस छोटे-से शहर में ही वह कॅमर्शियल आर्ट सीख रही है। लॉरेंस की तरह पामेला भी, इटालियन नहीं है। उसके परिवार की आर्थिक स्थिति बहुत अच्छी नहीं है। फिर भी पामेला ही वह लड़की है, जिसके साथ लॉरेंस उसका हाथ पकड़कर कभी लेक, पहाड़ों, मैदान और पार्क में घूमा है। एक साथ स्टीमर में बैठकर दूर तक गया है। एक-मात्र पामेला का ही लॉरेंस ने चुंबन लिया है। उसके कोमल शरीर के स्पर्श ने लॉरेंस को एक ही साथ उत्तप्त और उत्तेजित किया है। पामेला और लॉरेंस दोनों ही बहुत ज्यादा आगे नहीं बढ़े। दोनों का ही विचार था—जिससे शादी नहीं करना है, उसके साथ शारीरिक मिलन संभव नहीं। लॉरेंस को पामेला कभी भी सौंदर्य या बुद्धिमानी में असाधारण नहीं लगी। पामेला उसके लिए पानी, हवा और आकाश की तरह ही साधारण लगी। हां, अपने पास उसे पाकर उसका मन जरूर खुश होता। होता भी क्यों नहीं, पामेला उसकी बचपन की दोस्त भी तो थी।

माता-पिता से पहली बार झगड़कर लॉरेंस सीधे पामेला से मिला।

दोनों को एक-दूसरे से मिले दो साल हो गये थे। इस बीच दो-चार पत्रों का आदान-प्रदान जरूर हुआ था। आर्ट स्कूल में पढ़ने के साथ पामेला किसी विज्ञापन कंपनी में पार्ट टाइम नौकरी भी कर रही है। टेलीफोन से पामेला से डेट करके शाम को वह निकल पड़ा। लेक के किनारे दूसरे जोड़ों के पास थोड़ी दूरी पर दोनों बैठ गये।

लॉरेंस ने यहां पामेला को नयी नज़र से देखा। उन्नीस से बीसवें साल में पामेला ने कदम रखा था। वह पूरी तरह युवती बन गयी है। उसकी बातचीत, चाल-ढाल में पुरुष को रिझाने का तरीका साफ झलक रहा है। वह खुद लॉरेंस से सटकर बैठ गयी। लॉरेंस का हाथ अपने हाथ में लेकर पामेला ने अपनी गोद में रख लिया। उसकी जांघ की कोमल गरमी से लॉरेंस की धमनी में विद्युत का

संचार हुआ।

थोड़ी देर बाद पामेला बोली, "लॉरेंस! तुम्हारी कोई गर्ल फ्रेंड नहीं है?"

"नहीं।"

पामेला को उम्मीद थी कि लॉरेंस कहेगा, तुम ही तो मेरी गर्ल फ्रेंड हो। पर वह निराश हुई।

लॉरेंस ने पूछा, "तुम्हारा कोई ब्वॉय फ्रेंड है?"

पामेला बोली, "कुछ दिन हुए मैं एक आदमी से डेट कर रही हूं।"

कहकर पामेला ने लॉरेंस की ओर देखा, उसके चेहरे पर ईर्ष्या का कोई भाव न था।

पामेला फिर बोली, "पर अब वह मुझे अच्छा नहीं लग रहा है।"

"क्यों?"

"आजकल तो तीन-चार डेट के बाद ही चौथी बार लड़के होटल या अपने घर ले जाना चाहते हैं।"

लॉरेंस ने अचानक पूछा, "तुम अभी तक वर्जित हो, पैम।"

जवाब में पामेला ने पूछा, "तुम?"

लॉरेंस बोला, "कुछ दिन पहले तक था।"

पामेला का चेहरा फीका पड़ गया।

"कौन है वह, जान सकती हूं?"

लॉरेंस ने बड़े ही निर्विकार भाव से कहा, "एक वेश्या।"

पामेला के मुंह से निकला, "क्यों? लैरी क्यों?"

लॉरेंस ने कहा, "मैं आजकल अपने आप में बहुत परेशान हूं।"

इसके बाद लॉरेंस ने पामेला को अपने कॉलेज जीवन का सारा इतिहास सुनाया।

"पैम, इस दुनिया को मैंने बीस सालों से बड़ी मजबूती से पकड़कर रखा था। वह दुनिया मेरी चूर-चूर हो गयी है। आज सबसे मेरा विश्वास उठ गया है। अब तक मैं सोचता था, कैमिकल इंजीनियरिंग पढ़कर अच्छी नौकरी मिल जायेगी तब किसी लड़की से शादी करके सुखी जीवन जीना ही मेरा लक्ष्य था। मेरी पत्नी वही होगी, जिसे मैं प्यार करूंगा और वह मुझसे। हम दोनों अपने बच्चों को प्यार करेंगे। इतना हर महीने कमा लूंगा कि साल में एक बार सबको लेकर विदेश में छुट्टियां बिताऊंगा। दो गाड़ियां होंगी, एक ट्रेलर और एक छोटा इयेल। अपना छोटा-सा खूबसूरत बंगला होगा। वह भी पहाड़ पर। पहाड़ मुझे बहुत अच्छे लगते हैं। इससे अधिक पाने के बारे में मैंने सोचा भी नहीं था। मुझे लगता था, अपनी छोटी-सी दुनिया का सब कुछ सुरक्षित रहे, तो दुनिया में कहां क्या हो रहा है, मुझे उससे कुछ लेना-देना नहीं। सोचा था, माता-पिता का

चिरंतन स्नेह, ईश्वर, अमेरिका की अपर्याप्त संपदा और क्षमता—यह सब जब तक है, तब तक ऐसी कोई समस्या नहीं होगी, जिसका समाधान न किया जा सके।

"पर पिछले साल मेरी यह 'ट्रिनीटी' चूर-चूर हो गयी है। मैं देख रहा हूं, माता-पिता की स्नेह-ममता के पीछे एक दैत्याकार अधिकार की भावना काम कर रही है। मेरे जीवन को वे अपने मूल्यबोध से तैयार करना चाहते हैं। मैं देख रहा हूं कि ईश्वर का मतलब बहुत सारे अन्याय, शोषण के आगे सिर झुकाना है। मैं यह भी देख रहा हूं, अमेरिका का वैभव और प्रताप विश्व-भर के लिए निष्ठुरता, प्रबल शोषण और अत्याचारी दानव के रूप में परिणत हो रहा है। मरा विवेक कह रहा है मैं यह सहन नहीं करूंगा। इसके आगे मैं सिर नहीं झुका पाऊंगा। मैं अपना जीवन अपनी मर्जी से बिताऊंगा। पर मुझमें वह साहस नहीं है। मेरे भीतर का डर और आतंक लगातार मुझे धमकी दे रहा है।"

लॉरेंस की सब बातों का पामेला मतलब नहीं समझ सकी। सिर्फ इतना ही उसकी समझ में आया कि लॉरेंस एक कठिन दौर से गुजर रहा है।

पामेला ने कहा, "हो सकता है वियतनाम युद्ध में जाने के डर से हर चीज को विकृत करके देख रहे हो, लैरी।"

लॉरेंस ने कहा, "युद्ध ! युद्ध !! युद्ध !!! क्यों लड़ा जा रहा है यह युद्ध ? इस युद्ध में न तो कोई वीरता है न ही इसका कोई महत्त्व। इस सच्चाई से कोई अनजान है ? युद्ध इंसान को पशु बना देता है। क्या यह हम नहीं जानते ? फिर इस युद्ध को महान करके देखने का षड्यंत्र क्यों किया जा रहा है ? इंसान क्या इंसान को मारने के लिए जन्म लेता है ? आत्महत्या के लिए जन्म लेता है ? जो लोग युद्ध करवाते हैं उनके शरीर पर तो कोई खरोंच तक नहीं आती। जो लोग वियतनाम को नेस्तनाबूद करने के लिए कमर कसकर लगे हैं वे तो बड़े मजे में हैं। इस युद्ध में पचास हजार अमेरिकी मारे गये हैं—इससे उनका क्या ? वे तो चाहते हैं और भी पचास हजार मरने के लिए आगे आ जायें, जिससे वे अपनी विजय की घोषणा कर सकें ? वियतनाम को ध्वंस करके हमारी जीत कैसी ?"

पामेला ने कहा, "यह युद्ध तो कम्युनिज्म के साथ है। है न ?"

लॉरेंस ने ठंडेपन से जवाब दिया, "मेरे पिता तो यही कहते हैं। जॉनसन भी। अगर यह युद्ध कम्युनिज्म के साथ है तो फिर सोवियत और चीन से मैत्री क्यों ? पूर्वी यूरोप में सोवियत का आधिपत्य क्यों मान लिया गया ? वियतनाम तो बारह हजार मील दूर एक छोटा-सा कमजोर देश है ! उसे ध्वंस करके क्या सचमुच कम्युनिज्म को खत्म किया जा सकता है ? जॉनसन में साहस है तो सोवियत और चीन के साथ लड़ाई क्यों नहीं करते ? दरअसल, कम्युनिज्म को

रोकने के लिए युद्ध तो एक शगूफा मात्र है। वियतनाम की जनता अमेरिकी साम्राज्यवाद को घास नहीं डालना चाहती। वहां की जनता आजाद होकर अपने देश में अपना शासन चाहती है। यही उनका सबसे बड़ा अपराध है। और इस अपराध की सजा है वियतनाम को ध्वंस कर देना। क्योंकि ध्वंस करने का यंत्र जॉनसन की मुट्ठी में है। फॉक देम ऑल !"

आखिरी तीन शब्दों का उच्चारण करके लॉरेंस खुद भी चौंक गया। पामेला भी हैरान थी।

"लैरी, तुम तो कभी यह सब गंदी बातें नहीं कहते थे।" पामेला का स्वर फीका-फीका था।

लॉरेंस ने दांत पीसते हुए कहा, "गंदे विषय पर बात करने के लिए गंदी जुबान से ही काम लिया जाता है।"

पामेला को आहत करके लॉरेंस ने कहा, "गॉड डैम ! डैम ! सब सुअर के बच्चे हैं ! सब।"

लेक के किनारे से उठकर दोनों एक रेस्तरां में गये। पामेला को फिर चौंकाकर लॉरेंस बार की ओर बढ़ा।

पामेला बोली, "पहले तो तुम ड्रिंक नहीं करते थे।"

लॉरेंस ने कहा, "वह तो बहुत पुरानी बात है। ए-क-स-प्ता-ह पहले की बात है।"

दोनों बार की ओर बढ़े और टूल पर बैठ गये।

"तुम क्या लोगी ?"

"जीन।"

लॉरेंस ने पामेला के लिए जीन ऐंड टॉनिक और अपने लिए ह्विस्की मंगवायी, 'ऑन द रॉक्स !'

"लैरी !" पामेला ने आर्त स्वर में कहा।

लॉरेंस एक के बाद एक तीन गिलास ह्विस्की गले में उतारता गया। हर गिलास को गले में उतारते समय वह अपना मुंह विकृत करता। छाती को हाथ से दबाता। दो-तीन बार तो उसने कह भी दिया, "माई गॉड !"

तीसरा गिलास पीने के बाद लॉरेंस को थोड़ा चैन आया। उसका चेहरा और आंखें लाल हो उठीं।

"चलो, अब चलते हैं।"

पीते समय कोई खास बातचीत नहीं हुई। हर कदम पर वह लड़खड़ा रहा था। पामेला को उम्मीद थी लॉरेंस उसके बारे में जानना चाहेगा। पर लॉरेंस ने विशेष उत्सुकता नहीं दिखाई। पामेला खुद अपने बारे में लॉरेंस को बताने लगी। पर उसने देखा लॉरेंस का ध्यान कहीं और है। पामेला को लॉरेंस ने फिर जिस

बात पर हैरान किया वह थी बार-बार उसकी नजर पामेला की छाती पर चस्पां हो रही है।

रेस्तरां से निकलकर दोनों गाड़ी में बैठे।

लॉरेंस ने कहा, "यह गाड़ी देख रही हो न, मेरा जीवन भी ऐसा ही हो गया है !"

पामेला बोली, "अब यह गाड़ी तुम्हें बदल लेनी चाहिए।"

लॉरेंस ने कहा, "डैड आज ही मुझे एक नयी गाड़ी खरीदकर दे सकते हैं। पर शर्त यह होगी कि मुझे उनका सुपुत्र बनना होगा।"

"वे क्या तुम्हें लड़ाई में जाने को कह रहे हैं ?"

"डैड मेरे भागने का रास्ता बना देने को तैयार हैं। ड्राफ्ट साल-भर के लिए स्थगित कर देने लायक उनकी राजनीतिक पहुंच है। इसलिए डैड मुझे पीस कोर से जुड़ने के लिए कह रहे हैं। वे इसके लिए भी रास्ता बना देंगे। पीस कोर से जुड़ जाने के बाद मुझे युद्ध में नहीं जाना पड़ेगा।"

"फिर ? फिर क्या परेशानी है ?"

"कोई नहीं।" लॉरेंस ने खनकती हुई हंसी हंसकर कहा, "डैड के बनाये रास्ते पर चलकर मैं कोलंबिया या पेरू या सेनेगल में अमेरिकी महात्मा और साम्राज्यवाद की तीन सालों तक सेवा करूंगा। इससे यही होगा कि वियतनाम के धान के खेतों में मेरी लाश नहीं सड़ेगी। मेरे बदले किसी दूसरे लड़के की सड़ेगी। इससे न तो मेरा कुछ बिगड़ेगा न मेरे पिता का कोई नुकसान होगा। ट्रिनीटी का शासन बरकरार रहेगा। ईश्वर मुक्तहस्त से अमेरिकी साम्राज्यवाद और महात्माओं को आशीर्वाद देंगे। मेरे माता-पिता का दुनिया का कोई शत्रु बाल भी बांका नहीं कर सकेगा। बड़ी शानदार व्यवस्था होगी यह। है न ?"

पामेला को उसके अपार्टमेंट में पहुंचाकर लॉरेंस ने कहा, "पैम, मुझे माफ कर देना। मैंने तुम्हारी शाम को कचरा कर दिया।"

पामेला बोली, "चलो, मेरे यहां कॉफी पीकर जाना।"

लॉरेंस ने कहा, "तुम्हें मुझसे नफरत हो रही होगी !"

"तुम्हारा स्क्रू ढीला हो गया है, समझे !"

"मुझे तुम्हारी दया की जरूरत नहीं है !"

पामेला ने लॉरेंस का हाथ पकड़कर कहा, "लैरी, तुम मेरे बचपन के दोस्त हो। मैं तुमसे नफरत भी नहीं करती, तुम पर दया भी नहीं करूंगी। मैं सिर्फ तुम्हारी दोस्त हूं। उससे ज्यादा कुछ नहीं, उससे कम भी नहीं।"

ग्यारहवीं मंजिल में पामेला का छोटा-सा अपार्टमेंट कमरा है। साथ में छोटा-सा किचेन। कमरा सुरुचिपूर्ण ढंग से सजा-संवरा है। पर कमरे में रखे

फर्नीचर साधारण ही हैं। एक तरफ क्वीन साइज का बेड, उसके पास टू पीस सोफा सेट। दीवार पर कुछ तस्वीरें हैं। उनके बीच एक नकली खुरपी। वे तस्वीरें पामेला की अपनी तस्वीरें हैं। एक दीवार तो पामेला के कॅमर्शियल आर्ट से भरी पड़ी है।

लॉरेंस को सोफे पर बिठाकर पामेला ने स्टीरियो चलाया। रॉक म्युजिक की तीव्र झंकार लॉरेंस को घायल कर रही थी।

पामेला ने परकुलेटर पर कॉफी बनाने के लिए चढ़ा दी।

कॉफी पीने के बाद लॉरेंस ने कहा, "पैम, तुम सचमुच बहुत अच्छी हो। मुझे दुःख है मैंने तुम्हारी शाम बरबाद कर दी।"

पामेला ने कहा, "लैरी, अगर अभी घर जाने का मन नहीं, तो थोड़ी देर रुक जाओ।"

लॉरेंस उठा नहीं।

पामेला ने स्टीरियो में रिकॉर्ड बदल दिया। इस बार डांस म्युजिक का रिकॉर्ड लगाया।

"डांस करोगे, लैरी?"

लैरी उठा। दोनों एक-दूसरे का हाथ पकड़कर कुछेक मिनट नाचते रहे। पामेला का शरीर लॉरेंस के शरीर से बार-बार स्पर्श कर रहा है।

लगभग दस मिनट बाद लॉरेंस सोफे पर बैठ गया। पामेला भी उसके पास बिलकुल करीब सटकर बैठ गयी।

बड़े ही सहज नियम से दोनों ने परस्पर एक-दूसरे को आलिंगन में लिया। दोनों के होंठ मिले और दोनों कांप उठे।

लॉरेंस बोला, "बहुत खूबसूरत है।"

पामेला ने पूछा, "क्या?"

"तुम, तुम्हारा शरीर।"

"लैरी, आज से पहले तो तुमने मुझे कभी खूबसूरत नहीं कहा!"

"पैम, आज मैं तुम्हें पहली बार देख रहा हूं।"

"लैरी, तुम मुझे देखना चाहते हो?"

लॉरेंस चुप रहा।

पामेला बोली, "तुम मुझे चाहते हो, लैरी?"

लॉरेंस के सारे शरीर में बिजली की लहर दौड़ गयी।

"नशा चढ़ गया है, पैम।"

"तुम मुझे चाहते हो लैरी!"

"पैम," लॉरेंस ने कहा, "तुम मुझे क्यों दोगी? आज मेरी हैसियत नहीं है कि तुम्हें या किसी दूसरी लड़की को प्यार करूं।"

पामेला बोली, "जाने कब से मैं तुम्हारे प्यार के लिए तड़प रही हूं। मैं इंतजार कर रही हूं कि एक दिन तुम मुझे प्यार करोगे। मुझसे शादी करना चाहोगे।"

"अच्छा ! मैं तो कभी समझ ही नहीं सका।"

"तुम्हारे कॉलेज चले जाने के बाद भी मैंने उम्मीद नहीं छोड़ी थी। घर आने पर तुमने मेरे साथ समय बिताया। मैंने तुममें प्रेम का तत्त्व ढूंढ़ा। पर वह कहीं नहीं दिखा।"

"पर अभी तो तुम्हारा एक ब्वॉय फ्रेंड है।"

"है। पर वह तुम नहीं !"

"तुम उससे प्रेम करती हो ?"

"माइ गॉड।"

"लैरी, तुमने जानना चाहा था मैं वर्जित हूं या नहीं ?"

"अब मुझे नहीं जानना है, पैम।"

"तुम्हारे इंतजार में मैं बहुत दिनों तक वर्जित थी। लड़के साथ न सोयें तो डेट करना नहीं चाहते। दो-तीन डेट करने के बाद ही उनकी मंशा साफ हो जाती है। डेट करने के एवज में मैं यह कीमत चुकाने से बहुत दिनों तक बचती रही। इससे पहले तुम जब आये—उसको भी तो छह महीने बीत गये—तब भी तुममें मुझे ऐसा कोई संकेत नहीं मिला। उन्नीस पार करके बीस में कदम रखा। तब जिस पुरुष से मैंने डेट किया, उसकी मांग पूरी नहीं करने पर उससे भी हाथ धो बैठना पड़ता। मेरी जैसी साधारण लड़की एक के बाद एक-एक करके सभी पुरुषों को हाथ से जाने नहीं दे सकती, लैरी।"

"तुम उससे शादी कर रही हो ?"

"यह संभव नहीं। और फिर उसने शादी का प्रस्ताव भी तो नहीं रखा। रखेगा या नहीं, मैं नहीं जानती।"

"प्रेम किये बिना जरूर तुम शादी नहीं करोगी। है न !"

"जिसे बचपन से चाहा—उसी ने जब प्रेम नहीं किया, तो सिर्फ प्रेम के लिए ही शादी करूंगी—यह बड़प्पन अब मैं नहीं पाल सकती, लैरी। यह आदमी बहुत कमाता है। और इंसान भी बुरा नहीं है।"

"माई गॉड !"

"और सुनोगे ? उसकी दो-दो शादियां असफल रही हैं। पर इसमें कसूर उसका कोई नहीं है।"

"पामेला !"

"बहुत पैसा है उसके पास। हर साल मुझे यूरोप ले जायेगा। जापान, हांगकांग, ताइवान, बैंकाक, बारमुडा के एक होटल का वह मालिक है। उसका

होटल मायामी, नवाडा, लॉस ऐंजेल्स और लेक सिंटन में भी है।"

लैरी ने कानों पर हाथ रखकर चीखते हुए कहा, "पामेला, मैं आगे कुछ नहीं सुनना चाहता।"

पामेला बोली, "रुपये-पैसे का मुझको लालच नहीं है। लालच है छोटे-से सुखी परिवार का। सुखी जीवन, प्रेम की कोमलता और स्नेह मेरी कमजोरी है। पर आज मैं समझ सकती हूं यह सब मुझे ही क्या किसी को भी नसीब नहीं होता। मेरी बुद्धि कम है। ज्यादा पढ़ी-लिखी भी नहीं हूं मैं। फिर भी समझती हूं लैरी, इस दुनिया में कभी कोई बहुत बड़ी दुर्घटना घट चुकी है। सब कुछ चूर-चूर हो गया है। हम सब एक साथ दिक्भ्रष्ट हो चुके हैं। देखो न, मेरे जीवन के लक्ष्य तुम थे और तुमसे छिटककर मैं किसके पास गिर पड़ी हूं।"

लैरी बोला, "पैम, जल्दी किस बात की है? तुम्हारी उम्र अभी बीस भी नहीं है। थोड़ा वक्त खुद को भी दो और मुझे भी।"

पामेला ने लॉरेंस का हाथ उठाकर अपने होंठों का स्पर्श किया। "मैंने क्या सोचा नहीं था, तुम क्या समझते हो? खुद को और समय देने का मतलब और भी कुछ पुरुषों के साथ सोना है। क्या इसी तरह अलग-अलग पुरुषों के साथ सोने के बाद किसी दिन क्या वह राजकुमार आयेगा जिसके लिए मैं यह लंबा इंतजार करूं? और तुम? तुम्हें तो मैंने आज देखा, लैरी। तुम्हारी दुनिया चकनाचूर हो गयी है। अब तुम भागोगे। कहां जाओगे भागकर? किस ओर, किसके पास पहुंचोगे मैं नहीं जानती। पर मेरे पास नहीं आओगे—यह मैं अच्छी तरह जानती हूं।"

लॉरेंस सचमुच भाग गया। उस रात वह पामेला से दूर भागा। और उसके दूसरे रोज अपने माता-पिता से दूर। एक महीना बाद केनटकी से भी। न्यूयॉर्क आकर वह और भी दूसरे लड़कों से जा मिला, जो उसी की तरह जॉनसन के युद्ध से भाग रहे हैं। लॉरेंस के भागने का रास्ता बनाया सुजान फोर्ड ने—उसी तरह जिस तरह वह दूसरे लड़कों के लिए रास्ता बनाया करती थी। लॉरेंस टोरेंटो चला आया। दस हजार अमेरिकी लड़कों में लॉरेंस भी एक है जो जॉनसन के युद्ध में मरने या मारने को तैयार नहीं। जो एक छोटे-से गरीब, अनजाने देश को नष्ट करने, विध्वंस करने को तैयार नहीं। वे बेकसूर लोगों की मृत्यु का कारण नहीं बनना चाहते। ये दस हजार युवक—देश के नेताओं और समाज के ठेकेदारों के नजर में देश-प्रेमी नहीं, बल्कि देशद्रोही हैं। ईश्वर-पताका-मातृभूमि के मिश्रित रसायन के नाम पर हजारों सालों से देश-विदेश में सारी दुनिया में युद्ध का नगाड़ा बजाकर नेता आदमी से आदमी को मरवाने में युवकों को लगा रहे हैं। पर वियतनाम से भागे ये युवक उस सुप्राचीन नियम के अपवाद हैं। इन युवकों ने देश छोड़ा है। विलासिता और आरामियत का त्याग किया है।

निश्चित और उज्ज्वल भविष्य की सुरक्षित संभावनाओं को ठोकर मार दिया है। पर ये कायर कहला रहे हैं, पिताजी। सच तो यह है कि इनके दुस्साहस की तुलना नहीं की जा सकती ! लॉरेंस ने टोरेंटो में आकर ऐसा कोई काम नहीं, जो उसने न किया हो—सिर्फ इसलिए कि खाने और पहनने का रसद जुटाया जा सके। सेल्समैन, रेस्तरां में ब्वॉय, घरों में जैनिटर। अंत में किसी इंश्योरेंस कंपनी में क्लर्क का काम करके शाम के कॉलेज में भर्ती हुआ और फिर हमारे 'ओपेन स्कूल' में।

लॉरेंस कालाफिनो जैसे कुछ लड़कों से मिलने का मुझे अवसर मिला, पिताजी। पर सुजान के ही घर में। न्यूयॉर्क शहर में दूसरे गुप्त ठिकानों में भी ऐसे लड़कों से मेरा परिचय हुआ। वे सब संपन्न परिवारों से संबंध रखते थे। शिक्षित परिवार के तेज लड़के हैं। जॉनसन के युद्ध में आगे बढ़कर किन लोगों ने अपना नाम लिखवाया, जानते हैं, पिताजी ? जो गरीब हैं, जिनकी शिक्षा स्कूल से आगे नहीं बढ़ सकी। ऐसे लोग समझते हैं युद्ध के कारण ही सही अपनी झोली थोड़ा भर लें। क्योंकि युद्ध के दौरान वेतन अच्छा मिलता है और फिर एक बार में साल-भर से अधिक समय के लिए वियतनाम युद्ध में नहीं जाना पड़ता। युद्ध के बाद भी सरकारी खर्चे पर जितनी दूर तक मर्जी, पढ़ाई की जा सकती है। सरकारी भत्ता जो मिलता है सो अलग। इसलिए गरीब गोरे परिवार के लड़के आगे बढ़े।

काले और स्पैनिश लड़कों ने भी उसी लालच में युद्ध में अपना नाम लिखवाया। नीग्रो लड़कों ने इतनी बड़ी तादाद में नाम लिखाया कि वियतनाम में अमेरिकी सेनापतियों ने इसे चमत्कार ही समझ लिया था। लड़ाई के मैदान में अपने हाथ को सधाकर और मन को लोहे-सा मजबूत, सख्त बनाकर काले अपने जंगी संगठनों में, जो तमाम नीग्रो समाज को सशस्त्र हिंसक संग्राम के रास्ते में लाना चाहता है, लौट नहीं आयेंगे ? कुछेक जंगी अश्वेत संगठनों ने नीग्रो युवकों को वियतनाम युद्ध न जाने का आवेदन किया था, पर लाभ नहीं हुआ। युद्ध विरोधी आंदोलन की लहर मुख्यतः अमेरिकी समाज के उच्च और मध्य वर्ग से आयी।

लॉरेंस कालाफिनो जैसे लड़कों से मैंने बहुत कुछ सीखा, पिताजी। बहुत कुछ समझा।

मैंने जाना, सब देशों में विशेषकर हमारे विकासशील दुनिया में शासन यानी समाज के पिताओं का सबसे निर्भरशील विश्वस्त मित्र है गरीबी, अज्ञानता और दुर्बलता, हर किस्म की दुर्बलता।

और भय ! जनता के मन में जितने गहरे बैठेगी, समाज के पितृकूल उतने ही निर्भय होंगे।

मैं समझ गया, जो प्रचार करते हैं कि देश की जनता की गरीबी, अज्ञानता, बीमारी वगैरह से मुक्त करना ही उनका एकमात्र लक्ष्य है। वे नहीं चाहते मुक्ति का स्रोत द्रुतगति से प्रवाहित हो और पूरे समाज को प्लावित कर दे। बल्कि वे तो चाहते हैं परिवर्तन की धीमी चाल से घूमता हुआ चक्र पूरी तरह उनके अपने हाथ में हो।

आज मैं जान गया हूं द्रुत परिवर्तन ही बदलाव का रास्ता तैयार कर सकती है।

मैं यह भी जान गया हूं कि गरीब, निरक्षर और भूखी जनता क्रांति नहीं लाती पर वे भीड़ में जरूर होते हैं। और फिर क्रांति तो समय सापेक्ष है! उसका अन्यतम मूलमंत्र है धैर्य। क्रांति का रास्ता वे ही बनाते हैं जिन्हें परिवर्तन का आस्वाद मिल चुका है। कहने का तात्पर्य यह है कि जो यह समझ गये हैं कि परिवर्तन के कायदे, कानून और विक्षिप्त अनियम उनके लिए बोधगम्य हैं।

मैं जानता हूं भय की दीवार नहीं टूटी तो आदमी मुक्त नहीं हो सकेगा।

मैं जानता हूं, जब तक आदमी 'ना' नहीं कर सकेगा तब तक वह भय की जंजीर में जकड़ा रहेगा।

लॉरेंस कालाफिनो ने मुक्ति का स्वाद चखा। वह कहता है मैं सुखी हूं। मेरा मन हल्का है। अपने आप के प्रति श्रद्धा का भाव है मुझमें।

हो सकता है लॉरेंस एक दिन, भविष्य में किसी भी दिन अपने देश लौट जायेगा। अमेरिका के समाज पिता ही संभवत: लॉरेंस के घर लौटने का रास्ता खोल दे। लॉरेंस मध्यवर्गीय समाज में कहीं खो जायेगा।

पर बावजूद इसके जॉर्ज कालाफिनो और लॉरेंस कालाफिनो की दुनिया कभी नहीं।

सुजान फोर्ड एक दिन मेरे जीवन से अपने आप ही चली गयी। मैं जानता था, सुजान चली जायेगी। फिर भी इसके लिए मैं खुद को तैयार नहीं कर सका।

ड्राफ्ट से भागे लड़कों और उनकी गर्ल फ्रेंडों को कनाडा में स्थानांतरित करने के लिए सुजान को अक्सर टोरेंटो आना पड़ता था। कभी-कभी तो वह दो-तीन महीने लगातार टोरेंटो में ही रह जाती। विश्वविद्यलय से आठ मील दूर एक बहुत ही पुराने मकान को कम किराये में लेकर सुजान ने एक 'कम्यून' बनाया। पिताजी, जिस शब्द को छठे दशक में अमेरिका और पश्चिम यूरोप के काउंटर कलचर ने अखबार, रेडियो, टी० वी० के माध्यम से प्रचारित किया था उत्तरी अमेरिका में अचानक छा जाने वाला 'कम्यून' युवा विद्रोह का नमूना है। इससे फ्रांसीसी क्रांति का पैरिस कम्यून या माओ त्से-तुंग का चीन में किसानों के कम्यून

से तुलना ठीक नहीं। उत्तरी अमेरिका में कम्यून की जो उत्पत्ति हुई कुछ तो इसका प्रयोजन था, कुछ विद्रोह की उष्णता के कारण और कुछ आदर्शवाद के लिए। घर से भागे लड़के-लड़कियों की आर्थिक स्थिति ऐसी नहीं थी कि वे अलग-अलग कमरा लेकर रहें। एक साथ वे रहते थे क्योंकि आर्थिक प्रयोजन था। इसलिए यह बहुत फला-फूला ! प्राइवेट प्रोपर्टी और उस पर आधारित जो जीवन मंत्र उत्तरी अमेरिका में दृढ़ता से प्रतिष्ठित हुआ था, उसके खिलाफ विद्रोह करने के साथ कुछ लड़के-लड़कियों ने 'कम्यून' में रहकर कॉमन प्रोपर्टी की जीवन-धारा पर प्रयोग करके देखना चाहा था, और किसी-किसी में सामूहिक पूंजीवादी समाज में अविभाजित मानव के स्वार्थ और संयुक्त जीवन के ढांचे में ढालने का आदर्शवाद भी था।

किलबर्न एवेन्यू के कम्यून सुजान फोर्ड ने इसी आदर्श के लिए तैयार किया था। पूरे मकान में आठ कमरे थे जिनमें अड़तालीस युवक रहते थे। उनमें तीस युवक और अठारह युवतियां थीं। सभी लड़कों की गर्ल फ्रेंड या पत्नी नहीं थीं। ज्यादातर अमेरिका से भागकर आये थे। कम्यून में रहने वालों की उम्र सत्रह से तैंतीस थी। नियम था जो जितना भी कमाये उन्हें उसका दस में से आठ भाग कम्यून के सामूहिक भण्डार में देना पड़ेगा। किसी का कुछ भी व्यक्तिगत संपत्ति नहीं होगी। जो कुछ भी होगा उसमें सबका सामूहिक अधिकार होगा। हर दो सप्ताह में कम्यून के सदस्यों में से एक को प्रबंधक नियुक्त किया जायेगा। सब कुछ वही देखेगा। कम्यून की रसोई एक ही होगी जिसमें बारी-बारी से सदस्यों को खाना बनाना पड़ता। घर के दूसरे काम भी जैसे घर की सफाई, बाजार से सब्जी लाना, कपड़े धोना, जाड़े के मौसम में बरफ की सफाई बगैरह सबको बारी-बारी से करनी पड़ेगी।

हर दो सप्ताह में प्रबंधक के बदलने के बावजूद कम्यून में स्थायी डायरेक्टर था। कम्यून के सारे सदस्य वहां के नियम मानकर चलें, वह सब भी देखना पड़ता है। डायरेक्टर के अधीन पांच सदस्यों को लेकर सुजान ने 'पिपुल्स बोर्ड' बनाया था। जो इस तरह के विवाद, झमेले और उससे भी बड़ी सारी समस्याओं का समाधान और फसादों का फैसला करना पड़ता था।

टोरेंटो में रहने के दौरान सुजान फोर्ड ही डायरेक्टर हुआ करती थी। उसकी अनुपस्थिति में इस पद पर मुझे सबने इसलिए चुना था क्योंकि मैं विदेशी था। उन्हें उम्मीद थी कि मैं इस पद पर निष्पक्ष होकर प्रबंधक का काम करूंगा। और फिर हो सकता है कि मैं विदेशी हूं और इसलिए कम्यून लोग मुझसे खुलकर अपने दिल की बात कह सकते थे। ज्यादातर सदस्यों का मुझे विश्वास प्राप्त था। पर कुछ ऐसे भी थे जो मुझे अच्छी निगाह से नहीं देखते थे। कम्यून के सारे बंदोबस्त में मैं रहूं उन्हें पसंद नहीं था। पर ये सब लोकतंत्र के पक्षधर थे।

कम्यून के नियम में ऐसा था कि किसी भी प्रेमी युगल पति-पत्नी को अलग कमरा उपलब्ध नहीं कराया जायेगा। अठारह कमरों में छह कमरे सोने के काम में नहीं लिए जाते थे। ये बैठक, संगीत, नृत्य और दूसरे जरूरी सामान रखने और ताश वगैरह खेलने के लिए थे। बाकी बारह कमरों में हरेक में चार सदस्य सोते थे। इसलिए दो युगल प्रेमी को एक ही कमरे में रात बिताना पड़ता था। विवाहित दंपति थे चार। इन्हें भी अलग कमरा नहीं मिलता था।

अपने भारतीय संस्कृति के कारण कम्यून की व्यवस्था से मैं तालमेल नहीं बिठा पा रहा था। सदस्यों में भी मतभेद दिखाई पड़ने लगा। एक खेमे का कहना था पति-पत्नी और प्रेमी-प्रेमिका को अलग कमरा देने का मतलब कम्यून में परिवार की संस्कृति का पोषण करना होगा। फैमिली और कम्यून एक साथ नहीं हो सकता। फैमिली से प्राइवेट ओनरशिप और प्राइवेट प्रोपर्टी की भावना आती है। सारे फसादों की जड़ है फैमिली ! अपने 'गुप्त' अस्तित्व का दामन पकड़े रहने पर सामूहिक अस्तित्व की भावना कैसे जगेगी ?

दूसरे खेमे का कहना था—सामूहिक या संयुक्त रूप से रहते हुए भी हर आदमी अलग होता है। वह परस्पर एक-दूसरे के साथ मिलकर नहीं रह सकता। लड़कियां सामूहिक रूप से गर्भवती हो सकती हैं। हर लड़की अलग तरह से गर्भवती होकर अलग-अलग तरह से बच्चे को जन्म देती है। सेक्स एक ऐसी 'व्यक्तिगत' चीज है, जो दूसरे की उपस्थिति में संपन्न नहीं हो सकती। यह संभव नहीं। बहुतों का कहना था, हम लोग दूसरों की उपस्थिति में संभोग नहीं कर सकते।

पहला खेमा इस तर्क का खंडन करते हुए दूसरा तर्क देता है। उनका कहना था छिपकर संभोग करना या प्राइवेट सेक्स एक रूढ़िवादी प्राचीन संस्कार मात्र है। यह आदमी पर आदमी की दखल का मुख्य आधार भी है। पश्चिम के सब देशों के लड़के-लड़कियां लोगों के सामने ही चुंबन लेते हैं, आलिंगन लेते हैं और भी बहुत कुछ करते हैं। लंदन में रात के ग्यारह बजे सड़क पर चलते, घरों के दरवाजे पर, सीढ़ियों में अक्सर लड़के-लड़कियों को एक-दूसरे के आगोश में कौन नहीं देख सकता ? यदि हम लोग भी उतना ही आगे बढ़े हैं, तो दो या उससे अधिक प्रेमी युगल को एक कमरे में रात बिताने में आपत्ति क्या होगी, आज जो काम मुश्किल है कुछ दिनों तक कोशिश करते रहने में सहज हो जायेगा। व्यक्तिवाद और प्राइवेट ओनरशिप दूर करना ही जब कम्यून का उद्देश्य है तब हिम्मत करके नये रास्ते में आगे बढ़ना पड़ेगा।

तीसरा खेमा सबसे बड़ा है, जो निष्पक्ष भूमिका में थे और दोनों खेमे के तर्कों का उपभोग कर रहे हैं।

आखिरकार तय हुआ वोट के द्वारा किसी एक सिद्धांत पर पहुंचा जाये। एक सदस्य ने सिक्रेट वैलेट का इंतजाम किया। देखा गया सत्ताइस लोग 'सैपरेट

रूम फॉर कपल्स' के खिलाफ थे। नौ जन इसके पक्ष में और बारह ने किसी भी पक्ष में वोट नहीं दिया।

एक बार सिद्धांत के नियम में तब्दील हो जाने पर विशेष कोई समस्या नहीं दिखाई दी। बल्कि एक नया शब्द प्रचलित हो गया —कम्यून सेक्स। जिन लोगों ने सोचा था, दूसरे की उपस्थिति में सेक्स संभव नहीं, उन लोगों ने भी देखा यह संभव है। सिर्फ संभव ही नहीं बल्कि नयेपन के कारण उत्तेजक भी है। इस संबंध में एक व्यंग्य कम्यून में प्रचलित हो गया। कुछ दिन के बाद कम्यून सेक्स मेरी भी नजर में अशालीन नहीं रह गया। वरना मैंने देखा, सेक्स सिर्फ सेक्स नहीं रहा। वह कम्युनिटी सेक्स या कलेक्टिव सेक्स में भी नहीं बदला। मैंने देखा, कम्यून के युगल परस्पर के प्रति दृढ़ता और कृतज्ञता से जुड़े हैं! अमेरिकी समाज के एक हिस्से में आजकल एक नया 'ट्रेंड' चालू हुआ। वह है पत्नी बदलने का। कम्यून में निषेध और गोपनीयता बहुत कम थी। पर लड़की बदलने का चलन बिलकुल नहीं था। प्रेमी के बीच दरार भी आ गयी, तो दोनों अलग हो गये। दूसरे से दोस्ती का अवसर है। जॉयस किलफोर्ड और स्टैन हकनर अलग हुए तो जॉयस की महीने भर के अंदर वैरी स्टीफेंस से दोस्ती हो गयी। जॉयस किलफोर्ड को कम्यून में सब 'सेक्सपॉट' कहा करते थे।

फिर भी कम्यून नहीं टिका। नहीं, मैंने गलत कहा! सुजान फोर्ड ने जिस कम्यून की कल्पना की थी वह नहीं बन सका।

शुरू से ही दरारें दिखाई पड़ने लगी थीं।

कुछ सदस्यों ने देखा उनके कपड़े गायब हो रहे हैं। विशेषकर अंदर पहने जाने वाले कपड़े और कॉसमेटिक्स।

जिस पर सबको शक था वह थी बारबरा वार्ड। वह ड्राफ्ट कॉल पाकर शिकागो से भागे हुए पॉल ह्वाइट की गर्ल फ्रेंड थी।

बारबरा को एक किताब की दुकान में सेल्स गर्ल की नौकरी मिली थी। उसकी अनुपस्थिति में कम्यून में रहने वालों ने उसका सूटकेस चेक किया। उसमें बहुत सारे कॉसमेटिक्स, दर्जनों भीतर पहने जाने वाले कपड़े मिले।

बारबरा लौटी तो बहुत हल्ला मचा। कुछ ने तो बारबरा को दूसरों की चीजें चुराने के अपराध में मुजरिम साबित कर ही दिया। बारबरा का आरोप था उसकी अनुपस्थिति में कम्यून के चार सदस्यों ने उसका सूटकेस खोलकर कुछ सामान निकाल लिया है और उस पर चोरी का झूठा इल्जाम लगा रहे हैं।

तब सुजान न्यूयॉर्क में थी। इसलिए अस्थायी डायरेक्टर मैं ही था। मेरे पास दोनों पक्ष अपना-अपना अभियोग लेकर हाजिर हुए।

मैंने बारबरा से अलग बात की। मुझे उसके पास से आंसू और गुस्से का लावा तो मिला, पर मेरे प्रश्नों का विशेष उत्तर नहीं मिला।

पॉल ह्वाइट को नौकरी नहीं मिली थी। वह सारा-सारा दिन इधर-उधर घूमता रहता। कम्यून ने उसके खाने और रहने का जिम्मा लिया था। उसका दूसरा खर्च बारबरा ही देती थी।

पॉल रात को बहुत देर से लौटा। मैं उसके इंतजार में जगा था। बारबरा तब सो गयी थी। पॉल के साथ मैं दफ्तर के कमरे में गया।

मैंने सारी घटना का बयान किया। वह बोला, "हे भगवान! पर मामला बहुत सहज है, केतु। बारबरा बीमार है।"

"किलप्टोमेनिया?"

"हां।"

हम दोनों हंसने लगे। बारबरा चोरी किये बिना रह नहीं सकती। पर बड़ी चीजें चोरी नहीं करती। छोटी-मोटी चीजें उठा लेने की आदत है उसे।

"पर क्या किया जाये?" मैंने पूछा।

पॉल ने कहा, "कुछ सप्ताह जाने दो। कम्यून के सदस्यों को तुम समझा देना।"

उसने यह भी कहा, "मैं सारा सामान लौटा दूंगा।"

बारबरा का मामला आया-गया हो गया। पर स्टैन हकनर ने जब शिकायत की कि उसके सूटकेस से अस्सी डॉलर गुम हो गये हैं। तब कम्यून के टूटने की नौबत आ गयी।

स्टैन हकनर का मानना था कि कम्यून में रहने वालों में से किसी ने चोरी की है।

पर वह किसी 'पर्टिकूलर' पर शक नहीं कर सकी।

एक ने कहा, "अस्सी डॉलर हकनर के पास आया कहां से? तब तो जरूर ही वह अपनी कमाई का अस्सी प्रतिशत कम्यून में जमा नहीं करती है।"

मामला तूल पकड़ने लगा। सबकी बखिया खुलने की कोशिश की जाने लगी। आरोप-प्रतिआरोप की लहर चली।

देखा गया, कम्यून में रहने वालों में ज्यादातर लोग अपने वेतन का अस्सी प्रतिशत कम्यून में नहीं दे रहे हैं। अड़तालीस में से तीस नौकरी कर रहे हैं। पर उसमें सिर्फ आठ जन ही ईमानदारी से रुपये कम्यून को दे रहे थे।

स्टैन हकनर के गुम हुए रुपये का कुछ पता नहीं चला। सुजान ने कहा, "कैपिटलिज्म ने वर्षों से आदमी पर अपना जो प्रभाव छोड़ा है उसी का असर है कि आज आदमी इतना खुदगर्ज और लालची हो गया है। इसी पूंजीवाद ने लोगों को अपनी झोली भरना, सिर्फ अपने बारे में सोचना और अपने फायदे और आराम के साधन को जोड़ना सिखाया है। इस प्राचीन संस्कृति से मुक्ति पाना क्या सहज है!"

चौथे महीने एक नयी समस्या खड़ी हुई। कम्यून के पांच सदस्यों ने काम पर जाना ही छोड़ दिया। पूछने पर पता चला उन लोगों ने नौकरी छोड़ दी है। कम्यून का बजट गड़बड़ाने लगा। बीयर और शराब कम मात्रा में आने लगे। इससे कुछ सदस्य नाराज हो गये। किसी-किसी ने कहा, हम लोग कम्यून में कम रुपये देंगे। क्योंकि हमें अपने लिए बीयर और शराब खरीदनी पड़ेगी।

जिन सदस्यों ने नौकरी छोड़ दी उनसे सुजान और मैंने बात की। उनका कहना था वह नौकरी उन्हें पसंद नहीं थी इसलिए छोड़ दी। उनके मुताबिक, कम्यून उनके लिए खाने और रहने का इंतजाम करने को बाध्य है क्योंकि वे शुरू से कम्यून के सदस्य हैं। आज उनके पास नौकरी नहीं है सिर्फ इसलिए कम्यून उन्हें निकाल नहीं सकता।

उनकी बातों में अतिरिक्त तलखी का भाव मुझे स्पष्ट दिखाई पड़ा। मैं भी तो बेकार हूं इसलिए कम्यून से निकाला गया तो मेरे लिए भी मुसीबत हो जायेगी।

बजट में और भी दबाव पड़ा। क्योंकि अक्सर दो-चार लड़के-लड़कियों का दल कुछ दिनों के लिए कम्यून में रहने अचानक हाजिर हो जाते। उनके खाने-पीने का भार भी कम्यून को ही वहन करना पड़ता। सुजान फोर्ड के कम्यून की चर्चा पूरे उत्तरी अमेरिका में फैल चुकी थी। अस्थायी अतिथि तो आने ही लगे थे। साथ में कम्यून के सदस्यों के यार-दोस्त भी। किसी-किसी दिन तो कम्यून में लोगों की संख्या सौ तक पहुंच जाती। डांस, म्यूजिक के शोरगुल और हो-हल्ले से सारा कम्यून गूंज उठता। आसपास रहने वाले पड़ोसियों को परेशानी होने लगी। उनकी शिकायत पुलिस तक पहुंची।

कम्यून में पुलिस आयी। पर पुलिस को वहां गैर-कानूनी कुछ भी नहीं मिला। फिर भी पुलिस हमें आदेश दे गयी कि रात के दस बजे के बाद वहां शोरगुल नहीं होना चाहिए। यह सिर्फ आदेश नहीं हिदायत थी।

कम्यून में शराब की कभी-कभी नदियां बह जातीं। दो-चार तो अक्सर धुत होकर सुबह तक पड़े रहते। पर शुक्रवार की शाम से शनिवार की रात तक पी कर धुत होने का समय अनुमोदित था। 'वीक ऐंड' में 'ड्रिंक' होना पश्चिमी सभ्यता में अपराध नहीं। पर लड़के-लड़कियों के साथ शराब पीकर धुत होने में गड़बड़ी की पूरी संभावना थी। शराब पीने के बाद नशा चढ़ने से सबका व्यवहार एक जैसा नहीं होता। कोई तो बिलकुल चुपचाप हो जाता है, तो कोई नशे की हालत में ज्यादा ही मुखर हो उठता है। कोई रोता है तो कोई चीखने-चिल्लाने लगता है। कुछ तो ऐसे भी होते हैं कि गाना गाने लगते हैं। कविता पाठ करने लगते हैं। और अभिनय भी। कुछ तो उल्टी भी कर देते हैं। शराब मुझे अच्छी नहीं लगती। और फिर सप्ताह के अन्त में जब सब 'टुल्ल' हो जाते हैं, तो कम-से-कम एक को

तो पूरे होशो-हवाश में रहना ही चाहिए। और वह आदमी अक्सर मैं ही होता। इसी वजह से मैं अपने को शराब से दूर ही रखता था। इससे कभी-कभी मेरा मनोरंजन भी होता और साथ ही पीकर कोई दंगा-फसाद, लड़ाई-झगड़ा कर बैठे तो उसका निपटारा भी मैं ही करता। कम्यून के सदस्यों की निगरानी रखनी पड़ती थी। कहीं कोई नशे की हालत में हाथापाई न कर बैठे। अगर ऐसा होता तो मैं उनके बीच मध्यस्थता करता।

पर एक दिन वह संभव नहीं हुआ। जिमी टेलर और उसकी गर्ल फ्रेंड अनीटा ब्रुक्स उस दिन अपने आठ दोस्तों को लेकर कम्यून आये। उन्हें देखकर मुझे पहले ही एहसास हो गया था कि आज जरूर कुछ झगड़ा-फसाद होना है। जिमी टेलर और अनीटा ब्रुक्स को लेकर वैसे भी छोटी-मोटी समस्या कम्यून में दिखाई पड़ने लगी थी। पर कम्यून में मारिजुआना और हशीश लेने की छूट थी। पर कैमिकल ड्रग का प्रवेश निषेध था। मैं जानता था जिमी और अनीटा दोनों हेरोइन लेने के आदी हैं। वे दोनों एक-दूसरे की धमनी में हेरोइन इंजेक्ट किया करते थे। हम लोगों को शक था कि कम्यून में हेरोइन का प्रवेश हो रहा है पर इस संबंध में कोई समस्या सामने नहीं आयी। ड्रग जब 'यूथ कलचर' का हिस्सा बन ही गयी थी तब इसको लेकर नियम के बंधन को कठोर करने की बात हमें व्यर्थ लगने लगी थी।

जिमी और अनीटा के मेहमानों को देखकर मुझे पहले ही लगा था कि वे सब ड्रग एडिक्ट हैं। सुजान से कहा तो वह बोली, "क्या करूं, इसी वजह से उन्हें यहां से निकाल भी तो नहीं सकती।"

मैंने कहा, "तो क्या कम्यून को डुबो दोगी?"

सुजान ने फीकी हंसी हंसकर कहा, "वैसे ही कम्यून में छेद हो चुका है। एक दिन तो इसका डूबना निश्चित ही है।"

सुजान के चेहरे पर उदासी की छाया देखकर मैं अवाक् रह गया।

वह शुक्रवार का दिन था। सब पी-पिला रहे थे। कुछ गा रहे थे। कोई गिटार बजा रहा था। कुछ नाच भी रहे थे। बॉब ओरशाविस्की हैमलेट की भूमिका में अभिनय कर रहा था। पोलोनियास की हत्या करने के बाद वह अचानक चेयर में धम से बैठ गया।

हाथापाई कैसे शुरू हुई सुजान को और मुझे पता ही नहीं चला। अचानक देखा—जिमी और अनीटा के दोस्तों में से एक, जो काफी लंबा-चौड़ा और पुष्ट था, ने पॉल ह्वाइट के नाक में एक जबरदस्त 'पंच' किया। पॉल उसके घूंसे को हजम नहीं कर सका। उसके होंठ कट गये। खून बहने लगा। पॉल भी कम नहीं था। वह भी हमलेवर पर टूट पड़ा और दूसरे ही क्षण तांडव शुरू हो गया। कुछेक मिनट में एक भी कुर्सी साबुत नहीं बची। शराब और बीयर की बोतलें

मिसाइल की तरह उड़ने लगीं। जो लोग दूसरे कमरे में थे वे सब भी वहां आ गये। कुछेक लड़कियां तो लड़कों से कुछ कम नहीं थीं। पर ज्यादातर लड़कियां एक कोने में तमाशबीन की तरह खड़ी थीं और युद्ध का मजा ले रही थीं। शाबाशी दे रही थीं तो कोई 'एनकरेज' कर रही थीं। दो-एक तो तांडव बरदाश्त न कर पाने के कारण घबराकर रो पड़ी थीं।

सुजान ने कहा, "केतु, पुलिस को फोन करो।"

मैंने कहा, "फिर कम्यून नहीं रहेगा।"

सुजान ने जोर देकर कहा, "किसी का खून हो जाने से पहले पुलिस को बुलाओ।"

मैं जल्दी से कमरे में गया। दो-तीन मिनट बाद लौटा तो लौटकर मैं खिड़की पर चढ़कर खड़ा हो गया। मेरे हाथ में स्टैन हकनर का बैटरी से चलने वाला लाउड स्पीकर था। मैंने स्पीकर से घोषणा की, "सब ध्यान से सुनिए। पुलिस को खबर दे दी गयी है। पुलिस आती ही होगी।"

सेकेंड भर में मारपीट बंद हो गयी। सड़क पर पुलिस की सायरन की आवाज सुनाई पड़ी। जो जहां था वहीं खड़ा रह गया। सायरन की आवाज आगे निकल गयी।

सुजान ने मुझसे पूछा, "पुलिस को खबर नहीं किया तुमने?"

मैंने कहा, "नहीं।"

सुजान बोली, "थोड़ी ही देर में ये फिर शुरू हो जायेंगे।"

और सच में बात वही हुई। पहले सब कुछ देर चुपचाप खड़े रहे। उसी दौरान उस मारपीट के अंजाम पर सबकी नजर पड़ी। एक भी कुर्सी ठीकठाक नहीं थी। डाइनिंग टेबिल उल्टा पड़ा था। पूरे कमरे में बोतल के टुकड़े बिखरे पड़े थे। दो खिड़की के कांच टूट गये थे। हॉल में एक टी॰ वी॰ सेट था, वह बैरी का अपना था। वह भी टूट गया था। साथ में बाइस सदस्य घायल हुए थे। चार को हल्की-फुल्की चोट लगी। दस के नाक और मुंह से खून बहने लगा था। तीन के तो सिर फट गये थे। इसके अलावा बोतल चलने से उड़ते हुए कांच के टुकड़े से कई घायल हुए थे।

लड़कियां लड़कों को फर्स्ट एड देने में जुट गयीं। कम्यून में फर्स्ट एड का सारा इंतजाम था। तीन लड़कियां भी घायल हुई थीं। उनका जखम मामूली नहीं था। एक के हाथ में कांच का टुकड़ा धंस गया था और एक के सिर में गंभीर चोट लगी थी।

गंभीर रूप से घायल सदस्यों को लेकर समस्या हुई। पांच को तो स्टीच के लिए अस्पताल में ले ही जाना था। और कुछ को कांच के टुकड़ों को निकालने के लिए अस्पताल में ले जाने का मतलब था, पुलिस को खबर करना कि कम्यून में

दंगा-फसाद हुआ है। कुछ सदस्य घायलों को अस्पताल में ले जाने के पक्ष में थे, तो कुछ इसके खिलाफ। अंत में सुजान को ही तय करना पड़ा। सुजान ने गंभीर रूप से आहतों की हालत का मुआयना करके अपने परिचित सर्जन को फोन किया। सर्जन नया था और टोरेंटो के एक अस्पताल में इनटर्न था। एक घंटे में वह आ गया। घायलों को अस्पताल ले जाने की जरूरत नहीं पड़ी।

इस दुर्घटना के बाद मैंने देखा सुजान कम्यून के प्रति उदासीन हो गयी है। उसकी बातों से लगा, कम्यून के भविष्य की कोई खास कीमत नहीं रह गई है।

एक दिन सुजान ने मुझसे कहा, "केतु, ऐसे तुम कितने दिन रहोगे?"

मैं उसके सवाल का आशय नहीं समझ सका। मैंने पूछा, "कैसे?"

सुजान लगभग झल्लायी। बोली, "इतने सारे दिशाहीन, दिशाभ्रष्ट लड़के-लड़कियों के साथ तुम क्या सोचते हो, तुम्हारे दिन इसी तरह कट जायेंगे? न तो नौकरी कर रहे हो, न पढ़ाई-लिखाई ही। शराब और लड़कियों का भी कोई चक्कर नहीं है। ड्रग भी नहीं ले रहे हो। आखिर तुम कर क्या रहे हो?"

मैंने घायल होकर कहा, "जो कुछ कर रहा हूं तुम तो देख ही रही हो!"

सुजान बोली, "मैं जानती हूं। तुम कह सकते हो, मेरी ही वजह से आज तुम्हारी यह दशा है। पहले ही तुम अच्छे थे अपने माता-पिता के आज्ञाकारी बेटे बनकर। अब तक तो कोलंबिया से तुम्हारा पी-एच० डी० भी पूरा हो गया होता। मेरे चक्कर में..."

मैंने बीच में ही टोककर कहा, "मैं जो कर रहा हूं और जो कुछ मैंने नहीं किया—उसका जिम्मेदार मैं खुद हूं।"

सुजान बोली, "यह मैं कैसे मान लूं? तुम क्या समझते हो, क्या मैं नहीं जानती कि मैं कितनी जिम्मेदार हूं?"

सुजान का गला रुंध गया था।

मैंने कहा, "मेरी चिंता करने की कोई जरूरत नहीं। तुम खुद क्या कर रही हो?"

"केतु, यह सब अब नहीं चलेगा!"

"क्या सब?"

"यही युवा विद्रोह, युवा आंदोलन, यह काउंटर कल्चर, यह कम्यून।"

"मैं भी कुछ दिनों से यही सोच रहा था।"

सुजान बोली, "वियतनाम युद्ध खत्म होने को है। निकसन चाहते हैं अमेरिका युद्ध से अलग हो जाये, ड्राफ्ट बंद हो गया है। विद्रोह का मुख्य ईंधन ड्राफ्ट ही था। युवा विद्रोह की ज्वाला अब बुझ जायेगी।"

"इतनी जल्दी ?"

"थोड़ी बुझ चुकी है, देख ही रही हूं। निकसन सहज ही वियतनाम को छोड़ेंगे नहीं। पर उनके आगे यह साफ हो गया है कि अमेरिकी जनता युद्ध के पक्ष में नहीं है। निकसन यह भी समझ गये हैं कि वियतनाम युद्ध को जीतने की क्षमता अमेरिका में नहीं है। इन दो कड़वी वास्तविकता के आगे युद्ध जारी रखना निकसन के लिए संभव नहीं।"

मैं भी सहमत हुआ।

सुजान बोली, "सिर्फ अमेरिका ही नहीं, पूरी पश्चिमी दुनिया और जापान एक विशाल आर्थिक संकट के दौर से गुजर रहा है। यह जो 'डिप्रेशन' आ रहा है, इतना बड़ा और गंभीर संकट पहले कभी नहीं आया। बेकार लोगों की तादाद बढ़ रही है। वियतनाम युद्ध ने एक करोड़ लोगों को रोजगार दिया। युद्ध खत्म हो जाने पर बहुत सारे लोगों को नौकरी से हाथ धो बैठना पड़ेगा। स्कूल-कॉलेज के लड़के-लड़कियों को समर जॉब नहीं मिलेगा। कॉलेज से निकलने के बाद भी उन्हें नौकरी नहीं मिलेगी। तब लड़के-लड़कियों का मन आंदोलन से भी हट जायेगा। और बाल कटवाकर, मूंछ और दाढ़ी साफ करके वे पढ़ाई में ध्यान लगायेंगे। सारे कैंपस शांत हो जायेंगे।"

सुजान कहती गयी, "अंत में क्या होगा, जानते हो ? सब कुछ खत्म हो जायेगा। सिर्फ रह जायेगा ड्रग। ड्रग ही प्रचलित समाज व्यवस्था के खिलाफ युवा विद्रोह का जरिया होगा।"

मैंने कहा, "युवा विद्रोह तो हमेशा से ही जड़विहीन रहा है। अचानक विस्फोट की तरह आज है कल नहीं।"

सुजान ने कहा, "इस बात पर पहले मेरा विश्वास नहीं था, पर अब है। युवक-युवतियां समाज के स्थायी वर्ग नहीं। आज जो युवा है कल वह प्रौढ़ होगा। उम्र से न भी हो तो मानसिक रूप से होगा ही। मेरी ही बात लो। पैंतीस साल होने में ज्यादा दिन नहीं। कॉलेज से निकलने के बाद युवक-युवतियों का मानसिक स्तर ऊंचा हो जाता है। हर साल कॉलेज में नये लड़के-लड़कियां आते हैं और पुराने विदा ले लेते हैं। युवा शक्ति को भिन्न वर्ग शक्ति से नहीं जोड़ा जा सका, तो समाज व्यवस्था में आमूल परिवर्तन की दिशा में यह युवा शक्ति कोई भूमिका नहीं ले पायेगी।"

"ठीक कहा।" मैंने हां में हां मिलायी।

"सक्रिय राजनीति के दौरान इस चीज को वे अच्छी तरह जान गये हैं। इसलिए देखना जल्दी ही वे यूथ फ्रंट तैयार करने में जुट जायेंगे। दरअसल, इतिहास के कुछ उदाहरण को छोड़ दिया जाये तो युवा शक्ति में अपने पैरों पर खड़े होने की कूबत नहीं है या तो वे शोषकों द्वारा इस्तेमाल किये जायेंगे या

शोषितों से हाथ मिलायेंगे।"

मैंने कहा, "फ्रांस, थाइलैंड में युवा शक्तियों ने क्या अपनी पहचान और स्वतंत्र भूमिका का उदाहरण नहीं दिया ?"

सुजान बोली, "यह सब ऐतिहासिक नियम के तहत आकर्षणीय अपवाद मात्र है। पर 1958 में फ्रांस विद्रोह हुआ। द गल अलजीरिया की आजादी को स्वीकृति देने के साथ ही साथ फ्रांस में प्रतिक्रियाशील विद्रोह होने जा रहा था। युवा शक्ति ने नहीं होने दिया। यह बहुत बड़ी बात है। द गल ने एक तरह का 'ऑथरिटेरियनिज्म' को फ्रांस पर थोप दिया। युवा शक्ति ने जिस क्रांति का आह्वान किया था वह सहज ही धूल में मिल गया।"

मुझे चुप देखकर सुजान फिर कहने लगी, "किसी बड़े आंदोलन का शोला लेकर जीवन बिता देने का मेरे पास वक्त नहीं है, केतु।"

"क्या करोगी तुम ?"

"कुछ करूंगी जरूर। पर क्या, अभी तक तय नहीं कर पायी हूं।"

सुजान कच्चा झूठ कह रही है। उसका चेहरा देखकर ही मैं समझ गया था कि क्या करना है, उसने मन ही मन तय कर लिया है।

"कम्यून का क्या होगा ?"

सुजान बोली, "जो ड्राफ्ट से भागकर कनाडा चले आये हैं। उनके लिए वापस जाने का रास्ता बंद है। निकसन उन्हें नहीं बख्शेंगे। पर निकसन पर अगर डेमोक्रेट का जोर चल गया तो इनके वापस लौटने का रास्ता खुल जायेगा। कुछ सालों तक इन्हें कनाडा में ही रहना पड़ेगा।"

"मैं कम्यून के बारे में सोच रहा हूं।"

"कम्यून खत्म हो जायेगा। मेरा काम था ड्राफ्ट से भागे लड़कों के लिए अमेरिका से भागने का रास्ता बनाना। इसके बाद वे क्या करेंगे क्या नहीं, इसकी जिम्मेदारी मुझ पर नहीं।"

"ठीक कहा तुमने।"

"पर तुम ? तुम क्या करोगे ?"

"इसकी जिम्मेदार तुम नहीं।"

सुजान ने फीकी हंसी हंसकर कहा, "एक समय था, जब मैंने तुम पर शादी के लिए दवाब डाला था।"

मैं चुप था।

"उन दिनों मैं अपने आप से परेशान थी। कोई रास्ता मुझे नहीं दिखाई पड़ रहा था, जिसमें जिंदा रहने का कोई मतलब हो। मुझे लगा था तुमसे शादी करके कुछ नया, बिलकुल नया किया जा सकता है। बत्तीस साल की उम्र को पीछे छोड़कर एक नया जीवन शुरू करूंगी।"

मैं तब भी चुप ही रहा।

"भूल गई थी। भूल जाना चाहती थी कि जीवन बड़ा कठिन है। बत्तीस साल की लंबी उम्र को पीछे कर आगे निकलना मुश्किल है। जहां कहीं भी जाऊं, जैसे भी रहूं, वह परछाईं की तरह मेरे साथ ही होगी।"

मेरी तो जुबान ही सिल गयी थी।

सुजान कहती रही, "तुम बहुत अच्छे लड़के हो, केतु। अब तुम अपना जीवन खुद तैयार कर लो। तुम्हारे भारत के संबंध में मेरी कोई वास्तविक धारणा नहीं, फिर भी इतना समझ गयी हूं कि अपने देश में तुम जो कर सकोगे विदेश में नहीं कर पाओगे। मैं तुम्हें उपदेश नहीं दे रही हूं। सिर्फ इतना ही कह रही हूं कि जीवन के लिए खुद को तैयार कर लो।"

मैंने अब मुंह खोला, "तुम कब जा रही हो?"

सुजान बोली, "पता नहीं।"

समझ गया, सुजान झूठ बोल रही है।

सुजान फिर बोली, "ज्यादा दिन नहीं हूं, सिर्फ इतना ही जानती हूं।"

मुझे चुप देखकर सुजान बोली, "मैं तुम्हारे पिता की एहसानमंद हूं, केतु।"

मैं अवाक था।

"तुम्हारे पिताजी से मैंने बहुत दिनों तक नफरत की। शायद आज भी करती हूं। पर एक काम उन्होंने बहुत अच्छा किया जो तुम्हें मेरे चक्कर में पड़ने से रोका।"

मैं उठकर सीधे सड़क पर चला आया। शाम हो रही थी। अप्रैल का महीना था। टोरेंटो की सड़कों पर बरफ जम गयी थी। मैदान भी बरफ से ढंक गये थे। लेक और नदी जम गये थे। बरफ गलने में अभी देर थी। बहुत देर। बर्फीली हवा ने मुझ पर धावा बोला। मैं ओवरकोट के कॉलर से कान ढंक कर तेज कदमों से चलने लगा। सड़क पर बहुत कम लोग थे। यह मोहल्ला मुख्य शहर से थोड़ी दूर था। पैदल चलने वाले यहां लगभग नहीं के बराबर हैं। बरफ से ढंके सड़क पर गाड़ियां आ-जा रही थीं। नियोन रोशनी बरफ पर गिरने से पहले एक नयी आभा फैला रही थी। मैं पैदल चल रहा था। चलता रहा। सड़क पीछे छूटते गये। अचानक मैंने देखा, विश्वविद्यालय का इलाका आ गया है। पास ही क्वीन्स कॉलेज है। क्वीन्स कॉलेज को देखते ही दुख और क्रोध से मेरा मन जल उठा।

सालों ने मुझे पढ़ने नहीं दिया। दांत पीसते हुए मैंने मन ही मन कहा। यहां के नियम न मानने के कारण मेरी पढ़ाई बंद हो गई। विश्वविद्यालय की लाइब्रेरी खुली थी। मैं वहीं चला गया। छात्र-छात्राएं और प्रोफेसर पढ़ रहे थे। यह देख

मेरा मन कुछ भारी-भारी हो गया। लाइब्रेरी बिल्डिंग में एक सेल्फ सर्विस कैंटीन है। वहां जाकर एक कप कॉफी लेकर मैं कोने में बैठ गया। ताकि मुझे किसी से बात न करनी पड़े। सुजान ने कहा कि वह जा रही है। मेरे जीवन से, दूसरों के जीवन से, सुजान के चले जाने से मुझे बहुत दुख नहीं होगा। पर बहुत अकेलापन महसूस होगा। आज कितने ही दिनों से अच्छा-बुरा सब मिलाकर सुजान ही मेरी इकलौती दोस्त है। फिर भी मैं जानता था, हमारा संबंध खत्म होने जा रहा है और इससे मैं हल्का ही महसूस कर रहा था। मैं मुक्ति चाहने लगा था। सुजान क्या यह समझ नहीं गयी थी ? जरूर समझ गयी थी। क्या इसलिए सब छोड़कर सुजान जा रही है ? या मैं खुद को बहुत ज्यादा समझदार समझ रहा हूं ? सुजान जा रही है सिर्फ इसलिए कि एक नाटक का अंत हो गया है। पर्दा गिर गया है। एक-एक करके दर्शक जा चुके हैं। अब बैठे रहने का मतलब नहीं। किसलिए बैठे रहना ? वैसे भी यह जीवन स्वयं अपने-आप में नाटकों का मंजर है। एक के बाद एक नाटक यानी एक नाटक खत्म होने के थोड़ी ही देर बाद एक दूसरा नाटक शुरू होता है। ऐसा कितनों के ही जीवन में होता है। पर सवाल है कितने लोग सह पाते हैं दूसरे नाटक के शुरू होने का सदमा ? मेरे देश, भारत में क्या जीवन भर एक ही नाटक चलता रहता है ? नाटक में दृश्य परिवर्तन भी नहीं होता। सुजान का अगला प्रेक्षागृह कौन-सा होगा ? किस किरदार के लिए उसका अभियान होगा ?

सुजान के बारे में सोचते हुए जिस जगह मुझे बार-बार ठोकर लगती थी वह स्वयं मैं था। मेरा अस्तित्व। मैं क्या किसी नाटक में अभिनय कर रहा हूं। यह जो युवा आंदोलन और युवा विरोध है, जिसने पूरे अमेरिका को कंपा दिया है, मैं उसका हिस्सा नहीं ! इस आंदोलन, इस विद्रोह के प्रति मेरे मन में श्रद्धा है, इसके ऐतिहासिक तात्पर्य ने मुझे मुग्ध और विस्मित कर दिया है।, इस आन्दोलन और नीग्रो के समान मानवाधिकार की मांग को लेकर होने वाले आंदोलन ने मेरे मानस को प्रभावित किया है और मेरे भीतर जितनी भी सृष्टि क्षमता है उसे प्रस्फुटित किया है। पर क्या इसके लिए मैंने कोई कीमत चुकायी है ? अमेरिका के हजारों लड़के-लड़कियों ने जो कीमत अदा की है वह मैंने नहीं की। मैं इसके साथ दो कदम चला भी तो सिर्फ सुजान फोर्ड के प्रेम के लिए। सुजान न होती तो मैं इनके बीच कभी न आता। सुजान से प्रेम करके मुझे क्या मिला ? और मैंने क्या खोया ? जहां तक पहुंचा वहां से आगे जाने का रास्ता है ? होगा भी तो आगे कहां तक जा पाऊंगा ? मैं जानता हूं, पिताजी, मेरी मां, मेरी बहन—सब मेरे लौटने के इंतजार में आंखें बिछाये हुए हैं। वहां जाने पर वे मुझे सिर आंखों पर बिठा लेंगे। पर घायल, पराजित आत्मा को लेकर किस मुंह से उनके पास जाऊं ? और अगर उनके पास लौट भी जाऊं तो क्या मुझे मेरी वह पुरानी सत्ता और हैसियत, वह

'हारमोनी मिल सकेगी ? भारत मुझे बहुत दूर लगा। अतीत की एक भूली-सी याद। भारत क्या मुझे लौट जाने को कह रहा है ? वहां एक दूसरा ही नाटक है—साठ करोड़ जनता के जीने के अधिकार का नाटक, प्राचीन शोषण, अन्याय, अत्याचार का नाटक, गरीबी और भुखमरी का नाटक, संघर्ष और संग्राम का नाटक, लाखों-करोड़ों लोगों की जटिल और आदिम संघर्ष—खाद्य, भूमि, शिक्षा, स्वास्थ्य का नाटक, न्याय और मानवाधिकार का नाटक—कई-कई नाटक एक साथ चल रहे हैं। भारत के इस एपिक नाटक में मेरा स्थान कहां है ? मेरा कोई स्थान है भी या नहीं ? शोषण, शासन, छल के विशाल वृक्ष के कमजोर डाल का मैं आखिरी पत्ता हूं ? पराश्रित मध्यवर्गीय रंगमंच में किसी एक बुद्धिजीवी 'क्लाउन' की भूमिका में मेरा प्रवेश होगा या दूर तक विस्तृत क्षत-विक्षत अवदमित पर बार-बार आघात, घात, प्रतिघात से थका-मांदा संघर्षशील मानव के लाखों-करोड़ों कदम से कदम मिलाकर चलने की एक पदातिक भूमिका में मेरा स्थान है ? कहां मैं अपनी जगह बनाऊंगा ? कौन बुला लेगा मुझे ? किसकी पुकार में मैं आवाज दूंगा ? कब ?

कम्यून में लौटा तो ग्यारह बज चुके थे। देखा सुजान तब तक नहीं लौटी है, हैरानी का कोई सबब नहीं था। सुजान कब, कितनी रात को लौटती है, लौटती भी है या नहीं—इसका हिसाब वह खुद भी नहीं रखती। सारा कम्यून शांत था। सिर्फ स्टैन हकनर के कमरे से गिटार की आवाज आ रही है। मुझे भूख तो लगी थी, पर किचेन में जाकर खाना खाने का मन नहीं हुआ। इसलिए सो गया। सुजान का बिस्तर खाली था। शायद सारी रात खाली ही रहे। हमारे कमरे में जो युगल प्रेमी रहते थे, उनका भी अब तक कोई पता नहीं था। सेल्फ से मैंने अपना पसंदीदा उपन्यास 'न्यू ग्राव स्ट्रीट' निकाला। लेटे-लेटे पढ़ने की कोशिश में काफी देर तक लगा रहा। पर मन नहीं लगा। सो गया।

दूसरे दिन पता चला, सुजान रात को ही न्यूयॉर्क चली गयी है। वह भी सुजान का डाक से पत्र मिलने पर पता चला। दो पत्र थे। एक मेरे नाम और दूसरा कम्यून के सारे सदस्यों के नाम।

"कम्यून के सदस्य दोस्तो,

तीन दिन पहले मैंने मकान मालिक को इत्तिला कर दी है कि अगले महीने के पहले दिन हम लोग घर छोड़ देंगे। मकान मेरे नाम था। मैं कम्यून से विदा ले रही हूं। तुम सबसे भी।

अगर तुम लोग कम्यून चलाना चाहते हो या मकान रखना चाहते हो तो मकान मालिक से बात कर लेना। लीज खत्म होने में दो महीना बाकी है। मैंने मकान मालिक को दो महीने का किराया दे दिया है। लीज की मीयाद इस महीने के आखिरी दिन खत्म हो जायेगी।

कम्यून मैं क्यों छोड़ रही हूं यह बताने की जरूरत नहीं। तुममें से कोई-कोई इसका अंदाजा लगा सकता है। पर एक विषय में तुम लोगों को आगाह कर देना चाहती हूं कि कम्यून के आठ सदस्य तीन महीने से ड्रग पुश कर रहे हैं। कम्यून में बड़ी मात्रा में हशीश और हेरोइन जमा हो रहे हैं। ड्रग के बारे में मेरी सोच क्या है यह बात दीगर है। पर मुझे खबर है कि पुलिस को उसकी खबर हो गयी है। संभवतः दो-चार दिन में कम्यून में छापा पड़े।

तुम लोगों को मेरी हार्दिक शुभकामनाएं

सुजान फोर्ड।"

दूसरा पत्र जो मेरे नाम था वह इस प्रकार था :

"केतु,

तुम समझ गये थे मैं जा रही हूं। तुम्हारे सामने खड़े होकर विदा लेने का मुझमें साहस नहीं हुआ। जब चले ही जाना है, तो किसी भी तरह से विदा लो, क्या फर्क पड़ता है।

मैं अमेरिका के दूसरे छोर में चली जाऊंगी। कैलिफोर्निया में। पर शहर में नहीं, गांव में। मैक्सिको की सीमा में। वहां सीजर सैवेज के नेतृत्व में खेतिहर मजदूरों का एक बड़ा आंदोलन चल रहा है। खेतिहर मजदूरों सा शोषित और गरीब हमारे देश में दूसरा कोई नहीं। उनकी तादाद लाखों में है। हर रंग के हैं वे—गोरे, काले, गेहुंए। सामान्य-सी मजदूरी के लिए वे दस-बाहर घंटे कड़ी मेहनत करते हैं। पुरुषों के समान महिला और बच्चे भी। खेतिहर मजदूरों को युनियन बनाने नहीं दिया जाता। न्यूनतम मजदूरी भी कानून की तरफ से निर्धारित है, पर मजदूरों को वह भी नहीं मिलती। मालिक रहने के लिए बस्ती तो तैयार कर देते हैं, पर उसमें पखाना नहीं होता। खेतिहर मजदूर निरक्षर होते हैं। सौ में से आठ बीमार होते हैं। इनके बारे में अमेरिकी अखबारों में कभी कोई रिपोर्ट नहीं छपती। मिडिया जगत से ये करीब-करीब निर्वासित हैं। इनके मेहनत का करोड़ों डॉलर युनाइटेड फ्रुट्स और देश के बड़े-बड़े प्रतिष्ठान लूट रहे हैं। युनाइटेड फ्रुट्स लातिन अमेरिका के तीन डिक्टेटरशिप को पाल रहा है।

सीजर सैवेज उन खेतिहर मजदूरों में नयी आशा, नयी रोशनी लाने का प्रयास कर रहा है। तुम्हारे महात्मा गांधी की तरह सीजर सैवेज अहिंसावादी है। उसका दृढ़ विश्वास है सशस्त्र विद्रोह से अमेरिका के शोषित साम्राज्यवाद मुंह की खायेंगे। सीजर सैवेज ने खेतिहर मजदूरों से सार्थक हड़ताल करवाया। युनियन में शामिल होने के अपराध में दस हजार मजदूरों को बरखास्त कर दिया गया। सैबेज ने पूरे संयुक्त राष्ट्र अमेरिका में अंगूर बहिष्कार आंदोलन चलाया था। सुनकर तुम्हें हैरानी होगी कि न्यूयॉर्क शहर में मेरे पिकेटिंग करते-करते ही अंगूरों की बिक्री बंद हो गयी। दूसरे शहरों में भी जनता ने अंगूर खरीदना बंद

कर दिया। इससे मजबूर होकर मालिकों को अंगूर के खेतिहर मजदूरों की युनियन को मान्यता देनी पड़ी। और युनियन की मांग भी मालिकों ने मान ली।

ग्रेप वर्कर के दिखाये रास्ते पर और भी हजारों खेतिहर मजदूर चल रहे हैं। अमेरिका के इतिहास में सबसे गरीब और शोषित अपनी ताकत से सिर उठा कर खड़े होने के काबिल हो गये।

सीजर सैवेज को लोगों की जरूरत है। मैं उसीके पास जा रही हूं। कितने दिनों तक उसके साथ काम कर पाऊंगी, नहीं जानती। सोचती हूं सालों उसी के साथ काम करूंगी और शहर नहीं लौटूंगी। पर मुझे खुद अपने आप पर भरोसा नहीं। कल के बाद कोई भविष्य नहीं, केतु।

युवा आंदोलन, युवा विद्रोह खत्म हो गया है। अब दूसरे लोग लड़ेंगे। मैं लड़ाकुओं के साथ हूं। जहां कहीं भी लोग जिंदा रहने के लिए लड़ेंगे मैं उन्हीं की हूं और उन्हीं की रहूंगी जो लोग जीवन के लिए लड़ेंगे। चाहे वे अमेरिकी हों, मैक्सिकन हों, अरबी हों या भारतीय। मैं उनकी हूं और वे मेरे।

जो इंसान इंसान को मोहताज करते हैं, शोषण करते हैं, ठगते हैं, छलते हैं मैं उनकी नहीं। हो ही नहीं सकती। मैं उन लोगों की दुश्मन हूं। वे चाहे किसी भी देश के हों, मैं उनके खिलाफ हूं।

केतु, युवा शक्ति पर ज्यादा भरोसा मत करना। ऐसा नहीं करना चाहिए। मैं भूल नहीं सकती हिटलर ने भी युवा शक्ति के बल पर राजदंड पर अधिकार पाया था। युवा शक्ति अगर संघर्षशील वर्ग के साथ हाथ मिलाकर काम करे तभी उज्ज्वल भविष्य का वह मित्र बन सकता है।

तुमसे मैं अब भी प्रेम करती हूं, केतु। आगे भी बहुत, बहुत दिनों तक करूंगी। हाफ ऑफ फॉर एवर। इसलिए तुमसे कहती हूं, तुम लौट जाओ। जहां से आये हो वहीं लौट जाओ। तुम जिनके हो, जहां के हो वहीं चले जाओ। खुद को संभालकर ले जाओ। वापस चले जाओ, केतु!

सुजान।"

लौट जाओ, चले जाओ कहने भर से तो लौटने का रास्ता खुल नहीं जायेगा। फिर भी सुजान का अनुनय मेरे भीतर गूंज उठा। मुझे लगा लौट ही जाना पड़ेगा। पर समझ नहीं पाया किस रास्ते से, कहां, किस उद्देश्य से, किस लक्ष्य की ओर? इस खाई को किस सेतू से पार किया जाये? पार करके क्या तीर तक पहुंचूंगा? क्या वहां रोशनी की किरण होगी?

सुजान के जाने के बाद एक सप्ताह के भीतर कम्यून के बहुत सारे लोग चले गये। मैंने भी जाने का तय कर लिया। जो बचे स्टैन हकनर ने उनका नेतृत्व संभाला। स्टैन ने कहा, "नया लीज लेकर कम्यून को बचाऊंगी।"

स्टैन मेरे पास आयी।

मैं जाने की तैयारी कर रहा था। मैंने कहा, "मुझसे तुम लोगों को कोई मदद नहीं मिल सकेगी। मैं भी जा रहा हूं।"

स्टैन बोली, "तुम्हारी तो नौकरी भी नहीं है। कॉलेज से नाम भी काट दिया गया है। तुम अगर कम्यून में रहकर यहां का कामकाज संभालो तो तुम्हारे रहने और खाने की समस्या हल हो जायेगी।"

"यह नहीं होगा। मैं कल ही जा रहा हूं।"

कल चले जाने का फैसला मैंने उसी समय लिया। मुझे लगा, मेरे मन में अचानक किसी चीज का जन्म हुआ। उसकी उष्णता मेरे खून में बह चली। कहां जाऊंगा? क्या करूंगा? कुछ भी तय नहीं था। सिर्फ इतना तय था कि यहां से चले जाना है। और लौट जाने का रास्ता बनाना है।

बस उसी समय निकल पड़ा। पॉकेट में हाथ डालकर देखा तो वह एकदम से खाली नहीं था। चार डॉलर बहत्तर सेंट थे।

बाहर निकलते ही पोस्टमैन से मुलाकात हुई। मेरे नाम एक रजिस्ट्री चिट्ठी थी। पता टाइप किया हुआ था। खेलकर देखा पचास डॉलर का बैंक ऑडर था। साथ में कोई चिट्ठी नहीं थी।

मैं समझ गया पैसे सुजान ने ही भेजे हैं। सुजान को पता था मेरा पॉकेट खाली है। खाली नहीं तो हल्का है। सुजान यह भी जानती थी कि मैं भी वहां से निकल जाऊंगा। रुपये उसने यही सोचकर भेजे थे कि बिना खाये मैं सड़कों पर मारा-मारा न फिरूं।

मेरी आंखें जलने लगीं। बैंक ऑडर मैंने फाड़ दिया तब भी मेरी आंखें जलती रहीं।

सबसे पहले मैं यूनीवर्सिटी गया।

लाइब्रेरी में काम करने वाली क्लर्क से मेरा परिचय था। उसकी सलाह पर मैंने चार कागज में पार्ट टाइम रिसर्च असिसटेंट के लिए चार आवेदन-पत्र लिखा और यूनीवर्सिटी के चार कॉलेजों के नोटिस बोर्ड में आवेदन-पत्र लगा दिया।

क्वीन्स कॉलेज के इर्द-गिर्द भी मैं नहीं फटका।

आवेदन पत्र में पता और फोन नंबर देना था। मैं सोचने लगा किसका पता दूं। तभी एक पता ध्यान में आया। टोरेंटो शहर में बहुत सारे भारतीय खासकर बंगाली हैं। पर मेरे दोस्त सिर्फ दो ही हैं—मालिनी और शैलेश।

मालिनी-शैलेश पति-पत्नी हैं। उनका पांच साल का एक बेटा भी है। नाम है अनल। मालिनी-शैलेश का ही पता और फोन नंबर मैंने आवेदन पत्र में दे दिया। साथ ही वहां से डेढ़ मील पैदल चलकर उनके अपार्टमेंट की घंटी मैंने बजाई।

दरवाजा खोला शैलेश ने। बहुत जरूरी न होने पर शैलेश मुंह नहीं खोलता।

ज्यादातर वह चुप ही रहता है। इतना कम बोलने वाला मैंने आज तक कभी नहीं देखा था। सिर्फ एक ही विषय में शैलेश थोड़ा-बहुत उत्तेजित होता था। वह है—क्रिकेट। मेरी तरह शैलेश भी क्रिकेट का दिवाना है। कनाडा में क्रिकेट को कोई नहीं पूछता। अमेरिकी प्रभाव के कारण कनाडा के खेल जगत में क्रिकेट को सम्मान नहीं मिल सका। मुझे याद है एम० सी० सी० और वेस्ट इंडिज के टेस्ट मैच के दौरान शैलेश और मैं तीन मील बरफ में पैदल कांपते हुए न्यूज स्टैंड पहुंचा। वहां विलायती अखबार मिलते थे। पैदल चलते हुए मैं टेस्ट मैच के इतिहास का बखान करता गया था। पर शैलेश ने उस बीच गिनकर सिर्फ पांच बार अपना मुंह खोला। इतना ज्यादा बोलते उस दिन मैंने उसे पहली बार देखा था।

दरवाजा खोलकर शैलेश मुस्कराया। यानी उसके मुस्कराने का तात्पर्य यह है कि तुम्हें देखकर मुझे बहुत खुशी हुई। आओ, भीतर आओ।

घर में कदम रखते ही मैंने कहा, "माला कहां है?"

शैलेश चुप। समझ गया, मालिनी घर पर नहीं है। कहां गयी है शैलेश को पता नहीं।

शैलेश-मालिनी के अपार्टमेंट में एक बेडरूम है, एक बैठक, बाथरूम और किचेन। पुराने फर्नीचर से घर सजाया गया है। बैठक में जो सोफासेट है उसका अपहोलस्ट्री फट गया है। खादी के बेड कवर से सोफासेट का बैकरेस्ट मालिनी ने ढंक दिया है। बेडरूम में डबल बेड है, जो सस्ते में ही लिया गया है। पर बेड का मैट्रेस बहुत ही कोजी है। जरा-सा हिलो नहीं कि पलंग से गिर जाने की पूरी संभावना है।

मैं बैठक में सोफे पर लेट गया। शैलेश एक प्लेट में बीफ सैंडवीच लेकर हाजिर हुआ। मेरा चेहरा देखकर ही वह समझ गया था कि मेरे पेट में चूहे कूद रहे हैं। मैंने सैंडवीच मुंह से काटते हुए पूछा, "कोक है?"

शैलेश ने फ्रीज से दो बीयर कैन निकाला। खाते-खाते मैंने शैलेश को अपनी स्थिति से वाकिफ कराया।

सुजान मेरे जीवन से एकदम से चली गयी है यह सुनकर शैलेश की आंखें आश्चर्य से बाहर निकल आयीं। कम्यून छोड़ दिया है सुनकर वह व्यंग्य से मुस्कराया। नौकरी खोज रहा हूं जानकर उसके सिर पर सात-सात बल पड़ गये। विश्वविद्यालय के नोटिस बोर्ड में आवेदन पत्र छोड़कर आया हूं जब उसे बताया तो उसने सिर हिलाकर अपना अनुमोदन जताया। सुजान के भेजे डॉलर के बैंक आर्डर को मैंने फाड़कर फेंक दिया है जब उसे पता चला तो हैरानी से उसने पलक झपकाया। पॉकेट में मात्र चार डॉलर मेरा एकमात्र संबल है, जानकर वह निःशब्द हंसा। खाने-रहने का कोई इंतजाम नहीं है समझकर उसने पहली बार मुंह खोला, "यहां चले आओ।"

मैं जानता हूं, मालिनी और शैलेश के दिन कड़की के हैं, महीना गुजारना मुश्किल हो जाता है। मालिनी कलकत्ता विश्वविद्यालय की ट्यूटर थी। शैलेश को जादवराव विश्वविद्यालय में अच्छी नौकरी मिली थी। मालिनी पहले चली आयी, टोरेंटो विश्वविद्यालय से डाक्टरेट करने के लिए। ईस्टर्न फिलोसफी में फेलोशिप नहीं मिली। पर टिचिंग असिसटेंट का आश्वासन मिला। यूनीवर्सिटी में दाखिला लेने के बाद डिपार्टमेंट से एक ने मालिनी को टिचिंग, असिसटेंटशिप देने का प्रस्ताव पर आपत्ति जतायी। टोरेंटो या उत्तर अमेरिका से एम० ए० डिग्री न होने से यहां के किसी कॉलेज में टिचिंग असिसटेंट होने का प्रावधान नहीं है। मालिनी इस अप्रत्याशित आघात से टूट गयी थी। टी० ए० न होने पर उसे अपनी पढ़ाई की फीस देनी पड़ेगी। ऊपर से खाने-पीने का जो खर्च है सो अलग। ऐसे ही कठिन समय में मेरा मालिनी से परिचय हुआ। अपनी परिस्थिति के बारे में बताते हुए उसकी आंखें छलक पड़ी थीं। मेरा मन पिघल गया। मैंने मालिनी के नये घर में बैठकर डिपार्टमेंटल चेयरमैन को पत्र लिखा। मालिनी के आवेदन पत्र की एक प्रति के साथ मैं अपने डिपार्टमेंटल चेयरमैन के पास गया। तब तक क्वीन्स कॉलेज से मेरा संबंध बिगड़ा नहीं था। कोलंबिया यूनीवर्सिटी से एम० ए० और कॉलेज फेलो होने के कारण लोग मुझे सम्मान की दृष्टि से देखते थे।

मैंने अपने चेयरमैन से कहा, "दस-बारह हजार मील से एक लड़की को आश्वासन देकर जिन लोगों ने उसे यहां बुलाया उन्हें उसके साथ ऐसा करना शोभा देता है ?"

चेयरमैन आदमी बुरा नहीं है। पर है बड़ा डरपोक। किसी भी तरह के झमेले से अपने से दूर ही रखना चाहता है। पहले तो उन्होंने कहा, "इसमें मैं क्या कर सकता हूं। बोलो। सॉरी, मैं कुछ नहीं कर सकता।" कहकर उन्होंने पीछा छुड़ाना चाहा। मैं भी छोड़ने वाला नहीं था।

मैंने कहा, "अगर आपने मदद नहीं की वह लड़की बड़ी मुसीबत में पड़ जायेगी। मैं उसे लेकर सीधे यूनीवर्सिटी प्रेसीडेंट के पास चला जाऊंगा। मैं जानता था, मेरे चेयरमैन और फिलोसफी के चेयरमैन अच्छे दोस्त हैं। अंत में उन्होंने फिलोसफी के चेयरमैन से कुछ कहा था। और मालिनी को टिचिंग असिसटेंटशिप मिल गयी थी। पर विश्वविद्यालय के एकदम थर्ड क्लास कॉलेज में। टी० ए० को यूनीवर्सिटी में पढ़ने की फीस नहीं देनी पड़ती। साल में चार हजार डॉलर महीना मिलता है। मालिनी-शैलेश को लेकर टोरेंटो चली गयी। शैलेश यादवपुर में इतिहास का लेक्चरर था। टोरेंटो यूनीवर्सिटी में पी-एच० डी० कर रहा है। साथ ही एक प्रोजेक्ट पर काम भी। जितना वेतन मिलता है उससे वह अपनी पढ़ाई का भी खर्च पूरा नहीं निकाल पाता। यानी शैलेश को मालिनी ही पाल रही है। अनल का पूरा खर्च भी मालिनी को ही संभालना

पड़ता है।

मैंने कहा, "मुझे अपने यहां रखने की क्षमता तुम लोगों में नहीं है।"

शैलेश ने मुंह बनाया, "यानी मेरा बोझ ज्यादा नहीं होगा !"

मैंने कहा, "मालिनी को आने दो !"

शैलेश मुस्कराया। वह जानता है कि मालिनी क्या कहेगी।

शैलेश कम जरूर बोलता है पर श्रोता वह बहुत ही अच्छा है। मैं कम्यून की बातें करता रहा। शैलेश खूब मजे ले-लेकर सुनता रहा।

हरेक कमरे में दो युगल प्रेमी के एक साथ रहने का वर्णन करके मैंने कहा, "दो-एक दिन में सब कुछ बहुत ही सहज हो गया। एक जोड़े को प्रेम करते देख दूसरे जोड़े भी उत्तेजित हो जाते। कभी-कभी तो एक जोड़ा प्रेम करते हुए दूसरे की उपस्थिति से एकदम बेखबर हो जाता। आखिर में उस व्यवस्था को सबने पसंद किया।"

अब इतनी देर बाद शैलेश ने मुंह खोला, "हमारे देश में गांव, बस्ती यानी साधारण लोगों के घरों में यही व्यवस्था है।"

युवा विद्रोही के संबंध में सुजान का आखिरी विश्लेषण भी मैंने शैलेश को सुनाया।

सुजान सीजर सैवेज के साथ काम कर रही है सुनकर शैलेश की आंखें चमकने लगीं। उठकर वह बुक सेल्फ से एक किताब ले आया। जिसका नाम था, 'सीजर सैवेज !'

शैलेश ने जुबान हिलायी, "ए ग्रेट मैन !"

टेलीफोन की घंटी बजी।

शैलेश ने बेडरूम में जाकर टेलीफोन उठाया।

मैंने सुना, कुछेक मिनटों तक शैलेश हूं-हूं करता रहा। अंत में बोला, "केतु आया है।" फिर थोड़ी देर बाद बोला, "केतु कुछ दिन हमारे साथ रहेगा।" फिर बहुत देर तक चुपचाप मालिनी की बातें सुनता रहा।

बैठक में लौटकर आया तो बोला, "चलो।"

"कहां ?"

"तुम्हारा सामान ले आया जाये।"

"मालिनी ने क्या कहा ?"

शैलेश मुस्कराया।

"सामान क्या ? एक सूटकेस और किताबों का बंडल ! बस।"

शैलेश ने कहा, "एक टी० वी० सेट और स्टीरियो !"

"टी० वी० सेट नहीं रहा। कम्यून में शराब के नशे में कुछ लड़कों ने उसे टुकड़ों में बांट दिया। और स्टीरियो सुजान की परिचित एक लड़की के पास

है। एक दिन रिकॉर्ड बजाने के लिए ले गयी थी फिर उसने लौटाया ही नहीं।"

सामान लेकर जब हम दोनों लौटे तो मालिनी और अनल दोनों लौट आये थे। अनल नाश्ता करके मैकानो लेकर एरोप्लेन बनाने बैठा। और मालिनी बैठक में टी० वी० देख रही थी।

दरवाजा खोलकर मुझे देखते ही बोली, "आओ-आओ, अंदर आओ।"

घर में कदम रखते ही मैंने कहा, "कुछ दिन में बोलोगी—भागो-भागो। भागो यहां से।"

मालिनी मुझसे साल-दो-साल बड़ी है।

और शैलेश पूरे चार साल। मालिनी और मेरे बीच कोई औपचारिकता नहीं है। पर शैलेश इतना कम बोलता है कि उससे थोड़ी-बहुत औपचारिकता निभानी ही पड़ती है।

मालिनी ने कॉफी बनायी। कॉफी पीते-पीते ही वह मेरी बातें सुनती रही।

"छह महीने से कोई खबर ही नहीं। दो-तीन बार मैंने फोन भी किया।" मालिनी बोली।

"किसी से मिलने का मन ही नहीं होता था!" मैंने कैफियत दी।

"यानी आजकल तुम काम ढूंढ़ रहे हो?"

"हां, मुझे काम चाहिए। आज ही। अभी।"

"चौका-बरतन करने को तैयार हो?"

"न्यूयॉर्क में एक दिन यह भी कर चुका हूं। मैनहारन ब्रॉडवे के ऊपर महाराजा रेस्तरां में। कम से कम दो हजार प्लेट और दो हजार ग्लास धोकर पस्त हो गया। दूसरे दिन फिर नहीं गया। बदन का दर्द कम करने में एक सप्ताह लग गया।

"और एक दिन का पैसा?"

"मिला था। पंद्रह डॉलर।"

"टोरेंटो में इतना नहीं मिलेगा। बहुत हुआ तो दस डॉलर। डन!"

"डन। कम से कम एक सप्ताह के लिए। चलो कहां है ले चलो।"

मालिनी हंसकर बोली, "एक सप्ताह आराम करो। चेहरा कैसा बन गया है।"

"शीशे के सामने खड़ा होता हूं, तो नजर फेरने का मन ही नहीं होता।" मैंने कहा।

"पता नहीं कौन दिखता है शीशे में तुम्हें? खुद को तो नहीं ही देखते होंगे।"

"तुम्हारी नौकरी है?" मैंने प्रसंग बदला।

"हां, है। जरूर है।"

"बड़े शान से कह रही हो।"

"यह साल गया तो उसके साथ वह भी चला जायेगा। इसलिए।"

"तब क्या होगा?"

"अरे बाबा, मेरी नौकरी तो अभी आठ महीने है। तुम्हारा क्या होगा पहले यह सोचो।"

"नौकरी करूंगा।"

"मिलेगी?"

"जरूर।"

"और पढ़ाई-लिखाई?"

"वह भी!"

"क्वीन्स तुम्हें वापस लेगा?"

"क्वीन्स न ले, किंग लेगा।"

मालिनी अचानक चीखते हुए बोली, जैसे उसे कुछ अचानक याद आया, "अरे केतु, तुम्हें पता है, तुम्हारे हावर्ड श्लेष टोरेंटो में है।"

"हावर्ड श्लेष!"

"हां, भई! तुम्हारे कोलंबिया के प्रोफेसर। एक्सटेंशन लेक्चर के लिए यहां आये हैं।"

"तुम्हें कैसे पता?"

"तुम्हारे डिपार्टमेंट का सर्कुलर हमारे डिपार्टमेंट में आया था।"

"अच्छा!"

मालिनी अभी भी उत्तेजित है, "केतु, तुम अभी फोन करो। अभी तुरंत।"

"किसको?"

"और किसको? श्लेष को!"

"क्यों?"

"अरे बाबा, उनसे मिलकर कहो कि कोलंबिया में दाखिले का इंतजाम करा दें।"

"कोलंबिया में?"

"हां, तुम तो लौट रहे हो, केतु न्यूयॉर्क लौट जाओ। कोलंबिया लौट जाओ। चाहो तो दिल्ली लौट जाओ।"

"हर महीने कितना लगेगा, पता है।"

"साल में तीन हजार?"

"तीन हजार दो सौ।"

मालिनी चुप।

मैंने कहा, "उस पर खाने-रहने और किताबों के लिए अलग से तीन हजार

छह सौ। इतना रुपया कौन देगा मुझे।"

मालिनी जैसी हार न मानने वाली लड़की का मुंह बंद कराके मैं मन-ही-मन बहुत खुश हुआ करता था। पर आज अच्छा नहीं लगा।

पता नहीं, मुझे क्या हुआ। मेरे भीतर फिर किसी चीज का जन्म हुआ। सुबह की तरह खून गरम हो उठा। सिर भी।

"श्लेष कहां ठहरे हैं, पता है तुम्हें।"

मालिनी बोली, "अपने डिपार्टमेंट में फोन करो, अभी पता चल जायेगा।"

"तुम करोगी !" कहकर मैं उठा, "नहीं, मैं ही करता हूं।"

डिपार्टमेंट से नंबर लेकर मैंने डायल किया। श्लेष ने मुझे पहचान लिया। कहने लगे, "केतु, कहां हो आजकल ? आते ही मैंने तुम्हारी खबर लेने की कोशिश की। कोई बता नहीं सका तुम कहां हो।"

मैंने सिर्फ इतना ही कहा, "मैं इसी शहर में हूं। आपसे मिलना चाहता हूं। संभव है ?"

"क्यों नहीं, केतु।" कहकर हावर्ड श्लेष ने थोड़ी देर बाद कहा, "कल शाम को आ सकोगे ? ठीक सात बजे ? अच्छा। तुम्हारी आवाज सुनकर मुझे बहुत अच्छा लगा। ठीक है तो कल शाम को मिलते हैं।"

फोन रखकर मैंने मालिनी और शैलेश से कहा, "देखा न ! हो गया।"

"क्या हो गया ?" मालिनी ने पूछा।

"कोलंबिया में दाखिला। साल में छह हजार डॉलर की नौकरी। और कल एक अच्छा रात्रि भोज।

इस बार शैलेश सस्वर हंसा।

शाम से थोड़ा पहले मालिनी बोली, "मैं जरा निकल रही हूं। तुम तीनों खाना खा लेना।"

"तुम नहीं खाओगी ?" मैंने जानना चाहा।

मालिनी थोड़ा मुस्करायी।

शैलेश ने पूछा, "तुम्हें लौटने में क्या देर होगी ?"

"हो सकती है !" कहते हुए मालिनी निकल गयी।

शैलेश अपना काम लेकर बैठ गया। मैं अनल के साथ। अनल चार साल का है। ज्यादा बड़ा नहीं लगता। पर है बड़ा चंचल। मालिनी की तरह हंसमुख।

अनल बोला, "केतु अंकल, मैं चांद पर जा रहा हूं।"

"अच्छा !"

"हां, चांद पर जाने के लिए स्पेसशिप में एक सीट बुक करने के लिए मैंने एक चिट्ठी भी लिखी है। आप देखेंगे।"

अनल दौड़कर चिट्ठी की प्रति ले आया, मैंने देखा, उसने और किसी को

नहीं, सीधे संयुक्त राष्ट्र अमेरिका के प्रेसीडेंट को लिखा था।

"डीयर मिस्टर प्रेसीडेंट,

टाइम मैगजीन ने लिखा है 1985 में फस्ट स्पेसशिप में साधारण यात्री चांद पर जा सकेंगे। 1985 में मैं बीस साल का हो जाऊंगा। मैं चांद पर जाने के लिए फर्स्ट स्पेसशिप में एक सीट बुक कराना चाहता हूं! इस समय मेरे पास पैसे नहीं हैं पर मैं रोज अपने पॉकेट मनी से रुपया जमा कर रहा हूं। 1985 में मेरे पास बहुत सारे रुपये होंगे। कृपया आप मेरे लिए चांद पर जाने वाले फर्स्ट स्पेसशिप में एक सीट रिजर्व रखें।

आपका स्नेहाकांक्षी

अनल।"

पुनश्च :

मैं कहना भूल गया हूं मैं भारतीय माता-पिता की संतान हूं। यह वजह मेरे चांद पर जाने के रास्ते में आड़े तो नहीं आयेगी न! भारत की मौजूदा आबादी छह मिलियन है। भारत की पूरी आबादी में चांद पर जाने वाला मैं पहला यात्री होऊंगा। बशर्ते आपकी कृपा हो। मेरे माता-पिता जल्दी ही अलग हो जायेंगे। तब मैं अपनी मां के साथ रहूंगा।

अनल राय।

थोड़ी देर बाद मैंने शैलेश से कहा, "मैं जरा बाहर जा रहा हूं।" वहां से निकला तो पैदल टाउन पहुंचा। बहुत सारी समस्याएं एक साथ मन में उथल-पुथल मचा रही थीं। हावर्ड श्लेष से क्या कहूंगा? कोलंबिया यूनीवर्सिटी में दाखिला लेना चाहता हूं? दाखिला मिलने पर पढ़ाई का खर्च कहां से आयेगा? शायद वहां जॉब परमिट भी मिल जाये। पर नौकरी मिलना आसान तो नहीं। छोटे-मोटे काम से क्या होगा? यूनीवर्सिटी से लिये गये लोन की पहली किस्त भी तो जमा नहीं हुई है। ऐसे में वहां से नया लोन तो मिल ही नहीं सकता। छोटा-मोटा काम करके बहुत हुआ तो अपना खर्च निकल जायेगा। पर भर्ती होने में पहली बार एक साथ एक सेमीस्टर की फीस कहां से दूंगा! इन सारी बातों को सोचते हुए मन चिंता से मुरझा गया। ऐसा होना स्वाभाविक भी था। पर मुझे खुद हैरानी थी—मेरे ही मन के किसी कोने से बार-बार आवाज आ रही थी—सब ठीक हो जायेगा। उतनी समस्या के बावजूद मन में निराशा क्यों नहीं है? आज इतने दिनों बाद टोरेंटो शहर की शाम खुशगवार क्यों लग रही है? आज मुझे ऐसा क्यों लग रहा है कि जीवन से बढ़कर कुछ नहीं? जिंदा रहने से बड़ा एडवेंचर दूसरा कुछ नहीं? मालिनी और शैलेश अलग हो रहे हैं? शैलेश

भी तो बड़ा अजीब है ! मालिनी का उत्साह, उसमें जीवंतता का कोई शेष नहीं। यौवन से भरपूर है। मालिनी को देखकर चंचल न हो उठे, ऐसे पुरुष विरले ही होंगे। वह खूबसूरत तो नहीं। पर प्राणवत्ता से भरपूर है। उसमें ममता है। स्नेह, प्रेम, करुणा, दया, आकांक्षा का समुद्र उसमें हिलोरे लेता है। उसकी हंसी और खुशी उसके व्यक्तित्व के प्रति आकर्षण जगाते हैं। शैलेश शांत और गंभीर है। मालिनी धनी और बड़े घर की लड़की है। और शैलेश मध्यवर्गीय खाते-पीते घर का। छह साल पहले दोनों ने प्रेम विवाह किया था। उनका प्रेम क्या सिर्फ विपरीत के प्रति विपरीत का आकर्षण मात्र है ? शादी के बाद दोनों ने समझा गलती कहां हुई है। शैलेश खुद को देना नहीं जानता है। किसी को ग्रहण करने की उसमें क्षमता भी नहीं है। शैलेश अपने आप में ही संपूर्ण है। मालिनी बहुत देना चाहती है और पाना भी। छह साल की अवधि में दोनों का प्रेम मुरझा गया है। पर दोस्ती अभी भी है। वे दोनों एक-दूसरे को बखूबी से समझते ही नहीं हैं, सम्मान भी करते हैं। श्रद्धा करते हैं। एक-दूसरे का भला चाहते हैं। मालिनी ने शैलेश को टोरेंटो बुलाया है। डॉक्टरेट करने का इंतजाम भी उसी ने किया। शैलेश को कोई तकलीफ या असुविधा न हो इसके लिए मालिनी हमेशा सतर्क रहती है। शैलेश जानता है मालिनी के लिए पुरुष का तूफानी लहरों-सा प्रेम अपरिहार्य है, जो वह उसे नहीं दे सका। यदि मालिनी वह किसी और से पाना चाहे तो उसे इसमें आपत्ति का कोई कारण नजर नहीं आया। शैलेश ने मालिनी पर कभी अपना अधिकार नहीं जताया, किसी भी चीज पर अधिकार या दावा करना शैलेश के व्यक्तित्व में नहीं है। टोरेंटो में रहने के दौरान मालिनी किसी दूसरे पुरुष से जुड़ गयी है। पर शैलेश से उसने कुछ भी नहीं छिपाया। और शैलेश ने भी निर्विकार उदारता से उस बात को स्वीकार कर लिया। वे दोनों जानते हैं कि उन्हें एक-दूसरे से अलग होना ही है। जिस दिन मालिनी को कोई ऐसा मिल जायेगा, जिसके साथ मालिनी नये जीवन की शुरुआत कर सके, उस दिन शैलेश मालिनी के जीवन से हमेशा के लिए चला जायेगा। ऐसा आदमी जहां तक मैं जानता हूं—यानी छह महीने पहले तक जानता था—मालिनी के जीवन में नहीं आया। पर मालिनी चाहती है शैलेश को डिग्री मिल जाये। जिससे जीवन में वह ठीक ढंग से जम सके।

मालिनी-शैलेश को मैं दो सालों से जानता हूं। इन दो सालों में उनसे मेरी दोस्ती काफी जम गयी थी। सुजान को लेकर मैं कई बार मालिनी के घर आया। यहां हम दोनों ने खाना खाया, गप्पें कीं। मालिनी-शैलेश भी कम्यून में कई बार आये। मेरे बारे में वे सब कुछ जानते हैं। इन दोनों ने कभी मेरा बहिष्कार नहीं किया। मुझे समझा-बुझाकर जिस रास्ते में मैं चल रहा था उससे निकालने की कोशिश उन दोनों ने कभी नहीं की। पिताजी, आप, मां और मीतू के बारे में

भी मालिनी और शैलेश सब कुछ जानते थे। शैलेश तो यूं भी कम बोलता है। पर मालिनी ने मेरे कठिन समय के दौरान बार-बार कहा है, "केतु, जीवन की मांग दिनों-दिन कठिन होती जा रही है। उन मांगों की पूर्ति किये बिना रिहाई नहीं। जीवन किससे क्या वसूल कर ले कोई नहीं जानता। तुम अपनी गति से चल रहे हो। चलते-चलते तुम जहां पहुंचकर रुक जाओगे, वहीं तुम्हारा बंदरगाह होगा। एक बंदरगाह से दूसरे बंदरगाह पर यही जीवन का नियम है। जिनके जीवन में बंदरगाह की परिक्रमा का अनुभव नहीं वह तुम्हारे जीवन के रहस्य को क्या समझेगा ?"

मालिनी शाम से पहले कहां गयी? किसके पास गयी? मैं भी जानता हूं। शैलेश भी और अनल भी। मालिनी ऑस्कर के पास गयी है। ऑस्कर आरनॉल्ड। दुनिया के मूर्ति शिल्पकला का नक्षत्र। ऑस्कर आरनॉल्ड अंग्रेज माता-पिता की संतान है। बारह साल की उम्र में उसके द्वारा बनायी गयी मूर्ति ने पूरे पश्चिमी यूरोप को विस्मित कर दिया था। तभी से ऑस्कर आरनॉल्ड मूर्ति शिल्पकला नंदन कानन का 'प्रोडिगल सन' है। तीस साल की उम्र में ऑस्कर उस दुनिया का 'वंडर ऐंड टेरर' है। कोपेनहेगेन में उसके द्वारा निर्मित सत्तरह फुट ऊंची 'मैन दी वीक्टिम' मूर्ति ने दर्शकों के हृदय को दहला दिया था। पत्थर तराशकर ऑस्कर ने एक पुरुष की मूर्ति बनायी, जिसके प्रत्येक अंग-प्रत्यंग में, शिराओं-उपशिराओं में, आंख, मुंह—उसके चेहरे के भाव और बालों में वर्तमान युग के आदमी की दुखती आत्मा को मूर्त किया था। समालोचकों ने कहा, माइकेल ऐंजेलो के डेविड के बाद ऐसा अद्‌भुत और सुंदर पुरुष मूर्ति और किसी ने नहीं बनाया। माइकल ऐंजेलो ने डेविड के आंख-मुंह और उसके खड़े होने के अंदाज में इंसानी सभ्यता के प्रति यौवन का गहरा संशय और उसके बहिष्कार को प्रस्फुटित किया था। ऑस्कर ने अपने पुरुष में सभ्यता के अत्याचार से त्रस्त आदमी का आतंक, प्रतिवाद, प्रतिरोध और शंका को एक साथ चित्रित किया था। इसके बाद से पश्चिमी यूरोप का ऐसा कोई भी देश नहीं जिसकी राजधानी में ऑस्कर आरनॉल्ड की कम-से-कम एक मूर्ति को स्थान न मिला हो। तीन साल पहले ऑस्कर आरनॉल्ड को न्यूयार्क के रॉक फेलार ब्रदर्स फाउंडेशन ने पुनर्संस्कार और पुनर्गठन के साथ तालमेल रखकर दो मूर्तियां तैयार करने का पहली बार कमीशन मिला। इन दोनों मूर्तियों में एक की स्थापना बैटरी पार्क में होगी, जहां से 'स्टैचू ऑफ लिबर्टी' हर किसी को दिखाई पड़ता है। ऑस्कर ने एक विराट नीग्रो पुरुष की मूर्ति बनायी, जिसके चेहरे पर अमेरिका के दो सौ वर्ष की वेदना घनीभूत है, जिसकी मांस-पेशियों से दो सौ सालों का मुक्ति संग्राम घोषित हो रहा है। उस मूर्ति की जितनी प्रशंसा की गयी, उतनी ही निंदा भी। ऑस्कर की दूसरी कृति ने अमेरिका में उसका प्रवेश निषेध कर दिया। इस मूर्ति

के प्रति दर्शकों की एक ही राय थी—ऑस्कर ऑरनल्ड ने अमेरिका को विश्व-भक्षी, युद्ध उन्मुक्त, क्षमता के मद में चूर महाशक्ति के रूप में दिखाया है। और तब से ऑस्कर युद्ध-विरोधी जनता के शिल्प देवता बन गये। इसके साथ ही युद्ध समर्थकों और शासकों का कोपभाजन भी। इसके बाद उसे कोई कमीशन नहीं मिला। उसकी दोनों मूर्तियों की स्थापना भी नहीं की गयी। इससे पश्चिमी यूरोप में भी ऑस्कर की ख्याति पर आंच आयी। उसकी असाधारण प्रतिभा को अस्वीकृत ही नहीं किया गया, प्रतिभा का व्यवहार किसी विशेष आइडियोलॉजी और आंदोलन के समर्थन में निंदित भी हुई।

इस समय कनाडा में नयी राष्ट्रीयतावाद की लहर चली। इस लहर ने प्रधानमंत्री त्रुडो को प्रभावित किया। कनाडियन शिक्षा प्रतिष्ठान अमेरिकी प्रभाव और नेतृत्व वाले हैं। इस प्रभाव के विरुद्ध विरोध के प्रतीकस्वरूप त्रुडो की कोशिश से ऑस्कर को टोरेंटो विश्वविद्यालय के अधिकारियों ने कॉलेज ऑफ आर्ट्स में मूर्ति शिल्पकला विभाग का अध्यापक नियुक्त किया। ऑस्कर कनाडा चले गये।

कुछेक महीनों में ऑस्कर को पता चल गया कि विश्वविद्यालय के अधिकारियों के लिए वह असहनीय है। कॉलेज अध्यापन के सिवाय उसे कोई कमीशन नहीं मिला। फिर भी टोरेंटो का अपेक्षाकृत शांत परिवेश ऑस्कर को अच्छा लगा। कॉलेज के बाद के समय में ऑस्कर अपना काम करने लगे। इसी बीच एक दिन ऑस्कर से मालिनी का परिचय हुआ। ऑस्कर की ख्याति ने मालिनी को कॉलेज आफ आर्ट्स में ऑस्कर के स्टुडियो में खींचा! पहली ही मुलाकात में ऑस्कर मालिनी के प्रति आकर्षित हुए। परिचय के कुछेक मिनटों में वह कह बैठे, "आप तो किसी भी मूर्तिकार का सपना हैं।"

मालिनी के भी मुंह से अचानक निकल पड़ा, "आप भी तो किसी नारी के लिए महानिर्वाण हैं।"

कलाकार का सपना और नारी के महानिर्वाण ने ऑस्कर और मालिनी को मिलाया। तीन महीने बाद ऑस्कर मालिनी की प्रतिमूर्ति तैयार करने में लग गया, जो सैंतीस दिन में पूरी भी हो गयी।

उस मूर्ति का ऑस्कर ने नाम दिया—"ए स्कल्पचर्स ड्रीम।"

मालिनी ऑस्कर ऑरनाल्ड की प्रेमिका बन गयी—किसी की परवाह किये बिना जैसे उसका जीवन इसी की प्रतीक्षा में था। शैलेश ने बड़े ही सहज रूप से मालिनी के इस साहसिक अभियान को मान लिया। मालिनी ऑस्कर के प्रेम में बह चली। पर शैलेश के प्रति उसकी ममता में कोई कमी नहीं आयी। ऑस्कर का साथ पाकर मालिनी नये सिरे से खिल उठी। उसके मन में, खून की रवानी में नये-नये तांडव और विस्फोट होने लगे। और उसके इन नये अनुभवों का

विश्वस्त और नीरव श्रोता शैलेश था।

एक दिन मालिनी ने मुझसे कहा, "पता है, केतु, एक आदमी कितना विचित्र, कितना गंभीर, कितना विशाल हो सकता है, इसकी थाह सिर्फ प्यार करके ही मिल सकती। एक-एक प्रेम, एक-एक नयी दुनिया का द्वार खोल देता है। ऑस्कर को प्यार करके और ऑस्कर का प्यार पाकर मैं इस सृष्टि की तरह महान् और रहस्यमयी हो गयी हूं।"

मैंने कहा था, "जिस दिन यह नाटक खत्म हो जायेगा?"

"इस नाटक का अंत भी महान् होगा।"

"ऑस्कर से तुम शादी करोगी?"

"पागल! ऑस्कर क्या किसी का पति बनने के लिए जनमा है?"

"शैलेश को देखकर मुझे हैरानी होती है।" मैंने कहा, "उसके पूरे अस्तित्व को उसका दिमाग ढंके हुए है। उस जैसा तर्कयुक्त 'रैशनल' आदमी मैंने आज तक दूसरा नहीं देखा। तर्क के सिवाय उसका मन और कुछ नहीं मानता।" उसकी कोई गर्ल फ्रेंड नहीं है?"

"एक लड़की से उसकी दोस्ती हुई थी।"

"दोस्ती अब खत्म हो गयी?"

"उस जैसे 'रेशनल' और नीरव आदमी से क्या किसी लड़की का मन भर सकता है?"

"कुछ लड़कियां नीरव बने रहने वाले पुरुष ही पसंद करती हैं।"

"शैलेश सिर्फ ऊपरी तौर पर ही शांत नहीं है। भीतर से भी शांत है। अपनी सारी बातें अपने आप से ही वह कहता है।"

"अच्छा बताओ, तुमने उससे प्रेम कैसे किया था?"

"शैलेश से मैं आज भी प्रेम करती हूं। उसके पास जैसा मन है वैसा किसी के पास नहीं। आकाश की तरह विशाल और स्वच्छ मन है उसका।"

मालिनी शैलेश की विधवा मां को भी बहुत चाहती है। साल-भर पहले उसने अपनी सास को लिखा था—शैलेश के साथ ज्यादा दिनों तक रहना संभव नहीं होगा। क्यों संभव नहीं यह भी उसने खुलकर लिखा था।

मालिनी की सास ने जवाब दिया था—तुमने जो लिखा है मैं पहले से ही जानती थी। शैलेश ऐसा पुरुष नहीं है जिसके साथ कोई गृहस्थी बसा सके। तुम लोग अलग होना चाहते हो तो मुझे कुछ नहीं कहना। तुम्हारी चिट्ठी के हरेक शब्द में शैलेश के प्रति ममता और श्रद्धा की झलक साफ है। पर इतना जरूर कहूंगी कि अगर तुम दोनों के बीच दोस्ती बनी रहे तो यह अनल के भविष्य के लिए अच्छा होगा। तुम जो भी करो मेरा आशीर्वाद तुम्हारे साथ है।

मालिनी ने अनल को भी समझा दिया है कि एक दिन उसके माता-पिता

अलग हो जायेंगे। तब वह अपनी मां के साथ रहेगा। कभी-कभी पिता के पास भी। अनल ने बहुत सारे सवाल किये। मालिनी ने जहां तक संभव था उसके सवालों का जवाब सच्चाई से दिया था।

इसलिए अनल ने रिचर्ड मिलहोस निकसन को बड़ी ही सहजता से लिखा था कि उसके माता-पिता एक दिन अलग हो जायेंगे।

अनल की बात सुनकर मैं एक रेस्तरां में गया।

"मैंनेजर से मुलाकात हो सकती है ?" मैंने एक वेटर से पूछा। उसने एक कोने में बैठे आदमी को दिखा दिया। मैंने देखा एक भारी-भरकम आदमी वहां बैठा है। लगा ग्रीक है।

"आपके यहां कोई काम मिलेगा ?" मैंने पूछा।

भारी-सी आवाज में वह बोला, "नहीं।"

"कोई भी काम ?"

इस बार उसने अपनी धुंधली और बिल्ली की-सी आंखों का पलक उठाकर मुझे ऊपर से नीचे तक देखा।

"छात्र ?"

"हां।"

"इंडियन ?"

"करेक्ट।"

"जो काम है वह तुमसे नहीं होगा।"

"डिश वाशिंग ?"

"हां।"

उसने फिर मुझे ऊपर से नीचे तक निहारा।

"घंटे में ढाई डॉलर।"

"कब से लगूं ?"

"अभी से लग सकते हो ? इस काम में वैसे भी कोई नहीं टिकता। छात्र तो दो सप्ताह में ही भाग जाते हैं। नीग्रो हुआ तो दो महीने तक टिक जाता है।"

"मैं परसों से आऊंगा।"

"कल से क्यों नहीं ?"

"कल नहीं। कल मुझे डिनर पर जाना है।"

"ठीक है। फिर परसों से आना।"

"पर चार घंटे से ज्यादा नहीं करूंगा।"

"तो चार घंटे का ही रुपया मिलेगा।"

"और खाना ?"

"मिलेगा। अगर पांच बजे के भीतर चले आओ तो।"

"अपना नाम और फोन नंबर दे जाऊं?"

"पहले परसों आओ तो। वह सब बाद में होगा।"

मैंने हल्का महसूस किया। मालिनी पर खाने का बोझ नहीं होगा। रोज दस डॉलर कमा लूंगा। दो सप्ताह काम करूं तो एक महीने का खर्च निकल आयेगा। तब तक जरूर कोई-न-कोई काम तो मिल ही जायेगा।

घर लौटकर मैं और शैलेश दोनों साथ-साथ भोजन करने बैठे—दाल-भात और बंदगोभी की सब्जी। अनल सो चुका था।

मैंने शैलेश से कहा, "चलो कोई सिनेमा देख आयें।"

शैलेश ने आंखों से ही पूछा।

मैंने जवाब दिया, "डच।"

शैलेश मान गया। हम एक मील पैदल चले। तब एक सिनेमा हॉल दिखा। मेरी पसंद की पिक्चर लगी थी, 'इफ्'। टिकट लेकर हम हॉल में घुस गये।

घर लौटते बारह बज गये, मालिनी तब भी नहीं लौटी थी।

दूसरे दिन साहस करके जी को बांधकर यूनीवर्सिटी होस्टल गया।

हावर्ड श्लेष लाउंज में ही मेरा इंतजार कर रहे थे। मुझे देखते ही आगे बढ़कर आये। हाथ मिलाने के बाद उन्होंने मुझे अपने गले से लगा लिया।

"तुम्हें देखकर बहुत अच्छा लग रहा है।"

मैंने भी कहा, "यू लुक यंगर वाइ टु इअर्स।" जैसे कि आपकी उम्र दो वर्ष घट गई हो।

श्लेष ने कहा, "तुम्हारी चाटुकारिता भी खूब है।"

फिर बोले, "चलो, कहीं चलते हैं। वाकर स्ट्रीट में एक रेस्तरां है। वहां मेरा परिचय है। ग्रीक खाना तुम्हें अच्छा लगता है?"

"जी हां, बहुत अच्छा लगता है।"

"फिर वहीं चलते हैं।" हम दोनों आगे बढ़े। सड़क पर निकलकर उन्होंने एक टैक्सी ली। दस मिनट में हम लोग उस रेस्तरां में पहुंच गये।

टैक्सी में कनाडा की राजनीति को लेकर हमारी बातें हुईं। श्लेष ऋुडो के प्रशंसक हैं और मैं समालोचक। मेरी सहानुभूति न्यू डेमोक्रेटिक पार्टी के प्रति है। न्यू डेमोक्रेटिक पार्टी की 1970 के चुनाव में एक प्रदेश में जीत हुई। मैं इससे बहुत खुश था।

श्लेष ने कहा, "तुम युवक हो और भारतीय भी। इसीलिए मुझसे ज्यादा वामपंथी होना तुम्हारे लिए स्वाभाविक है।"

मैंने कहा, "सब युवा और भारतीय वामपंथी नहीं होते!"

"पर होना उचित है।" उन्होंने जोर देकर कहा, "अगर मैं चीन में जन्म लेता तो क्रांतिकारी ही होता।"

"अच्छा हुआ जो आपने अमेरिका में जन्म लिया।" मैंने कह दिया।

श्लेष हंसे। बोले, "बहुत अच्छा, बहुत अच्छा।" यानी मजाक बुरा नहीं।

खाते समय मैंने अपने बारे में उन्हें सब कुछ बतला दिया। कुछ भी नहीं छिपाया। सुजान के बारे में, आप लोगों के बारे में, क्वीन्स कॉलेज के बारे में और वहां के कड़ुवे अनुभव के बारे में भी मैंने उनसे कहा।

बीच-बीच में हावर्ड कुछ पूछते रहे पर सबसे ज्यादा उनकी जिज्ञासा कम्युन के बारे में थी। अंत में उन्होंने कहा, "तुम कोलंबिया चले आओ।"

मैंने उनसे अपनी आर्थिक परेशानी के बारे में भी कहा। श्लेष बोले, "दाखिला तो तुम्हें मिल जायेगा। तुम हमारे ही यहां के छात्र हो। और फिर तुम्हारा एम० ए० का नतीजा भी बहुत अच्छा है। क्वीन्स का मामला हमें नजरअंदाज करना पड़ेगा। इतना मैं कर सकता हूं।" फिर अपने चिंतित चेहरे पर हाथ फेरते हुए उन्होंने कहा, "पर जहां तक फेलोशिप का सवाल है, मुश्किल है।"

मैंने कहा, "मैं जानता हूं।"

"कुछ कमाने का इंतजाम मैं कर दूंगा।"

"फीस के लिए?"

"यही तो मुश्किल है! ठीक है, अभी तो देर है। सितंबर में दाखिला नहीं होगा। फरवरी के लिए आवेदन जमा कर दो, दस महीने का समय है। जितना संभव हो रुपये जमा कर लो फिर चिट्ठी मिलते ही चले आना। कुछ-न-कुछ इंतजाम हो ही जायेगा।"

मन में उनका आखिरी वाक्य प्रतिध्वनित हुआ, कुछ-न-कुछ इंतजाम हो ही जायेगा। "कुछ नहीं, जो चाहूंगा वही होगा।" मैंने बार-बार मन-ही-मन कहा।

'डालफिन' रेस्तरां में डिश वाशिंग का काम पूरे अड़तालीस दिन करता गया। आखिर के छह दिन पूरे दस घंटे।

मालिनी-शैलेश के मकान के एक तल्ले में एक कमरा खाली हुआ। मैंने वह कमरा ले लिया। किराया था सप्ताह में बारह डालर। कमरा बहुत छोटा नहीं था। पर था सीलन भरा। पूरे मकान में गर्मी नाम मात्र भी न थी। बाहर की हवा, रोशनी से मकान का कोई वास्ता ही नहीं था। एक जीर्ण-शीर्ण रेफ्रिजरेटर के सिवाय कमरा बिलकुल नंगा था। एक दिन कहीं से मालिनी सिंगल बेड ले आयी। उसने बताया तो था कि सड़क से उठा लायी हूं। पर मैं जानता हूं किसी से कम दाम में उसने खरीद लिया है। एक दिन मैं खुद रास्ते से दो कुर्सियां उठाकर ले आया। हालत उनकी खस्ता जरूर थी, पर टूटी-फूटी नहीं थीं। पांच डॉलर में एक पुराने फर्नीचर की दुकान से डाइनिंग टेबिल मिल गया। उसी बीच एक दिन स्टैन हकनर अपनी एक सहेली के साथ आयी। मैंने उसे दाल-भात और गाय का मांस बनाकर खिलाया। वे दोनों अपने साथ वाइन की एक बोतल

भी लाए हुए थे। तीन दिन के बाद वे दोनों फिर चली गयीं। इस बार वे दोनों अपने खटारे इम्पाला में एक बीस साल पुराना सोफासेट लादकर ले आयी थीं। हकनर बोली, "केतु, तुम्हारे आजाद जीवन में हमारी ओर से एक छोटी-सी भेंट है।"

पिताजी, आप अब समझ ही रहे होंगे कि सुजान के चले जाने के दो महीने बाद ही मेरी दशा बदल गयी। आप लोग मेरे इन दो साल के जीवन के बारे में कुछ नहीं जानते थे। यह भी नहीं जानते थे कि क्वीन्स कॉलेज ने मुझे निकाल दिया है। यह भी नहीं कि मेरी नौकरी भी नहीं है। आप लोगों को इसकी भी खबर नहीं थी कि मैं कम्यून में रह रहा हूं। यह भी नहीं पता था कि कभी-कभी सुजान भी कम्यून में रहती थी। आप लोगों को बताकर भी कोई फायदा नहीं था। बल्कि नुकसान ही था। आप लोग चिंता करते। दुःख भी होता। और इससे भी कुछ खराब हो सकता था। आप लोग समझ नहीं पाते कि मेरे जीवन में यह सब क्यों घटा, जो दूसरे दस भारतीय लड़कों के जीवन में नहीं घटा।

अपनी स्थिति के बारे में आपको पहली चिट्ठी लिखने के बाद कुछ दिन और भी बीत गये। इस बीच दो घटनाएं घटीं जिनका घटना जरूरी था। वरना मेरे लौटने का रास्ता कभी नहीं खुलता।

पहली घटना घटी सुजान के जाने के ठीक दो महीने बाद। हमारा ओपेन स्कूल चल रहा था। मैं क्लास ले रहा था। एक दिन क्लास खत्म होने के बाद कुछेक छात्र-छात्राओं के साथ बातें कर रहा था। तभी एक आदमी आया। उसके सिर पर बहुत कम बाल थे। गंजेपन की शुरुआत ही थी। आंखों पर चश्मा, चौड़ा सिर, मोटी और तीखी नाक। वह ओपेन स्कूल की ही खोज में आया है। सामने एक छोटा-सा रेस्तरां है। हम दोनों वहीं गये।

उसका नाम हेनरी वायलेस था। टोरेंटो शहर में यॉर्क यूनीवर्सिटी में सोसियोलॉजी का असिसटेंट प्रोफेसर है।

हेनरी वायलेस ने कहा, "नारी-मुक्ति पर मैं एक किताब लिख रहा हूं, मेरी इस किताब में इस आंदोलन का सामाजिक, आर्थिक, राजनैतिक, सांस्कृतिक पहलू और उसका विशद विश्लेषण भी होगा। मुझे एक रिसर्च असिसटेंट की जरूरत है। तुम मेरी सहायता कर सकते हो? दो साल का प्रोजेक्ट है।"

मैं विस्मित था।

मेरे कुछ कहने से पहले ही वायलेस ने जोड़ा, "मैंने तुम्हारे बारे में काफी जानकारी हासिल की है। मोटे तौर पर तुम्हारा बायोडाटा मैं जानता हूं। क्वीन्स कॉलेज, कम्यून, युद्ध विरोधी आंदोलन, ओपेन स्कूल, यहां तक कि आजकल डिश वाशिंग का काम कर रहे हो—मैं यह भी जानता हूं। मेरे लिए यह सब तुम्हारी योग्यताएं हैं। तुम्हारे ही जैसे एक सहयोगी की मुझे जरूरत है। मैं

चार डॉलर प्रति घंटे के लिए दूंगा। सप्ताह में पचीस घंटे तुम काम कर सकोगे।"

मन-ही-मन मैंने झटपट हिसाब लगाया। महीने में चार सौ डॉलर ! डेढ़ सौ डॉलर अगर खर्च करूं तो भी दो सौ डॉलर बचा सकता हूं। बाकी इनकम टैक्स में चला जायेगा। एक साल तक भी काम किया तो लगभग ढाई हजार डॉलर जमा हो जायेंगे। फरवरी में न जाकर अगर सितंबर में भी जाऊं तो डेढ़ साल तक काम कर पाऊंगा। दाखिले के लिए भी रुपये का इंतजाम हो जायेगा।

फिर भी मन में एक बोझ-सा लगा। अगर वह कम न हुआ तो वायलेस के प्रस्ताव को स्वीकार करना मेरे लिए संभव नहीं होगा।

"मेरा नाम आपको कहां से मिला?"

"यह जानना तुम्हारे लिए बहुत जरूरी है?"

"जी हां!"

"जिसने तुम्हारे बारे में मुझे लिखा है उसकी इच्छा है मैं तुम्हें उसका नाम न बताऊं।"

मेरे मन का बोझ अब पत्थर बन गया।

"एक सवाल का मुझे जवाब चाहिए; न मिला तो यह काम करना मेरे लिए संभव नहीं होगा। वैसे भगवान जानता है, मुझे काम की कितनी जरूरत है।"

"क्या पूछना चाहते हो?"

"सुजान फोर्ड नाम के किसी ने मेरे नाम की सिफारिश तो नहीं की है?"

"मैं इस नाम के किसी को नहीं जानता।"

पत्थर मेरे सीने से उतर गया। पर पूरा बोझ नहीं उतरा।

"कब से काम शुरू करना पड़ेगा?"

"कल से कर सकते हो।"

"आपका शुक्रिया अदा करने के लिए मेरे पास कोई शब्द नहीं है। मैं कल से ही काम शुरू कर दूंगा।"

मेरे बारे में हेनरी वायलेस से किसने कहा था, बहुत दिनों तक यह न जानने के बावजूद बाद में मैं समझ गया था। रैंमपार्ट्स मैगजीन के पुराने अंकों को देखते-देखते मेरी नजर सीजर सैवेज के खेतिहर मजदूरों के आंदोलन पर लिखे गए एक बड़े से निबंध पर पड़ी। उसके निबंधकार हेनेरी वायलेस ही थे।

इस संबंध में मैंने वायलेस से कुछ नहीं पूछा। तब तक मैं सात महीने उनसे वेतन ले चुका था। मुझे पढ़ाई-लिखाई और शोध के जगत में लौटाने में वायलेस का ही हाथ था। बहुत दिनों के बाद मैं ऊपर उठने के लिए प्रतिबद्ध हुआ था। 'वीमेन्स लीव' अमेरिका में नया सामाजिक और सांस्कृतिक लहर है। इस आंदोलन के कई सस्ते और भड़कदार पहलू हैं। मिडिया वर्ल्ड की कृपा से ये पहलू लोगों तक सहज ही पहुंच रही है। पर आंदोलन का एक गंभीर पहलू भी है, जो

अपना एक विशेष तात्पर्य रखते हैं। पश्चिमी समाज बड़े ही द्रुतगति से 'पोस्ट इंडस्ट्रीयल' युग से प्रवेश कर रहा है पर महिलाएं अभी भी पुरुषों के अधीन हैं। महिलाएं, दरअसल, अभी भी 'मेक्सपट' हैं। पुरुषों को आकर्षित करने और बांधे रखने के लिए ही महिलाओं को विधाता ने बनाया है। यांत्रिक सभ्यता आर्थिक नीति पर निर्भर है। इसको पुरुषों के नारी सुलभ कार्यकलापों ने ही समृद्ध किया है। कॉस्मेटिक, ड्रेस, फैशन और भी बहुत कुछ को लेकर निर्मित हुआ है – यह समृद्ध ब्यूटी इंडस्ट्री। जिसका गायत्री मंत्र है लड़कियों को पुरुषों के आगे और भी अधिक आकर्षणीय और खूबसूरत बना कर पेश करना। नौकरीशुदा महिलाओं की संख्या बढ़ रही है, इसमें संदेह नहीं। पर समाज और देश के व्यापक विस्तृत क्षेत्र में महिलाओं को प्रवेश का एकदम अधिकार नहीं। या बहुत ही सीमित है। लड़कियां 'सॉफ्ट' काम ही करेंगी और लड़के 'हार्ड' पर। गर्भ धारण करना और जन्म देने सा 'हार्ड' काम पुरुषों को नहीं करना पड़ता है—यह प्रकृति का नियम है और इस 'हार्ड' काम के एवज में महिलाओं को पुरस्कारस्वरूप दिया गया है—घर-रसोई और बिस्तर। तुम लोग नर्सिंग करो, स्कूल में पढ़ाओ, हमारे सेक्रेटरी बनो, दुकानों में सेल्सगर्ल बनो, टेलीफोन में तुम लोगों की ही मीठी आवाज सुनना हमें पसंद है, क्लर्क की कुर्सी में भी तुम खप सकती हो। पर इससे अधिक नहीं। इससे ज्यादा की कभी उम्मीद भी मत करना। तुम लोग हमारे संरक्षण में रहो। हम लोग तुम्हें अच्छी तरह रखेंगे। पुरुष से तुम ऊंची हो, महान हो पर पुरुष के बराबर नहीं।

हेनरी वायलेस ने एक चार्ट बनाया था, जिसमें अमेरिकी समाज के किन स्तरों में महिलाएं पुरुषों के साथ नहीं हैं, उस चार्ट से एक नजर में पता चल जाता था। चार्ट को समझाते हुए वायलेस ने कहा, "यह कितनी मजेदार बात है, लगभग सभी क्षेत्र में महिलाएं हैं—कैबिनेट से सैन्य विभाग तक। पर बहुत ही निचले स्तर पर। हर पल पुरुषों की श्रेष्ठता और उनके शासन के आगे सिर झुका कर। महिला डॉक्टर बहुत हैं पर गाइनकोलॉजिस्ट और साइकायस्ट्री को छोड़कर उनकी तादाद बहुत थोड़ी है। महिला इंजीनियर भी दो-एक या उससे कुछ अधिक मिल जायेंगी पर जिम्मेदारीपूर्ण काम उन्हें नहीं दिया जाता है। मैनेजमेंट के बीच के कुछ महिलाओं को देखा जा सकता है पर ऊपर बिलकुल नहीं। यह जो हिमालय-सा विशाल 'वार इंडस्ट्री' है, इसमें भी महिलाएं हैं पर एकदम नीचले स्तर पर। विज्ञान के क्षेत्र में जो लोग काम कर रहे हैं, नोबेल पुरस्कार से सम्मानित हो रहे हैं उनमें एक भी महिला नहीं हैं। क्यों? द्वितीय मैडम क्यूरी क्यों नहीं हुई? पुरुषों ने ही नहीं होने दिया। महिलाओं का वोट न मिले तो कोई अमेरिका का प्रेसीडेंट नहीं हो सकता पर कांग्रेस में महिलाओं की संख्या दस से ज्यादा आज भी नहीं है। हां, कैबिनेट में कभी-कभी महिलाओं को लिया जाता है पर यहां भी शिक्षा,

स्वास्थ्य, जन कल्याण के सिवाय दूसरा कोई महत्त्वपूर्ण विभाग महिलाओं को नहीं दिया जाता। सबसे बड़ी बात है इतिहास के सब शोषित और शासित श्रेणी की तरह महिलाएं स्वयं अपने अधिकार और शक्ति के संबंध में जागरूक नहीं हैं। महिलाएं खुद चाहती हैं कि वे सेक्स और ब्यूटी की शृंखला में आबद्ध रहें। इसलिए महिलाओं की स्थिति आज भी वही है, जो पहले थी। दुनिया भर में उनकी स्थिति किसानों और मजदूरों की-सी है।"

हेनरी वायलेस मुझे बहुत पसंद आये। उम्र उनकी चालीस भी नहीं थी। पर वे पैंतालीस के लगते हैं। शादी उन्होंने की थी, जो सफल न हो सकी। एक बेटी है जो अपनी मां और सौतेले पिता के साथ नार्थ कैरलीना में सुखी है। वायलेस ने दोबारा शादी नहीं की। पर उनका संबंध टोरेंटो में नये-नये शुरू होने वाले नारी मुक्ति के नेता से है। उसका नाम है कैरेल समर्स। वे भी अपने पहले पति से अलग हैं। वह टोरेंटो हेरॉल्ड पत्रिका में सोसाइटी विभाग की संपादक है।

वायलेस के घर सप्ताह में दो दिन मेरा रात्रिकालीन भोजन निश्चित-सा हो गया था। रिसर्च के सिलसिले में यदि कुछ समझाना हो तो उस दिन दो बार का खाना वहीं हो जाता। शाम को जाता। खाना खाने के बाद रात के ग्यारह बजे तक वायलेस और मैं एक साथ काम करते। वेतन देते समय डीनर का समय भी वायलेस वर्किंग टाइम्स में ही ले लेते। कभी-कभी कैरेल समर्स भी हमारे साथ होतीं।

वायलेस को इस बारे में जरा भी संदेह नहीं था कि महिलाओं को पुरुषों ने दबाकर इसलिए रखा है कि वह सेक्सुअलिटी के संबंध में महिलाओं से कमजोर पड़ता है। वायलेस का कहना था जीव विज्ञान ने प्रमाणित कर दिया है कि महिला में सेक्स पुरुषों से कहीं अधिक होता है। इस मामले में महिलाओं की मांग भी ज्यादा होती है और देने की क्षमता भी। पुरुषों को जितनी सहजता से सेक्स की तृप्ति हो जाती है महिलाओं को नहीं होती। इसलिए सभी महिलाएं कमोवेश वंचित और क्षुधार्त रहती हैं। यह एक नियम सा बन गया है कि सेक्स की मांग पुरुष करेंगे और महिला उस मांग को पूरा करेंगी। पर महिलाओं की शारीरिक भूख को मिटाना पुरुष का धर्म नहीं है। महिला अगर पुरुष से सेक्स की मांग करे, तो उसे निर्लज्ज, बेहया और चरित्रहीन कहा जाता है। कुछ सर्वे से यह साबित हो चुका है कि महिला अगर थोड़ा भी 'एग्रेसिव' हुई, तो पति उसी क्षण विरक्त हो जाता है। महिलाएं समान 'सेक्स सैटीश्फैक्सन' की मांग न कर बैठे इसलिए महिलाओं को दबा कर रखना पुरुष के लिए जरूरी हो जाता है।

वायलेस का कहना है, "इतिहास के पन्नों में जितने भी मुक्ति संग्राम का नाम आता है उनमें सबसे लम्बा संग्राम महिला मुक्ति संग्राम होगा। कम्युनिस्ट

देशों में महिलाओं से बहुत सारे 'हार्ड वर्क' कराये जाते हैं। वहां महिलाएं ट्रेन चलाती हैं। स्पेस फ्लाइट में हिस्सा लेती हैं। लड़ाई भी करती हैं। वहां बड़ी तादाद में महिलाएं इंजीनियर, डॉक्टर और वैज्ञानिक हैं। पर राजनैतिक क्षेत्र में उनकी संख्या पुरुषों से कम ही है और सेक्सुअलिटी के संबंध में कैपिटलिस्ट और कम्युनिस्ट समाज में नारी पुरुष के संभोग अधिकार में कोई फर्क नहीं है।" एक दिन मैंने पूछा था, "महिलाएं अगर समान सेक्सुअलिटी की मांग कर बैठे तो क्या समाज की नींव ढह जायेगी? फैमिली और ह्यूमन रिलेशनशिप एकदम तहस-नहस हो जायेगा?"

वायलेस ने कहा, "महत्त्वपूर्ण परिवर्तन होगा। पर समाज की नींव ढहेगी भी नहीं, न ही कुछ तहस-नहस होगा। याद रखो, शोषित और तिरस्कृत आदमी को अधिकार देने के खिलाफ युगों से इसी एक तर्क का सहारा लिया जा रहा है और आगे भी लिया जायेगा। सभी देशों में प्राचीन समाज व्यवस्था टूट रही है। पारिवारिक जीवन में भी परिवर्तन हो रहा है। अमेरिका में तीन विवाह में से एक टूट रहा है। यूरोप में दो, सोवियत रूस में भी डिवोर्स का आंकड़ा अमेरिका से कुछ कम नहीं है। इन दिनों अमेरिका में डिवोर्स कम हो रहे हैं। क्यों? सिर्फ एक वजह है। वह यह कि लड़के-लड़कियों के अविवाहित सहवास को समाज ने स्वीकृति दे दी है। कैरेल और मैं एक साथ रह रहे हैं। पर हम पति-पत्नी नहीं हैं। कल अगर हम अलग हो जाएं तो हमें डिवोर्स नहीं लेना पड़ेगा। विवाहित महिला पुरुष के बच्चे यदि प्रोपर्टी राइट से वंचित न हों तो विवाह का प्रयोजन और भी कम हो जायेगा। महिला को हर विषय, हर क्षेत्र में अगर समानाधिकार की मांग को स्वीकार कर लिया जाये और उस अधिकार को मान्यता प्राप्त हो जाये तो मुझे लगता है महिला-पुरुष के संबंध पहले से कहीं अधिक दृढ़, पवित्र और साफ होगा। आज जो है उसका बहुत कुछ नहीं होगा! पर कल जो था उसका बहुत कुछ आज तो नहीं है। इंसान अपने समाज में, पारस्परिक संबंध में एक नये संतुलन में ले आयेगा।"

उस दिन कैरेल समर्स हमारे साथ थीं। उन्होंने कहा, "केतु, एक बड़ी बात तुम भूल रहे हो। महिलाएं पुरुषों से कहीं ज्यादा प्यार कर सकती हैं। और उसी प्रेम के कारण महिलाओं को सेक्सुअल सैटिशफैक्सन मिल जाता है। पुरुषों को सेक्स सैटिशफैक्शन के लिए इंजेक्शन की जरूरत पड़ती है पर महिलाओं को तृप्ति मिल जाती है, सिर्फ स्पर्श से, प्यार से, आँखों में देखने के अंदाज मात्र से, चेहरे की रेखाओं से और अंतर के उद्वेग से। पूर्णतः मुक्त या लिबरेटेड महिला या प्रेमिका अगर तुम्हारे आगे सेक्स की मांग कर बैठे तो तुम्हारा जीवन दुष्कर हो जायेगा। ऐसी धारणा गलत है। बेबुनियाद है। औरत सिर्फ इतना चाहती है संभोग के दौरान तुम स्वार्थी, अत्याचारी और निष्ठुर न बनो। तुम खुद जितना

पा रहे हो उतना उसे भी पाने दो।"

मुझे याद आया, सुजान भी ठीक यही कहा करती थी। एक बार नहीं, कई-कई बार।

पिताजी, हेनरी वायलेस और कैरेल समर्स ने मेरे पुनर्वास में बहुत मदद की।

पर आखिर में जिसने मुझे पुनर्वासित किया उसका नाम जून है। और प्यार से पुकारने वाला नाम जोनाकी (जुगनू) है।

जून ही मुझे जीवन के राजपथ पर वापस लायी।

जून मेरे अतीत, वर्तमान और भविष्य की तीन नदी पर सेतु बनी।

पिताजी, आज मेरे चौबीस साल पूरे हो गये और इस उपलक्ष्य में मैंने आपके आगे जो 'स्वीकारोक्ति' पेश की है उसका उपसंहार है जून।

जून एक नाटक का अंत है। जून दूसरे नाटक की शुरुआत है।

जून से मेरी पहली मुलाकात मालिनी-शैलेश के घर हुई थी।

1971 की गरमी का दिन था। जून महीने की दस तारीख। बरफ गलने लगी थी। पेड़ों पर हरियाली छायी थी। हवा में फूलों की खुशबू थी। ठंडे देश के लोग गरमी में कुछ अधिक कार्यतत्पर हो जाते हैं।

उस दिन मालिनी ने अपने कुछ दोस्तों को डिनर पर बुलाया था।

मालिनी के दोस्तों में एक का नाम रॉबर्ट सिमसन था। उसके नाम से मैं परिचित था। मालिनी अक्सर रॉबर्ट के बारे में मुझसे बातें किया करती थी। मूर्तिशिल्प सीखने के लिए रॉबर्ट इंग्लैंड से टोरेंटो आया था। ऑस्कर आरनॉल्ड की कला ने ही उसे टोरेंटो की तरफ खींचा। रॉबर्ट के नाम से ऑस्कर भी खुश हैं। रॉबर्ट की प्रतिभा का परिचय पाकर ऑस्कर काफी पुलकित है। एक साल हो गए हैं उसे टोरेंटो आये। इस बीच रॉबर्ट मालिनी का प्रशंसक बन गया है। मालिनी ऑस्कर की दोस्त है वरना रॉबर्ट और मालिनी में क्या कुछ हो जाता कहा नहीं जा सकता।

पार्टी में पहुंचने में थोड़ी देर हो गयी। जब वहां पहुंचा तो देखा—सारे मेहमान आ चुके हैं। ऑस्कर आरनॉल्ड से मैं पहले से ही परिचित था। बाकी लोगों से मालिनी ने मेरा परिचय करवाया। थियाडोर मोजेज—टोरेंटो विश्वविद्यालय में म्यूजिक प्रोफेसर, एडिथ मोजेज—थियाडोर की नर्तकी पत्नी, मैकडोनल्ड किंग्सवी—पाश्चात्य दर्शन के प्रोफेसर, मैरी हपमैन—मैकडोनल्ड की गर्ल फ्रेंड, ऑलिविया कोनो—दर्शन विभाग की जापानी छात्रा, प्लेटो सेक्सटन—टोरेंटो ब्लैक लिबरेशन लीग का अध्यक्ष, राबर्ट सिमसन, जून सिमसन।

मुझ से एकाध इंच लंबी, सीधी और तनी हुई, सुडोल गठन वाली जून सिमसन

को मानो किसी कलाकार ने तराशा है। सिर पर सुनहले बाल पीठ तक फैले। नाक तीखी और पतली। अण्डाकार चेहरा। जिस पर एक मनमोहक लावण्य। छोटी-सी पर गहरी सुनील आंखें। तीखी ठुड्डी और बदन का रंग हाथी के दांत-सा सफेद।

मालिनी बोली, "जून इस पार्टी की सरप्राइज है। एक सप्ताह हुए जून को टोरेंटो आये। जून रॉबर्ट की बहन है।"

जून को ही नहीं, रॉबर्ट को भी देख कर मैं प्रभावित हुआ। छह फुट से भी ज्यादा उसका कद। ताड़ के पेड़-सा लम्बा तना हुआ उसका मेरूदंड। लाली लिए हुए बाल कंधे तक पीठ पर फैले हुए। लंबे चेहरे पर लालाभ दाढ़ी-मूंछ। और आंखों में प्यार का पानी छलछलाया हुआ। अचानक नजर पड़े तो एकदम ऐसा लगे—संभवतः ईसा मसीह का चेहरा भी ऐसा ही होगा।

जून से मैंने पूछा, "लंदन से आई हो?"

जून बोली, "नहीं। लीवरपुल से।" धीमी और मिसरी-सी मीठी आवाज का उच्चारण बिलकुल साफ था।

"यहां पढ़ोगी?"

"नहीं, मैं यूनीवर्सिटी ऑफ यार्क में पढ़ रही हूं।" चाशनी मेरे कानों में घुल गयी।

"फ्रेशमैन?"

"सोफोमोर।"

"मेजर क्या है?"

"फिलोसफी।"

"फिर तो तुम मालिनी के खेमे की हो! दोनों फिलोसफर। दोस्ती खब निभेगी।"

जून झट मेरी बात काटते हुए बोली, "मैं यहां सिर्फ तीन महीने के लिए आयी हूं।"

मैंने संभलकर कहा, "यह तो बड़े दुख की बात है। सोचा था चलो मालिनी से मुझे मुक्ति मिल गयी!"

तभी मालिनी आयी और मेरी बांह पकड़कर मुझे दूर ले गयी। गुस्से से मेरा चेहरा नीला पड़ने लगा। मुझे खींचकर ले जाते हुए मालिनी बोली, "केतु। ऑस्कर तुमसे कुछ पूछना चाहता है।"

उस दिन फिर जून से मेरी कोई विशेष बातचीत नहीं हुई। थोड़ी ही देर में हम लोग उन दिनों चल रहे सभी मुक्ति आन्दोलनों को लेकर बहस में मशगूल हो गये। ब्लैक लीव, यूथ लीव, वीमेन लीव।

चूंकि मैं हेनरी वायलेस का रिसर्च सहयोगी था, इसलिए वीमेन लीव के

संबंध में मैं विशेषज्ञ बन गया था। बहस का माहौल गरम हो उठा। सिर्फ मैंने ही देखा, जून हम सबकी बातें बड़े ध्यान से सुन रही है।

रॉबर्ट सिर्फ मूर्ति ही नहीं बनाता कविता भी करता है। हाल ही में लंदन से प्रकाशित एक कविता त्रैमासिक का वह आर्गनाइजर और संपादक भी है। रॉबर्ट सिमसन से मेरी काफी दोस्ती हो गयी। मैं भी कभी-कभी कविता लिखता हूं सुनकर रॉबर्ट बहुत खुश हुआ। तय हुआ, अगले सप्ताह रॉबर्ट मेरे घर आयेगा और अपनी कविता सुनायेगा।

मैंने कहा, "जून की मर्जी हो तो उसे भी ले आना। मैं मालिनी की तरह लजीज खाना तो बना नहीं सकता, पर इतना बुरा भी नहीं बनता कि मुंह में रखा न जा सके।"

रॉबर्ट और जून उस दिन पार्टी से कुछ जल्दी ही चले गये। दूसरे दिन जून को सुबह तीन दिन के लिए मांट्रियल जाना था।

विदा लेते समय जून मुझे उसे आमंत्रित करने का अवकाश दिये बिना ही बोली, "रॉबर्ट के साथ मुझे भी अपने घर आने के लिए कहने का बहुत-बहुत शुक्रिया।"

मैंने पूछा, "तुम आओगी ?"

जून बोली, "आइ उड लव टू।"

सुरीला और शहद-सा मीठा स्वर। बातें करते समय उसकी ठुड्डी में कंपन होता है और सिर दाहिनी तरफ हल्का-सा कुछ झुक जाता है।

दूसरे सप्ताह तयशुदा दिन में जून को साथ लेकर रॉबर्ट हाजिर हुआ। वे अपने साथ ग्रीक वाइन की एक बोतल और लाल गुलाब का गुलदस्ता लाये थे।

मैंने यूं ही कह दिया, "मेरे घर में लाल गुलाब शोभा नहीं देता।"

घर पर कोई फ्लावर वाश नहीं था! जून ने एक ग्लास में पानी डाल कर गुलदस्ता डाइनिंग टेबल पर रख दिया।

हमारे बीच विभिन्न विषयों पर बहुत सारी बातें हुईं। रॉबर्ट भी उत्साहित था। वह मुझे ऑस्कर आरनॉल्ड की मूर्ति का तात्पर्य समझाने लगा। रॉबर्ट के अनुसार, मूर्तिशिल्प का श्रेष्ठ उदाहरण 'ए स्कल्पचर्स ड्रीम' है।

राबर्ट ने कहा, "पर इसके टाइटल पर मुझे आपत्ति है। मैं होता तो इसमें थोड़ा-सा संशोधन कर देता। 'ए सकलपचर्स ड्रीम' के बजाए 'सकलपचर्स ड्रीम' कर देता।"

जून बोली, "ऑस्कर तुम्हारा सिर फोड़ देंगे।"

मालिनी का जिक्र होने पर रॉबर्ट का चेहरा पहले तो खिल उठा पर धीरे-धीरे मुरझाने लगा। तब मैंने रॉबर्ट को कविता सुनाने के लिए कहा। उसने एक-के-बाद-एक करके लगभग दस कविताएं सुनायीं।

जून बोली, "अब तुम अपनी कविता सुनाओ । राबर्ट की कविताएं इतनी बार सुन चुकी हूं कि मुझे याद हो गयी हैं।"

मैंने कहा, "मेरी कविता सुनने लायक नहीं है।" पर वे दोनों नहीं माने। आखिर मुझे डायरी निकाल कर अपनी कविताएं सुनानी ही पड़ी।

रॉबर्ट मेरी कविताओं की कुछ ज्यादा ही तारीफ करता रहा। पर जून कुछ नहीं बोली।

रॉबर्ट ने अपनी पत्रिका के लिए दो कविताएं चुन लीं। तब जून बोली, "मुझे 'कैलकटा' कविता सबसे ज्यादा अच्छी लगी, तुम वह कविता क्यों नहीं लेते, रॉबर्ट ?"

मैंने पूछा, "रॉबर्ट, क्या सचमुच तुम मेरी कविता छापोगे।"

रॉबर्ट बोला, "हां, क्यों नहीं !"

मैंने कहा, "कोलंबिया में दाखिले के लिए मैंने दरख्वास्त कर दी है। कम से कम एक कविता छप गयी, तो यह मेरे दाखिले के लिए अच्छा होगा।"

रात के एक बजे दोनों ने विदा ली।

जाते-जाते जून कहती गयी, "मैंने बहुत एनज्वॉय किया। उम्मीद है फिर मुलाकात होगी।"

सात दिन बाद। दोपहर को मुझे बहुत तेज भूख लगी। देखा, घर पर खाने को कुछ भी न था। मालिनी के घर कुछ नहीं तो सैंडविच मिल ही जायेगा, यही सोचकर मैंने मालिनी के घर की घंटी बजाई।

दरवाजा खोला—जून सिमसन ने। मुझे देखते ही उसका आइवरी रंग सिंदूर-सा लाल हो गया।

"तुम !" मैंने हैरानी से कहा।

जून थोड़ा झेंप गयी। बोली, "वे लोग घर पर नहीं हैं।"

"तुम यहां अकेले हो ! अंदर गयी कैसे ?"

जून बोली, "मालिनी से मैं चाबी ले आयी थी।"

मुझे तब भी हैरान देखकर उसने अपने आप ही कहा, "आप ही से मिलने आयी थी। पर आपके घर नहीं जा सकी। इसलिए···"

मैं हंसने लगा, "मेरे घर जाने में तुम्हें डर लगा ?"

जून तब भी शर्म से लाल थी, "नहीं, डर नहीं। पता नहीं कैसा लग रहा था।"

मैंने कहा, "यह तो अच्छा हुआ कि मुझे भूख लगी और मैं ही यहां चला आया। वरना···दो दिन से बाजार जाना नहीं हो सका। घर पर खाने को कुछ भी नहीं था और 'नारी मुक्ति' के बारे में पढ़ने बैठता हूं, तो मुझे भूख कुछ ज्यादा ही लगती है। इसलिए सैंडविच की तलाश में चला आया। तुमने लंच लिया है ?"

जून बोली, "नहीं, मुझे भूख नहीं है।"

"पर मुझे तो बड़े जोरों से भूख लगी है। दो सैंडविच बना सकती हो ?"

कोई काम मिल गया तो जून की जान बच गयी। फ्रीज खोलकर उसने देखा बोली, "हैम है। चीज भी है।"

"मेरे लिए चीज के साथ हैम सैंडविच बना दो।"

"कॉफी ?"

"नेकी और पूछ-पूछ !"

जून ने झटपट कॉफी और सैंडविच बना कर परोस दिया। खाते-खाते हम लोग बातें करने लगे। जून ने अपने घर के बारे में बताया, उसके पिता लीवरपुल में पुलिस विभाग में अफसर हैं। मां भी लीवरपुल की ही हैं। मेरा परिवार बड़ा 'प्रोवेंसियल' है। पता है, मैंने अभी तक लंदन नहीं देखा !

रॉबर्ट लंदन में पढ़ता था। फिर टोरेंटो चला आया—ऑस्कर के पास—मूर्तिशिल्प में शिक्षा ग्रहण लेने के लिए।

दोनों भाई-बहनों में खूब पटती है। रॉबर्ट टोरेंटो में क्या कर रहा है, कैसे रह रहा है—यह सब देखने के लिए जून गरमी की छूट्टी में टोरेंटो चली आयी।

जून बताती है, "रॉबर्ट में एक खराबी है। वह चिट्ठी नहीं डालता। चिट्ठी लिखता भी है तो दो महीने में एक। और उसमें भी बाकी सब कुछ लिखता है, अपने ही बारे में छोड़ कर।"

"इसलिए तुम देखने चली आयी—भाई सात समुद्र पार क्या कुछ करता फिर रहा है ?"

जून बोली, "पूरे एक साल तक यॉर्क शहर में पार्ट टाइम नौकरी करके मैंने कुछ रुपये इकट्ठा किये थे। समर में बहुत सस्ते में इंग्लैंड से कनाडा आना-जाना हो जाता है। इसलिए चली आयी।"

"मालिनी के बारे में पहले से जानती थी ?"

"एक चिट्ठी में रॉबर्ट ने ही बहुत कुछ लिखा था। मुझे लगता है रॉबर्ट को मालिनी से प्रेम हो गया है।"

"मालिनी से प्रेम कर बैठना पुरुषों की आदत है।"

"तुम्हारी भी ?" पूछ कर जून तुरंत सफाई पेश करने लगी, "माफ करना। इस बारे में मुझे कोई दिलचस्पी नहीं। मैंने यूं ही पूछ लिया था।"

मैंने कहा, "तुम दिलचस्पी लो, यह मेरे लिए फायदेमंद ही होगा।"

जून फिर से लाल हो गयी।

मैंने कहा, "मालिनी मेरी अच्छी दोस्त है और शैलेश भी। उन दोनों को मैं बहुत चाहता हूं।"

जून बोली, "मालिनी भी तुम्हें बहुत चाहती है। तुम्हारा जिक्र हुआ नहीं कि कहती चली जायेगी। रुकने का नाम ही नहीं लेती।"

"यही तो मालिनी की खासियत है। उसमें कितने ही तरह का प्रेम, ममता, स्नेह है कि मैं खुद भी हैरान रह जाता हूं।"

जून बोली, "उस दिन तुम कम्यून के बारे में कह रहे थे, मुझे बड़ा मजा आ रहा था। मैं और भी सुनना चाहती हूं। अगर तुम्हें समय हो तो !"

मैंने कहा, "बढ़िया श्रोता मिल जाये तो मेरी बकबक कभी खत्म नहीं होगी। यह तुम अच्छी तरह जान लो।"

जून ने प्रसंग बदल कर कहा, "तुम्हें तो बाजार भी करना है न !"

"हां, वह तो है।"

"चलो न, तुम्हारा बाजार ही कर दूं।"

"यह तो बड़ी अच्छी बात होगी। मैं अभी आया।"

पांच मिनट में हम लोग निकल पड़े। सुपर मार्केट करीब आधी मील की दूरी पर था। वैसे मैं पास ही के परचून की दुकान से समान ले लेता हूं। पर जून सुपर मार्केट जाना चाहती थी। मैंने कहा, "इतना सारा सामान ढोहकर वापस इतनी दूर आना पड़ेगा।"

उसने कहा, "मैं ढोऊंगी।"

पैदल चलते हुए मैंने जून को कम्यून के बारे में और भी विस्तार से बताया। मैंने बताया, "कम्यून में किसी भी युगल प्रेमी को अलग कमरा नहीं मिलता था, हरेक कमरे में दो जोड़े रहते थे। कभी-कभी किसी का मेहमान या दोस्त आ जाये तो तीन या चार भी।"

इस बारे में जून ने अपना ज्यादा कौतूहल जाहिर नहीं किया। मैंने जून को कम्यून के सेक्स लाइफ के बारे में बहुत कुछ बताया। जून वह सब ध्यान से सुनती रही। कभी मुस्करा भर देती। पर उसने कुछ पूछा नहीं।

बाजार कुछ ज्यादा ही हो गया था। कमरा बहुत दिनों से अस्त-व्यस्त था। मुझे झेंप आ रही थी।

जून ने फ्रीज और किचेन में सारा सामान सजाकर रख दिया। फिर बोली, "घर की थोड़ी सफाई कर दूं अगर तुम कुछ माइंड न करो तो ?"

और मेरे जवाब का इंतजार किये बिना सफाई में जुट गयी। मैं भी उसके साथ-साथ लग गया। घंटे भर बाद मुझे अपना ही कमरा देखकर हैरानी हुई।

मैंने जून से कहा, "अगर तुम फ्री हो तो चलो, बाहर चलकर कुछ खा-पी लें !"

"कहीं मुझे डेट तो नहीं कर रहे हो ?" जून ने मुझे छेड़ने के लिहाज से कहा।

"हां, डेट ही कर रहा हूं।"

"तुम्हें रुपये जमा करने हैं ?"

"अरे, कितना खर्च हो जायेगा ?"

"जून बोली, इससे अच्छा एक काम किया जाये, मुझे खाना बनाना अच्छा लगता है। मैं झट से कुछ बना लेती हूं। लैम रोस्ट तुम्हें अच्छा लगता है ? साथ में उबला हुआ आलू, बीन्स और गाजर कैसा रहेगा ! फिर हम लोग सिनेमा देखने चलेंगे। डाउन टाउन में वैरीमैन की 'द साइलेंस' लगी है। मुझे देखने का मन है। तुम क्या कहते हो ?"

मैं राजी हो गया।

जून कमर में एप्रन बांधकर किचेन में लग गयी। मैं भी जून की मदद में लग गया। खाना बनाते-बनाते जून लीवरपुल और यॉर्क के बारे में बताती रही।

"तुम वहां डर्म में रहती थी ?"

"शुरू के छह महीने। बाद में दम घुटने लगा। तब एक अपार्टमेंट किराये पर लेकर अपनी एक गर्ल फ्रेंड के साथ रहने लगी।

बड़े ही सलीके से खाना परोसकर जून बैठी। लैम रोस्ट और उबली सब्जी इतने खूबसूरत तरीके से सजाकर पेश की जा सकती है मुझे इसका इल्म भी न था। रोस्ट मुंह में डालते ही मेरे मुंह से निकला, "वाह !"

जून बहुत खुश थी। बोली, "मेरी मां बहुत बढ़िया खाना बनाती है। पर हमारा खाना तुम्हें शायद पसंद न आये !"

"ऐसी बात नहीं। तुम लोगों का खाना भी मुझे अच्छा लगता है। दरअसल, हर तरह का खाना खाने का मुझे शौक है। मेरी मां भी बहुत अच्छा खाना बनाती है।"

जून बोली, "अपने माता-पिता और बहन के बारे में मुझे कुछ बताओ न !"

आप लोगों के बारे में कहते हुए मेरे गले और सीने में कांटा चुभ रहा था। बहुत दिन हुए आप लोगों के बारे में किसी से कुछ नहीं कहा। किसी ने सुनना भी नहीं चाहा। फिर भी जून को मैंने थोड़ा-बहुत बताया।

जून वह सब सुनते हुए मेरी तरफ देखती रही।

"तुम उन लोगों को बहुत प्यार करते हो न ?"

"मुझसे ज्यादा वे लोग मुझे प्यार करते हैं।" कहते हुए मेरी आंखें गीली हो गयीं। उसे छिपाने के लिए मैं उठकर रसोई घर की तरफ चला गया। फ्रीज से दो सेवेन अप निकालकर ले आया।

थोड़ी देर हम दोनों चुप रहे।

प्रसंग बदलने के लिए जून मुझसे ओपेन स्कूल के बारे में पूछने लगी।

"मैं तुम्हारा स्कूल ज्वाइन कर सकती हूं ?"

"क्यों नहीं।"

"कब है तुम्हारा लेक्चर ?"

"सप्ताह में दो दिन होता है। वैसे परसों है।"

"मैं आऊंगी।"

खाना खा लेने के बाद जून ने मुझे बरतन धोने नहीं दिया। मैंने तब सिर्फ बरतन पोंछा। फिर दोनों निकल पड़े।

बहुत दूर तक पैदल चले। फिर हमने सब-वे पकड़ा। टिकट लेकर हॉल में घुसा तो देखा फिल्म खत्म होने वाली है। खत्म होने के बाद फिर से हमें देखना पड़ेगा।

फिल्म देखते-देखते जून का हाथ मैंने अपने हाथ में ले लिया और उसका हाथ मेरे ही हाथ में रहा।

फिल्म खत्म हुई तो जून ने पूछा, "कॉफी पिओगे ?"

"जरूर।"

"इस बार पैसे मैं दूंगी !"

"ठीक है !"

कॉफी का शिप लेते हुए जून ने पूछा, "तुम सुजान फोर्ड को अभी भी प्यार करते हो ?"

उसका सवाल सुनकर मुझे हैरानी हुई। जून के पास दिमाग है मानना ही पड़ेगा।

जून को मैंने आधे घंटे तक सुजान के बारे में बताया। अंत में कहा, "सुजान खुद न गयी होती तो मैं उसे छोड़ नहीं सकता था। सुजान ने जाकर मुझे मुक्ति दी है ! अब मैं बहुत हल्का महसूस कर रहा हूं। समझ गया हूं कि अब मुझे लौटना पड़ेगा। सुजान को मैं कभी नहीं भूलूंगा। पर प्रेम अब नहीं है। खत्म हो गया है। बहुत दिन पहले ही। मैं समझ नहीं सकता था। सुजान समझ गयी थी। उसके चले जाने का संभवतः यही कारण रहा होगा।"

जून बिना कुछ कहे एक मन से मेरी बातें सुनती रही। मैं उसके सांसों के चलने की आवाज सुन रहा था। उसके सीने का उतार-चढ़ाव साफ नजर आ रहा था। जून के बदन से निकलने वाली खुशबू मेरे सांसों में घुल रही थी।

मैं चुप हुआ तो जून बोली, "तुम दोनों का संबंध बड़ा ही 'इंटरेस्टिंग' था।"

मैंने कहा, "एंड वेरी 'एक्सपेंसिव'।"

"सभी 'इंटरेस्टिंग' संबंध अपनी कीमत वसूल कर लेते हैं।"

जून को जब मैंने रॉबर्ट के घर पहुंचाया तब दो बजने में दस मिनट बाकी थे। जून बोली, "परसों मैं तुम्हारे स्कूल आ रही हूं।"

मैंने कहा, "आज का दिन बहुत अच्छा बीता।"

जून ने कहा, "मेरा भी।"

मेरे होंठों पर हल्का-सा चुंबन देकर जून ने कहा, "गुड नाइट ऐंड थैंक यू वैरी मच।"

कितना अद्भुत, कितना विचित्र और रहस्यमय है आदमी का जीवन ! कहां से, किसकी प्रेरणा से, किस उद्देश्य से, किसके निर्देश से जून सिमसन गरमी के मौसम में ट्यूलिप से रंगे टोरेंटो शहर में आ गयी। मेरे ही लिये आयी है। मेरे वापस जाने का रास्ता बनाने की विश्वस्त प्रतिश्रुति लेकर। जून आकाश की कोमलता लिए आयी। भारत के संध्याकालीन नीले आसमान की तरह नरम-मुलायम ममता लिये हुए। जून का हृदय अनुभूतियों का सागर है और उसकी अंजुलि में विश्वास का अजस्र भंडार। जून मुझे उमड़ती बाढ़ के स्रोत में बहाकर नहीं ले गयी, बल्कि भरोसेमंद कस्ती में बिठाकर साहिल तक ले आयी। तूफान नहीं, बहा ले जाने वाला प्लावन नहीं, विस्फोट भी नहीं, जून आयी गहरी प्रशांति, दृढ़ विश्वास और भविष्य की प्रतिज्ञा लेकर।

ऐसे ही एक शुभ्र कोमल, शांत, दृढ़ विश्वास से परिपूर्ण लड़की के लिए मेरा अंतर प्रतीक्षा कर रहा था। तीन सालों के तूफान से जूझता रहा, उसके घात-प्रतिघात को सहता रहा, पर मैं अपने अंतर की प्रतीक्षा से परिचित नहीं था। जून सिर्फ दो-तीन महीने के लिए अपने भाई के पास घूमने आयी थी। जून का साथ मुझे अच्छा लग रहा है। उसे अपने पास पाकर मुझमें एक संजीवनी शक्ति का संचार होता है। मुझे अच्छा लगता है। जून का नीरव मनोयोग मेरे आत्म-समीक्षा के लिए बहुत सहायक है। जून ने मुझे तैयार करना नहीं चाहा। मैं जो हूं, जैसा हूं उसी से जून खुश है। दुनिया को, समाज को, नये आदमी को नये सिरे से सजाने, संवारने की गरज जून में नहीं है। अपने दृढ़ विश्वास, अपनी समता, अपनी सतता को संजोये जीवन का जितना संभव उपभोग करना उसके जीवन का वेद है। "हमारी दुनिया में हर कोई मारने-मरने पर तुला है। कोई क्या हील कर रहा है? आइ उड रादर हील देन हार्ट।" जून ऐसा कहती है।

जून कनाडा घूमने आयी थी। उत्तर-पूर्व कुइवेक और उत्तर-पश्चिम ब्रिटिश कोलंबिया उसे जाना था। यदि संभव होता तो बरफ से ढंके दक्षिण अलास्का में भी। दो दिन के लिए अटोया घूम आने के बाद जून और कहीं नहीं गयी। शुरू-शुरू में सप्ताह में दो दिन हमारी मुलाकात होती। परिचय के तीसरे सप्ताह से हम रोज मिलने लगे। मैं लाइब्रेरी में बैठकर हेनरी वायलेस का काम करता और जून मेरे सामने कभी कोई किताब या मैगजीन लेकर बैठती। मेरा खाली वक्त ज्यादा-तर जून के साथ ही बीतता। हम लोग अक्सर एक ही साथ खाना खाते, कभी किसी रेस्त्रां में तो कभी मेरे घर पर। जून मेरा सारा इतिहास सुन चुकी थी—

बचपन से अब तक का सारा अतीत। जून का भी इतिहास मैं सुन चुका था।

एक दिन मैंने कहा, "तुम्हारे कनाडा घूमने की बात थी न ?"

जून बोली, "थी।"

"अब नहीं है ?"

"लगता तो नहीं। यहीं अच्छा लग रहा है।"

"पूरी छुट्टियां यहीं बिताने का इरादा है ?"

"देखा जायेगा।"

मैंने कहा, 'तुम चली जाओगी तो बहुत अकेलापन महसूस होगा।"

जून बोली, "पहले जाऊं तो !"

जून को जिस बात ने बहुत ज्यादा प्रभावित किया था वह है माता-पिता और बहन से मेरा संबंध। आप लोगों की बातें कहते हुए मैं कुछ ज्यादा ही भावुक हो जाता। बचपन की बातें कहते हुए, दिल्ली की सड़कें, चाणक्यपुरी में हमारा घर, लॉन के दक्षिणी कोने में एक कतार में तीन झाउ के पेड़, पीछे बागान में नीम का पेड़—सब कुछ आंखों के आगे तैरने लगता। सेंट कोलंबो और जीसेस मेरी, स्कूल का बस, दोपहर को घर लौटते हुए मेरे बस के आने के इंतजार में रास्ते में मां खड़ी है। जून सारा कुछ चुपचाप सुनती रहती। जैसे उसके लिए सब कुछ बड़ा अभिनव है।

पर जिस इंसानी संबंधों के बारे में जून कुछ भी नहीं जानती, उसके प्रति उसके मन में श्रद्धा और सम्मान है। उसे समझ सकती है।

"मुझे क्या लगता है, जानते हो केतु ?" एक दिन जून ने आप लोगों के बारे में एक और किस्त सुनने के बाद कहा, "लगता है, आदमी आदमी से प्रेम करे इससे खूबसूरत बात और कुछ हो ही नहीं सकती।"

मैंने कहा, "पर प्रेम बड़ी स्वार्थी चीज है।"

"अगर सिर्फ स्वार्थ है, तो वह प्रेम नहीं है। हो ही नहीं सकता।"

"हमारे यहां अक्सर 'टेरानी ऑफ लव' दिखाई पड़ता है। प्रेम के अत्याचार से दम घुटने लगता है।"

जून ने कहा, "तुम तो हमारे यहां के 'टेरानी ऑफ इन डिफरेंस' से परिचित नहीं हो ! उदासीनता और घृणा के अत्याचार से कहीं अच्छा है प्रेम का अत्याचार।"

जून ने यह भी कहा, "मैं अपने माता-पिता से प्यार करती हूं। पर उनसे मरा कोई खास संपर्क नहीं है। बात करने जाओ तो पता चलता है 'वेवलेंथ' नहीं है। जो कुछ कहना चाहती हूं वह उन तक पहुंच नहीं पाता। रॉबर्ट के साथ भी ऐसा ही होता है। माता-पिता से प्यार करता है इसलिए साल भर में कम-से-कम दो बार वह लीवरपुल चला जाता है। हर बार जिस दिन वह घर आता है

उसी दिन पिताजी से खूब झगड़ता है।"

"किसलिए ?"

"किसी खास बात के लिए नहीं। बहुत छोटी-सी बात को लेकर दोनों के बीच घमासान युद्ध होने लगता है।"

"तुम्हारी मां ?"

"मेरी मां निहायत सीधी-सादी महिला हैं !"

एक दिन जून ने पूछा, "न्यूयॉर्क कब जा रहे हो ?"

मैंने कहा, "कोलंबिया विश्वविद्यालय मुझे दाखिला देने को तैयार हो गया है।"

"होता क्यों नहीं !"

"नहीं भी हो सकता था। क्वीन्स कॉलेज में मेरा रिकॉर्ड बहुत खराब है।"

"जाने का कब तय किया है ?"

"कम-से-कम तीन हजार डॉलर हाथ में लिये बिना जाने का कोई फायदा नहीं। और इसका मतलब अगले साल सितंबर से पहले मेरा जाना नहीं होगा।"

"सितंबर तो अभी बहुत देर है ! एक साल यूं ही बेकार बिता दोगे ?"

"बेकार क्यों ? बहुत मजे में बीत रहा है। एक तरफ हेनरी वायलेस और दूसरी तरफ तुम।"

"मैं कितने दिन हूं।"

मैंने कहा, "जब तक हो तब तक ही सही। इससे ज्यादा मैं सोचना नहीं चाहता।"

जून बोली, "तुम मत सोचो। पर मुझे तो सोचना ही पड़ेगा।"

इसी तरह महीने बीत गये। पता ही नहीं चला। हेनरी वायलेस मेरे काम से खुश हैं। मैं भी बहुत दिनों बाद उत्साह से काम करता जा रहा हूं। किताबों से संदर्भ ढूंढ़ने में जून अक्सर मेरी मदद करती।

एक दिन मालिनी ने फिर पार्टी दी। बोली, "जून अगले सप्ताह जा रही है। उसे फेयरवेल देने के लिए पार्टी दे रही हूं।"

जून चली जा रही है ! मैं मरी हुई मकड़ी-सा सिमट गया। मालिनी बोली, "क्यों क्या हुआ ? तुम तो एकदम से बुझ ही गये !"

मैंने उससे सिर्फ इतना ही कहा, "किसने उसे आने के लिए कहा था ?"

दो दिन किस तरह बीते आज मुझे याद भी नहीं। सिर्फ इतना याद है कि टोरेंटो की सड़कों पर मैं घंटों पैदल चलता रहा। बाकी समय अपने मन पर कोड़े चलाकर हेनरी वायलेस का काम करता रहा।

जून से दो दिन मेरी मुलाकात नहीं हुई। जून भी नहीं आयी। फोन भी नहीं किया। मैंने भी उसकी खबर नहीं ली।

जो कुछ ही दिन बाद चली जाएगी—हमेशा के लिए चली जाएगी—उसे छोड़ दो। जाने दो उसे।

पार्टी में जाने का मन नहीं था। न जाने से सब कुछ भी समझ बैठेंगे इसलिए बाध्य होकर जाना ही पड़ा।

पार्टी में जून से नजरें मिलीं, तो उसने सिर्फ मीठे से मुस्करा भर दिया। मैं ऑस्कर आरनॉल्ड से बातें करने में लग गया।

थोड़ी ही देर बाद रॉबर्ट मेरे पास आकर खड़ा हुआ।

"तुमसे मुझे कुछ बातें करनी हैं, केतु।"

हम दोनों मालिनी के बेडरूम में जाकर बैठ गये।

बिना कोई भूमिका बांधे रॉबर्ट ने कहा, "जून लीवरपुल नहीं जा रही है।"

इस तरह की ठोकर मैंने अपनी जिंदगी में कभी नहीं खायी।

"क्या मतलब ?"

रॉबर्ट ने कहा, "मतलब साफ है। जून लीवरपुल लौटने को तैयार नहीं।"

"क्यों ?"

"जून का कहना है कुछ महीने वह यहीं रहेगी ? 'वीमैन लिबरेशन" इतना अच्छा विषय है इसे छोड़कर वह लीवरपुल नहीं लौट सकती।"

रॉबर्ट ने यह बात जिस तरह मुस्कराकर कहा उसमें कहीं कोई कड़वाहट नहीं थी। तिरस्कार नहीं था।

"उसकी पढ़ाई-लिखाई ?"

"जून ने एक साल की छुट्टी के लिए कॉलेज को लिख दिया है।"

"तुम्हारे माता-पिता तो नाराज होंगे !"

"माता-पिता को खुश करने के लिए इस युग में हममें से किसी ने जन्म नहीं लिया। हमारा जन्म ही हुआ है माता-पिता को नाराज करने के लिए। उन्हें हताश करने के लिए।"

"रॉबर्ट !" मैंने कहा, "सच बताना, जून के इस निर्णय को तुम किस तरह ले रहे हो।"

रॉबर्ट ने कहा, "जून को मैं बहुत प्यार करता हूं। और जून मुझे। स्कूल से पास करने पर जून को अच्छी-खासी स्कालरशिप मिली थी। उसके इम्तहान का नतीजा इतना बढ़िया हुआ था कि कैंब्रिज में उसे आसानी से दाखिला मिल जाता। वह क्यों नहीं गयी जानते हो ? मैं कैंब्रिज नहीं जा सका, इसलिए। कैंब्रिज में पढ़ने की मेरी बहुत इच्छा थी। पर नतीजा अच्छा नहीं हुआ था। स्कॉलरशिप भी बहुत मामूली था। जून बोली, रॉबर्ट को जो मौका नहीं मिला मैं वह नहीं ले सकूंगी। जून इस तरह की लड़की है।"

रॉबर्ट ने यह भी कहा, "जून बहुत तेज लड़की है। हर टर्म पेपर में उसे 'ए'

मिलता है। उसकी पढ़ाई बंद हो गयी तो यह ठीक नहीं होगा।"

"यहां नहीं पढ़ सकती ?" मैंने कमजोर-सा सवाल किया।

"बहुत झंझट है। फीस देकर पढ़ना संभव नहीं। मैं किसी तरह अपना खर्च निकाल लेता हूं और फिर जून यहां पढ़ाई के बारे में सोचने को तैयार नहीं।"

मैंने कहा, "तुम उसे 'सपोर्ट' कर सकोगे ?"

"असंभव !" राबर्ट ने कहा, "इसके अलावा जून मुझसे सपोर्ट लेगी भी नहीं। दो-तीन दिन से शहर में काम ढूंढ़ती फिर रही है। एक काम उसे मिल भी गया है।"

"क्या लड़की है ! कौन-सा काम मिला है ?"

"रेस्त्रां में कैशियर का ! रात आठ बजे से सुबह दो बजे तक ! सप्ताह में सत्तर डॉलर !"

"क्या कहते हो ? यह तो एकदम से 'एक्सप्लाएटेशन' है !"

जून कहती है शुरू तो करें। बाद में कोई अच्छा काम मिला, तो छोड़ दूंगी।"

थोड़ी देर चुप रहने के बाद मैंने कहा, "रॉबर्ट, जून के बारे में तुम यह सब मुझे क्यों बता रहे हो ?"

रॉबर्ट ने कहा, "एक सप्ताह से जून और मैं इसी के बारे में बातें करते रहे। जून का मैं बड़ा भाई हूं। पर उसकी मर्जी के खिलाफ कुछ करवाना मेरे लिए संभव नहीं। संभव ही होता तो ऐसा नहीं करता। जून महीने में जून बीस साल की हो गयी है। अपने जीवन का जून ने बहुत बड़ा फैसला किया है।"

मैं चुप रहा।

रॉबर्ट ने कहा, "जून तुमसे प्रेम करने लगी है, केतु।"

मैं रॉबर्ट की ईसा मसीह जैसी आंखों में देखता रहा। दर्द से छलछला रही थीं उसकी आंखें।

"यह जून का पहला प्रेम नहीं है। पर जून कहती है इस बार उसके भीतर जो कुछ हो रहा है वह पहले कभी नहीं हुआ।"

मैं चुप ही रहा।

"जून कहती है, तुम उसे पसंद करते हो, पर प्रेम नहीं करते।"

मैं अब भी श्रोता बना रहा। रॉबर्ट ने आगे कहा, "जून सिर्फ तुम्हारे लिए यहां रह रही है। तुम उसका ख्याल रखना। अगर जून को कोई बड़ी ठेस लगी, तो मुझे बहुत दुःख होगा, केतु।"

मेरी जुबान का ताला अब जाकर खुला, "रॉबर्ट, तीन सालों से मैं बड़े-बड़े तूफान और झंझावातों से गुजरा हूं। सुजान मुझसे बहुत कुछ ले जा चुकी है। पिछले छः महीने से मैं खुद को संभालने की कोशिश कर रहा हूं। जून ने मुझे इस काम में कितनी मदद की है तुम नहीं जानते ! जून को पास पाकर मेरे बहुत सारे जख्म

भर गये हैं ! कभी-कभी मुझे क्या लगता है जून से मैं प्रेम करता हूं। बहुत गहरा प्रेम। पर कभी-कभी शक भी होता है। मैं फिर से प्रेम कर सकता हूं। यह आत्मविश्वास अभी तक मेरे भीतर नहीं जगा है। मैं हमेशा चौकन्ना रहता हूं। ताकि जून जैसी एक लड़की की दोस्ती का फायदा उठाकर अपनी जरूरत पूरी करने में उसका इस्तेमाल न कर बैठूं।"

रॉबर्ट ने कहा, "जून यह जानती है। जून की अनुभूति बहुत प्रबल है। बुद्धि भी उतनी ही प्रखर है। जून ने मुझसे कहा है पश्चिम का कोई भी लड़का किसी लड़की को अपने इतने करीब पाकर दूर नहीं रख सकता।"

मैंने कहा, "रॉबर्ट, मैं वायदा करता हूं जून को कभी दुःख नहीं पहुंचाऊंगा।" इससे ज्यादा मेरे मुंह से कुछ भी नहीं निकला।

रॉबर्ट और मेरे बैठक में लौटते ही खाने का दौर शुरू हो गया। जून तब भी मुझसे कटी-कटी रही। मेरे भीतर हजारों वाद्ययंत्र बज उठे। मुझे पूरा कमरा और कमरे में मौजूद लोग स्वप्नलोक के सौंदर्य से लगने लगे। मुझे लगा, तमाम दुनिया मुझे अपने उदार हाथों से अंजुलि भर-भरकर दे रही है—क्या दे रही है मैं नहीं जानता। मैं देख रहा हूं आकाश समुद्र में मिल रहा है और सूर्य उस मिलन को मुस्कराकर देख रहा है। लाखों पक्षी एक साथ गा रहे हैं। धरती के सारे फूल अपने-अपने मौसम का ख्याल किये बिना एक साथ खिल उठे हैं।

थोड़ी ही देर में मैं और जून आमने-सामने थे। हम दोनों एक दूसरे की आंखों में देख रहे थे। समय अपनी गति भूल गया। धरती भी अचल हो गयी।

दोनों इंसान की आंखें एक-दूसरे के हृदय में हैं। हम दोनों परस्पर एक-दूसरे की आंखों के सामने हैं।

दस दिन और बीत गये। पर दस पल की तरह। जून डाउन टाउन में एक रेस्त्रां में काम कर रही है। रेस्त्रां का नाम है इटर्निटी। जून रात की कैशियर है। आठ बजे से दो बजे तक जून का काम है। दो बजे जून सबवे से अपने घर लौट आती है। मैं जिस मकान में रहता हूं, मालिनी और शैलेश भी उसी में रहते हैं। उस मकान से दो फर्लांग की दूरी पर जून ने एक कमरा किराये पर ले लिया है। तीन बजे से ग्यारह बजे तक जून सोती है। फिर नहा-धोकर मेरे पास चली आती है। उसके बाद लगभग सारा दिन हम साथ रहते हैं। मैं लाइब्रेरी में काम करता हूं और जून वहीं कभी कोई किताब या मैगजीन पढ़ती है। कभी-कभी मेरे काम में भी हाथ बंटाती है। शाम को हम लोग थोड़ा घूमते हैं फिर एक साथ खाना खाते हैं। जिस दिन मुझे हेनरी वायलेस के घर नहीं जाना पड़ता, उस दिन मैं जून को उसके रेस्त्रां में पहुंचा देता हूं।

हमारी बातों का कोई अंत न था। वैसे ज्यादातर समय मैं ही बकबक लगाये रहता हूं। पर जून पहले के बजाये अब कुछ बोलने लगी है।

आज मुझे यह सोचकर हैरानी होती है कि रॉबर्ट ने मुझसे जो कुछ कहा उस बारे में इन दस दिनों में मेरे और जून के बीच कभी कोई बात नहीं हुई। मैंने जून के टोरेंटो रह जाने, कॉलेज से छुट्टी लेने वगैरह के बारे में कभी एक शब्द भी नहीं कहा। जून ने भी कभी इस प्रसंग को नहीं उठाया। रॉबर्ट ने जो कहा उसके बाद हम लोगों के पास कुछ कहने को था ही नहीं। मैं समझ गया था, इस बारे में हम दोनों को आपस में बात न करना पड़े, इसीलिए जून की गुजारिश पर ही रॉबर्ट ने मुझसे वह सब कहा। हमें मालूम है कि हम कहां तक पहुंचे हैं! इसके बाद कहीं जायेंगे भी या नहीं— यह हम दोनों का अनुच्चारित सवाल है।

पिताजी, अब तक मैंने आपको अपने दो साल के जीवन की तमाम बड़ी-बड़ी घटनाओं को बिना कुछ छिपाये सब कुछ बताया। क्वीन्स कॉलेज में मेरी व्यर्थता, सुजान से दूर होना, हावर्ड श्लेष, हेनरी वायलेस, कोलंबिया में फिर से दाखिला और आखिर में जून के बारे में—सब मैंने विस्तार से लिखा।

मैंने यह भी लिखा, "मैं लौट रहा हूं। पिताजी, मैं जीवन के परिचित प्रशस्त और ऐतिहासिक रास्ते पर लौट रहा हूं। जिस रास्ते पर अब हरेक युग में हरेक देश के लोग चलते हैं उसी रास्ते पर चलने के लिए मैं लौट रहा हूं। अल्पसंख्यकों का विपरीत पथ त्यागकर नियम और रीति के पथ पर लौट रहा हूं। पर यह रास्ता मुझे कहां ले जायेगा, इसका अंजाम क्या होगा, मैं नहीं जानता। फिर भी इतना तो जानता हूं कि मैं लौट रहा हूं। मेरा यह लौटना 'प्रोडिगल सन' की वापसी नहीं है। एक आहत पुनर्जीवित साधारण आदमी की वापसी है।"

मैंने लिखा था, "फिर भी, पिताजी, मैं अब कभी आप लोगों का वह पुराना केतु नहीं हो सकूंगा। मेरे भीतर इस विस्तीर्ण दुनिया की कितनी ही चिताधाराएं कितने ही चरित्रों और किरदारों के इंसान घुल-मिल गये हैं। आज मैं जो भी हूं उसे इन्हीं लोगों ने तैयार किया है। बनाया है। मूर्ति की-सी कहीं कोई सुंदरता नहीं है। ऑस्कर आरनॉल्ड देखेंगे तो नाक सिकोड़कर, मुंह बिचकाकर आगे बढ़ जायेंगे। फिर भी मैं वर्णसंकर भाव संकर हूं इस युग का। आप लोग शायद मुझ पर गर्व नहीं कर सकेंगे। खुश होंगे या नहीं मैं नहीं जानता। आप लोगों से मेरी यही एक प्रार्थना है कि मुझे आप लोग ग्रहण करें। मैं आप लोगों के साथ एकात्मक होकर जिंदा रहना चाहता हूं। अपने निर्वाचित रास्ते पर, अपने बल-बूते पर—वह रास्ता चाहे जैसा भी हो। उसका अंत कहीं भी क्यों न हो। आप लोगों के शब्दकोश में सतर्कता, आभार और आज्ञाकारी वगैरह अनेक शब्द हैं, जो मेरे शब्दकोश में नहीं हैं। फिर भी तो उनके अर्थ एक नहीं हैं। हमारा युग विद्रोही है। आप लोगों के हाथों से गढ़ी दुनिया और इस दुनिया में रहने वाले लोग और उन लोगों का समाज हम लोगों को गर्वित नहीं करता, बल्कि लज्जित

करता है। फिर भी इसी दुनिया में हमें जीवन बिताना पड़गा। आप लोगों की बात माने बिना कोई उपाय भी नहीं, पर बाबूजी, हम लोग इस दुनिया को नये सिरे से बनायेंगे। आज नहीं तो कल, नहीं तो फिर कभी। हम लोग का मतलब मैं नहीं, हम लोग का मतलब पुत्र समाज से है। संतानों से है। नये युग के नये लड़के-लड़कियों से है ! मैं आपकी नहीं मानूंगा, मेरा बेटा मेरी नहीं मानेगा, उसका बेटा उसकी नहीं सुनेगा। आने वाला कल बीते कल को नहीं मानेगा। भविष्य आगे बढ़ता जायेगा अतीत की शृंखला को तोड़कर।"

लिखा था, "जून अंग्रज होने के बावजूद देशातीत है। जून सिर्फ इंसान है। उसका और कोई अलग परिचय नहीं। जून मेरी जीवन साथी होगी या नहीं, मैं नहीं जानता। जून को पाने की योगयता मुझमें है या नहीं, कभी होगी या नहीं, मैं यह भी नहीं जानता। आप लोगों को सिर्फ यह बताये देता हूं कि मेरे लौटने का रास्ता बनाने में जिसका हाथ सबसे अधिक मददगार हुआ वह हाथ है जून सिमसन का।"

दस दिन के बाद वाला दिन था शनिवार। जून ने मुझसे कह रखा था, शनिवार वह टोरेंटो से बाहर जायेगी। रॉबर्ट के साथ रात को किसी भी समय लौटेगी।

सारे दिन काम में खुद को व्यस्त रखने की कोशिश करने के बावजूद अपने अकेलेपन का बोझ मैं ढोता रहा। रात के दस बजे दरवाजे की घंटी बजी।

जून कमरे में आयी।

जून को देखते ही मैंने कहा, "बड़े जोर से भूख लगी है।"

जून बोली, "खाना नहीं खाया ?"

मैंने कहा, "तुम्हें देखा तो याद आया सारा दिन मैंने कुछ भी नहीं खाया।"

"क्यों ?"

"भूख नहीं लगी थी !"

जून ने फ्रिज खोलकर झटपट सैंडविच बना दिया।

खाना खाकर मेरा शरीर शांत हुआ। जून ने तमाम दिन की बातें कहीं। रॉबर्ट जून को शहर से अठारह मील पश्चिम की ओर अपने एक दोस्त के घर ले गया था। उस दोस्त के पिता बड़े धनवान हैं। रॉबर्ट को काम के लिए कमीशन मिल गया।

"तुम क्यों गयी ?" मैंने जानना चाहा।

"मुझे भी काम था।" जून ने कहा।

जून ने मेरे सवाल का जवाब नहीं दिया।

"मुझे नहीं बताओगी ?" मेरे स्वर में भारतीय अभिमान था।

"अकेले में कुछ सोचना था। कोई महत्त्वपूर्ण निर्णय लेना था।"

"लिया ?"

"हां, लिया।"

"बताओगी ?"

"आज रात मैं तुम्हारे साथ रहूंगी।"

"जून !"

"सिर्फ आज रात नहीं, अगर संभव हुआ, तो हर रात।"

थोड़ी देर बाद, "और भी कहती हूं सुनो। तुम अगर मेरे साथ चलो, तो मैं तुम्हारे साथ धरती के आखिरी छोर तक जाऊंगी।"

जून तब मेरी बांहों में थी।

"तुम जिनसे प्रेम करते हो मैं भी उनसे प्रेम करूंगी।"

जून के गालों पर आंसू लुढ़क आये।

"तुम जिस रास्ते जाओगे, मैं भी तुम्हारे साथ जाऊंगी। जिस देश में जाओगे, तुम्हारे साथ मैं चलूंगी। मैं तुम्हारे बच्चों की मां बनूंगी। जो तुम्हारे अपने हैं वे मेरे भी अपने होंगे। मैं तुम्हें चाहती हूं, केतु। मैं तुम्हें चाहती हूं। मैं तुम्हें मांग रही हूं। तुम मुझे और भी चाहो, मांगो—मैं यह भी चाहती हूं।"

जून के रूप सौंदर्य ने मेरे सीलन भरे कमरे को और गरम कर दिया और उसका उत्ताप मेरी नसों में भी दौड़ने लगा।

कब तक हम दोनों चुप रहे किसे पता ? हो सकता है कुछ पल ! हो सकता है युगों तक। जून मेरे सामने खड़ी थी। हम दोनों पहले भी एक-दूसरे के आमने-सामने थे।

मैंने कहा, "तुम्हारी गैरहाजिरी में मैं भी आविष्कार कर बैठा हूं।"

जून की सुनील आंखों में जिज्ञासा छलछला रही थी। फिर भी वही बोली, "जो आविष्कार किया है तुमने उसका एक प्राचीन नाम है—प्रेम।"

अब हमारे बीच कोई दूरी नहीं थी। हम एक हो चुके हैं।

मैंने देखा, जी भरकर देखा जून का हाथी दांत-सा सुचिक्कण शरीर। जून के शरीर और हृदय का रंग एक ही है।

एक सप्ताह बाद, पिताजी आपकी चिट्ठी आयी।

इसी एक सप्ताह में सब कुछ बदल गया। जून और मैं साथ रह रहे हैं। हमने तय किया है हम दोनों साथ न्यूयॉर्क जायेंगे। जून नौकरी करेगी। मैं पढ़ूंगा। फिर मैं नौकरी करूंगा और जून पढ़ेगी। जून विवाह रूपी बंधन में विश्वास नहीं करती। पर अगर मैं चाहूं तो जून खुद को इसके लिए राजी कर लेगी। मेरे जन्म-दिन के उपहार में विवाह का उपहार देने में जून को खुशी होगी।

जून ने कहा है, "देखो, मां-पिताजी क्या लिखते हैं ?"

जून ने कहा है, "शादी अगर होगी तो दिल्ली में तुम्हारे माता-पिता के

पास ।"

मैंने कहा है, "देखो, मां-पिताजी, क्या लिखते हैं !"

जून डर गयी । बोली, "वे नहीं मानेंगे ।"

मैंने उसे आश्वासन दिया, "जरूर मानेंगे ।"

आपकी चिट्ठी जून ने ही मुझे लाकर दी। मैंने देखा जून के चेहरे पर खून का एक कतरा भी नहीं है ।

मैंने देखा, आपने लिखा है, "तुम कभी हम लोग से अलग नहीं हुए, केतु। तुम्हारे इंतजार में हैं हम सब । तुम आओगे, जरूर आओगे । आदमी कभी चला नहीं जाता । सिर्फ आता है । लौटकर आता है ।"

आपने लिखा है, "पिता से पुत्र बड़ा होता, केतु। पिता पुरातन है, पुत्र नवीन । पिता अतीत है, पुत्र भविष्य । जब तक हम लोग जिंदा हैं तुम लोगों को देखते रहेंगे, और अगर देखा, तुम्हारा जीवन महान् है तो तुम्हारी यानी तुम लोगों की अपने पुत्रों की श्रद्धा करेंगे । उनका सम्मान करेंगे । और अगर देखा तुम लोग भी हम लोगों की तरह सड़-गल गये हो तो और कुछ करें पर तुम लोगों का सम्मान नहीं कर सकेंगे । श्रद्धा नहीं कर सकेंगे ।"

आपने लिखा है, "जून को कभी खोना मत। बड़ा पुरस्कार दोबारा नहीं मिलता ।"

आपने लिखा है, "दोनों साथ रहना । एक ही साथ सब कुछ करना । सिर्फ विदेश में शादी न कर बैठना । हम लोगों की गुजारिश है तुम लोगों की शादी हमारे सामने हो ।"

आपने लिखा है, "जून को हम लोगों का बहुत-बहुत प्यार और आशीर्वाद देना । तुम्हारी मां ने उसका एक नाम भी रख दिया है । प्यार से पुकारने के लिए है यह नाम—जोनाकी (जुगनू) ।"

जून के चेहरे पर खुशियों का चांद खिल उठा। वह चांद पूर्णिमा का चांद है ।

मैंने धीमे से कहा, "जोनाकी !"

जून थोड़ा-थोड़ा बंगला बोल लेती है । बोली, "जोनाकी माने की ?"

□□□